Kültür ve sanat çabalarıyla dünya barışına yaptığı katkılardan dolayı UNESCO-Paris tarafından büyükelçilikle onurlandırılan Ömer Zülfü Livaneli, otuzdan fazla ulusal ve uluslararası ödülün sahibidir. Bunlar arasında Barnes & Noble Büyük Yazar Ödülü, San Remo Yılın Bestecisi Ödülü, Alman Plak Eleştirmenleri Birliği Büyük Ödülü, Hollanda Edison Ödülü, Valencia ve Montpellier film festivallerindeki En İyi Film ödülleri, Antalya Film Festivali'ndeki iki Altın Portakal ödülü sayılabilir.

Kitapları 22 dilde yayınlanan Livaneli, ilk hikâye kitabını 1978'de yayınladı. *Arafat'ta Bir Çocuk* adını taşıyan kitap, çeşitli dillere çevrildi, İsveç ve Alman televizyonları tarafından film yapıldı.

1996 yılında *Milliyet* gazetesinde tefrika edilen *Engereğin Gözündeki Kamaşma* romanı, Balkan Edebiyat Ödülü'nü kazandı. Birçok dile çevrilen kitap, İspanya, Yunanistan, Güney Kore gibi ülkelerde en çok satanlar listesine girdi ve dünya basınında övgülerle karşılandı.

Bir Kedi, Bir Adam, Bir Ölüm romanı 2001 yılı Yunus Nadi Roman Ödülü'nü kazandı. Kitabın yayın hakları birçok ülkenin yanı sıra, Fransa'daki Édition Gallimard tarafından alındı.

Yazarın dördüncü edebiyat yapıtı olan *Mutluluk*, Türkiye'de büyük kitlelere ulaşıp bir "kült roman" özelliği kazanmasının yanı sıra Fransa'da Gallimard Yayınevi tarafından yayınlandı ve Nisan 2006'da Fransa'daki 2000 kütüphanece "Ayın Kitabı" seçildi; Amerika'nın büyük yayınevlerinden St. Martin's Press tarafından yayınlandıktan sonra, Şubat 2007'de Barnes & Noble'ın verdiği Büyük Yazar Ödülü'nü kazandı. 100 bini aşan baskı sayısıyla *Mutluluk*, Abdullah Oğuz tarafından filme çekildi ve Mart 2007'de gösterime girdi.

Gorbaçov'la Devrim Üstüne Konuşmalar adlı kitabı 2003'te yayınlanan Livaneli'nin son romanı *Leyla'nın Evi* ise 2006'da yayınlandı ve kısa sürede en çok satanlar arasında yer aldı.

ÖMER ZÜLFÜ LİVANELİ

Sevdalım Hayat

23. Basım

Remzi Kitabevi

SEVDALIM HAYAT / Ömer Zülfü Livaneli

Her hakkı saklıdır. Bu yapıtın aynen ya da özet olarak hiçbir bölümü, telif hakkı sahibinin yazılı izni alınmadan kullanılamaz.

Şiirler: Ömer Zülfü Livaneli
Editör: Neclâ Feroğlu
Kapak düzeni: Ömer Erduran
Kapak görselleri: Kapsül
(Aslı Girgin, Ebru Ahunbay); Çiğdem Metin

ISBN 978-975-14-1231-7

BİRİNCİ BASIM: Ekim, 2007
YİRMİ ÜÇÜNCÜ BASIM: Ocak, 2008

Bu kitabın her basımı 2000 adet olarak yapılmıştır.

Remzi Kitabevi A.Ş., Akmerkez E3-14, 34337 Etiler-İstanbul
Tel (212) 282 2080 Faks (212) 282 20 90
www.remzi.com.tr post@remzi.com.tr

Baskı ve cilt: Remzi Kitabevi A.Ş. basım tesisleri
100. Yıl Matbaacılar Sitesi, 196, Bağcılar-İstanbul

Her şey akar!

Herakleitos
(Efes, İÖ 540-480)

İçindekiler

Giriş 11
Keçi 15
Rus Komutanı Öldüren Dede 24
Çakal Mağaraları 27
Gizli Kitap Tapınağım 35
İlk Büyük Serüven 41
Dünyanın Bütün Nevrotikleri Birleşin! 46
Müzik, Edebiyat, Sinema Denilen Büyülü Şeyler 50
Varoluşçulukta Var Olmak 57
Bayraklı Çocuk 63
Kara Kuşun Kanadı 73
Solcular Arasında Bir Hain 82
İlk Baskılar 87
Ekim Yayınları 91
Bir Yılbaşı Eğlencesi 95
Kırlardan Şehirlere Darbeler 100
12 Mart 104
Karışık Günler 110
Bir 'Artist' Hikâyesi 115
Koğuşta Yangın 119
Titrek Hamsi Hücresi 124
İşkenceyi Bekleme İşkencesi 131
Koğuşta Yaşam 136
Kendini Sakatlamak 140
Eşkıya Dünyaya Hükümdar Olmaz 145
Merhaba Avrupa 150

Lacivertli Adamlar 155
Gemide Bir Evliya 159
Stockholm'de Cennet ve Cehennem 165
Yeni Bir Yaşama Doğru 170
İlk Uzunçalar 174
Korsan Barbarlığı 180
Çoksesli Müzik Günahına Adımlar 183
Anadolu'nun Gizli Sesini Bulma Çabaları 189
'Politika'da Yazmaya Başlıyorum 194
İstanbul'a Dönüyorum 198
İstanbul'da Bir Pazar Günü 202
Nâzım Şarkıları 205
Bir Öğrenci Gibi 209
Kesin Dönüş 213
Yılmaz Güney'in İlginç Önerisi 218
İstanbul ve Atina'da İlk Konserler 222
Ecevit Dönemindeki Gözaltı 226
Miting Gibi Konferans 231
Türkiye'de Dehşeti, Avrupa'da Başarıyı Yaşamak 236
Türk, Övün, Çalışma, Kıskan! 240
Darbeyle Gelen "Kader Senfonisi" 244
Yalancı Kalemler 248
Türkân Şoray'la Film Projesi 252
Maria'yla Plak Çalışması 255
Yakamozlu Anılar 259
"Senin Adın da Mustafa mı?" 262
Atina'da Yangın 268
Yılmaz Güney'le Gizli Buluşma 271
Adım Sebastian Argol Oluyor 275
Sebastian Argol, Livaneli'yi Eziyor! 278
Avrupa Turnesi 282
Ey Halkım Unutma Bizi 287
Telefunken Plağında,
   Dilini Çıkaran Livaneli Resmi 291
Maria'yla Üzüntülü Günler 296
Tekrar Kesin Dönüş 300
Şan Konserleri 303
Selimiye Yolları 306

Mikis'in Kanatları	310
Moskova'ya İlk Gidişim	320
Ala-Arça Toplantısı	324
Issık Göl Kıyısında	327
'Issık Göl Geceleri' Şarkısı	330
Sonradan Güldüğümüz İki Olay	332
Gorbaçov'la Buluşma	337
Perestroyka'yı Başlatan Toplantı	343
Sandala Düşen Mucize Balık	350
Köy	354
Keşiş Dağlarının Tepesinde Hitler Tartışması	359
Gerçek ile İllüzyon	362
Berlin ve Cannes Günleri	368
Ingmar Bergman'la Tuhaf Bir Anı	374
Çıplak Ayaklı Şarkıcı	381
Yakın Yıllar	384
"Keçi" ve Siyaset	392
Veda Ettiğim Dostlar	405
Peter Ustinov	415
Kuğunun Ölümü	420
Sonsöz	423
Teşekkür	431

Giriş

Bir miras kavgasında köylünün birini dövmüşler. Adam kasabadaki arzuhalciye gitmiş, "Beni dövdüler!" demiş ve bir şikâyet dilekçesi yazmasını istemiş.

"İyi," demiş arzuhalci, "öğleden sonra gel al."

Sonra geçmiş daktilosunun başına, usta bir arzuhalcinin bütün hünerlerini kullanarak, en etkili kelimeleri seçerek başlamış yazmaya.

Köylü öğleden sonra gitmiş. Arzuhalci, onun parmak basarak onaylamasından önce yazdıklarını baştan sona okumak istemiş. Ne yazıldığını anlamasıymış derdi. Başlamış okumaya.

Bir süre sonra köylünün hüngür hüngür ağlamaya başladığını görmüş.

"Ne oldu?" demiş.

Köylü bir yandan iki sıralı yaş döküyor, bir yandan da, "Vay bana neler yapmışlar da haberim olmamış!" diye ağıt yakıyormuş.

Bu anıları derleyip toplarken neredeyse benim de başıma aynı şey geliyordu; kendi kendimin arzuhalcisi oluyordum bir anlamda.

Sonra bu hayatın içindeki güzel anları düşündüm; dostluklar, dayanışmalar, ortak hayaller, gümbür gümbür patlayan kahkahalar, sevdayla dokunan anlar aklıma geldi. Bana bakan gözlerdeki umut ışıltısını ve milyonlarca hançereden yükselen sağlıklı, diri sesin, bulutlu bir gökyüzünün gürleyişini hatırladım.

Ardından o kadar da yakınmaya hakkım yok, diye düşündüm. Her şeye rağmen güzel ve anlamlı bir hayattı bu. Belki de zorluklar olmadan, bu mutlu anların doğması zordu.

Her ömrün bir izdüşümü vardır; yerli yerinde durur, hep oradadır ama onu hiç düşünmeyiz. Hiç kimse kendi kendisine ömrünün izdüşümünü sormaz.

Böyle bir soru, ancak geçmişi yazarken gündeme gelir.

Sizi ve dostlarınızı kuşatan atmosfer, bir yeraltı suyu gibi kendini hep derinlerde duyuran anlam nedir?

Milyonlarca ilişki kırıntısı; gülücükler, iç çekişler, umutsuzluklar ve ağlama krizleriyle ilerleyen yaralı hayatlar neyle açıklanabilir?

İşte bunları düşünüp dururken, yanıt Kavafis'ten geldi.

O güzel şiirde olduğu gibi bizim de bir ömür boyu barbarları beklediğimizi düşündüm.

Her dönemimizde değişik kimliklerle ortaya çıktılar.

Birbirlerine hiç benzemiyorlardı ama ortak noktaları barbar oluşlarıydı.

Sivil barbarlar, asker barbarlar, sağcı-solcu barbarlar, şehirleri kuşatan ve varoşlarda yaralı kurtlar gibi inildeşen barbarlar, Avrupalı barbarlar, aydın barbarlar, politikacı barbarlar...

Dünyanın birçok yerinde bizim kuşağımız, üzerine dalga dalga gelen barbar saldırılarını göğüslemeye çalışarak geçirdi ömrünü.

Şimdi okuyacaklarınız, kolayca göreceğiniz gibi sürekli sanat üstüne düşünen, yaratı sancıları çeken ama dönemin ve ülkenin koşulları gereği zaman zaman politikadan kaçamayan birinin anıları.

Hayatın her alanına sanat penceresinden baktığım için her sözün, her davranışın altında siyasi ya da kişisel hesap arayan insanlarla birbirimizi bir türlü anlayamadık.

Ankara'da bir aydınlanma heyecanından ve uzak iklimlerin düşünü kuran gençlerin kitap okuma merakından başlayıp hücrelere, dağlara ve ıssız Avrupa başkentlerine uzanan bir macera bu.

Öncelikle benim ama bir anlamda hepimizin hayatına dair bir anlatı. Çünkü bu ülkede sanatla, kitapla, kültürle ilgilenen ve daha güzel, daha adil bir dünya yaratmak isteyen milyonlarca kişi, sürek avlarıyla sistemli olarak yok edildi, tutuklandı, hayatın dışına sürüldü.

Bu arada milliyetçilik ve din kisvesine bürünmüş kişiler örgütlenerek ülkeyi soydu, çok büyük güç ve para sahibi oldular; eline kan bulaşmış katiller, siyasette yüksek mevkilere tırmandılar, saygı gördüler; kısacası Türkiye iyi evlatlarını boğan, kötüleri ise ödüllendiren bir ülke olarak bugünlere kadar geldi

Bu kitabı okuyacak olan genç kuşakların, bizimkinden daha mutlu bir Türkiye'de yaşamalarını dilemekten başka bir şey gelmiyor elimden.

Keçi

Sağ olsun uçan kuşlar
Çiçeğe durmuş ağaç
Yaşasın sevdalılar
Sevdalım hayat

Babaannem bir gün bana herkesin içinde, "Keçi!" dedi ama bunu o kadar güzel bir biçimde söyledi ki, çok küçük olmama rağmen bundan kötü bir anlam çıkarmamam gerektiğini anladım. Sonra devam etti: "Bu benim yavrum, keçidir! Öteki çocuklar koyundur, onların büyük kuyrukları her türlü kabahatlerini örter ama bu benimki kapatamaz; dağ keçisi gibi yapayalnız kalır."

Babaannemin gözleri her zaman hüzünlü olduğu için, bu sözleri söylerken de kederle gölgelenmiş olduğunu sanıyorum. Keçi tanımı bana hiçbir şey anlatmamıştı elbette. Neden diğer çocuklardan ayrı olduğumu, beni onlardan neyin ayırdığını bilmiyordum ama demek ki, büyük hayat deneyimine sahip olan babaannem, ömür boyu içinde yaşayacağım durumu daha çocukken saptamış ve bana söylemişti. Bana bu sözleri yıllar sonra hatırlatan da yaşadıklarım oldu zaten.

1950'ler Ankarası'nın Kurtuluş semtinde Bahadırlar Sokak'ta bahçe içindeki iki katlı evin üst katında, küçücük bir dairede yaşıyorduk. Kendisini iyice ibadete vermiş olan hâkim emeklisi dedem, en büyük koruyucum babaannem, hukuk fakültesinde okuyan iki amcam ve gece gündüz dikiş dikerek evin geçimine yardımcı olan halam bu küçük eve sığışmıştık. Evde, bir koridor üzerine sıralanmış bir salon ve iki odamız vardı. Küçük bir mutfak, bir de banyo; işte hepsi bu kadardı.

Babam, annem ve diğer kardeşlerimle birlikte değildim. Çünkü savcı babam Anadolu illerinde dolaşıyordu, beni de Ankara'da o dönemde okulların yıldızı olan Maarif Koleji'ne vermişlerdi. Bu yüzden dedem ve babaannemle birlikte kalıyordum ama bu, pek alışılmadık bir durum değildi. Çünkü ben üç yaşında iken kardeşim Asım doğmuş. O zamanlar babam Fethiye savcısı imiş. Annem çok zayıf olduğu için iki çocuğun yükünü kaldıramayacağını düşünüp beni o yaşta dedemle babaannemin yanına vermişler. Daha sonra annem bana bu ayrılığın ona çok acı verdiğini, günlerce ağladığını anlatmıştı.

Ankara'daki alçakgönüllü evin eşyası da kırık döküktü diye hatırlıyorum. Çünkü memurlar arasında yaygın olan "İki nakil, bir yangına bedeldir" sözüne göre, denkler, hurçlar içinde Anadolu'nun o köşesinden bu köşesine savrulan eşya, gerçekten de birkaç yangın geçirmiş gibiydi.

Mutfakta, içinde kavrulmuş kıyma, kenarları sararmış ve biraz kurumuş beyazpeynir, salamura zeytini gibi yiyecekleri barındıran bir teldolap bulunurdu. Bir de tepesi temiz bir bezle özenlice kapatılmış olan bir su küpü. Yoğurt, sokaktan geçen ve bet avazıyla yeri göğü birbirine katan yoğurtçudan alınırdı. Adam kapıya gelir, bir sırığın uçlarında sallanan kapaklı iki tepsiden birini açar, sonra yine kapaklı bir mahfazadan mala gibi bir şey çıkarır, yoğurdu onunla alır, tabaklara koyardı. O malanın, kaymak tutmuş bembeyaz yoğurtta kayışı çok güzeldi. Evdeki tel somyaların altına doldurulan kavun karpuz da böyle satın alınırdı, su da.

Babaannem harika kuru köfte ve patates yapardı. O köfteler yağda kızarırken eve yayılan nefis kokunun ömrüm boyunca burnumdan gideceğini sanmıyorum. Zeytinyağında kızartılan pufböreği kokusundan ise nefret eder, kaçacak yer arardım.

Ela gözlü güzel halam Melahat, sürekli olarak rengârenk kumaşları biçer, tıkır tıkır çalışan ayaklı Singer dikiş makinesinde çalışır, teyel atar, ilik açar, düğme dikerdi. Onu hep çalışırken görürdüm. Hiç sarmısak ve soğan yemediği için sofrada birçok yemeğe elini sürmezdi. Halam o günlerde, babaannemle birlikte bana en yakın olan kişiydi diyebilirim. Çok duyarlı oldukları için ben bu iki kadını, dedem ve delikanlı amcalarımdan kendime daha yakın bulurdum.

O devirde Kurtuluş semti çok tenhaydı, arkasındaki Topraklık semti yeni yeni oluşuyordu. Ben her gün koleje yürüyerek gidiyordum. Diğer ilkokul öğrencileri gibi siyah önlük giyip, beyaz yaka takmıyorduk. Göğüs cebine kolejin arması işlenmiş mavi, üç düğme ceket ve altına gri kaşe pantolonla (mevsimine göre bazen kısa bazen uzun) dolaşmak çok fiyakalıydı doğrusu. Kurtuluş'ta bu giysiyi giyen tek çocuk bendim herhalde. Sokakta insanlar dönüp dönüp bakardı. Çünkü o günlerin inancına göre "Bir lisan bir insan" demekti, bu durumda İngilizce öğrenen bizler, bücür boyumuza bakmadan en az iki insan ediyorduk.

Yıllar sonra Ankara'nın hızlı solcu kesildiği bir devirde militan birinin kolej talebelerini kastederek, "İşte bunlar küçük burjuva!" deyişi beni çok güldürmüştü. Adam "küçük burjuva" kategorisini, burjuvaların çocukları olarak anlıyordu besbelli. İşte ben de o günlerde böyle bir burjuva çocuğu kılığında dolaşıyordum. Oysa aile beni o okula gönderebilmek için ne sıkıntılara katlanıyor, ne büyük özveride bulunuyordu. Bana hiç kıyamayan babaannem bile, koşulların zorlamasıyla harçlık verirken çok zorlanıyordu. Okulda çocuklar, kantinden aldıkları, içinde kurumuş, kenarları kıvrılmış incecik bir dilim kaşar olan bayat ekmekten sandviçi satın alıyor, öğlen bunu yiyorlardı. Bir sandviç elli kuruştu. Ben de arkadaşlarımla birlikte bu tatsız, lastik gibi şeyi yemekten hoşlanıyordum. Oysa babaannem bana her gün evden ekmek arasına kuru köfte vs. gibi çok daha güzel yiyecekler hazırlıyor, bir paket yapıp veriyordu ama ben hepsi de zengin olan arkadaşlarımın yanında bunu açıp yemeye utanıyordum. Sandviç yemekte ısrar etmem üzerine babaannem sinirleniyor ve "Sandöviç, sandöviç! Neymiş bu sandöviç. Benim hazırladığım mis gibi şeyleri yesene!" diyor ama yine de bana kıyamıyor ve onun için müthiş değerli olduğunu bildiğim 50 kuruşu çıkarıp söylene söylene veriyordu. Bir emekli hâkim maaşıyla iki çocuğun üniversitede okutulduğu kalabalık evin, o alçakgönüllü, dar gelirli hali bize hiç dokunmuyordu. Çünkü o dönemin Ankarası'nda memur aileleri böyle yaşardı. Kimsenin aklına da başka türlü bir yaşam gelmezdi. Paranın, bankadaki birikime verilen faizin, borsanın, lüks yaşamın, televizyonun, her evin önünde otomobilin, özel telefonun bilindiği bir devir değildi bu. Herkes kıt kanaat de olsa geçinebildiği için, kendisine her ay para veren devlet babaya dua eder, kendini güvende hissederdi. Eğer bankada bir birikim varsa, faiz falan akla gelmez, ya bankanın hediye ettiği bir kumbaraya sevinilir ya da arada bir çekilen piyangolara umut bağlanırdı.

Yazları tatile gelen aile üyeleriyle o küçücük evde kişi sayısı bazen on beşin üstüne çıkar, kaçak mülteci teknelerindekiler gibi üst üste yaşanırdı. Yemek masasının üstünde bile çocukların yattığını hatırlarım. Babaannemin bu gibi durumlar için kullandığı bir söz vardı: "Gönüller geniş olsun!"

Otel bilinmediği için herkes aynı eve sığışır, lokanta akla gelmediği için bütün aile aynı sofrada yemek yerdi. Yine de bugünkünden çok daha gülündüğünü, konuşulduğunu, eğlenildiğini hatırlıyorum.

Aslında Elazığ'da çok büyük bir arazinin sahibi olan, sonradan istimlak edilen bölgenin tam ortasına askeriye yerleştiği için bu büyük toprakları üç kuruş istimlak bedeli karşılığında kaybeden (o bedeli de almayan), elde avuçta kalan malı mülkü satarak beş çocuğu okutan ve zenginlikten, kıt kanaat geçinilen bir yaşama düşen bu memur ailesiyle ve onun dar gelirli, alçakgönüllü haliyle her zaman övünülürdü. Çünkü kaç kuşaktır devlete hizmet eden ailenin aklına hiç zimmet, ihtikâr, iş takibi vs. gelmemişti. Osmanlı subayı büyük dedemin sorgu hâkimi oğlu ya da yargıda yüksek mevkilere gelen üç torunu, bu ahlak anlayışlarının ödülünü, dar gelirli ama başı dik ve mağrur bir duruşla almışlardı.

Lise yıllarımda, şimdi adını unuttuğum biri bana, "Ben o babanın oğlu olacağım; ne biçim para kazanırım," demişti. O sırada babam, Yargıtay'da 2. Ceza Dairesi başkanıydı. Bu devirde inanmanız belki güç ama ben o gün, onun ne demek istediğini anlamadım. O kişinin saçma sapan konuştuğunu düşündüm, babam bir hukukçuydu ve bu işin parayla ne ilgisi vardı?

Kardeşlerimle birlikte yıllar boyunca babamı değil bir hâkimin, herhangi bir trafik polisinin bile küçük bir rüşvet alacağına inandıramadık. "Olur mu oğlum hiç öyle saçma şey?" diyordu. "Devlet memuru rüşvet alır mı? Bunun lafını bile duymak istemiyorum."

En kızdığı şey böyle tartışmalardı. Devlete laf söylendiği zaman sinirli bir edayla, "Siz öyle bilirsiniz!" deyip konuşmayı kesiyor, başını başka yöne çevirerek bir bacağının üstüne attığı öteki bacağını sinirli sinirli sallamaya başlıyordu.

Ben ve kardeşlerim okuldan eve geldiğimizde tahta kalem kutumuzda yabancı bir kalem bulunursa yanmıştık. "Kimden aldın bu kalemi, kimin bu?" "Arkadaşımın kalemi, yanlışlıkla karışmış," falan gibi mazeretler katiyen kabul edilmez ve bu işin karşılığında bizi büyük bir ceza beklerdi.

Yargıtay başkanlığına vekâlet ederken babamın bir makam aracı vardı. Onu eve bırakır giderdi. Bizler o arabanın içini hiç görmedik, neye benzediğini de bilmiyoruz. Araba babamı bıraktıktan sonra hemen ayrılır, daha sonra bir yere gideceksek otobüse ya da babamın daha sonra aldığı elden düşme küçük Opel'e biner giderdik. O günlerde para pul işini zaten düşünmezdik.

Babam Adalet müfettişi olduğu 60'lı yıllarda Anadolu'yu dolaşırdı, ay başlarında annemle onun maaşını çekmeye giderdik. Ben ortaokul öğrencisiydim artık. Annem, ben çok küçükken yaptığı gibi yine elimi tutardı ama bu kez beni korumaktan çok, benim ona yardım etmemi istemesinden kaynaklanıyordu bu sıkı sıkı tutuş. Çünkü bu genç, güzel ama çok heyecanlı kadın, son zamanlarda nedense yabancılarla konuşamıyor, kekelemeye başlayacağı korkusu yaşıyordu. Nereden çıkmıştı bu korku, bilmiyorum. Annem kekeme değildi ama Ankara yıllarında, "Ya kekelersem?" diye bir korkuya kapıldı.

Bahçelievler Çarşı durağındaki Ziraat Bankası'na giderken elimi sıkıyor ve "Bankaya gidince babanın adını ve hesap numarasını söyle!" diye beni sıkı sıkı tembihliyordu. "Anne sen söylesene!" diyordum. "Ya kekelersem?" diyor ve heyecandan sahiden kekelemeye başlıyordu.

Bu "dünya korkusu" ve heyecan, derece derece bana ve bütün kardeşlerime geçti; başka biçimlerde kendi gösterse bile bizim ailedeki kişiliklerin önemli bir bölümünü oluşturdu. Stüdyoya girmek zorunda kaldığım ilk günlerde aniden sesimi yitirmem, gece uykularında kasılıp kalmam, sahneye çıktığım ilk günlerde içine sürüklendiğim ve başımı alıp kaçma isteği uyandıran büyük korkular bana hep, bu endişelerin etkisiyle 38 yaşında dünyadan göçüp giden, kumral, güzel gülüşlü, aşırı telaşlı annemden miras kalmıştır.

1950'li yılların bitmek tükenmek bilmeyen iki büyük tartışma konusundan biri Vita yağı öteki ise Zeki Müren adlı, radyolarda sesi yeni yeni duyulmaya başlayan genç şarkıcıydı. İleriki yıllarda buna bir de alafranga-alaturka tuvalet tartışması eklenecek, evlerdeki yaşlılar uzun süre direndikleri alafranga tuvaletlere alışmak için kendilerini güç durumlara sokacaklardı. Hatta tuvaletin üstüne takunyalarıyla çıkıp ayakları üstünde tünemeye çalışan ve düşüp belini inciten insanların hikâyeleriyle dolacaktı ortalık.

Vita tartışmasını daha öncelerden, Amasya'da Yeşilırmak kıyısındaki evimizden hatırlarım. O güne kadar yemek pişirmek için kullanılan tereyağı yerine, Vita adlı, yabancı isimli ve devrine göre çok modern sayılacak bir ambalaj içindeki margarin öneriliyordu. Belki de Türkiye'nin bugün içine düştüğü marka, ambalaj, reklam çılgınlığının ilk adımıydı Vita. Çünkü adı yabancıydı, ambalajı moderndi. Evlerdeki genç kadınlar hemen bu yeni ürüne yöneldiler ama yaşlılar, "Vita da neymiş!" diyerek buna şiddetle karşı çıktılar. Yüzlerce yıla dayanan mutfak kültürüne büyük bir saldırı yapılıyormuş gibi hissettiler kendilerini. Pilav dediğin tereyağlı olurdu, yumurta tereyağına kırılırdı; eski köye yeni âdet getirmek de neyin nesiydi. Bu tartışmalar, bütün evler gibi bizim Amasya'daki evimize de girmişti. Annem yenilikçi, babaannem gelenekçiydi. Bunun üzerine bütün evlerde, gelenekçileri kandıracak düzenlemeler yapıldı. Gelinler gizlice Vita yağıyla pişirdikleri yemekleri, tereyağı kullanmış gibi aile büyüklerine sundular. Onların çok beğenmesi, "Eline sağlık kızım, pek nefis olmuş," demeleri üzerine de sırlarını açıkladılar. "Yemeği Vita'yla yaptım. Bak gördünüz mü, pekâlâ oluyormuş."

Bu mücadeleyi, kaçınılmaz olarak Vita ve onu izleyen diğer margarinler kazandı. Sağlıklı yaşam kavramının ortaya çıkacağı ve margarinlerin damarlar için tehlikeli olduğunun anlaşılacağı yıllara kadar da böyle sürüp gitti bu iş.

İkinci tartışma konusu Zeki Müren'di dedim. O güne kadar kulaklarında Hafız Burhan, Münir Nurettin gibi gazelhanların seslerine alışık olan halk, radyodan duyduğu bu yeni sese bir türlü ısınamıyordu. Babaannem, "Yavan sesli adam!" diyordu Zeki Müren için. Ama gençler onu tutuyordu. Bütün mücadelelerde olduğu gibi bu tartışmayı da gençler kazandı ve bir süre sonra Zeki Müren on yıllarca sürecek saltanat tahtına kuruldu.

Ankara'da ilkokul öğrencisiyken babaannem beni Zeki Müren'in Büyük Sinema'daki bir konserine götürdü. Onun beni Ankara Radyosu'nun seyircili programlarına, konserlere götürüşünü hiç unutamam. Evden çıkarken elimi tutar, bir daha da bırakmazdı; aynı şeyi annem de yapardı. Erkeklerle dışarı çıktığımızda ise hiçbiri elimi tutmazdı.

Büyük Sinema'daki konserde Zeki Müren, o dönemde Türk seyircisinin alışık olmadığı bir yenilik getirerek kılık değiştirmişti. Gözlüklü, kibar giyimli genç bir adamdı. Onun cinsel tercihleri hakkındaki söylentiler alıp yürümüş olmalıydı ki arka sıralardan birisi, iki şarkı arasında, "Zekiye Abla!" diye bağırdı. Zeki Müren o özenli diksiyonuyla, "Sahneden yüzünüzü görmem mümkün değil ama seslenişinizden çok kibar bir beyefendi olduğunuz sonucunu çıkarıyorum efendim!" dedi. Seyirci bu sözleri alkışladı. Çünkü sonradan ortalığı kaplayacak ve kimseye soluk aldırmayacak olan saldırgan tipler, o zaman azınlıktaydı, toplum henüz onların baskısı altına girmemişti.

O gün koltukta oturup Zeki Müren'i dinleyen küçük çocuğa biri gelip, "Bak evladım, sen büyüyüp besteci olacaksın. Günün birinde Belalım, Leylim Ley diye şarkılar besteleyeceksin. Sahnedeki Zeki Müren bu şarkıları okuyacak, plak yapacak. Sonra da seninle tanışmak isteyecek," deseydi, bu sözleri duyunca herhalde korkar ve bu sapık benden ne istiyor diye babaanneme iyice sokulur, onun koruması altına girerdim ama sonunda bunu söyleyen de haklı çıkardı.

Zeki Müren şarkılarımı albümüne kaydettikten sonra Hilton'da neyle ilgili olduğunu unuttuğum bir davette tanıştık. O eski, ince, gözlüklü genç gitmiş, yerine, son yıllarda hepimizin belleğine yerleşen kilolu, frapan Zeki Müren gelmişti. Bana aşırı kibar kelimelerle bin bir iltifatta bulundu. Böyle şarkılar yazılmasının ne kadar önemli olduğunu, artık iyi şarkı bulamadıklarını anlattı. Beni eski bestekârlarla karşılaştırarak onurlandırdı. Gerçek olamayacak kadar kibar, hatta yapmacık bir dille konuşuyordu. Sonra birdenbire bana, o günlerde ortalığı kaplamış olan ve adının başına "Küçük" sıfatı eklenmiş olan çocuk şarkıcılarla ilgili fikrimi sordu ve ben daha bir şey söylemeye fırsat bulamadan, "Beyefendiciğim," dedi, "neymiş o Küçük şu, Küçük bu (isimleri saklı tutuyorum)... Oysa ben her şeyin ama her şeyin büyüğünü severim." Sonra şuh bir kahkaha patlattı.

Benim sürekli geçmiş ile bugün arasında gidip gelen ve her yaşımı ayrı bir kişi gibi kavrayan zihin yapımın, Zeki Müren'le görüştüğüm zaman da Büyük Sinema'daki koltukta babaanne-

sinin elinden tutmuş oturan küçük çocuğu görmesi şaşırtıcı değil.
O çocuk bir gün tanınacağını hiç düşünmüyordu. Gençliğinde de düşünmemişti. Adının duyulması, yaşadığı olaylar sonucunda ortaya çıkacak bir yan ürün olacak ve ona sürekli sıkıntı verecekti.
Bazen uyku ile uyanıklık arasından ürpererek sıyrılacak, şu anda kimbilir kaç kişi benden söz ediyor diye derin kuşkulara kapılacaktı. Ömrü boyunca, kitleler tarafından yanlış anlaşılıyor oluşunun hiçbir şeye benzemeyen sıkıntısını yaşayacaktı. Kendi düşüncesine ve kamuoyundaki imgesine sahip çıkmanın bu kadar güç olduğu bir memlekette "tanınmışlık" denilen boyunduruğu boğazından atmaya çalışacak ama bunu her denediğinde boyunduruğun daha da sıkıştığını görecekti.
"Ne olur beni bu kadar kolay anlamayın!" demek isteyecekti. "Biraz düşünün, siyah beyaz algılayıp üzerime etiketler yapıştırarak birtakım çekmecelere kilitlemeyin beni."
Ama dünyada birçok sanatçının kaçınamadığı yazgı, onu da bulacaktı. Büyük kitlelerin sevgisiyle sayı olarak kıyaslanamayacak kadar küçük kalsa bile, onunla doğru orantılı olarak artan profesyonel düşmanlar. Çarpıtılan görüşler, yakıştırmalar, dedikodular, iyi niyeti kötü niyet gibi okuma çabaları.
İyi ama "tanınmış" olmayı hiç düşünmemiş olan ve sonunda annesinin ve babaannesinin elini bırakmak zorunda kalarak kalabalıkların içine dalan bu "keçi" kimdi, nereden geliyordu?
Bunu anlamak için 19. yüzyıla gitmek ve bizim ailenin en önemli efsanesi olan Mülazım Ömer Bey'den başlamak gerekiyor.

Rus Komutanı Öldüren Dede

Baba tarafından dedemin babası olan Ömer Bey, eskiden Livane Sancağı adıyla anılan Artvin'de çok güzel atlara sahip Yusuf Ağa'nın oğludur. Yusuf Ağa, o zamanlar padişaha doğrudan bağlı olan ve özel rütbeyle görev yapan yerel yöneticilerdendir. Üç oğlundan biri Çarlık Rusyası'na gitmiş ve orada kalmıştır, bir oğlu da sakattır.

'93 Harbi' olarak anılan 1877 savaşı sırasında Yusuf Ağa'nın köyü Rus ordusu tarafından kuşatılır. Yusuf Ağa oğlu Ömer'i köyden kaçırır. Cephe komutanı Ahmet Muhtar Paşa'ya yazdığı bir mektubu eline tutuşturarak onu gizlice Erzurum'a gönderir. İki gün sonra da Ruslarla çarpışma başlar ve Yusuf Ağa'nın başında bulunduğu köy tamamen imha edilir. Aileden herkes öldürülür; tek kurtulan, Erzurum'a gönderilen Ömer'dir.

93 Harbi'nin efsane komutanı Ahmet Muhtar Paşa, Ömer'i yanına alır, özel muhafızı yapar. Çarpışmalar sürüp gider ve kış bastırınca mütareke yapılır. Erzurum, Rus ordusunun işgali altındadır. Bu arada Ahmet Muhtar Paşa, batıya tayin edilmiş, yerine başka bir paşa gelmiştir. Ahmet Muhtar Paşa'nın tavsiyesi üzerine Ömer görevine devam etmektedir.

Erzurum'daki Rus ordusunun merkez komutanı halka zulmetmekte ve bir işgal ordusu komutanı olarak Erzurumluları ezmektedir. Yakınmaların çok artması üzerine Mülazım Ömer Bey, iki subay arkadaşıyla Rus komutana pusu kurar. Her şeyin donmuş olduğu bir kış gecesinde, sivil giyimli Ömer Bey ve arkadaşları, meyhaneden iki muhafızıyla çıkan Rus komutanı ve muhafızlardan birini öldürürler. Öteki muhafız kaçmayı başarır.

Bu olay üzerine Erzurum'da kıyamet kopar. Ruslar her taburu, her birliği gözden geçirmekte, kurtulan muhafızın tanıklığına başvurarak, idam etmek için suikastçıları bulmak istemektedir. Ömer Bey ve arkadaşları, önlem olarak askeri hastaneye yatırılır. Burada onlara, ancak ölmeyecekleri kadar yiyecek verilmektedir. Bir de her gün katranla ovulmaktadır yüzleri ve vücutları. Ruslar, arama tarama çalışmalarının sonuna doğru revire de baktıklarında, karşılarında avurdu avurduna geçmiş, kaburgaları sayılan ve neredeyse bir zenci kadar esmer tenli insanlar görünce, bunlardan kuşkulanmazlar.

Bütün bunlara rağmen Mülazım Ömer Bey yine de tehlikededir. Bu tehlikenin farkında olan komutanı, Erzurum'dan uzaklaştırmak için onu, kolağası rütbesine yükselterek Harput Redif Taburu'na tayin eder.

O sıralarda Harput Redif Taburu, Hüseynik olarak anılan köydedir. Kolağası Ömer Bey buraya yerleşir, o bölgede yaygın olarak yaşamakta bulunan Çeçenlerden bir kızla evlenir. Çocukları olur. Buraya kadar tipik bir Osmanlı hikâyesi olarak devam eden hazin macera yine aynı biçimde sona erer ve Ömer Bey seferde ölür. Geride bıraktığı, 10 yaşındaki oğlu Zülfikâr'dır. (Erkek çocuk sahibi olmak isteyip de uzun süre bunu başaramayan aile, o yöredeki bir yatıra adakta bulunur; çocuğun doğması üzerine de ona, bu yatırın ismini verir. Hamilelik sırasında yatır sık sık annenin rüyalarına girer. Böylece benim kimselere benzemeyen adımdaki, pek de yan yana gelmeyen Ömer ve Zülfü açıklanmış oluyor —Zülfü, Hazreti Ali'nin kılıcı Zülfikâr'ın bir türevidir— Soyadı ise, o dönemde Ömer Bey ve ailesine verilen Livanelioğulları lakabından kaynaklanmıştır.)

Zülfikâr Bey babasından devraldığı devlet hizmeti geleneğini sürdürmüş, müstantik (sorgu hâkimi) olmuştur. Benim tanıdığım en büyük dede odur. İriyarı, heybetli, çok hoş bir hâkim dede olarak canlanır gözümde. Sertlik ile sevecenliği eşsiz bir uyuma kavuşturan dedem ve aydın babaannemle geçen yıllarım, kolejden daha büyük bir eğitim olmuştu benim için. Babam 1940'ta fakülteyi bitirdikten sonra savcı olarak atandığı kaplıcalar kenti Ilgın'da bir davavekilinin kızıyla evlenmiştir. Adliyenin arkasındaki konağın büyük bahçesinde dolaşırken gördüğü kumral kızdır bu. Davavekili Asım Bey'in üç kızından ortancasıdır; adı Şükriye'dir.

Bu evlilikle ailedeki hukukçu sayısı artmıştır. Kardeşim Asım'la iyice perçinlenen hukukçu geleneğinde, soyadımızın ilk kez 'sanık' olarak anılışı benim sayemde(!) olmuştur.

Bu arada dedelerle ilgili en ilginç olay da ölüm tarihleridir. Bana ve kardeşime, daha sağlıklarında iki dedemizin isimleri verilmiştir. Yıllar sonra Zülfikâr Dedem benim doğum günüm olan 20 Haziran'da, Asım Dedem de Asım'ın doğum günü olan 2 Temmuz'da öldü. Sanki bu dünyayı, isimlerini taşıyan torunlarına devredip gittiler. Bu nedenle onların ölüm ve bizim doğum tarihlerimiz, bir çeşit devir teslim anlamı taşımakta bizler için.

Çakal Mağaraları

> *Yaşam dalga dalga uzar giderdi*
> *Ölüm gözümüzde bir arpa boyu*
> *Çocuk gibi öper, okşar severdim*
> *Yediğim ekmeği, içtiğim suyu*

Hiç denediniz mi bilmem; bu dünyaya ilişkin ilk izlenimin resmini bulmaya çalışmak, uçsuz bucaksız imgeler denizinde balık avlamaya benziyor. Gittikçe derine iniyorsunuz, bellek zorlandıkça yeni imgeler ortaya çıkıyor.

Bende, bu dünyaya ilişkin ilk resim, kral mezarlarıdır. Derin sulardaki ilk bulanık imgedir bu. Sonradan bütünlediğim kadarıyla Fethiye'de kralların kaya mezarları ilk büyük etkiyi yapmıştır.

1946 yılında Ilgın'da doğduktan hemen sonra Fethiye'ye gitmişiz. Bu kıyı kasabasına savcı olarak atanan babam, ben doğduğum gece önce trene, sonra katıra binip dağları aşarak yeni görev yerine gitmekteymiş.

Fethiye'de üç yaşına kadar yaşadığıma göre, demek ki anılar bu yaşlara ilişkin. Kaya mezarlarını gösterip, orada çakalların yaşadığını söylediklerini hatırlıyorum. Hep aklımda çakal mağaraları olarak kaldılar. Bir de bahçeli, beyaz bir ev görüyorum. Fethiye depreminde kasabanın büyük bir bölümü yok olduğu için bu ne derece gerçek, bilemiyorum.

Daha sonra resimler Mersin'e atlıyor. Faytonda gittiğimizi görüyorum. Kucağıma boydan boya bir saz uzatılmış. Atların nal seslerine uygun olarak telleri tıngırdatıyorum. Daha sonra babamın saz merakı olduğunu ve yoğun iş yaşamından fırsat buldukça bu çalgıyla oyalandığını öğreneceğim.

Mersin'de ahşap bir evin bahçesinde silkelenen bir dut ağacı ve altına sofra örtüsü tutularak toplanan lezzetli dutlar aklımda. Bir de beni bisikletinin arkasına bindirerek gezdiren kumral, gözlüklü İzzet Amcam. 25 yaşında veremden ölen bu dal gibi adamın, oturduğumuz ahşap konakta her gün keman çaldığını hatırlıyorum. Kibritle oynarken perdeleri tutuşturmam üzerine, alevli perdeleri çekip almış ve avuç içleri kabarmıştı. Bir süre keman sesleri kesilmişti evde.

Bu ilk resimlerden sonra Silifke'de Göksu kıyısındaki büyük evle ilgili anılar başlıyor. Göksu Nehri'nde yüzen bir kayısı dalı gibi anlamsız görüntüler, çıplak ayakla bir akrebin üstüne bastığım günün anılarına karışıyor.

Sonra evin çok büyük salonunda herkesin sessizce ağladığı o gün... Keman çalan ince, hayal gibi oğlunu 25 yaşında yitiren bir ailenin acıları. Fırtınalı bir gece sabaha karşı evde bir telaş ve kız kardeşim Seyhan'ın doğuşu.

Silifke'deki evin bahçesinde büyük bir ağaç vardı. Yıllar sonra Marquez'in *Yüzyıllık Yalnızlık* kitabını okurken, emekliye ayrılmış olan Albay Buendia'nın altında oturduğu ağaç, hep o ağaç olarak canlandı gözümde. Nasıl ilişki kurduğumu bilmiyorum ama kesinlikle o ağaçtı anlatılan.

1989 yılında Meksika Cumhurbaşkanı Gortari'nin davetlisi olarak Çapultepek Başkanlık Sarayı'nın bahçesinde yemek yiyorduk. Görkemli bahçede hemen gözüme çarpan şey, yemek yediğimiz çardağın yanındaki ağaçtı. Çocukluk günlerimin ilginç, benzersiz ağacıydı bu ve masamızdaki konuklar arasında o ağaca en yakın oturan kişi Gabriel Garcia Marquez'di. Oysa ben bu benzerliği kuralı yıllar oluyordu. Yaşam, metafizik deyip geçiverdiğimiz ilginç rastlantılarla dolu.

Babam Silifke'den Amasya'ya atanınca biz de Göksu kıyısından Yeşilırmak kıyısına, iki katlı bir eve taşındık. Her yıl kabarırdı Yeşilırmak. Amasya'yı sel basardı. Sular kabarmaya başladığı zaman toplanır, tepe mahallelerde oturan bir tanıdığın evine taşınırdık. Günler sonra geri döndüğümüzde sular çekilmiş olurdu. Geride koyu, kaygan, yağlı bir bataklık çamuru kalırdı. Sonra çamur yavaş yavaş kurur ve kesek dedikleri çatlak bir hal alırdı.

Bir gün selden sonra eve döndüğümüzde, kuruyan toprakta ayakları çakılı kalmış beyaz bir tavuk görmüştüm. Çırpınıp duruyor ve toprağa âdeta kök salmış olan ayaklarını çıkaramıyordu. O tavuk zaman zaman rüyalarıma girer. Bir de Ankara'da kolejden eve dönerken rastladığım hastalıklı at vardır görüntüler içinde. Vücudundan sürekli beyaz bir sıvı boşalıyordu ve sanırım ölüyordu.

Söz açılmışken iki görüntüyü daha eklemem gerekiyor: Silifke'de kim olduğunu hatırlamadığım bir komşu evine götürmüşlerdi. Evin babası ölüm döşeğindeydi. Pirinç bir karyolada yatarken görmüştüm onu. Çok küçülmüştü. O zaman mı öyle gördüm, sonradan zihnimde mi bu imge değişti bilmiyorum ama şimdi, beş yaşındaki bir çocuk büyüklüğüne dönüşmüş bir ihtiyar adam olarak canlanıyor gözümde. Çok garip bir küçük adam...

Bir de rüyalarıma girmeyen ama unutmadığım bir başka görüntü var: Babamın beni de götürdüğü bir savcılık keşfinde, nehir kıyısındaki çakıl taşlarının üstüne, boğulmuş bir adamın çıplak cesedi uzatılmıştı. Cinsel organı inanılmayacak kadar şişmiş olan bu boğulmuş adam, gördüğüm ilk cesetti.

Amasya'da ilkokula başladım. O zevkli günlerden Yeşilırmak kıyısındaki çocuk oyunları ile en küçük kardeşim Ferhat'ın doğumu kaldı aklımda. Kuran kursuna gönderildiğimi de hatırlıyorum. Boynuma taktığım hamaylı ve içindeki elifba cüzüyle kursa gidip hocanın karşısına oturur Arapça harfleri ezberlerdim.

Amasya'daki güzel sinema salonunda sürekli bir savcı locası vardı. O loca babam için her zaman boş tutulurdu. Ben günün herhangi bir saatinde, sinemaya girip o locaya oturabiliyordum.

Çocukluğumun en mutlu saatlerini geçirdiğim o loca, bana tarifsiz bir sinema sevgisi kazandırmıştı. Özellikle yaz tatillerinde her filmi yedi-sekiz kez görüyordum. Bir ilkokul çocuğunun sinemada tek başına bir locada oturması inanılmaz bir durumdu. Zaten çocukluğumuzun her döneminde, bana ve kardeşlerime –ne yazık ki– farklı olduğumuz duygusu aşılanıyordu. Bizim ailede her zaman bir 'hukuk' efsanesi egemendi. Hâkim, savcı çocukları herkes gibi davranamazdı. Daha dikkatli olmalıydık. Peygamber makamında oturan kutsal adalet mensuplarının ismini zedelememeliydik.

Yıllar sonra 12 Mart'ta, Dışkapı Yıldırım Bölge Hapishanesi'nde yatarken bunu düşündüm: Livanelioğulları sülalesinde, soyadımızı sanık sandalyesine oturtan ilk kişi bendim. Ailedeki herkes kürsünün arkasında oturmaya ve yargılamaya alışmıştı. İlk kez ben demir kafesin arkasına geçmiştim.

Amasya'da bütün okul çocuklarının katıldığı bir yürüyüşü hatırlıyorum. Hepimizi sıra halinde Amasya caddelerinde, sokaklarında yürütüyorlardı. Avazımız çıktığı kadar, "Stalin cehenneme!" diye bağırıyorduk. Bizim için garip ve eğlenceli bir gündü. Çünkü ders yapmıyor, onun yerine ne olduğunu bilmediğimiz bir cümleyi haykırıyorduk: "Stalin cehenneme! Stalin cehenneme!"

Yoldan geçenlerden bazıları bizi alkışlıyordu. Ne Stalin'i biliyorduk ne de o gün ölmüş olduğunun farkındaydık.

Bu olaylardan sonra bir gün, ne olduğunu tam anlayamadan, kendimi Demokrat Parti'nin Amasya milletvekili Faruk Çöl'ün, bana o zaman uzay aracı gibi görünen kocaman gri Buick arabasında Ankara'ya giderken buldum. Otomobili şoförü kullanıyordu. Babamın arkadaşı olan Faruk Bey gri saçlı, çok şık giyinen, zengin bir çiftlik sahibiydi. Kolejde benim velimdi. Sonradan genç ve güzel bir kadınla evlendi ve kapıcısı tarafından öldürüldü. Aradan yıllar geçtikten sonra "Dallas" dizisini izlerken hep bu gri saçları sıkı sıkı taranmış, ince uzun, yakışıklı, Buick arabalı çiftlik sahibini hatırladım.

Daha önce de söylediğim gibi kolejde, diğer okullardan farklı giyinirdik; zaten beni en çok, siyah okul önlüğü ve beyaz yakadan kurtulmak sevindirmişti. O zamanlar çok şık bir cadde olan Kızılay'da yürürken formamızla müthiş övünüyorduk. Herkes bize sempatiyle bakıyordu. Büyük sinema pasajında Beyaz Rus madamların işlettiği pastanede kolej formasıyla oturmak büyük bir zevkti, ama bunu yapmak için zorlanıyordum. Hiçbir zaman yeterli harçlığım yoktu. Dar gelirli bir memur ailesinin, çocuğunu iyi bir okulda okutmak için katlandığı sıkıntıları sonradan öğrenecektim. O dönemde çocuklarını koleje gönderen aileler gibi değildik.

Okuldan eve geldiğimde kolej yaşamıyla hiç bağdaşmayan bir eğitim bekliyordu beni: İki dayısı Elazığ'da Nakşibendi şeyhi olan dedem emekli olduktan sonra kendini iyice dine vermişti. Bana duaları, ayetleri ezberletiyordu. Bu zorlamaya karşı olan ve yorulduğumu düşünen babaannem de inadına radyoyu açıyordu. O sıralarda iyice ünlenmiş olan Zeki Müren, Asmalar da Kol Uzatmış Dallere'yi söylerken, ben yüksek sesle 'ebabile termihin, bi hicaretin min sicciyl' diye dualar ezberliyordum. Kulağım radyoya gittiği zaman dedem bütün çocukları korkutan o asık yüz ifadesini takınır ve "Postal teki geliyor ha!" diye terliğine davranırdı. O dönemde öyle çok dua ve din kuralı öğrendim ki, şaşırtıcıdır. Savcı çocuğu olarak din eğitimi görmek, Kuran kursuna gitmek, koleje yazılmak ya da Atatürk'ü çok sevip saydığı halde dini görevlerini ihmal etmeyen inançlı bir aile içinde yaşamak benim açımdan hiçbir çelişki oluşturmuyordu. Evimizdeki büyükler başörtü takmadıkları için, dindarlık ile örtünün ilişkisini kurmakta uzun süre zorlandım. 1900 doğumlu babaannemin çoğu zaman başının açık oluşu, beni elimden tutup ramazan akşamları teravih namazında kadınlar bölümüne götürmesini engellemiyordu —Camiye giderken başörtü takıyordu elbette— Annemin saçları da hep açıktı.

Dedem özellikle emekliliğinden sonra kendisini iyice dine vermiş bir kişiydi ama ailesindeki kadınların başları onu ilgilendirmiyordu. Bu yüzden özellikle 1990'lı yıllarda doruğa tırmanan başörtüsü tartışması beni çok şaşırttı. Eğer inançsız bir bürokrat aileden gelseydim, o zaman başı açıklara yöneltilen "dinsiz Cumhuriyet eliti" sözünün doğru olduğunu düşünebilirdim. Ama bu nasıl bir "elit"ti ki, çocuğunu Kuran kursuna gönderiyor, camilere götürüyor, evde sıkı bir din eğitiminden geçiriyor, hac ziyareti yapıyor, tamamen Türk geleneklerine göre yaşıyordu. Amasya'da kardeşim Ferhat doğduğu zaman, kesilen göbeğini Beyazıt Camii'ne götürmem için bana vermişlerdi, ben de götürüp caminin duvarındaki bir oyuğa yerleştirmiştim. Gerçi Ferhat imam değil müzisyen oldu, bu da başka bir hikâye.

Ayrıca "elit" sözünün çağrıştırdığı zenginlik vurgusu, harplerle bütün varlığını yitiren, tek bir maaşla bütün çocuklarına tahsil yaptıran, kan tükürse kızılcık şerbeti içtim diyen bu aileyle hiç bağdaşmıyordu. Türban ve din tartışmaları sırasında, Türkiye'yi "dinsiz Cumhuriyet eliti" ve "başı bağlı, zulüm görmüş, dini vecibelerini yerine getirmesine izin verilmemiş halk" olarak ikiye bölen görüşü hiçbir zaman kabul edemedim, bundan sonra da edemem; çünkü bazı teorisyenlerin sözlerine kulak vererek kendi ailemi ve bildiğim gerçekleri ters yüz edemem. Benim yetiştiğim yıllarda halkın tümünü birbirine bağlayan bir ortak alan vardı. Bu alanın içine Hz. Muhammet Mustafa da giriyordu, Mustafa Kemal de. Peygamber manevi dünyanın sultanıydı, Mustafa Kemal ise bir "vatan kurtarıcı." Bu konular tartışılmazdı bile. Aile içinde kimse birbirini "dindar", "dinsiz" diye ayırmıyordu çünkü herkes dindardı. Ayrım sonradan yapıldı ve Türkiye, neredeyse dindarlar ve dinsizler diye ikiye bölünecek duruma getirildi.

Babam ve amcalarım dedemin yanında sigara içmez, ayak ayak üstüne atmazlardı. Ağzına içki koymayan dedemin yanında içki içmeleri ise mümkün değildi. Bu yüzden iki amcam orta yaşı geçmiş birer hâkim olup, babam mesleğinin en tepesine tırmandığında bile dedemden gizli rakı içmek için bazı yöntemler geliştirmişlerdi. Bahçelievler'deki evimizde sofra hazırlanırken, üç kardeş arada bir mutfağa gider, orada kapaklı bir beyaz dolabın içine sakladıkları rakıdan kaçak yudumlar alır, sonra yine salonda oturup yemeği beklemekte olan dedemin yanına dönerlerdi. Koskoca adamların bu davranışında hem komik, hem de hüzünlü bir yan vardı. Özellikle o dolabı seçmişlerdi çünkü dedem kazara mutfağa gelecek olursa, kapakları hemen kapatıp rakıyı saklayabileceklerdi. Dedemin bütün bunlardan hiç haberi olmadığını sanıyorduk ama bir gün çok acıkmış ve yemeğin gecikmesine sinirlenmiş olmalı ki bana Harput şivesiyle, "Zülfü," dedi, "biliiim, mutfakta işret ediiler. Çabuk gelsinler buraya." İşret kelimesinin içkili âlemler için kullanıldığını biliyordum ve dedeme göre dolabın içine sakladığı rakıdan kaçak iki yudum alan oğulları, "işret" etmekteydiler.

Mutfağa gidip bunu söylediğimde, üç oğul da paniğe kapıldı, hemen rakıları döküp ağızlarını yıkayarak, uslu uslu sofrada yerlerini aldılar. Babalarının yüzüne hiç bakamıyorlardı. Dedemin bir özelliği de radyodan mevlit yayınları yapıldığı kandil gecelerinde en ufak bir fısıltıya, hatta neredeyse nefes almaya bile izin vermemesiydi. Çoluk çocuk hepimiz radyo başına dizilir, hafızları, mevlithanları dinlerdik. Bu mevlithanların kendilerini müthiş sıkarak aniden çok tiz notalardan haykırmaları biz çocuklarda aşırı bir gülme isteği uyandırırdı. Baskılı hava ve mutlak sessizlik ise bu isteği kamçılar ve gülme gereksinimi âdeta engel olamayacağımız bir isteri krizine dönüşürdü. Bunun üzerine birer ikişer kaçardık salondan. Odada istediğimiz kadar güler, o tiz sesleri çıkarmaya çalışırdık. Bunun ödülü ise dedemin bizi birkaç gün kötü kötü süzmesi olurdu.

Madem dede bahsini bu kadar uzattım; bu sevgili, dürüst adamcağızın teknoloji karşısındaki şaşkınlığı da ekleyeyim olup bitsin. Kızım Aylin İstanbul'da ilkokula başlayacaktı. O zamanlar yeni çıkmış ve Almanya'dan gelmiş tuşlu, ses kaydeden kasetli âletlerden bir tane almıştım. Ankara'ya gittiğimde bu âletin mikrofonunu herkese uzattım; babam ve bütün aile Ülker'e selam söylediler, Aylin'e de yeni başladığı öğrenim hayatında başarılar dilediler. Dedem sırtında hırkası, başında takkesi, elinde tespihiyle hiç ses çıkarmadan oturuyordu. En son ona gittim, mikrofonu uzattım ve "Dede sen de bir şeyler söyle," dedim. Mikrofonu eline aldı, ötekilerin yaptığı gibi ağzına doğru götürdü ve "Ülker Hanım," dedi, sonra bir kez daha tekrarladı bunu. Biraz daha bekledi ve yine "Ülker Hanım," dedi. "Nasılsın, eyisin?" Biraz daha bekledi ve sonra hepimizi şaşırtan bir şey yaparak mikrofonu âletle birlikte yere savurdu. "Cevap vermiyi ki, ne konuşam!" Belli ki koca dede, hiç görmediği teybi, telefonla karıştırıyordu. Televizyon öncesi çağda çocuklar aile büyüklerinin yaptığı hatalara çok güldüğü için, biz de bu durumu yıllarca bir eğlence malzemesi olarak kullandık. "Meteoroloji" yerine "mitralyöz" deyişini de öyle.

Dedem kurban bayramlarında yanına beni de alarak Samanpazarı'na gider, oradaki sürüler içinde eliyle yoklaya yoklaya irice bir koç seçerdi. Bunu bir hamalın sırtına verirdi ve hep birlikte yine yürüyerek eve dönerdik ama kurban kesilişini hiç görmedim.

Çok dindar olduğu halde yobazlara kızıyordu: Evin içinde dolaşır ve görünmez düşmanlara karşı "Ticaniler (gericiler)! Sizi ticaniler!" diye söylenirdi. Bir de haber bültenini dinlerken 'İsmet! İsmet!' diye söylendiğini hatırlıyorum. İsmet Paşa'yla hiç arası yoktu. Bu da koyu CHP'li olan babaannemle bitmek tükenmek bilmeyen siyasi kavgalarının başlıca nedeniydi.

Dedemin radyoyla kavga etme alışkanlığı bana da geçmiş olmalı ki ben de büyüdüğüm zaman televizyon ekranından gözümüzün içine baka baka yalan söyleyen siyasetçilerle kavga ederken buluyordum kendimi. Tek fark dönemdeydi: O Philips radyoyla kavga ediyordu, ben Sony televizyonla. O kendi döneminin siyasetçileriyle, ben kendilerimikiyle...

Gizli Kitap Tapınağım

> *Karanlıktan güçlüydü hep aydınlık*
> *Uzakta parlayan sımsıcak ışık*
> *Şiir sana tutkun sen ona âşık*
> *Kendi yüreğinle yarışırdın sen*

Çocukluk yıllarımda oyuncaklarım olmuştur kuşkusuz ama ben bunların hiçbirini hatırlamıyorum. Oyuncaklarla pek aram yoktu herhalde. Buna karşılık Amasya'da ilkokulda üç dergiye abone olmuştum: *Çocuk Yuvası*, *Pekos Bill* ve *Köroğlu*. O günlerde adıma üç derginin gelmesi çok hoş bir duyguydu. Dergi sayfalarına gömülüyor, müthiş bir zevk denizinde inanılmaz saatler geçiriyordum. Okuduğum dergilerin lezzetinden başım dönüyordu. Bir de eve gelen *Yeni Sabah* gazetesinde çizgi roman kahramanı Sadık Demir'in maceralarına meraklıydım.

Daha sonra bir gün *Robinson Crusoe* hediye edildi. Robinson ve Cuma'nın maceralarını okurken kendimden geçiyordum. Bu zevk, hiçbir şeyle ölçülemezdi. Sünnet düğününde yastığımın başına yığılan kol saatleri ve cumhuriyet altınları arasında üç tane de kitap vardı: Sait Faik adlı tanımadığım biri yazmıştı kitapları. Yaşıma göre ağır kitaplardı ama bugün Sait Faik'ten aldığım o buruk, bohem ve dalgacı tadı, o dönemde okumaya çalıştığım bir ya da iki sayfada sezinlediğimi hatırlıyorum.

Yıllar sonra Ankara'da ortaokula giderken, kitap tutkusu aşırı bir hal almıştı. Elime ne geçerse okuyordum ama beni en çok etkileyen yazarlar Hemingway, Jack London, Erskine Caldwell, John Steinbeck gibi Amerikan romancılarıydı. Bahçelievler'deki evimizde odamın duvarları Ernest Hemingway'in resimleriyle kaplıydı. Her cumartesi Amerikan kitaplığına gidiyor, yeni çıkan dergilerde Hemingway'le ilgili ne varsa gizlice keserek eve getiriyor, dosyalıyordum. Çalışma masamın üstünde Hemingway'in kitaplarının İngilizce ve Türkçe baskıları duruyordu. Kardeşi Leicester Hemingway'inki de dahil olmak üzere, onun hakkında yazılmış her biyografi kitabını satır satır okumuştum. Hemingway bana bir özgürlük duygusu veriyordu. Önümdeki uçsuz bucaksız ömrü onun gibi yaşamak istediğimi hissediyordum. Normal ve herkesinkine benzeyen bir yaşam sürmeyecektim, adım gibi biliyordum bunu. Hemingway tutkunluğu, beni birtakım çılgın deneylere sürükledi. Yalnız daha önce Bahçelievler 35. Sokak'taki evde kurduğum gizli kitap tapınağını anlatmam gerekiyor.

Önceleri bu kadar kitap okumama sevinen ailem, iş çığırından çıkınca üzülmeye başlamıştı. Bir gün annemin bir kitabımı yırttığını bile hatırlarım. Okuldaki dersler tehlikeye giriyordu, sabahları kalkamıyordum. Benim için gerçek yaşam geceleri, kitapların başında geçiyordu. Arkadaşlarımın çoğu kahvehanelere gidip tavla ve kâğıt oyunları oynuyordu. Ben hiç kahvehaneye girmemiştim; tavla, bilardo ve kâğıt oyunları öğrenmemiştim.

Sonunda babam, gece kitap okumamı yasaklamak zorunda kaldı. Herkes yattıktan sonra arada bir odamın önüne geliyor, kapıdaki buzlu camdan ışık yanıp yanmadığını kontrol ediyordu. Eğer ışık yanıyorsa kapıyı açıp derhal uyumamı söylüyor, oda karanlıksa sessizce dönüp gidiyordu. Birkaç gece kitap okuyamadım, yatakta dönüp durdum. Sonra buldum çaresini. Yattığım somyanın kenarlarını, yere kadar sarkan yatak örtüsüyle sıkıca örttüm. Somyanın altındaki taş zemine bir battaniye yaydım. Prize taktığım küçük bir lamba içeriyi müthiş aydınlatıyordu. Birkaç kez dışardan kontrol ettim, hiç ışık sızmıyordu. O günden sonra benim için olağanüstü zevkli geceler başlamıştı. Gizli bölmemde başucuma kitapları yığıyor, mutfaktan doldurduğum meyve tabağını da alıyor, sabaha kadar cennette dolaşıyordum. Bu arada babam ve annem de arada bir kapının önünden geçiyor ve benim nihayet bu aşırı kitap tutkusundan kurtulmuş olarak, mışıl mışıl uyuduğumu düşünüyorlardı.

Bu yoğun okuma dönemi, küçük yaşta giriştiğim birkaç yaratıyla taçlandı: Hemingway'in *Çanlar Kimin İçin Çalıyor* romanını radyodaki "Arkası Yarın" programına uyarladım ve bunun diyalog yazmama çok faydası oldu. *Milliyet* gazetesinin açtığı bir yarışma için, birçok çocuk ıslahevini gezerek "Suçlu Çocuklar" adlı bir inceleme hazırladım. Hemingway'in etkisi altında, Amarillo adlı düş ürünü bir boğa güreşçisinin hayatını anlatan bir roman yazdım. Herhalde berbat bir şeydi ama ne de olsa 15 yaşında haddini bilmeyen bir çocuk olarak ilk kitabımı yazmıştım.

1960 darbesinden sonra bir gün Nâzım Hikmet'in bir kitabı yayınlandı. Türkiye'ye yıldırım düşmüş gibiydi. Yıllardan beri, fısıltıyla söylenen adını duyduğumuz bu şair, Türk toplumunun en büyük tabusuydu. Bugün kavranılması zor bir biçimde, herhangi bir kitabının yayınlanmasına imkânsız gözüyle bakılırdı.

Doğan Avcıoğlu, çok cesur bir adımla Nâzım Hikmet'in *Kurtuluş Savaşı Destanı*'nı basmıştı. Büyük boy, birinci hamur, siyah kapağında kırmızı desen bulunan bir kitaptı. Kitapçı dükkânında kuyruğa girmiş olanlar, kitaptan üçer beşer alıyordu. Üç tane de ben aldım. Türkçe'nin en kudretli kullanımının yarattığı o görkemli rüzgâr alıp uçurdu beni. Nâzım Hikmet bizim kelimelerimizi kullanıyordu ama onlardan, bambaşka görkemli bir dil yaratmıştı.

Kızılay'da Kocabeyoğlu Pasajı'nın altı, eski kitapçılarla doluydu. Neler bulunmazdı ki orada: Sararmış kapaklarıyla eski Maarif Vekâleti çevirileri, her tür dergi, eski playboy sayıları, Rostand, İbsen, Varlık Yayınları'nın sarı kapaklı baskıları... Bir de Michel Zevaco'lar.

Arsene Lupin'le birlikte Zevaco ciltleri üzerimde garip etkiler yaratırdı. *Buridan, Pardayanlar* gibi kitapların yaydığı kahramanlık ve onur kavramı beni derinden etkiliyordu. Bunun yararını da gördüm:

Kendimi bildim bileli kulağımın arkasında bir kist vardı. Tek kulağımı öne eğen, bütün çocukluk resimlerimde belirgin olan bu büyük kistin alınması gerekiyordu. Bayıltmadan, elli dakika süren bir ameliyatla kisti kazıdılar. Kulak dibimde yapıldığı için bıçakla kazıma seslerini, ürkütücü bir volümde duyuyordum. Sanki hoparlörden ameliyat yayını yapılıyordu ama ben ameliyat sırasında çok rahattım. Çünkü iki gün önce okuduğum kitapta Pardayan, kılıç yarasının acısına hiç aldırmıyordu. O bütün acılara nasıl kahramanca göğüs germişse, ben de dayanacak ve sesimi çıkarmayacaktım. Ameliyat sonunda doktor hayretle yüzüme baktı ve "Bravo oğlum!" dedi. "Ne cesur çocukmuşsun!" Kitaplar yoluyla uygulanan bir anesteziden haberi yoktu.

Hemingway'in bütün kitaplarını ezbere bilirdim ama *İhtiyar Adam ve Deniz*'in yeri başkaydı. "Talihsizlikten de beter bir salao'ya yakalanmış olan" ihtiyarı tanıyormuş gibiydim. Karayip Denizi'nin tuzunu cildimde duyuyordum. Ringa balığının ekşi lezzeti dilimi buruyordu.

44 yaşında Karayip Denizi'ni ilk kez gördüğümde tanıyormuş gibiydim. Sanki çocukluğumun denizlerinden birisiydi.

Hemingway'in büyülü dünyası ile Ankara'daki tekdüze yaşamım arasında büyük bir uçurum vardı. Günlerim, okul ile ev arasında tekdüze, sıkıcı ve anlamsız geçiyordu. Okuldan çok sıkılıyordum. Zaten okuduğum her şey okulu ve klasik eğitimi aşağılamıyor muydu? Jack London kendi kendini yetiştirmiş bir gemiciydi. (Bu serüveni anlattığı *Martin Eden* adlı romanı başucu kitaplarımdan biriydi.) Hemingway okulu bırakmış, genç yaşta *Toronto Star* gazetesi adına Avrupa'ya gitmişti. Hatta İngiliz dilinin en büyük yazarı Faulkner, İngilizce dersinde başarısız olmuş ve okuldan kovulmamış mıydı? Yıllarca okumuş olmama rağmen benim öğrenim çizgim, pek alışılan yolları izlemedi. Bilinçli bir seçimdi bu.

Babamın koleje göndermesiyle başlayan dil öğrenme tutkusunu da katarsanız, birçok alanda müthiş bir okuma susuzluğu ve bilgi açlığı içindeydim. Yıllarım, gece gündüz okumak ve öğrenmekle geçiyordu. Her gün bir şeyler öğrenmeyi ilke edinmiştim. Ortaokul ve lise döneminde Ankara'daki kitaplıklardan çıkmaz, tatil günlerimi bile kitaplar arasına gömülerek geçirirdim. O dönemin gençleri arasında yabancı dil kitap okuyanlara pek sık rastlanmazdı.

Okuldaki eğitim ise yavaş, tekdüze ve gereksiz geliyordu. Bu yüzden okulu hep, zorunlu bir formalite olarak gördüm. Gerçek kültür ortamı ve bilgi okul dışındaydı. Değişik diller öğrenmek istiyordum, okul bunu vermiyordu. Okul, Türkiye'deki diploma koşullanması içinde, geçilmesi gereken bir köprü olarak algılanıyordu.

Beni kesin bir biçimde etkisi altına alan kitaplar, birçok sanatçı ve düşünürün, kendi eğitim çizgisini okul dışında çizmeye çalıştığını anlatıyordu. Stefan Zweig bunlardan biriydi. Klasik öğrenimi reddetmişti. Büyük filozof Erasmus, "Gerçek bilgi okuldan değil kitaptan edinilir," diyordu. Albert Camus, Stefan Zweig gibi filozof yazarlar; Georges Brassens, Yves Montand, Jacques Brel gibi kültürlü müzikçiler okulu reddetmişlerdi. André Malraux da öyleydi.

Bana kalsa ömrüm boyunca bir arı gibi bilgi çiçeklerini gezer, bal toplardım ama Stockholm'deki üniversite burslarının çekiciliği beni burada okumaya teşvik etti. Bu durum yine de felsefe ve müzik okuma isteği sonucunda, iki ayrı okulda kendi eğitim programımı oluşturmamı engellemedi. Belki de bu eğilim, kitapların çocukların aklını nasıl karıştırdığı, onları nasıl kötü(!) yola yönlendirdiğine bir örnek olarak verilebilir ama ben hâlâ aynı düşüncede ısrar ediyorum. Okullarda tek boyutlu insan yetiştirme programı, hayatı anlamayan, değişik disiplinleri kavramadan, vida gibi hep aynı noktada dönüp duran bireyler yaratıyor.

Bu etkilerle dolu olan kafam lisedeki eğitimi müthiş küçümsüyor, öğretmenlere küstahlıklar yapmama neden oluyordu. Çocuk zalimliği içinde onları zor duruma düşürecek sorular hazırlıyordum. Bir gün Descartes'ın bir sorusunu okudum ve sınıfta hocaya sordum:

"Newton'a göre bir madde, başka bir maddenin çarpmasıyla harekete geçer ve başka bir madde tarafından durdurulur. Ben şu anda kolumu kaldırıyorum, hangi maddenin çarpmasıyla bu hareket oluşuyor? Kolum kendiliğinden hareket ettiğine göre Newton yasası yanlış mıdır?

Tabii sorunun Descartes'a ait olduğunu söylememiştim. Tam da Newton'u okutmakta olan öğretmen şaşaladı, "Ama ruh diye bir şey var," diye mırıldandı.

"O zaman Newton yasaları doğru değil mi, diyorsunuz hocam?" diye üstüne gittim.

Fransız düşüncesinin en büyük dehası olan Descartes'ın zekâsıyla çarpıştığını bilmeyen zavallı adam elindeki anahtarlığı yere fırlattı; "Allah belanı versin!" diye bağırarak sınıfı terk etti. Sınıfta büyük bir zafer kazanmıştım. Yine de böyle zaferler beni doyurmuyor ve gerekli serüven duygusunu yaratmıyordu. Daha büyük ve delice bir işe kalkışmalıydım.

İlk Büyük Serüven

> *Sormuşlar yoldakine*
> *Kardeş yolun nereye*
> *Ben bilmem rüzgâr bilir*
> *Düştüm yelin önüne*

Okul dönemi sona ererken zayıf dersler ve kırıklar insanın göğsünün üstüne, yüreğini daraltan bir dağ gibi oturur. Onca sıkıntı ve üzüntüden sonra, yaz başlangıcında hiçbir şey yapmadan beklersiniz. Günler, birbiri ardına dizilmiş tespih taneleri gibi tekdüze ve sıkıcıdır, ne yapacağınızı bilemezsiniz. Havada, insanın kanını kaynatan bir bahar kokusu sezilir. Sokaklardaki akasya ağaçlarının baygın kokusu, delikanlı gecelerinize damgasını vurur. Doğa bütün coşkusuyla tomurcukları patlatan özsuları fışkırtırken, size, odanızda oturup kitap okumak, pencerenizden içeri süzülen kara sinekleri izlemek kalır. Hele benim gibi yedi dersten bütünlemeye kalmışsanız, yaşam içinden çıkılmaz bir sorun yumağına dönüşür.

Karneyi alıp da o uğursuz yedi kırığı görünce, hiç yapmadığım bir işi yaptım; hayatımda ilk kez maça gittim. Bir tepki miydi, kaçış mıydı bilemiyorum. 19 Mayıs Stadyumu'nda Ankaragücü'nün Amerigo diye bir takımla maçı vardı. Maç başladı ve yabancı futbolcular Ankaragücü'yle kedi fareyle oynar gibi oynamaya koyuldular. Maçın skoru 7-0'dı.

O uğursuz yedi sayısının tekrar karşıma çıkmasında, rastlantıdan öte bir anlam olmalı diye düşündüm. Eve geldim, birkaç parça eşya ve bir-iki kitap aldım yanıma. Harçlığımdan biriktirdiğim çok az parayı da cebime koyup dışarı çıktım. Otobüs garajına gittiğimde hava kararmak üzereydi. İstanbul'a giden Gazenfer Bilge otobüsünün en arka sırasında yer buldum. Bir arkadaşımdan, Eskihisar ve Darıca diye iki kıyı kasabasının övgüsünü dinlemiştim. Oralarda denizin tuzuyla yıkanan yaşam beni çok çekiyordu. Özellikle *İhtiyar Adam ve Deniz*'den sonra, balıktan, denizden ve maceradan başka bir şey düşünemez olmuştum. Aklımı kitaplarla bozup yollara düşen Mancha'lı ihtiyar gibiydim.

Sabaha karşı Ankara-İstanbul karayolu üzerinde bir benzincide indim otobüsten. Karanlıktı, benzin istasyonu ve iki yolüstü kahvesi dışında hiçbir şey görünmüyordu. O kahvelerden birine girdim. Şoförler ve kahvede bulunan sabahçılar arasında çay içtim. Bir yandan da ben yaşlardaki sarışın garsona Eskihisar'ı soruyordum. Garson çocuk, kahvenin arka tarafını işaret etti; oradan aşağı, denize inen bir orman yolu varmış, beş kilometrelik bir yolmuş bu.

"Birazdan orman bekçileri gelir," dedi. "Ben seni onlarla gönderirim."

Şafak sökerken iki orman bekçisi geldi, çaylarını içtikten sonra Eskihisar'a doğru yola koyulduk. Çok yoğun, sağlıklı bir çam ormanı içinden iniyorduk. Ben bütün soruları, kamp yapmaya çıkmış bir öğrenci olduğumu söyleyerek karşılıyordum. Aklı kitaplarla karışmış kaçak bir çocuk olduğumu söyleyecek halim yoktu ya!

Zorlu bir yürüyüşten sonra Anibal'in mezarının olduğu yerlere, Eskihisar adlı küçük balıkçı kasabasına ulaştık. Hakkında onca şey okuduğum Anibal'e böylesine yakın olmak müthiş heyecanlandırmıştı beni. Ayrıca Eskihisar da Karayip Denizi'ndeki o ünlü balıkçı köyünü andırıyordu. Mutluluktan ağlamak üzereydim, Hemingway'in romanının içine girmiştim, ömrüm boyunca yaşayacağım yeri bulmuş gibiydim.

Girişteki büyük çınarın altında çok hoş bir kahve vardı. Orman bekçileriyle birlikte ilk mekânımız orası oldu. Yol boyunca sohbet ede ede geldiğimiz orman bekçileri beni kahvenin sahibi Hasan'a tanıttılar:

"Ankara'dan gelen bir öğrenci, tatile çıkmış, kalacak yer arıyor."

O andan itibaren, birçok kez hayatımı kurtaracak olan Anadolu insanının yardım geleneği işlemeye başladı. Tanrı misafiri olduğum için herkes bana yardım etmeye çalışıyordu. Ne de olsa gariptim. Hasan bir yerlere haber gönderdi, sonra tepede ihtiyar bir kadının evinde kalabileceğimi söyledi. Evi de uzaktan gösterdiler. Kasabanın diğer evlerinden apayrı bir yerde, tepede tek başına duran köhne, ahşap bir yapıydı.

Hemen kendimi kumsala attım, ıssız bir yere çekilip akşama kadar Hemingway okuyup denizin, özgürlüğün tadını çıkardım. Akşam Hasan'ın kahvesinde çıtır çıtır kızartılan taze balıkları yerken, omuzlarım ve sırtım müthiş yanıyordu ama keyfim yerindeydi.

Gecenin bir vaktinde kalacağım eve doğru yola çıktım. Tepeyi tırmanmaya başladım. Evler bitti. Ay ışığında iyice ürkütücü görünen kara, ahşap eve doğru yürürken birden mezarlığın içine düştüm. Bir macera filminden korku filmine geçmiş gibi duyuyordum kendimi. Garip bir ürpertiyle ahşap eve vardım. Kapı açıktı, itip içeri girdim. Evde çıt yoktu. Ayaklarımın altında gıcırdayan tahta döşemede yürüyerek kimse olup olmadığını sordum. Arka odalardan bir inilti geldi, oraya doğru yürüdüm. Bir odadan içeri girince, pencereden vuran ay ışığında çok garip görünen yaşlı bir kadınla karşılaştım. Sonradan yatalak olduğunu öğrendiğim kadın hiçbir şey söylemeden bana bakıyor, arada inliyordu. Oradan üst kata çıktım. İlk bulduğum yatağa attım kendimi, sabaha kadar karabasanlarla, garip düşlerle bölünen tedirgin bir uykuya gömüldüm.

Sabahın ilk ışıklarıyla birlikte evden çıkıp gittim; Hasan'a o evde kalamayacağımı söyledim. Bir yandan da çalışmak, balıkçılık öğrenmek istiyordum. Hasan bir balıkçıyla konuştu, bana iş buldu. Çavuş diye anılan usta balıkçının teknesinde ağları toplayacak, tekneyi temizleyecek, balıkta ona yardım edecektim. Büyük bir sevinçle işe başladım, sonra Çavuş'tan teknede yatmak için izin aldım. Şimdi bile çok dost ve yardımsever bir ağabey olarak andığım bu usta balıkçı bana çok yardım etti.

Sabah kör hayırda açılıyor, parakete ve ağları çekiyorduk. Çavuş bana balık yataklarını, ağ çekmeyi, ağ sermeyi, tanımadığım deniz yaratıklarını öğretiyor, kimi zaman da deniz dibinde zıpkınla balık vurmayı gösteriyordu. Denizden çektiğimiz ağları temizleyip işe yarayanları tekneye, yaramayanları denize atmayı öğretirken hep başımda duruyordu. Bir gün ağda gri, kalkana benzeyen, garip bir yaratık belirdi. Tutacak yeri yok gibiydi, yalnız bir delik görünüyordu. Tam elimi o deliğe atıyordum ki Çavuş telaşla elimi yakaladı. O deliğe parmağımı sokarsam, balık elimi koparırmış.

Geceleri teknede, açık havada yatıyor, yıldızları seyrederek denize, tuza, yakamoza bulanmış maceramın tadını çıkarıyordum. Ömrüm boyunca Eskihisar'da kalmaya, balıkçılık yapmaya ve kitap yazmaya karar vermiştim. Başka bir yaşam istemiyordum. Beni üzen tek şey, aileme yaptığım kötülüktü. O yaşlarda serüven tutkusuyla çok fazla farkına varamadığım bu kötülük, az da olsa içimi sıkıyor, suçluluk duygusuyla kıvranmama neden oluyordu.

İki ay sonra Ankara'ya gitmeye ve ailemle konuşup her şeyi anlatmaya karar verdim. (Sonradan bu iki ay içinde deliye döndüklerini ve her yerde beni aradıklarını öğrenecektim.) Orman yollarından yürüyerek karayoluna çıktım. Benzincide durup benzin alan otomobillerden birine yaklaşarak, öğrenci olduğumu, Ankara'ya gitmem gerektiğini söyledim, aldılar. Böylece Ankara'ya doğru yola çıktık. Otomobili, Koparal adlı bir pilot kullanıyordu. Arkada da annesi oturmaktaydı.

Ankara'da aradığım bir arkadaşla Büyük Sinema önünde buluşmayı kararlaştırdık. Orada kalabalık arasında beklerken birden Gökhan Amcamı gördüm. Arkadaşımın beni ele verdiğini anladım, koşmaya başladım. Amcam da arkamdan koştu, Sıhhiye'de yakaladı beni.

Eve gittik. Salona girdiğimizde annem, babam ve üç kardeşim sofra başında oturuyordu. Yemeğe başlamak üzerlerdi. Babam göz ucuyla bana baktı, anneme dönerek; "Şükriye, bir tabak daha koy," dedi. O yemek boyunca içine düştüğüm utancı, yerin dibine girme istediğini anlatamam. Hepsi benden küçük olan Asım, Seyhan, Ferhat kaçak bakışlarla beni süzüyor ama konuşmaya cesaret edemiyorlardı. Yemek boyunca tek söz edilmedi ve aile beni sessizlikle ezerek cezalandırdı. Sonra her şey normale döndü. Ben hızlı bir ders çalışma dönemine girdim, geceyi gündüze katarak sınıfı geçtim. Eskihisar ve Anibal de çocukluk düşlerimin çılgın bir macerası olarak anılara gömüldü.

Dünyanın Bütün Nevrotikleri Birleşin!

> *Söyle canım, söyle bana*
> *Anlat nedir genç olmak*

Adı Luis Megino'ydu. Sakallı, dost bakışlı bir İspanyol film yapımcısıydı. Soruyu ilk kez o getirdi aklıma:

"Çocukluğunuzda hiç sizi diğer çocuklardan ayrı bırakan bir hastalık ya da benzer bir şey geçirdiniz mi?"

Berlin'de, yarı buzlu Linje akvaviti içilen bir Norveç lokantasında oturuyorduk. Avrupa Film Ödülleri eleme jürisinin başkanlığını yapıyordum; masamızın çevresinde, Luis'den başka Rus, Belçikalı, İzlandalı ve Hollandalı jüri üyeleri oturuyordu. Luis'e bu gereksiz sorunun nereden çıktığını sorduk.

"Bir düşünün bakalım," dedi, "sebebini sonra açıklayacağım."

Bir süre sonra itiraflar dökülmeye başladı. Senarist, film yönetmeni ve oyuncu olan jüri üyelerinin her biri, çocukluklarında ya büyük bir hastalık geçirmiş ya ameliyat olmuş ya da başka nedenlerden dolayı kendini diğer çocuklardan ayrı hissetmişti.

"İşte," dedi Luis, "yine yanılmadım. Bu soruyu yaklaşık 25 yıldır herkese soruyorum. Daha çocukluğunda böyle bir olay yaşamamış sanatçıya rastlamadım."

Luis'in bakış açısına göre normal bir çocukluk geçiremeyen, kendilerini diğer çocuklardan ayrı gören insanlarda, birtakım nevrozlar gelişiyordu. Bu nevrozlar, bir süre sonra onları sanat yapmaya itiyordu. Bu yüzden bütün sanatçılar nevrotikti. Sanat, nevrozlarını dışarı vurmanın bir aracıydı sadece. Luis yakında bir film yapacağını söylüyordu: 'Dünyanın bütün nevrotikleri, birleşin!' olacaktı adı.

Luis'in sorusu hepimizi çocukluk yıllarımıza götürmüştü. Buzlu Linje akvavitinin yarattığı sisler arasından eski anılarımızı avlıyorduk. Benim diğer çocuklardan ayrı kalmamı gerektiren öyle çok şey olmuştu ki, bu soru sorulmadan önce bana çok doğal geliyordu bu durum. Her zaman bütün arkadaşlarımdan ayrı duyumsamıştım kendimi. Hiçbir sporu ya da oyunu onlar gibi kendimi kaptırarak oynamamıştım. O delice coşkularına gıpta etmiştim her zaman ama becerememiştim. Çoğu zaman onları taklit ediyor, kısa cümlelerle, bıçkın ve aldırmaz tavırlarla konuşmak istiyordum ama üzerimden akıyordu. Uzun cümlelerle, ayrıntılar üzerinde durarak konuşma alışkanlığım vardı. Beceremediğim bir başka konu da argoydu. Doğru dürüst küfredemiyordum. Okul yıllarım boyunca çocuk itiş kakışları dışında hiç dövüşmemiştim. 'Ayrı olma' durumu öylesine bildik bir duyguydu ki üzerinde düşünmemiştim bile.

Luis'in sorusu üzerine çocukluğumda ne kadar çok ameliyat olduğumu hatırladım. Bu, sağlıksızlık doğumdan geliyordu herhalde. Çünkü 1 kilo 300 gram doğmuşum, üstelik boynuma kordon dolanmış. Doğduğum zaman nefes alamayan, mosmor bir et parçasıymışım. Ebenin marifetiyle bir mucize eseri hayatta kaldıktan sonra, bu 'mor doğum'un etkileri beni bir sürü ameliyata sürükleyecekti. Bir-iki yılda bir oramdan buramdan ameliyat ederlerdi beni. Ne var ki sebep sadece 'mor doğum' değildi, kendi başıma açtığım belalar da vardı.

Ankara Bahçelievler'de oturuyorduk. İki katlı bir evin üst katında kiracıydık. Babam adliye müfettişiydi ve çoğu zaman teftişte oluyor, eve iki ayda bir gelebiliyordu. Annem, üç küçük kardeşim ve evlatlığımız Huriye Abla'yla birlikte zor bir hayat sürüyorduk. Annem ortaokul dönemi haylazlıklarımla başaçıkamıyor, beni eve kapatmak istiyordu. Yine de balkondan atlayıp kaçmanın yolunu buluyordum.

Bu kaçışlardan birinde arkadaşlarla buluştuk, o günlerdeki tehlikeli oyunumuza kaptırdık kendimizi. İki takıma ayrılıyorduk. Bir bahçede yaklaşık yüz metre arayla sipere giriyor, ellerimizdeki sapanlarla birbirimizi taş yağmuruna tutuyorduk. Gerçek bir savaştı bu. Yıldırım gibi gelen sapan taşları kafalarımızın üstünde uçuşuyor ve her seferinde bir ölümden ya da sakatlıktan son anda kurtuluyorduk. Benim şansım ötekiler kadar yolunda gitmedi ve bir anda ne olduğunu anlayamadığım bir patlamayla dünyam karardı. Sanki başımın içinde tonlarca dinamit infilak etmişti. Bayılmışım. Bir süre sonra kendime geldiğimi hatırlıyorum. Telaşlı sesler duyuyordum. Adım tekrarlanıyordu. Başım birinin kucağındaydı.

"Abi! Abi..." diyordu bir ses.

Dehşet içindeydi. Asım'ın sesi olduğunu fark ediyor ama onu göremiyordum, hiçbir şey göremiyordum. Kör olduğumu kavradım ve aklıma gelen ilk düşünce şu oldu: "Artık evlenemem." Neden böyle düşündüğümü bilmiyorum, o yaşta evlenmek üzerine kafa yormuyordum, hatta hiç aklıma gelmiyordu ama nedense bulanık zihnimde ilk beliren cümle buydu işte.

O zamanlar, Dostoyevski'nin, idam mangası karşısında kurşuna dizilmeden önceki son düşüncesinin, karşı damda duran garip görünümlü bir kuş olduğunu bilmiyordum. Okumamıştım henüz. Son anda çarın affıyla ölümden kurtulan Dostoyevski, bu ilginç psikolojik kaçışı anlatmıştı kitaplarında.

Ben de sapan taşıyla kör olmanın şoku içinde, ilerideki evliliğimi düşünen bir çocuk olarak yatıyordum öylece. Daha sonra evden yükselen çığlıklar, ambulans, hastane, göz ameliyatları birbirini izledi. Sol gözümün tam üstüne iri bir sapan taşı yemiştim. Gözüm akmamıştı ama iris parçalanmıştı. Ayrıca gözün dibinde, görme noktasında yaralar vardı. Göz tamamen kanla dolduğu için hiçbir şey göremiyordum.

Bir süre sonra sağ gözüm açıldı, dünyayı görmeye başladım. Evde yattığım dönemde, hiç sağa sola dönmemem gerekiyordu. Bu yüzden annem, babam ve babaannem sürekli nöbet tutuyorlardı başımda. Aylarca yattım, uzun süren ve can yakıcı göz tedavilerine katlanmak zorunda kaldım. Babam, memur maaşıyla beni dönemin en önemli doktorlarına götürdü. Böylece İstanbul'u ilk kez görmüş, daha doğrusu görememiş oldum. Bir yandan da Adalet Bakanlığı'nın yardımıyla Viyana'ya gitmeye hazırlanıyorduk.

O dönemlerde İstanbul'da çok ünlenmiş bir göz doktoru vardı. Randevu alabilmek için aylarca beklemek gerekiyor diye duymuştuk. İstanbul savcısı bize yardımcı oldu, doktoru görmeye gittik. Adı Emil Tahinci'ydi. Diğer göz doktorlarının tavsiye ettiği Avrupa'da tedavi fikrinin yanlış olduğunu söyledi bize. Göz dibindeki yaralar iyileşse bile iz kalacaktı ve o gözün bir daha tam olarak görmesi imkânsızdı. Hüküm Emil Tahinci tarafından yüzüme okundu: Bir gözüm gitmişti artık. Bu düşünceye kendimi alıştırmalıydım.

Yıllar sonra Elia Kazan'la mavi yolculuk yaparken İstanbul'daki akrabalarından konuşuyorduk. Göz doktoru olan dayısından söz etti. Adı Emil Tahinci'ydi. Dayısıyla nasıl tanıştığımızı ve yaşamımdaki önemli yerini anlattım; olayla birlikte. "Hiç şaşırmadım," dedi. "Tanıdığım bütün sanatçıların normal olmayan bir tarafı var."

Sanatçıların, dünya üzerinde bir nevrotikler kulübünün üyeleri olduğuna Elia da inanmaktaydı.

Müzik, Edebiyat, Sinema Denilen Büyülü Şeyler...

Bir gün
Çok bunalırsan
Denizin dibinde, yosunlara takılmış gibi
soluksuz...
Sakın unutma gökyüzüne bakmayı
Gökyüzü senindir
Gökyüzü herkesindir

Bunaltıcı bir yaz günüydü: Saroyan'ın deyimiyle 'Dünyanın bir öğleden sonrası.' Odamda oturmuş sinekleri izliyorum. Hangi kara sinek masanın üstüne doğru pike yapsa yüreğim ağzıma geliyor. Çalışma masasının üstünde bir saz yatıyor. Sineklerin ona konmasını bekliyorum. Alçak sinekler odanın her tarafına konuyorlar, sazın yanından geçiyorlar ama üstüne konan yok.

Bir-iki gün bekliyorum; sonunda müziksever bir sineğin alt tele konduğunu görüyorum, odaya parlak bir 'la' sesi yayılıyor. Artık çok mutluyum, büyük bir hevesle o âleti tanımaya, sırlarını çözmeye koyulabilirim. Saz çalmayı öğretecek kimse yok çünkü saz çalan bir kişi tanımıyorum henüz. O dönemlerde saz moda değil.

Aslında yaşamımı değiştiren bu hediye yerine bir bisiklet verilecekti bana. Sınıfı geçersem, bir çocuğa verilebilecek en alışılmış armağanı kazanacaktım. Sınıfı geçtim ama babam o günlerde bir trafik kazası görmüş. Bahçelievler sokaklarında bisikletle dolaşan iki gence kamyon çarpmış, ikisi de ölmüşler. Bunun üzerine bisikletten gözü korkan babam bana saz almaya karar vermiş.

İlk tepkimin büyük bir hayal kırıklığı olduğunu hatırlıyorum. Hiç bilmediğim, çevremde de çalınmayan hatta herkesin küçümsediği bu çalgıyı ne yapacaktım ben. Babam, sazın Anadolu'nun eski bir çalgısı olduğunu, iyi çalanın elinde çok güzel sesler verdiğini, kolejde okuyan bir çocuğun ömrü boyunca Anadolu halkıyla ilişkisini kuracağını anlattı. Başladım sazla uğraşmaya. İlk çaldığım parçalar, salondaki büyük ve lambalı Philips radyodan duyduğum basit halk türküleriydi. Kendi kendime çıkarıyordum ezgileri. Bir süre sonra bu iş o kadar zevk vermeye başladı ki geceleri kalkıp yeni ezgiler çıkarmaya başladım. Babam neredeyse pişman olmak üzereydi çünkü her konuda aşırı gitme eğilimim saz çalma konusunda da kendini gösteriyordu. Evde kimsede rahat huzur kalmamıştı.

Saz öğrenirken çaldığım üçüncü parça Portofino'dur. O sıralarda ortalık, dalga sesleriyle başlayan bu romantik melodiyle çalkalanıyordu. Annemin eve gelen bir hanım arkadaşı bu parçayı istedi benden. Önce tuhaf geldi ama birkaç gün sonra ağzımla dalga hışırtısını taklit ederek girdiğim bu parçayı mandolin gibi tremolo yaparak çalıyor, bir yandan da söylüyordum: I found my love in Portofino (Sevdamı Portofino'da buldum). Ayrıca Tom Dully adlı bir asılmış adam baladı vardı söylediklerimin arasında (Eğ başını Tom Dully, eğ ve ağla!). Sixteen Tons adlı Amerikan işçi şarkısını da çok seviyor ve söylüyordum.

Bu şarkı, sabahtan akşama kadar kömür çıkaran bir maden işçisinin feryadını dillendiriyordu: On altı ton çıkardın da eline ne geçti?/Bir gün daha yaşlısın, biraz daha borçlu/Aziz Peter çağırma beni çünkü gidemem/Şirket dükkânına borçlandım ruhumu.

Bu anılara son biçimini verdiğim 2007 yılında, hatta şu satırı yazdığım anda Berlin'deki bir stüdyoda, zenci blues ve caz şarkıcısı Jocelyn Smith'in bestelerimi seslendirdiği albümün miksaj çalışmaları yapılıyor. Dünyanın en güçlü seslerinden biri olan bu yorumcu için birkaç blues yazdım. Kayıt sırasında inanamıyor ve coşkuyla ellerini çırparak, "Düşünsenize," diyordu, "neredeyse bütün blues tarihini anlatan bu parça Türkiye'de yazıldı. Akıl almaz bir şey."

Türkiye denilince aklına göbek dansı ve inlemeler gelen Jocelyn'e çalışma yoğunluğu arasında anlatmadığım şey, çocukluğumda Anadolu âşık geleneğiyle birlikte blues'la da uğraşmış, bu müziği çok sevmiş olmamdı. Ayrıca bu iki halk müziği geleneği arasında bir çelişki de görmüyordum, şimdi de görmüyorum. Bir dönemde Woody Guthrie ile Âşık Veysel'i karşılaştıran bir yazı yazmıştım. Bırakın müzik ve sözlerin benzerliğini, biri Anadolu'da öteki Amerika'da çektirdikleri iki fotoğrafta toprağa oturmuşlardı, ikisinin de başında fötr şapka vardı ve ikisi de pipo tüttürüyordu. Sanki aynı insanlardı.

Saz çalmaya ilk başladığımda en çok canımı sıkan şey akort güçlüğüydü. Telleri nasıl düzenleyeceğimi bilmiyordum. Yaz tatiline gittiğimiz Ilgın'da saz çalan bir bisikletçi buldum. Bütün çocuklar oradan bisiklet kiralıyordu. Şero diyorlardı adama. Bana telleri düzenlemeyi öğretti. Saz ustalarıyla karşılaştığım zaman, zaten saz çalan bir çocuk olmuştum.

Bir gün Ankara'da Emek Mahallesi'nde arkadaşlarla gezerken saz sesi geldi kulağıma. Yeni bir apartmanın girişindeki üç dükkânın birini perdeyle örtmüş, ev haline getirmişlerdi. Birkaç kişi vardı içerde. O güne kadar duyduğum en güzel saz çalan kişilerdi. Arkadaşlarla içeri girdik, saz çaldığımı söyledim, pek inanmadılar önce. Bunun üzerine sazı alıp Çiçekdağı oyun havasını çaldım. Çok heyecanlandılar, böylece melodiler uçuşan güzel bir dostluk başladı aramızda. Gençlerden biri o sıralarda Ordu Foto Film merkezinde askerliğini yapmakta olan Özay Gönlüm, öteki de ağabeyi Özkan Gönlüm'dü. Ege yöresinin mızraplarını öğrendim onlardan.

Bir başka büyük etkiyi de Mecitözü'nde yaşadım. Babam yaz tatillerinde teftişe giderken bazen beni de götürürdü. Çorum ve ilçe adliyelerini teftiş edecekti o yaz. Bir aydan fazla Çorum'da kaldık. Bir gün yolumuz Mecitözü ilçesine düştü. Adliyede incelemelere başlayan babam, savcıdan o yörelerde iyi saz çalan bir âşık olup olmadığını sordu. Çok ünlü biri varmış. Yanıma başkâtibin oğlunu verip ona yolladılar beni. Çocuğun adı dikkatimi çekmişti: Burhan Felek.

O sıralarda pek boyuma bosuma bakmadan, eve gelen gazetelerde köşe yazarlarını okuma alışkanlığındaydım. Garip gelecek ama, en sevdiğim iki yazar, kullandıkları sözcüklerin bir bölümünü anlamadığım Burhan Felek ve Refi Cevat Ulunay'dı.

Çelimsiz bir çocuk olan Burhan Felek beni kulübe gibi bir eve götürdü. Orada yaşlı, sakallı bir dededen bağlama dinledim. Müzik yaşamımın belki de en önemli günüydü o, yaşamımın yönünü değiştirmişti. Dede erenlerin çaldığı âlet, daha önce dinlediğim hiçbir şeye benzemiyordu. Radyo sazı denilen o yavan ve sıkıcı üsluptan o kadar farklıydı ki, anlatamam. Ezgiyi üç telde tamamlıyor ve akorlarla zenginleştiriyordu. Klasik gitar tekniğiyle işleyen sağ eli öylesine ritmik bir zenginlik çıkarıyordu ki ortaya, şaşıp kalıyordum.

Çaldığı deyişler de farklıydı. Anadolu'nun arkaik sesleriyle ilk kez karşılaşıyordum, çok heyecanlanmıştım. Bağlamayı incelemek için izin istedim dededen. Elime aldım ve hiçbir şey çalamadım; benim tanıdığım çalgı bu değildi. Tellerin hangi seslere akort edildiğine dikkat ettim, o günden sonra en büyük çabam o çalgıyı öğrenmek oldu.

Yıllar sonra ilk plaklarım çıktığı zaman değişiklik duygusunu yaratan, beni diğerlerinden ayıran, "Ne güzel bir saz çalma biçimi," dedirten etki budur. Karlı Kayın Ormanı gibi birçok parçanın bestelenmesi, o dedenin bana tanıttığı uçsuz bucaksız pentatonik müzik kaynağı sayesinde mümkün olmuştur.

Dedeyi tanımadan önce saz hoş bir oyuncaktı benim için. Radyoda yayınlanan halk müziği programlarından nefret ediyordum. Hiçbir müzikal çağrışım yoktu yaptıkları işte. Bu yüzden Portofino gibi, Tom Dully gibi parçaları ya da İspanyol flamenco'larını çalmaya özeniyordum ama dede farklıydı. Çok ciddi ve çok zengin bir müzikti onun yaptığı. Sonraları bunu iyice kavradım. Dedenin çaldığı bağlama tarzı, dünyadaki pentatonik müzik geleneğinin en usta örneklerinden biriydi. Bu müzik yoluyla Uzakdoğu'dan İrlanda folk müziğine, Afrika'dan blues'a kadar her akraba müzikle ilişki kuruyordunuz. Yapılan müziğin temelinde armonik bir uyum vardı. Eğer o dedeyi dinlememiş olsaydım ne saz çalmaya devam ederdim, ne de beste yapardım. Batı müziğini tanıdığım için radyo sazı yavan ve tatsız geliyordu. Çalgıyı neredeyse bırakmıştım.

Ankara'ya dönünce böyle bir sazı nasıl yaptıracağımı ve bu üslubu kimden öğrenebileceğimi araştırmaya koyuldum. Sonunda Hamamönü'nde atölyesi olan Yusuf Erenler'i buldum. Dükkâna girdiğimde orta boylu, hoş yüzlü, bıyıklı bir adam, bir yandan elindeki sapı rendeliyor, bir yandan da talaşlar arasına yerleştirdiği bir çay bardağından rakı içiyordu. İçeri girince bana soğuk soğuk baktı. Bağlama düzeni saz yaptırmak istediğimi söyledim. Uzunca bir süre süzdü beni. "Sen saz çalmayı biliyor musun ki?" diye kuşkulu, hatta alaycı bir ifadeyle sordu. "Biliyorum!" dedim. Duvarda asılı sazlardan birini uzattı, "Çal bakalım o zaman!" dedi. Ben de bildiğim usulde saz çalmaya başladım. Gözleri hayretle açıldı, "Yahu sen gerçekten çalıyorsun," dedi. O andan itibaren ünlü saz ustası Yusuf Erenler'in müthiş takdirini kazanmıştım ama ne yazık ki hemen arkasından sordu: "Adın ne?"

"Ömer!" dedim. İki ismimi de kullanıyordum, o gün de Ömer diyeceğim tutmuştu. Saz ustası bunu duyar duymaz kıpkırmızı kesildi ve "Neee! Ömer mi?" diye bağırdı. "Hemen çık git bu dükkândan!" Neye uğradığımı şaşırdım, ne dediğini anlamadım. Sonra benim halimi gördü ve dedi ki, "Sen bilmiyorsun ama Ömer ismi bizde yasaktır. Arkadaşlar gelir, burada bir 'Ömer' görürse yandık."

O zamana kadar ben ne Alevi kavramını duymuştum, ne mezheplerden haberim vardı, ne de Ömer, Bekir ve Osman isimlerinin 1400 yıldır yasak olduğundan...

"Ama benim bir adım da Zülfü," dedim. Yumuşadı, "Haa, o zaman olur!" gibi bir şeyler söyledi.

Sonra onunla çok iyi dost olduk. Bana hem güzel sazlar, curalar yaptı hem de bağlama düzeni çalmanın tekniklerini kaptım ondan. İlk albümlerimi de şimdi ölüp gitmiş olan bu efsanevi ustanın sazlarıyla kaydettim.

1999 yılında Princeton Üniversitesi'nde Albert Einstein'in ders vermiş olduğu ve pencereleri $e=mc^2$ formülünün işlenmiş olduğu vitrayla kaplı olan salonda Alevilik üzerine bir konferans verirken, içimden gizlice, ilk tanıdığım Aleviler olan Çorum'daki dedeyi ve Yusuf Usta'yı da andım.

Müzik yaşamım bununla sınırlı değildi. Arkadaşlarla toplanıp tambur ve gitar çalıyorduk. Akorlar basıp moda şarkıları söylüyorduk. Bahçelievler bu yönden çok şanslı bir semtti. Birlikte müzik yaptığımız arkadaşlar arasında alt kattaki komşumuz klasik gitarcı Savaş, güzel şarkı söyleyen arkadaşlarımız Selçuk Ural, Aydın Tansel, gitarcı Tarık, Ümit, tambur çalan Akay vardı. Geceleri aygın baygın akasya kokan Bahçelievler sokakları, bir grup gencin çalgılarından yayılan armonik seslerle zenginleşiyordu. Bu iş yıllarca sürüp gitti, lise yıllarımızda sanatla iyice içli dışlıydık artık. Hepimiz Beatles dinliyorduk, Shadows grubunun hepimizi etkileyen Apache gitar parçasını çalmaya uğraşıyorduk ama benim gizli gizli yürüttüğüm, kimseyle paylaşamadığım ve ileride birçok bestemin temelini oluşturacak bir Alevi-Bektaşi müziği birikimi oluşuyordu.

Yalnızca müzik değildi ilgi konumuz: İhsan ve Emre adlı arkadaşlarımız evde hazırladıkları bir sinema dergisi çıkarıyorlardı. *Odak* adlı bu dergi, daktiloyla yazılmış film eleştirilerinden ve dergilerden kesilmiş resimlerden oluşuyordu. İnanın bana, çok nitelikli bir sinema dergisiydi. İhsan, adının eski çağrışımını beğenmediği için hepimizi ona Sungu demeye zorluyordu. Sonra Sungu Çapan adıyla ünlü bir sinema eleştirmeni oldu.

Her cumartesi Amerikan kitaplığına gidiyorduk. Devlet tiyatrosunda Ionesco'nun 'Gergedan'ını izlediğim günü hatırlıyorum. Oyundan çıktığımda sara krizine tutulmuş gibi titriyordum. Absürd tiyatro öylesine büyük bir etki yapmıştı üzerimde. Hemen Ionesco'nun kitaplarını aldım. Yakaladığım aile büyüklerine ve komşu teyzelere, "Kel şarkıcıyı gördün mü?" sorusuna verilen, "Evet, saçlarını tarıyordu!" cevabındaki derin gerçekliği anlatmaya çalışıyordum. Doğal olarak herkes bu ukala, kafası hayallerle dolu çocuğun yine saçmaladığını düşünüyordu. O yıllarda Asaf Çiğiltepe ve arkadaşları Ankara Sanat Tiyatrosu'nu kurdular. Tiyatronun açıldığı ilk gün gidip *Godot'yu Beklerken*'in ilk temsilini izledim.

Kesinlikle emin olduğum bir şey vardı: Ben artık içinde yaşadığım çevreye ait değildim. Yerim Godot'ların, Ionesco'ların, Çiğiltepe'lerin dünyasındaydı. Okul beni fena halde sıkıyordu. Sanat dışındaki her şey ağır bir yüktü. Bu bunalım günlerinde bir kitaba rastladım: Kahverengi kapağı üzerinde Jean Paul Sartre adı ve *Bulantı* başlığı vardı.

O kitaptan sonra, yaşamımın başka bir dönemi başladı.

Varoluşçulukta Var Olmak

> *Gözünde bir iz bulur*
> *Aydınlanır genişler ufuk*

Siyah balıkçı kazak, siyah pantolon ve hep üzgün duran, kaygılı bir yüz... İşte gençlik yıllarımızda hepimizi peşinden sürükleyen moda buydu. Fransa'dan yayılan Jean Paul Sartre ve Albert Camus rüzgârı dünyayı kasıp kavuruyordu. Elimizde Jaspers ve Kierkegaard'ın kitaplarıyla Ankara sokaklarında sürtüp duruyorduk. Gerçi bu düşünürleri okurken zorlanıyorduk ama ne de olsa zevkli bir zorlanmaydı bu.

Varoluşçuluk akımı, içinde bulunduğumuz çevreye ve geleneklere karşı çıkmamız için esaslı bir gerekçe oluşturuyordu. Mademki insan kendini seçerdi, biz de kendi yaşamımızı seçmekte özgürdük. Bir masa, onu yapan marangozun planına göre, önceden tasarlanarak var olabilirdi. Dolayısıyla masa gibi bir nesnenin özü *(essence)*, varlığından *(existence)* önce gelebilirdi. İnsan bir nesne olmadığı için önce var olurdu, özü ondan sonra belirlenirdi. İnsan kendini seçmeliydi. Bu seçimde size kendi özgür iradenizden başka hiçbir şey yol gösteremezdi.

Jean Paul Sartre'ın ünlü örneğini tartışıp dururduk: Fransa savaştayken, genç adam cepheye çağrılıyordu. Delikanlının çok yaşlı bir annesi vardı. Oğlu askere giderse yaşlı kadının öleceğine kesin gözüyle bakılıyordu. Genç adam annesi ile savaş arasında karar verebilmek için her kuruma başvuruyordu. Din kitapları bir bölümde cennetin anaların ayağının altında olduğunu yazıyor, başka bir bölümde de vatan uğruna savaşmanın kutsallığından dem vuruyordu. Demek ki genç adama kendi seçiminden başka yol gösterecek hiçbir kurum ve gelenek yoktu. İşte bu harikaydı bizim için!

Daha sonra fırtınada yelken açmış bir gemi gibi sürükleneceğimiz sosyalizmden pek haberimiz yoktu. Bunca yıl sonra bakınca varoluşçuluk akımının, sosyalizme giden yolu açtığını görebiliyorum. Bütün kurum ve geleneklere kafa tutmayı, onları reddetmeyi varoluşçuluk öğretmişti bize. Solcu akımlar dünyayı kasıp kavurmaya başladığı zaman biz çoktan bağlarımızdan kopmuştuk ve enternasyonalizme hazırdık.

Varoluşçuluk öylesine etkilemişti ki bizi, arkadaşlarla selamlaşmayı, vedalaşmayı kaldırmıştık. Bir araya geldiğimiz zaman hiç kimse merhaba demiyordu. Uzun uzun anlamsız suskunluklarla süren arkadaşlıklar yaşıyorduk. Üç-dört arkadaş bir araya geliyor, iki saat konuşmadan oturuyorduk. Hepimiz önemli şeyler düşünen insanlar pozundaydık. Sonra içimizden biri kalkıp gidiyordu. Tek bir sözcük etmeden ayrılıyorduk. Albert Camus'nün 'Dünya saçmadır' düşüncesine yürekten katılıyorduk.

Arkadaşlarımdan farklı olarak benim yaşamım birkaç düzlemde sürüyordu. Varoluşçu kitaplar okuyordum, o modanın etkisindeydim ama bir yandan da Hemingway, Jack London gibi hayata bağlı, kanlı canlı adamların hayranıydım. Öte yandan elimde bir saz, Anadolu'nun yüzyıllardır süren ve radyolara yansımayan gizli müziğini keşfetme yolundaydım. Rastlantıyla öğrendiğim her şeyi çalıyordum. Hozatlı Alevi dedelerinin parmakla çaldığı şelpe tekniğinden, Çıldırlı Âşık Şenlik ve Sümmani tarzına kadar her şeyi öğreniyordum. Günde beş-altı saat saz çaldığım oluyordu. Sazda, flamenco akorlarını bulmaya çalışıyordum. Böylece, hiçbir çelişki duygusuna kapılmadan, Sören Kierkegaard'dan Hozatlı dedelere uzanan bir kültür ortamında yaşayıp gitmekteydim.

O dönemde Alevi müziğini o kadar iyi öğrendim ki, beni hep Alevi zannettiler. Hiçbir ailesel bağım olmamasına rağmen Alevi kitlesi beni kendisinden bilerek onurlandırdı. Yıllar sonra ATV için Aleviliği anlatan iki program yaptığım zaman kameraman bana çok ilginç bir hikâye anlatmıştı. Yaşlı Alevi anne programı gözyaşı dökerek izliyordu. Oğlunun, Alevi olmadığımı söylemesi üzerine de kızıyor ve buna inanmıyordu. Nasıl olur da Alevi olmayan biri bu insanları bu kadar iyi anlatabilirdi.

Üzerimizdeki kültürel etkilerin çeşitliliği bu kadarla da kalmadı.

Bir yaz tatilinde Ilgın'a gitmiştik. Orada dedemlerin oturduğu Rum işi konakta, büyük kavaklık, koyun sürüsü ve sabahları sac üzerinde yapılan çoban böreklerinin kokusuyla, zevkli bir çiftlik yaşamı geçiriyorduk. Daha önce böyle bir doğa zevkini sadece Dalaman'da tatmıştım. Muğla savcısı olan babam, Dalaman Cezaevi'nin de sorumlusuydu ve biz hafta sonları bu dev çiftlikte ata biniyorduk.

Davavekili olan iriyarı Asım Dedem sabah aç karnına erkenden yazıhanesine gider, akşama kadar hiçbir şey yemeden içmeden çalışırdı. Akşamları eve geldiğinde ise mangalda yapılan külbastılardan epey bir miktar yiyerek bir paket Sipahi sigarası tüttürür ve Kulüp Rakısı içerdi. Çok sevecen ve hoş bir dedeydi. Ahşap konakta, kovboy filmlerindeki çete reisi annelere benzeyen anneannem Tevhide Hanım ve teyzelerim yaşardı. Öğleden sonraları bir odada yatakların üzerine yan yatar durumda saatlerce tanıdıklarından söz ederlerdi. Özellikle çok şişman olan Fikriye Teyzemin yatışı Ilgınlı bir Botero heykeli gibiydi.

Her Anadolu kasabası gibi Ilgın'ın ortasında da büyük bir park vardı. Bir öğleden sonra o parkta otururken yanıma iki genç yaklaştı. Ankara'da yurtta kalan Ilgınlı üniversite öğrencileriydi bunlar. Uzaktan tanıyordum. Müzikten söz açtılar. Benim müzikle uğraştığımı, kitaplara çok meraklı olduğumu duymuşlardı. Acaba bana bir-iki kitap verseler okur muydum?

Ne kitabı olduğunu sordum. Benim sanat yoluyla insanlığa yardım etme ve mutlu bir dünya yaratma ideallerime çok yakın kitaplar olduğunu söylediler. Yazan kişinin adı Said-i

Nursi'ymiş; Bediüzzaman diye de anılıyormuş. Said-i Nursi, büyük bir bunalıma girmiş olan insanlığa yardım etmek için bu kitapları yazmış. O gün bana birkaç Risale-i Nur verdiler. Bir de *Asayı Musa* adlı bir kitap...

Hemen eve döndüm, Tarkovski'nin gölgeli ormanlarını andıran kavaklıkta yere uzanıp kitapları okumaya koyuldum. Birçok kelimeyi anlamakta güçlük çekmeme rağmen genel bir fikir ediniyordum. Kitaplar ilginç ve ateşli bir üslupla yazılmıştı, yazarın bambaşka bir Türkçe anlayışı vardı. Doğrusu kitaplarda bir edebiyat tadı bulmuştum. Öylesine hırslı, kuvvetli bir üsluptu ki ister istemez etkileniyordunuz. İlkokul yıllarında dedemin sıkı dini eğitiminden geçmiş olduğum için terminoloji bana yabancı değildi.

İlk okuduğum bölüm kader kavramıyla ilgiliydi. Eğer insanoğlunun kaderi alnına yazılmışsa, uğraşmasına ne gerek var sorusu soruluyordu. O zaman insanoğlunun işlediği günahın da, sevabın da sorumluluğu Allah'a ait değil miydi? Bu soru beni müthiş ilgilendirmişti. Çünkü hem varoluşçuluk felsefesinin temel sorusuydu, hem de Balzac aynı soruyu öğretmenine sormuştu.

Said-i Nursi adlı yazarın yorumu ve cevabı ilginçti: Ay tutulmasını örnek gösteriyordu. İnsanlar Ay'ın hangi tarih ve saatte tutulacağını bilirdi ama bu bilgi, insanların Ay tutulmasına neden olduğu anlamına gelmezdi. Ay, kendi kuralları ve tâbi olduğu disiplin gereğince tutulurdu, biz sadece bunu önceden bilirdik. Kader de aynı biçimdeydi. İnsanın kaderi kendi davranışına bağlıydı. Ne var ki bu Tanrı katında önceden bilinirdi. Alın yazısı denilen şey buydu.

Bu bölümü okuduktan sonra kavaklıktaki ince esintide, gözlerimi kapatıp düşündüm. Bu kitapları yazan, ne kadar zeki bir kişiydi. Sanki Balzac'la, Kierkegaard'la, Camus'yle polemiğe giriyor, aynı konuları irdeliyordu; doğrusu çok da mantıklı bir cevap veriyordu. O gece sabaha kadar bana verilen bütün Said-i Nursi kitaplarını okudum. İrade-i külliye ve irade-i cüziye bölümü benim cevap aradığım birçok soruyu aydınlatıyordu. Ertesi gün öğrencilerle gene buluştuk. Kitapları çok beğendiğimi söyledim. Sevindiler, bana yeni kitaplar verdiler. Onları da okudum. O yaz Said-i Nursi'nin kitapları ve düşünceleri epeyce ilgilendirdi beni.

Ankara'ya döndükten sonra, yurtta kalan öğrenciler beni aramaya devam ettiler ve kitapların topluca okunduğu ve tartışıldığı toplantılar yaptıklarını anlattılar. Ben de bu toplantılardan birine davet edilmiştim. Diğer arkadaşlar benimle tanışmaya can atıyorlardı.

Bir pazar günü, Cebeci'deki bir eve gittik. İçerde 15-20 öğrenci vardı. Kitaplardan pasajlar okundu ama sonra yapılan yorumlar ve konuşmalar çok itici geldi bana. Politik bir örgüt oldukları izlenimini edindim. Zaten Said-i Nursi konusunda görüşünü sorduğum babamdan, Nurculuğun, siyasi boyutları da olan bir tarikat olduğunu öğrenmiştim. Ayrıca tartışmalardaki düşünce düzeyi beklediğim gibi değildi. Öğrencilerin çok bilgili olmadığını, militan gibi konuştuklarını fark ettim. Bir daha da gitmedim ve kitapları kapattım.

Yine de İslam dinini ilgilendiren konularla epeyce uğraştığım için o yaz okuduğum Said-i Nursi kitapları ilgimi çekmişti. Ama bu arada varoluşçuluk ile Said-i Nursi ve Hemigway ile Âşık Sümmani arasında gidip gelen iç dünyamın kargaşasını bitirecek olan akım ufukta belirmişti artık.

Çünkü Türkiye Plekhanov'un bir kitabıyla tanışmıştı. Bu kitap Türkiye'de 60 sonrası sol literatürün başlangıcı oldu. Yaşlı Rus Marksisti tarihsel materyalizmi öğretiyordu. İlk kez altyapı ve üstyapıyla, ekonominin belirleyici gücüyle ve teknolojinin değiştirici etkisiyle karşılaşmıştık.

Plekhanov, ilkel kabilelerin av hukukundan örnekler veriyordu. Ok ve yayla avlandıkları dönemde büyük bir av hayvanına birden fazla ok isabet etmişse, kalbe en yakın oku atmış olan kişi en büyük parçayı alıyordu. Bütün kabilelerin okları işaretliydi ve kimin kalbe en yakın oku attığını belirlemek kolaydı.

Daha sonra ok ve yayın yerini tüfek aldığında bütün bölüşme hukuku değişmişti. Çünkü kurşunlara işaret konulamıyordu. Teknolojik gelişmelerin, hukuk üstyapısını değiştirdiğini kanıtlayan daha güzel bir örnek bulunamazdı. Plekhanov'un kitabından okuduğum her satır, yüzyılımızı heyecana boğmuş olan büyük Marksizm fırtınasına doğru çekiyordu beni. Dayanılmaz bir etkiydi. Gözlerimin önündeki gündelik dünya birdenbire anlam değiştirmişti. Artık varoluşçulukta olduğu gibi dünyayı ve varlığı yorumlama çabası, yerini yepyeni bir kavrama bırakmıştı: Dünyayı değiştirmek.

Böylesine büyük bir amacın varlığından bile haberli değildim. Büyük bir hızla bulabildiğim her kitabı okumaya koyuldum; kitaplığımı, bir çığ gibi yayınlanan Hegel, Marx, Engels, Lenin kitaplarıyla doldurdum.

Türkiye'de daha önce de Marksist literatür yayınlanmıştı kuşkusuz ama biz bunlardan haberli değildik. Bizim için aydınlanma 1960'larda başlamıştı. Kitaplarla ve *Yön* dergisiyle 1960 sonrasında tanışmıştık. Bizim kuşağın entelektüel tarihinin miladıydı 27 Mayıs. Ve o günü çok iyi hatırlıyorum.

Bayraklı Çocuk

> *Sen, ben, biz, siz, onlar bütün yurttaşlar*
> *Savaştan barıştan arta kalanlar*

Babam her zaman olduğu gibi teftişteydi. Bahçelievler ile Emek Mahallesi'ni ayıran 4. Cadde üzerindeki iki katlı evimizde radyo sesiyle uyanmıştık. Daha sonra *Sis* filminde kullandığım görüntülerdeki gibi, radyo başına birikmiş olan herkes sevinç içindeydi. Bir diktatörlüğün devrilmesi heyecanı yaşanıyordu. İnanmayacaksınız; bakkal gerçekten de bedava gazoz dağıttı. Sözümona sokağa çıkma yasağı vardı ama hepimiz dışardaydık. Ne olduğunu tam anlayamadığımız bir sevinç duyuyorduk.

Komşumuzun kızı ihtilali duyar duymaz, sabah sokaktan geçen ilk kişiyi öpeceğine yemin etmişti. Daha sonra hafif bir pişmanlık ve utançla sokağa gözünü dikmiş ve beklemeye koyulmuştu. Durumu öğrenen bizler de heyecanla bekliyorduk. Derken caddeden aşağı doğru, üniversite öğrencisine benzeyen bir gencin yürüdüğünü gördük. Genç kız sokağa çıktı, gencin yanına giderek, "Sen benim kardeşimsin. Sabah ihtilali duyunca heyecanlanıp büyük yemin ettim. Seni öpmem gerekiyor," dedi ve sarılıp çocuğu öptü. Daha sonra bu ayrıntıyı da *Sis* filminde kullandım.

İhtilal günü öğleden sonra balkonda oturuyordum. Elimde bir Türk bayrağı vardı. Derken bir kamyon göründü, kasası tıklım tıklım insan doluydu. Bağırıp çağırıyor, sloganlar atıyor, devrilmiş Demokrat Parti iktidarına lanetler yağdırıyorlardı. Elimdeki bayrağı gören bir-iki kişi kamyonu durdurdu. Beni de çağırdılar, çünkü bayrakları yoktu. Bir dakika sonra kamyonun tepesinde, şoför mahallinin üstündeydim. Elimdeki bayrağı sallıyor ve 14 yaşın bütün coşkusuyla sloganlara katılıyordum. Böylece bütün Ankara'yı gezdik. Herkes bize bakıyordu. İnsanlar balkonlara, camlara birikiyorlardı. Elimdeki bayrakla en başta duran ben, büyük bir gurur içindeydim.

Bu coşku akşama kadar sürdü, sonunda beni çok uzak bir semtte, Aydınlıkevler tarafında bıraktılar. Elimdeki bayrakla tek başına kalakaldım. Daha önce hiç o kadar uzağa gitmemiştim. Bir kuruş bile param yoktu ve üstüne üstlük sokağa çıkma yasağı olduğu için hiçbir araç görünmüyordu yollarda. Karanlık çökerken, bomboş sokaklarda tek başınaydım. Kamyondaki adamlara çok kızıyordum. Anneme haber vermeden binmiştim kamyona. Dehşetli merak ediyor olmalıydı.

O akşam saatlerce yürüdüm. Hangi semtlere ulaştığımı, nerelerden geçtiğimi bilmiyordum. Nedense askeri araçlar da görmedi beni. Hava epeyce serinlemişti. Elimdeki bayrağı, gömleğin içine sokuşturdum. Geceyarısına doğru iyice umutsuzluğa düşmüştüm. Neredeyse umudumu yitirmek üzereyken bir otomobilin yaklaştığını gördüm, kendimi hemen önüne attım. Bir Cadillac'tı, içi tıklım tıklım doluydu. Durumu anlattım, beni Bahçelievler'e götürmeleri için yalvardım. Arabada hiç yer olmadığını söylediler. Bunu ben de görebiliyordum. "Bagajda gideyim," dedim, kabul ettiler. Cadillac'ın bagajına bindim, epey uzun bir yolculuktan sonra bizim Bahçelievler 1. durakta indim. Eve kadar yürümem gerekse bile artık tanıdık bir yerdeydim. Kim olduklarını, ihtilal günü ne yaptıklarını bilmiyordum ama o Cadillac bir masal arabası gibi kurtarmıştı beni.

Benden çok çekmiş olan zavallı annem o gün de meraktan deliye dönmüştü. Sevinç ve coşkuyla başlayan günüm, bütün Ankara'yı bayrakla gezişim sonunda büyük bir fiyaskoya ve sızlayan ayaklara dönüştü.

Halkın coşkusu dinmek bilmiyordu. CHP'li babaannem, dedem müstantik Zülfikar Bey'e karşı büyük bir zafer kazanmıştı. Çok kızdığı Adnan Menderes Yassıada'da yargılanıyordu. Her akşam radyoda Salim Başol'un boğuk sesinden, "Sanıklar getirildiler. Bağlı olmayarak yerlerine alındılar," cümleleriyle başlayan yargılamaları dinliyorduk. Ne olup bittiğini tam olarak kavrayamıyordum. Bu arada babam, Ulaştırma Bakanlığı'ndaki yolsuzlukları inceleyen bir komisyonun başına getirilmişti.

Derken bir sabah babaannemi hüngür hüngür ağlarken gördüm. Elinde bir gazete tutuyordu. Ne olduğunu sordum, gazeteyi gösterdi. Birinci sayfadaki büyük resimde Adnan Menderes beyaz idam gömleğiyle, ipin ucunda sallanmaktaydı. Menderes karşıtı babaannem, "Karga gibi astılar koskoca adamı!" diyerek hıçkırıklara boğuluyordu.

27 Mayıs tartışılırken hep bu sahne gözümün önüne gelir. O barbarca idamların, insan vicdanlarını nasıl yaraladığını hatırlarım. Diğerleriyle birlikte Menderes ailesine yapılan kötülükler içimi sızlatır. *Sabah* gazetesinde yazdığım günlerin birinde, o dönemde Yassıada'da çekilmiş bir resim gördüm. Adnan Menderes'in ailesi onu ziyarete gelmişti. Ada komutanı aileyle birlikte, sanki o ailenin reisiymiş gibi sandalyeye oturmuştu. Zavallı Menderes ise boynunu bükmüş, arkada duruyordu. Bu resimdeki zulme duyduğum tepkiyi ve bir insanı ailesinin yanında aşağılamanın insafsızlığını belirten bir yazı yayınladım. O gün Aydın Menderes beni aradı, "Hiç şaşırmadım!" dedi, "Sizden, kişiliğinizden ve vicdanınızdan zaten böyle bir yazı beklerdim."

İhtilalin günahları yanında, sevapları da vardı. Böyle büyük bir trajediyle noktalanan 27 Mayıs, bir kültür aydınlanmasının başlangıcını oluşturmuştu. Üzerimize çavlan gibi boşalan bir edebiyat, tiyatro, dergi, müzik, şiir ortamına açtık gözümüzü. *Yön* dergisini okuyorduk. Nâzım Hikmet girmişti dünyamıza.

O günlerde Kızılay'daki Tansel mağazasında duyduğum bir sesle irkildiğimi hatırlıyorum. Değişik ve güçlü bir sesti bu. Kim olduğunu sordum. Hiç duymadığım bir isim söylediler, "Ruhi Su," dediler. O kırk beşlik plağı aldım ve eve gelip defalarca dinledim. Marksizm'in gümbür gümbür edasına yakışan sesi bulmuştum. Babam beğenmedi. "Bulgar halk türküleri böyle söylenir. Türkü Anadolu'da daha yumuşaktır," dedi.

Babama katılmadım. Gerçi Mecitözü'ndeki Alevi dedeyi dinlemiş olduğum için benim yolum ayrıydı. Kendi müzik biçimimi bulmuştum. Yine de Ruhi Su dinlemekten müthiş zevk alıyordum.

Kendimi ne zaman 'solcu' olarak tanımladığımı çok düşündüm, yanıtını bulamadım. Sanırım bu bir süreçti; Nâzım Hikmet'le başlayan ve diğer kitaplarla, kültürle devam eden bir heyecan süreci.

Karl Marx'ın kitaplarıyla karşılaşınca bunun bir heyecan meselesi olmadığını anladım. *Kapital*'i okumaya çalışıyordum. Hep 'yirmi yarda keten bezi' geçiyordu okuduğum bölümde. Bir süre sonra 'yirmi yarda keten bezi'nden fenalık gelmişti içime. Eski İngiltere ekonomisinden de bıkmıştım. Artıdeğer, değişim değeri gibi kavramlar uçuşuyordu gözlerimin önünde. Kıvıramayacağımı anladım ve haddini bilen bir genç olarak bu kitapları okumayı erteledim. İyi ki de öyle yapmışım, çünkü yıllar sonra bile okurken ter döküyordum.

İçinde yaşadığım karmaşık ortam ve garip ruh durumu, sonunda etkisini gösterdi ve liseyi bitirmem gerekirken kaldım. Yakın bir arkadaşım da benimle aynı durumdaydı. Sonradan ünlü bir ressam olan Mehmet Sönmez'le birlikte sınıfın en arka sırasına yerleştik. O, önündeki kâğıtlara sonu gelmez küçük desenler, kutu kutu evcikler çiziktirirdi. Daha sonra Bodrum resimlerinde kullanacağı üsluptu bu. Bense durmadan şiir, hikâye yazar, derslerde aklıma gelen ilginç düşünceleri not ederdim. İkimizde de garip bir utangaçlık duygusu vardı. Çoluk çocukla(!) birlikte olmak ağırımıza gidiyordu.

Dersler dışında, Bahçelievler'de epey ünlenmiş olan kabadayı Rüstem'le arkadaşlık ediyordum. Rüstem iyi İngilizce konuşan, incecik, hep siyah giyen ve Harley Davidson motora binen biriydi. Birlikte yürürken sağ tarafında olmama dayanamazdı. Gerektiğinde silah çekebilmek için sağ kolu boşta kalmalıydı. Bunu herhalde atıyor, beni etkilemek için söylüyordu ama ilgi uyandırmayı başarıyordu. Tuhaf gelecek ama onunla aramızdaki ortak konu İngilizce'sinden okuduğumuz Amerikan romanlarıydı.

Okulda sadece hikâye ve şiir yazmıyordum. Bir gün, ön sıralarda oturan 2580 numaralı, tanımadığım kıza uzun bir mektup yazdım. Sınıftaki hali tavrı, davranışları, öğretmenlerle konuşurken sesindeki vurgulama çok hoşuma gitmişti. Okuldan sonra arkadaşlarıyla Renkli Sinema'ya doğru yürürken, çantasını taşıyışı, kollarını sallayışı bile değişikti. Başka türlü bir uyumu çağrıştırıyordu. Mavi okul üniformasının üstüne, yakası kirlenmesin diye saydam bir naylonla kapladığı beyaz deri ceket giyiyordu. Daha sonra tanıştık. Bir albay kızıydı, iki kız kardeşi daha vardı, adı Ülker'di, arkadaşlık etmeye başladık. O zaman birileri söylese şaşırırdık ama ileride hayatlarımız birleşecekti.

Okuldaki arkadaşlarımla ders saatlerinde bir arada oluyorduk ama okul dışı saatler ayırıyordu bizi. Onlar kahveye gidiyor, bilardo, tavla, kâğıt oyunları oynuyorlardı. Futbol seviyorlardı. Benimse ilgimi müzik ve edebiyat dışında hiçbir şey çekmiyordu. Gece gündüz okuyor ve müzik çalışıyordum, başka bir hayatım yoktu.

Benim bu yalnız ve diğer gençlerden ayrılan hayat biçimim, birtakım psikolojik sorunlara da neden olmuyor değildi. Babam sık sık, "Zülfü'nün hayalhanesi geniştir!" diyordu. Gerçekten de hayaller içinde yaşıyordum; uzak diyarları, başka hayatları merak ediyordum. Kitaplarda okuduğum kahramanların ya da serüvenci yazarların hayatını yaşamak, Ankara'dan kurtulmak istiyordum. Bu küçük, karanlık, resmi binalarla dolu şehir beni boğuyordu. Daha sonra Borges'te okuyacağımız gibi yabancı yer adlarının karşı konulmaz bir çekiciliği vardı. Bütün bunlar sonucunda evle, okulla, günlük yaşamla bağım kopuyor ve uykusuz geceler sonunda bitap düşüyor, hep yorgun oluyordum. Bugünlerimin, ömrüm boyunca gözümün önünden gitmeyen ve beni hâlâ uykularımdan zıplatan bir anısı vardır. Bunu her hatırladığımda utanç içinde kalırım. Okulumuzun tavanarası güvercinlerle doluydu; onların uçtuğunu, bir delikten içeri girip çıktığını görür, seslerini duyardık. Bazen de uğur sayılan bir şey yapar, üzerimizi damgalarlardı. Bir gün arkadaşlarım, tavanarasına çıkıp deliği kapatarak güvercinleri torbaya doldurmayı, sonra da pikniğe gidip bunları kızartarak yemeyi önerdi. Serüven gereksinimi içindeki ruhumun buna hemen evet dediğini belirtmeye bile gerek yok. Okulun boş olduğu bir pazar günü tavanarasına çıktık. Ortalık güverçinden görünmüyordu. Kimi kanat çırpıyor, kimi beyaz güvercin dışkısıyla kaplı zeminde yürüyordu. Arkadaşlar çıkış deliğini kapadılar, sonra da üzerlerine atılıp güvercinleri yakalamaya çalıştılar.

İşte o anda beni dehşet içinde bırakan bir şey oldu. Arkadaşlarımın güvercinleri yakaladıktan sonra çekerek başlarını kopardıklarını, boynundan kan sızan başsız güvercinleri bir torbaya doldurduklarını gördüm. Zavallı kuşların boynu akıl almaz bir biçimde uzuyor, sünüyor, sonra kopuyordu. Titremeye başladım ama o delikanlılık çağımda bunu arkadaşlarıma göstersem, ömür boyu sürecek alaylarla karşılaşacak, bir korkak sayılacaktım. Dehşet duygumu belli etmemeye çalıştım ve o tarafa bakmayarak ben de güvercinlerin peşinden koşuyor gibi yaptım. Aksi gibi bir güvercin gelip kendini neredeyse ellerime teslim etmez mi! Elimde bir güvercinle kalakalmıştım, hiçbir şey yapamıyordum. Hayta arkadaşlarım, "Ne duruyorsun, kafasını koparsana!" dediler. Korkak gibi görünmeyi göze alamıyordum, bu yüzden kuşun başını tutup çekmeye başladım, boynu uzadıkça uzuyordu; bunun üzerine o kuşun kanat çırpışlarını sanki yüreğimde hissettim, kuşun çektiği acıyı çekmeye başladım ve güvercini hemen attım elimden. Kanat çırpıp uzak bir köşeye kaçtı. Çocuklar bana tuhaf tuhaf bakıyorlardı. Daha sonra şehir dışında bir yerlere gittiğimizi hatırlıyorum. Piknik yapılacak bir hava değildi, yağmur yağıyordu. Bir köprü altına sığındık, ıslanmış dallardan güç bela bir ateş yakabildik. Arkadaşlar zavallı güvercinleri yoldular, sonra ateşte kızarttılar. Ortalığı bir is ve tüy kokusu kaplamıştı. O sıska et parçacıklarını ağzıma bile koymadığımı belirtmeye gerek yok sanırım. Kötü, ucuz, dudaklarımızı boyayıp mosmor eden bir şarap vardı elimizde, hepimiz sırayla şişeden içiyorduk. Piknik hiçbir şeye benzemediği gibi o çocuklarla arkadaşlığım da süremedi. Eve geldiğimde kendime lanet ediyordum. Ne Heminway'in Afrika'daki av serüvenlerini seviyordum ne de kanlı boğa güreşlerini. Bu işlerin bana göre olmadığını anlamıştım, artık kahraman olmaya niyetim yoktu ama bu olaydan duyduğum suçluluk duygusunu hiçbir zaman üzerimden atamadım.

Kuşların gazabı ileride, evliliğimizin ilk yıllarında da izleyecekti beni, hiç peşimi bırakmayacaktı. O dönemde altüst olmuş psikolojik yapım, beni birtakım bunalımlara sürüklüyordu. İçimdeki depremlere, kuşların gazabı da eklenmişti. Bazı geceler o is ve tüy kokusunu duyarak garip bir sıkıntıyla uyanıyordum. Bütün damarlarım elektrik verilmiş gibi sarsılıyordu. Parmaklarım uyuşmuş oluyordu, öyle anlarda kesinlikle kıpırdayamıyordum. Bu felç durumunda herhangi bir ses çıkarmam da olanaksızdı. Bir hareket yapabilmek, parmağımı kımıldatmak ya da ufacık bir ses çıkarabilmek için yırtınıyordum ama hiçbir şey yapmam mümkün değildi. Bir taş parçası gibi yatıyordum. Bazen Ülker yanımda uyanık oluyordu; ben bu durumda bile hiçbir işaret veremiyor, onun dikkatini çekmeyi başaramıyordum. O da farkında olmuyor, beni uyuyor zannediyordu. Bilinci yerinde olan bir ölü gibi yatıyordum ya da bir felçli gibi.

Mademki gece ve uyku konusuna geldik; ömür boyu en önemli sorunlarımdan biri olan "gece hayatı" konusuna değinmem gerekiyor.

Beni tanıyanlara, çok yoğun bir gece hayatım olduğunu, sabahları gün doğana kadar dolu dolu yaşadığımı, yurtiçinde ve dışında birçok yere girip çıktığımı, birçok insan gördüğümü, geceler boyu eğlendiğimi; kaygılandığımı, sevindiğimi, üzüldüğümü anlatsam, söylediklerimi kuşkuyla karşılarlar. Hatta kimileri bıyık altından güler bile buna. "Seni biliyoruz," derler, "pek öyle geceleri dışarı çıkacak göz yok sende; uslu uslu evinde oturduğunu bilmiyor muyuz sanki!" Ama bir insanın evinde oturması, onun hareketli bir gece hayatı olmadığını göstermez.

Bulgakov'un Margarita'sı da sözümona uslu uslu evinde oturuyordu ama bir gece şeytan onu kolundan tuttuğu gibi gökyüzüne götürüverdi ve büyük şehirlerin, göllerin, nehirlerin üzerinden uçurdu. Benim de gece hayatım pek hareketlidir; Margarita'nınkinden hiç aşağı kalmaz. Ben de her gece en az onun kadar çok yolculuk yapar ve sabahları, kat ettiğim büyük mesafeden yorgun düşmüş olurum.

Çocukluğumdan beri insanların gecenin belli bir saatinde zihinlerini kilitleyip uyku durumuna geçmelerini anlayamadığımı itiraf etmeliyim. Hani yastığa iki santim kala uyuyan kişiler vardır ya; bu iş bana küçük bir mucize gibi gelir. İnsan bin bir düşünce ve hayalle yatağa girip de bütün bunları nasıl bir şalterle kapatabilir?

Bunu anlayamadığım için kendimi zorlayarak başımı koyduğum yastık, beni zaman ve mekân içinde oradan oraya savuran bir H.G. Wells makinesi gibidir: Görüntüler, düşünceler, ezgiler, dizeler, roman planları, kişiler, geçmiş olaylar birbirini kovalar. Yastık beni kâh Stockholm'e savurur, kâh Atina'ya. Kimi zaman Ankara'da Yıldırım Bölge koğuşundayımdır, kimi zaman ölmüş dostlarla bir akşam yemeğinde. İnsanlar, yaşantı kırıntıları, dostluklar, düşmanlıklar gözümün önünden geçer. Bir imgeden hikâye çıkar, bir sesten yeni bir ezgi. Başucuma koyduğum kâğıtlara notlar yazarım.

Aslında insana uyku geldiği gibi uykusuzluk da gelir. Çok ilginç bir durumdur bu. Çünkü güç bela kendinizi kandırıp uykuya daldığınız zaman bile gelir uykusuzluk; sizi uyandırır. Diyelim ki gün boyunca kafeinli bir şey içmediniz, akşam yemeğini erken ve hafif yediniz, akşam sinir bozucu bir film izlemeden, haberlere bile bakmadan bol bol sakinleştirici bitki çayı içtiniz. Hatta varsayalım ki buna sakinleştirici bir ilaç da eklediniz ve geceyarısı olunca elinize hoş bir kitap alıp yatağa girdiniz. Bir süre sonra satırların bulanıklaşmaya başladığını, birbirine karıştığını, kitabın elinizden düşmek üzere olduğunu fark ettiniz ve başucunuzdaki lambayı kapatıp, uyku denilen karanlık kuyunun derin sularına doğru çekildiniz.

Böyle bir durumda ne beklenir? Gün boyunca gösterdiğiniz özenin ve giriştiğiniz onca çabanın ödülünü alıp sekiz saatlik mükemmel bir uyku çekmek değil mi?

Ama normal insanları, göze görünmeyen, sihirli bir kumaş gibi sarıp sarmalayan uyku, beni boğmaya başlar; bir deli gömleği giymiş gibi uykuyu üzerimden atmak için çırpınmaya başlarım ve uykusuzluk gelir; mutlaka gelir. Uyku denilen nazlı kraliçeyi tahtından kovan, sert ve haşin bir kral gibi muhteşem bir geliştir bu. Beynimde kurduğu uykusuzluk imparatorluğunu hiç kimseyle paylaşmayacağını vurgulayan kararlı bir geliş.

Mağrur kral beni tekrar ele geçirince, gün doğuncaya kadar iktidarını olanca despotluğu ve acımasızlığıyla sürdürür. Yalvarıp yakarmaktan, yorgunluktan, bitap düşmekten, beyninize iğneler batmasından, gözlerinizin kan çanağı gibi kızarmasından anlamaz o.

Bu zalim diktatöre karşı tek direnme yolu küçük beyaz haplardır. Bu haplar, uykusuzluk diktatörlüğünün üzerinize yönelttiği parlak ve göz kamaştırıcı ışıldakları körletecek kadar güçlüdür; sizi alıp gökyüzüne götürür ve orada karanlık yağmur bulutlarıyla sarıp sarmalar. Eğer bu beşinci kol faaliyetine başvurmazsanız uyumazsınız. İnsanların aklına başka yöntemlerin de gelebileceğini biliyorum: Bunları sık sık dile getirirler zaten: Bir gece uyuma derler, ertesi gün de uyuma; direnebildiğin kadar diren; sonunda uyku nasıl olsa gelecektir.

Başlarına bu dert gelmemiş insanların öğütleri ilk bakışta çok akla yakın görünür ama gerçek hiç de böyle değildir. Bir kere, uyumadığınız bir geceyi sakin bir şekilde geçiremezsiniz. Sanki kalbinizin üstünde oturuyor gibi tuhaf bir çarpıntı içindesinizdir. Yorulursunuz, umutsuzluğa kapılırsınız, hayatınızda sizi üzen olayların boyutları daha da genişler. Hiç hak etmediğiniz halde size bunca kötülük yapılmasının nedenlerini aramak gibi yararsız, hatta son derece zararlı şeyler düşünmeye koyulursunuz.

Ayrıca ben bu öğütleri kulak ardı etmedim; denedim. Tatildeydim; geceleri ilaç almamaya ve uykusuzluk alışkanlığımı yenmeye karar vermiştim. İlk gece hiçbir şey almadım ve sabah sekize kadar uyumadım. Zor bir gece oldu; televizyon seyrettim, hayatımı düşündüm, ağaran havayı, beyazlaşan denizi ve alev alev doğan güneşi izledim. Sekizde uykuya daldığımda bu ancak yarım saatlik huzursuz bir uykuydu. Ertesi gece yorgun ama kararlıydım. Yine aynı şeyler geldi başıma; bu kez sabah dokuzda biraz uyuyabildim. Bir sonraki gece yorgunluktan beynime cam kırıkları batıyordu, saçlarım bile sertleşmişti sanki. Ama yine uyuyamadım ve bir sabah elim kendiliğinden küçük beyaz hapları buldu.

Kara Kuşun Kanadı

Ülker'in babası çok yakışıklı bir albaydı. Balkanlara özgü kemikli bir yüzü vardı. Savaşın en sıcak dönemlerinde Kore'de çarpışmıştı. Evleri madalya doluydu. 50 yaşında emekli olmuş, ikramiyeyle bir otomobil almıştı; yaşamın keyfini sürmek üzere İstanbul'da uygun bir ev bakıyordu. Kardeşi de iriyarı ve kendisinden daha genç bir topçu albayıydı.

İşte bu amca bir gün Ülker'i aradı ve onu askeri bir uçakla acele İstanbul'a götüreceğini söyledi. Çünkü babası ağır hastaydı. Birçok ağır hasta haberinde olduğu gibi, bunun bir alıştırma biçimi olduğu ortaya çıktı. Albay bir kalp krizi sonucu ölmüştü. Ülker müthiş sarsıldı. Delicesine sevdiği sağlıklı babasının o yaşta ölümünü kabul edemiyordu. O sıralarda, beni yetiştiren ve üzerimde büyük etkisi olan babaannem Emine Hanım da Manisa Savcısı olan Saadettin Amcamın evinde bir beyin kanaması sonucu öldü.

Felaketlerin gelişinde bir düzen ve sistem olduğunu düşünüyordum. Bugün de inanıyorum buna. Felaketler bir dizi olarak gelip gidiyorlar.

Annem ve babam, Ülker'in babasının ölümüne çok üzülmüşlerdi. Annem, "İçim yandı," diyordu, "gencecik, aslan gibi adamdı."

Yaz sonuydu. Marmaris'te tatilden dönmüşlerdi. Babam da annem de müthiş sağlıklı görünüyorlardı. Hele annem, 38 yaşın terütaze görünümü içinde, yanık teni ve güneşte daha da sararmış saçlarıyla en güzel dönemini sürmekteydi. Bir gün Ülker'e, "Babanı rüyamda gördüm," dedi. "Birlikte yemek yedik. Yalnızca ikimiz yedik." Yılda bir kez pişirip kendi başına yediği arapaşı yapmıştı ve bu kez albayla ikisi yemişlerdi.

O sıralarda Bayındırlık Bakanlığı'na girmiştim. Yapı İşleri Reisliği'nin dergisini çıkarıyordum. Günlerim Rüzgârlı Sokak'taki matbaalarda geçiyordu. Bir gün annemin hastalandığını ve Yüksek İhtisas Hastanesi'ne götürüldüğünü öğrendim. Kalp atışlarında bir düzensizlik hissetmiş, korkmuş. Doktorlar önemli bir şey olmadığını söylemişler, basit bir çarpıntı tanısıyla eve göndermişler. Akşama doğru yine hastaneye gitmek istemiş, kendini iyi hissetmiyormuş. Babam o gün ikinci kez Yüksek İhtisas Hastanesi'ne götürmüş annemi. Orada tanıdığı profesörlerle konuşmuş.

Biz de o sırada baba evine gitmiştik. Kardeşlerimle birlikte sonucu bekliyorduk. Uzun süre hiçbir haber çıkmayınca Asım'la birlikte hastaneye gittik. Girişte annemin adını söyledik, bir süre bekledik. Sonra bir doktor geldi. Bizi babama götüreceğini söyledi; yüzümüze garip garip, acıyarak bakıyordu. Durmadan annemin nasıl olduğunu sordum, cevapsız bıraktı. Yine de kuşkulanmadık. Bizi üst katlardaki koridora götürdü, bir odadan içeri soktu, kapıyı arkamızdan kapattı. Odada annem yoktu, pencerenin önünde sırtı bize dönük duran babam camdan dışarı bakıyordu.

"Baba..." dedim. Döndü, gözleri kan çanağı gibiydi.

"Olmayacak şey oldu," dedi ve bize sarılarak boşandı.

İnanamıyorduk. 38 yaşındaki o sağlıklı, genç ve güzel kadının ölmüş olduğunu kabul etmek olanaksızdı. Hiçbir hastalığı yoktu ki. Sonradan doktorların akıl yürütmeleri bizi tatmin etmedi. Milyonda bir rastlanacak bir kalp krizi olarak açıklıyorlardı durumu. Tıp açısından ölüm sebebinin ne olduğu hâlâ bir sır.

Babam, Asım ve ben perişan durumda eve gittik. Seyhan'ın çığlıkları ve küçük Ferhat'ın yatak altlarına girip saklanışı geliyor gözümün önüne. Sonra, uzun süre bu saklanma huyunu sürdürecekti.

Çok az şey unutan ben, o gece neler olduğunu hiç hatırlayamıyorum. Ne söyledik, kim ne dedi, bilmiyorum. Sadece çığlıklar ve Ferhat'ın saklanması kalmış aklımda. Sonra eve gittik ve ben hemen uyudum. Ömür boyu uyuma sıkıntısı çekecek olan, hep ilaçlarla uyuyan ben, o gece yıldırım hızıyla uykuya daldım ve gece boyunca ne rüya gördüm, ne kıpırdadım. İnsan psikolojisinin gariplikleri ve savunma mekanizmaları çalışmaya başlamıştı. Hepimiz büyük bir şok altındaydık. Durumu kavrayamıyorduk.

Annem babasını, yani Asım Dedemi çok severdi. Onun ölümü üzerine onulmaz acılara kaptırmıştı kendini ve hep babasının yanına gömülmek isterdi. Ertesi gündü galiba, annemi hastaneden aldık, tabutu bir pikaba koyduk. Biz de başka bir arabaya bindik, annem önde biz arkada, Ilgın'a gittik. Kardeşlerimle birlikte saatler süren yol boyunca öndeki arabaya ve annemi taşıyan tabuta baktık. Ilgın'a ayrı bir ateş düşmüştü. Anneannem bir yandan ağlıyor, bir yandan da "Kısası kıyamete kaldı kınalı kuzumun," diye ağıt söylüyordu. Aile bireyleri büyük bir suç işlemiş ve iflah olmaz bir utanca batmışçasına bakışlarını birbirinden kaçırıyordu. Duygularını denetim altına almayı bir yaşam biçimi haline getirmiş olan babam, kapkara kesilmiş ve kasılmış yüzüyle duruyor, kendini sıkıyor, ancak bizimle başbaşa kaldığında ağlıyordu.

Mezarlıkta, sade bir biçimde babasının yanına gömüldü annem.

Ben annemi neyin öldürdüğünü bildiğimi düşünüyordum; onu heyecan öldürmüştü. Anadolu'nun bir kasabasında büyüyen annem çok genç yaşta bir savcıyla evlenip hiç bilmediği kentlerde, hiç tanımadığı hayatların içine girmişti. Babamın kariyeri yükseldikçe, annem de gittiği şehirlerde başsavcı hanımı olarak saygı görüyor, bu da ona hiç alışık olmadığı ve sevmediği bir rol yüklüyordu. Kısa süre içinde dört çocuk doğurmasına ve onca ev işi yapmasına rağmen güzelliğini yitirmemiş olan bu genç kadın, insanlarla başedemiyor, onlarla ilişkilerini hale yola koyamıyor, yabancı çevrelere uyum sağlamakta zorlanıyor, insanlarla her temasında yaralanıyordu. Babam Muğla Başsavcısı olduğu zaman katılmak zorunda olduğu biraz komik bir hanımlar toplantısını anlatmıştı bize. Bir eve toplanmış olan kadınlar ona büyük bir saygı göstermişler, hepsinin elini sıkmış, gösterilen yere oturmuş. Sonra başlamışlar Muğla şivesiyle teker teker sormaya: "Bordamın?" Önce ne dendiğini ve kime ne sorulduğunu anlamamış. Sonra "nasılsın" anlamındaki bu sorunun "Burda mısın?" biçiminde kullanıldığını düşünüp, "Burdayım!" demiş. Ardından ilk soruyu soranın yanındaki kadın başlamış: "Bordamın?" "Burdayım," demiş ona da. Böylece otuz-kırk kadına, "Burdayım," cevabı vermiş!

Bazen de diğer memur hanımlarının laflarına alınıyor, onlara gerekli cevabı yapıştıramadığı için kendini çok üzüyordu. "Keşke şöyle deseydim, keşke böyle deseydim," diye helak oluyordu. Bunların hepsinin kuruntu ya da aşırı alınganlık olduğunu sanmıyorum. Bizde insanların birbirine karşı iğneli dil kullandığı ve "laf sokuşturmaktan" hoşlandığı bilinmeyen bir şey değil ama herkesin buna karşı bir zırhı var üstünde. Zavallı annemin yoktu, aşırı derecede yaralanıyordu.

Annemin en rahat ettiği ve kendini bulduğu günler, yaz tatillerinde çocuklarını alarak baba evine gittiği zamanlardı. Orada annem hemen değişir, savcı hanımı kılıklarından aceleyle sıyrılır, şalvar giyer, bahçeye çıkar, anneannemin bize, "Kökenlerini ezerseniz salatalıklar acı olur, gebertirim!" diye bağırdığı bahçeye, kavaklığa gider, derin derin soluk alır, kendine gelir, neşelenirdi. Sürekli bir gurbet duygusu içindeydi; çünkü bizim evimize onun ailesinin gelenekleri değil, baba tarafımızın gelenekleri egemendi. Mesela ona öğretilen ve yapması beklenen yemeklerin hepsi bulgurlu Doğu yemekleriydi. Ilgın'da yapılan arapaşı diye bir yemeği çok severdi ama ne babam, ne de bizler yerdik bunu. O da yılda bir kez bu zor yemeği hazırlar ve geleneklerine olan saygısını belirtmek ister gibi tek başına masaya oturur, yerdi. Ailesi tarafından yalnız bırakıldığı anlardan biriydi bu.

Bu yemeği Fikret Ünlü dostumla gittiğim Ermenek'te bayıla bayıla yediğim gün, 'Ah anne!' diye düşünmeden ve bir yürek ezikliğine kapılmadan edemedim.

Babamla annemin ailesi birbirini pek anlayamamıştı. Çünkü biri Artvin ve Elazığ kökenli bir bürokrat aile, öteki ise Orta Anadolulu bir çiftçi ailesiydi. Asım Dedem davavekilliği yapıyordu ama ailenin yarıcıya verdiği toprakları, sürüleri ve bostanları onları daha zengin, bu arada bürokrasiye karşı daha tedirgin kılmıştı. Özellikle anneannem ve teyzelerim, beni babaannemin sevgili torunu olarak, neredeyse öbür ailenin ajanı gibi görüyor, hatta yaz başlarında anneme, "Gelin ama Zülfü'yü getirmeyin!" diye mektup yazıyorlardı. Bu yüzden babam bir yaz beni annemle birlikte Ilgın'a yollamayıp Çorum'daki teftişe götürmüş, bu da bildiğiniz gibi benim için hayatımı değiştiren bir geziye dönüşmüştü.

Çeşitli sıkıntılar içindeki annem, son yıllarında –yani 30'lu yaşlarını sürerken– sağlığıyla ilgili çok büyük endişelere sürüklendi. Her sabah kalktığımızda elimi tutup karnına koyuyor, "Karnım soğuk mu?" diye soruyordu. "Hayır anne!" dediğimde ise dilini çıkarıyor ve "Dilim paslı mı?" diye soruyordu. Daha biz küçükken yani o çok çok gençken "yorgan paralatan" cinsten böbrek ağrıları çekmiş ve sonunda bir böbreği alınmıştı. Ölmeden önce de birilerinin tavsiyesi sonucunda günlerce sadece süt içtiğini hatırlıyorum. Kim inandırmışsa, birileri ona hiçbir şey yemeyip sadece süt içerek sağlığını düzeltebileceğini söylemiş. O da bu öğüde uyuyor ve günlerce sütten başka bir şeye elini sürmüyordu. Erken ölümünde, heyecanın, yaralanmışlığın, tedirginlik ve ürkekliğin yanında belki bu aşırı diyetin de etkisi olmuştur.

Ankara'ya döndük. Olaylara bir anlam veremiyordum. Daha iki ay öncesine kadar sağlıklı ve neşeli görünen iki aile de parçalanmış ve tükenmişti. Üst üste ölümler nasıl açıklanabilirdi?

Sanki kara bir kuşun lanetli kanadı değmiş ve iki aileyi perişan etmişti.

Bu arada Türkiye seçimlere gidiyordu. Cebeci çayırında, Tandoğan Meydanı'nda mitinglere katılıyor, avazımız çıktığı kadar 'Gelin canlar bir olalım' diye haykırıyorduk. Mitingler, konserler, siyasi toplantılar birbirini izliyordu. Büyük sinemada âşıklar şöleni yapılırken Nesimi'den söz eden Yaşar Kemal, "O, bin yıldır saz çalıyor," dediğinde, alkıştan elleri sızlamıştı insanların.

Ülke yeni bir partiyle tanışmıştı: Türkiye İşçi Partisi. Mehmet Ali Aybar'ın uzun ve biçimli işaret parmağıyla gösterdiği hedef konusunda hiçbir kuşkumuz yoktu. Hepimiz kardeştik, dünyada da kardeşlik istiyorduk, sosyalizmi kuracağımıza emindik. Radyoda konuşan kalın ses, "İşçiler, köylüler, kardeşlerim!" diye sesleniyordu. *İnce Memed*'in yazarı Yaşar Kemal'di bu.

Sürekli kitap okuyorduk. Büyük bir susuzlukla Marksist literatürün her düzeydeki kitabını içiyorduk. Genç kuşaklar bir kültür şokuna uğramış gibiydi: Politik oyunlar sahneleyen tiyatrolar kuruluyor, âşıklar on binlerce kişiye konser veriyor ve her gün yayınlanan kitaplarla Türkiye, üzerine bir çavlan gibi dökülen sol söylemin heyecanını yaşıyordu. Vietnam savaşına karşı çıkıyorduk. Üniversitelerde düzenlenen panellerde Amerikan emperyalizmi eleştiriliyordu. Uluslararası Bertrand Russel mahkemesine katılan Mehmet Ali Aybar, bizim en büyük övünç kaynaklarımızdan biriydi. Kendi köşelerimizde sessizce yürüttüğümüz entelektüel dünya özlemi, kitlesel harekete dönüşmüştü.

Mehmet Ali Aybar Russel mahkemesinden döndükten sonra galiba Siyasal Bilgiler'deki bir amfide Amerikalıların Vietnam'da işledikleri suçları, işkenceleri gösteren bir konferans düzenlenmişti. Ben gidemedim, Asım gitti. Ama perdeye yansıyan işkenceleri görünce düşüp bayılmış. Dışarı taşımışlar.

Burada bir parantez açıp ailedeki "kan görünce bayılma" sorununa biraz değineyim. Bahçelievler'deki bir marangoz arkadaşım, çalışırken elini fena halde kesmişti. Onu Mevki Hastanesi'ne götürdüm. Doktor yaraya dikiş atacaktı, arkadaşımın elini tutmamı söyledi, tuttum. Sonra karnımdan yukarı çıkan, başıma kadar yükselen bir sıcaklık hatırlıyorum. Ayıldığımda doktor ve hemşireler arkadaşımı bırakmış benimle uğraşıyorlardı. Bu iş birkaç kere daha başıma geldi.

Bir seferinde de İstanbul'da Site Sineması'nda Ülker, Ferhat ve ben film seyrediyorduk. Perdede, savaştan eve dönen bir askerin bacağının kesilmesi sahnesi vardı. Ferhat'ın kalkıp çıktığını fark ettim. Biraz sonra yer gösterici elinde fenerle sinemada dolaşıyor ve "Dışarıda bayılan çocuğun kimsesi olup olmadığı"nı soruyordu.

Bizim ailede, özellikle bende ve kardeşlerimde şiddete karşı gösterilen bu aşırı tepkinin genetik boyutu var mıdır bilmiyorum. Kurban Bayramı sabahları, hiçbir şey görmesem bile o anda binlerce hayvanın kesiliyor olduğunu bilmenin yarattığı azabı başka hiçbir şeyle ölçemiyorum ve şiddeti içselleştiren insanları anlayamıyorum. Bana göre her normal insan, şiddet karşısında bir tepki vermeli. Acaba yerel kültür ve gelenek, şiddete karşı bir bağışıklık mı sağlıyor?

Bugünlerden geriye bakınca her şeye çok safça yaklaştığımızı görebiliyorum. O zamanki inancımıza göre dünyanın her yerinde solcular iyi insanlardı, kan dökemezlerdi, hepsi çok kültürlüydü. Bu harekete girmelerinin nedeni insan sevgisi ve kültür özlemiydi. Solcu olan kişi kötülük yapamaz, yalan söyleyemez, kaba davranamaz ve insan kardeşliğine aykırı bir tutum içinde olamazdı.

O dönemde bilmediğimiz şey, sosyalizmin, ilkelliği aşmaya yetmeyeceği idi. Hiçbir ideoloji, bir toplumda mevcut olan ilkellik ve şiddeti ortadan kaldıramazdı. Her toplum kendi düzeyine göre algılayacaktı ideolojiyi. Bu yüzden Kamboçya, Libya, Fransız sosyalizmleri ayrıydı ve ayrı kalacaklardı. İdeoloji ülkenin temel karakteristiğini değiştirmiyor, tam tersine ülke ideolojiyi kendine uyarlıyordu. Sosyalizmin Stalinist yönü, Türkiye'deki şiddet geleneğine, eski bir kasket kadar uygun gelecekti ve sol, bazı gruplar tarafından incelik yerine kabalığın, yumuşaklık ve duyarlılık yerine şiddetin maskesine dönüştürülecekti.

Daha sonra Lev Tolstoy'un *Diriliş* romanını okurken bir bölüm dikkatimi çekti. Romanın kahramanı olan prens, Sibirya'ya sürgüne gönderilen sevgilisinin peşinden oralara kadar gidiyordu. Sibirya hapishanelerinde o dönemin devrimcileri olan Dekabristleri görüyordu. Tolstoy roman kahramanının ağzından bir gözlemini aktarmıştı: Ona göre bu adamlar, toplumun hem en iyi, hem en kötü kesimlerinin temsilcileriydi. İçlerinde melek gibi saf ve iyi niyetli olanlar da vardı, ipten kazıktan kurtulmuş şiddet düşkünü fırsatçılar da.

Dekabrist hareket, bu iki kesimi de bir mıknatıs gibi çekiyordu. Ben de bunca yıllık deneyimden sonra büyük yazarın gözlemine hak veriyorum. Çünkü sol hareketler içinde iyi, temiz yürekli insanlar da gördüm ama karşıma daha çok muhteris, dedikoducu, kendi arkadaşlarını sevmeyen, belki de dünyada kendinden başka her şeyden nefret eden kişiler çıktı. Yazar arkadaşım Louis de Berniers, Latin Amerika'da kullanılan bir sözü aktardı: "Bir atış mangası oluşturulduğu zaman, solcular hemen daire biçiminde dizilir." Çok doğru bir gözlem. Ama biz o dönemde dünyayı daha güzel ve daha yaşanır hale getirecek gücü kendimizde buluyorduk. Dünyayı değiştirecektik. Hem yas içindeydik, hem de ekmek, şarap ve gül günlerini yaşıyorduk. Tam bu sırada yaşamımız bir haberle renklendi: Bir bebek geliyordu.

Gençlik yıllarıma damgasını vuran parasızlık yine gündemdeydi. İlerde buna bir de politik baskılar eklenecekti ama henüz bunu bilmiyordum. Çocuğum olacaktı, para gerekiyordu. Almanların güçlü ilaç firması Merck'e girdim, Trabzon'da oturacak, firmanın Karadeniz bölgesi temsilciliğini yapacaktım.

Bir pazar günü saat iki buçukta Ankara Doğumevi'nde küçük bir bebeği kucağıma aldım. Hep kız istemiştim, kız olmuştu. Öyle küçük ve öyle kırılgan ki öpemedim bile. Sadece kulağına eğilip, "Teşekkür ederim Aylin!" dedim. İsmini aylar öncesinden belirlemiştik.

Doğumdan birkaç gün sonra eşyaları toplamaya başladım. Ben kamyonla Trabzon'a gidecek, bir ev tutacak ve yerleşecektim. Henüz yola çıkacak durumda olmayan Ülker de babamlarda kalacak ve bebek biraz kendini toplayınca Trabzon'a gelecekti. Ülker'in babaannesi yardım etmek için benimle geliyordu. Zeynep Hanım, çok tatlı bir Rumeli şivesiyle Balkan Harbi'ni anlatır ve 'Bulgarlar'ın elinden nasıl kaçtıklarını, tencereye pişirmek için koyduğu tavukları bile alamadan nasıl çoluk çocuk yollara düştüklerini' aktarırdı hep. Büyük insan dramları yaşanmış, anneler açlık ve halsizlikten bebeklerini tarlalara bırakmışlardı. Yolda rastladıkları dilencilerden ekmek dilenerek hayatta kalmışlardı. Zeynep Hanım yolda kardeşini kaybetmişti ve kocası, patlayan bir bombadan sağır olmuştu. Trabzon'a doğru giderken hep bunları konuştuk. Samsun'da bir gece otelde yattık, ertesi gün öğleden sonra Trabzon bütün görkemiyle karşımıza çıktı.

Denizden dağlara doğru set set kurulmuş olan şehir, ismini Yunanca masa anlamına gelen 'Trapeza'dan almış olsa gerekti. Eski bir Pontus şehri olarak hem farklı bir mimariyi vurguluyor hem de Osmanlı geçmişini bütün güzelliğiyle yansıtıyordu. Trabzon'u görür görmez sevmiştim. İyi ki Ankara'dan uzaklaşıp buraya gelmiştik. Güzel, bağımsız ve geçim sıkıntısı çekmediğimiz bir yaşam kuracaktık. Tekke Mahallesi'nde bir otele yerleştik. Hiç yurtdışına çıkmamıştım ama yabancı bir ülkede gibi hissediyordum kendimi. Kokular değişmişti. Farklı bir yerdi burası. Yirmi gün sonra Tekke Mahallesi'ndeki evimizde oturuyorduk. Bütün camlardan deniz görünüyordu.

O günlerin ilerde askeri hapisle, zulümle ve işkenceyle sonuçlanacağını bilmiyorduk daha.

Solcular Arasında Bir Hain

Her ay boydan boya Doğu Karadeniz'i dolaşıyordum. Ordu'dan Artvin'e kadar uzanan bölgedeki her kasabayı ezbere biliyordum artık. Yol üstünde köylere de uğruyordum.

Karadeniz dağlarının acı yeşili ve köpüklü denize inen nefes kesici uçurumlar, olağanüstü bir güzellik duygusuyla kanırtıyordu içimi. Yollarda durup fiyortları seyrediyordum. Her gezide mutlaka Çayeli'ne uğruyor, Ardeşen'deki silah pazarını geziyor, Hopa'daki Ost Vini lokantasında arkadaşlarla buluşuyordum. Giresun'daki lazböreğiyle ünlü Mehmet Efendi lokantası da vazgeçilmez uğrak yerlerimizden biriydi. Bazen Zigana Geçidi'ni ve Kop Dağları'nı aşıp Erzurum'a, Bayburt'a, Gümüşhane'ye gidiyordum.

Gezilere başlar başlamaz Cankurtaran dağlarının ötesindeki tahta Borçka köprüsünü geçerek Artvin'e, Yusufeli'ne, Ardanuç'a gitmiş, ilk kez ata topraklarını görmüştüm. Daha önce hiç tanımadığım Karadeniz kültürü; insanları, doğası, yemekleri ve alışkanlıklarıyla çarpmıştı beni. Çok mutluydum.

Yalnız bu olağanüstü güzelliklerin altındaki şiddet beni çok kaygılandırıyordu. Karadeniz insanı gülümseyen bir dünya ile şiddet arasında gidip geliyor ve birinden ötekine geçişi çok ani oluyordu.

Trabzon'daki ilk haftalarda balık pazarına gitmeyi alışkanlık haline getirmiştim. Değişik Karadeniz balıklarının sergilendiği harika bir yerdi.

Bir akşamüstü gene balık pazarına uğradım. Halin önündeki bir dede ile torun dikkatimi çekti. Ak sakallı dede küçük torunuyla oynuyor ve gıdısından hafifçe gıdıklıyordu. Çocuk hem boynunu sakınıyor hem de kıkır kıkır gülüyordu. Bu görüntü ister istemez beni de gülümsetti. Hale girdim. Tam balıklara bakıyordum ki dışardan birkaç el silah sesi duyuldu. Herkes kapıya koşuyordu. Ben de aralarına karıştım. Önce hiçbir şey göremedim. Heyecanlı insanlar birbirlerini itiyor, ne olup bittiğini görmeye çabalıyorlardı. Ben de birkaç kişiyi ittikten sonra omuzlar arasından başımı uzattım. Biraz önce gördüğüm dede ve torun yerde yatıyordu. Çocuğun başından sızan kan betona yayılmaktaydı. Yüzünde hâlâ bir gülümseme var gibiydi ya da bana öyle geliyordu. Sarı saçlarından sızan kıpkırmızı kan göllenirken dede ile torunun üzerine birer gazete örttüler.

Her gittiğim yerde kan davası hikâyeleri anlatılıyordu. Vakfıkebir, Tonya, Sürmene gibi birçok ilçedeki hükümet tabiplerinin en büyük işi otopsi yapmaktı. Çünkü durmadan cinayet işleniyordu. Karadeniz insanı bu anlamsız kan banyosunu, değiştirilmesi olanaksız bir kader olarak benimsemişti. O yıllarda çok şaşırtıcı bir şeydi bu. Çünkü bizim kuşaklar daha şiddeti tanımamıştı. Şehirler güvenli ve rahattı, herkes birbirine karşı saygılıydı. Türkiye, geçici bir huzurun egemen olduğu, uygar, sevecen bir ülkeydi.

Bir süre sonra şirket, şoförlü bir araba yolladı bana. Otobüslerden kurtulmuştum. Üç-dört gün süren gezilerden her dönüşüm bir bayram şenliği gibiydi. Genellikle akşam dönüyordum. Aylin uyumuş oluyordu o saatte. İlk iş olarak onun odasına gidip, uyuyuşunu seyrediyordum. Ülker bebeği mutlaka giydirmiş oluyordu. Beni bekleyemediği için ya pembe ya kırmızı fırfırlı giysilerle uyuyakalmış buluyordum onu. Minik beyaz çoraplı bacaklarında, nasılsa cibinlikten sızabilmiş birkaç sivrisinek kızartısı görünüyordu. Onu uyandırmadan öpüyor, bütün masumiyetiyle kendinden geçmiş uyuyan bu güzel, lepiska saçlı çocuğu seyretmeye doyamıyordum. O sırada salondan hafifçe tabak çatal sesleri duyuluyor ve hazırlanan bir sofranın güven verici huzuru yayılıyordu içime. Bütün sıkıntıları geride bırakmıştık. Akşamları yemekten sonra kitap okuyorduk. Bu arada Trabzon'da ilginç dostlarımız olmuştu. Bunların başında Ali Faik Cihan adlı bir yargıç geliyordu. Bu ilginç ve mücadeleci adam Akçaabat yargıcıyken *Sosyalist Türkiye* adlı bir kitap yazmıştı. O dönem Türkiyesi'nde inanılmayacak bir şeydi bu. Herhalde diğer yargıçlara kötü örnek olur korkusuyla, devlet bütün gücünü toplamış, Ali Faik Bey'in üzerine geliyordu. İşten el çektirilmiş, açığa alınmıştı. Yargılama sonunda yedi buçuk yıl gibi insafsız bir hapis cezasına çarptırılmıştı. Yargıtay'la, Adalet Bakanlığı'yla, çevreden gelen baskılarla uğraşıp duruyor ve Trabzon'daki kira evinde ailesiyle birlikte sıkıntılar çekerek namus anıtı gibi yaşayıp gidiyordu. Bu ilginç yargıç, yıllarca en yakın dostum oldu. Müthiş zekiydi ve heyecanlı konuşmasının etkilemediği insan yoktu. O sırada 40 yaşında olan Ali Faik Bey'le her gün buluşuyor ve sosyalizmin teorik meselelerini konuşuyorduk. Karısı ve çocukları da çok sevdiğimiz insanlardı. Yazları Akçaabat'taki kumsalda piknik yapıyor, denize giriyorduk.

O sıralarda bütün Türkiye'nin ilgisini çeken ve politikaya yeni bir soluk getiren Türkiye İşçi Partisi Trabzon'da da örgütlenmişti. Her şehirde olduğu gibi buluşma yerlerimizin başında parti binası ve kitapçı geliyordu. O günlerde herkes İşçi Partisi'ni ve bu partinin 'solcu'larını merak ediyordu. Çünkü yeni bir şeydi bu, acaba nasıl insanlardı. Bir resmi bayram töreninde Trabzon halkı bu merakını giderme olanağı buldu, çünkü kentin bütün önemli siyasi ve sivil örgütleriyle birlikte TİP de bayraklarıyla yürüyüşe katılıyordu. İki tarafa toplanmış olan halk merakla bu bir avuç partiliyi süzüyordu. Tuhaf bir rastlantı sonucu, Trabzon'da parti yöneticiliği yapan arkadaşların bir bölümü, bedensel engelliydi: Kimi aksaktı, kimi çolak. Bunları görünce halktan birkaç kişi, "Haa şimdi anlaşıldı!" dedi. "Bunlar Allah'ın çarptığı adamların partisi! Bunun için dine karşılar."

Trabzon'da askerliğini yapmakta olan iki genç, zaman zaman bizim gruba katılıyordu: Ataol Behramoğlu ve Hasan Cemal. Ataol'la daha çok görüşüyorduk ve bize yüksek sesle yeni yazdığı şiirleri okuyordu.

O sıralarda öğretmen okulunda resim öğretmenliği yapan genç, sempatik biri de katıldı aramıza. Güleç yüzlü, şakacı ve çok güzel fotoğraf çeken biriydi. Adı Mustafa Beşgen'di. Deniz kıyısındaki gezilerimizde, evimizin bahçelerindeki yaz sohbetlerinde hep resimlerimizi çekiyordu. Ataol birkaç kere bu çocuğun aramızda ne aradığını sordu. Öğretmeni hiçbir şeye benzetememişti. Ben, iyi niyetli biri olduğunu söyleyerek Mustafa'yı korudum. Aklımca, sosyalist dünya görüşüme adam kazandırıyordum.

Yıllar sonra 12 Mart sorgulaması sırasında, Mustafa Beşgen'in bir ajan olduğunu ve MİT'e rapor yazdığını öğrendiğimde çok şaşırdım. Meğer bu adam, her gün aleyhimizde raporlar yazar, en masum piknik gezintisini bir gizli örgüt toplantısına, bir aile ziyaretini suikast planlamasına çevirirmiş. 1971 yılında bu adamın yalan raporları yüzünden başımıza çok iş gelecekti ve büyük acılar çekecektik.

Türkiye İşçi Partisi'nin günden güne yaygınlaştığı ve toplumun saygısını kazanmaya başladığı bir dönemdi. Gerçi parti içindeki ilk anlaşmazlıklar baş göstermiş ve özellikle Malatya kongresinde gruplar birbirinden kopmuştu ama bütün bunlar içerde kalıyordu. Halk sol bölünmenin farkında değildi. Bu arada eski sol, yepyeni bir başlangıç yapmak isteyen partiyi rahat bırakmıyor ve miras peşinde koşuyordu. Biz bu gruplarla ilgili değildik. Tercihimiz, lider Mehmet Ali Aybar ve onun çevresiydi.

Ben her ay dolaştığım için Ordu'dan Artvin'e kadar her il ve ilçedeki sol eğilimlilerle görüşüyor, uzun uzun konuşuyordum. Türkiye'nin bir devrime gittiğine emindik. Ülkenin geleceği bizdik. Çünkü bütün insani değerleri, dostluğu, kardeşliği, emeği ve kültürü biz temsil ediyorduk. Biz idareyi aldığımızda Türk insanı daha mutlu ve daha anlamlı bir yaşama kavuşacaktı.

Geziler sırasında dağ köylerine çıkıyor ve orada kahveye topladığım köylülerle uzun uzun konuşuyordum. Epey inandırıcı olduğunu sandığım bu konuşmaların sonunda köylülerin gösterdiği sempatinin bir nedeni de onlara verdiğim ilaçlardı. Çünkü ıslak Karadeniz köylerinde romatizma çok yaygındı ve Neurobion çok etkili bir romatizma ilacıydı.

İlk Baskılar

Trabzon'u hep Stockholm'le karıştırırım. Yıllar sonra Stockholm'de yaşarken, hep dilim sürçer ve Trabzon derdim. Bunun nedenini düşündüm. Niçin bu iki kent kafamda birbirine bağlanmıştı? Aralarındaki ilişki neydi? Sonunda bulabildiğim bağlantı şu oldu: İki şehir de hayatımda değişik bir dönemi vurguluyordu. Bir sürü dert ve sıkıntı arasındayken, ani bir kararla yaşamımı değiştirmiş ve kendimi ilkinde Karadeniz kıyısındaki Trabzon'a, ikincisinde de Baltık Denizi'ndeki Stockholm'e atmıştım. Bunlar benim kaçış şehirlerimdi.

Trabzon bize ummadığımız kadar mutlu bir dönem sunmuştu. O yıllardaki yayın patlamasının hediye ettiği kitaplarla doluydu günlerimiz. Her çıkan kitabı almaya çalışıyorduk. Neler okunmuyordu ki: Marksizm klasikleri, avantgard romanlar, modern şiirler, tiyatro ve sinema kuramlarıyla ilgili yayınlar, Rus, İngiliz, Amerikan ve Fransız klasik romanları... Türkiye bir yere doğru akıyordu. Biz de içindeydik ve bu akışın nerede noktalanacağını düşünmüyorduk bile. Sinema tutkum Trabzon'da da sürüp gidiyordu. Konak Sineması'na gelen hiçbir filmi kaçırmıyorduk. Amasya'da savcılık locasında başlayan sinema macerası, Ankara'da da sürüp gitmişti. Sinemalar her öğlen 12'de film gösteriyordu. Ben de bu gösterileri kaçırmamaya çalışıyordum. Hele yaz tatillerinde, bir şişe Noveks gazozunun eşlik ettiği bir sandviçle karanlık ve boş salonlarda filme dalmak eşsiz bir zevkti.

Daha sonra Fransız Kültür Merkezi'nde gösterilen filmler girdi devreye. Jeanne Moreau filmlerinin toplu gösterimi bunlar arasındaydı. (O günlerde bana kutupyıldızı kadar uzak olan Jean Moreau'yla 1999 yılında Glasgow'da tartışacağımız aklıma gelir miydi hiç, gelebilir miydi?)

O günlerde ilginç bir mektup aldım. İstanbul'dan geliyordu ve imzasızdı. Mektubu yazan kişi ismini açıklayamayacağını belirtiyordu. Merck Genel Müdürlüğü'nde çalışan bir kişiydi. Geçenlerde 'gizli servis'ten (böyle tanımlıyordu) iki kişi gelmiş ve genel müdürle, benim hakkımda konuşmuşlardı. Siyasi faaliyetlerimden ötürü Merck'ten çıkarılmamı istiyorlardı. Bu arada firmayı tehdit ettiklerini de eklemişti mektubuna. Kotaları kesilebilirdi. O dönemde hammadde kotalarının ne kadar önemli olduğunu biliyordum. Mektubu yazan kişi bunu bana duyurmak istemişti.

Titrek bir el yazısıyla yazılmış olan o mektubu defalarca okudum. Garip bir duyguydu bu; devlet ilk kez benimle uğraşıyordu. Demek benim Karadeniz'deki çalışmalarım, köylere gidişim bu derece önemsenmiş ve 'kurulu düzen'e zarar vermişti. Belki hafif bir gurur duyuyordum bundan ama daha önemlisi Merck döneminin sonuna geldiğimizi hissetmemdi. Firmanın böyle bir baskıya karşı koyması imkânsızdı. Ayrıca niye beni korumaya çalışsınlardı ki.

Çok zorlandılar ve sonradan geçici olduğu anlaşılan bir kararla beni Eskişehir'e verdiler. Cumhuriyet Mahallesi'nde bir ev tuttuk, Eskişehir'de birkaç ay geçirdik. Artık firmada yapamayacağım belliydi. Her davranışları aramızın açıldığını ve orada çalışamayacağımı belli ediyordu. Bu yüzden Eskişehir dönemi birkaç ay sürdü. O dönemden tek aklımda kalan, Türkiye İşçi Partisi'nin başkanlığını yapan genç bir avukatla arkadaş oluşumuz. Adı Turgut Kazan'dı. İstanbul Barosu başkanlığı yapan bu değerli avukatla çok güzel bir dostluğun temellerini atmıştık.

Merck'ten ayrılıp Ankara'ya gittim. Bahçelievler'de bir tanıdığımız vardı. Komşumuz olan Yusuf Çekirge Paşa'nın damadı,

Adanalı zengin bir ailenin oğlu olan ve o sıralarda hukuk fakültesinde okuyan Akay Sayılır'la konuştum. Ankara'da etkili bir kitap dağıtıcısı yoktu. Yeni kitaplar çıktığı zaman Kocabeyoğlu Pasajı'nın altındaki küçük bir dükkâna geliyor ve isteyen kitapçı gidip oradan bir-iki tane alabiliyordu. Ama kitapçıların her yeni kitabı izlemesinin ve oraya gidip istemesinin olanağı yoktu. Bu yüzden Erdal Öz'ün Sergi Kitabevi ve Ahmet Küflü'nün Bilgi Kitabevi dışında, her yeni kitabı bulundurup sergileyen kitapçı bulunmuyordu Ankara'da.

Biz bir kitap dağıtım firması kursak ve yeni kitapları İstanbul'dan alıp kitapçılara dağıtsak çok etkili olmaz mıydı? Ankara'da bir kitap patlaması yaşanırdı.

Öylesine coşkulu hayaller içindeydim ki bu formülümle Ankara'daki kitap okuma sayısını birkaç misline fırlatacağımı hesap ediyordum. Benim heyecanım Akay Sayılır'a da geçti ve oturmakta olduğu kendi dairesini ipotek ederek bankadan kredi aldı.

Birlikte 'Ana Dağıtım' adı altında bir şirket kurduk. Türk-İş Pasajı'nda bir dükkân kiralayıp çok güzel raflar yaptık, sonra İstanbul'a gidip yayıncılarla görüşmeye başladık.

Bu arada ben de Bahçelievler'de bir daire bulup evi Ankara'ya taşımıştım. Akay Sayılır nitelikli ve 'iyi' sıfatını hak edecek dürüst bir insandı. Çok sakindi, hiçbir şey onun soğukkanlılığını bozamazdı. Güzel tambur çalardı. Gerçek bir soylu davranışlarına sahip olan bu iyi insan, kitaplara ve kültür dünyasına çok düşkündü.

Yıllarca kader birliği yaptığımız Akay'la ilişkimiz hapiste sonuçlandı. Çünkü Türkiye 71'e gidiyor, bir darbe ortamına doğru hızla akıyordu. Kitaplar, yayınevleri, tiyatrolar, konserler, dergiler ve siyasi toplantılarla Türkiye, belki de tarihinin en heyecanlı dönemlerinden birini yaşamaktaydı. Bunun odağı Ankara'ydı. Her şey Kızılay çevresindeki birkaç yüz metre içinde geçiyordu. İnsan ilişkileri sıklaşmış, heyecan artmış ve statükoyu sarsan eylemler sıklaşmaya başlamıştı.

1968 yılıydı ve Avrupa'da olanlar, Prag Baharı ve Paris kalkışmaları bizi canevimizden vuruyordu. Önemli günler yaşadığımızın farkındaydık.
'Yenişehir'de Bir Öğle Vakti'ydi.

Ekim Yayınları

> *Okunmuş okunacak*
> *Kitapları yazanlar*
> *Yazıları basanlar*
> *Kısa hikâyeler*

Yayınevleriyle bağlantılar kurmak üzere İstanbul'a gittik. O sıralarda Attila Tokatlı, Gün Yayınları'nı yönetiyordu. İlk olarak onunla görüştük. Ankara'daki tek dağıtıcı olmak istediğimizi söyledik. Daha önce Elsa Triolet ve Aragon'un olağanüstü çevirilerinden tanıdığımız Attila Tokatlı, iş alanında epeyce becerikliydi. Çünkü bize her yeni kitaptan 600 adet satın alma şartını koştu. Hem de peşin parayla. Ankara'daki kitap satışlarıyla ilgili gerçekçi bir fikrimiz yoktu. 600 sayısı bize çok az göründü. Koskoca başkentte 600 kitabın sözü mü olurdu? Hatta Tokatlı'nın niye bu kadar az kitap vermek istediğine hayret ettik. Gün Yayınları'yla anlaşmayı imzaladık ve ilk kitap olarak Maksim Rodinson'un *Hazreti Muhammed* incelemesinin parasını ödedik. Daha sonra E Yayınları'nı yöneten Cengiz Tuncer ve Aydın Emeç'le, Gerçek Yayınları'nın sahibi Fethi Naci'yle, Bülent Habora'yla, Cem Yayınları'ndan Oğuz Akkan'la anlaşmalar imzaladık. Akay'la birlikte Ankara'ya dönüşümüzde çok keyifliydik. Türkiye'nin en büyük yayınevlerinin Ankara temsilcisi olmuştuk.

Gerçek birkaç gün sonra ortaya çıktı. Ankara için 600 kitap büyük sayıydı. Birçok kitapçı yeni kitaplarla ya hiç ilgilenmiyor ya da bir-iki tane alıyordu. Koskoca şehirde o kadar az sayıda kitap satılmasına inanamıyorduk. İstanbul'dan gelen kitaplar raflarda birikiyordu, ödemeler bizi zorlamaya başlamıştı. Yayınevleriyle tekrar görüşerek sayıları gerçekçi rakamlara çektik ve iadeli çalışmaya başladık. Biraz pahalı bir şekilde de olsa, Türkiye'deki kitap satışlarının acınacak durumda olduğunu öğrenmiştik. Bana göre bu işte büyük bir terslik vardı. Tiyatrolar dolup boşalıyordu, yürüyüşlere on binlerce kişi katılıyordu. Bu insanların kitap okuyacağı kesindi. Acaba kitap yayınlarında mı bir yanlışlık vardı?

Böylece dağıtım şirketinin kuruluşunun birinci yılında Akay'a bir yayınevi açmayı ve kitap yayınlamayı önerdim. Hiç olmazsa kendi seçtiğimiz kitaplar için uğraşır ve çabamızı iyi kitap bulmaya yoğunlaştırırdık. 'Ekim Yayınları' adıyla bir yayınevi kurduk. İlk kitabımız, *Dünyayı Sarsan On Gün*'ün yazarı John Reed'in Meksika iç savaşı anılarını aktaran, *İhtilalci Meksika* adlı kitabıydı. Sanatçı Ozan Sağdıç bize çok şık bir kapak düzeni hazırlamıştı. Her kitabın özel motifi, kuşe kapakta dik bir elips şeklinin içine yerleştiriliyordu. Böylece Ekim Yayınları'nın bütün kitapları yan yana konduğunda bir dizi oluşturmaktaydı.

O dönemde kitap kapakları pek ahım şahım değildi. Ekim Yayınları'nın bu göz alıcı kapakları kısa sürede dikkat çekti. Ayrıca çevirilere de çok özeniyorduk. Ankara'daki aydın çevre ve üniversite hocalarının çoğuyla kitap seçimi, çevirisi ve redaksiyonu konusunda işbirliği yapıyorduk.

Ben (daha sonra benim kitaplarım üzerine eleştiriler yayınlayacağını bilmediğim) Publishers Weekly gibi birçok yayın dergisine abone olmuştum. Dünyada neler olup bittiğini izliyor, en iyi kitapları buluyordum.

İhtilalci Meksika'dan sonra, dönemin en iyi dergisi *Monthly Review*'u yayınlayan Amerikalı ekonomistler Leo Huberman ve Paul Sweezy'nin *Sosyalist Küba* kitabını yayınladık. Çok ciddi ve kapsamlı bir incelemeydi.

Bunu, *Gerilla Savaşı ve Marksizm* adlı kitap izledi. Bu kitapta çeşitli dünya ülkelerinden örnekler verilerek, silahlı hareketlerin yanlışlığı vurgulanıyor ve bunların Marksizm'i zayıflattığı düşüncesi işleniyordu. Bu bakımdan zamanlaması doğru olan bir kitaptı çünkü o dönemde Türkiye, silahlı çatışmaların eşiğine gelmişti. Heyecanlı öğrenci grupları kendi arasında silahlanıyor, Türkiye'nin bir silahlı devrimin eşiğinde olduğunu sanıyorlardı. Bunca toz duman arasında silahlı mücadelenin doğru bir şey olmadığını anlatan bir kitabın yayınlanmasının yararlı bir iş olduğunu düşünmüştük.

Arkasından Che Guevera'nın *Siyasal Yazılar*'ını yayınladık. Che bu kitapta, Küba'da 'yeni insan' ve 'yeni kültür' yaratma tezi üzerinde duruyordu. Her ay yayınladığımız kitaplar, kamuoyunda belli bir yer edindi, okunmaya başladı ama yayınevini tanıtabilmek ve güçlendirebilmek için çok yankı yapacak bir kitaba ihtiyacımız vardı ve tam o sırada aradığımız kitap çıkageldi.

1960 müdahalesini gerçekleştiren kadrodan Milli Birlik Komitesi üyesi emekli Albay Haydar Tunçkanat *İkili Anlaşmaların İçyüzü* adında bir inceleme hazırlamıştı. Kitap dosyasında Amerika'yla yapılan gizli ikili anlaşmaların belgelerini yayınlıyor ve yorumlar yapıyordu. Bu kitabın hangi rastlantıyla elimize geçtiğini hatırlamıyorum ama çok önemli bir kitap olduğunun farkındaydık ve bunu çok iyi değerlendirdik.

Gazetelerde pazar günleri genellikle manşet sıkıntısı oluyordu. Siyaset durmuş olduğu için heyecanlı manşetlere rastlanmıyordu. Kitaptan bazı özetleri içeren üç sayfalık bir duyuru hazırladım ve cumartesi günü gazetelere geçtim. Ertesi sabah heyecanla gazeteleri aldığımda gözlerime inanamıyordum. Kitap hepsinde birinci manşetti.

Pazartesi günü kitabı piyasaya verdiğimizde ilk 5 bin baskı, çizgi filmlerde eriyen stoklar hızıyla bitiverdi. Matbaayı zorluyor bir an önce ikinci baskıyı vermeye çalışıyorduk. Bir günde Türkiye'nin gündemine oturmuştuk. Köşe yazarları günlerce bu kitaptan söz ettiler. İkinci baskı da ateş görmüş kar gibi eridi, üçüncü de, dördüncü de. Artık Ekim Yayınları'nı kurtarmıştık. Adakale Sokak'ta bir büroya geçtik. Çeviri çalışmalarımızı hızlandırdık.

Yeni tuttuğumuz büroda *Aydınlık* dergisiyle aynı daireyi paylaşıyorduk. Alt katımızda Türkiye İşçi Partisi'nin Çankaya İlçe Başkanlığı vardı. Biraz ilerde Doğan Avcıoğlu'nun *Devrim* dergisini çıkardığı bina yer alıyordu ve burada Muammer Aksoy'ların Türk Hukuk Kurumu da bulunuyordu. Böylece Adakale Sokak bir sürü siyasi faaliyetin yürütüldüğü bir merkez olmuştu. Ben de tam bunların arasındaki güzel bir apartmanda daire kiralayarak, taşındım.

O dönemde gördüğümüz insanlar, garip bir insan galerisi sergiliyordu. Bu galeride Uğur Mumcu, Doğan Avcıoğlu, Hasan Cemal, Uluç Gürkan, Cengiz Çandar, Şahin Alpay, Doğu Perinçek, Sarp Kuray, Mahir Çayan, Vahap Erdoğdu, Münir Aktolga, Muzaffer Erdost, İlhan Erdost, Mihri Belli, Erdal Öz, Süleyman Ege, Oğuz Onaran, Kurthan Fişek gibi yüzler beliriyor; bir de yakın dostum Vasıf Öngören'in gülümseyen bıyıkları...

İstanbul'da Bülent Habora'nın kitabevinde tanıştığımız bu genç adam, Halk Oyuncuları'ndan ayrılacağını anlatıyordu. Çünkü bir oyunu vardı, iyi olduğuna inanıyordu fakat tiyatro, oyunu sahneye koymayı reddetmişti. Oyunun adı "Asiye Nasıl Kurtulur?"du.

Ankara'ya dönüşte görüşmeye başladık, yeni bir tiyatro kurması için elimizden gelen desteği verdik. Nasıl olsa yayınevi çok kazanıyordu ve bir tiyatroyu destekleyebilirdi. Kavaklıdere'deki Hanif Tiyatrosu tutuldu, oyunun provalarına başlandı. Başrolleri Semiha ve Zeliha Berksoy oynayacaktı. Ben Asiye'nin şarkılarını çalıştırıyordum. Semiha Berksoy bazen beni bir kenara çekiyor ve "Biliyor musun, bende Nâzım'ın saçı var!" diyordu. Bu "solcu kutsal emaneti" komik geliyordu bize.

Artık Vasıf'la gece gündüz beraberdik. Ankara'nın Tavukçu, Yakamoz gibi meyhanelerinde kalabalık arkadaş grupları olarak buluşur ve türküler söylerdik.

Bir Yılbaşı Eğlencesi

Vasıf Öngören, Berlin'de kaldığı yıllarda koyu bir Brecht'çi kesilmişti. Tiyatrodaki herkese 'epik tiyatro'yu anlatıyor, provalarda bir sürü 'yabancılaştırma efekti' uyguluyordu. Onun etkisiyle hepimiz Stanislavski'ye düşman kesilmiştik. Zavallı adam gözümüzde dünya tiyatrosuna, dolayısıyla insanlığa büyük ihanette bulunan biri olmuştu.

O dönemdeki değer yargıları böyle sert ve acımasızdı işte. Dünyayı bir kesinlikler zinciri olarak görüyorduk. Determinizmden en ufak bir kuşkumuz yoktu. Hatta birbirimizle, hangimizin daha sert ve inançlı olduğu konusunda yarış içindeydik. Benim kişiliğimin temel özelliği olan hoşgörü –hatta kararsızlık– kısa bir dönem için silinip gitmişti. Heyecanlı, dediği dedik bir tip olmuştum. Söylediklerimizden en ufak bir kuşkumuz yoktu. Bizimkine benzemeyen her düşünce, burjuva saptırmasıydı. O dönemde herkese egemen olan bu sertlik ortamının, entelektüel birikimle bir ilgisi yoktu tabii. Ne var ki bize öyle geliyordu.

Tiyatronun kurucuları arasında Mustafa Alabora ve Halil Ergün de vardı. Vasıf, hepsinin hocasıydı. Heyecanlı bir çalışma döneminin sonunda oyun hazırlandı ve tiyatro perdelerini açtı. Sonuç bir zaferdi. "Asiye Nasıl Kurtulur" öylesine beğenilmişti ki tiyatro dolup dolup boşalıyor, bilet satışları büyük paralar getiriyor ve bütün gazeteler oyundan söz ediyordu. Köşe yazarlarının başlıkları Asiye'ye göre oluşuyordu artık: Sıkça, 'Türkiye

Nasıl Kurtulur' benzeri başlıklar atıyorlardı. Hepimiz çok mutluyduk. Arada bir çatlak sesler de çıkmıyor değildi. O dönemde Türk solu anlamsız tartışmalarından birini yaşıyor ve Türkiye İşçi Partisi'nin 'Türkiye'nin başat çelişkisi kapitalizm ile sosyalizm arasındadır' tezine karşılık, Mihri Belli'nin başını çektiği Milli Demokratik Devrimciler, 'Türkiye önce emperyalizmden kurtulmalıdır' teziyle ortaya çıkıyorlardı.

Bu yüzden birinci grubun sloganı 'Sosyalist Türkiye', ikinci grubun sloganı ise 'Bağımsız Türkiye' idi.

Dilşat Düğün Salonu'ndaki toplantıda olduğu gibi, arada bir bu iki grup birbirine giriyor ve kıyasıya kavgalar yaşanıyordu. O toplantıda kafalar gözler yarılırken, yaşlı bir işçinin ağlayarak, "Çocuklar durun. Hem sosyalist, hem bağımsız Türkiye desek ne olur!" dediğini duymuştum. Bunu diyen adamı da dövmüşlerdi.

'Asiye'nin bir bölümünde fabrika patronu yeğenine ders veriyor ve "Senin bir tek amacın olmalı," diye bağırıyordu. "Kâr, kâr, kâr!"

Oyunu seyreden bir grup, bunun üzerine ayağa kalkmış ve 'Oportünist vurgulama' diye bağırarak oyunu yuhalamıştı. Çünkü akıllarınca, 'kâr' vurgulaması antikapitalist çelişkiyi belirliyordu ve bir solcu olarak bunu yapmak hainlikti.

O dönemdeki genç Livaneli'yi ve grubu hırpalayarak eleştiriyorum, bütün yanlışlarını ve hamlıklarını buluyorum ama gene de fazla haksızlık etmiş olmamak için en aklı başında gruplardan biri olduğumuzu belirtmek istiyorum. Yukarıdaki örnekte olduğu gibi aptalca çılgınlıklar yapmıyorduk. Silahlı mücadeleye karşıydık, hep karşı olduk. 'Burjuva kültürü' diye suçlansa bile, dünya kültürünü bütün olarak benimsiyor ve sindirmek istiyorduk. Kültür bizim için sadece Sovyet yayınlarından ibaret değildi. Hatta ben daha ileri giderek 'sosyalist gerçekçilik' akımından iğrendiğimi ilan ediyordum. Demek istiyorum ki, bizim grup çılgındı ama daha çılgınları da vardı ortalıkta. Bir yılbaşı gecesi bu çılgınlık bir patlamaya dönüştü.

Ankara Birlik Tiyatrosu da, Ekim Yayınları da en parlak dönemlerini yaşıyor ve çok para kazanıyordu. Vasıf içkinin dozunu iyice artırmıştı o sıralarda; bir büyük şişe konyak, üstüne bir büyük şişe rakı yetmiyordu.

Yılbaşını birlikte kutlamak üzere sözleştik. Tiyatroda, oyundan sonra büyük bir şölen yapacak ve zaferimizi kutlayacaktık. 31 Aralık gecesi oyun bitti. Fuayeye masalar kuruldu. Yakındaki mezeciler sofraları kaz ciğerleri, peynirler, mezelerle donattılar. Bütün tiyatro ve yayınevi çalışanlarıyla, aileler ve yakınlar bir aradaydı. Müthiş eğleniyorduk. Aramızda bulunan Rahmi Saltuk türküler söylüyordu. Öyle sevinçliydik ki Vasıf'la durup durup birbirimize sarılıyorduk. Vasıf birkaç ay önce reddedilen oyunuyla ülkenin en önemli tiyatro yazarı olmuş, en çok iş yapan tiyatroyu kurmuştu. İstanbul'da girdiği barlarda ayakta alkışlanıyordu artık.

Geceyarısını epey geçe kalabalık bir grup içeri girdi. Vasıf'ın ve diğer oyuncuların ayrıldığı 'Halk Oyuncuları' tiyatrosunun elemanlarıydı bunlar. Ellerinde birkaç şişe içkiyle, zaferimizi kutlamaya gelmişlerdi. Biraz tedirgin olduk. Masalarda yerler açıldı ve gelen 15- 20 kişilik grup da eğlenceye katılmış oldu.

Bir süre sonra bir kadın feryadı ve tokat sesi duyuldu. Daha ne olduğunu anlamadan birkaç kişi birbirine girdi. Yere yuvarlananlar oldu. Sonrası tam bir çılgınlıktı. Bir western filmindeki gibi herkes birbirine yumruk atmaya başladı. Masalar devrildi, vestiyer bölümü yıkıldı. Bitmek bilmeyen bir kör dövüşü başladı.

Ben Ülker'le birkaç arkadaşın karısını içeriye, boş tiyatro salonuna götürdüm. Her şey öylesine çığırından çıkmıştı ki, sahnede kim olduğunu hatırlayamadığım bir Alevi âşık boş salona acayip bir türkü söylüyor ve bütün dünyanın telefonda konuşurken birbirine 'alo, alo' dediğini, aslında 'Ali, Ali' diyerek Hazreti Ali'nin adını tekrarladığını anlatıyordu. Doğrusu o ortamda söylenecek bir şey değildi ve ömrümde duyduğum en komik türküydü. Sürrealist bir tiyatro izlemiş gibi oldum.

Fuayeye çıktığımda kavga daha da azıtmıştı. Bir köşede siyah balıkçı yaka kazak giymiş bir kız histeri krizi geçiriyor ve "Sartre, Sartre!" diye bağırıyordu.

Kardeşim Asım o geceye Ataol'un kardeşi Namık Behramoğlu'yla gelmişti. Genel olarak kavgalara karışmayan bu sakin çocuk, iriyarı sarhoş bir adamın Namık'ın boğazından tutması üzerine sinirlenmiş ve adamı yumruklamaya başlamıştı. Vasıf ve ben, ortalığı yatıştırmak için olağanüstü çaba gösteriyorduk. Bu arada her an yumruk yeme tehlikemiz vardı.

Vasıf'ın ağabeyi Veysel Öngören, Ankara'nın ünlü tiplerindendi. Diyarbakırlı feodal ağa, felsefeci ve şair kimliklerini bir arada tutan bu ilginç adamın bir ara kollarını sıvadığını gördüm. Kavgaya karışmasını önlemek amacıyla ona ulaşmaya çalıştım ama yumruklaşanlar bana engel oldu. Veysel kollarını iyice sıvadıktan sonra döndü ve kendi tiyatrosundan bir çocuğa esaslı bir yumruk çaktı. Burnu kanayan çocuğun şaşkınlıkla baktığı Veysel Ağabey'i de, "Misafire el kaldırılır mı ulan! Bu iş töremize sığar mı?" diye söyleniyor ve kendi tiyatrosundan dövecek adam arıyordu.

İnanmayacaksınız ama, kavga saatlerce sürdü. Sonunda bu kargaşanın kaynağını anladık: 'Halk Oyuncuları'nda gişede çalışan Suna adlı bir kız, sarhoş olarak geldiği toplantıda yanında oturan bir kadına saldırmış, hakaretler etmiş, onu korumak isteyen bir erkeğin de yüzünü tırmalamıştı. Her şey buradan başlamıştı işte.

Sabaha karşı Vasıf, hâlâ kışkırtmalara devam edip sinir krizi geçiren Suna'yı yakaladı, dışarı çıkarmaya çalıştı. Kız tepiniyor ve Vasıf'a küfürler yağdırıyordu. Vasıf onu sakinleştirmek için her sövgüsünü kabul ediyor, hatta dediklerini "Evet, evet öyleyim!" diye tekrarlıyordu. Zorlu bir mücadeleden sonra kadını açık havaya çıkarmayı başardı. Ortalık yavaş yavaş aydınlanmaya başlamıştı. Suna'yı bıraktı ve dönüp içeri girmeye hazırlandı. Tam bu sırada kadın ayağından çıkardığı sivri topuklu pabucuyla Vasıf'ın kafasına vurmaya başladı. Yüzü kan içinde kalan Vasıf'ın dönerek Suna'ya müthiş bir tokat çektiğini gördüm. Ufak tefek Suna bir takla atarak asfalta uzandı kaldı.

Hemen bizimkileri toparlayıp Vasıf'ın Güniz Sokak'taki evine gittik. Hızını alamamış olan Namık Behramoğlu, yolda, herhalde yılbaşı eğlencesinden dönmekte olan gariban bir Amerikalı er gördü ve yanına giderek, "Go home!" diye bağırdı, bir de yüzüne tükürdü. Er herhalde, yılbaşı gecesi sabaha karşı yapılan bu antiemperyalist eylemi anlamakta güçlük çekmiştir.

Vasıf'ı hastaneye götürdük, başına dikişler attırdık. Yaraya kadın ayakkabısı topuğunun yol açtığını öğrenen doktor tetanos iğneleri de verdi.

Yılbaşı eğlencesi, sabah evde yaptığımız neşeli bir kahvaltıyla bitti.

Kırlardan Şehirlere Darbeler

> *Yok ettiler inceliği*
> *Aklı kurşuna dizdiler*
> *Çocukların çığlığında*
> *Kimliği bilinmeyenler*

Ankara yıllarını düşündüğüm zaman, ne kadar çok insan yitirdiğimizi daha iyi anlıyorum. Onca yakınlıktan sonra hapis dönemi geldi ve Vasıf'la birbirimizi yitirdik. Önce Berlin'de yaşadı, sonra Amsterdam'a yerleşti.

Aradan yıllar geçti, biz Paris'te yaşarken buluştuk. Araya giren zaman bizi farklı insanlar yapmıştı. Biraz tutuk ve çekingendik birbirimize karşı. Montparnasse'taki evimizde oturduk, sonra bir İtalyan lokantasına gidip şarap içtik. Ayrıldıktan sonra Ülker'in de benim de içimizde bir burukluk kaldı. Nedensiz bir hüzün sarmalamıştı çevremizi. O, son görüşmemiz oldu. Bir süre sonra Amsterdam'da öldüğünü duyduk. Sabah, kahvaltı sofrasında kalp krizi yakalamıştı. Ankara'dayken hep 42 yaşına kadar yaşamasının yeterli olduğunu söylerdi. Öyle de oldu gerçekten. Tanıdığım en zeki insanlardan biriydi sevgili Vasıf.

O dönemde Ankara'da olanlardan kimi öldü, kimi yurtdışına kaçtı, kimi de öldürüldü. Esmer, yakışıklı gülüşünü unutamadığım İlhan Erdost bunlardan biriydi. Barbarlar onu hapishanede döverek öldürdüler. Vasıf Amsterdam'da sürgünde öldü. Fotoğrafçı Abdi ve Alp Öktem İsveç'e kaçtı. Akay Sayılır, hapis yıllarından sonra uzun süre arandı ve sonunda avukatlık yapmaya başladı. Mahir Çayan Kızıldere'de öldürüldü.

Mahir'le ilgili bir anıyı unutamıyorum: İnce yüzlü, yakışıklı bir gençti Mahir. Hep burnunu çeker, elinde bir mendille dolaşırdı. Bir gün niye böyle olduğunu sordum. Burnunda kemik eğrilmesi olduğunu, ameliyat gerektiğini söyledi. "Ol öyleyse," dedim, "kurtulursun." Yüzüme baktı, gülümsedi ve "Kolay mı yahu?" dedi. "Bıçak altına yatmak kolay mı? Can işte!"

Sonra Mahir Çayan'ın Maltepe'deki evde askerlerle günlerce çarpıştığını ve Kızıldere'de bombalarla parçalandığını duyduğumda hep bu sözü aklıma geldi. Demek ki koşullar insanoğlunu nerelere sürükleyebiliyor, neler yaptırabiliyordu.

İnsan psikolojisiyle ilgili bu dersi hiç unutmadım ve *Sis* filminin senaryosunu yazarken bu anekdotu kullandım. Filmde yargıç Ali ile yolda arabasına aldığı kaçak genç arasında geçiyordu bu konuşma. Almanya'daki bir gösterimden sonra, orada yaşayan Türk gençlerinden bir grup benimle konuşmak istedi ve bu sahneyle devrimci gençlere hakaret ettiğimi, hiçbir devrimcinin böyle konuşmayacağını söylediler. Düşüncelerine göre bu sahne yalandı, sahteydi.

Onlara, "Bana göre doğru," dedim. "O genç de insan."

Mahir Çayan'la konuşmamızı anlatmadım onlara. Nedenini bilmiyorum. Herhalde içimden gelmedi. Oysa ben Şile'de inzivaya çekilmiş bir durumda o sahneyi yazarken, Mahir'i ve diğer gençleri düşünmüştüm. Yaşasalardı şimdi, bizler gibi orta yaşlı adamlar olacaklardı.

Erken öldükleri için yaşlanmamışlardı. Hep yirmilerinde kalacaklardı. Yüzleri gergindi, gözlerinin altı çökmemişti, inceciktiler. Anna Seghers haklıydı doğrusu; ölüler hep genç kalıyordu. Ama Almanya'daki çocuklar bunu anlayamazdı.

Konumuza dönersek; yayınevinin başarısı bizi çok rahatlattı. Çok güzel kitaplar yayınlıyorduk, en çok sevdiğim işi yapıyor kitaplarla uğraşıyordum, bir yandan da bu iş bizi geçindirmekteydi. Marmaris'te yaz tatiline bile gidebiliyorduk artık. Eve gelip gidenler arasında kimler yoktu ki: Hikmet Kıvılcımlı, Nevzat Üstün, Mihri Belli...

Hikmet Kıvılcımlı'yı birkaç kez İstanbul'daki evinde ziyaret etmiştim. Uzun hapis yıllarından sonra küçük bir dairede eşiyle birlikte yaşamakta ve kitap yazmaktaydı. Kitaplarının yayınına yardım ettim, hatta bir kitabını bastım. Birkaç dil bilen kültürlü bir adamdı ve bana nedense Halikarnas Balıkçısı'nı hatırlatıyordu. Böyle devrimci kitaplar yazan bir adamın evinin, oymalı sehpalar, yapma çiçekler ve kahverengi kaplamalarla dolu bir 'zevksiz sıradanlık' yansıtmasına şaşırmıştım. Ama Türk aydınlarının çoğu tek boyutlu oluyordu. Ekonomi bilse edebiyattan anlamıyor, edebiyatçı olsa müzik bilmiyor ya da bazı müzikçiler gibi başka hiçbir şeyden anlamıyordu. Edindiği kültürü dengeli bir biçimde hayatına yayan bir yirminci yüzyıl aydınına çok zor rastlanıyordu.

Bir de sol fanatizm vardı tabii. Mihri Belli'yle birlikte Milli Demokratik Devrim'in en önemli isimlerinden biri olan Vahap Erdoğdu ve eşi, evlerindeki masanın üzerine örtü koyamamaktan yakınıyorlardı. Çünkü eve gelen devrimci arkadaşları onları küçük burjuva özentisi olmakla suçluyordu. Herkes yıkanmaktan utanır olmuştu ve banyo yapmadan dolaşıyordu. Tuhaf bir kabalık kaplıyordu ortalığı. Önceleri bir aydın hareketi olarak başlayan ve entelektüel bir açlığı gideren sol hareket, yavaş yavaş aydınları ve kentlileri dışlayan bir köylü nefretine dönüşmüştü. Artık düzgün Türkçe konuşmaktan bile utanır olmuştu insanlar. Temizlik, kibarlık, kültür birikimi, yabancı dil bilmek gibi bütün erdemler, saklanacak birer kusurdu.

'Küçük burjuva' suçlaması çok ağırdı ve daha kendi kişiliğindeki kusurları yenememiş adam anlamına geliyordu. Böylece kente gelen köylü delikanlının öfkesi, kent değerlerine yöneliyordu. Küçük burjuva diye suçladıkları şey, kent değerleriydi.

Bende bütün bunlara karşı tepkiler uyanıyordu. Halk türkülerini çok severdim. Binlerce türkü ve nefes bilirdim ve deyişlere hayrandım. Sofistike bir Batı kültürü ile halk birikimi el ele, atbaşı gidiyordu manevi dünyamda. Bu kabalıkların, benim tanıdığım halk kültürüyle, mesela Karacaoğlan'ın o nefis aşk şiirleriyle bir ilgisi olmadığını biliyordum ama öyle bir işçi ve köylü dalkavukluğu kaplamıştı ki ortalığı, en yakın arkadaşınıza bile bunları anlatamıyordunuz.

Bir lokalde toplanırdık. Orada yatıp kalkan Osman diye biri vardı. Tam önemli bir toplantının ortasındayken, adam yeni yıkadığı yün çoraplarını sallaya sallaya, takunyalarını tıkırdatarak içeri girer, çorapları radyatörün üstüne serer, sonra da ayaklarını masanın üstüne uzatırdı. Çünkü köylüydü, ezilen insandı. Kimsenin sesi çıkmazdı bu adama karşı. Sırası gelince anlatacağım gibi, ilerde Osman'ı, poliste bambaşka koşullar içinde görecektim.

Lenin'in deyimiyle, herkes 'uvriyerist' ve 'popülist' olmuştu.

Bir gün Hikmet Kıvılcımlı Ankara'ya geldi ve bizim evde üç gün kaldı. Çok ilginç bir kişilikti. Uzun yıllar hapis yatmıştı. Karısını, hapishaneden görünen bir komşu apartmanın penceresinde tanıyıp âşık olmuştu. Onu her zaman saygıyla andım. Taa ki yurtdışına kaçıp da Nâzım'ı suçlayan o kitabı yazana kadar. Suçlamalar korkunçtu ve ben artık böylesine nefret dolu olan bir kişiyi sevmiyordum.

12 Mart

> *Bölük bölük olmuş çaylar dereler*
> *Hiçbiri denize varabilmezmiş*
> *Duvarın dibinde bir yaralı gül*
> *Gülleri solduran gülebilmezmiş*

Bizim kuşağın coşkulu serüveni, 12 Mart darbesiyle kesildi. Bir ihtilalle hediye edilen özgürlük ortamı, başka bir ihtilalle elimizden alınmıştı. Çocukluk dönemlerimize rastlayan bir askeri ihtilalin elimize tutuşturduğu oyuncaklar, gençlik dönemimizdeki askerler tarafından kırılıyor, parçalanıyor, yasaklanıyor ve bu özgürlük döneminin faturası, bize ödetilmek isteniyordu.

İlk gençlik döneminin sarhoşluğu sona ermeden, kendimizi hapishanelerde, tutukevlerinde buluverdik. Hem de, bütün arkadaşlarımız ve kitaplarımızla birlikte. Gittiğimiz her tiyatro suç unsuru olmuştu, okuduğumuz her kitap da öyle. İki arkadaşla köşe başında gevezelik etmiş olmak, anlamsız gülme krizlerine tutulduğumuz anlar, ömrümüzün ilk sarhoşluklarını yaşadığımız uzun geceler tek tek sorgulanıyordu. Kültür, suçla eş anlamlıydı. Herman Göring, "Kültür lafını duyunca elim tabancama gidiyor!" dememiş miydi? (1986 yılında bunu, Kremlin'de Gorbaçov'a aktardım. Güldü ve Göring'in bu sözünü bir kâğıda not etti.)

Bütün bu kargaşa arasında nasıl vakit bulup da sanatla ilgilenebildiğimi bilmiyorum ama yazı, çeviri ve müzik çalışmaları sürüp gidiyordu. Bir yandan Çehov'un mektuplarını çeviriyor, bir yandan hikâyeler yazıyor, bir yandan da besteler yapıyordum.

Vasıf başta olmak üzere arkadaşlar bu bestelere ve şarkı söyleme tavrıma çok önem veriyorlardı. Hemen her gece uzun uzun, beni bir plak yapma konusunda iknaya çalışırlardı ama o taraklarda bezim yoktu. Müziği kendim için yapıyordum; belki biraz da yakın çevrem içindi. Hiçbir zaman profesyonel olmayacaktım. Çünkü kendimi bir yazı adamı olarak görüyordum. Müzik benim için bir hoşluktu.

Bu arada, küçük kardeşim Ferhat'ı klasik gitara başlattım. Böylece onun da yaşamı değişti. Ankara'da askerliğini yapmakta olan Mutlu Torun o zamanlar ut sanatçısı olarak ünlenmişti ve çok iyi bir klasik gitarcıydı. Ferhat'a epey emeği geçti, iyi bir müzik adamının yetişmesinde ilk taşları koydu. Öteki kardeşim Asım da saz çalıyordu. Böylece ailede bir müzik geleneği başlamış oldu. Yine de gizli bir gelenekti bu, açığa vurulmuyordu.

Tam her şey bir dengeye kavuşmuş gibiydi ki, Deniz Gezmiş olayları patladı. Türkiye'de bir kasırga esiyordu. Her gün banka soyuluyor, her gün birileri kaçırılıyor ve kimsenin vurulmadığı silahlı eylemler yapılıyordu. Deniz Gezmiş efsaneleri doğmuştu. Devlet bütün gücüyle onları arıyor ve bulamıyordu. Derken bir gün Gemerek'te yakalandılar ve yargılamalar başladı.

Deniz ve arkadaşlarını hiç tanımadım. Hayatımın her döneminde silahlı mücadeleye karşı olduğum için eylemlerini onayladığım da söylenemez. Yine de yakalandıkları zaman çok üzüldüm. O günlerde Ankara'da Kurtuluş'tan geçerken, sokak arasındaki çocukların Deniz Gezmişçilik oynadığına tanık olmuştum. Deniz rolünü oynayan çocuk elindeki sopayı doğrultuyor ve "Adım Deniz olsa, soyadım Gezmiş olsa, yine banka soyacağım, yine banka soyacağım," diyordu. Deniz'in sakallı ve parkalı resimleri, bütün gazetelerin birinci sayfasını dolduruyordu.

Bu arada sol örgütler kendi aralarında bir tırmanma yaşadılar. Deniz Gezmiş ve arkadaşlarının temsil ettiği Türkiye Halk Kurtuluş Ordusu'nun eyleme geçtiğini gören Mahir Çayan grubu, yani Türkiye Halk Kurtuluş Cephesi de atağa kalktı. Onlar da eylemlere başladılar. O günlerdeki yaygın söylentiye göre Gezmiş grubu ordu içindeki bazı çevrelerden destek alıyordu. Mahir Çayan da kayınbiraderi yüzbaşı Orhan Savaşçı yoluyla orduda bazı hareketlere girişmişti.

Türkiye bir devrime akıyor gibiydi. Bazı çevreler bu devrimin ilerici karakterini vurguluyor, Doğan Avcıoğlu ve Babıâli'den bazı Atatürkçü yazarların desteğiyle sol bir darbenin yaklaştığını fısıldıyordu. Tanınmış yazarlardan oluşan bir kabine planı bile dolaşmaktaydı kulaktan kulağa. Orgeneral Faruk Gürler'in bu grubu desteklediği konuşuluyordu. Hatta Deniz Gezmiş ve arkadaşlarının böyle bir darbe ortamı yaratmak isteyen kişiler tarafından desteklendiği izlenimi uyanmıştı. Çayan grubunun da eylemlere başlaması üzerine Türkiye iyice çatışma ortamına kaydı ve 12 Mart günü öğle haberlerinde okunan muhtırayla yepyeni bir döneme girdik.

Muhtırayı dinlediğimizde, o sakin 12 Mart gününün Türkiye tarihindeki en önemli dönüm noktalarından biri olacağını sezebilmiş miydik, bilmiyorum. Ama ortalık siyasi dedikodudan geçilmiyordu. *Cumhuriyet* gazetesi ve İlhan Selçuk'un da içinde olduğu bazı yazarlar, darbeyi destekler nitelikte yazılar yazıyordu. Kulaktan kulağa, 9 Mart darbesi, Faruk Gürler'in son anda saf değiştirmesi, kilit adam Aydın Kirişoğlu'nun Londra'daki zamansız ölümünün değiştirici etkisi üzerine binlerce dedikodu fısıldanıyordu. Ne olduğunu tam olarak anlamaya imkân yoktu.

Çok tedirgin olmuştum. Ülker'e ev değiştirmeyi teklif ettim. Adakale Sokak'taki ev, çok bilinen bir yer haline gelmişti. Gözlerden uzak ve sakin bir yere çekilmekte yarar vardı. Ev aramaya başladım ve bir gün Gaziosmanpaşa semtinde nefis bir villa buldum. Eskiden 14 Mayıs Evleri denilen villalar, Demokrat Parti'nin seçim zaferi üzerine yapılmıştı ve gerçekten çok nitelikliydi. Yemyeşil bahçeleri ve bülbül ötüşüyle cennet gibi bir semtti burası.

Bir villadaki kiralık yazısının altında Dr. Faruk Demirtola tabelasını gördüm. Trabzon'da bize çok yardım eden ve İşçi Partisi'nin kirasını ödeyen, sol sempatizanı bir doktordu. Ankara'ya göç etmiş, o villayı satın almıştı. Bizi görünce sevindiler, evi kiraladık, villanın üst katına taşındık. Harika bir evdi, kendimizi güvende hissediyorduk. Ne kadar yanıldığımız birkaç ay sonra ortaya çıkacaktı.

Aradan çok geçmeden cuntanın gerçek yüzü göründü. Kitle tutuklamaları ve toplu aramalar başladı. Eylemler devam ediyordu. Hele İsrail Konsolosu Efraim Elrom'un kaçırılması ve öldürülmesiyle birlikte olaylar iyice çığırından çıktı. Denizler idam talebiyle yargılanmaktaydı ama kimse onların asılacağına ihtimal vermiyordu.

Bu arada biz de yayınevinin deposundaki kitapların derdine düşmüştük. Kavaklıdere'de bir apartmanın garaj bölümündeki depolarda duruyorlardı. Kendi kitaplarımıza ek olarak dünyanın çeşitli ülkelerinden getirttiğimiz ya da gönderilen değerli kitaplar vardı. Hele maroken ciltli 'Toplu eserler' dizilerine hiç kıyamıyorduk. Böyle binlerce cilt toplamıştık ve ben zaman zaman bu kitaplar yüzünden yargılanıyordum.

Arkadaşlarla oturup düşündük. O zamanki terminolojiye göre bu kitaplar bize 'emanet'ti. Aslında Türkiye işçi sınıfına aittiler ve gelecek kuşaklara aktarılmaları gerekiyordu. Biz bu emaneti en iyi biçimde saklamakla yükümlüydük ama önümüzde bir genel arama vardı. Her ev tek tek aranacaktı. Bu durumda depoyu saklamamızın olanağı yoktu.

Uzun uzun kafa patlattıktan sonra parlak bir fikir geldi aklımıza. Bütün kitapları, üçer dörder kitap halinde paketleyecek ve kalın su geçirmez naylonlara saracaktık. Bu kitaplar, inşaat firması sahibi olan bir arkadaşımıza ait kamyona yüklenecek ve Siteler semtine gidecekti. Orada kitapların üstüne bir miktar kereste konacak sonra kamyon bütün bu yükü, uzak ve tenha bir semte götürecek, orada kitaplar önceden kazılmış olan çukurlara gömülerek üstleri kapatılacaktı. Naylonla korunmuş olan kitaplar uzun süre toprak altında kalabileceği için güvenlikte olacaklardı. Gömme işlemini de daha önce anlattığım Osman yapacaktı.

Böylece depoda naylonlama başladı. Arama gününden önce kitapları gömebilmek için gece gündüz çalışıyorduk. Binlerce kitap, bitip tükenmek bilmiyordu. Sonunda, aramadan bir gün önce kitapları kamyona yükleyebildik ve Siteler'e doğru yola çıkardık. Artık rahat bir nefes alabilirdik, çünkü görevimiz bitmişti.

Aradan birkaç gün geçti ve polisler gelip beni aldılar. Ankara Emniyet Müdürlüğü'nün yedinci katına çıkardılar. Meşhur 1. Şube'ydi orası. Asansörden çıkarıldığım anda dünyalar başıma yıkıldı. Uzun koridorun iki yanı tavana kadar kitap doluydu. Fazla bakmama lüzum yoktu, (zaten içim de götürmüyordu) daha uzaktan görünüyordu maroken ciltler. Bizim bütün depo, 1. Şube koridorlarındaydı. Başımdan aşağı kaynar sular döküldü.

İlk gün hiçbir sorgu yapmadan bodrum kattaki müteferrikaya attılar beni. Çiş kokan, havasız, berbat bir yerdi. Ayakları falakadan davul gibi olmuş insanların inlemeleri arasında, herkes kendine bir gazete ya da karton uydurmaya çalışıyordu. Çünkü yer betondu ve oturacak hiçbir şey yoktu odada. O küçücük yerde yirmi kişiden fazlaydık; geceyarısı on on beş kişilik bir eşcinsel grubunu da getirip oraya tıktılar. Çok gürültü yaptıklarını hatırlıyorum.

Bu, benim ilk gözaltına alınışımdı, kendimi rüyada gibi hissediyordum. O olağanüstü sert günlerde polisin ve sıkıyönetimin eline düşmek bir karabasandı ve ben bu karabasanın tam içindeydim. Yukarıdaki kitapları düşündükçe, sırtım ürperiyordu. Fransız İhtilali'yle ilgili kitapların bile suç sayıldığı, Babeuf'ün masum kitabının toplatıldığı, Larousse ciltlerine Rus eseri sanılarak el konulduğu ve kitabın en korkunç silah olarak gösterildiği bir dönemde, koridorda bekleyen Marx'lar, Lenin'ler, Granma gazeteleri, Sovyet ve Çin yayınları inanılmayacak bir şok etkisi yaratıyordu. Arada bir bazı polisler gelip müteferrika kapısındaki küçük pencereyi açarak bakıyor ve nöbetçinin beni işaret etmesi üzerine de, "Maşallah, memlekette sınır falan koymamışsınız," diye şaşkınlıklarını belirtiyorlardı.

Karışık Günler

Karakışın buzu bile
Sürmedi sonsuza kadar...

Hafta sonu olduğu için emniyette bir işlem yapılmadı. Bu süre içinde ailem beni bulamıyordu. Öylesine korkulu ve berbat günler yaşıyorduk ki; Yargıtay'da daire başkanı olan babamın beni bulma çabaları bile sonuçsuz kalmıştı.

Pazartesi günü yedinci kata, sorguya çıkardılar. Esmer, bıyıklı, topluca bir komiser yapıyordu sorguyu. Daha sonra benimle ve kardeşim Asım'la çok uğraşacak olan komiser Fevzi'yle ilk tanışmamızdı bu. Kitapları sordu. Bilmediğimi söyledim. Hukukun askıya alındığı 12 Mart döneminde böyle bir kitap deposunun nelere yol açabileceğini kestiremiyordum. Eğer depoda bulunan her yayını inceleyip de yurda girmesi yasaklanmış olanları ayıracak olsalardı, her birinden alacağım cezayla ömrümü tutukevinde geçirmem gerekebilirdi.

Bu yüzden hiç bilmediğimi, kitapları ilk kez gördüğümü söyledim. Komiser Fevzi biraz ısrar etti, işkence tehdidiyle korkutmaya çalıştı. Ben dediklerimde diretiyordum.

"Pekâlâ," dedi komiser. "Bak şimdi kim gelecek buraya."

Zile bastı ve iki polis Osman'ı getirdi. Tombul yüzü kıpkırmızı olmuştu Osman'ın. Gözlerime bakamıyor, başını önüne eğmiş, kendisini bir darbeden sakınmak ister gibi öylece duruyordu.

Komiser Fevzi ona sordu:
"Kimin bu kitaplar?"

Osman başını kaldırmadan beni işaret etti ve "İşte bunun," dedi.

"Bunları saklaman için bu kişi mi verdi sana?"

"Evet, o verdi, bir de arkadaşları. 'Götür toprağa göm,' dediler."

Bu sefer komiser Fevzi, "Hangi arkadaşları?" diye sordu.

"Akay Sayılır, Alp Öktem."

İş gittikçe sarpa sarıyordu. Bu gidişle bizimkiler de okkanın altına gidecekti. Yıldırım hızıyla düşünüyor ve çare arıyordum ama artık durum açıklık kazanmak üzereydi.

"Bak ne diyor Osman," dedi komiser.

"Madem onda bulmuşsunuz, o zaman onundur. Niye bana soruyorsunuz," diyecek oldum...

Komiser Fevzi omzuma dokundu ve "Bana bak," dedi, "içerde bir sürü İngilizce, Fransızca kitap var. Kim inanır bu herifin o kitapları okuduğuna. Hadi itiraf et de kurtul!"

Galiba başka çare kalmamıştı. Israr edersem, Akay'ı, Asım'ı ve Alp'i de tehlikeye atacaktım. Ama o kadar inkârdan sonra, birdenbire dönmek de zordu. Bir yol bulmalıydım.

"Ben," dedim, "kitapları hiç yakından görmedim. Koridor dolusu kitabı uzaktan gösterdiniz ve benim olup olmadığını sordunuz? Ne bileyim? Belki de benimdir!"

Komiser gülümsedi, itiraf etmek üzere olduğumu anladı ve onurumu kurtarma çabama anlayış gösterdi. Birlikte koridora çıktık. Kitapları inceledim. O maroken ciltli ve mis gibi kâğıt kokan güzelim kitapları elime aldım. Onları son görüşümdü ve ben bunu biliyordum.

"Evet," dedim, "benim kitaplarım."

Öğleden sonra kitapları kamyona yüklediler. Beni de bir polis otosuna bindirdiler. Biz önde, kitap kamyonları arkada, Ankara Adliyesi'ne gittik. Kitaplar oraya indirildi. Dünyanın uygar bölgelerinde kitaplıkları süsleyen o soylu ciltler, birer suç âleti gibi adliye koridorlarının sigara izmaritleri söndürülmüş, kara mozaiklerine savruldu. Ben de suçlu olarak sorguya alındım.

Bir oyun gibi katıldığımız okuma-yazma eylemleri, ciddi birer suça dönüşmüştü. Oyun bitmişti ve işin şakası yoktu artık! Sorgu hâkiminin çok anlayışlı davrandığını hatırlıyorum. Babamı, amcalarımı sordu ve adliyeye bunca emek vermiş bir soyadını tutuklamayı pek uygun görmemiş olacak ki, tutuksuz yargılanmama karar verdi. Böylece hiç ummadığım halde serbest bırakıldım ama kitaplardan umudu kesmek gerekiyordu.

Benim yokluğum Aylin'e, "Baban İstanbul'a gitti," cümlesiyle açıklanmıştı. Bir iş gezisindeydim. Yıllar sonra Emir Kusturica'nın *Babam İş Gezisinde* filmini gördüğümde şaşırdım. Çünkü benim arada bir içeri alınışım, Aylin'e de aynı cümlelerle anlatılmıştı ve baba daha birkaç kez kaybolacaktı.

12 Mart koşullarında Ekim Yayınları'nı sürdürmemize olanak yoktu. Bütün yayın projelerini hemen durdurmamız gerekiyordu. O sıralarda Marx ve Engels'in *Seçme Eserler*'ini yayınlama çabası içindeydik. Binlerce sayfalık, büyük boy ciltler hazırlıyorduk. Artık yayın imkânı kalmamıştı bunların. Bir yandan da yayınevinin, ortakları ve çalışanlarıyla devam etmesi gerekiyordu. Günlerce kafa yorduk. Ne yapacaktık?

Uzun tartışmalar sonunda, yeni bir yayınevi kurulmasına ve çağdaş, öncü edebiyat yayınlayacak olan bu yayınevinin sahipliğinin de değişmesi gerektiğine karar verdik. Ekim Yayınevi de mimlenmişti, biz de! 'Babil Yayınları' adıyla yayınevi kuruldu ve sahibi olarak da kardeşim Asım göründü. Babil Yayınları'nın ilk kitabı Amerikalı yazar John Updike'ındı. Çok güzel kapaklar içinde çıkan edebiyat kitapları da başarılı olmuş ve Türkiye'ye yeni bir hava getirmişti. *Kral'a Veda* romanını yayınlamamız üzerine Attila İlhan bize uzun ve çok güzel bir tebrik mektubu gönderdi. 'Efendim...' diye başlayan mektup birçok övgü cümlesiyle doluydu.

Bir süre sonra, bu yayınevinin de bizim olduğu anlaşıldı ve engellemeler başladı. Anadolu'ya gönderdiğimiz kitaplar yerine ulaşmıyordu. Kenar kıyı postanelerden, başka isimler altında ve küçük paketler halinde göndermeye başladık. Daha sonra bazı kitaplar için davalar açıldı ve toplatıldı. Bunların başında Henry Miller kitapları geliyordu.

O dönemde, eskiden beri tanıştığımız Erdal Öz'le yakınlaşmıştık. Kimi zaman evlerde buluşuyor, bazen de Emil Galip Sandalcı, Altan Öymen gibi yazarlarla konuşuyorduk.

Bir gün Olof Storvik adlı Norveçli bir gazeteci geldi bizim eve. Oğuz ve Filiz Onaran göndermişlerdi. Storvik benimle Türkiye'deki antidemokratik uygulamalar üzerine konuştu, gözaltı koşullarını sordu ve ben görüşmemizin sonunda ona bir-iki türkü söyledim. Türkiye'de 12 Mart'a karşı direniş başladığını gösteren türkülerdi bunlar. Olof Storvik, bunlardan müthiş etkilendi, Oslo'daki adresini verip gitti. Bu görüşmenin yaşamımda oynayacağı rolü sonra anlatacağım.

Arkadaşlarımın yıllarca ısrar ettiği konu, yani profesyonel müzik yapmak kafamı kurcalamaya başlamıştı. Çünkü yaşama alanımız gittikçe daralmaktaydı. Ankara'da bizi kolay yaşatmayacaklardı artık. O sıralarda Milli Kütüphane'de her zaman yaptığım gibi folklor araştırmalarını sürdürüyordum. Çok eski bir dergide İnce Memed Türküsü'nün sözlerini ve notalarını buldum. Deşifre ettiğimde ortaya çok güzel bir parça çıktı. Ayrıca Ferruh Arsunar'ın derlediği Köroğlu varyantlarını da Mutlu Torun'la birlikte incelemiştik. Hiç duyulmamış, çok güzel Köroğlu türküleri vardı. İstanbul'a gidişlerimden birinde hiç tanımadığım Yaşar Kemal'i bulmak istedim. O güzel İnce Memed Türküsü'nü dinletmek istiyordum ona. Cağaloğlu'nda akrabası Ramazan Yaşar'ın Ararat Yayınevi'ne gelip gittiğini söylediler. Gidip sordum, arada bir uğrarmış. Hoş bir rastlantıyla ertesi gün Yaşar Kemal geldi. Yanına gittim, kim olduğumu söyledim ve çok güzel bir türkü bulduğumu anlattım.

"Aman," dedi, "bana çalar mısın onu?"

Basınköy'deki evine davet etti: Hem de güzel bir Çukurova köftesi yapma vaadiyle birlikte. Ertesi gün evlerine gittim. Her tarafı kitapla kaplı bir salonun öteki ucunda çalışmakta olan

Thilda Kemal, gözlüklerinin üstünden şöyle bir baktı, "Hoş geldiniz," dedi ve bir daha da bizimle ilgilenmedi. Yaşar Kemal'le ordan burdan konuştuk; kim olduğumu, neler yaptığımı anlattım. Sonra sazı alıp 'İnce Memed Türküsü'nü söyledim. Yaşar Kemal'in coşkun beğenisinden daha da önemli olan şey, Thilda'nın birdenbire benimle ilgilenmeye başlaması ve "Çok ilginç bir accompaniment," demesiydi. Piyano çalan, müzik bilen Thilda Kemal, benim Mecitözü'ndeki dededen öğrendiğim geleneği geliştirerek oluşturduğum yeni saz tekniğini anlamıştı. Gerçekten de sazı gitardaki arpej tekniğini kullanarak çalıyordum, yani bilinen radyo sazındaki gibi, türküye bire bir eşlik edilip aynı melodi çalınmıyor, arpej tekniğiyle akorlar arka arkaya sıralanıyordu. Thilda bu yüzden "eşlik"e dikkat çekmişti.

Ben ayrıldıktan sonra da, "Bak Yaşar," demiş, "bu müzikte yeni bir şey var. Göreceksin, bu genç çok meşhur olacak."

Yaşar Kemal birkaç gün sonra bunu bana anlattığında ve "Thilda'nın her dediği çıkar. Yılmaz Güney için de aynı şeyi söylemişti," dediğinde ona inanmadım.

Thilda yanılıyordu.

Ben kendimi biliyordum. Ünlü olmama imkân yoktu ki!

Bir 'Artist' Hikâyesi

İlk ilişkiyi kim kurdu, nasıl oldu hatırlamıyorum ama o dönemin gözde plak firmalarından Sayan Plak'la bir anlaşma yaptım. Sayan Plak da Dağlar Dağlar, Sev Kardeşim gibi çok satan 45'lik plakları yayınlayan firmaydı.

Bana iki yıllık bir anlaşma önerdiler. İyi bir avans da vardı mukavelede. Ankara'ya sevinçle döndüm. Ülker'e gösterdim. Gözümüze bir kelime ilişince, birbirimize tuhaf tuhaf baktık. Çünkü mukavelede Sayan Plak 'firma', ben de *'artist'* olarak anılıyorduk. Bu öylesine garip ve komik bir durumdu ki, ikimizi de kahkahalarla güldürdü. Utancımdan, mukaveleyi arkadaşlarıma gösteremiyordum.

Parçaları hazırlamaya başladım. Pir Sultan söylemek istiyordum. Bir de 'Narman Kazası' adlı güzel türküyü okuyacaktım. Kendi bestelerim vardı ama ortaya çıkarmaya cesaret edemiyordum. O dönemde Oğuz Onaran'ın piyanoda çaldığı bir bestem, ortaya çıkmak için 15 yıl bekleyecekti. Sonradan, Ülkü Tamer'in yazdığı sözlerle, Güneş Topla Benim İçin adını alan melodiydi bu. Brecht'in şiirlerini bestelemiştim. Bir yandan da ağıtlar çalıyordum.

12 Mart yönetimine karşı sessiz bir direniş başlamıştı. Kulaktan kulağa fısıldanan şiirler ve türküler bu muhalefetin özünü oluşturuyordu. Bunlardan birkaç tanesini öğrenmiştim. Bunlardan biri Şarkışla'da bir kadının yaktığı söylenen Şarkışla'ya Düşürmesin Allah Sevdiği Kulunu adlı ağıttı. Deniz

Gezmiş'ler üstüne söylemişti. (Sonradan bu parçanın, müzisyen Selim Atakan'ın halasına ait olduğunu öğrenecektim.) İstanbul'daki bir kayıt stüdyosunda, plak için seçilecek parçaları çalarken, çok güvendiğim bir ezgiyi önermiştim. Stüdyoda plak dünyasından anladığı ve halkın nabzını tuttuğu iddia edilen bir yapımcı vardı. Parçayı dinledi, dinledi ve "İyi ama, tutmaz," dedi. "Bizim halk bu parçayı sevmez." Sözünü ettiği parça Leylim Ley adını taşıyordu. Sabahattin Ali'nin bir şiiri üzerine yapmıştım. Yıllar sonra çeşitli solistler tarafından okunacak ve beş milyonun üzerinde satış yapacaktı.

Böylece 1972 yılının aralık ayını bulduk. Ortam iyice sertleşmişti. Askeri cunta olmadık insanları tutukluyor, üniversite hocalarını, politikacıları içeri atıp duruyordu. İlk gerçek cunta deneyimimiz olduğu için işlerin orada duracağını sanıyorduk ama yanılmışız. Zaten İsrail Başkonsolosu'nun öldürülmesiyle iyice kötüleşmişti durum ama birkaç gün sonra inanılmayacak ölçüde sert bir dönem başlayacaktı.

Uzun zamandır aklıma Avrupa'ya gitmeyi koymuştum. Askeri dönemin nasıl sonuçlanacağını, kaç yıl süreceğini bilemiyordum. Ama pasaport almak çok zordu. Her zaman olduğu gibi babam imdadıma yetişti ve beni bir arkadaşına yolladı. Ankara'da Gökdelen'de yazıhanesi olan Fakih Özfakih'ti bu kişi. Sonradan öğrendiğime göre Fakih Bey, Faruk Gürler ve arkadaşlarıyla yakın temas içinde olmuş ve başarısızlıkla sonuçlanan 9 Mart hareketinin mimarları arasında yer almıştı. Emniyette tanıdıkları vardı. 1. Şube müdürüne telefon etti ve ben başvurumu yaptım. Bir hafta sonra gidip alacaktım pasaportu.

O gün evde temizlik vardı. Haftada bir gelen kadın yardımcı, evi silip süpürüyordu. Emniyet Müdürlüğü'ne gittim. Dosyaları karıştıran memur, pasaportun henüz gelmemiş olduğunu söyledi. Bir iki telefon etti ve 1. Şube'yle konuştu. Yüzüme tuhaf tuhaf bakmakta olduğunu fark ettim. Daha sonra iki polis gelerek beni yedinci katta bir bekleme odasına koydular. Orada beklememi söylediler. İş iyice garipleşmişti. Oradan çıkamayacağımı hissediyordum. Yaklaşık bir saat bekledikten sonra başka polisler geldi ve "Hadi gidiyoruz," deyip ellerime kelepçe taktılar. Nereye gittiğimizi sorduğumda, "Eve!" dediler. Hep birlikte bir polis otosuna bindik. Garip rastlantıyı yolda anlattılar: Sıkıyönetimden benimle ilgili bir gözaltına alınma emri gelmiş, o sabah beni almaya geleceklermiş. Tam o sırada ben pasaportu sormuşum.

"İyi adam lafın üstüne gelir," deyip gülüyorlardı. Adresi sormamaları dikkatimi çekmişti. Eve geldiğimizde dağılıp her yeri didik didik aramaya başladılar: Kitap arıyorlardı. Ülker şaşkınlıkla evi darmadağın eden polisleri izliyordu. Birden öfkelendi ve polislere bağırmaya başladı: "Görmüyor musunuz evde temizlik yapılıyor. Her tarafı dağıtmaya, çamurlu pabuçlarla içeri girmeye utanmıyor musunuz?"

Gariptir; bu sözler polisler üzerinde etkisini gösterdi ve ömür boyu 'yenge' kavramı geliştirmiş olan polisler, bir 'yenge'nin uyarıları karşısında mahcup bir tavırla özür dilediler. George Orwell'in *Katalonya'ya Saygı* adlı kitabında da böyle bir sahne vardır. İspanya İç Savaşı sırasında Orwell ve eşi ucuz bir otelde kalmaktadır. Yataklarının altında Cumhuriyetçilere götürecekleri silahlar vardır. Bir gece kapı çalınır ve içeriye Franco kuvvetleri girer. Her yeri ararlar ama yatağın içinde doğrulmuş, gecelikli hanımefendiyi rahatsız etmemek için yatağa bakmazlar. Orwell çifti hayatını böyle kurtarır. Orwell sonradan, "Eğer Almanya'da olsaydı, Nazi subayları evli kadın falan dinlemez, o silahları bulur ve bizi kurşuna dizerdi," diyecektir. İşte, sistem ve ideoloji aynı olsa bile, ülke kültürünün farkını vurgulayan bir örnek daha.

Gaziosmanpaşa'daki villa birçok girinti çıkıntı içeriyordu. Mesela, merdivenin üzerindeki bir kapaktan tavan arasındaki bir bölmeye geçilmekteydi. Polislerin bütün bu ayrıntıları bildikleri dikkatimi çekmişti. Avuçlarının içi gibi tanıyorlardı evi.

Öğle vakti Ülker'le vedalaştık. "'Ne olduğunu bilmiyorum. Umarım uzun sürmez. Aylin'i öp!" diyebildim, çünkü polislerin önünde daha fazla konuşmak istemiyordum. Aylin iyi ki anaokulundaydı, bütün bunları görmemişti.

Emniyete giderken polislere, evi nasıl o kadar iyi bildiklerini sordum. "Sizden önce burada Ankara Emniyet Müdürü oturuyordu," dediklerinde yüzüme kan hücum ettiğini hissettim. Demek ki gözden uzak olmak için onca çabalayarak bulduğum ev, polisin en iyi bildiği evdi. Kendi kendime, "Bravo" diyordum. "Amma da becerikli herifsin ha! Bravo." Bilmediğim başka bir şey de, tam yandaki villanın MİT'e ait olduğuydu.

Polisler doğruca, Dışkapı'daki Yıldırım Bölge denilen sıkıyönetim hapishanesine götürdüler beni. Neyle suçlandığımı bilmiyordum. Nizamiyede kayıt yapıldı, bazı eşyalarım alındı ve beni büyük bir koğuşa götürdüler. Kapı açıldı. Dışarda parlak bir kış güneşi olduğu için, önce içeriyi göremedim. Sonra yavaş yavaş gözüm alıştı ve hangara benzeyen loş koğuşta, yemek yiyen 60-70 kişi gördüm. Birkaçı kalkıp bana doğru yürüdüler ve ben büyük bir şaşkınlıkla koğuştaki herkesi tanıdığımı fark ettim. Birkaç yıl önce Trabzon'da otururken tanıdığım ya da kıyı boyunca yaptığım gezilerde görüştüğüm kim varsa oradaydı. Aklımı oynatıyorum sandım. Gerçek, durmadan kayıyordu. Bunuel filmlerindeki gibi, olmayacak bir rüyaya dalmıştım. Alüminyum tabaklardan mercimek kaşıklayan insanların hepsini tanıyordum. Bir bakıyordum Hopa'da görüştüğüm bir otelci bana gülümsüyor, bir bakıyordum Maçka kasabasında uğradığım bir yaşlı bakkal selam veriyor. Ali Faik Cihan gibi yakın dostlarım da oradaydı. Koğuşun demirli pencereleri yüksekti, iki sıralı ranzalar tavana kadar uzanmaktaydı. Şaşkınlığımı anlayan arkadaşlar, sarılıp öperek, "Hoş geldin," dediler, beni yatıştırmaya çalıştılar. Sofraya oturtup önüme alüminyum bir tabak sürdüler, bir de kaşık tutuşturdular elime.

Ankara'nın Yıldırım Bölge Sıkıyönetim Hapishanesi'nde onca Karadenizli'nin ne işi vardı? Çoğu politikayla bile ilgili değildi o kişilerin.

Koğuşta Yangın

Ordunun yönetime iyice ağırlık koyduğu ve denetimsiz, çığırından çıkmış iktidar duygusuyla her kesimi ezmeye çalıştığı bir dönem başlamıştı. 12 Mart'ta muhtıra veren askerler önce çekingen ve dikkatli bir üslup kullanmış, sonra karşı çıkan hiç kimse olmamasından cesaret alarak, çılgınlık sınırına varan cezalandırmalara başlamışlardı.

Bir sonraki darbede Kenan Evren ve arkadaşları da Beşinci Senfoni eşliğindeki basın toplantılarında, emaneti hemen devredeceklerine yeminler eden ve olabildiğince kibar görünmeye çalışan bir tutum içindelerdi. Her geleni eteklemeye yatkın mizacımız, sonunda bu adamları da atını konsül yapan birer Roma imparatoruna benzetti.

Yıldırım Bölge koğuşunda, neyle suçlandığımızı bile bilmeden yatarken aramıza ilginç konuklar katıldı. Bunlardan biri Profesör Bülent Nuri Esen'di. Bahçelievler'de oğulları Ömer ve Selim'le arkadaşlık ettiğim Bülent Hoca, Menderes'in avukatlığını yapmış bir hukuk otoritesiydi ve rejimin böylesine güçlü bir temsilcisini içeri atmak, yeni bir 12 Mart çılgınlığı olsa gerekti.

Bülent Hoca'nın koğuşa girişini çok iyi hatırlıyorum. Sırtında kaşmir paltosu, özenle bağlanmış kaşkolu, sıkı taranmış saçları ve Türkiye'de hep 'büyük adam' sembolü olmuş gür kaşlarıyla, gözaltına alınmış bir sanıktan çok, hapishaneyi teftiş eden azametli bir adliye vekiline benziyordu. Orhan Kemal'in müfettişi gibi, yürüdükçe 'gırç gırç' sesi çıkaran ayakkabılar giymişti.

Demir kapılar açılıp da iki er ve bir astsubay tarafından içeri sokulunca şöyle bir etrafı süzdü, yere baktı ve gökgürültüsü gibi gürledi: "Başçavuş! Bu koğuşun hali ne böyle? Pislik götürüyor her yeri!"

Başçavuş ve erler, bu 'amir sesi' karşısında irkildiler. Elleri ister istemez iki yanlarına gitti, hazır ola geçtiler. Bir yandan olayı seyrediyor bir yandan da Pavlov'un kulaklarını çınlatıyordum.

"Ne bu pislik diyorum!" diye bir kez daha gürledi hoca. "Çabuk şu yerleri temizleyin. Nedir bu sigara izmaritleri."

Askerler elleriyle bizi işaret ederek, "İşte bunlar atıyor komutanım!" gibi sözler mırıldandılar. Sonra da –inanılması zor ama– hemen koşup bir kova su ve paspas getirdiler. Koğuşun girişindeki beton alanı temizlemeye başladılar.

Bu kez hoca bizlere döndü, "Arkadaşlar," dedi, "yerlere sigara izmaritleri atmaya, hep birlikte yaşamak zorunda olduğumuz mekânı böyle kirletmeye utanmıyor musunuz?"

Arkalardan cılız bir ses, "Ama hocam," diye sızlandı, "kül tablası yok ki. Nereye söndürelim?"

"Mazeret kabul etmiyorum," diye bağırdı hoca. "İnsan bir çare bulur. Mesela içtiğiniz sigaraların alüminyumlu kâğıtları yok mu? Onlardan pekâlâ kül tablası yapabilirsiniz. Hadi bakalım, çıkarın kâğıtları."

Hocanın emri üzerine bütün koğuş hareketlendi. Herkes sigaraların alüminyumlu kâğıtlarını çıkarıyor ve onları birkaç kat halinde bükerek sigara tablası yapmaya çalışıyordu. Erler de bir yandan harıl harıl temizlikle uğraşmaktaydı. Birkaç kişi yaptığı sigara tablasını aferin bekleyen birer çocuk edasıyla götürüp hocaya gösterdi.

"Aferin! İşte böyle olun," dedi onlara.

Tam burada belleğim bana bir oyun ediyor ve hocanın bizimle kaç gün kaldığını ve koğuşta neler yaptığını hatırlamıyorum. Çok kısa bir süre kalmış olmalı.

Besteci Muammer Sun da bizim koğuştaydı. Onunla soba başında bol bol edebiyat ve müzik konuştuğumuzu hatırlıyorum. Günler geçmek bilmiyordu ama yapacak bir şey yoktu. Daha neyle suçlandığımızı bile bilmiyorduk. Sorgulama yapmıyorlardı.

Koğuşta yemek olarak bol bol mercimek ve Ali Faik Cihan'ın 'leblebi' dediği nohut yiyor, elimize geçen her gazeteyi ilanlarına kadar okuyor ve sohbet ediyorduk.

Karadenizliler her akşam 'Gülelum' programı yapıyordu. Dikdörtgen koğuşun dar ucunda üst üste konmuş ranzalardan oluşan sahneye birileri çıkıyor ve fıkra anlatıyordu. Bu fıkralarda genellikle bir Kürt ve bir Laz karşı karşıya geliyor, sonunda elbette hep Kürtler kaybediyordu. İşin garip yanı, her gece aynı fıkraların anlatılmasıydı. Buna rağmen ranzaların kenarına tünemiş olan heyecanlı yüzler fıkranın sonunu nefeslerini tutarak heyecanla bekliyor ve "Tonyalu da oğa demiş ki..." diye başlayan finalde kahkahaları patlatıyor, yere düşecek gibi sarsıla sarsıla gülüyorlardı. Ertesi gece aynı fıkralar bir kez daha anlatılıyordu ve herkes yine kızarmış heyecanlı yüzlerle ve sonunda gülmekten bayılacak hale geleceğini bilerek dinliyordu bunları.

Yaşlı bakkal yatağından kalkamıyordu, ağırlaşmıştı. Maçka'daki dükkânından alınıp getirilmesi ve sebebini bile bilmeden bir askeri koğuşa kapatılması, sonunda yaşamına mal oldu, zavallı adam tahliye edildikten kısa bir süre sonra öldü.

Bir gece öğretmen İsmail tarafından uyandırıldım. Hafifçe sarsıyor ve "Heyecanlanma! Sakın korkma!" diye fısıldıyordu. Aslında bana iyilik olsun diye yaptığı bu uyarı daha da korkutucuydu. İdama götürülen birini yatıştırır gibi konuşmasının sebebi hemen anlaşıldı: Koğuşta yangın çıkmıştı. Bir anda panik ve gürültü büyüdü. Kapılara koştuk, nöbetçileri uyarmaya çalıştık. Bir soba bacası alev almıştı. Koğuşa yayılan alevler ve duman yüzünden bir çoğumuz ölebilirdik ama nöbetçiler kapıyı açmaya cesaret edemiyorlardı. Öyle ya, açacakları şey sıkıyönetim cezaevinin kapısıydı. Gecenin ikisi olduğu için yetkili bir kişi de bulunmuyordu garnizonda. Göz göre göre boğulup gideceğimizi düşünmeye başlamıştık ki nizamiye, binbaşıyla telefon irtibatı kurup izni aldı ve kapıları açtılar.

Dışarı fırladık, gece karanlığında, lapa lap yağan kar altında beklemeye başladık. Yan tarafımız uçsuz bucaksız tarlaydı. O karanlık tarlalara dalan bir kişinin bir daha bulunmasına imkân yoktu. İtfaiye gelip yangın söndürülene kadar epey bir süre geçmişti. Daha sonra Ankara Sıkıyönetim Komutanı Tevfik Türün geldi. Pabuçlarını bağlamamış olduğu dikkatimi çekti. Öylesine aceleyle fırlamış olmalıydı.

Yangın söndürülüp her şey durulduktan sonra bile beklemeye devam ediyorduk. Çünkü bizi hatırlayan ve bir şey söyleyen yoktu. Neden sonra generalin gözü bize ilişti ve avazı çıktığı kadar bağırmaya başladı:

"Hemen içeri koyun bunları! Başlarında bir nöbetçi bile yok. Sayım yapın! Sayım yapın!"

Ortalık karıştı. Heyecanlanan askerler üzerimize saldırıp tartaklamaya başladılar. Bir yandan da koğuşa doğru itiyorlardı. Hiçbir şey yapmadan, yangının suçlusu durumuna düşmüştük. Koğuşta yapılan sayım sonucunda hiç kimsenin kaçmadığı anlaşıldı ve ortalık yatıştı biraz.

Böylece bir ay yattık içerde. Sonra beni sorguya götürdüler. 1971'in Aralık ayında 'kontrgerilla'nın devrede olduğunu sanmıyorum. Çünkü sorgulara karışmıyorlardı. Beş ay sonra tekrar içeri alındığımda ise her şey onların elindeydi artık.

Ziraat Fakültesi'ndeki sıkıyönetim savcılığına götürüldüm. Sonradan konferans vereceğim ve sevgi gösterileriyle karşılanacağım fakültede Başsavcı İlhan Şenel tarafından sorgulanıyordum. Uygar bir adama benzeyen bu askeri savcının önünde koskoca bir klasör duruyordu. O klasördeki kâğıtları karıştırıyor ve bana sorular soruyordu. "4 Mayıs'ta... kişiler size geldi mi?" ya da "Haziran ayında siz de onlara gittiniz mi?" gibi sorulardı hepsi. Sözünü ettiği kişiler olan Ali Faik Cihan ve diğerlerinin aile dostlarımız olduğunu, zaten sık sık görüştüğümüzü ama günlerini hatırlayamadığımı söyledim. Yarım saat süren sorgu bitti.

"Kusura bakmazsanız, bir şey sorabilir miyim?" dedim. Biraz hayret etti ama "Buyurun!" dedi.

"Evim basıldı, kitaplarım didiklendi ve neyle suçlandığım bile belirtilmeden bir aydır sıkıyönetim koğuşunda yatıyorum," dedim. "Ne ailemi görebiliyorum ne de haber alabiliyorum onlardan. Bu kadar hakaret ve eziyet sonunda, suçumun ne olduğunu öğrenebileceğim umuduyla sizin karşınıza çıkıyorum. Siz bana, yıllar öncesinde kalmış bazı aile ziyaretlerini soruyorsunuz. Yemek davetleri, piknikler ve çaylı pastalı ziyaretler. Ben buna bir anlam vermekte güçlük çekiyorum."

Başsavcı sıkıntıyla kıpırdandı koltuğunda. Ne diyeceğini bilemez gibiydi. Bir sessizlik oldu. Ben bu durumdan cesaret alarak, biraz daha konuştum.

"Böyle raporlara geçince her şey suçmuş gibi duruyor," dedim. "Özür dilerim ama sizin dün akşam dostlarınızla yaptığınız bir görüşme bile, mühürlü kâğıda geçince gizli bir buluşma havası taşıyabilir."

Bunun üzerine İlhan Bey hiç beklemediğim bir şey yaptı ve elini klasöre hızla vurarak, "Allah belasını versin bu adamların," dedi. "Olur olmaz dosyaları önümüze getiriyorlar. Hepsi yalan dolan bunların."

Başsavcı açıkça MİT'i suçluyordu.

Titrek Hamsi Hücresi

Söz söyleyen dillere
Kalem tutan ellere
Gün akşama değerken
Kan bulaştı güllere

Başsavcı İlhan Bey, tepkisinde haksız değildi. Çünkü sıkıyönetim başsavcısı olarak eline gelen binlerce dosya, MİT'e çalışan bazı muhbirlerin ipe sapa gelmez suçlamaları ve akıl almaz saçmalıklarıyla dolu olmalıydı. 12 Mart yönetiminin en büyük tutkularından birisi, düşman olarak gördüğü bazı aydın grupları ne pahasına olursa olsun içeri atmaktı. Savcıların görevi ise bu tutuklamalara kılıf bulmak ve birer iddianame uydurmaktı.

Bizim içeri alınışımız, daha önce anlattığım Trabzon yıllarına dayanmaktaydı. O dönemde öğretmen okulunda resim öğretmeni olarak çalışan ve edebiyat meraklısı bir genç olarak aramıza giren Mustafa Beşgen, hasta düş gücünü çalıştırarak her gün bir rapor yazmış ve ortada olmayan, hayali bir örgüt yaratmıştı: Titrek Hamsi Hücreşi. MİT ve sıkıyönetim de ancak mizah kitaplarına konu olabilecek bu saçmalığı ciddiye almış ve onca insanı toplayarak Yıldırım Bölge koğuşlarına tıkmıştı. Örgütün niye hamsi ve niye titrek olduğunu hiçbir zaman anlayamadım.

Şimdi bir Laz fıkrası gibi gelen bu olay dolayısıyla hepimiz zulüm gördük, çoğu kişinin evi barkı dağıldı.

O dönemin beni en çok etkileyen anını, babam ziyarete geldiği gün yaşadım. Yıldırım Bölge'de bahçede, telin arkasından konuşuyorduk. Bana çamaşır ve yiyecek paketleri de getirmiş, bunları aranması için cezaevi yönetimine teslim etmişti. Ömrü boyunca kürsüde oturmuş, iddianameler hazırlamış, cezaevi isyanları bastırmış olan savcı, o anda oğluyla telörgü arkasından konuşabiliyordu.

Bana o an, ömrüm boyunca unutmayacağım bir şey söyledi: "Oğlum, burada yüz kızartıcı bir suçtan yatmıyorsun. Düşüncelerinden dolayı buradasın, bu yüzden üzülme. Ailemize leke sürmüş falan değilsin."

Bunun ne demek olduğunu o dönemde yaşayanlar bilir. İnsanların, cunta propagandalarının etkisinde kalarak her yerde –O dönemdeki meşhur deyimle– "şehir eşkıyası" aradığı, herkesin –yine meşhur deyimle– "sayın muhbir vatandaş" olmaya can attığı, komşuların ve akrabaların birbirini ihbar ettiği bir ortamda, babamın bu sözleri söylemesi yüreğime su serpti.

O gittikten sonra koğuşun bir köşesine çekilip uzun uzun babamla ilişkilerimi düşündüm. Daha çok küçükken babaanneme verilmiş olduğum, daha sonra da Ankara'da öğrenime devam ettiğim için öteki kardeşlerim kadar görmemiştim onu. Ankara'da kolej yıllarında onu sürekli özlerdim. Çocuk aklıyla kimbilir hangi nedenden amcalarıma kızdığım zaman, onun gelip beni kurtardığı ve amcalarımı cezalandırdığı hayallerine sığınırdım.

Ankara'ya yolu düştüğü bir dönemde bir pazar günü beni sinemaya götürmüştü. Sabah Bahadırlar Sokak'taki evden çıktık, sonra beni Büyük Pasaj'a götürdü. Orada Rus madamların pastanesinden kuru pasta aldı. Küçük bir kesekâğıdına konmuştu pastalar, çok özel kokuyorlardı, kesekâğıdının üstünde yağları belirmeye başlamıştı. Sonra sinemaya girdik. *Yedi Kardeşe Yedi Gelin* adlı müzikal bir Amerikan filmi oynuyordu. İlk renkli filmlerden biri olmalıydı çünkü perdede gördüğüm renklere, kar manzaralarına, odun biçerken söylenen neşeli şarkılara, kızak sahnelerine hayran kalmıştım.

Daha sonra babam Ankara'ya atanınca, Kızılay'da 'Yassıada' dediğimiz bir bodrum katına taşınmıştık. Orada artık annem, babam, kardeşlerim ve ailenin evlatlığı Huriye Abla'yla birlikte oturuyorduk. Bir süre sonra Bahçelievler 4. Cadde'deki o güzel, iki katlı eve geçecektik. Babam o dönemde sürekli teftişlere gittiği için, onu yine fazla görme şansım olmuyordu.

Yargıtay yıllarında artık Ankara'da oturabiliyordu ve biz her akşam sofra başında toplanıyor, olağanüstü bir özgürlük ortamında her şeyi tartışabiliyorduk. Bize durmadan tarihten örnekler aktarıyor, bilgilendiriyor, şiir ve anekdotlarla süslüyordu. Bu sofra bizim için gerçek bir okul yerine geçmekteydi. Anlattığı olaylar Osmanlıca bilgimizi de güçlendiriyordu. Bana ilk Hemingway kitabını veren ve onun gözümde büyümesini sağlayan da babamdır. Ama daha önce anlattığım gibi, ben bu işte aşırıya kaçınca hızımı kesmek için çeşitli önlemlere başvurdu.

Bazı insanlar vardır: Nezaket onların kişiliklerinin bir parçasıdır. Nazik olmak için çaba sarf etmezler, çünkü yapıları gereği başka türlü davranmak gelmez ellerinden. Babam da hayret edilecek bir biçimde aşırı nazik biridir. Kenarları tırtıklı ve herkesin birbirine "Kardeşime Muhabbetle" diye imzaladığı gençlik fotoğraflarına bakınca da açıkça görülür bu durum. Özenli bir giyim, üstüne yakıştırdığı giysiler, iyi taranmış saçlar ve yüzünde yarı hüzünlü, dikkatli, ince bir gülümseyiş... Onu çevresindeki herkesten ayıran, daha sonra artık yaşlanmış olan arkadaşlarının onu, "Mustafa Sabri hepimizden farklıdır, hep öyle oldu!" diye anlatmasını sağlayan bir incelik.

İlkelerine göre yaşayan, çok az yiyen, gençliğindeki kilosu hiçbir zaman değişmeyen, şık askılar takan, akşam sofralarını bir kadeh rakı eşliğinde, yemekten çok kültür sohbeti ortamlarına çeviren, briç oynayan, muhakeme gücü yüksek, kibar bir insan. Ona hayatımın her döneminde hayranlık duydum ve hep benim kahramanım olarak kaldı. Bu "kahraman"ın hapse düşmüş oğlunu ziyareti, beni ve arkadaşlarımı son derece duygulandırmıştı.

Bir ayı aşkın bir süre sonra özgürlüğümüze kavuşmuştuk. Kaldığımız yerden devam etmek istiyorduk işlerimize ama yayınevini sürdürmek neredeyse olanaksızlaşmıştı. Devlet bütün gücüyle üzerimize geliyor ve nefes almamıza bile izin vermek istemiyordu. Bir ay önce Sayan Plak'la imzaladığım anlaşmayı uygulamalı ve plak doldurmalıydım.

Besteler ve parçalar üzerine yoğunlaştım. İstanbul'a gelip stüdyoya girdim. Şimdi geriye bakınca o ilk stüdyo günlerini hatırlamak acı veriyor.

Onca baskı, hapis ve korku, kişiliğimi hırpalamış olmalıydı. Çok güvensizdim, ruh sağlığım yerinde değildi. Geceleri çırpınarak uyanıyordum. Günün ve gecenin her dakikasında, bir yerden bir kötülük geliyor, bana ve aileme yaklaşıyor saplantısı içindeydim. Onca çabayla yoktan var ettiğimiz yayınevi ve kurduğumuz hayat yıkılmıştı. Hiçbir suçum olmadığı halde, sadece kültür ve sanata meraklı olduğum için askerin ve polisin boy hedeflerinden biri haline gelmiştim.

Bütün bu baskılar sonucunda, stüdyoya girdiğimde sesim kısılıyordu. Kayıt âletlerinin soğukluğu ve üzerime dikilmiş mikrofon gözeneklerinin karşısında, yargılanıyor gibi hissediyordum kendimi. Bir hırıltı gelip tıkıyordu boğazımı ve gerçekten sesim kısılıyordu. Konuşamıyordum bile.

Benimle birlikte stüdyoya gelen Akay Sayılır, Yaşar Kemal, Thilda ve Ülker bana cesaret vermeye çalışıyorlardı ama bu çabaları sonuçsuz kalıyordu. Onat Kutlar'ın eniştesi Dr. Atıf Kutlar, bir yandan beni tedavi ediyor, bir yandan da sorunun psikolojik olduğunu söylüyordu. Ben de her psikolojik problemli gibi bunu reddediyordum. Boğazımda bir şey vardı işte! Nasıl görmüyorlardı?

Sonunda bitti, dört parça okumayı başardım. Üzerimden büyük bir yük kalkmıştı. Plak benim adımla yayınlanırsa, polis baskı yapabilirdi. Yaşar Kemal, "Sana başka bir isim koyalım," diyordu. "Hem Zülfü Livaneli meşhur olabilecek bir isim değil."

Böylece ikimiz birlikte 'Ozanoğlu' adını bulduk. İlk iki plağım Sayan Plak'ta 'Ozanoğlu' adıyla yayınlandı ve pek fazla yankı uyandırmadan geçip gitti. Geçenlerde bir okurum *Hey* dergisinin çok eski bir sayısını gönderdi. Orada, Ozanoğlu'nun plağının yayınlandığı haberini gördüm.

Bu arada rejim iyice sertleşmişti. 1972'nin ilk aylarıyla birlikte Deniz Gezmiş ve arkadaşlarının idam edilebileceğinin işaretleri ortaya çıkmaya başladı. Oysa kimse ihtimal vermiyordu buna. O kuşku günlerinde derlediğim ve yazdığım ağıtları okuyordum arkadaşlara. Stüdyoya girmeyince mesele yoktu. Gaziosmanpaşa'daki güzel evimizde bazı akşamlar toplanıyorduk. Erdal Öz, Emil Galip Sandalcı, Abdi, İlhan, Alp ve bazen Uğur Mumcu konuğumuz oluyordu. Sinan Cemgil ve arkadaşları Nurhak Dağları'nda öldürülmüştü. Onlar üzerine yazdığım ağıdı okuyordum.

Deniz'lerin avukatlarından Mükerrem Erdoğan arkadaşımızdı. Onun aracılığıyla, Deniz Gezmiş grubundan salıverilen bir gençle konuştuk. Deniz'lerin içeride çok rahat olduklarını ve asılacaklarına hiç ihtimal vermediklerini anlattı. Bu arada Kızıldere olayları patladı. Mahir Çayan ve arkadaşları orada öldüler.

Bir Türk Hava Yolları uçağı Sofya'ya kaçırıldı. Jandarma Genel Komutanı Eken'e suikast girişiminde bulunuldu ve bütün bunlar Türkiye'yi korkunç bir gerilim dönemine soktu. 6 Mayıs 1972 günü Deniz Gezmiş, Yusuf Aslan ve Hüseyin İnan idam edildiler. O gün avukat Mükerrem Erdoğan bize geldi. Gözleri ağlamaktan kızarmıştı. Gece aniden haber geldiğini ve Halit Çelenk'le birlikte infazda hazır bulunmak üzere cezaevine gittiğini anlatıyordu. İdamları bütün ayrıntılarıyla gözümüzde canlandırıyordu. Her dakikasını aklında tutmuş ve çıkar çıkmaz da yazmıştı. Anlattıkları dayanılır gibi değildi gerçekten. Hiç kimseyi öldürmemiş, ellerini kana bulamamış olan bu üç öğrenci, barbarların elinde hunharca katledilmişlerdi. Ölüm karşısında bile saygısı yoktu bu adamların.

Geceyarısı çocukların hücrelerine dalmışlar ve üstlerine çökmüş, kelepçeleyip bağlamışlardı. Dışarı taşınırken, "Bari bırakın pabucumun tekini giyeyim!" diye bağırmıştı Deniz. Ölümün normal bir insanda yaratacağı ağır ve törensel saygıdan eser yoktu bu adamlarda. Hukukçu olmadığı halde Deniz'leri idama mahkûm etmiş olan mahkeme başkanı Ali Elverdi, infazlar boyunca pis pis gülmüş ve sigarasını tüttürmüştü.

Barbarlardan ölesiye nefret ediyordum. Bütün bunların ideolojiyle, siyasetle ilgisi yoktu. Üç öğrenciye bu zulmü uygulayan ülkeyi artık tanıyamıyor ve duygularımın şiddetinden tıkanıyor, konuşamıyordum bile. Bu benim sevgili ülkem olamazdı. O gün kimi gördüysem ağlıyordu. Daha sonra plağa söylediğim ağıtların duygu yükü bugünlerde oluşmuştur.

Bir gün Akay Sayılır'la İstanbul'daydık, dolmuşla Karaköy'e gidiyorduk. Arabanın radyosunda haberler başladı ve spiker bir THY uçağının Sofya'ya kaçırıldığını duyurdu. Bize göre inanılmayacak bir çılgınlıktı bu. Kimbilir hangi sivri akıllılar yaptı bu kepazeliği diye epey söylendik. Bir süre sonra, ikimizin de bu olayın sanıkları arasında yer alacağımızı bilmiyorduk.

O belalı günlerde, aranmakta olduğumu hissettim. Çevremde acayiplikler başlamıştı ve bir şey olacağı kesindi. Eve gidip Ülker'e durumu anlattım. Duygularımın beni yanıltmadığından emindim. Bir şey olacaktı. Hemen o gün Aylin'i de alıp İstanbul'a, kayınvalidemin evine gittik. Her şey, olağan bir aile ziyareti havasındaydı. Bir süre orada bekleyecektik.

Gidişimizden birkaç gün sonra, radyoda akşam haberlerini dinlerken Şafak 2 adıyla bir operasyon yapıldığı ve birçok 'şehir eşkıyası'nın yakalandığı haberi verildi. Uzun bir isim listesi okunuyordu. Her isim okunuşunda biz dehşete düşüyor ve birbirimizin yüzüne bakıyorduk. Bütün çevremiz içeri alınmıştı: Erdal Öz, Uğur Mumcu, Emil Galip Sandalcı, Abdi, Akay, İlhan ve daha birçok dost içerideydi.

Derken spiker benim adımı okudu.

Önce durumu anlayamadık. İstanbul'da Nişantaşı'nda oturmuş radyo dinlemekteydim ve sıkıyönetim benim içeri alındığımı duyuruyordu. İkimizin de rengi attı. Ailenin geri kalan kısmı mutfakta, yemek hazırlığı içindeydi. Kimse bir şey duymamıştı. Birazdan geleceğimizi söyleyerek kendimizi dışarı attık ve akşam karanlığında, sislere batmış, kömür kokulu Halaskârgazi Caddesi'nde bir aşağı bir yukarı yürüyüp ne yapacağımızı konuştuk.

Çaresiz ve kıstırılmış iki av gibiydik.

İşkenceyi Bekleme İşkencesi

Susarlar, sesini boğmak isterler
Yarımdır kırıktır sırça yüreğin
Çığlık çığlığa yarı geceler
Kardeşin duymaz eloğlu duyar

Sersemlemiş bir durumda eve döndük. Haberi duyan akrabalar telefon edip geçmiş olsun dileklerini iletmişlerdi. Kayınvalide herkese bir yanlışlık olduğunu söylemiş durmuştu. Sabaha kadar ne yapacağımızı konuştuk ve bir karara varamadık. Ertesi gün erkenden dolmuşa binip Basınköy'e, Yaşar Kemal ve Thilda'ya gittik. Belki onlar bir yol gösterebilirdi. Daha doğrusu durumu enine boyuna tartışabileceğimiz kişiler onlardı ama ne yazık ki evde kimse yoktu. Nişantaşı'ndan Basınköy'e kadar birkaç dolmuş değiştirerek yapılan yolculuk sırasında onları kaçırmıştık. Kapıyı umutla çaldık, çaldık... Açan olmadı.

Önümüze ilk çıkan otobüse bindik. Nereye gittiğimizi bilmiyorduk. Otobüs bizi Sirkeci'de bıraktı. İstasyonun önünde yürürken birden Yaşar Kemal'i gördüm. Koşup omzuna dokundum. Döndü ve beni görür görmez yüzü allak bullak oldu: "Kaçtın mı!" diye bağırdı.

"Kaçmadım," dedim. "Yakalanmadım ki!"

"Gelin şöyle rahat bir yere gidip konuşalım," dedi.

Üçümüz birlikte Gülhane Parkı'na gittik. Mayıs İstanbulu'nda bir bahar güneşi vurmuştu ortalığa. Park tıklım tıklım doluydu. Yüzlerce kişi masalara oturmuş çay içiyordu. Bir masa da biz bulduk ve oturup durumu konuşmaya başladık. Yaşar

Kemal, akşam radyoda açıklamayı duyduklarında çok üzüldüklerini, Thilda'nın ağladığını anlatıyordu. Biz, çektiğimiz onca eziyetten sonra bu yeni durum karşısında şaşalamıştık, olayların değerlendirmesini yapamıyorduk.

Yaşar Kemal, "Öyle kötü bir durum ki..." dedi, "şu anda sen hapishane kaçağı sayılıyorsun. Bir yerde vursalar, haklı çıkarlar." Bunun üzerine bir kuşku kıpırdandı içimde. Acaba vurmak için mi yapmışlardı bu oyunu?

Asırlık ağaçlardaki hoparlörlerden radyo yayını yapılıyordu. Derken haberler başladı ve spiker bildiğimiz sıkıyönetim bildirisini okudu. Ömer Zülfü Livaneli adı parka yayılınca kıpkırmızı olduğumu ve kimsenin yüzüne bakamadığımı hissettim, herkes beni süzüyor gibiydi. Teslim olmaya karar verdim çünkü yakalanmam halinde risk çok büyüktü.

O gece Haydarpaşa'dan, Ankara'ya giden trene bindim. Yol boyunca sık sık yapılan aramalardan birine rastlamak korkusuyla tedirgin bir gece geçirdim. Tren Ankara garına çok erken girdi. Gardaki ankesörlü telefondan babamı aradım. İsmimi bildirmeden, "Merhaba," dedim. "Ne haber? Nasılsın?"

Çok küçük yaşlardan beri babama hiç "sen" diye hitap etmemiştim, her zaman "siz" diyordum ama o gün telefonun dinlenme ihtimaline karşı önlem alıyor ve bir arkadaşı rolüne giriyordum. Sesimi tanırdı herhalde ama bunu yapmak, babamla bu biçimde konuşmak ne kadar zordu, bilemezsiniz.

Gerçekten de babam durumu anladı ve o da bir arkadaşıyla konuşur gibi, "Ooo merhaba! Nasıl görüşürüz? Nerdesin?" dedi.

"İstasyonda bekliyorum," dedim.

Bir süre sonra babam ve kardeşim Asım geldiler. Babamın emektar Opel'ine bindik ve o saatte iyice tenha olan Ankara yollarında dolaşmaya başladık. Babam da yapılacak en doğru işin sıkıyönetim komutanlığına gitmek olduğunu düşünüyordu. Yoksa resmen kaçak durumuna düşüyordum ve bu da çok tehlikeliydi. Aynı şekilde düşündüğümü söyledim ama neyle suçlandığımı bile bilmiyordum daha. Ortalık çok sertti, işkence sistematik bir hal almıştı. Kontrgerilla sorgusunda işkence görmekten çekindiğimi söyledim.

Babam, yaşamında büyük zorluklarla, büyük acılarla karşılaşmış biridir ama o an yaşadığını düşmanım için bile dilemem. Çünkü devlete inanan, kaç yıldır ona hizmet eden babam için bile "işkence" artık soyut bir tartışma konusu değildi, burnumuzun dibine kadar gelmişti. Sonuçta işkence yapılacak olan kendi oğluydu ve o oğlunu götürüp teslim etmek zorundaydı. Ömrü boyunca devletin hiç hata yapmayacağını savunan yargıç, bu ikilem içinde acı çekiyordu. Yunan trajedilerinde görülebilecek yoğunlukta bir acı yaşanıyordu Opel'in içinde. Bir ara Çiftlik yoluna girdiğimizi hatırlıyorum. İleride bir polis arama noktası görüldü ve babam hızla direksiyonu kırarak uzaklaştı oradan. Yirmili yaşlarından beri savcılık yapmış ve polisin amiri olmuş hukukçu, şimdi polisten kaçıyordu.

Birkaç gece önce polisler ve askerler, babamın evine gidip arama yapmışlar ve Asım'ı almışlardı. Ona durmadan benim nerede olduğumu soruyorlardı. Asım'sa bilmediğini söylüyordu. Sonunda onu Gaziosmanpaşa'daki evimize götürmüşler ve bahçede "Abi, abi" diye bağırtmışlardı. Akılları sıra, evde olan ben kapıyı açmıyordum ve kardeşimin sesiyle açacaktım. Mahallede epey gürültü çıkarmıştı polisler, kapıyı kırmaya kalkmışlardı. Bütün komşulara bizi soruyor ve sonunda çocuklu bir aile olduğumuzu anlayınca birbirlerine bakıp, "Haa! Örgüt evliliği!" diyorlardı. Asım, bir albayın duruma el koymasıyla kurtulabilmişti. Bütün bunlar, neyle suçlandığımı bilmediğim bir hezeyan ortamında gerçekleşiyordu.

Sonunda emektar Opel, çaresizce Ankara Merkez Komutanlığı'na yöneldi. Babamla içeri girdik. Komutan bize çay ikram etti. Babam durumu anlattı ve benim İstanbul'da aile ziyaretindeyken, gözaltına alınmış olduğumun bildirildiğini söyledi. Herhalde bir yanlışlık olmuştu. Merkez komutanı da babama merak etmemesini söyledi. Yanlışlık en kısa zamanda dü-

zeltilirdi. Babam yıllarca devleti temsil etmiş olmanın bilinciyle utanıp sıkılarak, "Kötü bir muamele yoktur umarım," dedi. "Ne demek efendim," dedi komutan, "öyle şeyler söz konusu değil. Hepsi iftira."
Kapının önünde babamla ve Asım'la vedalaştık. Askeri bir jip beni yine Yıldırım Bölge'ye götürdü. Yolda başçavuş, "Bugün Doğu Perinçek de yakalandı," dedi. "Eğer masumsanız bir an önce kurtulursunuz inşallah ama devlete millete kötülük yaptınızsa dilerim sorguda can verirsiniz."
Bu iyi niyet dilekleriyle, Yıldırım Bölge'ye teslim edildim. Koğuşa getirildiğimde öğlen olmuştu. Titrek Hamsi Hücresi macerasında kaldığımızdan daha küçük bir koğuştu burası ve o saatte boştu, avludan sesler geliyordu. Demir parmaklıklı küçük pencereye gidip baktığımda havalandırmaya çıkmış olan arkadaşlarımı gördüm. Bir kısmı voleybol oynuyor, bir kısmı geziniyordu.
Havalandırmadan sonra koğuşa döndüler; ben ancak o zaman Sofya'ya uçak kaçırmakla suçlandığımızı anlayabildim. Şafak 2 operasyonunda üç grup içeri alınmıştı. Birinci grupta uçak kaçırma sanıkları, ikinci grupta Aydınlıkçılar, üçüncü grupta da jandarma komutanına suikast girişiminde bulunanlar vardı.
Benden önce yakalanan herkes işkence görmüştü. Akay Sayılır, Emil Galip Sandalcı, Abdi Yazgan, Erdal Öz, Ömer Madra, Nejat Bayramoğlu ve daha birçok arkadaştan Yıldırım Bölge'de kalanlar, ayrıntılarıyla kontrgerilla işkencehanesini anlatıyorlardı. Bu arkadaşlardan bazıları tutuklanarak Mamak'a gönderilmişlerdi bile. Benim sorgum da orada, aynı biçimde yapılacağı için nelere dikkat etmem gerektiği konusunda yetiştiriyorlardı beni.
Birinci kural şuydu; aklımı kaçıracak dereceye bile gelsem, bunun bir son olduğunu ve kurtulacağımı bilmeliydim. İkincisi; kendime duyduğum saygıyı ortadan kaldırmak için her şeyi yapacaklar, bedenimi ve ruhumu aşağılayacaklar-

dı. Buna hazırlıklı olmalı ve amaçlarının bu olduğunu düşünerek direnmeliydim. Üçüncü tavsiye; işkencede avazım çıktığı kadar bağırmaktı. Böylece çok acı duyduğumu saklamamış olurdum. Elektrik verildikten sonra birkaç gün kan işeyecektim. Endişelenmemeliydim, daha sonra geçiyordu. Böylece içeri alındığım ilk akşam, beni, işkence konusunda bütün ayrıntıları bilen bir aday haline getirdiler.

Niyetleri bana yardım etmek ve nelerle karşılaşacağımı bilerek hazırlıklı olmamı sağlamaktı. Ama yanlış yaptılar. Bu kadar ayrıntı bilmek insanı korkunç etkiliyor ve apar topar işkenceye götürülmekten çok daha fazla acı veriyordu. Hele benim gibi düş gücü gelişmiş biri için bunları bilmek işkenceyi her saniye yaşayarak beklemek demekti.

"Siz dayandınız, ben de dayanırım," diyor ve bir şey belli etmiyordum ama müthiş gerilmiştim. Geceleri bütün bedenimi bir elektrik şoku gibi titreten bir korku dalgasıyla sıçrıyordum.

Her saniye işkenceye gitmeyi bekleyerek sekiz gün geçirdim orada. Belki bir ömür uzunluğunda sekiz gün!

Koğuşta Yaşam

Anlatıldığına göre kontrgerilla mensupları her sabah mesaiye başlayınca önlerine listeleri alıyorlardı. Emniyet müdürlüğünde, Yıldırım Bölge'de ve Mamak'ta bulunanlardan sorgulanmamış olanlar taranıyor ve birkaç isim saptanıyordu. Her sabah bu listeyi taşıyan askeri bir araç giriyordu nizamiye kapısından. Bizler heyecanla araçtan inen astsubayın nizamiyeye girişini, birkaç dakika sonra ellerinde kelepçeler ve siyah göz bantları taşıyan astsubay ve erlerin koğuşlara yaklaşmasını izliyorduk. Henüz sorgulanmamış olanlar için ölüm kalım anıydı bu. Gittikçe yaklaşıyor, demir parmaklıkların önünde durarak içeriye doğru birkaç isim söylüyorlardı. Her isim okunuşunda bir dalgalanma yaşıyordu topluluk. Eğer sizin isminiz okunmadıysa ilk anda müthiş bir sevinç duyuyordunuz ama geride bir-iki isim daha vardı. Nefesinizi tutarak o isimlerin okunmasını bekliyordunuz. Eğer yine isminiz okunmadıysa, o günü kurtardığınızı düşünüp hayvanca bir mutluluk duyuyordunuz.

Bir an sonra ise isimleri okunmuş olan arkadaşlarınızın acısı çöküyordu içinize. Müthiş bir utanç kaplıyordu içinizi. O gün için işkenceden kurtulmuş olmanın yarattığı hayvanca sevinç, gün boyu taşıyacağınız aşağılık bir utanca dönüşüyordu.

İsmi okunan arkadaşlar kurbanlık koyun gibi çıkarılıyor, elleri kelepçelenerek gözlerine siyah bir bant geçiriliyordu. Bant takılmadan önceki son anda, koğuşa doğru, yardım isteyen gözlerle bakıyorlardı.

İşte o zaman, duyduğunuz utanç daha da yoğunlaşıyor ve işkenceye götürülmüyor olmanın suçluluğuyla içiniz burkuluyordu. Sanki o insanları gönderen sizdiniz.

Askeri araç bilinmeyen yöne doğru çıkıp gittikten sonra derin bir sessizlik kaplıyordu koğuşu. Kimse götürülenlerden söz edemiyordu ve koğuşa yayılmış olan elektrikli hava, çoğunlukla gazete okuma sırası yüzünden patlak veren bir kavgaya dönüşüyordu.

En korkuncu da, yoklamalarda o arkadaşların isimlerinin okunması ve resmi kayıtlara göre "var" sayılmalarıydı. Resmen Yıldırım Bölge'de bulunuyorlardı. Oysa gövdeleri o sırada kimbilir hangi bilinmeyen köşede işkencecilerin elindeydi. Ertesi sabah aynı işlem tekrarlanıyordu ve siz gene aynı ruh durumlarına geçiyordunuz.

Birkaç gün sonra o arkadaşları geri getiriyorlardı. Yürüyemeyen, ayaklarının üzerine basamayan ve canlı birer cesede dönüşmüş vücutlar zorlukla taşınıyordu içeri. Birçoğu yatamıyor ve gövdelerinin herhangi bir yere değmesi durumunda çığlıklar atıyordu. Bazılarını iki-üç sandalye üzerine, gövdelerinin yaralı bereli kısımlarını değdirmemeye çalışarak yatırıyorduk.

Nedense akşamları beklenmedik bir şekilde, isterik kahkahalar duyuluyordu koğuşta. Gördüğü işkencenin üzerinden bir süre geçmiş olanlar, işin komik yanlarını bulmaya çalışıyor ve anlattıkça hem kendileri gülüyor, hem de çevredekileri güldürüyordu. Örneğin Alp Orçun adlı arkadaş, işkenceye girmeden önce bir beyin ameliyatı geçirmişti. Tam elektrik verilmeden önce de bunu söylemiş ve kafasındaki dikişleri göstermişti.

"Bunun üzerine ne yapsınlar beğenirsiniz," diyor ve ekliyordu: "Telleri getirip tam yaranın içine soktular!"

Bunu anlatırken gözlerinden yaş gelene kadar gülüyordu.

Yıldırım Bölge'de insan psikolojisiyle ilgili çok şey öğrendim ama belki de en ilginci buydu. İnsanlar çıldırmamak için, o acı ortamını, gerçeküstü kılan bir mizah geliştirmişti. Başka türlü dayanmaya olanak yoktu!

Bir arkadaş hayalarına elektrik verilirken işkencecilerin etli pide yediklerini anlatıyordu. Aralarında uzun uzun hangi kebapçının pidesinin daha lezzetli olduğunu ve soğan miktarının ne olması gerektiğini konuşuyorlarmış.

Başka biri, işkence görürken orada asılı duran bir kafesteki kanaryaya kızmıştı. Kendisine dış dünyanın güzelliklerini hatırlatan o kuşun orada olması içini yersiz umutlar ve acayip heveslerle dolduruyor, bu da acıyı artırıyordu.

Bir arkadaşımız Akseki karakolunda yakalanmış ve teslim edilmeden önce oradaki üç-dört jandarmanın günler süren işkencesini yaşamıştı. Anlattıkları inanılır gibi değildi. Jandarma erleri, ellerine düşmüş olan bu insan gövdesi üzerinde bütün bilinçaltı karanlık dürtülerinin uygulamasını yapmıştı. Buna rağmen, "Allah kimseyi Akseki karakoluna düşürmesin!" diye sık sık tekrarladığı söz, korkunç kahkahalara neden oluyordu. Ankara Sanat Tiyatrosu'ndan oyuncu arkadaşlar da vardı koğuşta.

Benim ranza arkadaşım Ömer Madra'ydı. Çok ağır işkencelerden geçmişti ve bir daha "oraya" giderse aklını kaçıracağını söylüyordu. Gözaltında tutma süresi otuz gündü ve Ömer içeri alınalı otuz üç gün olmuştu. Artık gözaltında tutulmasının hiçbir yasal dayanağı yoktu ama tahliye etmiyorlardı.

Sonunda bir akşam vakti ismi okundu ve "Ömer Madra, tahliye!" diye bağırıldı. Ömer heyecandan kıpkırmızı kesildi. Eşyasını hazırlarken ona Ülker'i bulabileceği telefon numarasını ezberlettim. Tanışmıyorlardı ama çıkınca onu arayacak ve benim iyi olduğumu bildirecekti. Hepimiz büyük bir sevinçle uğurladık onu. "Akşam bizim için iyi bir rakı iç!" dedik.

Oysa zavallı Ömer, nizamiyede tahliye edildikten ve ana kapıdan dışarı çıktıktan sonra yanına siyah bir araba yaklaşmış ve zavallı dostumuz yeniden gözaltına alınmıştı. Tekrar boylamıştı kontrgerilla hücrelerini.

Bir gün koğuşta bizi çok sinirlendiren bir şey oldu: Bir general teftişe geldi. Sabah erken saatlerde koğuşa giren general yakışıklı, uzun boylu biriydi. Üniforması üzerine sımsıkı oturuyordu. Özenle tıraş olmuştu ve sürdüğü tıraş losyonu koğuşa yayılıyordu. Saçları sımsıkı taralıydı. Yüzüne yayılan geniş bir gülümsemeyle konuşuyor, özenle seçtiği Türkçe kelimeleri yerli yerinde kullanıyordu.

Sıraya dizilmiş ve yoklama durumunda olan bizlere çok sevecen konuştu. "Bir şikâyetiniz var mı arkadaşlar?" diye sordu.

Sonra binbaşıya döndü ve "Bu duvarlar kirli binbaşı!" dedi. "Badana ettirin. Burada kalan arkadaşlarımız aydın kişiler. İçlerinde lise, üniversite mezunu olanlar var. Lütfen rahat etmelerine dikkat edin."

Sonra da geldiği gibi çekip gitti. Bu ziyaret öyle büyük bir ikiyüzlülük içeriyordu ki hayaları burulan, diri diri toprağa gömülen, Emil Galip gibi kollarından üç gün asılı tutulan ve cinsel organlarına elektrik şoku verilen bu insanların tek derdi, duvardaki boyanın dökülmesiymiş gibi aşağılık bir yaklaşım herkesi çileden çıkarıyordu.

Koğuşta topluca türküler söylüyorduk. Bir akşam "Ilgaz Anadolu'nun sen yüce bir dağısın" parçasını söylerken kapı açıldı ve içeri doluşan erler herkese vurmaya başladı. "Susun, susun!" diye bağırıyorlardı. Biraz sonra binbaşı da geldi. "Burada komünist marşı söyleyemezsiniz," dedi. Ilgaz'ın komünist marşı olmadığını, bir halk türküsü olduğunu anlatmaya çalıştık ama anlamıyordu.

"Bakın," dedik, "sözlerini dinleyin."

Türkünün sözlerini tek tek okumaya başladık.

"Ilgaz Anadolu'nun sen yüce bir dağısın / Baharda yeryüzünde, güzellerin bağısın."

Sonunda binbaşı bütün sözleri yazılı olarak istedi ve homurdanarak gitti.

Ben günün ve gecenin her dakikasında gelip beni almalarını bekliyordum. Her sabah nizamiyeden giren araçta benim ismimin olduğuna emindim ama bir türlü çıkmıyordu.

Kendini Sakatlamak

Derken aklıma bir şey geldi. İşkencecilerin, kurbanın ölmesine aldırıp aldırmadıklarını bilmiyordum ama en azından böyle belirtiler hızlarını kesebilirdi. Ben de bir çare bulup hızlarını kesmek istiyordum. O tarihten bir süre önce, griple ilgili bir antihistaminik almıştım ve ilaç alerjik reaksiyona neden olarak beni perişan etmişti. İlacı aldıktan bir süre sonra dilim şişmiş, boyun adalelerim kaskatı kesilmiş ve beni konuşamayacak derecede acı veren bir duruma sokmuştu.

O ilaçtan aldırdım. Beni sorguya götürmek üzere geldiklerinde hemen bir tablet yutacaktım. Aşağı yukarı yarım saat sonra etkisini gösterecekti ve ben işkencedeyken vücudumda anormallikler başlayacaktı. Belki de bu durum işi biraz kısa kesmelerini sağlayabilirdi.

Günlerce bekledim. Sonunda bir sabah ismim okundu ve ben hemen ilacı içtim. Sekiz gündür dehşetle beklediğim an gelmişti. Arkadaşlarım hiçbir şey söyleyemiyor, sadece elleriyle dokunarak, sırtımı sıvazlayarak, kolumu sıkarak cesaret vermeye çalışıyorlardı. Ellerime kelepçe vurdular, gözümü de siyah bir bantla örttüler, sonra beni bir araca bindirdiler.

İlaç etkisini daha araçtayken göstermeye başladı. Sarsıla sarsıla bir yöne doğru gidiyorduk. Boğazımda ve boynumda kasılmalar başlamıştı. Bu belirtiler gittikçe arttı, sonunda sorgu odasına alınıp da beklemeye başladığımda, gerçekten yarı sakat durumdaydım.

Bir süre sonra iki sivil girdi içeri. Biri lacivert takım elbiseli, zayıftı, siyah çerçeveli gözlük takıyordu, yüzünde kurumuş sivilce izleri vardı. Öteki iriyarı ve daha şekilsiz, arsız ağızlı bir adamdı. Örgüt kurma ve uçak kaçırmayla ilgili bir sürü şey soruyorlardı. Onlara güçlükle cevap veriyordum. Dilim ağzımın içinde dönmüyordu. Zayıf sorgucu ne olduğunu sordu ve ben kalp hastası olduğumu uydurdum.

İriyarı olan, "Numara yapıyor," dedi. "Bırak konuşturiim şunu!"

Bildiğimiz iyi polis-kötü polis oyununun bayat bir kopyasıydı yaptıkları. Çeşitli sorular soruyorlardı ama seslerinde bir bıkkınlık, bir gevşeklik seziliyordu. Çünkü ben arkadaşlarımdan epey sonra teslim olmuştum ve o zamana kadar uçak kaçırma işinin aslı faslı olmadığı ortaya çıkmıştı. Bana yaptıkları sorgulama ise bir formalite ve gözdağıydı.

Bu arada zayıf sorgucu, kendisinin askeri doktor olduğunu ve Erzurum'da görevliyken sorgulamalar için Ankara'ya geldiğini anlattı. "Ben bir teknisyenim," diyordu. Bunları niye anlattığını hiçbir zaman anlayamadım. Şili'deki Allende iktidarı aleyhine de bir şeyler söylemişlerdi. Sorgu epeyce sürdü ama tuhaf bir biçimde ayrıntılarını hatırlamakta güçlük çekiyordum. Ya belleğim bunları kabul etmediği için eleyip attı ya da antihistaminiğin etkisiyle yarı koma durumunda olmam bu etkiyi yarattı.

Sorgu boyunca iriyarı asker beni zorlamaktan yanaydı ve sözümona zayıf olan bırakmıyordu. Onlara, uçağın kaçırıldığını Akay Sayılır'la birlikte İstanbul'da Kazancı Yokuşu'ndan inen bir dolmuşta duyduğumuzu anlattım. Böyle bir şeyle ne ilgimiz olabilirdi... Bütün bunları söylerken sözcükler ağzımdan zor çıkıyordu. Boğulur gibi konuşuyordum. Yarı baygın durumda olduğumu sanıyorum. Sonra beni gönderdiler. Hiç işkence görmemiştim. Savcılık sorgusu sırasında iş biraz daha aydınlandı.

Savcı, Yüzbaşı Muhteşem Savaşan adını taşıyordu. Sarışın, genç bir subaydı. Kendisi de pek inanmaz bir tavırla uçağı nasıl kaçırdığımızı sordu. Ben de yaradana sığınıp, "Yetişemedim ve kaçırdım," diye bir espri patlattım. Bunun ya çok kötü bir etkisi olacaktı ya da işin saçmalığı ortaya çıkacaktı. Savcı hafifçe gülümsedi ve ben o anda onun da bu palavraya inanmadığını anladım.

Yıllar sonra Erdal Öz, Savcı Muhteşem Savaşan'ı görmüş. Savaşan'ın anlattıklarına bakılırsa o dönemde kendisini epeyce zorlamışlar. Bizim isimlerimiz savcıya uçak kaçırma sanıkları olarak gitmiş ve dava açması istenmiş. Savcı bir iddianame hazırlamak için sorgulama sonuçlarını ve belgeleri incelemiş. Bakmış ki en ufak bir yerinden bile tutturamıyor, kalkıp dönemin Ankara Sıkıyönetim komutanına gitmiş. "Komutanım!" demiş, "bu şahısların uçak kaçırmayla en ufak bir ilişkisi yok. İddianameyi yazmak mümkün değil."

General, Muhteşem Savaşan'a kızmış ve "Yüzbaşı, yüzbaşı," demiş, "sen, savaşa girmeden kaybettiğini kabul eden bir komutana benziyorsun. Savaş, mücadele et. Yenilirsen o zaman yenil."

İşte 12 Mart'ın adalet anlayışı!

Yıldırım Bölge'deki en zor günler, Ülker'in ziyarete geldiği günlerdi. Çünkü görüşme yasağı vardı ve içeri bırakmıyorlardı, ancak bir not iletebiliyordu bana. Ben de cevap olarak bir not yazıyordum. Daha sonra karşı caddede yürüdüğünü görüyordum. Arada en az üç yüz metre vardı.

Bu notlarından birinde beni çok duygulandıran bir şey vardı. Ev sahibimiz olan doktor ve eşi, Ülker'le konuşup kira kabul etmeyeceklerini söylemişlerdi. Genç insanlardık. Hazırda paramız olmadığını biliyorlardı ve kaç sene sürerse sürsün ben hapisten çıkana kadar Ülker ve Aylin'in o evde kira vermeden oturmasını istiyorlardı.

Akrabaların bile görüşmek istemediği ve korktuğu o zulüm günlerinde öylesine yiğit ve dostça bir davranıştı ki bu, notu okuyunca yüreğim kabardı. Demek hâlâ yiğit ve dürüst insanlar vardı bu dünyada.

Ülker ev sahibinin önerisine çok sevinmişti ama kabul etmemişti. Bir evde kira vermeden kalmak istemiyordu. Ayrıca ne zaman çıkabileceğim de belli değildi. İstanbul'a annesinin evine gidecekti. Doktor ve eşinden tek bir şey istemişti. O da eşyaları kendi evlerinde bir yerde tutmalarıydı. Çünkü eşyayı ne yapacağını, nereye götüreceğini bilemiyordu. Hep birlikte onları doktorların bir odasına kapatmışlardı.

Yıldırım Bölge'nin en renkli tiplerinden biri Samsunlu bir mahkûmdu. Birkaç kişiyi öldürmekle suçlanıyordu. Daha önce yattığı hapishanelerde isyan çıkardığı ve son olarak Amasya Hapishanesi'ni yaktığı için onu da bizim aramıza, askeri cezaevine göndermişlerdi.

"İlk defa o zaman korktum," diye anlatıyordu. "Beni komünistlerin arasına gönderiyorlar diye korktum."

Kendi gaz ocağında çay pişirir, koğuşun kabadayısı olarak nizamı sağladığına inanır ve her akşam çeşitli aktörler bularak, Ömer İnönü'yle bir komiser arasında geçtiğine inanılan eğlenceli bir hikâyeyi küçük bir skeç halinde oynatırdı. Her gün tekrar edilen bu oyundan sonra da deli deli gülerdi.

Hikâye, trafik kazası suçundan karakola getirilen Ömer İnönü'nün komiserin sorularını cevaplamasına dayanıyordu. Ömer'in babasının Milli Şef olduğunu bilmeyen komiserin hakaretleri ve sonunda soyadını öğrenince korkması komik ve bol küfürlü bir diyalogla tekrarlanıyordu. Her akşam oynanınca kabak tadı veriyordu ama katil Hüseyin saatlerce gülüyordu buna. Bana kalırsa tam bir deliydi. Arada bir Samsun'a duruşmaya götürüyorlardı Hüseyin'i. Ankara'ya dönüşlerinde, para alan jandarmalar onu akşama kadar serbest bırakıyorlardı. Hüseyin de bu arada müthiş içki içiyor ve kendini bilmez vaziyette hapishaneye getiriliyordu.

"Ayık kafayla giremem," diyordu. "Baygın geliyorum. Ayılınca da iş işten geçmiş oluyor."

Yalnız bir seferinde müthiş öfkeli ve ayık geldi. Hüseyin'in o akşam döneceğini biliyorduk. Son yoklama saatine kadar ortalıkta görünmedi. Kaçtığını düşünmeye başladık. Çünkü daha önce Rize Cezaevi'nden, duvarı sirke döke döke çürüterek kaçtığını biliyorduk.

Neden sonra sinir içinde geldi Hüseyin. Jandarmayla sözleşmişler. Saat altıda Ulus'ta buluşacak ve Yıldırım Bölge'ye geleceklermiş. Ne var ki jandarma söylediği saatte gelmemiş. Bir-iki saat ortada görünmemesi üzerine Hüseyin, jandarmayı aramaya başlamış ve sonunda Yenimahalle'deki dostunun evinde yakalayarak bir güzel dövmüş. Sonra dayak yiyen jandarma, dayak atan mahkûmu kelepçeleyerek Yıldırım Bölge'ye getirmiş.

Hüseyin bunları anlatırken burnundan soluyor ve "İstikbalimle oynuyor it oğlu it!" diyordu. Sanki mahkûm olan o değil de jandarmaydı.

Eşkıya Dünyaya Hükümdar Olmaz

Bir akşam koğuşa yeni insanlar getirdiler. Dokuz-on kişilik bir gruptu ve hiçbiri de bize benzemiyordu. Konuştukça, adamların silah kaçakçısı olduğu ortaya çıktı. Namazlarına niyazlarına çok düşkündüler. İlk günden itibaren koğuş içinde huzursuzluklar başladı. Yurda kaçak silah sokarak gençleri birbirine öldürten bu adamlar, namazdan duadan başlarını kaldırmıyor ve koğuşta yatmakta olan düşünce suçlularına düşmanca bir tavır gösteriyorlardı. Sonunda kavga patlak verdi ve iki taraf birbirine girdi. Ortalığı yatıştıran Hüseyin oldu. İki tarafı ayırdı, ortalarına geçip bir konuşma yaptı ve "Dövüşmeyin!" dedi. "Bir yanımda Müslüman kardeşler, bir yanımda da komünist kardeşler var. Bu koğuşta bir arada yaşamaya mahkûmuz. Onun için bir düzen kuralım."

Gerçekten de Hüseyin'in kurduğu düzen işe yaradı ve kavgalar yatıştı.

Bir gün Hüseyin'in ilginç bir türkü mırıldandığını duydum. Kesik kesik bir şeyler mırıldanıyor ve ezgiyi bir türlü tamamlayamıyordu. Her zamanki türkü avcılığımla sormaya başladım ve sözleri tek tek ağzından aldım. Sinop kalesinden denize atlayarak firar eden Rizeli Sandıkçı Şükrü'nün hikâyesini anlatıyordu türkü ve 'Eşkıya dünyaya hükümdar olmaz' nakaratıyla bitiyordu.

Hüseyin'den koparabildiğim ezgi kırıntılarını bir düzene soktum ve çalmaya başladım. O zaman bu parçanın bütün ülkeye yayılacağını ve benim en tutulan plaklarımdan birine kaynaklık edeceğini bilmiyordu.

Burada yine bir zaman kayması yapalım ve o koğuştan çok da uzak olmayan bir yere, Ankara eski Hipodrom alanına ve yirmi beş yıl sonrasına gidelim. Sahnede duruyorum, önümde bir mikrofon; karşımda ise yarım milyon kişiyi aşkın görkemli bir kitle. Benim o koğuşlarda yaptığım, bestelediğim, söz yazdığım parçaları hep bir ağızdan, gökgürültüsü gibi söylüyorlar. Ertesi gün gazeteler Türkiye'nin en büyük konseri yapıldı diye yazacaklar. Bu büyük coşku anında bile sahnede gözümün önüne, Yıldırım Bölge askeri koğuşu geliyor. Orada yapılan türküleri önce sadece ben bildim, sonra en yakınlarım duydu, sonra bir damlanın çevresinde büyüyen halkalar gibi kitlelerle buluştu. Müziğin, insanın derisinin altına ve yüreğine işleyen gücüyle, bu ülkenin mayasına, harcına karıştı.

Havalandırmaya çıkarıldığımızda, birkaç kişi dikenli çitlere doğru yaklaşır ve uzakta belli belirsiz görünen kadınlar koğuşuna bakardı. Karıları, nişanlıları ya da sevgilileri orada yatan arkadaşlardı bunlar. Nejat Bayramoğlu, bir geceyarısı baskınında ayrılmıştı karısından. İşkencede yüzleştirilme dışında da görüşememiş ve haber alamamıştı. Havalandırma saatlerinde bahçenin o köşesine doğru gider ve eliyle saçını tarıyor gibi yapardı. Karşı tarafta da hayal meyal seçilen bir kadın gölgesi elini saçlarından geçirirdi. Bu işaretleşme, ayrı düşmüş ve örselenmiş, yaralı bir kadın ile erkeğin en trajik aşk sahnelerinden biriydi.

Bir havalandırmada voleybol oynuyorduk. Adımın fısıldandığı sanısına kapıldım. Sanki biri etrafa duyurmadan beni çağırmaya çalışıyordu. Bir kadın sesi gibiydi. Oysa buna imkân yoktu, yanlış duymuş olmalıydım, kendimi oyuna verdim. Bir süre sonra aynı fısıltılar yine geldi kulağıma.

Askerlere fark ettirmeden araştırmaya başladım. Ses, birkaç gün önce bitirilmiş bir hücreden geliyordu. Bahçeye, briketten bir hücre örmüşlerdi. Her yeri kapalı olan bu kulübenin, küçücük bir hava alma deliği vardı ve ses oradan geliyordu. Sigara yakıyormuş gibi yaparak orada durdum, içeriye baktım. Karanlıkta seçebildiğim kadarıyla içerde Ülkü duruyordu; Erdal Öz'ün karısı, arkadaşımız Ülkü... Şaşkınlıktan bayılıyorum sandım. Makyajlıydı, hücre aralığından ruju bile seçilebiliyordu. Askerlerin gelip onu Meşrutiyet Caddesi'ndeki eczaneden apar topar getirdiklerini anlatıyordu fısıltıyla. Ülkü oraya hiç yakışmıyordu doğrusu ve ben onu nasıl teselli edeceğimi, ne söyleyebileceğimi bilemiyordum. O hücreye kapatılmak için ne yapmış olabilirdi ki? Havalandırma sonunda ister istemez koğuşlara girdik. Ertesi gün havalandırmaya çıkarıldığımızda Ülkü yoktu.

Bir süre sonra serbest kaldım. Sinirlerim bitmişti, ben bitmiştim. Bir yandan da dağ gibi sorunlar bekliyordu bizi. Yayınevimiz kapatılmış, kitaplarımıza el konulmuştu. Evsiz barksız, beş kuruşsuz bırakılmıştık. Taş taş üstüne koyarak ve müthiş bir didinmeyle kurduğumuz her şeyi yıkıp geçmişti barbarlar. Sözümona yurttaşlarının mutluluğunu sağlamak için var olan devlet, bir sürü cahil, kaba ve kötü niyetli barbarın elinde bir zulüm makinesine dönmüştü.

Sol dünya görüşüne sahip olan ama yazmak, okumak ve düşünmekten başka bir eylemde bulunmayan beni ve ailemi yok etmeye uğraşıyorlardı. İşimi batırıyor, evimi basıyor, iftiralar düzenleyerek hapsediyor, arkadaşlarımı bin bir işkenceden geçiriyor, öğrencileri asıyor ve ülkeyi cehenneme çeviriyorlardı.

Ailemin geçmişinde kahraman subaylar vardı ve ben onları her zaman saygıyla anıyordum. Ama kontrgerilla sorgusunda gördüğüm ilkel yaratıkların, işkence makinelerinin, o kahraman subaylarla ne gibi bir ilgisi olabilirdi?

İleride bu anıları okuyacak olan genç kuşakların, anlattıklarımı birinci dereceden tanıklık olarak kabul etmelerini istiyorum:

Ne yazık ki bütün dünyada üniversite eylemleri olarak başlayan olaylar, Türkiye'de öğrencilerin hunharca öldürülmeleri sonunda intikam örgütleri doğurdu ve Türkiye'yi yıllarca sürecek kanlı hesaplaşmalara sürükledi.

Çünkü o dönemde strateji yapan asker ve sivil "Türk büyükleri"nin müthiş sosyolojik buluşu olan "İti ite kırdırma" politikası uygulanmalıydı. Soğuk Savaş'ın cephe ülkesi olan Türkiye'de solcu öğrenci hareketleri geliştiğine göre, bunun karşısına bir ülkücü gençlik çıkarılmalı ve bunlar birbirine kırdırılmalıydı. Bu strateji sonucunda beş bin genç hayatını kaybetti.

Daha sonra solun karşısına İslam'ı çıkarmaya karar verdiler. Sol düşmanı olarak yarattıkları ve destekledikleri hareketler ileri gidince de bu sefer ondan kurtulmak için başka örgütlenmelerden medet umdular. Dolayısıyla Türkiye'nin doğal dengesi altüst oldu. Birbirine düşman gruplar yaratıldı, iç savaş provaları yaşandı, kısacası halkın deneme yanılma yöntemiyle demokrasiyi öğrenmesine ve olgunlaştırmasına hiçbir zaman izin verilmedi.

Bugün Türkiye, yıllardır tekrarladığım gibi üç kutba bölünmüşse, bunda en büyük suç sürekli toplum mühendisliği yaparak, doğal gelişmeye müdahale edenlerindir.

Eğer Batı demokrasilerinde olduğu gibi ana sağ ve ana sol akım iki büyük nehir gibi aksaydı, insanlar bugün olduğu gibi etnik ve dini bölünmelere uğramayacaklardı. Çünkü o zamanlar sol ve sağ hareketlerin içinde Türk, Kürt, (çok az da olsa) Ermeni, Rum herkes yer alıyor ve kimse birbirinden farklı olduğunu düşünmüyordu. Bu insanları büyük politik kimliklerinden ayırıp daha alt gruplara bölenler, sözümona Türkiye'nin birlik bütünlüğünü sağlamak için yola çıktıklarına inananlar oldu.

Hapisten çıktığımda eşyaları almak için ev sahibi doktorlara gittim. Bir öğleden sonra her şey kamyona yüklendi. Akşam Gaziosmanpaşa'daki o eşsiz villanın bahçesinde doktorla rakı içtik. Doktor Faruk Bey benim her teşekkürümü yarıda kesiyor ve yaptıklarının önemli bir şey olmadığını söylüyordu. Ne yazık ki kendisi mücadeleye doğrudan katılamıyordu. Hiç olmazsa bizleri desteklemek zevkinden yoksun kalmamalıydı. Yarının demokrat Türkiyesi'nde her şey farklı olacak ve askeri dönemlerin hukuksuz uygulamaları, zulümleri geride kalacaktı.

Geceyarısı doktorun evinden yüreğim kabarmış bir durumda ve şükran duygularıyla ayrıldım. İstanbul otobüsüne geç kalmıştım ve yetişmek için koşarken düşüp kolumu kırdım. Bu yüzden İstanbul'a yerleşme dönemimiz cılk şeftali renginden, patlıcan moruna dönüşen bir kolla uğraşarak geçti.

Bir yandan da stüdyoya girip şarkı okumaya çalışıyordum ama durum daha da kötüleşmişti. Hiç sesim çıkmıyordu. Boğazımı garip hırıltılar, anlamsız haykırışlar doldurmuştu sanki. Bir sürü ilaç alıyor ve gırtlağıma kadar soktuğum spreyleri sıkıp duruyordum ama hiçbirinin fayda ettiği yoktu.

O dönemde Anadolu âşık müziğini derleyip, dizi plaklar yapma hevesine kapıldım. Anadolu'nun gizli müziğini söyleyen bu âşıklar yitip gidecekti ve geride hiçbir şey kalmayacaktı. Amerika'daki Folkways gibi bir plak şirketi bütün bunları derli toplu yayınlasa ve tanıtıcı kitapçıklar hazırlasa, gelecek kuşaklara müthiş bir iyilikte bulunmuş olurdu. Yunanistan rebetika ustalarını arşivler halinde derleyip toplamamış mıydı? Böylece bazı âşıklarla ilgilenmeye ve onların stüdyo kayıtlarını yapmaya başladım.

Aradan bir-iki hafta geçti geçmedi, bizim ev âşık kaynamaya başladı. Nasıl olduysa haber bütün Anadolu'ya yayılmıştı. Köylerden sazını kapan âşık İstanbul'a koşuyor ve beni buluyordu. Ne yapacağımı şaşırmıştım. Oturduğumuz apartmanının kapıcısı, Nişantaşı sokaklarında dolaşan sazlı bir gariban gördü mü tutup bize getiriyordu. Çünkü biliyordu ki adam nasıl olsa bizi arıyor.

Bütün bunlar, Onat Kutlar'ın beni öğle yemeğine çağırmasına ve böylece yaşamımın kökten değişmesine kadar sürdü gitti.

Merhaba Avrupa

Tanıdık geceler bildik kaygılar
Kentler köprüler uzayan yollar
Kendi düşlerinden yorgun bir ozan
Direnir acıya tek başına

Hollanda milletvekili Peter Dankert, Türkiye'deki baskılar ve antidemokratik uygulamalar konusunda araştırmalar yapmak üzere İstanbul'a gelmişti. Onat, 'içeri'den çıkmış olan beni, Dankert'le görüştürmek istiyordu. Taksim'deki Hacı Baba lokantasında bir öğle yemeğinde buluştuk. Sonradan Avrupa Parlamentosu Başkanlığı yapacak olan Dankert sempatik biriydi, Türkiye'deki gelişmelerden son derece kaygı duyan bir demokrat gibi konuşuyordu. Bana cezaevlerinin durumunu sordu, başımdan geçenleri anlattım.

Üçümüz de patlıcanlı incik kebabı söylemiştik ve ben daha yemeğe elimi sürememiştim. Sürekli anlatıyordum. Çünkü Avrupa Konseyi bizim için bir umut olabilir, gemi azıya almış bir cunta güdümündeki hükümeti dizginleyebilirdi. Sonunda Peter Dankert, "Neyse," dedi, "hiç olmazsa sizin için kötü günler geride kalmış. Artık rahatsınız."

Ancak o zaman Dankert'in Türkiye'deki politik ortamdan ne derece habersiz olduğunu anladım. Dilimin döndüğünce anlattım; rahatlamak diye bir şey söz konusu değildi. Herkes, her an tehdit altındaydı.

"İyi ama," dedi, "siz serbest bırakıldığınıza göre, demek ki bir suç bulamadılar. Suçsuzluğunuz kanıtlanmış."

Dankert'e Türkiye'deki karmaşık yapıyı anlatmaya başlamıştım ki lokantanın kapısından içeri giren Ferit Öngören yanıma geldi, önemli bir şey söyleyeceğini belirterek beni tenha bir köşeye çekti.

Fısıltıyla konuşarak, Ankara'dan Vasıf'ı ziyaretten döndüğünü söyledi. Vasıf Öngören o sırada Mamak Cezaevi'nde yatmaktaydı. İki kardeş arasındaki görüşme jandarmalar arasında yapılmıştı ve Vasıf bir ara ağabeyinin kulağına, "Zülfü'yü gene arıyorlar. Kaçsın!" diye fısıldayabilmişti.

Lokantanın tavanı döndü döndü ve başıma yıkıldı. Demek ki dördüncü kez barbarların eline düşecektim. Adres de değiştirsek, başka kente de taşınsak bizi yaşatmamaya kararlıydılar. Alı al moru mor masaya döndüm ve Dankert'e, "İşte," dedim, "en canlı örnek benim. Şu anda, dördüncü kez alınmak üzere olduğumu öğrendim."

Peter Dankert buna gerçekten şaşırdı ve üzüldü. Eğer yurtdışına kapağı atabilirsem bana yardımcı olacaklarını söylemekten başka bir şey gelmedi elinden. Daha Ferit Öngören'in verdiği haberi duyar duymaz kararımı vermiştim. Bir daha barbarların eline düşmeyecektim. Bunun sonu yoktu çünkü.

Yemekten sonra eve gittim, Ülker kapıyı açtı.

"Biliyor musun, tekrar arıyorlarmış beni," dedim ve Ülker'in titrek bir yaprak gibi yere doğru süzüldüğünü gördüm. Bayılmıştı.

Planımı ona da anlattım. Ne pahasına olursa olsun yurtdışına çıkacaktım. Türkiye'de bizi yaşatmamaya karar vermişlerdi. Dışarıda kendime yer yapınca da ailemi getirtecektim.

Onat Kutlar, yaşamımın o döneminde bana çok büyük bir iyilikte bulundu. Politik nedenlerden yurtdışına çıkması gerekenlere sahte pasaport hazırlayan birilerini biliyordu. Gerçeğinden ayrılmayan bu pasaportlarla yurtdışına çıkabilirdim. İki resim verip beklemeye koyuldum.

Bir cuma günü Onat'la buluştuk ve sarı zarf içindeki pasaportu uzattı bana. Eve geldim. Açıp baktığımda pasaportun içinde resmimi gördüm. Üzerinde soğuk damga vardı ve resmim dışında hiçbir şey aslına uygun değildi ama her şey gerçeğe benziyordu.

Adım Mehmet Yılmaz olmuştu, soyadım ise Basmacı.

Bir akşamüstü Sirkeci garına gittim. O gece ya özgür olacaktım ya da içeri alınacaktım. Yurtdışına ilk çıkışımdı. Almanya treni akşamüstü kalkıyordu, istasyon ana baba günüydü. Gümrük niyetine kullanılan salonda bavulumun üstüne tebeşirle çarpı koydular, perona girdim. Bir hamal bavula yapıştı. Trene binmek üzere ilerlerken de elimdeki sazı göstererek, "Abi sanatçı mısın?" diye sordu. "Evet," dedim. "Müzik yönetmenliği yaparım."

"Adını bağışla abi!" dedi hamal.

"Mehmet Yılmaz Basmacı," dedim.

"Haaa," dedi sanki tanırmış gibi ve devam etti, "Mehmet Yılmaz Abi, ben kendim müziğe çok meraklıyım. Çok da eserlerim bulunur ama bir yolunu bulup plak yaptıramadım. Sen benim bir elimden tutsan var ya…"

Adamcağıza, "Olur!" demekten başka çare bulamadım. "Ben birkaç aylığına Avrupa turnesine gidiyorum. Döndüğümde beni Unkapanı Plakçılar Çarşısı'nda bul."

Heyecandan ağzım kurumuştu. Zavallı hamal çok sevindi. Bineceğim vagona geldiğimizde içeri kadar taşıdı bavulumu, sonra birden kayboldu. Öylesine ani ve beklenmedik şekilde gitmişti ki parasını bile verememiştim. Bir süre sonra yanında bir polisle geldiğini gördüm. Birden yüreğim hopladı ama o hemen polisi benimle tanıştırdı ve "Bak," dedi polise, "Mehmet Yılmaz Abimiz yabancımız değil. Aman ona iyi bakasın." Sonra da çekip gitti. Böylece Anadolu'nun kadim usulleri gereğince ben, trendeki polise emanet edilmiş oldum.

Kompartıman kalabalıktı. Akşam, yetersiz ışıkların iyice loş kıldığı gölgeli trende sarsıla sarsıla gitmeye başladık. Hep sınırı nasıl atlatacağımı düşünüyordum. Pasaportum vardı ama belki de sahte olduğu anlaşılırdı. Daha önce hiç pasaport görmemiştim ki.

Böyle gezilerde herkes birbirini merak eder ve ahret sualleri sorulur. Sohbetlerde bir yanlışlık yapmamak için hep tetikte duruyordum. Bir-iki kez tuvalete gidip aynaya bakarak, "Mehmet Yılmaz Basmacı, Mehmet Yılmaz Basmacı," diye adımı tekrarladım. Doğum yerim, yılım, babamın adı gibi bilgilerin hepsi değişmişti ve ben bu konuda rahat olmalıydım. Bu yüzden hepsini ezberliyordum, yüreğim çırpınıyordu. Yaklaşık bir saat sonra polis pasaportları kontrol etmeye başladı. O sırada koridorda duruyor, sigara içiyordum. Herkesin pasaportuna baktı ve benim yanıma yaklaştı. Tam cebime davranmıştım ki, "Tamam, acelesi yok. Sonra bakarız," dedi. Ona da bir sigara ikram ettim.

"Vallahi işim çok zor," dedi. Hamal beni kendisine emanet etmiş olduğu için, kırk yıllık dost ya da akraba gibi konuşuyorduk. "Teröristler kaçıyor, sen yakala, diyorlar. Ben nasıl başaçıkayım. Koskoca tren bu... bak bak bitmiyor. Hem kaçıyorlarsa, onlar da pasaport vermesinler."

Benim neredeyse kanım çekiliyordu.

"Ama gene de dikkat etmek lazım!" dedim.

"Tabii," dedi, "zaten hallerinden belli olur bu teröristler."

Sohbetin sonunda pasaportumu istedi, kimlik bölümlerine hiç bakmadan çıkış damgasını basıverdi. İçimden derin bir "Ohhh!" çektim. İşin birinci bölümü bitmişti. Yine de sınırda ne olup biteceğini bilemiyordum. Türkiye toprakları dışına çıkmadan güven duyamazdım.

Geceyarısı sınıra vardık, tren yavaş yavaş gidip bizim tarafta durdu. Ben her saniyeyi sayıyor, trenin birkaç yüz metre daha ilerleyip öbür tarafa geçmesi için sabırsızlanıyordum. Acaba benimle ilgili bir aksilik mi olmuştu. Niye hareket etmiyorduk, niye sınırı geçmiyorduk? Tırnaklarımı yedim durdum. Çünkü öyle bir andaydım ki o geceyi ya özgürlüğe adım atmış bir kişi olarak kutlayacaktım ya da işkencehaneyi boylayacaktım. Orada, bana saatler gibi gelen bir yarım saat kadar bekledik.

Sonra birden tren sarsıldı, hareket ettik ve Bulgaristan topraklarına geçtik. Artık özgürdüm. Yaşamımda yeni bir dönem açılmıştı. On bir yıl sürecek ve üzüntülerle, sevinçlerle, acılarla ve yaratıcılıkla dolu bir dönem.
İçimden, 'Merhaba Avrupa!' dedim. 'Mehmet Yılmaz Basmacı kılığında sana geliyorum.'

Lacivertli Adamlar

> *Bir kenti böylece bırakıp gitmek*
> *İçinde bin kaygı bin bir soruyla*

Bulgar sınırını geçtikten sonra benim sıkıntım bitmişti ama bu kez de trende bir huzursuzluk başlamıştı. Hepsi erkek olan yolcuların koridorlarda öbek öbek toplanıp sigara içerek Almanya'ya giriş sorununu konuştuklarını duyuyordum. O dönemde Almanya ve diğer Avrupa ülkeleri Türkiye'ye vize zorunluluğu getirmemişti. Vizesiz gidebiliyordunuz ama sınırdaki gümrük polisi turist olduğunuza inanmadan sizi almıyordu içeri. Bu yüzden herkesin derdi paralı birer turist gibi görünebilmekti. Oysa trendeki bütün yolcular Almanya'ya çalışmak üzere gidiyorlardı. Koridorda deneyimli biri, ötekilere akıl veriyor ve iyi giyinmelerini, paralı bir turist gibi davranmalarını öğütlüyordu ama turistler, bunu zaten biliyordu.

Adam arkasından ekliyordu: "Bu benim sekizinci seferim. Bu kez de giremezsem intihar edecem valla!"

Yağmurlu Bulgar ovalarından geçiyorduk. Bir Yugoslav kasabasında alçakgönüllü bir düğün alayı geçiyordu. Nemli, ıslak Balkan toprağını ilk görüşümdü bu. İçim rahattı. Almanya'ya girip girmemeyi bile düşünmüyordum. Kurtulmuştum. Trendeki gerginlik gözle görülür biçimde artıyordu. Her köşede, kuşkuyla gölgelenmiş bıyıklı yüzler görüyordum. Deli gibi sigara içiliyordu.

Derken bir geceyarısı tren sarsılarak Salzburg istasyonunda durdu. O sırada pijamamı giymiş, en üstteki yeşil deri taklidi kuşette gönül huzuruyla uyumaktaydım. Bir süre sonra kapı açıldı, gecenin ayazı doldu içeriye. İriyarı Avusturya gümrük polisleri, "Pass bitte!" dediler. Uyku sersemi, yastığımın altından 'Mehmet Yılmaz Basmacı' pasaportumu çıkardım. Biraz bakıp giriş damgasını vurdular. Almanya'ya girmiştim.

Dışarıda neler olduğunu görmek için kalktım, koridora çıktım. Garip şeyler oluyordu. Polisler bir kompartımanın kapısını açıyordu ve içerdeki yedi-sekiz erkeğin gülümsemesiyle karşılaşıyordu. Erkeklerin hepsi lacivert takımlar giymişti. Bazılarının saçları briyantinliydi, pırıl pırıl parlıyordu. Bir geceyarısı treninde değil de baloda gibiydiler. Polisler lacivert giysili erkekleri dışarı çıkarıyordu. Arkasından bir başka kompartımanın kapısını açıyorlardı. Yine lacivertli erkekler gülümsüyordu onlara.

Sonunda bütün lacivertlileri trenden indirdiler. Biz Batı'ya doğru harekete geçtiğimizde trenin penceresinden baktım. Yüze yakın lacivert giysili, kravatlı adam, yoksul bavullarını yanlarına koymuş, istasyon ışıklarının altında hüzünlü bir Magritte tablosu gibi durmakta ve atıldıkları umut treninin arkasından bakmaktaydı.

Daha sonra bu sahneyi çok düşündüm. Bizim Batılı olma yolundaki iki yüz yılı aşkın serüvenimizin özeti gibiydi her şey. Batı'yı giysilerle, yaşam biçimiyle taklit ederek Batılı olunamayacağını kavrayamamış mıydık acaba?

Polisi beklemeyen ben pijamayla uyuduğum için, yani kendim olduğum için Almanya'ya girmiştim. Ama onların giysilerine bürünerek hazırlanan ve Batılı'nın gözüne girmeye çalışan adamlar her şeyi yitirmişti.

Ertesi sabah öğlene doğru Münih garına geldik. Hamburg'a gitmek için tren değiştirecektim. Gar ana baba günüydü. İlk izlenimim kokuların değiştiği oldu. Bence ülke değiştirmenin en çarpıcı yanı budur: Alıştığınız kokular değişir, bir başka koku dünyasına dalarsınız. Almanya da başka türlü kokuyordu: Yağ, patates, lahana, bira karışımı tatlımsı bir kokuydu bu ve beni ilk andan başlamak üzere rahatsız etti. Daha sonra bu yüzden günlerce hasta yatacaktım.

Bindiğim Hamburg treni daha bakımlıydı. Hele indiğimiz trene göre saray sayılırdı. Büyük kumaş koltuğa gömülüp akıp giden Almanya manzaralarını seyre koyuldum. Ren Nehri'ni geçiyorduk. Görkemli şatolar çıkıyordu karşımıza. Bakımlı tarlaların üzerine pırıl pırıl bir güneş vurmuştu. Zenginlik, düzen ve gelişmişlik sinmişti her şeye. Elimdeki tarifeden trenin garlara girişini izliyordum. Tam dakikası dakikasına giriyordu gara ve değil belirtilen dakikada, belirtilen saniyede kalkıyordu oradan. Trenler, yollar, binalar tertemizdi.

Kompartımanda benden başka iki kişi vardı. Biri ufak tefek Samsunlu bir terziydi ve nasıl olduysa Alman polisinin elinden kurtulup Almanya'ya girebilmişti. Buna rağmen, Anadolu köylüsünün "ne olur ne olmaz" kuşkuculuğu içinde, hâlâ kalmak üzere geldiğini gizliyordu. Öteki yolcu genç bir Alman kızıydı. Sigara içmek istediğimde onu rahatsız edip etmeyeceğimi sordum. "Fark etmez ama biraz cam açalım!" dedi ve böylece bir konuşma başladı aramızda, İngilizce konuşuyorduk. Samsunlu terzi kuşkuyla süzüyordu bizi. Kız Amerika'da okuyormuş. Almanya'ya ailesini görmeye gelmiş falan filan... Tam bir tren yolculuğu konuşmasıydı. Bir süre sonra genç kız restorana gideceğini ve gelmek isteyip istemediğimi sordu. Param çok kısıtlı olduğu için gidemezdim. "Sağ ol," dedim. "Ben gitmeyeceğim."

Kız çıkıp gittikten sonra Samsunlu terzi kardeşimiz yüzünde garip bir ifadeyle yanıma sokuldu:

"Ne dedi kız?" diye sordu. "Benim dinime dön de evlenelim mi?" dedi.

Şaşkınlıkla yüzüne bakakalmışım... Almanya'ya giden Anadolu insanının kafasındaki kargaşayı ve 'Türk erkeğini bekleyen gâvur kadın' mitosunun ne derece derinlere işlediğini ilk kez anlıyordum.

Aynı durumu akşam indiğim Hamburg garında da gördüm: Palabıyıklı Türk erkekleri garı bir aşağı, bir yukarı voltalıyor ve bir gün gelip kendisini onun sert erkek kollarına bırakacak sarışın Alman kadını bekliyordu. O kadın bir türlü gelmiyordu ama olsun! Onu beklemek bile Almanya'da yaşayan erkek için bir ritüel olmuş, yaşamının büyük bölümünü istasyonlarda geçirmesini gerektirmişti. Hem o istasyondaki demir rayların ucu Türkiye'ye, memlekete gitmiyor muydu, onu memleketine bağlamıyor muydu? O zaman bu gardan başka neresi vardı ki gün geçirilecek?

Hamburg gecesine çıktım. İstasyonun önü sarhoşlarla, kopuklarla, yerlere kusanlarla doluydu. Garip haykırmalar duyuluyordu. Bu da temizliğin ve düzenin arka yüzüydü herhalde. Üçlü-beşli dolaşan Türk gruplarına yaklaşıp Türkiye'den yeni geldiğimi ve ucuz bir otel bilip bilmediklerini sordum. Başları omuzları arkasına gömülmüş, etrafa kuşkuyla bakan karanlık ve kirli tiplerdi. Bana doğru dürüst bir şey söylemediler.

O günden başlamak üzere Almanya'da göreceğim, markla ve yanlış anlamalarla kafası karışmış, lekeli tiplerin örneğiydi bu insanlar. İstasyonun karşısında bir otel buldum. Biraz pahalıydı ama benim dayanacak gücüm kalmamıştı. Odaya girip kendimi önce sıcak suyun altına sonra da temiz çarşaflara bıraktım.

Gemide Bir Evliya

Bir şey kesindi: Almanya'da kalmak istemiyordum. Oradaki Türk kargaşası ve Türk-Alman köylü geleneklerinin yarattığı garip alaşım bana itici geliyordu. Buna karşılık İskandinav ülkelerinin müthiş bir çekiciliği vardı. İflah olmaz bir Strindberg hayranıydım. Sibelius ve Grieg'i dinlediğim zaman içim mutlulukla doluyordu. Çocukluğumda sinemalarda filmden önce belgeseller gösterilirdi. Bir kez, siyah beyaz bir belgesel görmüştüm: Konu bir çikolata fabrikasıydı. Fabrika sahibinin kızı olduğunu sandığım 7-8 yaşlarında sarı uzun saçlı çok güzel bir kız çocuğu sabah uyanıyor ve çikolata yapılan makinelere giderek parmağını sıcak eriyiğe daldırıyor ve yüzünde büyük bir mutluluk ifadesiyle yalıyordu. Bütün bunlara, insanın içine güneş doğmuş gibi parlayan aydınlık bir müzik eşlik ediyordu. Büyüdükten sonra bu müziğin Norveçli besteci Grieg'e ait olduğunu anladım. O günden beri ne zaman bu müziği duysam içim aydınlanır, ağzıma sıcak bir çikolata tadı yayılır. Marcel Proust'un Madelaine çörekleri benim için Grieg müziği ile erimiş çikolata karışımıydı ve ben onu okumadan önce de bilinçle kavramasam bile bu müzikle bir geçmiş zaman yolculuğuna çıkar olmuştum.

Norveç aynı zamanda benim için Edvard Munch ve Knut Hamsun'un ülkesiydi. Eskişehir'de Knut Hamsun'un *Göçebe*'sini okurken, yazın çiftlik evini boyayan gezginden o kadar etkilenmiştim ki tutup evdeki teldolabı o evin rengine boyamıştım. Ellerime bulaşan boyalar ve genzime dolan boya kokusu, romandaki ormanları, köpüklü nehirlerde yüzen iri kütükleri ve ıssız kuzeyin yaz evlerini çağrıştırıyordu.

Ayrıca bu ülkelerin demokrasi geleneklerine de hayrandım. Darbelerle, hapislerle ve idamlarla örselenmiş olan ruhsal yapım, İskandinav ülkelerini abartılı bir biçimde yüceltiyor ve kutsal bir sığınak haline dönüştürüyordu.

Hamburg'da bir süre kaldım. Almanya'nın kokularına, yemeklerine, insanlarına alışamamıştım. Sürekli bir mide bulantısı ve ona bağlı olan bir baş ağrısı içindeydim. Pazar sabahları yakınlardaki kiliseden gelen çan sesleri beynimin içinde uğulduyordu. Çan tokmakları kafama iniyormuş gibiydi.

Sonunda Almanya'dan gitmeye karar verdim. İstanbul'dan ayrılmadan önce Onat Kutlar, Norveç'te oturan bir Türk doktorun adını ve adresini vermişti. Bana yardımcı olabileceğini sanıyordu.

Bir sabah vakti Oslo'ya indim. Bu şirin, küçük ve temiz kentte aradığım adresi bulmam zor olmadı. Saçları uçuk sarı, solgun yüzlü genç bir kadın açtı kapıyı. Kucağında bir çocuk vardı. Türkiye'den geldiğimi söyledim, kendimi tanıttım. Hemen içeri buyur etti beni. Hep böyle bir mültecinin gelmesini beklermiş gibi bir hali vardı. Kocasının hastanede olduğunu söyleyerek ona telefon etti, biraz sonra geleceğini söyledi. Kadının adı Jana'ydı, Norveç'liydi. Kerem adını taşıyan küçük çocuk, meraklı siyah gözlerle süzüyordu beni.

Biraz sonra geniş ve dost gülümsemeli, yakışıklı bir doktor girdi içeri ve elimi sıkarak, "Hoş geldin!" dedi. "Benim adım Gencay Gürsoy." İstanbul'dan onca uzakta bir yuvaya kavuşmuş gibi oldum. Birkaç saat sonra Gencay, karısı ve çocuğu, sanki yıllardır tanıdığım insanlar olmuşlardı. Öylesine dost, iyi niyetli ve sıcak insanlardı ki o zor günlerimde bana gösterdikleri dostluğun farkında bile değillerdi.

Birkaç gün sonra Gencay'la birlikte gazeteci Olof Storvik'i aradık. Hani Ankara'da evime gelen ve benimle 12 Mart üstüne konuşan Norveçli gazeteci. Olof hem şaşırmış, hem sevinmişti.

Ankara'da ona çaldığım birkaç ağıdı hatırlayarak, "Hadi bir radyo programı yapalım," dedi. Böylece Avrupa'da ilk kez bir radyonun stüdyosunda kayıt yaptım. Çaldığım parçaların açıklamalarının da yer aldığı program beğenildi ve birkaç kez tekrarlandı. İşte bu yayınlardan birinin kaydını duyan Özgüden'lerin Coodiff firması birkaç ay sonra, Avrupa'daki müzik yaşamımı başlatacak öneriyi yapacaktı. Bu kayıt, Oslo radyosunun 90'larda çıkardığı ve radyo tarihinden seçme yayınları içeren albümde de yer aldı.

Gencay, İsveç'in politik mülteci hakları bakımından daha rahat olduğunu ve oraya başvurmanın daha doğru olacağını söylüyordu. Stockholm'de gitmem gereken kişi ise İlhan Koman'dı.

Derken bir gece treniyle Oslo'dan Stockholm'e yola çıktım. Stockholm'deki T Centralen'de indiğimde sabah olmuştu. Aydınlık ve pırıl pırıl bir mayıs günü başlıyordu. Elimdeki kâğıtta yazılı semt Drottningholm'dü. Yaşlı, aydınlık yüzlü bir kadına Drottningholm'ü sordum. Gülümseyerek çok uzak bir semt olduğunu anlattı ve kaç numaralı otobüse binerek gidebileceğimi söyledi. Çok güzel İngilizce konuşuyordu. İyi günler dileyerek bisikletine atladı ve gitti. Biraz sonra bindiğim pırıl pırıl otobüsün kadın sürücüsü de İngilizce konuşuyordu. İsveç hakkındaki ilk izlenimlerim olağanüstü iyiydi. Galiba buraya gelmekle en doğru işi yapmıştım.

Otobüsle uzun uzun gittik. Şehrin dış mahallelerine uzandıkça ormanlar, göller, adacıklar çıkıyordu karşımıza. Otobüsün önünden sincaplar geçtiğini gördüm. Şehrin içinde yaşıyorlardı. Drottningholm ise ayrı bir dünyaydı. Büyük bir sarayın çevresini kuşatan bahçelerin, ormanın ve denizin yarattığı güzellik insanın içini kamaştırıyordu doğrusu. Sonradan 'drottning'in İsveç dilinde kraliçe anlamına geldiğini öğrenecektim. Gördüğüm saray da kraliçeye aitti. İnsanlar sere serpe kraliçe sarayının çimenlerine uzanmışlardı. Ne var ki o dekor içinde çıplaklık, sağlıktan başka hiçbir anlama gelmeyecek kadar dürüst bir tavırdı. Yere uzanmış olan genç babalar, karınlarının üzerine oturttukları sarışın çocuklarla oynuyor, genç kızlar bisiklete biniyordu. Kimsenin kraliçeden ya da muhafızlardan çekindiği yoktu. İşte, dünyadaki hiyerarşik düzenleri altüst eden İsveç demokrasisinin ilk örneği gözlerimin önündeydi.

Kömür sisinin insanın genzini yaktığı bir kentte, çamurlu yolların durmadan kesildiğini görmeye ve siyah arabalı büyüklerin geçişini izlemeye alışmış bir Ankaralı olarak bu pastoral resmi hayranlıkla izleyip durdum.

İşte Aylin'i böyle bir ortamda büyütmek istiyordum. Buraya yerleşmeliydim. Onca yıl sıkıntı çeken ve hapis yolu gözlemekten sinirleri bozulmuş olan Ülker'i dinlendirecek ortam buydu.

Drottningholm'de dondurma satan şirin kulübenin üstünde 'Kiosk' yazıyordu. Daha sonra 'Kiosk'un Türkçe'deki 'köşk'ten geçmiş olduğunu öğrenecektim. İsveç kralı Demirbaş Şarl, Osmanlı'dan ülkesine dönerken 'köşk' gibi birçok kelimeyi de birlikte götürmüştü. Panik anlamında kullandıkları 'kalabalık' da bunlardan biriydi. İsveç mağazalarında satılan lahana dolmasının adı ise 'koldolmar'dı.

Kiosk'a elimdeki adresi sordum. Denize doğru uzanan bir patikayı gösterdiler. O dar yoldan yürüdüm, yürüdüm, karşıma bir gemi çıktı. Elimdeki kâğıttaki gibi M/S Hulda yazıyordu üstünde. Ben bu M/S Hulda'nın ne olduğunu anlayamamıştım. Demek ki aradığım adres bir gemiydi.

Heykelci İlhan Koman, eski bir gemiyi almış, tamir etmiş, Drottningholm koyuna demirlemişti. Burada karısı Kerstin ve dört çocuğuyla yaşamaktaydı. Bembeyaz sakallı, ilginç ve çok yakışıklı bir adamdı İlhan Koman. Büyük bir heykelciydi. Akademide hocalık yapıyordu.

Bir Viking gemisini andırırdı Hulda. Geminin içinde hamaklar asılıydı; masada bir sürü çizim ve yarısı boşalmış şarap şişeleri dururdu. Sarışın, uzun saçlı bir kadın ve hamaklarda yatan bir sürü çocuk... Her öğle vakti koskoca bir tencerede sarmısak soslu İtalyan makarnası yapılır ve hep birlikte yenirdi. Teknenin tahtalarını sulama, yıkama işleri sırayla yapılırdı.

Koman o sıralarda Atlas Copco şirketinin girişine konulacak çelik bir heykelle uğraşıyordu. Geminin yanaştığı karada kayalıkların içine bir mağara oymuştu. Atölyesiydi burası. İçi bin bir heykelle doluydu. Atlas Copco için bir çelik levhayı eğip büküyor, dünyada benzeri olmayan biçimlere sokuyordu ve bana, "Hacmi yok etmeye uğraşıyorum evliya," diyordu. Sonunda bir gün çelik, heykele dönüştü ve İlhan Bey, "İşte hacimsiz bir heykel!" dedi. Bu heykel bir süre sonra 'Koman Formu' olarak ansiklopedilere girecekti.

Stockholm'deki ilk günlerim o teknede geçti. Hulda, Türkiye'den gelenlere kucak açan bir deniz sığınağına dönüşmüştü. İlhan Bey bir yandan avangard heykelleriyle uğraşıyor bir yandan da Türkiye ve Osmanlı'yla ilgili düşüncelerini anlatıyordu:

"Aslında," diyordu, "Cumhuriyet'te olan biten şu: Hasta adamın çevresini Türk bayraklarıyla kapladık, törenle, bando mızıkayla caddelerden geçirdik. Ve buna yeni bir isim taktık. Oysa hasta adam yatıyordu içinde."

İlhan Koman, yirmi yılı aşkın Stockholm gönüllü sürgünlüğünün silemediği, unutturamadığı bir hasret içindeydi. Kırgınlıkları vardı. Onu küstürmüştü bazı çevreler. İsveç'te de Güzel Sanatlar Akademisi'ndeki hocalığına, ünlü bir heykelci olarak tanınmasına rağmen hep bir 'karakafa' olarak kalmıştı. Sarışın İsveçlilerin yabancılara verdiği isimdi bu: Karakafa!

İlhan Koman'dan, yeni yapılan parlamento binasına asmak üzere İsveç kraliyet armasının bir rölyefini istediler. Aylarca uğraştı bu eser için. Sonunda çok görkemli bir şey çıktı. Birlikte görmeye gittik ve kutlamalarımı kabul ederken kulağıma eğildi ve dedi ki: "Aslında bu işin küçük bir sırrı var. Rölyefin altına, 'Bunu bir karakafa yaptı!' diye yazdım. Bu ibare hep orada duracak. Eğer bir gün sökerlerse, değiştirilirse bu yazıyı görecekler!"

İçine işlemiş olan yabancılık duygusunun gizli ve muzip bir tepkisiydi bu. Ankara'da Anıtkabir'in doğu kanadının kabartmalarını yapmış olan heykelcinin, İsveç parlamentosuna vurduğu Türk damgasıydı.

Yalnız ve sessiz bir adamdı. Eğer gençliğinde Stockholm yerine Paris'e yerleşmiş olsaydı, en az Brankuşi kadar tanınabilirdi. Bugün de tanınıyor ama değerini daha çok, ciddi sanat çevreleri biliyor.

Kimler gelmezdi ki o tekneye: Yaşar Kemal, Güneş-Barbro Karabuda, Erhan Güner, öğrenciler, politik sürgünler...

Zaman zaman Abidin Dino'ya tahta heykelcikler yollardı. Garip oyuncaklardı bunlar. Kafes gibi birbirine geçirilmiş tahta formlar kendi kendine yürüyordu. (Derviş diyordu bunlara.) Garip dengelere kavuşturulmuş parçacıklar durmadan sallanırdı. Bir başka sürgün prensi olan Abidin Bey de arkadaşından gelen bu oyuncakları masasının üstünde yürütür ve "Bak şu İlhan'a! Yaman adam vallahi!" diyerek keyifli kahkahalar atardı.

Büyük usta 1986'nın buz tutmuş bir aralık gününde, çok sevdiği ülkesine dönemeden gurbette öldü. Ve vasiyeti üzerine yakıldı, 'Külü havaya savruldu.' Zaman zaman Akdeniz heykelinin önünden geçerken 'Merhaba evliya!' deyişim bundandır. Çünkü başına gidebileceğimiz bir mezarı yok İlhan Koman'ın. İnsanlar bu dünyaya birer mezartaşı dikip gider. İlhan Bey ise mezartaşı yerine dünyanın birçok köşesine heykeller dikmeyi yeğlemiş bir 'evliya'ydı.

O gün yine, "Hoş geldin yahu evliya!" diye karşıladı beni. Herkese evliya deme alışkanlığındaydı. O da sanki beni yıllardır bekliyor gibi konuşmuştu. Türkiye'deki durumu biliyorlardı, benden önce birçok politik mülteci gelmişti oralara.

Öğle yemeğini gemide birlikte yedik, sonra mülteciler teker teker gelmeye başladılar. Çoğu deniz subayıydı.

Stockholm'de Cennet ve Cehennem

Gözlerim sılanın yoluna bakar
Deli gönül yalım yalım dert çeker

Ingmar Bergman'ın yaz filmlerindeki gibi garip ve gizemli bir atmosferin içine düşmüştüm. Hava çok güzeldi, tepemizde insanı yakmayan bir güneş parlıyordu ve aydınlık, geceyarılarına kadar sürüyordu. Eski alışkanlıklara göre akşamüstü olduğunu zannettiğinizde saate bakıyor ve geceyarısına yaklaşmış olduğunuzu görüyordunuz.

Bir-iki gün İlhan Koman'ın gemisinde kaldım. Durmadan Türk politik mülteciler gelip gidiyordu. İçlerinden biri İlhan Koman'a çok yakındı. Ayhan adındaki bu arkadaş içli, kibar ve narin bir çocuk olarak kalmış aklımda. Bir süre sonra Kuzey Denizi'ndeki gemilerde çalışmaya başlayacak ve bir gece nöbetteyken kendisini Baltık'ın buzlu sularına fırlatarak intihar edecekti. (Bu işin bir cinayet olduğu, gemi tayfaları tarafından denize atıldığı söylentileri de çıkmıştı.)

Bir-iki gün gemide kaldıktan sonra, çok yakında, orman içindeki bir köşke yerleştirdiler beni. Drottningholm Sarayı'nın çevresinde, kraliçeye hizmet eden insanlar için çeşitli köşkler yapılmıştı. Bunlardan biri Cilla adındaki bir kız ile ailesine aitti. Cilla bir süredir evini Türk mültecilere kiralamaktaydı. Ben de bu rahat eve yerleştim. Sık ağaçlı bir tepenin üzerindeydi ev; camlarından enfes bir göl manzarası görülüyordu. Bu eski ve ahşap köşkte birçok Türk kalmaktaydı. Daha önce de söylediğim gibi çoğu, siyasi olaylara karışmış olan deniz subaylarıydı. Cilla'nın köşkünde bir süre Ayhan'la aynı odayı paylaştık. Sonra benim de kendime ait bir odam oldu.

Köşkün alt katında Cilla'nın erkek kardeşinin oturduğunu duyuyorduk. Çocuk, ruh hastasıydı. Onu hiçbir zaman görmedik. Evden dışarı çıkmıyor ve sabahtan akşama kadar Arap müziği çalıyordu. Üst katta mültecilerle birlikte Cilla ve onun iğdiş edilmiş iri köpeği yaşıyordu. Köpek öyle tüy döküyordu ki evdeki her eşyanın üstü bembeyaz olmuştu.

Bazı akşamlar evde şarkılar, türküler söylüyor ve memleket hasreti gideriyorduk. Müzik yapabilmem beni birdenbire özel bir kişi durumuna sokmuştu. İsveç radyosunda çalışan Kosta ve Dimitri adlı iki Yunanlı kardeş, filmlerine müzik yapmamı istediler.

İlhan Koman'ın gemisinde kalan ilginç biri de Behçet Safa adlı bir ressamdı. Peyami Safa'nın yeğeni olan ve Elba Adası'nda yaşayan Behçet Safa birkaç günlüğüne İlhan Koman'a uğramış ama o sırada ayağını kırdığı için bütün yazı geçirmek durumunda kalmıştı. Deri bir pantolon giyiyor ve belden üstü çıplak durumda bütün gün gemide dolaşıyor, bazen yemek yapıyordu.

O yaz Mihri Belli de bir ara Stockholm'den ve tekneden geçti. Tanıştığım ilginç kişiler arasında Karabuda ailesi de vardı. Güneş Karabuda büyük bir içtenlikle, yerleşmemiz için gerekli her şeyi yapacaklarını söyleyip güven vermişti. Kızı Ayperi Karabuda, yedi dil konuşmasıyla ünlüydü, Türk çevrelerinin gözbebeğiydi. Karabuda'lar o sırada İsveç televizyonu için Yaşar Kemal'in *Bebek* öyküsünü filme alıyorlardı. Sonunda yerleşeceğim ülkeyi bulmuştum. Geriye, Ülker ile Aylin'i oraya getirtmek kalıyordu. Türkiye'ye giden İsveçli bir kız haberleşmemizi sağladı. Ülker'in normal pasaportla SAS uçağına binip Stockholm'e gelmesini planladık.

O günler yaklaşırken ben de polise iltica hakkı için başvurmak istedim. Bizimkiler gelmeden bütün muamelelerin tamamlanmış olmasını planlıyordum. Yalnız bu konuda ufak bir zorluk vardı ve bir 'beyaz yalan'a başvurmam gerekecekti. Politik iltica yasalarına göre Türkiye'den çıktıktan sonra indiğim ilk Avrupa ülkesinde kalmam bir zorunluluktu. Ülke değiştirmek mümkün değildi. Bu yasaya göre benim Almanya'da kalmam ve hiçbir yere kıpırdamamam gerekecekti. Oysa ben Almanya'da kalmak istemiyordum. Almanya'ya geri gönderilmemek için giriş damgası taşıyan pasaportumu İsveç polisine göstermeyecek, ülkeye girince yaktığımı söyleyecektim. Bu plana göre trenle Türkiye'den çıkmış ve doğrudan İsveç'e gelmiştim.

Bir gün Ayperi Karabuda'yla birlikte İsveç polis merkezine gittik ve ben politik iltica talebinde bulundum. Bizi bir sorgu odasına aldılar. Ben, Türkiye'de yayıncı olduğumu, üç kez içeri alındığımı anlattım, İsveç'ten politik sığınma hakkı talebinde bulundum. Ayperi söylediklerimi İsveççe'ye çeviriyordu.

Karşımızda oturan ve not alan polis pasaportumu görmek istedi. Ülkeye girince yaktığımı söyledim. Nerede yaktığımı sordu. Ormanda diyecektim ama belki de bunun İsveç yasalarına göre suç olduğu aklıma geldi. "Fırında yaktım," dedim. Bunun üzerine polis biraz kuşkulanarak İsveç'e trenle gelişimle ilgili ayrıntılar sordu. Almanya'ya kadar her şey yolundaydı. Orada da tren değiştirip İsveç'e geldiğimi söyledim.

"Peki denizi nasıl geçtiniz?" dedi.
"Vapurla!" dedim.
"Peki!" dedi. "Vapura siz mi bindiniz?"

Sorunun geliş şekli ilginçti. Polisin yüzüne kuşkucu bir anlatım gelip oturmuştu. Her şeyin o cevaba bağlı olduğunu anladım. Yüzüm sakindi ama yıldırım gibi düşünüp ne cevap vereceğimi araştırıyordum. Demek ki vapura binişte bir gariplik olmalıydı. Yoksa, "Siz mi bindiniz?" diye sorar mıydı hiç?

Bütün cesaretimi toplayıp, "Hayır," dedim, "tren bindi."

İşin bu kısmını atlatmıştık. Polis bir sürü kalın cilt çıkardı ve araya araya benim adımı buldu. "Tamam," dedi. "Bu isimde bir

yayıncı var ve hapse girmiş. Bu kişiye politik sığınma hakkı verilir. Ama siz Livaneli olduğunuzu ispat edin."
Sonradan elindeki ciltlerin, Amnesty International'in hazırladığı bir doküman olduğunu öğrendim. Birdenbire rahatladım; demek ki kabul ediliyorduk. Kendimi ispatlamam mesele değildi ki ama işler umduğum gibi gelişmedi. Polis, "İspat edin!" diyordu ve ben kendimi nasıl kanıtlayacağımı bilemiyordum. İnsanın kırk yıllık kimliğini kanıtlaması ne zormuş.
"Bir belge gösterin," diyordu polis.
"Sahte pasaportla sınırı geçerken yanıma gerçek kimliğimi alacak değildim ya," diyordum.
"Sizin Ömer Zülfü Livaneli olduğunuzu nerden bilelim?" diye soruyordu polis.
"Ama bu saçmalık. Ben oyum, bunu herkes bilir!" diye bağırıyordum.
Kafka'nın karabasanlarından birinde gibi duymaya başladım kendimi. Sonunda polis, "O zaman kimliğinizi ispat edene kadar sizi gözaltında tutmak zorundayız," dedi ve Ayperi bu sözü bana çevirmeden önce ağlamaya başladı.
Aklımı oynatacak gibi oldum. Türkiye'de Ömer Zülfü Livaneli olduğum için hapse girmiştim; İsveç'te Ömer Zülfü Livaneli olmadığım için hapsediliyordum.
Saçmalık gerçek olmuştu, kurtulmak için gittiğim İsveç'te ciddi ciddi içeri girmekteydim. Polisler beni götürürken hâlâ ağlamakta olan Ayperi'ye, "Ülker'i karşılayın. İlk kez yurtdışına çıkıyor," diyebildim.
Beni önce bir odaya alıp yandan ve önden resimlerimi çektiler. Herhalde perişan durumdaki politik mültecilerin resim çekilirken gülümsemesini istiyorlardı ki tam karşıya bir karikatür asmışlardı. Bu karikatürde seksi bir kadının yürüdüğü görülüyordu, onu izleyen İsveçli polisin elindeki cop ise ereksiyon halindeki bir penis gibi havaya kalkıyordu. Bu acemi karikatürün kimseyi güldürebildiğini sanmıyorum, beni de güldürmemişti.

Belki bu kitabı okuyanlardan bazıları, orada çektirdiğim resimleri hatırlar. Çünkü bu olaydan tam yirmi bir yıl sonra, İstanbul Belediye Başkanı adaylığım sırasında, kazanmakta olduğumu gören ve bundan ürken derin çevreler (özellikle adı sonradan Susurluk'a karışanlar), devlet olanaklarını kullanarak bu resimleri İsveç polisinden aldılar; tam seçim öncesi büyük bir gazetenin manşetinden "Zülfü'yü üzen fotoğraflar!" diye yayınladılar.

Ülkenin etkili çevreleri hiç suç işlememiş bir sanatçıdan, cunta döneminde çektiği acılardan dolayı özür dileyecek yerde, onu bir kez daha bir suçlu gibi göstermek için bu yöntemi seçmişti. Oysa o dönemde kendi ülkelerindeki cuntalardan kaçarak İsveç'e gelen, bizimle birlikte yaşayan Yunan, İspanyol, Şilili birçok arkadaş, kendilerinden özür dilenerek ülkelerinin en önemli yönetim makamlarına getirildiler; cuntacılar ise hapsi boyladı. Ama bizde faşizm hiçbir zaman bitmedi ki... Sürekli bir alacakaranlık içinde yaşadık.

Fotoğraf çekildikten sonra çeşitli koridorlardan geçtik, bir asansöre binip en üst kata çıktık. Burada, üstümdeki her şey tek tek kaydedilerek alındı, tek kişilik bir hücreye kapatıldım. Ankara Emniyet Müdürlüğü'ndeki müteferrika en alt kattaydı, Stockholm emniyetinde ise en üstte.

Ben bunca sıkıntıya sadece bu fark için mi katlanmıştım?

Hücrede hiç pencere yoktu. Sürekli bir havalandırma vızıltısı duyuluyordu. Bir süre avazım çıktığı kadar bağırdım. Sonra sinirlerim bozuldu ve deli gibi gülmeye başladım. Bu gülme krizinin ne kadar sürdüğünü bilmiyorum çünkü zaman duygusunu yitirmiştim.

Yeni Bir Yaşama Doğru

Ah benim sevdalı başım
Ah benim şair telaşım

Hücrede günde üç kez yemek servisi yapılıyordu. İsveç usulü hazırlanmış yemeklerdi bunlar: Ekmek niyetine 'knackbröd' dedikleri, kontrplağa benzer bir nesne geliyordu. Soğuk balıklar, soğana ve şekere bulanmış durumdaydı. Patates salatası bile şekerliydi.

Ertesi gün öğleden sonra yaşlı bir polis geldi hücreye ve bana İsveç'çe bir şeyler söyledi. Anlamadığımı belirttim, İngilizce bilip bilmediğini sordum, bilmiyordu. İsveççe konuşmayı sürdürdü. Israrla bir şeyler anlatmaya çalışıyordu. Ben anlamadıkça daha çok heyecanlanıyor, anlatıp duruyordu. Sonunda baktı ki olmayacak, meramını çeşitli hareketlerle anlatmaya karar verdi. Göğsünü şişirip derin derin nefes aldı ve ellerini kaldırıp indirdi. Herhalde, 'Böyle hareketsiz oturmak iyi değil. Biraz jimnastik yap, kan dolaşımın artsın!' demek istiyordu. Yaşlı başlı adam karşımda bunları yapınca, ben de ayıp olmasın diye kalkıp aynı hareketleri yaptım. Yaşlı polis bunun üzerine de daha da coştu. Ayaklarını aça aça yürüyüş yapmaya, bir yandan da derin derin nefes almaya başladı. Nasıl olsa başlamıştık, ben de aynı hareketleri yaparak yürümeye koyuldum. Ama adam bir türlü tatmin olmuyordu. Yüksek sesle bir şeyler söyleyerek daha çılgın hareketler yapmaya başladı. Hücre hücrelikten çıkmış, neredeyse bir spor salonuna dönmüştü. Yaşlı İsveçli'nin yaptıklarını elimden geldiği kadar tekrarlamaya çalıştım. Tanımadığınız insanlarla ilk karşılaşmanızda böyle şeyler olabiliyor. İsveçlilerin tepkilerini ve alışkanlıklarını bilmiyordum o zaman. Bana uzaylılar kadar uzak geliyorlardı. Bu yüzden belki de polis hücrelerinde günlük idman uyguladıklarını düşünüyordum. Zaten Kemalist kuşağın bir üyesi olarak ünlü İsveç jimnastiği vardı ya kafamızda... Yaşlı polis nefes nefese kalmış, yüzü al al olmuştu. Bu kadar fazla idman iyi değildi ama İsveçli'nin bir bildiği vardı herhalde. Biraz sonra telaşla çıktı gitti hücreden. Biraz kızgın gibiydi. Herhalde beden hareketlerini istediği gibi yapamamıştım.

Biraz sonra genç bir kadın polis girdi içeri. İngilizce bilip bilmediğimi sordu. Biraz önceki yaşlı polisle anlaşamadığımızı, bu yüzden kendisinin geldiğini anlattı. Havalandırmaya çıkma vaktiydi. Yaşlı polisin bütün o hareketlerle anlatmaya çalıştığı buydu işte. Zavallı adam derdini anlatmak için yaşından beklenmeyecek kadar zorlamıştı kendini. Ben de nefes nefeseydim. Duruma gülmek mi gerekir ağlamak mı kestiremiyordum.

Bu garip sahneden sonra havalandırmaya çıktım. Zaten en üst kattaydık. Havalandırma dedikleri de üstü tel örgüyle kapatılmış bir hücreydi. Yukarıdan gökyüzünü görebiliyor, taze havayı içinize çekebiliyordunuz. Ama gene de gökyüzünün engin maviliğini doya doya sindirmenize olanak yoktu. Çünkü yukarıda silahlı bir nöbetçi vardı; göğü lekeleyen, kirleten bir gölge.

Böylece birkaç gün yattım hücrede. Doğum günüm olan 20 Haziran'ı da hücrede geçirdim. Hiç kimseden haber alamıyordum. Ülker'le Aylin'in o günlerde gelmiş olmaları gerekiyordu.

Bir sabah neşeli bir polis girdi hücreye ve "Tarağın var mı?" diye sordu. Şaşırıp kaldım. Görüp yaşadıklarım sonucunda bu İsveçlilerin deli olduğuna karar vermiştim zaten. Bu da bir başka deliydi işte.

Ters ters, "Tarağım yok!" dedim.

"İyi, o zaman al benimkini!" dedi ve cebinden çıkardığı tarağı bana uzattı.

"Ne yapayım bunu?"
"Saçını taraman gerekiyor."
Yine garip bir İsveç âdetiyle karşılaştığımı düşünürken ekledi:
"Karınla çocuğun geldi. Onların karşısına böyle çıkmak istemezsin sanırım."
Bir yumruk yemiş gibi oldum, sersemledim.
"Neredeler?" diyebildim.
"Burada, aşağıdalar. Biraz sonra yanlarına ineceğiz."
Yatağın üstüne çöküp kaldım, bir süre kendime gelemedim. Sonra gelip beni aldılar. Alt katlarda bir yerlere indirdiler ve boş bir salona sokarak beklettiler. Derken kapı açıldı ve içeriye beş -altı görevli girdi. Salonun iki yanına dizildiler. Kimlik tespiti yapabilmek için ilk karşılaşmamızı görmek istiyorlardı.

Sessiz ve uzun dakikalar geçti; kapıda birden Aylin'i gördüm. O güzel, aydınlık, sıcak gülüşüyle bana doğru koşuyordu. Üstünde yeşil bir gömlek vardı. Koşarken bal rengi saçları dalgalanıyordu. Aylin'i kucakladığım an Ülker'i gördüm. Zayıflamıştı, yüzü solgundu. Üçümüz de birbirimize sarıldık.

O an, korkunç bir öfkeye kapıldım. Kenarda bekleyen polisler, kimliğimi saptamak için karım ve kızımla kucaklaşmamı seyrediyorlardı. Ne aşağılık bir görevdi bu böyle. Bütün bunları hak etmek için ne yapmıştım? Sadece kitap okuyan, şiir yazan, müzikle uğraşan bir kişi olarak ne gibi bir suç işlemiştim ki kendi ülkemde hapse atılıyor, canımı kurtarmak için kaçtığım İsveç'te böyle bir muameleyle karşılaşıyordum.

Bu dünyada bir yanlışlık, ondan da öte bir haksızlık vardı. Kültür herkesi kuşkulandırıyor ve devletler tarafından bağışlanmıyordu. Öfke içindeydim. O durumda polislere çok garip bakmış olmalıyım ki müthiş tedirgin oldular ve odayı sessiz ve saygılı bir tavırla terk ettiler. Bir saat sonra serbest bırakıldım.

Ülker ile Aylin'in İsveç'e gelişi de apayrı bir macera. İlk kez yurtdışına çıkan insanlar olarak ana-kız geceyarısı Stockholm'ün Arlanda havaalanına inmişler. Ülker, ben nasıl olsa havaalanında olacağım diye, vardıktan sonra ne yapacağını düşünmüyormuş bile. İlk bakışta, yolcuları bekleyenler arasında beni görememiş, meraklanmış. Derken bir genç yaklaşmış yanına, Ülker Livaneli olup olmadığını sormuş. Olumlu yanıt alınca da benim arkadaşım olduğunu ve bir işim çıktığı için gelemediğini söylemiş. Ülker için büyük bir şok olmuş bu. Ne gibi bir işim olabileceğini sormuş, söylememişler. Ülker de çaresiz kaldığı için bu yabancı ülkede hiç tanımadığı gençlerle arabaya binmiş. Sözünü ettiğim, daha sonra intihar edecek olan Ayhan ve bir arkadaş daha varmış yanında.

Geceyarısı ormanlar arasından geçen yollarda bir saati aşkın gitmişler ve Ülker'le, ne olup bittiğini anlayamayacak kadar küçük olan Aylin kendilerini bir gemide buluvermişler. Ak saçlı, ak sakallı İlhan Koman, uykudan uyanıp bembeyaz uzun gecelik entarisiyle onları karşılamış ve herkese seslendiği değişmez konuşma şekliyle, "Hoş geldin evliya!" demiş. O gece, Ülker için unutulmaz şaşkınlıklarla geçmiş. Sabaha kadar uyumamış ve kahvaltıda kendisine gerçeği anlatıp polis merkezine getirmişler.

Serbest bırakıldığım gün, oturacağımız Kungshamra semtinin yakınındaki çam ormanına gittik. Orada ilginç bir tepe vardı ve insanın nefesini kesecek bir göl manzarası seyrediliyordu. Pırıl pırıl bir akşamüstü güneşinde, göldeki ördeklerin sesleri duyuluyordu. Orman, hiç korkmadan yanımızda dolaşan sincaplarla doluydu. Çevrede öyle bir rahatlık ve sükûnet vardı ki doğanın görkemli uyumunu bozmamak için alçak sesle konuşuyordunuz.

"Artık her şeyi unutalım," dedim. "Çok çektik ama şimdi yeni bir dönem başlıyor. Burada barış ve huzur bulacağız. Aylin, medeni bir ülkede yetişecek. Birkaç dil öğrenecek. Polis, işkence, öldürülme korkularından uzak mutlu bir yaşam kuracağız kendimize."

Stockholm'de geçirdiğim süre içinde müzikle geçinebileceğimi anlamıştım.

İlk Uzunçalar

Stockholm'deki ilk evimizi kiraladığımız Kungshamra, bir öğrenci mahallesiydi. Dışardan bakıldığında sarı, kırmızı doğramaları ve camlara yapıştırılmış süsleriyle bir oyuncak evler mahallesi gibi gelirdi insana. Her şey küçüktü ama çok kullanışlıydı. Stockholm'deki bütün evler buzdolabı, fırın gibi temel eşyayla birlikte yapılıyor, sıcak su ve çamaşırhane kolaylıkları sunuyordu insana. Gerçi ucuz bir öğrenci evinde oturuyorduk ama Türkiye'deki evlerden daha konforluydu.

Evimizin hemen yanından nefis bir orman başlıyordu. Akşamüstleri o ormanda yürüyüş yapmak ve göl kenarına giderek bir fincan filtre İsveç kahvesi içmek büyük bir zevk oluyordu. Evi mobilyalı kiralamıştık. Kungshamra'da kalan Türkler, İranlılar, İsveçliler, Macarlar ve Latin Amerikalılardan oluşan bir çevre bizi hiç yalnız bırakmıyordu. Eğitim kurumları, İsveççe öğrenmek için burs veriyordu. Bu parayla geçinmemiz mümkündü. Zaten dil öğrenmek istiyorduk. Kursa gitmeye başladık ve İsveççe'miz her geçen gün biraz daha gelişti. Altı ayın sonunda üçümüz de bu dili konuşabiliyorduk. Hele Aylin, küçük yaşın da verdiği avantajla, İsveç dilini Stockholm şivesiyle anadili gibi konuşuyor, görenleri şaşkınlığa düşürüyordu. Böylece dil yeteneği ortaya çıktı. Daha sonra İsveççe'ye eklediği yabancı dilleri nasıl öğrendiğini anlamadık bile. Ülker de İsveççe konusunda büyük gelişme gösterdi ve gidişimizin ilk yılında dil okulunda, yabancılar için İsveççe öğretmeni oldu.

İsveç eğitim konusunda ideal bir ülkeydi. Çünkü hayatının her döneminde okumak isteyen yurttaşlarına –bu arada yabancılara da– eğitim kurumlarının kapısını açık tutuyor, hatta bu isteği büyük burslarla özendiriyordu. Mesela anaokulunda çalışan biri kaç yaşında olursa olsun, "Ben üniversite pedagoji okuyacağım!" diyebiliyordu. Bu yüzden İsveç'te ileri yaşlarda müzik okuyan marangozlara, mühendislik okuyan öğretmenlere rastlamak hiç de şaşırtıcı değildi. Bu eğitim cennetinde biz de hemen üniversiteye yazıldık, hem burs aldık hem de Stockholm Üniversitesi'nin öğrenci evlerinde oturmaya başladık. Ülker pedagoji okuyordu, ben felsefe. Daha sonra Dalcrose okulundaki müzik eğitimini de buna ekledim.

Öğleden sonralarım kitapçılarda geçiyordu. Özellikle İngilizce kitap satan Akademi gibi büyük kitabevleri sürekli mekânımdı. Bir üniforma haline getirdiğim blucin vardı üstümde; ayağıma da İsveçlilerin tahta ayakkabıları olan *treskor*'ları geçirmiştim. Bu kılığı yıllarca değiştirmedim. Kitapçılarda saatlerce kalıyor, yeni çıkan öncü edebiyattan sinemayı öğreten kitaplara, sosyolojik araştırmalardan tarihe kadar her tür kitabı okuyup duruyordum. Elimize geçen para alçakgönüllü hayatımıza yetiyordu ama kitap almakta çok zorlanıyordum. Çünkü kitaplar çok pahalıydı.

Stockholm'deki Türkler, nihilist bir boşluğa düşmüş politik mültecilerdi. Çoğu tek geldiği için İsveç toplumunun yalnızlığı, soğukluğu karşısında yaralanıyor, öfkeleniyor, daha sonra da garip ve umutsuz bir vurdumduymazlık içinde bu soğuk ve karanlık dünyanın kişiliksiz gölgelerinden biri haline geliyordu.

Türkiye'den haber alınamıyordu. Öylesine uzakta kalmıştı ki her şey. O dönemde yazdığım yazılardan birinde, "Sürgün olmak, ağır ve sürekli bir hastalık gibi," dediğimi hatırlıyorum. Gerçekten de bir süre sonra her şey size yabancı olduğunuzu hatırlatıyor ve batıyordu.

Derken kış geldi. Soğuk ve karanlık İsveç kışı bir silindir gibi geçmeye başladı üstümüzden. Sabah kalktığınızda hava aydınlanmamış oluyordu. Aylin zifiri karanlıkta okula gidiyor ve "Anne niye beni gece kaldırıyorsun!" diye yakınıyordu. Hava öğlene doğru puslu bir alacakaranlığa bürünüyor, bir-iki saat sonra gene karanlığa gömülüyordu. Bir arkadaş, "İsveç'te güneş sezaryenle doğuyor," demişti. Bir süre sonra Türkiye'de af ilan edildi ve ben konsolosluğa pasaport başvurusunda bulundum.

Galiba benim hayat maceramı en iyi özetleyen şey, pasaportlarımın hikâyesi.

Daha önce anlattığım gibi ilk pasaportum, Mehmet Yılmaz Basmacı adına düzenlenmiş, lacivert bir TC pasaportuydu.

İsveç'te politik iltica talebim kabul edildikten sonra bana soluk mavi bir pasaport verdiler. Birleşmiş Milletler'in en alt düzey mülteci pasaportuydu. Seyahat olanakları çok sınırlıydı ve sürekli kontrol ediliyordu.

Üçüncü olarak, Türkiye'de 1974 affı ilan edildikten sonra Stockholm'deki Türkiye Büyükelçiliği'ne başvurarak kendi adımla aldığım, lacivert TC pasaportu var elimde.

1996 yılında Paris'te UNESCO merkezinde yapılan bir törenle büyükelçi ve genel direktör danışmanı olarak atandığımda ise Birleşmiş Milletler'in, genel sekreter imzası taşıyan en üst derece kırmızı pasaportunu aldım. Bu pasaport, uluslararası anlaşmalara göre bana dokunulmazlık ve kriz durumlarında öncelikli geçiş hakkı tanıyor.

2002 yılında milletvekili seçildiğim zaman, Türkiye Cumhuriyeti'nin kırmızı pasaportunu verdiler.

Avrupa Konseyi milletvekili olduğum zaman da o kurumun, üzerinde AB yıldızı taşıyan kimliğine sahip oldum.

Sahte pasaporttan başlayıp, kırmızı pasaportlarla devam eden bu maceranın en acıklı ve gülünç yanı nedir biliyor musunuz? Bunların hepsi aynı insana verildi. Ben o zaman da bendim, şimdi de benim. Birleşmiş Milletler'in her yerde denetlenen, insanı kuşkulu duruma sokan soluk mavi pasaportunu alan da aynı kişi, en üst düzey pasaportunu alan da. O zaman, aynı kişiye niçin farklı farklı statüler, farklı muameleler uygulanıyor. O zaman niçin sahte pasaport bulmak zorunda kalıyordum da sonradan bu devlet bana kırmızı pasaport veriyor?

73 yılında niçin BM'nin en alt düzey pasaportuyla ahret sualleri̇nden geçiriliyorum da sonradan Batı havaalanlarında kuyrukta beklemeden özel bölümlerden alıyorlar beni?

İşte insanoğlunun kurduğu bürokratik düzenin saçmalığı, anlamsızlığı, insan yapısına aykırılığı burada. Matbaada basılmış kâğıtlar insanoğlunun ruhundan, yüreğinden, bilgisinden, dürüstlüğünden çok daha önemli. Elinizdeki kâğıdın rengine göre ya sizi hırpalıyorlar ya da önünüzde yerlere kadar eğiliyorlar, bavulunuzu bile arayamıyorlar.

İsveç'teki ilk aylarımda Güneş Karabuda benden bir film müziği istedi. Yaşar Kemal'in *Bebek* hikâyesini İsveç televizyonu için Cezayir'de çekmişlerdi ve jenerik müziği yapmamı düşünmüşlerdi. Epey uğraştım ama ortaya gerçekten de zevkli bir müzik çıktı. Çok kısaydı, sadece jenerikte duyuluyordu ama benim ilk film müziğimdi bu ve film müziğinden kazandığım ilk paraydı. Bunu 35 film müziği daha izleyecekti.

Bir süre sonra bir plak önerisi geldi. Oslo radyosunda yayınlanan programı duyan Belçika'daki Coodiff firması bir uzunçalar yapmamı istiyordu. Coodiff'i İnci ve Doğan Özgüden yönetmekteydi. Plağı İsveç'te kaydedecektim. Europa Film stüdyolarından gün aldık ve ben hazırlanmaya başladım.

İstanbul stüdyolarında başıma gelenin burada da tekrarlanmasından korkuyordum. Sesim kısılıyordu. Stüdyoya girip plağı gerçekleştiremeyecektim. Belki de en iyisi bu işe hiç girişmeden vazgeçmekti. O sırada Ankara'dan arkadaşlarımız Sait ve Gülder Stockholm'e yerleşmek üzere gelmişlerdi ve bizde kalıyorlardı. Tam stüdyo gününde korkularım arttı ve kayda gitmeyeceğimi söyledim. Ülker ve Sait daha önce anlaşmışlar. Beni neredeyse zorla dışarı çıkarıp çağırdıkları bir taksiye bindirdiler ve Europa Film stüdyolarına geldik. Kısa bir süre sonra kendimi kayıt mikrofonunun önünde buldum.

'Türkiye'yi hatırla,' dedim kendi kendime. 'Yıldırım Bölge'yi ve şu anda orada yatanları hatırla.'

Derken sazda birkaç akor denedim. Armoniler sanki üzerinde yürüyüp gideceğim yumuşak bir halı yaymaktaydı. Söylemeye başladım, içime bir sıcaklık yayıldı. Duyarlığın en uç noktasında duruyordum. Bir adım daha atsam uçurumdu sanki.

Söyledikçe bütün kaygılarımdan kurtuldum. Sanki nasıl söylediğim ve sesimin nasıl çıktığı hiç önemli değildi. Bütün sorun o sözü söyleyebilmekti. O anda sözü iletebilmekten daha önemli hiçbir şey yoktu.

Çok sonraları Tolstoy'da bu durumu anlatan ve saf müziğe varmanın yollarını gösteren bir bölüm buldum. O da, *Savaş ve Barış*'ın ünlü av sahnesinin sonunda balalayka çalıp şarkı söyleyen mujiğin sanki sözünü söylemek istermiş gibi davranmasını müziğin özüne varmanın bir yolu olarak algılamıştı. Farkında olmadan müziğin o en önemli noktasına, tekniğin ve aracıların ortadan kalktığı saf müziğe ulaşıyordum. Sanki önümdeki mikrofondan akıp manyetik bantlara sinyallenen ses, bir enstrüman ve hançereden değil doğrudan doğruya yüreğimin vuruşlarından çıkıyordu.

Parçalar arka arkaya akıp gitti. Bir süre sonra her şeyin bittiğini fark ettim. Gözümü açtım. Bir saate yakın bir zaman geçmişti. Ses geçirmez bölümde Ülker'in ağladığını gördüm. Biraz sonra yanıma geldi ve "Bugün yaptığın şey hiçbir zaman unutulmayacak!" dedi.

Bu sözleri bir kehanet gibiydi ama ben bir süre sonra bütün bunları unuttum. Plak Belçika'da Chant Revolutionnaires Turcs adıyla çıktı. Postayla bana da geldi. İmzalayıp eşe dosta verdim, sonra aklımdan çıkıp gitti. Bu arada Süleyman Demirel başkanlığındaki bakanlar kurulu plağın Türkiye'ye girişini yasaklamıştı.

Aylar sonra Orta Doğu Teknik Üniversite'sinde işletme okuyan kardeşim Ferhat bizi ziyarete geldi. "Abi, Ankara'da bütün öğrenciler senin türkülerinle yürüyor!" dedi. İnanamadım, düş görüyorum sandım. Öleceğim aklıma gelirdi de bu gelmezdi. Ben plağın Belçika'da ve birkaç Avrupa ülkesinde çok az satılacağını ve unutulacağını düşünüyordum. Meğer Avrupa'daki Türk öğrencileri ve çalışanları, plağı kasetlere aktarıp Türkiye'ye götürmüşler, orada da herkes birbirinden çekmiş ve 12 Mart'a direnişin simgesine dönüşmüş.

Bütün bunlar benim için öyle uzak hayallerdi ki inanamıyordum. Ferhat'a tekrar tekrar anlattırıyordum. "Doğru söylüyorum," diyordu Ferhat. "Cenazelerde, yürüyüşlerde on binlerce kişi senin türkülerini söylüyor."

Onun hiçbir zaman yalan söylemeyen kişiliğini bildiğim için mecburen inanıyor sonra da, 'Yok canım, olamaz!' diye düşünüyordum.

Stockholm'de kuyunun dibine atılmış bir taş gibi öylesine her şeyden uzak ve habersizdim ki sesimin duyulmuş olduğuna bir türlü inanamıyordum.

İşte bu haber, hayatımda bir dönüm noktası oluşturdu.

Korsan Barbarlığı

Ferhat, yanında bir de plak getirmişti. Çok kötü kalitede ince bir kâğıda basılmış olan yeşil kapakta benim adım vardı. "Halkın Sesi" diye bir firma adı basılmış olan uzunçalarda, parmaklıklar arkasında duran bir adam resmi çiziliydi. Arka kapakta da nedensiz bir biçimde "Analarımız" yazıyordu. Plağı dinlemeye kalktığınızda öylesine cızırtılı, çatırtılı bir sesle karşılaşıyordunuz ki, iğnenin kırılacağını düşünüyordunuz. Birileri Belçika'da yayımlanan plağımı kopya etmiş ve piyasaya sürmüştü. Oysa ben Avrupa'da yayınlanan albümün kapağındaki en küçük bir ayrıntı için günlerce uğraşmıştım. İsveç'te yaşayan ressam Rauf Alazan çok çarpıcı bir kapak resmi çizmişti. Avrupa'nın en iyi basımevlerinin hünerlerini taşıyordu bu çalışma.

İşte o andan itibaren Türkiye'de kendi imajını kontrol edebilmenin ne kadar zor bir iş olduğunu anlamaya başladım. Halkın Sesi tarafından yayınlanan o plak, yıllarca uğraşacağım bir korsan plak-korsan kaset belasının başlangıcını oluşturuyordu. Hemen *Cumhuriyet* gazetesine açıklamalar, ilanlar gönderdim ve benim bu firmayla bir ilişkim olmadığını belirttim.

Benim için bir çalışma estetik bir bütünlük oluşturmalı. Plağa kaydedilen ses kadar, kapak düzeni ya da açıklayıcı yazılar da önemli. Ne var ki bu titizliğim Türkiye'deki barbar korsanlar tarafından yıllar boyu çok hırpalandı ve delik deşik edildi. Bir ara Türkiye'ye döndüğümüzde, sokaklardaki satıcılardan benim korsan kasetlerimi topluyorduk. Ülker'le birlikte en büyük alışkanlıklarımızdan biri olmuştu bu. Altmışa yakın korsan kasetimi topladık. O dönemin korsan modasına göre kaset kapağına sanatçının resminin konması gerekiyordu. Bu resmi uzunçalar kapağından kolayca kopya edebiliyorlardı. Oysa ben ilk plaklarımdan hiçbirinde resmimi kullanmamıştım. Bu yüzden resmimi bulamıyorlar ve kendilerince bir şey yakıştırıyorlardı.

Kapaklardan birinde, bıyık yarışmasına katılacak kadar uzun bıyıklı bir Anadolu köylüsünün resmi vardı. Üstünde "Zülfü Livaneli" yazıyordu. Başka bir kapakta, kim olduğunu bilmediğim, üniversite öğrencisi kılıklı bir gencin resmi yer alıyordu. Ötekinde elinde sazla duran bıyıklı bir âşığın renkli resmi. Kasetlerin satıldığı yere göre de kapak anlayışı değişiyordu: Bebek'te aldığımız bir kasetin kapağında, Boğaz sırtlarında bir ağaca dayanmış, kırmızı kazaklı bir gencin resmi vardı. Arkada romantik bir Boğaz manzarası görülmekteydi ve resimdeki Mercedes otomobile bir genç kız dayanmıştı.

Bütün bu kasetlerin üstünde kendi ismini görmek öylesine tuhaf bir duygu oluşturuyordu ki insanda. En çok ihtiyacım olduğu dönemde, geçinebilmek için savaş verirken bu korsanlar benim kasetlerimden çok para kazandılar, elime bir şey geçmedi. Parçalarımın en çok tutulduğu dönemde, yıllar boyunca bu adamlar milyonlarca Livaneli kaseti sattılar ve ben bütün bu dönemi müthiş para sıkıntılarıyla boğuşarak geçirdim.

Bu da yetmezmiş gibi bu kasetlerin her birinden dolayı sonu gelmez sorgulara alındım. Hep hapis tehdidi altında yaşadım. Askeri ve sivil savcılar, ellerine geçen her kasetle ilgili beni sorguya alıyorlardı. Çünkü korsanlar ortada yoktu, ben vardım.

İlk plağım 74 affından yararlandıktan sonra da sürüp gitti bu. 12 Eylül de içinde olmak üzere her sorguda o yayınlarla ilgim olmadığını anlatmaya çalışıyordum savcılara. Çünkü işin ucunda yıllarca hapis yatmak vardı. Savcıların mantığıysa âlemdi doğrusu: "İlgin olmadığını ispat et!" Nasıl ispat edebilirdim ki?

Aslında o korsanlar bana her yönden kötülük yapıyorlardı. Normal bir devletin görevi beni bu haksızlığa karşı korumaktı ama böyle ilkel bir ortamda savcılar da onlarla bir oluyor ve beni suçluyorlardı. Ne telif haklarından haberleri vardı ne de sanatla ilgili en ufak bir duyarlığa sahiptiler.

Bir ara da konser korsanlığıyla başım derde girdi. Türkiye'nin her yöresinden karşılaştığım insanlar, beni söz verdiğim konserlere gitmemekle suçlamaya başladılar. Sokakta gördüğüm bir grup genç, "O akşam Muğla halkı sizi saatlerce bekledi," diyordu. "Dağ köylerinden bile gelen olmuştu. Yazık!" Oysa ne Muğla konserinden haberim vardı ne de böyle bir söz vermiştim. Aynı şey Denizli'de, Kırşehir'de, Antalya'da tekrarlanıyordu. Sonunda öğrendim ki iki adam, ellerinde benim afişimle il il dolaşıyor ve menajerim olduklarını söyleyip konser turnesi bağlıyorlarmış. Aldıkları avansları cebe indirip ayrılıyorlarmış oradan. Sonra konser gününde toplanan halk da benim gelmediğimi sanıyormuş. Bunun üzerine yine *Cumhuriyet*'e bir ilan vererek hiç menajerim olmadığını duyurmuştum ama geç olmuştu artık. Adamlar da epey para vurmuşlardı.

Böylece yıllar boyu milyonlarca kasetimin satıldığı ve konser biletimin kapışıldığı bir ortamda ben parasızlıkla boğuşarak ve savcılarla mücadele ederek yaşadım. Türkiye'de her zaman olduğu gibi yine barbarlık kazanıyordu.

İşte Ferhat'ın getirdiği o ilk plak, yeni bir dönemin habercisi oldu. Ben İsveç'te her şeyden habersiz yaşarken Türkiye'de ünlü olmuş hatta sömürülmeye başlamıştım.

Kafamda yeni bir plak biçimleniyordu. Artık iyiden iyiye kendini duyuran Türkiye özleminin ifadesi olacaktı bu. Yurtdışına çıkan insan ilk şokları atlattıktan sonra derin bir özlem içine düşer. Ama bu özlem ülkesinin bugününe ve gündelik yaşamına değil, zaman içinde kavranılmasına yöneliktir. Uzaktan seyrettiğiniz ülkeniz dünü ve yarınıyla var olur kafanızda. Oysa o sırada ülkede yaşamakta olan insanlar için en önemli boyut bugündür.

Yurtdışında yaptığım müzikte bu ayrım çok belirgindir.

Bu etkilerle yeni bir plak oluşuyordu kafamda.

Çoksesli Müzik Günahına Adımlar

1974 Baharı'nda, Paris'teki Avant Garde şenliğine davet edildim. Oradaki Türk sendikacıların yardımlarıyla gerçekleşen davet, benim ilk uluslararası konserimdi. Paris'te beni sendikacı Nejat ve arkadaşları karşıladı. Çok hoş insanlardı. O akşam tanıştığım gençlerle epeyce sohbet koyulttuk. İçlerinden biri, Leon Şaul, motosiklete biniyordu ve ne yazık ki o gece sabaha karşı bir kazada öldü. Avant Garde şenliği büyük bir parkta yapılıyordu. Otuz binden fazla insan çimenlerin üstüne yayılmıştı ve parkın her köşesi bir bayram şenliğini andırıyordu. Sahnede yer alan sanatçılar, birbiri ardına kendi ülkelerinin en etkili ezgilerini, en vurucu sözlerini seslendiriyorlardı. O günlerde Şili'deki Pinochet darbesi gündemde olduğu için Quilapayun ve İnti-İllimani gibi gruplar çıktıkça kalabalık hep bir ağızdan gürlüyordu: 'El pueblo, unido, jamas sara vencido!' Yani 'Halkın örgütlü gücü yenilemez!' Tüylerim diken diken oluyordu. 1970'ler Avrupası'ndaki dayanışma ruhu Vietnam, Şili ve İspanya ekseninde şahlanıyor ve uluslararası bu dayanışma on binlerce kişiyi kardeş kılıyordu.

Bana akşamüstü sıra geldi. Ünlü Blood, Sweat and Tears grubundan önce sahneye çıkacaktım. İlk kez böyle bir kalabalığın önünde çalıyordum. Nâzım, Hiroşima, Pir Sultan derken sazın sesi parkın üzerinden aktı gitti. İnsanlar dinlediler ama ben sahneden çok da mutlu ayrılmadım. Çünkü bizim için çok önemli olan sözleri anlamalarına imkân yoktu. Saz da tek başına gerekli etkiyi yaratamıyordu. Hele biraz sonra Blood, Sweat and Tears grubu gökgürültüsü gibi gürleyince, bu geleneksel tarzı değiştirmenin şart olduğunu anladım. Çok boynu bükük ve zayıf kalıyorduk. Bizim de ritm ve armoni ögeleriyle güçlendirilmiş bir orkestrasyona kavuşmamız gerekliydi. Şili grupları yerel çalgılarını, gitarla, basla, davulla bütünlemişlerdi. Yunan grupları buzukilerini, tabanca gibi orkestraların önüne koyuyorlardı. Oysa biz tıngır tıngır bir saz eşliğinde şiir söylüyorduk. O gün Paris'teki parkta Rock gruplarının müziğini dinleyerek dolaşırken, kafamda müzikal bir yapı şekillendi. Ne pahasına olursa olsun halk çalgılarının kullanıldığı armonik ve ritmik bir üslup yaratacaktım.

Daha önce Anadolu rock akımı, bu müzikal formun içine sazı yerleştirmişti ama bu iş, gitarcıların saz çalması ve popçuların halk müziğine bakışı biçimindeydi. Belirli parçalar, belli bir duyarlık içinde işlenebiliyordu. Ona bakılırsa çağdaş besteciler de Cumhuriyet kültür ideolojisinin etkisiyle Anadolu müziğine el atmış ve 'Çamdan Sakız Akıyor' gibi bazı türküleri çok seslendirmişlerdi. Oysa yapılması gereken, halk müziğinin özünü ve vurucu yanını ortaya çıkarmak ve halk çalgılarının bütün ustalıklarıyla sergilenmesine izin vermekti.

Ayrıca müzik geleneğimize dayalı yeni, modern şarkılar, şansonlar, baladlar yaratmalıydık. Bunlar modern şiirin en yetkin örneklerini sunmalıydı.

O gün benimsediğim bu anlayış beni kendi ülkemde ve dünyada önemli kitlelerle buluşmaya götürdü. 1999 yılında İtalya'dan gelen bir mektubu okurken bir kez daha hatırlayacaktım bunu. Çünkü mektup her yıl düzenlenen "San Remo En İyi Şarkı Yazarı" ödülünün bana verildiğini duyuruyordu. Onlara yazıp bu ödülü daha önce kimlerin kazandığını sordum. Gelen cevap, jürinin beni olmak istediğim yere oturttuğunun kanıtı gibiydi: Bob Dylan, Leonard Cohen, Jacques Brel, Leo Ferre gibi şair şarkı sözü yazarlarına verilmişti bu ödül benden önce. San Remo'da Ariston tiyatrosunda verdiğimiz bir konser ve coşkulu ödül töreni Anadolu'nun kadim saz geleneğiyle başlayan bir yolculuğun son durağı gibi bir etki bıraktı üzerimde.

Paris'te gün boyunca parkta dolaşıp düşünürken böyle yeni bir formasyonda sazın çok önemli bir işlev göreceğini biliyordum. Bu konuda bir kompleksim yoktu, hâlâ yoktur. Saz yerine daha 'kibar' bir enstrüman çalma merakını gülünç bulmuşumdur. Çünkü bu düşüncedekilerin hiçbiri 'Carmina Burana'nın Viyana icrasında Türk Lavtası adı altında 'saz' kullanan Carl Orff kadar 'kibar', 'çağdaş' ve 'Batılı' olamazlar. Ya da Ravi Şankar'ın sitarıyla plak dolduran Yehudi Menuhin'den daha gelişmiş müzikal anlayışları yoktur.

Bu noktada bir zaman kayması daha yapmama ve 2000 yılının Parisi'ne uzanmama izin verin. Salle Pleyel salonuna, ünlü orkestra şefi Zubin Mehta'nın provasına.

2000 yılında Paris'te bir 'Millenium Konseri' düzenlenmişti. Çeşitli uluslardan birçok sanatçı katılıyordu konsere. Monserrat Caballe'den Lionel Richie'ye kadar uzanan bu sanatçıların her birine beş dakika süre verilmişti. Benim de beş dakikam vardı. Herkese Moskova Senfoni Orkestrası eşlik edecekti. Orkestrayı Zubin Mehta yönetiyordu. Ben İstanbul'dan kanun üstadı Halil Karaduman'ı da birlikte götürmüştüm.

Prova sırası bize gelince Zubin Mehta'ya, "Maestro," dedim, "izin verirseniz bizim bölümde kanunun da eşlik etmesini istiyorum." Zaten onca sanatçıyla prova yapmak zorunda kalan Mehta, Halil'in elindeki kanunun tellerine umutsuzca baktı ve "Ravi Şankar'la bir konser yönetmiştim. Sitarı akort etmesi bile bir gün sürmüştü," dedi. "Göreceksiniz ki öyle olmayacak maestro," dedim. Benim ısrarım üzerine izin verdi. Halil, Moskova Senfoni Orkestrası'nın önünde yerini aldı. Daha sonra provaya geçildi. Halil'in kanunu, şefe ve orkestraya hiç güçlük çıkarmıyor tam tersine şırıl şırıl akan bir su gibi onları peşinden sürüklüyordu. İlk provalarda normal sayılacak hataları bile örtüyordu. Zubin Mehta bu işten pek memnun kaldı, provadan sonra sohbet ederken bu çalgı hakkında bilgi istedi. "Otello operasında mandolin yerine bu çalgıyı kullanacağım artık," diyordu. "Zaten konu da Kıbrıs'ta geçmiyor mu?"

Konudan biraz ayrılacağım ama aynı konserde, bizim devletin niteliğini anlatan bir olay daha gelişti: Millenium Konseri'nin üç sunucusu vardı: Ünlü Holywood aktörleri Gregory Peck, Sydney Poitier ve büyük İngiliz oyuncu Peter Ustinov. Konserden önce bizim Dışişleri'nden bazıları beni aradılar ve bir uyarıda bulundular: "Gregory Peck'in aslı Ermeni'dir. Asıl adı Gregor Pekmezciyan."

Güldüm, "Peki ne olacak?" dedim. "O büyük Gregory Peck'in bizim ülkemizle bir ilgisi varsa bundan onur duymak gerekir. Ayrıca bırakın bunları da bu kadar önemli bir konserde bir Türk eserinin çalınmasının mutluluğunu yaşayın."

Konserde beni Gregory Peck değil Peter Ustinov sundu. Daha sonra hep birlikte Maxim'e yemeğe gidildiğinde, bu saçı başı ağarmış olduğu halde hâlâ ışıl ışıl parlayan Gregory Peck'e, *Roma Tatili*'nin büyük aktörüne bakıp şu bizim sevgili ülkemizin bitip tükenmek bilmeyen saçmalıklarını düşündüm.

Şimdi yine dönelim çoksesli müzik günahına adım attığım günlere:

Bazı çalgıları küçük gören aydın hastalığı, Cumhuriyet'in ilk dönemlerindeki 'saz yakma' aşırılığından kaynaklanır. Ahmet Kutsi Tecer'in aktardığına göre jandarmalar Âşık Veysel'in yedi sazını yakmışlar.

Aynı isterik tutum Yunanistan'da da yaşandı. Orada da bir dönemler 'buzuki' çalgısı yasaklandı. Oysa sazın 'bozuk düzen' akordundan kaynaklanan ve adını bile bu akort sisteminden alan 'buzuki'nin adı ya da gelişmiş oluşu, onu kullanan bestecinin bağlıydı. Mikis Theodorakis, Manos Hacıdakis gibi besteciler bu yasaklanan çalgıdan bir dünya sound'u çıkarmayı bildiler.

Bu bitmez bir kavgaydı. Döneminde Mozart bile, adi şarkılar yazmakla suçlanmamış mıydı? Şarkılarının sarayların yanı sıra

sokak meyhanelerinde söyleniyor oluşu ve hele 'Saraydan Kız Kaçırma' gibi 'banal ve arabesk' konuları işlemesi, onu Viyana aristokratları ve özellikle kıskanç rakiplerinin gözünde 'adi bir halk müzisyeni' kılıyordu.
Stockholm'e dönünce hemen çalışmaya koyuldum. Ülker İsveççe öğretmeni olarak çalışıyor ve eline geçen dört bin kronla evi geçindiriyordu. Aylin okulda rahattı. Ben ise müzik çalışmak, kitap yazmak dışında hiçbir işle ilgilenmiyordum. Ne olursa olsun hayatımı sanatla kazanacaktım. Bunun dışında hiçbir iş yapmamaya kararlıydım. Bu sözümü de tuttum ve en güç zamanlarımızda bile sanat dışındaki dünyaya kapattım kapılarımı. Önce sazın değişik türleri olan divan sazı, bağlama, cura gibi çalgıların nasıl birlikte kullanılabileceğini düşündüm. Radyo tarzı olan Sol-Re-La düzeni, melodiyi tek telde çalan ve öteki telleri antimüzikal bir şekilde tınlatan geri bir türdü. Oysa ben Anadolu'nun arkaik yöntemi olan Mi-Re-La akordunu benimsemiştim. Bu düzen, melodi yanında armoniye de olanak tanıyordu.

Bu sırada aynı mahallede oturduğumuz müzik hocası Hasse ile de müzik çalışıyorduk. Onun hoca olduğu Dalcrose müzik okuluna devam etmeye başladım. Bu çalışmalarda armoni bilgimi geliştirmeye çalışıyordum.

Bir yandan da korkuyordum. Çünkü şimdi kulağa hoş gelen çok seslendirme niyeti, o dönemde bir tabu ve büyük bir suçtu. Anadolu'nun sesi olan saz, belli Alevi parçalarına ve devrimci sözlere yalın biçimde eşlik ederdi. Bunun dışında bir deneme neredeyse 'kâfir'likti.

Biliyorum, şimdi garip geliyor ama o zamanlar hepimizi korkutan 'sol baskı', benim uğraştığım gibi işlere izin vermiyordu. Hızlı, ritimli, neşeli parçalar da makbul değildi. Hatta Ankara'da 'Commandante Che Guevera' şarkısının coşkun ritminden dolayı, Kübalıların ne yozlaşmış adamlar olduğu konuşuluyordu. Ağıt söylemeyi bile bilmiyorlardı.

Ferhat'la İsveç radyosu için bir program hazırladık. Karlaplan'daki radyo stüdyolarında akustik gitar ve sazla parçalar kaydettik. Günlerce uğraşarak elde ettiğimiz müzikal çözümler harikaydı. Program umduğumuzun üzerinde ilgi gördü ve beş kez tekrarlandı. Demek ki doğru bir yöntemdi bu, Batılı'nın kulağına da hoş geliyordu.

Ertesi gün sokakta rastladığım bir Doğulu arkadaşın sorusu ise bugün bile aklımda: Programı dinlemişti ve gitara akıl erdirememişti. Sözleri gırtlaktan çatlatarak, "Darbuka yerine niçin gitar kullandınız?" diye soruyordu.

O günlerde iki âşık geldi Stockholm'e: Âşık Nesimi ve Âşık Daimi. Nesimi eskiden beri dostumdu. Her akşam üçümüz de sazlarımızı alıyor ve Anadolu'nun ne kadar güneş yüzü görmemiş semahı, deyişi varsa çalıyorduk. Daimi'den değişik saz teknikleri ve ilginç parçalar öğrendim. Nesimi ise başlı başına bir kaynaktı. Onları zaman zaman doğaçlama yapmaya ve ayrı yollardan yürüyerek aynı noktada buluşmaya zorladım. Bunların hepsini kaydediyordum. Bugün Stockholm'de birilerin elinde olmalı bu bantlar. Öyle ilginç, öyle değişik bir müzikalite çıkıyordu ki, şaşırıyor ve çok seviniyorduk. Stockholm'de bir aydan fazla kalan iki âşıktan aldığım etkilerle, yeni plağımın formasyonu oluşuverdi kafamda. İşte bu bin yıllık gizli müziği, armonik bir yapıyla sunacaktım.

Şimdi iki âşık da yaşamıyor. Daimi'yi yıllar önce yitirdik, Nesimi'yi ise Sivas katliamında. Müzikal gelişimimdeki katkılarını hiçbir zaman unutmayacağım bu aziz insana çok çok şey borçluyum.

Anadolu'nun Gizli Sesini
Bulma Çabaları

Hazırlayacağım plağın bütün ögeleri belliydi. Anadolu deyişlerini, bu köke dayanan bazı bestelerimi ve Yaşar Kemal'in *Binboğalar Efsanesi*'ndeki şiirsel metinleri kullanacaktım.

Evde yaptığım çok kanallı deneme kayıtlarında ilginç armoniler yakalamıştım. Ayrıca o sırada Stockholm'de oturmakta olan ünlü flüt ve ney ustası Hacı Tekbilek'i de bu çalışmaya katacaktım. Bir de kontrbas kullanmak istiyordum ama bu kadar büyük değişikliğe bir defada cesaret edemiyordum. İyi ama böyle bir plağı kaydedecek ve yayınlayacak para da yoktu bende. Oysa Türkiye'de iyiden iyiye ünlendiğim anlaşılıyordu. Orada olsam plağı gerçekleştirebilirdim.

O sırada Dinç Gürs adlı arkadaşım imdada yetişti. Yakın dostlarımız olan Dinç ve Fin İsveçlisi karısı Bambi, İtalyan eşyası satan bir dükkân işletiyorlardı. Onunla bir plak şirketi kurduk. Adı Anatolia idi.

Slussen'deki Decibel Stüdyo'da yer ayırtıp kayıtlara başladık. Her gün yaptığımız kayıtları kasete aktarıyor ve normal ortamlarda nasıl tınladığını ölçmek için olmadık müzik âletlerine takıp dinliyorduk. Bu işlem kimi zaman, yere halının üstüne uzanarak, piyasadaki en kötü kasetçalarda kaseti dinlemeye kadar uzanıyordu.

Kayıtlarda bir gariplik vardı ve biz bunu neredeyse plağı bitirdiğimiz zaman fark ettik. İsveçli ses teknisyeni, stereo kanallarını doğru ayarlamamıştı, faz karışması oluyordu. Ne de olsa ucuz etin yahnisiydi bizim çalışma. Decibel'deki kayıtları iptal edip başka bir stüdyo bulduk, burada büyük bir heyecan içinde kayıtları bitirdik. Uzunçalar kalıplarını da Stockholm'de yaptırdık. Sonra Dinç bu kalıpları alıp İstanbul'a gitti, orada anlaşma yaptığı Melodi Plak aracılığıyla, Eşkıya Dünyaya Hükümdar Olmaz adlı uzunçaları çıkardı. Yıldırım Bölge'de Hüseyin'den öğrendiğim türkü, plağa adını vermişti.

Kapağı, okul arkadaşım Mehmet Sönmez yapmıştı. Aynı plak, Ballad of the Thousand Bulls başlığıyla Stockholm'de yayınlandı.

Plakla ilgili olarak İsveç'in büyük gazetesi *Dagens Nyheter*'de çok övücü bir yazı çıktı. Müzik eleştirmeni plaktaki müzikaliteyi yüksek buluyor ve enstrüman kullanımını "virtüözlük" olarak değerlendiriyordu. Kolayca anlaşılacağı gibi bu yazı çok sevindirdi beni.

"Çanağında balın olsun, arısı Bağdat'tan gelir" sözü uyarınca, bir sanatçının işidir kendini tanıtan. Bunun deneyini çok yaptım. İlk plağımın Türkiye'de bir kişi tarafından bile dinleneceğini sanmıyordum. İnsanlar bir yolunu bulup kasetlerle bu plağı yüz binlere yaydılar.

İkinci plağımı çıkardığımda ise Stockholm'de, bir dağın tepesindeki ağaç kadar yalnız ve ilişkisizdim. Zaten satış filan da düşünmüyordum. Beni heyecanlandıran tek şey plaktaki müzikal yenilikerdi.

Bu kadar yalnız ve çaresiz bir noktada kaydedilen plağa önce Türkiye sahip çıktı. Tanımadığım, yüzünü bile görmediğim insanlar bu plak yoluyla "Livaneli" ismini bir kenara yazdılar.

1978 yılında tanıştığım Attila Özdemiroğlu, plağı dinlediği zaman, "İşte Türkiye'de halk müziğinin çok seslendirilmesi yolunda en doğru çalışma," dediğini anlattı. O plak, ünlü müzik adamında benimle birlikte çalışma arzusu doğurmuştu.

Asaf Savaş Akat, plağı duyar duymaz, "Her kim ise, Türkiye'nin Theodorakis ve Hacıdakis'i bu adam," yargısına vardığını söylüyordu.

Oğuz Aral, Ali Ulvi, Semih Balcıoğlu gibi hiç tanımadığım kişilerin, çevrelerinde bu plağı övdüklerini duydum sonradan.

Atina'da bir dostunun evinde bu plağı dinleyen Maria Farandouri, iki şarkımı konser repertuarına alıyor ve ilk olarak Berlin konserinde söylüyordu. Daha sonra, hiç tanımadığım bu büyük şarkıcı, benimle çalışmak istediğini belirtiyordu. Stockholm'e gelen Angel Parra, birlikte konser vermeyi öneriyordu. Belçika'nın ünlü şarkıcısı Julos Beaucarne ile birlikte turne yapıyorduk.

Bütün bunları yaratan, sadece ve sadece plaktaki "sound"du. Öylesine heyecanlanmıştım ki bu heyecan plağa geçmişti ve ses insanoğlunu etkiliyordu.

Oysa Stockholm'de yaşayan bir "politik mülteci"ydim. Param, çevrem ve gücüm yoktu. İki plak da doğrudan doğruya insan yüreklerine ve insan vicdanlarına dokunmuştu.

O günden beri bilirim ki gerçek sanatta ilişki, tanıdık, torpil, ödül boş şeydir. Eğer yarattığın şey güçlü ve samimiyse seni hiçbir şey engelleyemez. İçten bir ses ise kimse yok edemez. Ama bunun için birinci koşul, yaptığın işin insanların beğenisine sunulmasıdır. Bu da bir plak şirketi gerektirir.

Bu düşüncelerle Dinç'le Paris'e bir seyahat yaptık. Parasız pulsuz olduğumuz için çok ucuza, elden düşme, külüstür mü külüstür bir minibüs aldık; Stockholm'den Paris'e doğru yola çıktık. Bir saat sonra "ucuz etin yahnisi" bir kez daha kendini gösterdi ve minibüs bozuldu. Ama yılmadık, yakınlardaki kasabalarda tamirci bulup bir süre sonra yolumuza devam ettik.

Maceralı bir yolculuk sonunda geldiğimiz Paris'te, bestelediğim Nâzım şiirleri için, o sıralarda bir galeride çalışmakta olan Nâzım'ın eski eşi Münevver Andaç'ı ziyarete gittik, Abidin Dino'yu ziyaret ettik. Garde du Nord'da çok ucuz bir otelde, içinde tuvalet olmayan bir odada kalıyorduk. Paramız ancak buna yetiyordu, bir de sabah akşam yemekten damaklarımızı lif lif eden baget sandviçine. Latin mahallesinden aldığımız bu sandviçler sadece 4 franktı ve iyi doyuruyordu. Bir gün cebimizdeki üç-beş kuruşa kıyıp çok iyi olduğunu duyduğumuz bir filmi görmek istedik. Odeon'daki sinemaya girmeden önce yine iki tane baget sandviçi almayı ihmal etmemiştik. Sinema kalabalıktı, *Ekmek ve Çikolata* adlı ünlü bir İtalyan filmi gösteriliyordu. Yerimize oturduk, reklamlar sırasında bagetlerimizi yemeye koyulduk. Ekmekler çok gevrek olduğu için çıtır çıtır ses çıkarıyordu. Bir süre sonra çevremizdeki insanların rahatsız olduğunu ve bize kötü kötü baktığını fark ettik. Bu durumda sandviçleri bitirmemize olanak yoktu. Kâğıtlarını hışırdatmamaya çalışarak kucağımıza koyduk. Aç olduğumuz için, ekmeklerin yumuşak iç bölümlerinden kopararak nefis körletmeye çalıştık. Derken film başladı. Aktör Nino Manfredi İsviçre'de çalışan bir işçiyi canlandırıyordu. (O zamanlar İtalyanlar da Avrupa'nın konuk işçileri arasındaydı.) Açılış sahnesinde, onu bir pazar günü bakımlı İsviçre parklarından birinde görüyorduk. Çevresinde kibar insanlar ve derin bir sessizlik vardı. İtalyan işçi bu soylu atmosferde elindeki paketten bir ekmek çıkarıyor, içine İsviçre'de ucuz olan bir çikolata koyuyor ve yemeye başlıyordu. Onun ekmeği de ses çıkarıyordu doğal olarak. Çevresindeki İsviçreli kibarlar da onu kötü kötü süzüyordu. Film aynen bizim birkaç dakika önceki halimizi andıran bir sahneyle başlamıştı. Bunun üzerine sandviçlerimizi aldık ve kimsenin ne diyeceğine aldırmadan afiyetle yemeye koyulduk. Bu durum, sanatın gücünü göstermek bakımından çok etkileyici gelmişti bana. Bireylerin ya da toplumun bir davranışını sanat yoluyla eleştirdiğiniz zaman onun ötesine geçebiliyor, onu yenebiliyordunuz. Sinemadaki izleyiciler perdede kendi davranışlarının eleştirildiğini gördükleri andan itibaren put kesilmişlerdi, bize hiç bakmıyorlardı bile.

O günlerde İsveç'te bir film çekme hazırlığı vardı. Tunç Okan, *Otobüs* adlı bir öyküyü sinema diliyle anlatmayı deneyecekti. Filmin müziğini bana önerdiler. Senaryoyu okudum, evimdeki film montajı ve film müziği üzerindeki tüm ders kitaplarını tekrar gözden geçirdim ve birkaç ana tema besteledim. Bu temaları çaldığımda Tunç bir tanesini çok beğendi ve film müziği olarak seçti. Kayıt, İsviçre'de Bern yakınlarındaki Schwartz Film stüdyolarında yapılacaktı. Böylece yanıma flütçü Hasse'yi de alıp İsviçre'ye gittim. Orada on güne yakın kaldık ve büyük ekranda oynayan filme bakarak kayıtlarımızı tamamladık. *Otobüs*, benim ilk uzun metraj film müziğimdi.

Türkiye'de plağımı duymayan bazı kişiler de ismimi *Otobüs* filminin jeneriğindeki "Ömer Zülfü" adından duydular. Bu müzik İsviçre'de ve Türkiye'de uzunçalar olarak da yayınlandı.

1975 yılında Alman WDR televizyonu da bir film müziği önerdi: Alman yönetmen Helma Sanders, *Şirin'in Düğünü* adlı bir film çekmişti. Köln'e giderek bu filmin müziğini kaydettim. WDR ciddi bir para ödemişti bana.

Böylece, müzikle hayatımı kazanır hale gelmiştim. İsveç televizyonuna, Berlin'deki birtakım TV kanallarına film müziği yapıp duruyordum. Bu arada Göteborg Şehir Tiyatrosu, Yaşar Kemal'in *Teneke*'sini sahneye koydu. Sven Volter'in yönettiği bu oyunun müziği de bana aitti. Oyunun ilk gecesi hepimiz Göteborg'daydık. Gala, müthiş bir zafere dönüştü ve İsveçliler fuayede Yaşar Kemal'i altı okka yapıp havalara attılar.

Zaten o sıralarda Yaşar Kemal İskandinavya'da çok meşhurdu. Sveavagen ya da Kungsgatan caddelerinde yürürken, İsveçliler durdurup imza istiyorlardı. Kitapları da en çok satanlar listesinin başındaydı. Nobel almasına muhakkak gözüyle bakılıyordu ama birkaç nedenden ötürü olamadı. Bunları da sırası gelince anlatacağım.

'Politika'da Yazmaya Başlıyorum

> *Şah damarı vurulsa da*
> *Dört bir yandan sarılsa da*
> *Işık yener karanlığı*
> *Bak çocukların gözlerine*
> *Umudu kesme yurdundan*

Türkiye'de seçimler olmuştu. 12 Mart'ın en şiddetli dönemini geride bırakıyorduk böylece. İçimde yeni umutlar belirmişti. Ülkeden haber alabilmemiz çok zordu. Ancak eski lambalı radyolarla Türkiye'nin Sesi yayınını yakalayabiliyorduk. Bu yayın da zaman zaman parazitler arasında yitip gidiyordu. Türkiye'yle tek bağımızı oluşturan bu haberler bizim için çok önemliydi. Halının üzerine uzanıp kulağımızı bu radyoya yapıştırıyor, başka yayınlar karışıp ses netliğini yitirdiğinde, "Tüh be!" diye söyleniyor, ibreyi ayarlamaya çalışıyorduk.

Film müzikleri ve üç plakla birlikte profesyonel müzisyen olmuştum. Ama benim ilk gözağrım olan ve hiçbir zaman vazgeçmediğim yazma tutkusu ağır basıyordu. Her gün hikâyeler yazıyor, "Düzen Düşkünü Bir Anarşist" adını verdiğim bir roman üzerinde çalışıyordum. Bu romanı beş kez yazdım. Ancak 2001 yılında yayınlayabildiğimde adı *Bir Kedi, Bir Adam, Bir Ölüm* olmuştu. Roman Yunus Nadi ödülü kazandı. O dönemde yazdığım hikâyeler *Arafatta Bir Çocuk* adıyla yayınlandı. Almanca'ya çevrildi ve içindeki "Arafatta Bir Çocuk" adlı hikâye, İsveç televizyonu ve ZDF tarafından film yapıldı. İsim Yaşar Kemal'e aitti. Halk arasında 'araf'a, 'arafat' denilmesinden doğan bir hoşluk söz konusuydu. Onun kitaplarında çokça rastlanan "ölmez otu", "perişanlık oldum" gibi sözlerden biriydi. İleride ben de Yaşar Kemal'in bazı kitaplarının ismine katkıda bulunacaktım. Rahat çalışabilmek için oturduğumuz semtte bir öğrenci odası tutmuştum. O odaya kapanıyor ve sigara dumanları arasında Facit marka daktilomla saatlerce yazıyordum. Yazdıklarımın iyi olup olmadığını bilemiyordum, kuşkular içindeydim. Keşke o sıralarda bir edebiyat meleği odama inseydi ve romanın sırlarını keşfetmeye çalışan, kendine hiç güvenmeyen bu ölümlüye, "Sakın yılma evladım!" diye cesaret verebilseydi; "Bu çabalarının sonucunu alacaksın. Hem de yalnız kendi ülkende değil." Herhalde daha bir güvenle dolaşırdı parmaklarım daktilo tuşlarının üstünde ama ne yazık ki sanatla uğraşan kişilere kimse böyle bir güvence vermez. Siz boş bir kâğıtla ya da notalarla başbaşa kalırsınız. Yetenekli olup olmadığınızı bile kavrayamazsınız. Bazen bir başyapıt yarattığınıza inanırsınız, bir sonraki an beş para etmez bir iş çıkardığınıza. Gelecek ise geçmiş gibi loş bir galeri değil, hiçbir şeyi göremediğiniz kopkoyu bir karanlıktır.

Roman ve hikâye dışında gazetelere yazı dizileri hazırlamak istiyordum. Bu amaçla "Devrimsiz Devrimciler" adlı bir dizi hazırladım. Stockholm'e gelen politik mülteciler anlatılıyordu dizide. Uruguay'ın Tupamaro'sundan, Japon Kızılordu'dan, Cezayir'den, Şili'den gelmiş mültecilerle konuştum ve onların hikâyelerini yazdım. Öyle ilginçti ki, hepsi de apayrı kültürlerden gelmiş olmalarına rağmen benzer deneylerden geçmişlerdi. Birçoğu silahlı eylemlere katılmış ve sonunda bir akvaryum balığı gibi Kuzey ülkesi İsveç'in yapay cennetine sığınmıştı.

Dizi çok ilginç oldu. O sıralarda Stockholm'e uğrayan şair Nevzat Üstün diziyi *Cumhuriyet*'e götürdü ve kabul ettiremedi. Buna bir anlam veremedim. Çünkü dizi ilginç bir konu anlatıyordu, iyi bir Türkçe'yle yazılmıştı ve bana kalırsa *Cumhuriyet*'te yayınlanan birçok diziden daha kötü değildi.

Demek ki o sıralar basın dünyasını iyi tanımıyordum. Kaliteli bir yazı hazırlamanın, gazetede yayınlanmaya yeteceğini sanıyordum. Ülkeden öylesine uzaktım ki yüz yüze ilişkilerin, dostluklar ve düşmanlıkların, klikleşmelerin önemini hiç bilmiyordum. Yazı dizisini Yaşar Kemal, İsmail Cem'e verdi. TRT Genel Müdürlüğü'nden ayrılan İsmail Cem ve Haluk Şahin'in yayınladığı *Politika* gazetesi bu diziyi yayınladı ve benden başka yazılar da istedi.

Bu yazıları "Ömer Livaneli" adıyla yayınlıyordum. *Politika*'dakiler beni müzisyen olan Zülfü'nün kardeşi sanıyordu. Gazete yöneticilerinden yazılarımı çok beğendiklerini belirten nazik mektuplar aldım. Daha çok yazmamı istiyorlardı. Böylece "Stockholm Mektubu" adı altında haftalık yazılar yazmaya başladım. Bir süre sonra, herkesin dönmelerini beklediği Türk işçilerinin Avrupa'dan dönemeyeceğini anlatan bir dizi yayınladım. "Dönemeyenler" başlığını taşıyordu.

Artık her gün evime –geç de olsa– İstanbul'dan gönderilen *Politika* gazetesi geliyordu ve Stockholm gibi uzak ve kopuk bir mekânda, kendi yazılarımı okumak, dünyanın en zevkli işlerinden biriydi. *Politika*'yı yönetenler bilmeden bana büyük bir iyilikte bulunmuşlar ve Türkiye'yle doğrudan bağımı kurmuşlardı.

Bir gün gazeteden telefon ettiler ve o akşam Turan Güneş'in Arlanda Havaalanı'na ineceğini bildirerek, karşılayıp bir konuşma yapmamı istediler. Bülent Ecevit başbakanlıktan istifa etmişti, İsveç'e bir ziyaret yapmak üzereydi. Dışişleri Bakanlığı'ndan yeni ayrılmış olan Turan Güneş'in, galiba Demirel'in bir demecine cevap vermesini istiyorlardı.

Aynı gün Ülker hastalandı ve bir ameliyat için Karolinska Hastanesi'ne kaldırıldı. Panik içindeydim. Havaalanına gitmeyi düşünecek halim bile yoktu. Ama Ülker hastanede çok ısrar etti, "Mutlaka gitmelisin," diye tutturdu ve sonunda akşam vakti Arlanda Havaalanı yollarına düştüm. Türkiye uçağını bekledim, inenleri, sarmaş dolaş kavuşanları gördüm ama Turan Güneş çıkmadı uçaktan. Çaresiz geri döndüm. Daha sonra anladım ki hem tecrübesizlikten hem de o akşamın perişanlığından Turan Güneş'in VIP salonundan çıkacağı aklıma gelmemiş. Yolcu çıkış kapısında beklemişim.

Böylece bu görevi yerine getiremedim ama daha sonra Ecevit'le konuştum ve sözlerini gazeteye geçtim. Heyet döndükten sonra ise önemli bir başarı elde ederek, Olof Palme'yle Bülent Ecevit ve Türkiye üzerine bir konuşma yaptım. Palme, iktidardan düşen Bülent Ecevit'in kendileri için çok önemli ve değerli olduğunu ve gelecekte de işbirliği yapmayı sürdüreceklerini açıklıyordu. Ecevit'in ziyareti sırasında gönderdiğim haberlerin hepsi manşetten yayınlanmış, hele Palme konuşması bir 'atlatma' olarak kabul edilmişti.

Bu geziyi kalabalık bir gazeteci grubu izliyordu. Turan Güneş ve gazeteci dostlarla bir akşam, bizim küçük, alçakgönüllü ve ucuz döşenmiş evimizde buluştuk. Ülker ameliyatı atlatmış ve eve dönmüştü. Solgun ve halsizdi ama Türkiye'den gelen bu dinamik grup öylesine heyecan verici ve gözalıcıydı ki uzun süre bizimle birlikte oturdu.

Turan Güneş rakı içiyor ve "Bu ne biçim memleket yahu," diyordu. "8 milyon söz dinleyen adam ve geniş topraklar, gelişmiş sanayi... Konya'yı yönetmek bu ülkeyi yönetmekten zordur vallahi. Konya valisinin işi daha güç." Sonra İsveç'in ünlü sigarası Prince'den bir tane çekiyor ve "Adamların sigarası da bizim gibi Birinci," diyordu.

Biraz sonra Orhan Duru'nun ısrarıyla saz çalmaya başladım ve o gece hafızalardan silinmeyecek bir şölen yaşadık. Turan Güneş şarkılara eşlik ediyor, haykırarak söylüyor, sonra kalkıp dans ediyor, aralarda açık saçık Kandıra fıkraları anlatıyor ve müthiş Çingene taklitleri yapıyordu.

O gece eğlence sabaha kadar sürdü. Orhan Duru her şeyi banda almış ve bu müzik-eğlence bandı çoğaltılarak dağıtılmış Ankara'da. Bir tane de Bülent Ecevit'e verilmiş. Siyasi çevrelerde epey konuşulmuş o akşam.

İstanbul'a Dönüyorum

İçimden güçlü bir ses Türkiye'ye dönmem gerektiğini söylüyordu; yerim orasıydı. İsveç'te geçireceğim her gün kayıptı benim için. İlk ayların rahatlaması ve güven duygusu, yerini yakıcı bir özleme bırakmıştı.

İlk başta çok parlak gelen İsveç sistemindeki aksaklıkları görüyordum. İnsan ilişkileri sakattı. Kırk yıldan fazla süren sosyal demokrat iktidarın, her işe devleti sokma politikası insan ilişkilerini koparmış ve hasta bireyler yaratmıştı. İnsanlar birbirine gereksinme duymuyor, birbirini aramıyordu. Kimse kimseden borç istemezdi, çünkü başı sıkıştığı zaman 'sosyal büro' imdadına koşardı. Karı-koca, baba-ana-çocuk ilişkilerinde araya devlet giriyordu. Böylece kimsenin birbirine dostluk gösterecek koşulu kalmıyordu.

Garip bir yabancılaşmaydı doğrusu.

İsveçliler yoğun bir propagandayla dünyanın en mutlu, en sağlıklı, en yakışıklı ve uygar ulusu olduklarına inandırılmışlardı. Hiç sorgulanmayan bir gerçekti bu. İki kanallı televizyonda reklam yasaktı. Akşam saat on ya da on buçukta kapanan bu sıkıcı televizyonda Afrika, Asya, Ortadoğu ülkeleri gösterilir, oradaki yoksulluk ve politik kargaşa işlenirdi. Böylece İsveçli, ne kadar rahat bir toplumda yaşadığını bir kez daha görmüş oluyordu.

İsveç toplumunu, alıştığımız toplumlardan hiçbirine benzetemiyordum. Bana normal insanlar gibi gelmiyorlardı. Bir süre sonra bunun nedenini buldum: İsveçliler köylülükten birdenbire sanayiye geçmiş bir toplumdu. İçlerinde köylü ve sanayi kabalığı taşıyorlardı. Ayakları birdenbire tarladan asfalta geçmişti. Burjuva dönemi yaşamamışlardı. Sol iktidarlar döneminde de buna ideolojik bir gerekçe bulmuşlar ve bütün küçük burjuva değerlerini aşağılama yolunu seçmişlerdi. Oysa yemeğe davet edilmek ve giderken çiçek götürmek gibi birtakım burjuva alışkanlıkları yaşamın tuzu biberiydi. Her şey rasyonel bir hesapçılıkla idare edilemezdi.

Bu 'sanayi nihilizmi' bana göre değildi. Böyle bir dünyayı sevmiyordum. Ayrıca bu kadar güdümlü ve birbirine benzetilmiş insanlardan da hoşlanmıyordum.

Giderek korkunç bir Türkiye özlemi kapladı beni. Her şeyi özlüyordum. İstanbul'dan gelen gazeteleri okudukça, olayların dışında kalmış olmak duygusu içimi burkuyordu. Sanki bir trenin bol ışıklı lokantasında otururken birdenbire dışarı itilmiş ve karanlık bozkıra düşmüştüm. Gittikçe uzaklaşan cıvıl cıvıl trenin ışıklarını izliyordum.

Sanatımın, varlığımın, müziğimin ve edebiyatımın kökleri oradaydı. Ben oraya aittim.

"Dönelim!" diye tutturdum.

Ülker halime üzülüyor ama dönme macerasına girişmek istemiyordu. Kadınlar daha gerçekçi oluyor ve böyle yaşamsal konularda belirsiz serüvenlere girişmeyi sevmiyor.

1975 yılında Atina'ya gittik. İtalya'nın Brindisi limanından Patras'a giden Karageorgios feribotuna bindiğimizde, iki ülkenin adını bir türlü paylaşamadığı kahveyle ilgili ilginç bir olay yaşadık. Kıbrıs çıkarmasının ertesi yılıydı; iki ülke arasındaki ilişkilerin çok yolunda olduğu söylenemezdi ve durumu bilen arkadaşlar beni daha önce "Türk kahvesi" dememem konusunda uyarmışlardı. Geminin barına gittim ve beş kahve istediğimi söyledim. Çocuk hangi kahveden istediğimi sordu. Yunan kahvesi dedim. Çocuk peki dedi ve arkaya, ocağa bağırdı: "Pende café Turkiko para kalo." (Lütfen beş Türk kahvesi.) Kendi aralarında alışkanlıklarını sürdürüyorlardı ama yabancıların Türk kahvesi demesine tahammül edemiyorlardı.

Yunanistan'ı ilk görüşümdü ve o andan itibaren Türkiye'ye benzeyen kokusu, reçina şarabı ve Ege mavisiyle başımı döndürdü. Müzikhollere girip çıktık, lokantalara gittik. Yunanlı arkadaşlarla birlikte gece boyu süren büyük sarhoşluklar yaşadık. Uzo ve reçina, müzikle birleştiği zaman beni fena vuruyordu ve hesabımı bilemiyordum. Böyle gecelerden birinde Atina sokaklarında gözlüğümü yitirdiğimi hatırlıyorum.

Peloponez yarımadasını gezdik. Küçük balıkçı barınaklarında balık yedik. Bir gün bize balık ve reçina getiren yaşlı adam Türk olduğumuzu anladı ve ailesiyle birlikte İzmit'ten göç etmiş olduklarını anlattı. Anası geçenlerde ölmüştü. "Ben gidip evimi bulayım isterim. Otobos var mıdır İstanbul'dan İzmit'e?" diye soruyordu. Kafasındaki İzmit, kuş uçmaz kervan geçmez ve zor ulaşılan bir kasaba olmalıydı. Atina'dan plaklar aldık. Oradaki dostlara plaklarımızı bıraktık ve Stockholm'e döndük.

İtalya üzerinden yaptığımız yolculuk ve Yunanistan, Aylin'i de çok mutlu etmişti. Atina'da herkes 'kuklamu' (kuklacığım) diye seviyordu Aylin'i, Venedik'te sokakta yürürken dondurmacı, dükkânından çıkıp onu seviyor ve 'Bambino' diyerek dondurma ikram ediyordu. Hele Verona'da Romeo Jülyet'in evine gidip de o ünlü balkonda resim çektirince pek mutlu oldu.

Aylin Stockholm'de rahattı. İsveççe'yi anadili gibi konuştuğu için bir baskı hissetmiyordu. Akşama kadar bisiklet üzerinde akrobasi yapıyor, İsveçli arkadaşlarıyla oynuyordu. Evler arasındaki kültür farkını pek zorlanmadan kabullendi. Arkadaşları babalarına isimleriyle sesleniyorlardı. Bir gün bana Zülfü deyip diyemeyeceğini sordu. "Olur," dedim. Bir-iki sefer "Zülfü," diye seslendi ama kendisini rahat hissetmediği için hemen vazgeçti.

Artık Türkiye'ye gitme zamanının geldiğini düşünüyordum. Gerçi pek güven vermiyordu ama ne de olsa pasaportum vardı. Hem Yaşar Kemal de gerekli korumayı sağlardı nasıl olsa. Plaklarım satılıyor, hakkımda yazılar çıkıyordu ama daha dinleyicilerimle ve okurlarla karşılaşmamış, yüz yüze gelmemiştim. Bu düşüncelerle Türkiye'ye gitmeye, durumu görmeye karar verdim. Aklıma bin bir şey geliyordu. Havaalanında tutuklanabilirdim ya da en azından, bir daha çıkarmayabilirlerdi. Hazırlıksız bir anda Türkiye'de kalakalırdım. Yine de bunları göze almak gerekiyordu.

Bu düşüncelerle uçağa bindim ve gergin, heyecanlı bir yolculuktan sonra Yeşilköy Havaalanı'na indim. Yaşar Kemal ve Thilda beni bekliyordu. Onlar da çok heyecanlıydı. Hele Thilda, gelmeme çok karşı çıkıyor, benim için korkuyordu. Yıllarca beni de Victor Jara gibi yapacaklarından, ellerimi keseceklerinden korktu. Yaşar Kemal ise "Korkunun ecele faydası yok. Burası senin ülken. Nasıl olsa geleceksin," diyordu ama ödü de kopuyordu.

Pasaport kontrolünde bir şey olmadı. Bir arabaya atladık. İstanbul benzin ve toz kokuyordu. Caddeler kör ışıklarla aydınlatılıyordu. Arabalar köhneydi ama her şey bana cennet gibi görünüyordu. Sokaktaki çamuru bile özlediğimi fark ettim.

Yıllar sonra ülkemdeydim.

İstanbul'da Bir Pazar Günü

Hasretin içimde derin bir sızı
Yelinden tuzundan ayırma bizi

Her şey öylesine değişikti ki, İsveç'in mavi çelik soğuğu yavaş yavaş uzaklaşıp gidiyordu benden ve Dostoyevski'nin Rusya'ya dönünce dediği gibi 'Eski pantuflalarıma ayaklarımı sokarcasına' rahat bir uyumla ülkeme alışıyordum.

Ertesi gün pazardı. Yaşar Kemal erkenden beni aldı ve İstanbul'u gezme programı başladı. Pırıl pırıl bir gündü. Sabah Beşiktaş'taki Motorest lokantasının barına damladık. Yaşar Kemal bütün coşkusuyla içkiler ısmarlayacak oldu. Ülserimi hatırlatarak içki içemeyeceğimi söyledim.

İsveç'te son yıl ülser olmuştum. Sofiahemmet Hastanesi'ndeki doktorlar midemde bir yara açıldığını saptayıp çok sıkı bir perhiz vermişlerdi. Neredeyse her şey yasaktı, acıdan kıvranıyordum.

Bunları hatırlatmam üzerine Yaşar Kemal garsona, "Arkadaşın ülseri var. Ona göre bir şeyler getir," dedi.

"Tamam abi," dedi garson.

Biraz sonra önümde cin tonik ve kızarmış patatesler duruyordu. "Ben bunları yersem ölürüm," dedim. Gözlerim dehşetle açılmıştı. Düşünün ki süt bile içemiyordum.

Yaşar Kemal, "Senin ülserin psikolojik. Korkma dayan," dedi.

Öylesine derin bir inanç ve coşkuyla söyledi ki bunları, beni kandırdı. Orada iyice kafaları çektik. Daha sonra her yerde başıma geldi bu. Kayınvalidem, "Sen bu yemekleri özlemişsindir," diyerek önüme Türk mutfağının çeşitlemelerini serdi ve yemezsem güceneceğini belirterek hepsinden tattırdı. Ankara'da babaevimde çocukluğumdan beri neleri sevdiğim teker teker hatırlanarak tam bir gastronomik şölen uygulandı. Yağlar, salçalar, kızartmalar arasında bana, Nazi kampından çıkmış bir mahkûm muamelesi yapıyorlardı ve sonunda tahmin edeceğiniz gibi ülserim geçti. Ne yara kaldı, ne de ağrı. O gün bugündür bazı dönemlerde çektiğim gastrit ağrıları dışında ülser yakamı bıraktı.

Öğle vakti çakırkeyif bir durumda Motorest'ten çıkıp Boğaz'a gittik. Orada üç-dört balık lokantasına uğradık. Andon usulü uskumrular mı yedik, midye tavalar mı... Pilavdan dönenin kaşığı kırılsın diyerek ne kadar zararlı şey varsa dayandık. Şarap ve rakı da cabası.

Boğaz pırıl pırıl parlıyordu, ben ömrümün en mutlu gününü yaşıyordum. İsveç'in ne karanlığı kalmıştı, ne soğuğu, ne mülteci olma sızısı. Gelip geçen otobüslerin üzerinde Türkçe yazdığını görünce şaşırıyordum. Tabelalar Türkçe'ydi. Demek ki benim okumam için yazılmışlardı, bana sesleniyorlardı. Çevremdeki kalabalıktan kulağıma çalınan laf kırıntılarını kaçırmıyordum. Anadilim konuşuluyordu.

Balıkçı tezgâhlarının yanında bekleyip balık kapmaya uğraşan kedilere bile baktıkça, 'İşte Türk kedisi,' diye düşünüyordum, 'bizden.'

Ağaçtaki serçeler de bizdendi.

Yabancı ülkede yaşarken şoförün yanında oturan adama benziyordum. O topluma hiçbir müdahalem olamazdı. Zaten toplum da bana göre düzenlenmemişti. Umurlarında değildim ama burada durum tamamen değişikti. Bu ülkenin sahibiydim. Benim dilim konuşuluyor, benim kavramlarımla yaşanıyordu. Mülteci değil, yurttaştım. Bu yakıcı sevinç yüreğimi kabartıyordu.

Bir kez daha derinden kavradım ki ben bu toprağı seviyorum, buraya aitim ve dünyadaki hiçbir kültür beni Türkiye kadar çekemez, tatmin edemez ve mutlu kılamaz.

Yaşar Kemal o gün bana İstanbul'u hediye etmişti. Akşamüstü dönüş yolunda trafik sıkışıktı. Otomobiller adım adım ilerliyordu ve biz bir taksinin içindeydik. Yaşar Kemal bir süre sonra sıkıldı ve taksiden çıkıp bağırmaya başladı: "Biz gurbetçi gezdiriyoruz. Size ne oluyor birader?" Ertesi gün Ankara'ya gittim. Babama haber vermemiştim. Akşamüstü babam eve geldiğinde, eşi Şükran Abla odaya gizlenmemi istedi. Gelişimi alıştıra alıştıra söyleyecekti. Şükran Abla'nın ona, "Sana çok sevineceğin bir şey söyleyeceğim," dediğini duydum ve babam hemen yapıştırdı: "Yoksa Zülfü mü geldi?"

Telaşla odalara doğru koştuğunu, beni aradığını duydum ve ortaya çıktım. Bu buluşmayı anlatılamayacak kadar derin ve yoğun bir biçimde duyuyorum. Onun için ayrıntılara girmeden, olan biteni okurun düş gücüne bırakmak daha uygun geliyor. Kardeşlerimle birlikte, mutlu ve bütün acılarımızı dindiren bir dönem yaşadık. Kız kardeşim Seyhan bütün heyecanını ve özlemini yemeklere döküyor ve neredeyse virtüözlük derecesinde harikalar yaratıyordu.

Bir-iki gün sonra İstanbul'a döndüm. Plaklarımı dağıtan Melodi Plak şirketine gittim. Şirketin sahibi Turgut Bey, hem İstanbul'un hem de plakçılar çarşısının yitirmeye başladığı bir beyefendiliğin son örneklerinden biriydi.

Ünüm yayılmıştı ama herkes beni ismimden tanıyordu. Nasıl bir insan olduğumu bilen yoktu ve herkes nedense Zülfü Livaneli'yi iriyarı, bastığı yeri titreten bir adam olarak düşünmüştü. Herhalde kalın sesim böyle bir izlenim uyandırıyordu. O hafta hangi aydınla tanıştıysam aynı tepkiyi aldım: "Aaa, o siz misiniz?"

Bir süre sonra alıştım. Hiç kimse orta boylu, öğrenci kılıklı bir Livaneli düşünmemişti. Benimle her tanışanın bir düş kırıklığına uğradığını seziyordum ama yapacak bir şeyim yoktu. Neysem oydum.

Müziğimle ilgili çeşitli tartışmalar yapılıyordu.

Nâzım Şarkıları

Sürgün olursun
Yurdundan uzak
...
Şiir yazarsın
Düşmana inat
Bir şair ölür
Durup dururken

Türkiye'deki konukluğum kısa sürdü çünkü rahat bırakılacağıma inanmıyordum. Tedirgin yaşıyor, tedirgin dolaşıyordum. Bir yandan da buradan ayrılmak istemiyordu canım. Tehlikelerle dolu bir cennet gibiydi ortalık. Çevreden haberler geliyor, plağımdan dolayı öç almak isteyenlerin varlığını haber veriyordu.

Sıkıyönetim mahkemeleri hâlâ sürmekteydi. Bu kuşkular sonunda istemeye istemeye Stockholm'e dönmek üzere bilet aldım. Orada eşyamı toplayacak, bir süre bekleyecek ve kesin dönüş yapacaktım.

Son gün öğlen yemeğinde Yaşar Kemal ve Thilda beni Kumkapı'ya balık yemeye götürdüler. SAS uçağı akşamüstü kalkacaktı. Thilda her zamanki gibi polisin beni bırakmayacağından korkuyordu. Gerçekten kumbara gibi bir ülkeydi Türkiye; girmesi kolaydı ama çıkması zordu.

Kumkapı'da Ali'nin lokantasında kırlangıç balığı yiyerek şarap içtik. Bir süre sonra türküler söylemeye başladık. Yaşar Kemal çok üzüntülüydü; benim istemeye istemeye gitmem ona çok koymuştu.

"Seni yalnız bırakmayacağız. Söz veriyorum, biz de geleceğiz," dedi. İçkinin coşkusuyla verilmiş bir sözdü bu ama kulağa hoş geliyordu.

Akşamüstü uçağa bindim ve İsveç'e döndüm.

Stockholm'de de çok anlaştığımız bir çevre vardı. Zaten onlar olmasaydı kuzey yaşamına dayanmak mümkün olmayacaktı. Türkler çoğalıyordu ama her yerde olduğu gibi burada da birbirini yiyordu bazı çevreler.

Bir seferinde Yaşar Kemal Nobel ödülüne çok yaklaşmıştı. En güçlü aday olarak adı geçiyordu ve sonradan öğrendiğimize göre, ödülü kazanmaması için hiçbir neden yoktu. Tam o sırada bazı Türkler ve Türkiyeli Kürtler devreye girerek Yaşar Kemal aleyhine bir dedikodu çarkı çevirdiler. İsveç akademisine, Türk edebiyatını iyi bilmediklerini, aslında Yaşar Kemal'in Türkiye'de beşinci sınıf bir yazar olduğunu, sadece o çevrilmiş olduğu için ödülü ona vermenin haksızlık olacağını söylemişler.

Bu arada bazı Kürtler de Yaşar Kemal'in Kürt olduğu halde Türkçe yazmasının, Kürt kimliğini inkâr etme anlamına geldiğini öne süren bir kampanya başlattılar. Onlara göre Yaşar Kemal, Kürt halkının masallarını alıp Türklere mal etmekle görevli bir devlet yazarıydı.

Lars Gustafson adlı İsveçli romancı, Avusturya'da tanıştığı Diana Canetti adlı Türkiyeli bir yazarın Türkiye'de Yaşar Kemal'den daha ünlü olduğunu yazınca dayanamadım ve yazının yayınlandığı *Expressen* gazetesine bir açıklama gönderdim. Yıllardır edebiyat dünyasının içinde olduğumu, yayıncılık yaptığımı anlatıp böyle bir Türk yazarı duymadığımı söyledim.

Lars Gustafson bana alçakça bir cevap verdi ve "Bay Livaneli Diana Canetti'yi Türk yazarı saymıyor ama o büyük şehir, Türkler gelmeden önce Cannetti'lerindi!" diyerek beni ırkçılık yapmakla suçladı. Oysa gerçekten de böyle bir Türk yazar duymamıştım, hâlâ da bilmiyorum. Herhalde saçma sapan bir ırkçılıkla suçlandığım ilk ve son tartışma bu olmuştur.

Bu tartışmalar sırasında ilginç bir şey oldu ve Kumkapı'da verilen söz gerçekleşti. Yaşar Kemal söz verdiği gibi Thilda'yı da alarak Stockholm'e geldi. Çok mutluyduk. Birlikte yemekler yiyor, uzun yürüyüşlere çıkıyor ve durmadan edebiyat konuşuyorduk. Yaşar Kemal'e Nobel aldırmama görevini üstlenmiş olan çevreler bu gelişi de kötüye yorarak, "Yaşar Kemal Nobel jürisini etkilemek için Stockholm'e geldi," dediler. Oysa bir tek yazar bile gördüğümüz yoktu. Kendi âlemimizdeydik.

Bu tartışmalar, zaten kıl payı dengeler üstünde duran İsveç akademisini ürküttü, Yaşar Kemal'e verecekleri ödülü ertelemeyi uygun görüp Patrick White'a verdiler. Böylece "Türk Türk'ün kurdudur!" kuralı gereği, küçük kıskançlıklar ve çapsız hesaplar yüzünden Yaşar Kemal'in Nobel alması engellendi. Yalnız bu durumda bir öge daha vardı. O da yalnız Türklerin değil, "Kürtlerin de Kürtlerin kurdu" olduğu gerçeğiydi.

O yıllarda müzik yaşamımdaki önemli olay, Maria Farandouri'nin benden besteler istemesiydi. Atina'da bir Noel gecesi plağımı dinlemişti ve iki şarkımı repertuarına alarak konserlerde seslendirmeye başlamıştı. Şimdi de Nâzım Hikmet'ten bestem olup olmadığını soruyordu.

Uzun zamandır Nâzım'dan besteler yapmak istiyordum. Çünkü Yves Montand'ın, Pete Seeger'in, Paul Robson'un Nâzım şiirleri üzerine yaptığı şarkıları dinlemiş, Finlandiya'da onun şiirleri üzerine yapılmış bir uzunçalar bulmuştum. Türkiye'de kendi dilinde ise Nâzım şarkılarından oluşan bir albüm yoktu. Bu bana ayıp geliyordu. Ruhi Su Nâzım üzerinde çalışmıştı ama onun söylediği parçaların çoğu şarkı formunda değil, müzik üzerine okunan şiir niteliğindeydi.

Müthiş bir coşkuyla Nâzım şiirleri üzerinde çalışmaya koyuldum. Bir süre sonra anladım ki çok zor bir işe girişmişim. Çünkü Nâzım'ın şiirleri halk formunda yazılmamıştı. Hatta çoğu şarkı biçiminde de değildi ve serbest ölçülü şiirlerdi. Ayrıca duygusal olarak da ne halk müziğiyle çakışıyorlardı ne de alaturkayla. Yine de bütün bu dallardan etkiler vardı.

Sonunda kafamdaki bütün etkileri silerek sadece şiirin müziğini duymaya çalıştım. En doğrusu balad kalıpları kullanmaktı. Her gün evin yanındaki karlı ormana gidiyor ve saatlerce düşünüyordum. Kafamda uçuşan melodileri kâğıda geçirdikçe, beğenmeyip yırtıyordum. Neredeyse geceleri rüyalarıma girmeye başlamıştı. Sabaha kadar ölçülerle, makamlarla uğraşıyor ve şiirlere yakışacak motifleri seçmeye çalışıyordum.

En önemlisi bir tarz yakalamaktı. Gereken rayları bir döşesem, tren rahatça akıp gidecekti üstünden. Bir tek şarkı bestelemekle, yirmi şarkı yapmak arasında çok büyük fark yoktu. Biçimi bulmam gerekiyordu.

Bir gece sabaha kadar melodilerle boğuştum. Yatakta oradan oraya attım kendimi, gözümü kırpmadım. Sabah kalkar kalkmaz sazı aldım, birkaç kez kendi kendime araştırdım. Sonra Ülker'e, "Bak sana bir şey çalacağım," dedim. Sabahın köründe bu istek tuhafına gitti ama benim bu tip gariplikerime alışmış olduğu için bir şey demedi, dinlemeye başladı.

Bitirince, "Gerçekten çok güzel," dedi. "Hadi bir daha çal."
Ve ben tekrar söylemeye koyuldum:

Karlı kayın ormanında
Yürüyorum geceleyin
Efkârlıyım efkârlıyım
Elini ver nerde elin

Bu ilk şarkıdan sonrası çorap söküğü gibi geldi ve her yaptığım şarkıyı Maria Farandouri'ye gönderdim. Ben de 'Nâzım Türküsü' adını vereceğim uzunçalar için şarkı biriktiriyordum.

Bir yandan da bir kitap oluşturacak kadar hikâyem birikmişti. Yaşar Kemal hikâyelerimi çok beğeniyor, Thilda dilimi göklere çıkarıyordu.

Verimli ve yaratıcı bir dönemdeydim.

▲ Dedesi Hâkim Zülfikâr Bey'le

▲ Babaannesi ve annesiyle

▼ Annesi ve babasıyla

▼ Soldan sağa: Asım, Seyhan, Zülfü

◄ Ankara Koleji'nde (okla işaretli)

▼ 1991 Taksim konseri

▶ Ülker ve Aylin'le

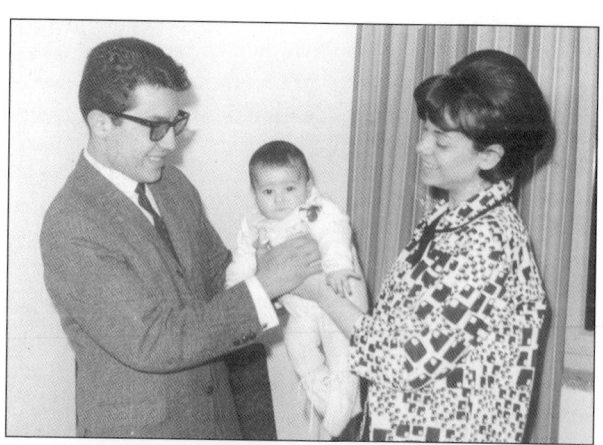

▲ Yaşar Kemal'le Paris'te

▲ Yaşar ve Thilda Kemal'le

▶ Mihail Gorbaçov ve Cengiz Aytmatov'la

▶ Kırgızistan'daki Issık Göl Forumu kurucuları heykeli (Zülfü Livaneli, okla işaretli)

▲ Elia Kazan'la

◄ Mikis Theodorakis'le

▲ Maria Farandouri'yle

▼ Ahmet Ertegün (sağ başta), Maria Farandouri, Arif Mardin'le New York konserinde

◄ Paris'te, UNESCO Genel Direktörü Federico Mayor'la büyükelçilik töreninde

▼ Londra Senfoni Orkestrası'yla albüm kaydı

▲ Zubin Mehta'yla

▶ Peter Ustinov'la

▲ Moskova Virtüözleri konserinden sonra halkı selamlarken

▼ Ferhat Livaneli'yle

▲ Joan Baez'le

▶ New York konseri afişi

▼ Korsan kasetler...

◄ *Sis* filminin afişi

► *Yer Demir Gök Bakır* filminin afişi

▲ San Remo "En İyi Besteci" ödülünü alırken

▼ New York'ta Barnes & Noble ödül konuşması.

◄ Nâzım'ın mezarına çınar fidanı dikerken

▲ 35. yıl konserinde

▼ Sezen Aksu'yla

▲ Yaşar Kemal ve Ayşe Baban'ın nikâh töreninde

▲ Ülker ve Aylin'le

Bir Öğrenci Gibi

Bizde oldum olası politika ve sanat ilişkileri doğru anlaşılamamıştır. Politikayla uğraşanlar sanatçıları ikiye ayırmış; kimini sadece eğlence kategorisine sokmuş, politik tavırları olan sanatçıları ise kendi propaganda malzemesi olarak kullanmak istemiştir. Bu yüzden her şiir bir manifesto, her şarkı bir bildiri, her roman bir politik analiz sanılmıştır.

Belçika'da yayınlanan ilk plağımda, zulüm görmüş ve öldürülmüş öğrencilerin ağıtlarını dile getirmem beni de böyle bir politik tartışmanın içine sokmuştu. Kimi örgütler bana sahip çıkıyor, kimileri de dışlıyordu.

Bunu en çarpıcı biçimde, Berlin'de anladım. Bir festival için davetliydim ve müzik yapmadan önce sahne arkasında sıramı bekliyordum.

Yanımda yöremde bazı Türklerin belirdiğini gördüm. Tavırları bir garipti. Beni sert bakışlarla süzüyor, sigara içiyor ve kendi aralarında fısıl fısıl konuşuyorlardı. Bana bir 'merhaba' bile dememiş olmaları çok tuhafıma gitmişti. Acaba kimdi bu adamlar? Gözlerindeki ölümcül nefretten ürkmeye başlamıştım. Onlardan yana baksam da olmuyordu bakmasam da. Neyse, biraz sonra sıram geldi ve sahneye çıktım.

Günün ilerleyen saatlerinde o adamların Türkiye Komünist Partisi'nin yandaşları olduğunu anladım. Bir koroları varmış, onlar da sahneye çıkacakmış. Bu yüzden sahne arkasına gelmiş ve karşılarında beni görünce nefretlerini gizleyememişlerdi.

Bunun nedenini bilmiyordum. Ne TKP'yle bir ilişkim vardı ne de başka bir örgütle. Bağımsız bir sanatçıydım. Ne Türkiye'de ne de dışarıda, içlerinden hiç kimseyi tanımamıştım. Berlin'de konuştuğum bazı çevreler beni bu konuda aydınlattı. TKP benim plağımı 'goşizme destek vermekle' suçluyordu. Plaktaki ağıtları, birer politik bildiri gibi algılayıp beni belirli politik hareketlerin temsilcisi sayma yanlışı içindeydiler. Bu yüzden uzun süre bana karşı bir kampanya yürüttüler. Bunların en ilginci de TKP'ye yakın olan bir örgüt tarafından Almanya'da yayınlanmış olan bir kasetimin yasaklanmasıydı. Ayrıca TKP'nin sesi olan 'Bizim Radyo' da parçalarımı yasaklamıştı.

Böylece kısa zamanda hem TC Bakanlar Kurulu, hem de TKP tarafından yasaklanma onuruna erişmiştim. Doğu Berlin'den yayın yapan Bizim Radyo ve TRT'nin anlaştıkları tek konu Livaneli parçalarının yasaklanmasıydı.

Stockholm'deki solcuların bir kısmıyla da aram pek iyi değildi. Yaşama biçimim, ailem, sanat tutkum onlara uymuyordu. Yaşamımın her döneminde lumpenlikten nefret ettim. İlk gençlik yıllarımdan başlamak üzere kaba ve saldırgan kesimler hep tepkimi çekti. Solda da böyle eğilimler gördüğüm zaman, içimden kaçıp uzaklara gitmek geliyordu. İnsan ilişkilerinde incelikler arıyordum. Sanatsal tatlar benim için yaşamın vazgeçilmez öğeleriydi. Müziksiz, şiirsiz, romansız, resimsiz yaşam mümkün değildi. Bu yaşama biçimi ve değerler sistemi beni birçok solcudan ayırıyordu. Sanatçı olmama rağmen 'bohem' yaşamı da sevmiyordum. Bu yüzden görenler beni sanatçıdan çok, düzenli bir öğrenciye benzetiyordu.

Yıllar sonra Paris'te UNESCO merkezindeki bir kokteylde, *Yol* filminin bestecisi olduğum söylenince bir Fransız kadın inanmamış, "Hayır olamaz, hiç öyle birine benzemiyor," demişti.

Ömrüm boyunca benzer tepkiyle çok karşılaştım. Gençliğim sol muhalefet çizgisinin sert mücadelelerinde geçmişti ama hiç de 'devrim yapacak bir gerilla'ya benzemiyordum.

Daha sonra da yüz binlerce kişiye konser verirken ve milyonlarca kasetim dinlenirken de 'star'a benzemedim. Yaşlanıyorum ama iç dünyam lisedeki halimden pek farklılaşmadı.

Türkiye Eurovision fırtınasına yeni yeni yakalanıyordu. Stockholm'de düzenlenen yarışmaya ilk kez katılacaktık. Şarkıcı olarak Semiha Yankı, orkestra şefi olarak da Timur Selçuk Stockholm'e geldiler. İsveç'te bu gösteriye karşı olan çevreler bir 'alternatif Eurovision' düzenlediler. Yarışmasız olan bu programda Türkiye'yi ben temsil ediyordum. Stockholm'de Timur'la tanıştık ve birbirimizi çok sevdik. Bir-iki gün birlikte gezdiğimizi, yemekler yediğimizi hatırlıyorum. Birlikte şarkı söyledik. Türkiye'ye dönünce buluşmayı kararlaştırdık.

"Bravo be Ömer," diyordu. "Harika söylüyorsun."

İsveç'te bana herkes Ömer diyordu. Bugün de bizim "Issık Göl Forumu" gibi uluslararası çevreler ve sinema dünyası beni 'Ömer Z. Livaneli' olarak tanır. Bu yüzden her filmime, albümlerimin ve kitaplarımın çoğuna ilk adım olan Ömer'i de koyarım.

Türkiye'ye yaptığım kısa ziyarette Timur'un evine gittim. Kızı Hazal'la ve eşiyle tanıştık. Çok değer verdiğim bir arkadaşımdı ama ne yazık ki bir süre sonra yollarımız ayrıldı ve kendisinden hiç beklemediğim davranışlarda bulundu.

O dönemde Türkiye'deki bütün sol gruplar bana sahip çıkıyordu. TKP dışındaki sol örgütler seviyordu beni ama ne yazık ki hiçbiri beni kişi olarak tanımıyordu. Herkes müzikteki tavrımdan çıkardığı kişilikler yakıştırmıştı bana. Herkesin, kendi yarattığı bir Livaneli'si vardı.

Yıllar geçtikçe bu önyargılar yüzünden çok canım yandı. Çünkü birçok kişinin kafasındaki 'Zülfü Livaneli' imgesi, benimle çakışmıyordu. Bu yüzden aşırı bir değişiklik içinde olduğumu düşünüyorlardı.

Bazı kişiler beni ilkin okuma yazma bilmeyen bir âşık olarak duymuş ve plağımı dinledikçe buna inanamamışlardı. Çünkü plaktaki icra ve telaffuz bir âşığınkine benzemiyordu.

Türkiye'deki bazı çevrelere göre ben Filistin'de beş yıl çarpışmış bir gerillaydım. Bazıları daha da ileri gidip Tunceli savcısı olduğumu, Deniz'lerin idamı üzerine kalemimi kırıp dağlara çıktığımı anlatıyordu.

Ben ise bütün bu söylentilerden habersiz Stockholm'deki küçük evde sakin bir yaşam sürüyor, durmadan yazıyor, beste yapıyordum.

Kesin Dönüş

Kaç okyanus geçtim böyle
Kaç denizde yitip gittim
Kırılmış direkler
Yırtık yelkenlerle
Kaç seferden yorgun döndüm

1977 yılının son gecesi, Şahin Alpay'ların evinde buluştuk. Stockholm'deki dostlarla birlikte hem yılbaşını hem de bizim Türkiye'ye dönüşümüzü kutlayacaktık. Zaten son bir-iki yılı çok huzursuz geçirmiştim. Artık İsveç'te yapacak işim kalmamıştı. Müziğim Türkiye'de dinleniyordu ve ben yeni besteler için kendi müzik köklerimden beslenmeliydim. Dönmek için öylesine can atıyordum ki Ülker'e ısrar ediyor, ev eşyalarımızı toplamak istiyordum. Her şey sarılıp sarmalanıyordu. Gönderilmeye hazır hale gelince, Türkiye'den gelen bazı korkutucu haberler kolumuzu kanadımızı kırıyor, beş-on gün eşyasız yaşadıktan sonra çaresiz, ucundan kıyısından açmaya başlıyorduk. Bir ay sonra aynı tören gene tekrarlanıyordu. Böylece Türkiye siyasetinin barometresine göre defalarca eşya topladık ve açtık.

1978 başında Türkiye'ye döndük. Birkaç parça eşyamız trenle gelecekti. Beklemeye koyulduk. Bir süre sonra vagonun İzmir Basmane garında olduğu bilgisi geldi. Oysa eşyamızı İstanbul'da teslim almamız gerekiyordu. Kalkıp İzmir'e gittik. Demiryolları özür dileyeceği yerde, vagonun bekleme ücretini istedi.

Kurallara göre vagonun mührü gözümüzün önünde açılacaktı. Perona gittik. Mührü kırıp kapağı açtılar ve bir sürü gümrükçü hep bir ağızdan, "Aaa vagona girilmiş. Bulgarlar yapmıştır!" diye bağırdı. Acemi, iyi hazırlanmamış bir koroya benziyorlardı.

Biz daha ne olduğunu anlayamamıştık. Vagonun içine girince gözlerimize inanamadık. Bütün eşyamız korkunç bir vahşetle kırılmış ve parçalanmıştı. Müzik setinin üzerinde tepinilmiş, plaklar kırılmış ve kitaplar ortalığa saçılmıştı. Görevliler bize eşyamızı sağlam teslim aldığımıza dair bir kâğıt imzalatmak istiyordu. Bir yandan da durmadan, "Bulgarlar böyle soyuyor bütün vagonları," diyorlardı ama yalan söylediklerini gizlemek için fazla bir gayrete girdikleri de yoktu.

Garın içinde gözlerden uzak bir köşedeydik. Bir sürü hamal ve gümrük görevlisi tehlikeli tavırlarla çevremizde dolaşıyor, tehdit dolu haykırışlarla bizi ürkütmeye çalışıyordu. Kâğıdı imzalamayacağımızı ve savcılığa başvuracağımızı söylememiz üzerine delirdiler. Bir yandan da eşyayı indiriyor ve her dilden kitabı perona atıyorlardı. Bu arada İngilizce, İsveççe kitaplar yeri boyluyordu. Benim kitaplarımın kaderi buydu galiba; betona savrulmak.

Kel kafalı, çok şişman, ilkel görünüşlü biri, "Zaten bu namussuz başa geçtiğinden beri diyazem almadan uyuyamıyorum sinirimden!" diye haykırıyordu. "Bu namussuz" diye söz ettiği kişi Başbakan Ecevit'ti.

Bir korku filmi izler gibiydik. Daha sonra eşyamızı teslim etmek için rüşvet istediler. "Ben hiç rüşvet vermedim, vermem de..." dedim. "Her şey burada kalsın. İstemiyorum!"

"Bırakamazsın!" dediler.

"Hepsini kırıp atmaya razıyım!" dedim.

"O zaman hakkında dava açılır," dediler. "Milli servete zarar veremezsin."

Türkiye bize öyle bir "Hoş geldin" diyordu ki, duyduklarımıza, gördüklerimize inanamıyorduk. Zaten pahalı mobilyamız, değerli eşyamız yoktu. Bizim için en değerli olan şeyler kitaplar, plaklar ve müzik setiydi. Onlar da hasar görmüştü. Her şeyi bırakıp otele gittik ve ne yapacağımızı düşündük. Müthiş bir düş kırıklığına uğramıştım.

Ertesi gün yaşlıca bir hamal bizi kenara çekti ve "Aslında bu kadar az eşyayla gelmenize sinirlendiler," dedi. "Koskoca vagon İsveç'ten geliyor ve içinden sadece kitaplar çıkıyor. Siz vagona yüz tane televizyon koyacaktınız. On tanesini de bunlara verecektiniz. O zaman sizi el üstünde tutarlardı."

Bir-iki gün süren bir gerginlikten sonra onlar da bıkmış olacak ki bizimle daha fazla uğraşmadılar ve eşyamızı aldık.

Sağ-sol gerginliği tırmanıyordu. Siyasi cinayetler alıp başını gitmişti. İstanbul'da önce Yeşilköy'de mobilyalı bir ev tuttuk. Her şeye rağmen Türkiye'de olmanın tadını çıkarıyor ve yaşamdan zevk alıyorduk. Daha sonra Topağacı'nda bir daire kiraladık.

Bu arada Attila Özdemiroğlu ve Şanar Yurdatapan'la karşılaştım. İsveç'te kaydettiğim plakları çok sevmişlerdi. "Şat Yapım" adlı prodüksiyon şirketlerine bir plak kaydetmeyi kararlaştırdık. Stockholm'de yaptığım besteleri, Attila orkestra için düzenleyecekti. Beyoğlu'ndaki stüdyolarında çalışmaya başladık. Köhne bir binanın en üst katındaydı stüdyo. İki tane dört kanallı Teak kayıt cihazı vardı. Çok kanallı çalışmalar için yetersizdi. Yaylı grupları ya da diğer çalgılar arasında miksajlar yaparak ilerleyebiliyorduk. Bu da çok zahmetli, sağlıksız ve zor bir işlemdi. İki teybin de senkron dönmesi gerekiyordu. Oysa böyle bir âlet mevcut değildi. Sesleri kaydeden İhsan Apça dahice bir buluşla hızlı giden teybi lastik takarak yavaşlatıyor, kayıt sırasında da elle müdahalelerde bulunuyordu. Eminim ki dünyada hiçbir müzik teknisyeninin aklı ermezdi bu işleme.

Köhne apartmanın asansörü, akıl almaz bir gürültüyle işliyordu ve tam kayıt anında, şarkı söylerken derinlerden gelen canhıraş asansör vınıltıları sık sık durmamızı gerektiriyordu.

Karlı Kayın Ormanı'nı ya da Hoş geldin Bebek'i söylerken defalarca durmak zorunda kaldım. Bütün bunlar yetmiyormuş gibi sık sık da elektrik kesiliyordu.

En rahat çalışabildiğimiz saatler geceyarısından sonra oluyordu. Çünkü o saatte el ayak çekiliyor ve korkulu rüyamız asansör daha az çalışıyordu.

Yine de o günleri büyük bir zevkle hatırlıyorum. Teknik yetersizdi, sıkıntılarımız vardı ama iyi bir plak için gerekli olan ruh ve heyecana sahiptik. Attila, ben, İhsan Apça, kafa kafaya vermiş iğneyle kuyu kazarcasına çalışıyor ve bir eser yaratıyorduk. Kayıt dönemi iki ay sürdü. İstanbul Senfoni ve Opera orkestralarının en iyi müzisyenlerinin tınıları, halk sazlarıyla sarmaş dolaş oldu. Flütler curalarla, yaylı grupları divan sazlarıyla kucaklaştı ve sonunda plak ortaya çıktı: Nâzım Türküsü'ydü adı ve şairin kendi dilindeki ilk uzunçalardı.

Plak, Memetçik Memet'le açılıyordu. Bu parçada, asker sevkıyatı yapan trenlerin tıkırtısını çağrıştıracak bir ritm kullanmıştım. İkinci yüzün başında Karlı Kayın Ormanı vardı.

Plağı ilk kez Vasıf dinledi. "Müthiş bir şey ama senin için korkuyorum," dedi bana. "Çok saldıracaklar."

Gerçekten de dediği çıktı ve plak yayınlandığı anda barlarda ve özellikle de o sıralarda moda olan Papirüs'te tüneyen okuryazar takımı tarafından korkunç eleştirildi.

Nâzım'ı büyük bir orkestra eşliğinde yorumlamam, ritmik ve armonik bir tavır sergilemem, böyle bir müziğe alışık olmayan sol aydınları afallatmış ve kızdırmıştı.

"Papirüs'te, 'Zülfü bu plakla intihar etti,' diye konuşuluyor," dedi Vasıf.

"Ne yapabilirim Vasıf," dedim. "Hissettiğim müzik bu. Açıkçası güzel de buluyorum. Elimden başka bir şey gelmiyor."

Tam aydınlar iyice bunaltırken dinleyici imdada yetişti ve Nâzım Türküsü, plak satış listelerinin başına yerleşti. Aylarca, 1 Numara'dan inmeyecekti.

Abidin Dino'dan gelen bir mektup ise tek kelimeyle müthişti: "Plağını dinledik!" diye heyecanla yazıyordu. "Güzin'le birlikte, bu plağın Türk müziğinde bir aşama olduğuna inanıyoruz."

Ve mektup şöyle bitiyordu: "Ben mutluluğun resmini yapabildim mi bilmem Nâzım. Pek emin değilim. Ama Zülfü müziğinde mutluluğu ha yakaladı ha yakalayacak."

Bu büyük ustadan gelen mektup, sürgünden yeni dönmüş, çarmıha gerilmek istenen genç müzisyenin belki de hayatını kurtarmıştı.

Yılmaz Güney'in İlginç Önerisi

Daha önce müziğini yapmış olduğum *Otobüs* filminin gösterimi, Türkiye'ye döndüğüm zamana rastladı. Film büyük ilgi uyandırmış ve müziği övgü toplamıştı. Bunun üzerine İstanbul'da da film müziği önerileri gelmeye başladı. Bunlardan ilki Arif Keskiner'in yapımcılığını üstlendiği bir Yavuz Özkan filmiydi. Tarık Akan ve Cüneyt Arkın'ı bir araya getiren film, *Maden* adını taşıyordu. Film için iyi bir ana melodi bestelemiştim ama İstanbul'daki müzik çevrelerini yeterince tanımıyor oluşum yüzünden çok başarılı olmadı bu. Melodiyi yeterince işleyemedim. İstanbul'da yaptığım bir film müziğinin büyük ilgi toplaması birkaç ay sonra gerçekleşecekti.

Bir gün Ali Özgentürk, İzmit Cezaevi'nde yatan Yılmaz Güney'in benimle görüşmek istediğini söyledi. Yılmaz'la hiç yüzyüze gelmemiştik. Hapisteki yönetmen bir senaryo yazmıştı. Bu konuyu Güney Filmcilik adına film yapmak için dost bir çevre kolları sıvamıştı. Kimse para almayacak ve büyük bir özveriyle ortaya bir film çıkaracaktı. Yılmaz'ın beni görmek istemesini de bu filmin müziğiyle ilişkilendiriyordum. Yanılmışım.

Bir sabah Ali Özgentürk, Mahmut Tali Öngören ve ben İzmit'e gittik. Yılmaz cezaevinde, müdür yardımcısının odasında karşıladı bizi. Çay ikram etti. Hapiste büyük saygı görüyordu.

Bazı insanlardan garip bir enerji yayılır. Böyle kişilerin elini sıktığınız zaman olağan dışı bir enerji yoğunlaşmasının tuhaf ısısını hissedersiniz. Yılmaz Güney de bu kişilerden biriydi işte. Kıpırtısız, sakin oturduğu zaman bile, içinde gergin bir çelik yayın titreşmekte olduğunu duyuyordunuz. Bu yüzden herkese karşı her yerde alttan alıyor, kendini savunmaya gerek görmeyecek bir özgüvenin varlığını duyuruyordu. Doğulular'da çok rastlanan bir tavırdı bu.

Yılmaz'la kırk yıllık dostlar gibi sohbet ettik.
"Durumumu görüyorsunuz," dedi. "O kadar rahatım ki istediğim an kaçabilirim buradan. Ama benim kadar tanınmış bir kişi Türkiye'de saklanamaz. Yurtdışına kaçmam gerekir. Bunu da yapmam, yurtdışında yaşayamam."

Birkaç yıl sonra Fransa-İsviçre sınırında saklanmakta olduğu bir dağ köyünde buluştuğumuz zaman bu sözlerini hatırladım. Demek ki yurtdışında yaşayabilirdi. Daha sonra ölüm haberini aldığımda da kehaneti doğrulandı diye düşündüm. Gerçekten de yurtdışında yaşayamamıştı.

Yılmaz bana bir öneride bulunacağını söyledi. Sözünü kesip film için benim de elimden geleni yapacağımı ve müziği hiç merak etmemesini söyledim ama o, filmde oynamamı istiyordu. Öylesine şaşırdım ki önce ne diyeceğimi bilemedim. Oyuncu değildim ve böyle bir öneriyi kabul etmeme de imkân yoktu. Oysa Yılmaz ısrar ediyor ve "Sen gene de bir düşün," diyordu.

"Oyuncu değilim. Nasıl oynarım?" diyordum.
"Bir şey oynamana gerek yok. Ben o rolü senin için yazdım," diye üsteliyordu. Boynunu büküp bakıyordu sonra da.

"Gerçekten de biraz düşüneyim," dedim ve yanından ayrıldık.

Dönüş yolunda çok fena olmuştum. Hapishanede bıraktığım bir dostun isteğini yerine getirmemek ve ona hayır demek durumunda kalmıştım. Ama nasıl oynardım ki; mümkün değildi ama bunu Yılmaz'a nasıl kabul ettirecektim? Sanki ona bir kötülük yapmış gibi vicdan azabıyla kıvranıyordum.

Günlerce düşündüm ve sonunda kendimce bir yol buldum. Yılmaz'a bir kez daha gidip yeni bir plak yaptığımı söyleyecek ve onun da bir türkü okumasını isteyecektim. Hapishaneye bir kayıt cihazı götürerek o buluştuğumuz odada bir kayıt yapabilirdim ama Yılmaz bu isteğimi nasıl olsa geri çevirecekti.

Gerçekten de, "Ben türkücü değilim ki," dedi, "nasıl okurum?"

"İşte," dedim aynı şey benim için de söz konusu. Ben oyuncu değilim. Lütfen anla… Çok zor durumda kaldım."

Neyse ki fazla ısrar etmedi ve oyunculuk macerası böylece unutuldu. Benim için yazdığı rolü de anlatmıştı. Filmdeki tren yolculuğunda bir ara iki jandarmanın tutukladığı bir ozana rastlayacaktık. Elinde sazı olacaktı ve trenden inerken devrimci türküler söyleyecek ve bütün treni ayağa kaldıracaktı.

Filmin çalışmaları bitince İstanbul'da Acar Film stüdyosunda müzik kaydını yaptık. Müziği bestelemiş ve uzun süre bir erkek ve bir kadın sesi aramıştım. Filmde orkestra bölümlerinden ayrı olarak, yalın insan sesi kullanacaktım.

Doğu gırtlağını becerebilen insanlar arıyordum. Çok geçmeden Türk müziği konservatuarında okuyan Ali'yi buldum. Doğulu'ydu ve stüdyoda söylediği "Hele vaye vaye vaye…" nidaları filme ayrı bir tat vermişti. O sıralarda Türkiye'de "Kürt" sözünü ağza almak mümkün değildi. Çünkü böyle bir soy ve böyle bir dil bulunduğunu söyleyenler ağır hapis cezalarına çarptırılıyordu. Devlet radyosu çok gerektiği zaman Kürtlerden "Bir etnik grup" diye söz ediyordu. Ben de Türk müziğinin en güzel makamlarından biri olan kürdili hicazkâr makamına, "etniki hicazkâr" diyerek dalga geçiyordum. Bu filmde ise ilk kez halka açık bir şekilde Kürt müziği ve Kürt gırtlağı duyuluyordu.

Sürü'nün ilk gösterimi Acar Film stüdyosunda yapıldı. Üçbeş kişiydik. Yönetmen Zeki Ökten, yardımcısı Ali Özgentürk, Melike Demirağ, Şanar Yurdatapan, Fatoş Güney, Ülker ve ben… Filmin sonu geldi, ışıklar yandı. Ortalığa derin bir sessizlik çöktü. Yaratıcılar gerek kendi yaptıkları işle ilgili konuşmama alışkanlığından, gerekse hapisteki Yılmaz Güney otoritesinden çekindikleri için sessizliği yeğliyorlar, filmle ilgili bir yorumda bulunmuyorlardı.

"Bu bir başyapıt!" dedim. "Hem Türkiye'de hem dünyada büyük ilgi uyandıracak. Göreceksiniz."

Bu cesaretli öngörü doğrulandı ve *Sürü*, en önemli filmlerden biri olarak Türk sinema tarihinde yerini aldı. O yıl sinema ödüllerinin tümünü *Sürü*'ye emeği geçenler olarak bizler aldık. 1978 yılında Açık Hava Tiyatrosu'nda sinema yazarlarının verdiği "En İyi Film Müziği" ödülünü alkışlar arasında alırken, sürgün döneminin tümüyle bitmiş olduğunu düşünüyordum.

Filmde Kürt gırtlağına dayalı bir müzik kullanmak doğru bir karardı. Çünkü sinemalarda "Hele vaye vaye" bölümleri başlayınca insanlar toplu olarak alkışlıyorlardı. *Sürü* filminin müzik yaşamımda çok önemli bir yeri oldu.

Yugoslav müzisyenler, İzzet Akay'a, kendilerini en çok etkileyen film müziğinin *Sürü* olduğunu anlatmışlar.

Birkaç yıl sonra Almanya'nın dünya çapındaki plak şirketi ECM'le bir temas kuruldu. Bremen Radyosu prodüktörü ve Keith Jarret'in yapımcısı Peter Schulze, ECM'nin sahibi Manfred Eichner'e telefon etti ve benim plaklarımı yayınlamasını önerdi. Eichner'in cevabı ilginçti. O sıralarda Türk müziği yayınlamayı düşünmediklerini belirtiyor, sonra da ekliyordu. "Ama bir-iki yıl önce oynayan *Sürü* filminin müziğini kimin yaptığını biliyorsan söyle. Çünkü plağını yayınlamak için çok aradık ve adresini bulamadık."

Sürü'yü hâlâ, Türkiye'deki en belirgin sanatçı dayanışması olarak, büyük bir sevinçle anarım. Projenin gerisinde, hesapsız kitapsız bir dayanışma ve özveri ruhu vardı ve bu ruh filme geçti. Birbirini yemeyi ve küçük hesaplar içinde çırpınmayı bırakabilen bir sanatçı grubunun neler yapabileceğinin örneği verilmişti.

Ne yazık ki bir daha böyle bir dayanışmaya rastlanmadı.

İstanbul ve Atina'da İlk Konserler

Stockholm yıllarında uzaktan tanıştığımız ve hiç yüz yüze gelmediğimiz Maria Farandouri'yle 1979'da Almanya'da karşılaştık. Essen kentine yolum düşmüştü. Bütün duvarların bir konser afişiyle kaplı olduğunu gördüm. Maria Farandouri, Juliette Greco ve Miriam Makeba ortak bir konser veriyorlardı. Grugahalle denilen on bin kişilik salonda daha önce ben de konserlere katılmıştım. Soyunma odalarının bulunduğu bölüme gittim, adımı söyledim ve Farandouri'ye iletmelerini istedim. Biraz sonra Maria'nın odasında konuşuyorduk. Büyük bir heyecanla, "Demek ki Livaneli sizsiniz!" diyordu.

O konuşmanın ne kadar önemli olduğu daha sonraki yıllarda ortaya çıktı. Yıllarca sürecek bir işbirliğinin ve dostluğun sağlam temelleri atılıyordu. Maria bir süre sonra İstanbul'a geleceğini söyledi. Sinematek derneği 15. kuruluş yıldönümü için bir konser düzenlemiş ve Maria Farandouri'yi davet etmişti. O da geliyordu. İstanbul'da buluşmayı kararlaştırdık. Bir-iki ay sonra geldiğinde birlikte yemekler yedik, bütün grubunu bizim eve davet ettik ve Şan Tiyatrosu'ndaki konserde benim parçaları birlikte söyledik. Sahnedeki birliktelik seyircinin çok hoşuna gitmişti. Ertesi gün olay Türk basınında olumlu biçimde yankılandı. Türk Yunan dostluk ilişkilerinin tabu sayıldığı bir dönemden söz ediyorum.

Maria Türkiye'den çok memnun ayrıldı ve hemen arkasından da beni arayarak Atina'ya davet etti. Atina Yaz Festivali yapılıyordu, onun vereceği iki konsere konuk sanatçı olarak katılmam, Yunan seyircisiyle tanışmak bakımından çok önemliydi. Kabul ettim ve Atina'ya gittim. Havaalanından şehre giden bütün yollar konserin afişleriyle doluydu. Yunanca afişlerde benim de adımın yazılı olduğunu bir süre sonra anlayabildim.

Atina'daki iki büyük tepenin birinde Akropol kuruludur. Öteki tepe Likavitos adını taşır ve zirvesinde, beş bin kişi alabilen bir tiyatro vardır. Konseri o tiyatroda verecektik. Likavitos tepesine çıkarken iki yanımızdan sel gibi akan kalabalığa bakıyor ve biraz sonra ne tepki vereceklerini düşünüyordum.

Tıklım tıklım dolu tiyatroda konser başladı ve bir süre sonra Maria Farandouri bir konuşma yaparak beni çağırdı. Ortalık alkıştan inliyordu. Sıcak bir Atina gecesinde şarkılarımı söylemeye başladım. Sesimin yükseldiği gökyüzü yabancı değildi, heyecanlı bir deney yaşadığımın bilincindeydim. İlk şarkı bittiğinde birdenbire patlayan alkışlar ve seyircinin müthiş ilgisi, bir dostluk zaferi kazandığımızı gösteriyordu. Spot ışıkları altında Maria'nın yüzü ışıl ışıldı. Ama en büyük tezahürat Theodorakis'in bir parçasını Yunanca okuduğum zaman patladı. Zeybek ritmindeki "Marmara" şarkısını söylerken karşımdaki kitle heyecandan kendini kaybetmişti. Aynı duygu bir süre sonra, Maria Farandouri şarkılarımı Türkçe söylediğinde Türkiye'de de yaşanacaktı. Maria, "Karlı Kayın Ormanında" diye başladığında, Efes antik tiyatro sarsılacak ve otuz bin kişinin çığlığı Ege göğüne yükselecekti. Konserden sonra insanlar soyunma odama hücum etti. Herkes "Turco"yu görmek istiyordu. Maria'nın kocası Thelemakos her zaman, "Yunanistan'da bir gecede meşhur oldun!" der.

Odama gelenler arasında yüksek bir rahip vardı. Konser sırasında da herkesin ona büyük saygı gösterdiğini izlemiştim. "Çok acı çekmiş bu iki halk için öyle önemli bir şey yapıyorsunuz ki," dedi. "Tarihimizde yer tutacak. Sizin için ömrüm boyunca dua edeceğim," derken, odaya beyaz bastonlu bir körler grubu doluştu. Atina dışından gelmişlerdi, göremiyorlardı ama yüzüme ve ellerime dokunarak beni tanımak istiyorlardı. Çok garip bir duyguydu bu. Bir sürü el burnumda, saçlarımda, yüzümde hafif hafif dolaşıyordu ve böyle bir ilgi çok heyecanlandırıyordu insanı. Ertesi gün bütün gazeteler konserden büyük övgüyle söz ediyordu. Maria çok sevinçliydi. Atina'nın en güzel tavernalarına gidiyor ve heyecanla geleceği planlıyorduk.

Türkiye'ye döndükten sonraki ilk konserimi Antalya'da verdim. Antalya Belediyesi, film şenliği dolayısıyla konserler, imza günleri ve söyleşiler düzenlemişti. Tanıdığım ne kadar sanatçı varsa oradaydı. Şehir dışında, Bayındırlık Kampı denilen bir yerde kalıyorduk.

O sıralarda Türkiye'de kan gövdeyi götürüyordu. Her gün artan siyasal cinayetler çılgınlık noktasına gelmişti. Bu koşullarda "sol" olarak tanınan yüzlerce sanatçının kent dışındaki bir kampta kalıyor oluşu sakıncalıydı. Bu yüzden kampta geçici olarak çalışan gençler bir sol grubun üyeleriydi ve aslında koruma görevi üstlenmişlerdi. Bu gençler ile solcu sanatçılar arasında ilginç gerginlikler yaşandı. Ben görmedim ama birkaç sanatçı akşam yemeğinde devrimci parçalar söyleyince gençler müdahale etmiş ve "Bu parçalar sarhoş eğlencesi değildir," diyerek onları susturmuş.

Oraya biraz dinlenmek ve denize girmek için gelmiş yaşlıca sanatçılar gençleri çok şaşırtıyordu. Çünkü ihtilal şiirlerini okuyarak yetiştikleri ve hep dağ ateşlerini yakarken görmek istedikleri bir şair, mayosunun üstüne sarkmış göbeğiyle büfeye geliyor ve "bir coca-cola rica ediyor"du. Bütün bunlar gençleri müthiş sinirlendirdi.

Ayrıca sanatçıların kendi aralarında da gerginlikler vardı. Aziz Nesin ile Ahmet Arif birbirlerinden hiç hoşlanmıyorlardı. Kalabalık bir akşam yemeğinde Aziz Nesin'in tam karşımıza oturması üzerine Ahmet Arif, "Yılanın sevmediği ot burnunun dibinde bitermiş," diye bağırmıştı. Zaten eski sol sanatçı kesiminde birbirini seven pek az insan gördüm. Soğuk Savaş'ın cephe ülkesinde solculuk yapmaya çalışan bu aydınlar, devlet tarafından ezildikçe dayanışma içine gireceklerine, daha çok birbirlerine düşmüşlerdi.

Bu arada bizim de içinde olduğumuz bir grubu, daha iyi ağırlamak için yeni açılan bir otele götürdüler. Denize merdivenle inilen güzel bir oteldi. Ne var ki birdenbire otelin MHP'lilere ait olduğu ve gece bizlere suikast yapılacağı söylentisi yayıldı. Herkes öyle korktu ki büyük tartışmalarla kampa geri dönme kararı alındı. Sonradan Aziz Nesin bu olayı paranoya olarak niteledi ve bunu, *Benim Delilerim* kitabında anlattı.

Bir gece kampta çok güzel bir şey yaşadık. Epey geç saatlerdeydi. Tarık Akan'ın da içinde olduğu bir dost grubuyla kumsala oturduk, ben türküler söylemeye başladım. Dalga sesinden başka hiçbir şey duyulmuyordu. Dokunsan ağlatacak bir ay ışığı sarmalamıştı bizi. Böyle bir ortamda söylediğim 12 Mart türküleri insanların yüreklerine akıyordu.

Bu arada bazı gençlerin yabancı konukları havaalanına götürmeleri gerekmiş. Otomobil gürültüsünün saygısızlık olacağını düşünerek, içinde konukların oturduğu arabayı itmeye başlamışlar, kampın dışına kadar iterek çıkarmışlar.

Ertesi gün kapalı bir salonda verdiğim konser, o günlerin moda deyimiyle "resital" ise çok güzel geçti.

Ben Türkiye'ye, Türkiye bana alışmıştı artık.

Ecevit Dönemindeki Gözaltı

Bir gün kapanır bütün kapılar
Öksüz bir dünyada
Yalnız bir dünyada
Bakar kalırsın çaresiz

O yıllar korkunçtu. 1970'li yılların başında Genelkurmay Başkanlığı yapan Memduh Tağmaç'ın 'İti ite kırdırma' dahiyane buluşu(!) bütün hışmıyla hayata geçiyor, sağ ve sol kesimler, neredeyse bir iç savaşa sürükleniyordu. Her gün yeni bir cinayetin, yeni ve hunhar bir saldırının şokuyla sarsılıyorduk. Etrafımızdaki çember daralıyordu. Üniversite hocaları, aydınlar, sanatçılar öldürülüyor, yoldan geçen ya da durakta bekleyen günahsız insanlar taranıyordu.

Türkiye tam bir 'sapık katiller cenneti' olmuştu. Pek azı yakalanabilen katillerin resimlerini görüyorduk gazetelerde: Bilemediniz on altı-on yedi yaşlarında, hasta bakışlı, cahil, köylü çocuklarıydı hepsi. Ellerine birer silah tutuşturulmuştu ve doğrudan doğruya ülkenin en gelişmiş kesimlerinin üzerine yollanmışlardı. O kadar kolaydı ki adam öldürmek... Bir arkadaşından aldığı 7.65'lik silahı hedefe doğrultuyor, sonra da elini kolunu sallaya sallaya uzaklaşıyordu oradan.

Ankara'daki bir cinayetin itiraflarını hatırlıyorum: Üç genç bir taksiye binmiş baraja gitmişler. Orada taksi şoförünü bağlamışlar, sonra üçü de ırzına geçmiş zavallı adamın. İşlerini bitirince boğup gömmüşler. Katillerden biri o akşam gidip keyifle rakı içip eğlendiklerini anlatıyordu sonradan.

Böyle insanların nereden türediğini, nasıl çıktığını bilemiyordum. Ülke bunların elindeydi ve günün modası öldürmekti. Ben bir yandan bu dehşet ortamında yaşıyor bir yandan da "öldürme" eylemini bu kadar kolaylaştıran geleneklerimiz üzerinde düşünüyordum. Aleviler dışında "cana saygı" kavramının hiçe sayıldığı Anadolu kültüründe, birçok durumda insan öldürmek şerefli bir davranıştı. Vatan uğruna, namus, din, erkeklik, din, bölge, hatta futbol takımı adına "öldürme"nin kutsandığı, hapisteki katillerin "Ağır mahkûm! Üç leşi var!" diye saygı gördüğü bir ortamda yetiştiriliyorduk. Adam öldürmenin yürek gerektirdiği düşünülüyordu ve dünyanın birçok bölgesinde "aşağılık katiller" olarak görülen bu kişiler, bizde "kahraman" sayılıyordu; şimdi de olduğu gibi. Birçok benzerliğimizin olduğunu düşündüğüm Rus kültüründen kesinlikle ayrıldığımız nokta buydu işte. Türk romanında işlediği suçtan dolayı vicdan azabı çeken ve teslim olarak ruhunu kurtarmaya çalışan bir "Raskolnikov" yazılsa, gerçekçi olmazdı. İç dünyamızda bir şeyler eksikti bizim. Kendi değerlerimize göre değil, başkalarına göre yaşıyorduk. Birkaç yıl sonra, Türklerde utanma, Batılılarda ise suçluluk bilincinin gelişmiş olduğuna anlatan bir makalede özetleyecektim bütün bunları.

O yıllarda evden çıkarken yalnız olmaya özen gösteriyordum. Yıllarca hiç Aylin'le birlikte çıkmadım. Birlikte bir yere gitmemiz gerekiyorsa bile ben önce çıkıyordum, on dakika sonra da köşe başında Aylin'le buluşuyorduk. Her an beklediğim saldırının ona bir zarar vermesini önlemeye çalışıyordum.

İstanbul tam bir hayaletler şehri olmuştu. Akşamları kimse sokağa çıkmıyordu; sinemalar, tiyatrolar ve lokantalar bomboştu. Bu kan tutmuş gecelerde, haberleri izliyor ve korkunç cinayet görüntüleriyle sarsılıyorduk. Umutsuzduk.

Böyle bir ortamda konser vermek mümkün değildi. Bu yüzden sadece plak çalışmalarına yöneldim. Nâzım Türküsü, aydınların direnişini kırmış ve geniş halk yığınları tarafından benimsenmişti. Özellikle Karlı Kayın Ormanı, o yılların en sevilen şarkısı olup çıkmıştı.

Nâzım Hikmet'in kız kardeşi Samiye Yaltırım benimle görüşmek istedi, buluştuk. Nâzım'ın birçok akrabası toplanmıştı evde. Hepsi de bu "yeni müzisyen"le tanışmak istiyordu. Samiye Hanım besteleri çok beğenmişti; mavi gözleri pırıldıyordu, durup durup, "Ah işte tam kardeşim, tam kardeşim. Keşke kendisi de duyabilseydi," diyordu.

Hem Abidin Dino gibi bir otorite, hem halk, hem Nâzım'ın ailesi bu şarkıları tutunca Papirüs baykuşlarının çarmıha germe girişimleri geri püskürtülmüş oldu. Bu albüm bir yıl boyunca liste başından inmeyecek ve Karlı Kayın Ormanı, TRT'de en çok dinleyici isteği alan parça olacaktı.

Bu hızla bir başka plak hazırlığına giriştim. Ülkü Tamer, Nâzım Hikmet, Refik Durbaş, Ahmet Arif gibi şairlerin şiirlerini besteliyor ve kendi şarkı sözlerimi yazıyordum. İran'da şah devrilmişti. O günlerin coşkusunu yansıtan bir parça yazmıştım. Sözler İran halkına övgüyle doluydu ama sonu şöyle bitiyordu: "Bir ağaç çiçeğe durdu/Kanından rengini verdi/Deli poyraz vurduğunda/Donmasa çiçekleri."

Şiirin sonuna bir çekince koymadan geçememiştim. Vasıf bunu fark etti; "Eğer ilerde İran'da işler umduğumuz gibi gitmezse seni bu dize kurtaracak," diyordu. Dediği gibi de oldu.

Bir süre sonra Attila ile birlikte kolları sıvadık ve asansör gürültüleriyle kesilen stüdyo çalışmalarımıza bir kez daha başladık: Plağın adı 'Atlının Türküsü' olacaktı.

O günlerde Orta Doğu Teknik Üniversitesi'nden bir konser önerisi geldi. Oysa ben henüz yaptığım müziği sunacak bir orkestra kurmamıştım ve tek sazla konser vermek istemiyordum. Bunları söylediğim zaman, "Peki o zaman bir konferans verin," dediler. Bunu uygun buldum. Konu 'Türkiye'de müziğin yerel ve evrensel boyutları' olacaktı.

O zamanlar müzik hakkında böylesine çok yazılıp çizilmezdi ve gündeme getireceğim konular yeniydi. Konularımı örneklemek için Yunan, Yugoslav, İrlanda, Amerikan, İspanyol halk müziklerinden örnekleri kaydettiğim kasetleri yanıma aldım, Ülker'le birlikte Ankara'ya gitmek üzere uçağa bindik. Uçakta rastladığımız Işık Yenersu'yla konuşa konuşa Ankara'ya geldik. Uçak indi ama kapılar açılmadı. Bir süre bekledikten sonra içeriye polisler doluştu, kimlik kontrolü yapacakları anonsu duyuldu. Ben Işık ile Ülker'e dönüp Ecevit hükümetinin işi sıkı tutmaya başladığını ve çok doğru yaptıklarını söyledim. Kimbilir hangi katil yakalanacaktı şimdi?

Önümüzdekiler indi, sıra bize geldi, kimliğimi uzattım ve polisler iki koluma girdiler. Işık ve Ülker'i de benimle birlikte aşağı indirdiler. Apron polis kaynıyordu. Makineli tüfekli nişancılar mevzilenmiş, arabalar dizilmiş... Sanki büyük bir çarpışmaya hazırlanıyordu polis. Şaşırıp kalmıştık. Bizi boş buldukları bir salona soktular. Sivil giyimli, bıyıklı, kazaklı üç-dört genç durmadan telsizle konuşuyordu. Bu gençler beni alıp götürmeye kalkınca Ülker çok korktu. Çünkü polise benzemiyorlardı ve beni nereye götürecekleri belli değildi. Işık kimlik soracak oldu ama onu susturdular. Sonra beni beyaz bir Renault otomobile bindirip götürdüler. Valizi de bagaja koymuşlardı. Son anda arkaya baktığımda Ülker'in endişeden allak bullak olmuş yüzünü gördüm.

Bir süre yol aldıktan sonra gençlerden birisi, "Hoş geldin Zülfü Abi," dedi. "Biz senin dostunuz. Dün akşam bizim çocuğun sünnet düğünü vardı. Sabaha kadar senin türkülerini söyledik. Sabah merkeze gelince böyle bir emir verildi. Seni almaya geldik."

Sonra telsizi açıp merkezle konuştular.

"Emaneti aldık, geliyoruz," dediler.

"Ya yanındakiler?" diye sordu amirleri.

"Yanındakilerde şüpheli bir durum yoktu müdürüm!" dediler.

"Ben size hepsini getirin demedim mi!" diye bağırdı amirleri.

Telsizi kapattıktan sonra, "İşte abi," dediler. "Bunun için biz gelmek istedik. Boşu boşuna yengeleri de içeri alacaklardı."

Sırtım ürperdi, Ülker ile Işık kıl payı kurtulmuşlardı. Sivil polisler bana sigara ikram etti, aramızda sıcak bir sohbet başladı. Şaşırıp kalmıştım, olup biteni nasıl yorumlayacağımı bilemiyordum. Bir oyun mu oynuyorlardı, yoksa içten miydiler? Doğrusu hepsi de çok candan davranıyordu ama belli mi olurdu? O dönemlerde polis, solcu Pol-Der ve sağcı Pol-Bir olarak ikiye ayrılmıştı. Bu genç adamlar Pol-Der'li olduklarını söylüyorlardı.

Yolda giderken bana, "Abi bavulda tehlikeli bir şey varsa hemen yok edelim!" dediklerini duydum. Silah, bomba falan mı taşıdığımı sanıyorlardı acaba. "Hayır," dedim, "Ne olabilir ki!"

"Belli mi olur abi," dediler. "Ama bir şey varsa emniyete gitmeden hemen yok edelim şunu."

"Vallahi yok!" dedim.

Sonra, o sıralarda sürekli olarak polis öldüren bir örgütle ilgili düşüncelerimi sordular. Samimi fikrimi söyledim. "Cinayetin her türüne karşıyım, o dar gelirli, aile geçindiren polislerin vurulması da bir canavarlık örneği!" dedim.

Polisler, "Yok abi!" dediler. "Öyle düşünme, devrimin belli bir aşamasında polis öldürmek de görevler arasındadır."

Ciddi mi konuşuyorlar, dalga mı geçiyorlar anlayamıyordum. O tehna yoldaki virajlardan birinde beni vurup tarlaya da atabilirlerdi. O günlerde kimse kimsenin hesabını tutmuyordu ki.

Bir süre sonra Ankara Emniyet Müdürlüğü'ne gelip yedinci kata çıktık. Avrupa'ya gitmiş, onca yıl oralarda kalmıştım ama sonunda dönüp dolaşıp Ankara'nın o bildik yedinci katına gelmekten kurtulamamıştım demek ki. Beni bıraktıkları o bomboş odada kendime de, Ankara'ya da, bizi bu hale düşüren aptallıklara da sonsuz bir öfke duydum. Osmanlı'dan beri her kuşağın umutsuz zamanlarını vurgulayan meşhur cümle yankılandı kafamda: "Bu memleket adam olmaz!"

Miting Gibi Konferans

Barbarlar gene gündemdeydi. Sokakta adam öldürüyor, Meclis'te ana avrat küfrediyor, aydınları tutukluyor ve cinayeti, soygunu, kabalığı toplumun "yükselen değerleri" olarak sunuyorlardı.

Ben de bunca yıl sonra yine Ankara Emniyet Müdürlüğü'nün yedinci katındaydım işte. Aradan bir süre geçince altıncı katı da görecektim. Gelip beni aşağı indirdiler. Altıncı katta büyük bir salonda, yüzü duvara dönük durumda ayakta bekleyen beş-on genç vardı. Modern ve konturları çok belirgin bir tablo gibi, beyaz duvarda koyu renk lekeler halinde bekliyorlardı.

Girişte bir masanın arkasında oturan polis arada bir kalkıyor, beklemekte olanlardan birine tekmeyle ya da copla saldırıyordu. Dövülen kişinin hareket etme hakkı yoktu herhalde çünkü alnını beyaz duvardan ayırmadan inliyor, dayağa hiç kıpırdamadan katlanıyordu. Salonun öteki köşesinde, bir iç bölmeye açılan demir parmaklıklı kapının ardından ise insan sesine benzemeyen haykırışlar geliyordu. Bana bir sandalye verdiler, oturdum.

"Türkiye'de müziğin yerel ve evrensel boyutları!" diye geçiriyordum içimden. "Al işte! Gör şimdi bu ülkede konferans vermek ne demek."

Bir süre sonra beni kötü kötü süzen polis, yedinci kattaki dost polisleri çağırdı. Beni göstererek, "Onu yukarı götürün!" dedi. Gerekçesi çok ilginçti: "Beni süzüp duruyor. Onun yanında rahat adam dövemiyorum."

Genç polisler beni alıp yukarı çıkardılar. Bu sefer müdürün odasına oturttular. Müdür birazdan gelecekmiş, telefon edip edemeyeceğimi sordum. "Olur," dediler. Pol-Bir'li polisler bana bir kötülük yapmasın diye, görevleri bitmiş olmasına rağmen Emniyet Müdürlüğü'nü terk etmiyor, beni bekliyorlardı.

Bilenler bilir, gözaltında en önemli şey haberleşebilmektir. Günlerce, aylarca kimseye haber veremeden, bir bilgi alamadan yatar insanlar. Bu yüzden bana tanınan ayrıcalığı minnetle kabul ederek Yargıtay'dan babamı aradım. İkide birde oğluyla başı derde giren zavallı babam, Ülker'in haber verdiğini, merak etmememi, bir-iki saat içinde çıkacağımı söyledi. Ülker ve Işık, ilk iş olarak sevgili arkadaşımız Uğur Mumcu'yu aramışlar. Uğur hemen Başbakan Bülent Ecevit'e ve İçişleri Bakanı Hasan Fehmi Güneş'e haber vermiş. Böylece benim kurtarılmam için gerekli çarklar dönmeye başlamış.

Bir süre sonra müdür geldi. Kahve ve sigara ikram etti; bana çok saygı duyduğunu, çocuklarının ise dinleyicim olduğunu belirtti. Plaklarımı kızı için imzalatmak istiyordu. Ona büyük bir sürpriz yapacaktı. Alelacele polisleri koşturdu ve evinden plaklarımı getirtti. Bütün albümlerim vardı. Oturup hepsini özenle imzaladım.

Akşamüstü bir arabayla beni eve gönderdiler. Bu vartayı da atlatmıştık ama ben hâlâ neden gözaltına alındığımı anlayamamıştım. Durum ertesi akşam aydınlandı. Orta Doğu'daki konferans çok dallanıp budaklanmıştı. Ben böyle teknik bir konuya en çok on beş-yirmi kişi gelir sanmıştım. Oysa öğrenciler konuyla değil, benimle ilgiliydi. Sıkıyönetim zamanında olayın büyümesinden korkan okul yönetimi ve askeri makamlar el ele verip konferansı engellemeye çalışmışlardı. Başaramayınca beni gözaltına almak gelmişti akıllarına. İki gece içeride tutsalar, konferans günü gelip geçecekti. Ne var ki Ecevit Hükümeti bu oyunu bozmuştu. Bunun üzerine konferans akşamı, şehirden Orta Doğu kampüsüne giden bütün otobüsleri iptal etmişlerdi.

O akşam Orta Doğu'ya gittim. Beni karşılayan öğrencilerle birlikte spor salonuna girdik ve en az dört bin kişi ciğerleri patlarcasına haykırarak ayağa fırladı. Bir konferans değildi bu, büyük bir gösteriydi. Coşkulu öğrenciler, o gün gazetelerde yayınlanan gözaltına alınış haberi üzerine iyice öfkelenmişlerdi ve isyanlarını o toplantıda haykırmak istiyorlardı.

Oysa ben adamakıllı teorik bir konuşma hazırlamıştım. O gece öğrencileri sakinleştirebilmem çok zor oldu. Durmadan sloganlar atıyor ve şarkı söylememi istiyorlardı. Aslında bu örnek, Türkiye'de yaşananların tipik bir göstergesiydi. Gerilim öylesine yükselmiş, daha doğrusu yükseltilmişti ki savaşın gürültüsü arasında, sakin ve sağduyulu söylemler yitip gidiyordu. O günlerde dilimden hiç düşmüyordu Gülten Akın'ın ünlü dizeleri:
"Ah kimselerin vakti yok/Durup ince şeyleri anlamaya."

O yıllarda Orta Doğu solun kalelerinden biriydi ve sık sık jandarma tarafından kuşatılıyordu. Daha sonra o günleri bana anlatan Necati Yağcı ve İbrahim Seyfettinoğlu dostlarım, öğrenci yurtlarında gece gündüz benim şarkılarımın dinlendiğini, jandarma baskınları sırasında da yurtlardan hoparlörle Memetçik Memet parçasının çalındığını anlatacaklardı.Gençlik dönemi "günahları"nı itiraf eden bazı İslami aydınlar da yurtlarda gizli gizli beni dinlediklerini söylemişlerdi. Daha sonra İslami rock adı altında ortaya çıkan gruplarla *Nokta* dergisinin yaptığı söyleşide, bu müziğin örnek alındığı belirtiliyordu.

Onca karanlık ve uzun sürgün yıllarından sonra yurda dönmenin sıcaklığını, dostlarla ve aileyle buluşmanın sevincini yaşamaya çalışıyorduk.

Ayrıca şarkılarım büyük kitlelere ulaşmıştı. Her yerde Karlı Kayın Ormanı, Hiroşima, Hoş Geldin Bebek çalınıyordu. Her çalışmam liste başıydı. Ne var ki bunların hiçbirinin keyfini çıkaramıyorduk; bırakmıyorlardı.

Terör bırakmıyordu, canımız cebimizde yaşıyorduk. Asker ve polis bırakmıyordu. En acısı da dost bildiklerimiz ve Türkiye'nin aydın çevreleri bırakmıyordu.

Türk aydını ilk yıllarda yeni bir isim "keşfetmenin" heyecanıyla beni yere göğe koyamamıştı; çünkü yaygın bir isim değildim. Bir aydın, evine gelen konuklarına benim plaklarımı çaldığı zaman, onun özel "keşfi" oluyordum. Bu yüzden herkeste, "Sen onu bırak. Ben sana bir şey dinleteyim de gör!" tavrı vardı. Türkiye'ye döndüğümde bana kahraman muamelesi yapılması da buradan kaynaklanıyordu.

Bir süre sonra yaygınlık kazandım. Özellikle televizyon beni geniş kitlelere taşıdı. Sol müziğin geleneksel çemberi kırılmıştı. Artık genç kızlar, ev kadınları, arabeskçiler, köylüler, küçük burjuvalar beni dinliyordu. Ankara'da bir profesör, kapıcısıyla arasındaki tek ortak bağın, ikisinin de Livaneli dinlemesi olduğunu söylemişti. Başka bir değme noktaları yoktu.

İşte bu kitleselleşme, seçkinci sol aydının bana tavır almasına neden oldu. Bunların bir bölümü, 'halk'a mal olmuş bir zevki paylaşmak istemiyordu. Başka bir kesimi ise düpedüz kıskançlık duyuyordu.

O yıllarda TRT denetimi çok sıkıydı. Bu denetimi aşmadan televizyonda şarkıları tanıtmak mümkün olmuyordu. Bazı dostların gayretleriyle, benim parçalar, sözlerin altındaki Nâzım Hikmet imzasına rağmen denetim engelini aşmıştı. Zaman zaman ekranda söylüyorduk bu parçaları.

Bir programda Şeyh Bedreddin Destanı'nı seslendirmem üzerine o dönemin muhalefet lideri Süleyman Demirel bir basın toplantısı yapmış ve "Bize TRT'den isyancı Bedreddin'in türküsünü dinletiyorlar. Hükümetten bunun hesabını soracağız!" demişti.

İlginçtir, Cumhurbaşkanlığı sırasında birkaç kez görüştüğümüz ve davetimi kabul ederek Kırgızistan'daki Issık Göl Forumu toplantımıza katılan Süleyman Demirel, önce benim ilk albümümü yasaklatmış, sonra babamın Yargıtay'da yükselmesine engel olmak için her türlü kulisi yapmış, ilk televizyon programlarımı da bu sözlerle eleştirmişti. Yüzyıllarca önce yaşamış bir Şeyh'den bu kadar nefret etmek, aynen 16. yüzyılın Pir Sultan Abdal nefreti gibi bir Türkiye klasiği idi.

TRT'de yeni bir denetim kurulu oluşturuldu ve sevgili dostum Timur Selçuk bu kurulda yer aldı. Hepimizde bir sevinç yarattı bu. Öyle ya ilk kez değerli bir müzik adamı dostumuz, denetim kurulu denilen çağdışı kurulda bulunacak ve orayı değiştirecekti. Timur'dan beklentilerim çok büyüktü. Bu yüzden şokun etkisi de büyük oldu. Timur, ilk denetim kurulu toplantısında benim parçalarımın yasaklanmasını istedi ve bunu yaptırdı. Haberi Frankfurt'ta aldım. Bir konser için gittiğim Frankfurt'ta okuduğum bir Türk gazetesi, benim parçalarımın TRT denetimi tarafından yasaklandığını yazıyordu. Hemen bir cevap yayınladım; bu kurulun benim parçalarımı değerlendiremeyeceğini yazdım. Yaşar Kemal de bir açıklama yapmış ve "Bir ulusun sanatçıları da yasakçı kervanına katılırsa, o ulustan hayır gelmez artık," demişti.

Cevabı birkaç gün sonra geldi: Timur *Cumhuriyet* gazetesinde yayınlanan tam sayfa cevabında kendilerinin Nâzım'a değil, onu besteleyen kaleme karşı olduklarını yazıyordu. Sonra, müzisyen olmayan insanların kafasını karıştıracak bir sürü teknik deyimi yerli yersiz kullanarak, benim değersiz bir müzikçi olduğumu ve bestelerimin değer taşımadığını kanıtlamaya uğraşıyordu. Bu kavga o günlerin Türkiyesi'nde çok yankı buldu. İnsanlar ikiye ayrıldılar. Şimdiki aklım olsa kısa bir açıklamayla yetinir ve o öfke dolu cevapları vermezdim. Nasıl olsa yıllar besteleri yerli yerine oturtacaktı. Sanıyorum ki Timur da böyle davranırdı.

Ama o gençlik yıllarının ateşi ikimizi de hırçınlaşmaya itti. Yıllarca küs kaldık. Sonra babası Münir Nurettin Selçuk'un ölümü üzerine Teşvikiye Camii'ne gittim ve orada öpüşerek barıştık. Kimse tahmin etmez, kendisi de bilmez ama ben Timur'u gerçekten çok sever ve çok takdir ederim. Bugün de kendisine en ufak bir kırgınlık duymuyorum.

Türkiye'de Dehşeti, Avrupa'da Başarıyı Yaşamak

> *Bir insan ömrünü neye vermeli*
> *Tükenip gidiyor ömür dediğin*
> *Yolda kalan da bir, yürüyen de bir*
> *Savrulup gidiyor ömür dediğin*

Yurdun her yerinden katliam haberleri geliyordu. Süleyman Demirel, Bülent Ecevit'in zaferini bir türlü hazmedememiş, güreşe doymayan bir pehlivan gibi gerginliği en üst dereceye kadar tırmandırmıştı. Milliyetçi Cephe denemesinin temel mantığı buydu. Elbette bu durumdan yararlanan aşırı sağ güçler, bir kitle partisiyle dayanışma içinde serpilip gelişiyorlardı. Zaten o yıllarda solculara karşı mücadele eden ülkücülere 'devlet yandaşı' muamelesi yapılıyordu. Çorum katliamından sonra kendisini sıkıştıran muhabirlere karşı Demirel o ünlü sözünü söyledi: "Bana milliyetçiler suç işliyor dedirtemezsiniz." Bu cevabı televizyon ekranında gördüğüm zaman kulaklarıma inanamadım.

İstanbul'un kömür tozlu akşamüstlerinden birinde çığlık çığlığa çalan bir telefon Abdi İpekçi'nin öldürüldüğünü haber verdi. Önce taş kesilip sonra ağladığımı hatırlıyorum. Teşvikiye Camii'nde yapılan kalabalık cenaze töreninde Demirel'in yüzünü bir maske gibi seyrediyordum. Herhalde tabutun başında, ülkücüleri bu cinayetin sorumluluğundan nasıl sıyırabileceğini düşünüyordu. Bir dehşet tahterevallisine binmiştik ama bunun en şiddetli sarsıntısını Maraş katliamında yaşadık. Orada yüzlerce masum Alevi yurttaş katledildi.

Artık Türkiye çığırından çıkmıştı. Kanayan bir ülkede yaşıyorduk. Herkesin kafasında, 'Artık ne olacaksa olsun. Birileri bu kanı durdursun!' formülü belirmeye başlamıştı. Bir darbenin fikri zeminde hazırlanması anlamına geliyordu bu. Sıkıyönetim ilan edildi ve o andan itibaren Türkiye'nin geleceği belli oldu. Askeri idareye kayıyorduk. Ecevit koalisyonunun devrilmesi ve Demirel'in bir Milliyetçi Cephe hükümeti kurması bardağı taşıran son damla oldu. Ülkücüler iktidara tırmanmıştı.

Sık sık yurtdışına çıkıyordum. Çoğu Almanya'da olmak üzere bir sürü konser vermekteydim. Bu arada müzikle ilgili olumlu bir gelişme oldu. Almanya'daki konserler sırasında Ariola plak şirketinin yapımcılarıyla tanışmıştık. Ariola, Bertelsmann grubunun bir şirketiydi ve Avrupa'nın en büyüklerinden biriydi.

'Uluslararası Şiir' toplantısı için Rotterdam'a davetli olmamı fırsat bildim ve uçağımı Münih üzerinden aktarmalıya çevirttim. Münih'te Ariola dış yapımlar sorumlusu Wolfgang Eisele ile görüştük. Müziğimi beğeniyor ve Alman kamuoyunda ilgi uyandıracağına inanıyordu. Çok geçmeden üç plaklık bir sözleşme imzaladık. Paris'te bir stüdyoda yeni plağımın kaydını gerçekleştirdim. Bu plaktaki besteleri Almanya'da ve Fransa'da yapmıştım. Türkiye'nin yok oluşu, hayatlarımızın parçalanışı üzerine parçalardı hepsi de.

'Günlerimiz' albümünde yer alan Dağlara Küstüm adlı ağıtın sözlerini yazıp müziğini bestelemiştim. Fakat türkü öylesine otantik ve olgun bir yapıdaydı ki herkes bunu geleneksel sandı. Daha sonra Arif Sağ, Rahmi Saltuk gibi sanatçılar bu parçayı okudular ve 'geleneksel' olduğunu belirttiler. Oysa her bir sözcüğü ve notası bana aitti. Daha sonra bu yanlışlık düzeltildi.

Rotterdam'daki Uluslararası Şiir Festivali'nde Fazıl Hüsnü Dağlarca'yla aynı otelde kalıyorduk. Bu büyük şaire bir gün saz çaldım. Dinlerken bir kâğıt çekti ve bir şeyler karaladı. Sonra kâğıdı bana verince üstünde kısa bir şiir ve "Hibedir!" yazısını gördüm. Dörtlük şöyleydi: "Saz çaldın mı/Sağ elin geçmiştedir/Sol elin/Gelecekte." Büyük şair bana çok güzel bir hediye vermişti

Paris'teki albüm kaydı sırasında Tülay German ve Erdem Buri'yle sık sık görüşüyorduk. Plakla çok yakından ilgilendiler, dostları olan kontrbasçı François Rabbath'ın benimle çalışmasını sağladılar. François, ak saçlı ak sakallı bir pir-i fani görünümündeydi. Paris operasında kontrbas çalıyor ayrıca solo konserler veriyordu. Paris Kongre Sarayı'nda verdiği solo kontrbas konserini on iki bin kişi izliyordu. Madrid'de bir seferinde elli bin kişiye çalmıştı. Büyük bir ustaydı doğrusu. Bazı akşamlar onun Pigalle'deki evine gidiyor, hep birlikte müzik yapıyorduk. Bir seferinde ünlü İspanyol şarkıcı Paco Ibanez de katıldı bize. Karşılıklı Katalan ve Anadolu türküleri söyledik. François kontrbasıyla bize eşlik etti. Tülay'ın, Paco'nun ve benim sesimiz gitar, saz ve kontrbasta yaratılan eşsiz armonilere karışıyordu. Bu müzikten öylesine zevk aldım ki bir kaydının olmamasına hâlâ yanarım. Herhalde en güzel plağımızı yayınlamış olacaktık. Müzik seansından sonra Paco müthiş heyecanlandı ve bana acılı İspanyol yemekleri tattırmak için mutfağa girdi. Bir süre sonra hepimiz müthiş acı bir tiritin başındaydık. Sonra gene müzik başladı. Geceyarısını epey geçe kapı çalındı ve bir Fransız polisi komşulardan şikâyet olduğu için geldiğini söyleyerek içeri girdi. Aynı anda içerdeki müziği, coşkuya kapılmış müzikçileri görünce özür diledi ve biraz dinledikten sonra sessizce gitti. Polis de olsa Fransızdı işte.

Plakta François Rabbath'dan başka, o sıralarda Paris'te okumakta olan Erol Erdinç ve Moğollar grubunun yetenekli isimleri Cahit Berkay ve Engin Yörükoğlu da yer aldılar. Çok duyarlı bir plak çıktı ortaya. Türkiye'de yayınlandığı andan itibaren sevilen ve deyim yerindeyse klasikleşen bir çalışmaydı bu. Albüm, Yunanistan kıyılarından Türkiye'ye bakarak yazdığım Kardeşin Duymaz Eloğlu Duyar'la açılıyordu. Bedri Rahmi Eyüboğlu'nun dizelerinden bestelediğim Yiğidim Aslanım Burda Yatıyor'u Tülay German'la birlikte seslendirmiştik.

Sevgili Uğur bu parçayı çok sevmişti. Mırıldanıp dururdu. Bir gün bu parçanın yüzbinlerce insan tarafından onun cenazesinde söyleneceğini tahmin edemezdik.

Ariola şirketi üç plağımı çok güzel kapaklar içinde Avrupa piyasasına sundu. 'Nâzım Türküsü', 'Atlının Türküsü' ve 'Günlerimiz' Almanca kapaklarla, Avrupa plak mağazalarındaydı. Hatta Köln'deki Satürn dükkânı L harfinde bir 'Livaneli' bölümü açmıştı. Görünce çok hoşuma gittiğini itiraf etmeliyim. Firma ayrıca plağın tanıtım çalışmaları için bir basın turu yapmamı şart koşmuştu. Önemli merkezlerdeki Ariola büroları beni ağırlıyor ve kentin büyük bir otelinin lobisinde basın toplantısı düzenliyordu. Önemli gazetecilerle pahalı bir lokantada akşam yemeğinde buluşuyor ve konuşuyorduk. Böylelikle Avrupa'nın büyük gazetelerinin müzik yazarları, plaklarımla ilgili çok güzel yazılar yayınladılar. *Die Zeit* gazetesinin tam sayfa yayınladığı yorumun başlığı şuydu: "O halkın türkülerini, halk onun türkülerini söylüyor!" Bu övgüleri okumak garip bir duyguydu.

İlk kez büyük bir Batı şirketiyle çalışmanın önemini ve bu desteğin gücünü kavrıyordum. Böyle bir işbirliği olmadan Batı'da kendini duyurmak çok zordu. Plakların tanıtımı için öylesine büyük paralar harcadılar ki bu parayı nasıl çıkaracaklarını merak etmeye başladım. Ama sistem böyle çalışıyordu.

Türk, Övün, Çalışma, Kıskan!

Yaşamım, kimi zaman açılıp kimi zaman kapanan bir kıskaca benziyordu. Sürgün dönüşü biraz açılır gibi olan kıskaç gene sıkışmaya başlamıştı. Her yönden dertlere batıyordum. Azgelişmiş ülkelerde politikayla uğraşan sanatçıların yaşadıkları bütün açmazlar başımdaydı. Sıkıyönetimle bilenmiş devlet güçlerinin tehdidi altındaydım. Havaalanlarında, gümrüklerde hep tedirgindim. Her an gözaltına alınma kaygısıyla yaşıyordum. Bir yandan da anlamsız bir terörün potansiyel hedefi durumundaydık. Gece gündüz bir saldırı bekleyerek yaşamak, köşebaşında gördüğün her hırpani gençten kuşkulanmak, her gün dostların ölüm haberleriyle sarsılıp parçalanmış gövdelerinin resmini görmek insanın sinirlerini bitiriyordu.

Yaptığımız müzik, korsan kasetçilere yarıyordu. Dağ taş korsan kaset doluydu ve bunlara hiçbir denetim uygulanmıyordu. Beni, yitirilen telif haklarından çok, o kasetlerde sergilenen kaba ve özensiz sunuş biçimi rahatsız ediyordu. Plaklarımın içeriği kadar, sunuluşuna da meraklıydım. O güzelim uzunçalar kapaklarını, seçilmiş şiirlerle, desenlerle, sunuş yazılarıyla bezemeye bayılıyordum. Ne var ki her gün otuz kişinin öldürüldüğü bir kan gölünde korsan kaset sorununu dile getirmek mümkün değildi.

Devletin ve terörün baskılarını ağırlaştıran bir durum da kendine 'sol aydın' adını veren bir takımın bana uyguladığı saldırı kampanyasıydı. Belki size biraz tuhaf gelebilir ama o kan ve ateş günlerinde bile yarı-aydın sanatçı kesimi, birbiriyle uğraşmayı ve kıskançlık krizlerinin sebep olduğu dedikodu alışkanlığını bırakmamıştı. Genellikle barlarda toplanıyor ve onu bunu çekiştirerek vakit öldürüyorlardı. Hiçbirinin elle tutulur bir yaratısı yoktu.

Bunlar için bir arkadaşlarının ufak tefek başarıları hoşgörülebilir, sırayı bozmadığı ve kategoriyi değiştirmediği sürece bağışlanırdı. Ama iki şey bağışlanmazdı: Halkla ve dünyayla ilişki. Eğer yaptığınız iş halkta yankılanıyorsa hapı yuttunuz demekti. Bundan da kötüsü, Batı'da bir şeyler yapmak ve adını duyurmaktı. Böyle bir başarı, bizim yarı-aydınların içine yılan gibi çörekleniyordu.

Bu yüzden yıllarca Yaşar Kemal'i çekiştirmişler, alay etmişlerdi. Bir arkadaşlarının Batı'da ünlü olması ve kitaplarının yayınlanması onları çileden çıkarıyordu. En yaygın söylenti, o kitapları Yaşar Kemal'in eşi Thilda Kemal'in yazdığıydı. Yoksa Yaşar Kemal o kitapları nasıl yazabilirdi?

Batı'da Yaşar Kemal kitapları yayınlayan yayınevi sahiplerinin Thilda'nın akrabaları olduğunu anlatıyorlardı. Bununla da yetinmeyerek Yaşar Kemal'i Siyonist odakların meşhur ettiği konuşuluyordu. Hatta anlı şanlı bir edebiyatçımız bir gün Yaşar Kemal'den *Le Monde*'a makale yazması için yardımda bulunmasını rica etti. Yaşar Kemal böyle bir gücünün bulunmadığını söyleyince de hayretle, "Aaa!" dedi, "*Le Monde*'un müdürü senin kayınbiraderin değil mi?"

Olumsuz cevap üzerine gösterdiği tepki ise daha da ilginçti: "O zaman senin hakkındaki onca yazı nasıl çıkıyor orada?"

Bir romancı arkadaşlarının başarısı karşısında canı yanan sanatçı takımının tepkileri işte böyleydi.

Benim de Türkiye'de gittikçe yaygınlaşmam ve Batı ülkelerinde tanınıyor olmam, bu kesimin öfkesini çekti. Bağımsız bir insan olarak hiçbir ince hesap uygulamadığım ve içimden geleni yaptığım için bu saldırıların dozu giderek arttı ve onca dert arasında bu kesimin de hedefi haline geldim. Sürekli benden söz ediyor ve karalıyorlardı. Müzikle hiç ilgisi olmayan kişiler bana ve şarkılarıma sövgü yazıları yayınlamaya başladılar. Hatta *Kitaplar* adlı kitap tanıtım dergisinin başyazısında bile müziğime saldırılar yapıldı. Bu kişilerle karşılaştığımda sesler kesiliyor ve düşmanca bakışlar dikiliyordu üstüme. Babalarını öldürsem benden ancak bu kadar nefret edebilirlerdi.

Doğrusu benim de bu çevreden midem bulanıyordu. Gerçek entelektüelleri çok seviyordum ama 'entel'ler berbattı.

Maria Farandouri'yle işbirliğimiz ve iki ülkede yürüttüğümüz çalışma yarı-aydın takımının müthiş canını yaktı. Çünkü Mikis Theodorakis ve Maria Farandouri bu kesimin idolleriydi. Bu idollerin benimle çalışması akıl alacak şey değildi.

Oysa Maria da bana, ona çok yardım ettiğimi ve bestelerimle yeni bir soluk getirdiğimi söylüyordu. Yunan basını bu özelliği vurguluyor ve bizdekiler gibi kendi sanatçılarına saldırıp beni kurtarıcı olarak gösteriyordu. *Ethnos* gazetesi bir gün Theodorakis ve Hacıdakis'i kötüleyip beni göklere çıkaran bir yazı yazmıştı. Yazıda, "Yunan müziğinin içinde bulunduğu krize çözüm Livaneli'den geldi!" deniliyordu. Kısacası hiçbirimiz 'kendi köyümüzde peygamber' olamıyorduk.

PASOK partisi seçimlere girerken, Hiroşima adlı parçamı, seçim müziği olarak kullanmıştı. Daha sonra 'Yunan müziğini en çok etkileyen besteciler' töreninde, bir döneme damgasını vurmuş besteci olarak ben de ödül aldım. Sıralamada yer alan ve Yunanlı olmayan tek sanatçıydım.

Gelin görün ki bu durum bizimkilerin keyfini iyiden iyiye kaçırdı.

Şimdi yazacağım şeye belki de genç kuşaklar inanmayacaktır. Ne yaptılar biliyor musunuz? Maria Farandouri'ye mektup yazıp benim Türk devletinin ajanı olduğumu ve benimle çalışmasının doğru olmadığını bildirdiler. Maria bana gülerek gösterse de, sonuçta bunlar benim için son derece korkunç belgelerdi.

Bir sol hareket bu moralle yaşayabilir miydi? Bu kadar ahlaksız insan, hangi değerleri, hangi yüzle savunabilirdi ki? Türkiye'de onca kan dökülürken, kültür alanındaki yozlaşma, ayakta kalmış bir tek değer bırakmamacasına ortalığı toz duman ederken adamlar her şeyi bırakmış sadece benimle uğraşıyorlardı. Her şey kabul edilebilirdi: Arabesk akımı, gazino şarkıcıları, soygunlar, öldürmeler normaldi. Yeter ki içlerinden biri başarılı olmasın! İşte bu öldürüyordu onları.

Bu dönemde barlarda mekân tutan yaşlı ve sarhoş abilerden pek etkilenen yeniyetme sanat gazetecilerinde bir 'Livaneli sendromu' başladı. Gün geçmiyordu ki haftalık dergilerde ya da 'sol' basında aleyhimde bir şey çıkmasın.

Bir sonbahar günü İstanbul'da uzun uzun yürüdüm ve düşündüm: Büyük bir beceri göstererek herkesi kendime düşman etmeyi başarmıştım. Devlet ve güvenlik güçleri bulduğu yerde beni sıkıştırıyor, gözaltına alıyor, plaklarımın dağıtımını engelliyordu. Sol aydın kesim de yollarımı bağlamaya uğraşıyordu. TRT beni yasaklamıştı, Komünist Partisi'nin 'Bizim Radyo'sunda da yasaktım. Kısacası iktidarı, muhalefeti, sağı ve soluyla üstüme geliyorlardı. Bu sürüye katılmamış olmamın, bağımsız bir sanatçı olarak yaşamamın bedelini ödetiyorlardı.

Buna karşılık Türkiye'de ve Yunanistan'da büyük kitleler beni neredeyse bağrına basmıştı, Avrupa'da plaklarımın satışı iyi gidiyordu.

Bir yol ayrımına daha gelmiştik.

Darbeyle Gelen
"Kader Senfonisi"

1 1 Eylül 1980 akşamı Köln'de Ayşim Alpman'ın evindeydim. Ertesi gün Fransa'ya giderek, François Mitterand'ın düzenlediği "Akdeniz Diyalogu" toplantısına katılacaktım. Akşam Hardefust Strasse'deki evde otururken telefon çaldı ve Alman gazeteci Jürgen Roth, "Türkiye'de bu akşam ihtilal oluyor!" dedi. Birden ortalığa bomba düşmüş gibi oldu. Uzun zamandan beri bir darbe bekleniyordu, Jürgen Roth'un da kulağı bu konularda epey delikti. Roth, Kürtlerle ilgili yazıları yüzünden Türkiye'den sınırdışı edilmiş ünlü bir gazeteciydi.

Hemen telefonlara sarıldık. İlk olarak Türkiye'deki gazeteleri aradık. *Milliyet* ve *Hürriyet*'teki tanıdıklar, böyle bir şey olmadığını söylediler. O gün, yani 11 Eylül günü çok bombalı pankart asılmıştı. Bunların söküldüğünü gören yabancılar gereksiz yere evhamlanmışlardı herhalde. Durum sakindi.

Köln radyosunda çalışmakta olan Örsan Öymen bir işle ilgili olarak Türkiye'ye gitmişti. Karısı Gisela, bir darbe durumunda Türkiye'de kısılıp kalır diye korkuyor ve Örsan'ı bularak acele çağırmak istiyordu. Epey uğraştık ama Örsan'ı bulamadık.

O gece bu karışık duygularla uyuduk, ertesi sabah hemen radyonun başına üşüştük. Gerçekten de darbe olmuştu. Koyu Alman kahvesi içerek saatlerce haberleri dinledik.

O günden beri Jürgen Roth'un bu bilgiyi nereden aldığını düşünürüm. Yabancı gazetecilerin edinebildiği bir bilgi hükümetten nasıl gizleniyordu? Ya da Türk basını nasıl farkına varmıyordu gelişmelerin? Jürgen Roth acaba Alman gizli servisinden mi öğrenmişti bunu?

Öğlene doğru Köln-Bonn havaalanından uçağa binip Paris'e gittim ve Orly'de uçak değiştirerek Marsilya'ya uçtum. O tarihte Fransız Sosyalist Partisi iktidarda değildi. Çeşitli uluslardan yüzlerce entelektüeli bir araya getiren "Akdeniz Diyaloğu" toplantısını Mitterrand'ın sağ kolu olan Jack Lang düzenlemişti. Marsilya'da öğle yemeği verilen güzel bir bahçede Yaşar Kemal'le buluştuk. Beni, daha sonra Kültür Bakanlığı yapacak olan kırmızı kazaklı Jack Lang ve Mitterrand'la tanıştırdı.

Toplantıya Türkiye'den beş kişi katılıyordu: Yaşar Kemal, Çetin Altan, Mümtaz Soysal, Aziz Nesin ve ben. Ayrıca Fransa Ulusal Araştırma Merkezi direktörlerinden Profesör Altan Gökalp dostumuz da oradaydı.

Biz Türkler, toplantılardan fırsat buldukça bir araya geliyor ve Türkiye'deki durumu konuşuyorduk. Onca Akdeniz ülkesi aydını arasında tek başımıza ve yalnızdık. Çünkü ateş önce düştüğü yeri yakıyordu.

Toplantı sonunda Marsilya Belediyesi bahçesinde bir kapanış töreni yapılacaktı. Bu nedenle sahneye uzun bir masa konmuştu ve Mitterand başta olmak üzere, birçok ülkenin politik lideri oraya oturmuştu. Konuşmalardan önce bir müzik ve şiir gösterisi sunmamızı istediler. Bu gösterinin aynı zamanda sembolik bir anlamı olacaktı.

Bu nedenle İsrail asıllı ünlü Fransız kemancı Ivry Gitlis, ben ve Melina Mercuri kısa bir sunuş hazırladık. Biz Ivry Gitlis'le doğaçlama yaparken Melina da şiir okuyacaktı. Andreas Papandreu'nun olumsuz tutumu yüzünden Melina bu programa katılamadı. Ivry Gitlis'le ikimiz düşündüğümüzü yaptık, bu klasik keman ustasıyla birlikte çok hoş bir doğaçlama müzik sunduk. Masada oturan siyasilerin önünde çalıyorduk ve bitirdiğimiz zaman yer gök alkıştan inliyordu. En çok alkışlayanlar ise, daha önce bana ters tepki göstermelerinden korkulan Marsilya Ermenileri'ydi.

Papandreu toplantının başından beri Türklere karşı olumsuz bir hava içindeydi. Bizimle konuşmuyor, masalarımız yan yana düşse bile sırtını dönüyor, yanımızdan geçerken bir nezaket selamı bile vermiyordu. Andreas Papandreu'nun sosyalizm maskesi altında sevgisiz bir yürek taşıdığını fark ettim. Onun iktidar yılları ise bu kanımı güçlendirmekten başka bir işe yaramadı.

Yunanistan'la 1975'ten başlayan yakın ilişkime ve gözlemlerime dayanarak birinci elden tanıklık edebilecek durumdayım: 80'li yıllarda Türk-Yunan ilişkileri Andreas Papaendreu yüzünden çok kötüleşti. Onun "doğuda bir düşman" yaratma politikası sonucunda Yunanistan gece gündüz bir Türk saldırısı beklemeye koyuldu. Ne yazık ki Yunan aydınlarının büyük bir bölümü, Türkiye konusunda hükümetlerine muhalefet etmeyi bıraktı ve onun bu konuda söylediklerinden kuşku duymaz hale geldi.

PASOK lideri, bu tutumunun ilk işaretlerini Marsilya'da vermişti. Sahnede müzik gösterimizi bitirdikten sonra söz alan Kıbrıslı politikacı Lisarides, Türkiye'ye atıp tutan bir konuşma yaptı. Oradaki Türkler kafa kafaya verip durumu değerlendirdik. Mümtaz Soysal haklı olarak bu konuşmayı protesto etmemiz gerektiğini savundu. Ne var ki biz o toplantılara politikacı olarak değil, kimimiz sanatçı, kimimiz bilimadamı sıfatlarımızla katılıyorduk. Böyle bir konuşma yapmak bize düşmezdi.

Sonunda durum Jack Lang'a anlatıldı, bir süre sonra Jack Lang'ın Mitterrand'ın yanına gittiğini ve kulağına bir şeyler söylediğini gördük. Bunun üzerine Mitterand önündeki kâğıda bir şeyler yazdı, Papandreu'ya gönderdi. Andreas Papandreu'nun kâğıdı okudukça yüzünün asıldığını izledik. Bu uyarının sonucu biraz sonra görüldü. Kürsüye gelen, beklenen konuşmasını yapan Andreas Papandreu, Türkiye'den ve Kıbrıs'tan hiç söz etmedi.

Daha sonra kapanış konuşmasını yapan François Mitterrand ise Lisarides'e cevap vererek, "Biraz önce bu kürsüde talihsiz bir konuşma yapıldı," dedi. "Oysa Türkiye burada politikacılarıyla değil entelektüelleriyle temsil ediliyor. Cevap verme hakları yok. Bu yüzden bu konuşmayı yakışıksız bulduğumu belirteyim."

Böylece durum düzeldi. Öyle garip bir durumda kalmıştık ki, uluslararası üst düzey bir toplantıda onurunu koruduğumuz ülkemize gidip gidemeyeceğimizi bile bilmiyorduk. Birçoğumuz yeni yönetimin gözünde "vatan haini" konumundaydık.

Daha sonra Marsilya-Paris uçağında durumu konuştuk. Kimi gitmeyi, kimi bir süre beklemeyi savunuyordu. Mümtaz Soysal, "Ben dönüyorum," dedi. "Bu iş bizim on yılımızı alır. On yıl da dışarıda kalamam. Zaten Kıbrıs'ta görevlerim var. Ben görevimi yapmaya gideyim. Gerisi onlara ait."

Aziz Nesin Paris'te oğlunu görüp bir süre kalacaktı. Çetin Altan da bir süre Paris'te kalmayı yeğliyordu. Yaşar Kemal'le ben ise Stockholm'e gidecektik.

Beethoven'in "Kader Senfonisi" eşliğinde basın toplantısı yapan generaller, tek tek yaşamlarımızı etkilemeye başlamıştı.

Yalancı Kalemler

> *Uzun uzun elleri*
> *Kararmış yürekleri*
> *Çok laf yapar dilleri*
> *Ah cüceler cüceler*

12 Eylül darbesi beni çok sarsmıştı. Çünkü bu darbenin sürgün yaşamına geri dönmek anlamına geldiğini biliyordum. Aylin İstanbul'da okuyamayacaktı artık. Birkaç yıldır kurmaya çalıştığımız düzen paramparça olmuştu. İsveç'e kös kös geri dönmekten başka çare yoktu. Öyle zor bir işti ki bu. Ev bulunacak, eşya alınacak, yepyeni bir yaşam başlayacaktı. Bunlar içinse para gerekiyordu ve her zaman olduğu gibi parasızdık. Türkiye'de milyonlarca insana seslenen kasetler çıkarmak ve liste başı olmak ancak geçinmemize yetmişti. Bir de Atlının Türküsü plağının avansını ilk taksit olarak yatırıp küçük bir daire almıştık. Bana kalsa böyle bir şeye cesaret bile edemezdim ama arkadaşlar ısrar etmişti. Sonunda Akatlar'daki küçük bir daireyi taksitle aldık. Giriş çıkışı çamur içindeydi ama gene de ilk evimiz olduğu için bize saray gibi görünüyordu. Uzun süre inşaatın tamamlanmasını beklemiş, sonra sabredemeyerek yarım yamalak taşınmıştık. Her yerini beyaza boyadığımız evin iyi bir tarafı vardı. Arka pencereleri ve balkonu bir bahçeye ve uçsuz bucaksız yeşil alana bakıyordu. Yerleşmemizden bir hafta sonra Almanya ve Fransa gezisi için ayrılmıştım. Bir haftalığına gittiğimi sanıyordum ama tam dört yıl sürdü.

Ömrümde ilk kez kira ödemeden oturmanın verdiği o müthiş güvenlik duygusunu tadacaktım ama olmadı. Yirmi yaşından beri hiçbir yere bağlı olmadan ve maaş almadan çalışıyordum. Değişik ülkelerde geçen yaşamım her ay ev kirasını bulmak kaygısıyla gölgeleniyordu. Tam bu işi hallettiğimizi sandığım anda, her şey yeniden başlıyordu işte. Stockholm'e yerleşme dönemi zor ve sancılı oldu. Solna'da mobilyalı bir ev bulduk.

Darbeden sonra Türkiye'deki plakçı ve kasetçiler bana ait her şeyi bir anda yok edivermişlerdi. Soranlara da yasaklandığımı söylüyorlardı. Oysa henüz bir yasaklama yoktu. Hiçbir yasal düzenleme olmadan kasetçilerin yarattığı bu hava yayıldı ve bir gerçek olarak algılandı. Onca yıl korsan kaset yaparak bizi sömüren plak ve kaset satıcıları bu kez daha da büyük bir kötülük yapıyor ve hayatımızla oynuyorlardı.

Birdenbire "yurda dön" çağrıları başladı. Radyo, televizyon ve gazetelerle ismini ilan ediyor, on beş gün süre tanıyorlardı sana. Dönmezsen vatandaşlıktan atılıyordun. Öyle berbat bir durumdu ki bu, dönsen işkenceyi, dönmesen yurtsuzluğu seçecektin.

O dönemde Türk basını ve bazı yazarlar iğrenç şeyler yaptı. Her sabah Avrupa'da satılan bazı gazeteleri alıyor, anlı şanlı yazarların köşelerinde kendi ismimizi arıyorduk. Çünkü o köşeler, sıkıyönetime ihbar bülteni olarak yayınlanıyordu. Bu adamların kalemine düşmek ve köşelerinde yer almak bir insana yurdunu, ailesini, yaşamını kaybettirebiliyordu. Böylesine büyük bir suçu, anlayıp dinlemeden, hiçbir sorumluluk duymadan daha doğru bir söyleyişle sorumsuzca her gün işliyorlardı.

Bir ara Melike Demirağ'ı doladılar dillerine. Sözümona Atina'ya gitmiş, orada televizyona çıkıp Türkiye'yi kötülemiş ve adını değiştirip Yunan adı almış. Basın çılgın bir isteriyle kendi yarattığı bu yalanın peşine takıldı: Melike, "Ben Melina'nın kızıyım," demiş, Yunan televizyonuna çıkıp Türkiye'den nefret ettiğini söylemiş gibi ipe sapa gelmez bir iftira çılgınlığı Melike'nin ve Şanar'ın omuzlarına yüklendi. Arkasından Selda'ya, Cem Karaca'ya ve bu işlerle ilgisi olmayan birçok kişiye taktılar.

Şimdi demokrasiyi savunan kalemlerin, askeri dönemdeki marifetleri bunlardı. Hiç de onurlu bir sınav vermediler. Askerlerin geceyarısı kapıları kırarak daldıkları evlerdeki aile yataklarının ve perişan olmuş, korkmuş ev kadınlarının resmini yayınlayıp aşağılık cinsel imalarda bulundular. "Devrim nikâhı" diye garip deyimler icat ettiler. Evlerinde öldürülmüş genç karı kocanın kanlar içindeki yatağının resmini basıp altına, "İşte bu aşk yatağından çıktılar," diye yazdılar. Gazetelere her baktığımda insan oluşumdan iğreniyor ve kusacak gibi oluyordum.

Bana kalırsa Türkiye'de geriye dönük bir tartışma başlatılmalı ve o dönemdeki yayınlardan, yazılardan bir antoloji(!) yayınlanmalı. Darbeye karşı demokrasiyi, namuslu bilim adamlarını, sanatçılarını, yurtdışına kaçmak zorunda bırakılmış aydınlarını destekleyen onurlu bir basın yerine, iftirayı, leş kargalığını benimsemiş olan yayın organları ve yazarları ortaya çıkarılmalı. O dönemdeki yazıları, çocuklarına ve torunlarına kadar ulaşan bir ibret belgesi olarak hatırlanmalı.

Evet darbeciler çok can yaktı, çok insanı işkencede sakat bırakıp birçok genci öldürdüler ama inanın ki basın daha az suçlu değil. Bu kadar yaygın bir kampanyadan ben de nasibimi aldım. Önce ufak ufak yazılar başladı. Hatta *Cumhuriyet* gazetesinin bir yazarı, aynı gazetede yayınlanmış bir yazı dizimi anarak beni Atatürk düşmanlığıyla suçladı.

12 Eylül yönetimi Atatürk'ü anma geleneğini, kendi zalim eylemlerine ideolojik bir maske olarak kullanıyordu. "Atatürk 100 Yaşında" kampanyaları sırasında işin hiçbir mantık ve insaf ölçüsü kalmamıştı. Yönetim her köşede Atatürk düşmanı arıyor, bulduğuna inanınca da çarmıha geriyordu. İşte böyle bir ortamda, burada adını anmaktan utandığım yaşlı başlı bir yazar benimle ilgili yazısını yayınladı ve *Cumhuriyet*'te yayınlanmış bulunan "Yunus Emre'den Ferdi Tayfur'a" yazı dizisini anarak beni Atatürk'e saldırmakla suçladı.

O dizide ben *Cumhuriyet*'in ilk yıllarında "bağlama" denilen çalgının yasaklandığını belirtiyordum. Ahmet Kutsi Tecer'e dayanarak bu dönemi anlatıyor ve Âşık Veysel'in "Jandarmalar benim yedi sazımı yaktı," sözlerine yer veriyordum. Yazıda belirtilen bir başka nokta da, bu gelişmeden Atatürk'ü sorumlu tutmanın yanlış olduğuydu. Çünkü Atatürk bir devrim yapmıştı. Bu devrim şiddeti içinde, yurttaki her uygulamayı denetleyemezdi. Ortalıkta kraldan fazla kralcı aşırılar vardı ve bu gibi uygulamaları onlar yapıyordu.

İşte bu yazar, rejimin Atatürk konusunda çılgınlaştığı dönemde yazı yazıyor ve yurtdışında yaşayan birini düpedüz ihbar ediyordu. Hem de solcu, Atatürkçü bir yazar!

"Nereden uydurmuş bu yalanı, kaynak da gösteremiyor. Ben herkese sordum, böyle bir şey yok. Bu düpedüz Atatürk'e iftira ve düşmanlık," diyordu.

Yazıyı Stockholm'de okuduğumda gözlerime inanamadım. Yaşar Kemal'e gittim, yazıyı gösterdim. Nasıl bu kadar kötü, acımasız, yalancı ve iğrenç olabiliyorlardı? O günden sonra sıkıyönetimden bir yurda dön çağrısı beklemeye başladım. Ertesi hafta elime geçen bir müzik dergisi, Doğu Almanya'ya iltica ettiğimi yazıyordu. Artık plaklarımı Doğu Almanya'daki komünist rejim yapacakmış. Ben de orayı "gerçek vatanım" olarak ilan etmişim.

Oysa aynı dergi beni yıllarca liste başı yapmış, sayfa sayfa övgü yazıları yayınlamıştı. Çalışan gazetecileri de tanıyordum. Kaç kere evimize gelip aile fotoğraflarımızı çekmiş ve bizi örnek insanlar olarak tanıtmışlardı. Bu korkunç değişimi anlayamıyordum. Derken beklenen oldu; *Hürriyet* gazetesinde, benim yurtdışında Türkiye aleyhinde faaliyette bulunanların en önemli elebaşılarından biri olduğumu anlatan bir yazı yayınlandı. Ertesi gün de, "Zülfü Livaneli'ye yurda dön çağrısı yapıldı!" haberi yer aldı.

Oysa böyle bir çağrı yoktu ortalıkta. Ne konsolosluğa böyle bir bildiri gelmişti ne de Ankara'da kimse biliyordu. Belli ki bu çağrı, gazete yönetiminin niyetini ve özlemini belirtmekten öteye bir anlam taşımıyordu.

Türkân Şoray'la Film Projesi

O bunalımlı ve tehdit dolu günlerde basının bir bölümü böyle davranırken, bu çılgınlığa katılmayan yayın organları da vardı. Mehmet Ali Kışlalı'nın çıkardığı *Yankı* dergisinin beni kapak yapması biraz nefes aldırmıştı. Dergi, gazetelerde yayınlanan yazıları tekzip edercesine, Ariola'da yayınlanan plaklarımı, film müziklerimi ve Avrupa'daki konserlerimi duyuruyordu.

Ne var ki Türkiye'deki hava iyice aleyhime dönmüştü. Kasetlerim satılamıyordu, kamuoyu, yurttaşlıktan çıkarıldığıma inanmıştı. Böyle bir ortamda Türkiye'ye gitmek, büyük bir tehlikeyi göze almak olacaktı.

O sırada Türkân Şoray, Yaşar Kemal'in *Yılanı Öldürseler* romanını film yapmıştı. Hem başoyuncu hem de yönetmen olarak yer aldığı bu filme çok özeniyor, her şeyin birinci sınıf olmasını istiyordu. Bu nedenle filmin montajının Abidin Dino'nun denetiminde yapılmasını arzu etmekteydi. Ben de müziğini yapacaktım.

Abidin Dino, Paris'ten Stockholm'e geldi. Türkân Şoray, Rüçhan Adlı, filmin kameramanı Güneş Karabuda, yapımcısı Abdurrahman Keskiner ve Erhan Güner Stockholm'de buluştuk, çalışmaya başladık. Günlerimiz bir montaj masasının başında geçiyordu. Her sahneyi tartışıyor, değişik montaj teknikleri deniyorduk. Film montajı üzerine çok kitap okumuştum. Bu konuda hemen her şeyi biliyordum, Amerikan ve İngiliz ekollerini iyi öğrenmiştim. Bu teorik bilgilerin uygulamasını yapma fırsatı geçmişti elime. Bir süre sonra Türkân Şoray ilginç bir şey söyledi: "Neden bir film yönetmiyorsunuz?"

Aslında bunu yıllardır düşünmekteydim. İlk film müziğim olan *Otobüs*'ten bu yana durmadan film kitapları okuyor, mercekler, özel efektler, montaj, karmaşık aks problemleriyle boğuşup duruyordum. Film yapımıyla ilgili teorik bilgim, neredeyse bir kitap yazacak kadar artmıştı.

Türkân Şoray'ın önerisi bir karar almama neden oldu. Evet, film yapacaktım. O güne kadar filmlerine müzik yaptığım yönetmenlerle hep çatışmıştık. Gerek Helma Sanders gibi yabancı yönetmenlerin, gerekse çalıştığım Türk yönetmenlerden bazılarının aşırı duygusallığa bir eğilimi vardı. Bazı sahneler bana çok melodramatik ve ağdalı geliyordu. Bu sahneleri müzikle daha da duygusal hale getirmek istiyorlardı. Oysa ben böyle 'melo' sahneleri ters bir müzikle kırma ve yabancılaştırma eğilimindeydim. Bu noktada yönetmenlerle çatışma çıkıyordu. Kendi filmimi yapmak ve istediğim yoruma ulaşmak çok çekici bir şeydi.

Müzikte, edebiyatta ve filmde, deyim yerindeyse 'mesafeli' bir anlatımı yeğliyordum. Bilinçli bir karar değildi bu. Yapım böyleydi; daha doğrusu içimden bu geliyordu. Günlük yaşamda bile, abartılı hareket eden birini gördüm mü onun yerine beni bir utanç kaplıyordu. Şarkılarım duyarlıydı ama hiçbirinde hıçkırıklı bir acı ya da göbek atan bir sevinç yoktu. Bir buzdağının ucu gibi, o duyguya ait alçakgönüllü ipuçları vermeyi yeğliyordum. Ötesi, kişinin çağrışımlarına kalmıştı.

Bu yüzden çok eleştiri aldım. Türkiye bir Doğu ülkesi olarak oryantal süslemeciliğe çok yatkındı. İnsanlar evlerini oymalı, sedef kakmalı eşyayla doldurdukları gibi dinledikleri müziği ve okudukları yazıyı da bol süslemeli seviyorlardı. Duru, sade ve yalın bir ev döşemesi ya da böyle bir sanat anlatımı onlara yavan geliyordu. 'Zengin görünsün' fikrindeydiler. Bu yüzden ele aldıkları duyguyu, ıcığını cıcığını çıkarmadan bırakmıyorlardı. Eğer bir şarkıcı ayrılık acısından söz ediyorsa inlemeli, ağlamalı, hıçkırmalı, sesini bin bir gırtlak oyunuyla bezemeliydi. Böyle bir hüznü, 'balad' formunda sakin ve yumuşak bir tavırla sezdirmek bazılarına tekdüze ve 'maharetsiz' geliyordu.

Türkân Şoray'la montaj ve müzik konusunda hiç çatışmadık. Son derece duyarlı bir insandı ve sanatçı sezgileri her zaman 'alarm' durumundaydı. Bir gün birlikte film yapmaya söz verdik, aramızda güzel bir arkadaşlık başladı.

Yılanı Öldürseler'in müziğini Stockholm'de Decibel Stüdyo'da kaydettik. Daha sonra bu müziğin ana motifini alıp sözler yazdım ve Ada albümünde yayınlanan Gözlerin Bir Çığlık şarkısı ortaya çıktı.

Maria'yla Plak Çalışması

Kendi ülkemde bulamadığım çalışma koşullarına Yunanistan'da kavuşuyordum. Türkiye'de kasetlerim, plaklarım satılmıyordu, radyolarda çalınmıyordum. Oysa Yunanistan'da verdiğim konserler ve Maria Farandouri'yle yaptığımız televizyon programları beni iyiden iyiye tanıtmıştı. Sık sık Yunanistan'a gidiyor, böylece Stockholm'ün uzun ve sevimsiz kışını, Akdeniz sıcaklığı ve dostlarla birlikte içilen uzolarla bölüyorduk.

Bu gidişlerimizde Maria'nın Ekali semtindeki beyaz villasında kalıyorduk. Villanın bahçesinde bir yüzme havuzu vardı. Sıcak günlerde havuzda yüzüyorduk. Bir seferinde Bertolt Brecht'in kızı Barbara Brecht ve kocası ünlü tiyatro aktörü Eckehart Schal de geldiler. Akşama kadar havuzda voleybol oynadık. Yunan sanat dünyasının en önemli isimleriyle arkadaş olmuştuk. Şarkıcılardan Haris Aleksiyu, Yorgo Dallaras, Savopulos, Dimitri Galani, film müzikçisi Eleni Karaindru, o sıralarda çok yaşlı olan ressam Çaruhis ve önde gelen yazarlar, şairler, gazeteciler, düşünürlerle görüşüyor, akşamları ilginç Yunan tavernalarında saatlerce tartışıyorduk.

Bu arada önemli bir gelişme oldu ve Yunanistan'ın en büyük plak şirketi olan Minos, Maria ile bana ortak bir plak yapma önerisi getirdi. Şirket sahibi Makis Maças, böyle bir plağın hem Yunanistan'da hem de Batı Avrupa'da büyük ilgi göreceği kanısındaydı. Bu sevindirici öneri üzerine kolları sıvadık ve çalışmaya başladık. Benim besteleri dinliyor, yüzlerce şarkı arasından, bir uzunçalar için gerekli olan on iki şarkıyı çıkarmaya çalışıyorduk. Sonunda şarkıları seçtik. Liste, Türkiye'de tutulmuş, sevilmiş parçalarımdan oluşuyordu: Karlı Kayın Ormanı, Leylim Ley, Hiroşima, Çırak Aranıyor, Kardeşin Duymaz, Günlerimiz, Yiğidim Aslanım gibi parçalar *Sürü* filminin melodisiyle noktalanıyordu.

Maria şarkıları Yunanca söyleyecekti. Bu yüzden bütün sözlerin, şarkı söylemeye uygun bir biçimde Yunanca'ya çevrilmesi gerekiyordu. Bir süre Türkçe bilen Rumlarla çeviri üzerinde çalıştık, pek bir sonuç alamadık. Çünkü iki dil birbirine hiç uymuyordu ve müziğin her vuruşuna oturması gereken heceler, boşlukta kalıyordu.

O gün daha iyi anladım ki bir ülkenin müziğini yapan en önemli öge, o dilin sentaksıdır. Türk müziği Türk diline göre, Yunan müziği Yunan diline göre oluşmuştur. İngilizce'deki tek heceli sözcüklerin bolluğu, rock, disco, rap gibi tarzların ortaya çıkmasına neden olmuştur. Bu yüzden aynı müzik türlerini Türkçe'ye, Fransızca'ya, Arapça'ya transfer ettiğinizde ortaya komik bir söylem çıkıyor. Şansonlarda pırıl pırıl parlayan Fransız dili, rock ritminde gülünç bir beceriksizliğe bürünüyor.

Türkiye ve Yunanistan gibi yakın müzikal geleneğe ve ortak ritmlere sahip olan kültürlerde bile bu kadar zorlanılıyorsa, uzak ve ilişkisiz kültürlerdeki çeviri sorunlarını varın tahmin edin!

Sonunda şöyle bir çözüm yolu bulduk. Lefteris Papadopulos adlı ünlü şaire şarkıların içeriğini anlatacaktık. O da kendince bu müzikler üzerine şarkı sözleri yazacaktı. Akşamları Lefteris'in evine taşınmaya başladık. Çoğunlukla Maria'nın birlikte yaşadığı Telemakhos'la birlikte gidiyorduk. Telemakhos gür bıyıkları olan, karayağız, yakışıklı bir Giritli'ydi. Tarım okumuş ve cunta yıllarını İtalya'da geçirmişti. Bu plak onun da yaşamını değiştirdi ve bakın iş nerelere geldi.

Çeviri çalışmaları sırasında, daha önce hiç tanışmayan Telemakhos ve Lefteris iyi dost oldular. Aynı zamanda *Ta Nea* gazetesinde köşe yazarı olan Lefteris Papadopulos, Melina Mercuri'nin önemli danışmanlarından biriydi. Telemakhos'a ne iş yaptığını sordu. O da geçici olarak Ora sanat galerisinde çalıştığını söyledi. Lefteris, PASOK partisinin Telemakhos gibi genç bir yeteneği değerlendirmek isteyeceği kanısındaydı. Durumu Melina Mercuri'ye açtı ve Telemakhos bir süre bakanlıkta çalıştıktan sonra diplomat olarak önce Bükreş'e sonra Londra'ya atandı. Daha sonraları Andreas Papandreu, Telemakhos'u yanına aldı, bakan ve hükümet sözcüsü yaptı. Telemakhos Hitiris'in yaşamını değiştiren bu rastlantı Maria'yı da etkiledi ve o da PASOK partisi milletvekili oldu.

Şimdi plağa gelelim:

Aradan uzun bir süre geçti, çeviriler tamamlandı. Atina'daki Polysound stüdyosunda günlerimiz ayrıldı. Plakta ilginç ve akustik bir ses yapısı yakalamak istiyordum. Hiç elektronik âlet kullanmayacaktık. Maria, Yunanistan'ın önde gelen caz müzisyenlerinden davulcu Hristo ve kontrbasçı Filipidis'i tavsiye etti. Stockholm'den kardeşim Ferhat'ı da çağırdım. O sıralarda Abidin Dino, Adana'da yaşayan Ali Dede adlı bir neyzenden söz etmişti. Vize alıp yurtdışına çıkmak, daha doğrusu Fransa'ya yerleşip müzik yapmak istiyordu. Abidin Bey bir yardımım olup olamayacağını sormuştu. Ali Dede'ye bir uçak bileti yolladım ve Atina'ya davet ettim. Sonunda Polysound stüdyosunda kayıtlar başladı.

Günümüzün moda teknikleriyle çalışmıyorduk. Bu plak, birbirini hiç görmeyen müzisyenlerin ayrı günlerde gelip kanallara partisyon çalıp gittiği mekanik bir çalışma olmayacaktı. Bütün müzisyenlerin hissettiği ve birlikte yarattığı bir müzikalite amaçlıyordum. Bunun için gece gündüz provalar yaptık, parçaları birlikte çalıp durduk.

Düzenlemeleri Ferhat yapıyordu. Ses mühendisi Smirneos çok yetenekli biriydi. Kayıt her sabah 10.00'da başlıyordu. Biz üç Türk saat tam 10.00'da stüdyoda oluyorduk. Bir ay süren çalışmalar sırasında Yunanlı müzisyenlerin stüdyoya zamanında geldiğini görmedik. Zaman duygusu Türkler (belki bazı Türkler demek daha doğru) ile Yunanlılar arasındaki en temel ayrımdı. Öğle yemeklerinin üç saat sürdüğü, akşamları yemeğe saat on birde oturulduğu bu rahat düzen bizim ruhumuza uymuyordu. Biz Yunanlıların yanında Akdeniz'in Almanları gibi kalıyorduk.

Bir ay sonunda orkestra kayıtlarını bitirmiştik. Sıra şarkıları okumaya gelmişti. Maria solist olarak plağın büyük bir bölümünü okuyacaktı. Ben ise bazı parçalarda eşlik edecektim ona. Böylece en sevdiğim biçim ortaya çıkıyordu. Çünkü kendimi hiçbir zaman şarkıcı olarak algılamamıştım. Kendi şarkılarını seslendiren bir besteciydim ben. Ne var ki Türkiye'de böyle bir kategori yoktu. Basın ve halk, herkesi aynı kefeye koyuyor ve hepimizi şarkıcı olarak görüyordu. Oysa Yunanistan'da durum tam tersineydi. Taksi şoförleri bile beni besteci olarak tanıyordu. Şarkı söylüyor olmam, bu durumu değiştirmiyordu.

Benim Türkiye'de bir türlü anlatamadığım gerçek; Bob Dylan, Jacques Brel, Theodorakis, Brassens gibi bestecilerin söylediği şarkının, solistlerin yorumuyla karıştırılmaması gereği idi. Bir besteci için önemli olan, kendisine ait bir dünya kurup kuramadığı ve özel bir şarkı söyleme biçiminin olup olmadığıdır. Kimi besteci konuşur gibi şarkı söyler, kimisi Leonard Cohen'de görüldüğü gibi sadece mırıldanır. Şarkıcıdan çok, bir şair tavrıdır bu ve ben –bana da birçok kişinin söylediği gibi– eserleri bestecilerinden dinlemeyi çok severim.

Yunanistan bize göre daha gelişmiş bir müzik kültürüne sahip olduğu için bu değerlendirmeyi tam olarak yapıyordu ve ben yüzlerce şarkı, yirmi film müziği, tiyatro müzikleri ve Almanya'da bir bale bestelemiş Livaneli olarak ilk kez "besteci" sıfatıyla anılıyordum.

Yakamozlu Anılar

> *Paylaşma bu yalnızlığı*
> *Düşlerinin hızı ile*
> *Türkülere dök içini*
> *Söyle bin bir sızı ile*

Maria'nın bir şarkıyı Türkçe söylemesini istiyordum. Bu amaçla ona Karlı Kayın Ormanı'nı öğretmeye koyuldum. Türkçe'deki bazı harfler Yunan alfabesinde yoktur. Bu yüzden ö, ü, ş gibi harfleri telaffuz edemezler. Maria da bu seslerde güçlük çekti ama müzikal bir kulağı olduğu için üstesinden geldi. Plağın kaydı bittiğinde kapak çalışmaları başlamıştı bile. Kapak için İstanbul'da Fener semtini gösteren bir fotoğraf seçtik. Plağın içinde yan yana sıralanmış altı tane şehir hatları vapuru ve güzelim Süleymaniye Camii görülüyordu.

'Maria Farandouri Livaneli'den Söylüyor' adını taşıyan plak çıkar çıkmaz Yunanistan'da çok büyük bir ses getirdi. Hemen her gazete ve televizyon plağı övüyor, radyolar sürekli bizim parçalara yer veriyordu. Akşamları hangi müzikhole gitseniz Leylim Ley'i, Kardeşin Duymaz'ı ya da Gözlerin'i dinliyordunuz.

Yaşamımın hiçbir döneminde not tutmadım. Anılarımı yazma niyetim de yoktu. Yalnız 1981'de Yunanistan'daki yaz turnesinde Ülker not tutmam için çok ısrar etti. "İleride hatırlamana yardımcı olur," diyordu. Onu kıramayarak bazı notlar aldım. Şimdi geriye dönüp bakınca bu notların benim için değer taşıdığını görüyorum. Çünkü sorun o dönemi ve olayları hatırlayıp hatırlayamama değildi. O anın coşkusu ve duyguları yansıyordu notlara. Daha sonra yazılanlar ise kuru betimlemeler biçiminde kalıyordu. Beni çok etkilemiş olan Yunanistan dönemini bu notlardan aktarayım:

Bütün Akdenizliler gibi Yunanlılar da acı çekerek, bu acıyı sonsuz bir sevince dönüştürerek söylüyor şarkıları. Çok ciddi bir iş yaptıklarının farkındalar. Hayat, ölüm, dünya, yaratılış üstüne düşünür gibi... Sanki ölümlü insanoğlunun trajik sırlarından birinin açıklanış anıdır o şarkı. Bir ayindir. Bir kurban törenidir ki kan yerine yanık ses akar yaralarından.

İlk duyduğumda şaşırmıştım: "Tragudi", Yunanca'da şarkı anlamına geliyormuş. Oysa sözcüğün şarkıyı çağrıştıracak bir müziği yoktu. Bağlantıyı sonradan kurdum: "Tragudi", eski Yunanca "tragedi"den geliyor. Bu bağlantı birçok şeyi açıklıyor galiba.

Batı'nın, son yıllarda ürettiği plastik renkli bonbon müzikle, mutlu, sağlıklı ve dinamik işçiler yaratmak için giriştiği denemeler yanında bütün Akdeniz, Sicilya'dan Girit'e, Barcelona'dan Mersin'e kadar yanık, trajik bir hüznün yankılandığı şarkılarla çınlıyor. "Melali anlamayan nesle aşina değiller."

Ama Akdenizli'nin hüznü diğer bölgelerden ayrılıyor. İnleme değil Akdenizli'nin şarkısı. Başından beri bize yabancı ve ekleme bulduğum arabesk akımında olduğu gibi, "Bak ben ne kötü durumdayım. Siz de bana acıyın. Hep birlikte ağlayıp hayata lanet edelim," diyen ve içinde öfkeler, yıkıcılıklar taşıyan bir ölümseverlik değil bu. Çünkü ölümseverlik Fromm'a göre toprağa ve ana rahmine dönüşle ilgilidir. Deniz acıyı yakamozlandırır, tuzunda yakar, sağlıklı diri kılar ve Akdenizli şarkı söyleyip dans ederken, "Eh işte böyle kardeş," der. "İnsanoğlu ölümlü! Acılar içinde, şu güzelim dünyaya doyamadan gider. Gel biz bunu, insanın insana omuz verdiği bir büyük sevince dönüştürelim."

O zaman sevinç ile hüzün, acı ile mutluluk birbirinin içinde erir. İnsanoğlu ve tarih, şarkı söyleyenin dilinde yeniden kurulur.

Arabeskin yakınması, şehre gelmiş köylünün güzel kadınlara ve zengin yaşamına kavuşmak için yalvarmasını, Akdenizli'nin şarkısı ise bir filozofun hüznünü yansıtır.

Bir gün deniz kıyısında bir evde on beş-yirmi kişi oturmuşuz. Türkü söyleyip duruyorum. İzmir'in Kavakları'na geliyor sıra. Arkamda çok yaşlı Yunanlı kadınlar var. Belki doksan, belki yüz. Çok yaşlı, yüzü Efes kalıtlarına dönmüş bir kadın iki sıralı yaş döküyor ve Türkçe, "İzmirliyim," diyor. "Beş kardaşım var idi. Beşini de Germanlar vurdu. En küçüğü senin gibi türkü söylerdi. Sesi sana benzerdi."

Yunanistan döneminden tuzlu, reçine şaraplı, rebetikalı anılar kaldı. Bir de Papayannakos'ların evinde, yılbaşı gecesi "Hronya Bola" (iyi yıllar) dilenirken geleneksel Aya Vasili çöreğinin ilk parçasını evin erkek konuğuna sunma töresine uyan yaşlı adamın, bütün Türklere, bütün Yunanlılara adadığı mutluluk duaları.

"Senin Adın da Mustafa mı?"

Akdeniz Akdeniz, senden aslımız
Masmavi bir aydınlıktan gelir neslimiz

Atina'da bir konserden sonra yaşlı, iyi giyimli bir İstanbul hanımefendisi "Efendim! Ahmet Haşim Bey'den de besteler yapıyor musunuz? Kendileri yakınımdır," diyor. Böyle birçok şaşırtıcı an yaşıyor, iki ülke tarihinin nasıl iç içe geçmiş olduğunu anlıyoruz.

Daha sonra Maria'yla birlikte Yunanistan'ın çeşitli kentlerini dolaşıyoruz.

1981 turnesi Girit, Samos, Midilli, Corfu ve Kithira adalarını kapsıyor. Girit Adası'nın çeşitli kentlerinde iki konser veriyoruz. Uçakla gittiğimiz Girit'te bizi iki otobüs bekliyor. Otobüslerin birine sekiz kişilik orkestra üyeleri, bizler ve gazeteciler biniyoruz. Ötekine ise ses âletleri yükleniyor. Hoşumuza giden kıyılarda durup yüzüyoruz. Kıyılardaki balıkçı lokantalarında verilen öğle yemeği molaları en az üç saat sürüyor. Barbunya, kalamar, ıstakoz, ahtapot, bir Girit yemeği olan horta ve reçina şarabı dolu masalarda sohbet koyultuluyor.

Akşamüstü vardığımız kentte otele iniyor, en geç bir saat içinde de ses provası için konser yerine gidiyoruz. Konserler genellikle şehir stadyumlarında oluyor. Sahanın ortasına kurulmuş sahnede ses ve ışık provası yapıyor, sonra konser saatini bekliyoruz.

Genellikle geceyarısından sonra biten konserlerin arkasından belediye başkanları ve kentin ileri gelenleri bizi bölgelerinin tanınmış tavernalarında ağırlıyorlar. Elli-altmış kişilik yemeklerde resmi konuşmalar yapılıyor, kadehler Türk-Yunan dostluğu onuruna kalkıyor; Yunanlılar'da âdet olduğu üzere yemek sonunda bana ve Maria'ya birer hatıra veriyorlar. Ya deniz kabuklarından yapılmış gümüş zincirli bir tespih ya da Midilli Adası'nın çok yaşlı kimyager belediye reisi gibi kendi elleriyle yaptığı, altınla kaplanmış Midilli yaprakları.

Girit Adası'nın hangi köşesine gitsek, bir Türk iziyle karşılaşıyoruz. En büyük etkilenme Hanya'da... Türk hamamı ve caddelerdeki paşa isimleri bile duruyor. Girit, kafamda Kazancakis'le bütünleşmiş. Neredeyse Girit'i görmeden önce de o manastırları, tespihli, sivri bıyıklı, kara giyitli erkekleri, sıcakta bin bir böcek sesiyle dolu ormanlardan mavi denizin görünüşünü biliyordum. Kazancakis'in beni en çok etkileyen yanı, ülkesine duyduğu aşk derecesindeki tutku. Bu yüzden 1980 yılındaki basın toplantısında kırk kadar Yunanlı gazeteciye, Kazancakis'ten ve kitaplarının Türkiye'de yayınlanmış olduğundan söz etmiştim. Biraz soğuk karşılamışlardı. Daha sonra konuyu deşmek için sorduğum kişilerde de aynı soğukluğu sezmiştim. Kazancakis'i fazla tutmuyorlardı. Nedenini çok sonra anladım. Güvendiğim Yunanlı arkadaşlar da doğruladılar.

Kazancakis onurlu bir adam. Yanlış gördüğü her şeye ama her şeye karşı çıkıyor. Fellini'nin dediği gibi kimse onun yerine düşünemiyor. Gerçek düşüncesini söylediği için de ne yönetim seviyor onu, ne muhalefet ne de örgütler. Böylece aşiret aşiret bölünmüş bir düşünce ortamında yapayalnız kalıyor Kazancakis. Hiçbir takımda değil, kafasını kimseye kiraya vermemiş.

Yalnız Kazancakis mi bunu yaşayan? Yirminci yüzyılın birçok aydını aynı kaderi paylaştılar. Kimi kendini öldürdü, kimi Kazancakis gibi gönüllü sürgünde öldü. Kimi hainlikle, döneklikle suçlandı. Bunlar hem iktidarların zulmettiği hem de muhalefetten darbe yiyen aydınlar; elleri hamur ama karınları aç.

Bunlardan biri de Heinrich Böll. Okuyucularından başka kimse sevmiyor adamı. Katolik olmasına rağmen kilise vergisine, kilisenin üstünlük kazanmasına karşı çıktığından kilise tarafından aforoz ediliyor. Sağa karşı olduğu için Strauss en ağır sövgülerle saldırıyor ona. Yirminci yüzyılda hâlâ zihinsel mağaralarında yaşayan ilkel sürüler, evini yıkıyor Böll'ün. Sol grup ve partilerin çoğu da kendi çizgilerinde olmadığı için ona adamakıllı yükleniyorlar. Böll de bütün bunlara, gittikçe aşağı doğru çekilen acılı yüz hatları ve hüzünlü gözleriyle tanıklık ediyor.

Aynı kaderi paylaşan bir başka aydın Antonio Gramsci. Mussolini'nin yükselişine karşı önerdiği tedbirler kulak ardı edildi. Yüzyılın en önemli buluşlarından biri olan, faşizmin tarihte ilk kez küçük burjuvaziyi örgütleme yöntemini bulduğu tezi, üzerinde bile durulmadan unutuldu. Buna karşılık Mussolini kendine karşı olan bu en önemli beyni, şaşmaz bir biçimde saptadı ve yok etti.

Arthur Koestler *Onüçüncü Kabile* adlı kitabında bir Arap gezginin anlattıklarını yayınlıyor. Gezgine göre o dönemdeki Türk boyları kendi içlerinde sivrilen kişileri, "Bizden çok Tanrı'ya yaraşır" diye asarlarmış. Galiba sadece bize özgü değil, evrensel bir yaklaşım bu.

Alman ZDF TV ekibi Girit'te "Aspekte" programı için izliyordu bizi. Agios Nikolaus, Annoya ve Hanya konserlerini çektiler. Maria'yla ve benimle konuşmalar yaptılar. Annoya, Girit'in tepesinde bir dağ kasabası. Orada Xsiloris Tiyatrosu'ndaki konser sırasında halkla da konuşmalar yapmış TV ekibi. 81 yaşında, yöresel giysiler içinde, saçı sakalı pamuk gibi dimdik bir ihtiyarla şöyle bir konuşma geçmiş aralarında.

"Bu akşam niye geldin buraya?"

"Turco var diye"

"Çok mu seversin Türkleri?"

"Hayır, ben çarpıştım onlarla. Birbirimizin ailelerini öldürdük."

"Peki niye geldin o zaman?"

"İki sebepten. Birincisi Türkler çok güzel şarkı söyler. İkincisi de..."

Burada biraz duraklıyor ihtiyar ve karşısındaki gazeteciye soruyor:
"Sen Alman mısın?"
"Evet!"
"O zaman sen bunu anlayamazsın!"
Bu konuşma sonradan Alman televizyonunda gösterildiğinde Almanları çok etkilemiş. Hiç alışık olmadıkları bir boyut.
İhtiyar daha sonra konser bitince sahne arkasına geldi. Yırtıcı kuşlara benziyordu. Çılgınca heyecanlı ve kesik kesik konuşuyordu. Bir şey sordu bana. "Ne diyor?" dedim, çevirdiler. "Senin adın da Mustafa mı?" diye soruyormuş!
O gece belediye başkanı, bir dağ lokantasında oğlak kebabı ikram etti bize. Ne var ki benim aklım bir şeye takılmıştı: O güne kadar verdiğimiz konserlerin bir bölümü yüzlerce yıl Türk egemenliğinde yaşamış bölgelerdeydi. Bazı konserler ise Türklerin hiç ayak basmadığı yerlerde olmuştu. Korfu Adası, Kithira Adası gibi... Türklerle çarpışmamış, Türk egemenliğinde yaşamamışlardı ve benim ilk düşünceme göre bize daha dost, daha yakın davranmaları gerekirdi.
Oysa tam tersi oluyordu. Böyle şehirlerde şarkılarım, Avrupa dinleyicisinde bıraktığı etkiyle, ilgili ve serinkanlı bir beğeniyle dinleniyordu. Oysa, Türklerle birlikte yaşamış insanlar konserlere coşkuyla, kendilerinden geçerek katılıyorlardı. Belki de kendi geçmişlerini arar gibi nostaljik bir heyecana kapılıyorlardı.
Demek ki ilişkinin en kötüsü bile ilişkisizlikten daha iyiydi.
Bundan hareketle şöyle bir kanıya varıyordum: "Ortalama Avrupalı, Türkiye'ye, ortalama Yunanlı'dan çok daha uzaktır."
Uzun bir tarih perspektifinde aynı kaderi paylaşıyor güney halkları. İnsani ilişkilerin ve birey zenginliklerinin önem taşıdığı dönemlerde büyük uygarlıklar kurmuşlar. Daha sonra insan ilişkilerinin sıfıra indiği, soyut emeğe dönüşmüş işgücü gerektiren sanayi döneminde güçlerini yitirmişler, üstünlüğü kuzey-

li Protestanlara kaptırmışlar. Şimdi kuzeyin teknik üstünlüğü ve toplumsal örgütlenişini hayranlıkla izleyip ama yine de insani ilişkilerde, sofra adabında, dostlukta kendi geleneklerini sürdürerek yaşayıp gidiyorlar.

1 Temmuz 1981... Messalongi konserine gidiyoruz. Menajer Manthos, Vera, Maria, orkestra üyeleri... Herkes biraz çekiniyor. Kenti görünce nedenini anlayacağım.

Otelimiz Liberte'den çıkıp küçük bir yürüyüş yapıyorum. Üç yüz metre ilerde, beyaz heykellerle dolu bir park var. Türklere karşı çarpışırken ölmüş Yunanlıların heykelleriymiş bunlar. Son çarpışmada on üç bin Yunan askeri ölmüş. Lord Bron'ın öldüğü yer de burası. Hâlâ bu savaşı yaşayan, tutucu, fanatik bir kent diye bilinirmiş.

Stadyumun ortasındaki sahnenin arkasına park etmiş otobüsün içinde bekliyoruz. Tribünler doldukça doluyor. Maria, "Göreceksin," diyor, "ben halka her zaman güvendim." Diyor ama o da kuşkulu. "Bir düşmanlığı kırmak istiyorsak göze almamız gereken şeyler olacak."

Hak veriyorum. Konser başlıyor. Heyecanlı bir kalabalık. Sahneye dikili projektörlerin altında binlerce böceğin uçuştuğunu görüyorum. Sıcak, ıslak bir gömlek gibi derimize yapışıyor. Maria her zamanki sırayla March of Spirit'ten sonra, "Sıra konuğumuzda," diyor. "Türk besteci," der demez bir alkış, bir kıyamet... Sahneye çıkıyorum. Dakikalarca sürüyor alkış. Maria'ya bakıyorum. Kırmızı giysisi içinde sevinçli, gözleri pırıl pırıl... Bu duyguyu, bu eşsiz barış sevincini tatmak için değil mi bütün bunlar?

Orkestranın ilk ritmiyle birlikte, tempo tutma başlıyor. Dinleyicileri göremiyorum. Karşımda koskoca bir karanlık ama bir devin solumasını andıran ilgiyi hissedebiliyorum. Sanki karşımızda Messalongi halkı yok da çeşitli dış oyunlarla düşman edilmiş, birbirine kırdırılmış, gereksiz yere telef olmuş, onurlu Türk ve Yunan insanları var. Beş sekizlik bir parça çalıyorum. Hiç aksamadan tempo tutuyorlar. Dokuz sekizlik... Gene öyle.

Yedi sekizliğe geçiyorum, hiç aksamıyorlar. İşte iki ülkenin arasındaki müzik bağının kanıtı. (Sözler için aynı şeyi söyleyemiyorum, biliyorsunuz.)

Konserden sonra Manthos, "Savaş bittiğinden beri buralara gelen ilk Türk'sün," diyor.

Atina'da Yangın

Maria ile Yunanistan turnemiz, Fidel Castro'nun bir daveti yüzünden bölünüyor. Mikis ve Maria on günlüğüne Küba'ya gidiyorlar. Biz Maria'nın evinde kalıp turnenin ikinci bölümünü bekliyoruz.

4 Ağustos günü, öğleye doğru bir duman kokusu kaplıyor ortalığı... Yanık odun kokusu... Sıcaklık artmaya başlıyor. Bahçeye çıkıp bakıyorum. Alevler bize yaklaşıyor. Hortumla, ağaçlara varana kadar her şeyi ıslatıyoruz. Yangın bizim bahçeye sıçrarken üst katta oturan Angelo, "Hadi," diyor, "Kaçıyoruz!"

Evden para ve pasaportları alıp fırlıyoruz. Bu arada köpekleri de unutmuyoruz. Surabaya, Doggie, Mando, Vubale... Tam dört köpek. Hayvanlar korkudan çıldırmış gibiler. Sokakta itfaiye arabaları, polis, "Bölgeyi boşaltın!" diye anons ediyor.

Yanımızdaki evin sahibi arabasına atlamış, köpeklerden biri yanında, gaza basıp fırlıyor. Unuttuğu, adam öldürmeye eğilimli, hep kapalı tutulan Doberman'ı koşuyor arkasından. Karalara bürünmüş çok yaşlı bir kadın şaşkın, kalakalmış yolun ortasında. Dört köpekle birlikte otomobile doluşuyoruz. Angelo, Helen, Ülker, Aylin ve ben... Maria'nın Labrador cinsi beyaz, kocaman köpeği heyecandan ölecek kucağımda. Tepinip oraya buraya saldırıyor. 'İster misin,' diye düşünüyorum, 'korkudan çıldırıp hepimizi parçalasın.'

Yangın çevremizi sararken hareket ediyoruz. Yaşlı kadın şaşırmış, kalakalmış yolun ortasında. Kolundan çekip onu da arabaya alıyoruz. Bütün bölge boşaltılıyor. Maria'nın Citroen'ini evin önünde bırakıyoruz. Anahtarı bizde yok. Yangın arabayı havaya uçuruyor.

Bir süre sonra yaşlı kadını yolda bırakıp en az yirmi beş kilometre uzaklaşıyoruz yangın yerinden, Atina'nın merkezine geliyoruz. Kara dumanlar gökyüzünü kaplamış... Her yere kül yağıyor. Kaygı içindeyiz.

Angelo, "Hayat böyle," diyor. Evin mimarı olan Angelo, karısı Amerikalı Helen'le birlikte üst katta oturuyor. Yıllarca emek verip Atina'nın en güzel evini yaptıktan sonra, içinde beş-altı ay oturup yitirmek kolay olmasa gerek! Onca dert içinde bile güler yüzlü olmaya ve aldırmamaya çalışıyorlar. Üç saat sonra yangın bölgesine gidip bir göz atmaya karar veriyoruz. Yollar kapatılmış. Arka yollardan geçerek eve varıyoruz.

Çevre tamamen yanmış. Orman, ağaçlar, çimenler, yani daha o sabah yeşil olan ne varsa kömür siyahına dönmüş. Evin her yanından sular akıyor. Maria'nın lacivert Citroen'i beyaz bir teneke haline gelmiş. Ev duruyor ama panjurlar eğilmiş, camlar kırılmış, bir is kokusu sinmiş her yere.

Gece yangın büyüyerek sürüyor. Atina'da yangını uzak bir evden izliyor ve kızıl alevlerin gittikçe genişleyip yayıldığını görebiliyoruz. Yunanlıların çoğu, sanki mitoloji tanrılarından birinin gazabına uğramış gibi mistik bir korku içinde. Aynı anda şehrin birçok yerinde birden başlayan yangınların rastlantı olmayacağını biliyorlar. Günü de ilginç: 4 Ağustos! Metaksas'ın diktatörlüğünü ilan ettiği günün yıldönümü.

Daha sonra yakalanan kişilerden ve diğer bulgulardan da anlaşıldığı gibi şimdi hapiste olan Albaylar Cuntası'na bağlı grupların eylemi bu. Kendilerine 'Mavi Okçular' adını takmışlar. Nedense bütün terör grupları böyle romantik isimlere meraklı: Mavi Okçular, Kara Eylül vb. Bizde de ülkeye kan kusturan silahlı örgütlerden birine 'Gönül Seferberliği' denmemiş miydi?

Terör olaylarının gittikçe artması ile kamuoyunun önem kazanması doğru orantılı. Oysa bir çelişki olmalı. Kamuoyu denilen ve artık vazgeçilmez önemdeki gücü etkilemek için (korkutmak, sindirmek, kazanmak, paniğe düşürmek, yönetime güveni sarsmak) olmadık terör yöntemleri uygulanıyor. Yani kamuoyu önem taşımasa, büyük ölçüde terör de olmayacak. Abdi İpekçi'den Profesör Tütengil'e kadar yüzlerce kişi salt kamuoyunu ürkütmek ve yönetim boşluğu yaratmak için katledilmedi mi? Sağduyulu, dengeli kişilere saldırarak herkesi bir parça öldürdüler. Çünkü bu kişiler sıradan mantığa göre 'su yolunda kırılacak su testileri' değildi. Kamuoyunu temsil etme nitelikleri vardı. Kişiliklerine değil, temsil ettikleri kurumlara saldırıldı. Papa olayı da bunun daha büyük bir boyutta uygulanması girişimiydi.

1981 yaz turnesi sırasında tuttuğum notlar burada bitiyor.

Bir yaz turnesinde kalan kopuk kopuk anılar ve düşünceler... Uçakla, otobüsle, vapurla dolaşılan Yunan adaları, otuzdan fazla konser, yüzlerce kişiyle tanışma, stadyumlarda on binlerce kişiye şarkı söyleme ve bölük pörçük notlar...

Bir ortak çalışmanın coşkusu, sanatsal beraberlik sırasında en yoğun biçimiyle yaşanıyor. Daha sonra çalışmamızın yankılarına ve doğal iletişimine dönüşüyor her şey. Ve bu da ilk yaratı anındaki coşkunun izdüşümü olarak kalıyor akılda.

Yıllar sonra, yazıp da yayınlamadığım notlara dönünce bu gerçeği bir kez daha anladım. Çünkü Farandouri'yle ortak çalışmamız, şarkıları oluşturduğumuz, konserlerde ve stüdyoda söylediğimiz zamana özgüydü. Sonrası bu ilişkinin Batı'ya yayılması ve konserler... Radyo, TV programlarıyla yinelenmesi. Sanıyorum ki bu yüzden notları sürdürmeyi gereksiz bulmuştum. Inti Illimani grubu ve Maria'yla, Victor Jara'nın öldürülmesinin onuncu yılında bütün Avrupa'yı kapsayan bir turne yapmıştık. Uluslararası silahsızlanma konserlerinde Berlin Waldbühne'de yirmi beş bin kişinin önünde şarkı söylemiş, sonra Hamburg St. Pauli Stadyumu'nda katıldığı barış konserinde "peace on earth" şarkısını hep birlikte seslendirmiştik.

Yılmaz Güney'le Gizli Buluşma

Atina'nın göbeğindeki Orfeas sinemasında vereceğimiz yedi konserin ilki bir cumartesi akşamıydı. Yunan televizyonunun birinci kanalı ERT bu konseri naklen yayınlamaya karar vermişti. O sıralarda televizyon müdürü, *Z* romanının yazarı Vassilis Vassilikos'tu. Konserden önce naklen yayın arabasından çıkarak yanıma gelen Vassilikos, "Yunanistan'da canlı yayına çıkan ilk Türksün!" dedi. "Tamam Vassili," dedim, "konserin ortasında birden göğsümden Türk bayrağı çıkarıp sallamaya başlayacağım ve 'Kıbrıs Türk'tür Türk kalacaktır!' diye bağıracağım. Ne dersin, böyle bir şey Türk-Yunan savaşı çıkarır mı?"

Bu işin şakası bile Vassilikos'un benzinin sararmasına yetmişti. "Onu bilmem ama" dedi, "Yunanistan'da bir deprem yaşanır ve benim kellem de gider."

"O zaman hiç merak etme Vassilis," dedim, "seni bürokratlıktan kurtarmak ve romanlarına dönmeni sağlamak için bu fedakârlığı yapacağım."

O akşam naklen yayın başarılı geçti, ertesi gün sokakta gördüğüm Yunanlıların hepsi bana selam veriyordu. Çünkü özel kanalların olmadığı bir dönemdi ve cumartesi akşamı iki buçuk saat boyunca bizi izlemişlerdi. Stadiu Caddesi'nde dolaşırken yanıma gelen yaşlı kadını unutamam: "Siz," dedi, "Leylim Ley'in düzenlemesini değiştirmişsiniz. Plakta tempo daha yavaştı."

Yunan televizyonunda konser nakli beni çok etkilemişti. Türkiye'de böyle bir şansı hiçbir zaman ele geçiremeyeceğimizi düşünüyor, Yunan meslektaşlara imreniyordum: Kendi ülkelerinde huzur içinde yaşıyor ve işlerini yapıyorlardı. Bizim TRT ekranında böyle bir şey yapmamız mümkün değildi. Yıllar geçti, Türkiye'de de o günleri gördük; hem tek konserlerimiz, hem de Mikis Theodorakis ve Maria Farandouri'yle birlikte verdiğimiz konserler TRT ekranı ve özel kanallarda naklen yayınlandı. O zaman böyle bir şeyi hayal etmem bile mümkün değildi.

Naklen yayın Ege kıyılarımızda da seyredilmişti. 12 Eylül baskısı altındaki Türkiye'de bu yayının bir heyecan yarattığı izlenimini edindim. Yıllar sonra bile bana o günün duyarlılığını yansıtan anılar aktarıldı.

İlk konserlerden sonra müzikli bir lokantaya davet edildik ve gerginlikten kurtulmanın sevinciyle sabah dörde kadar kaldık orada. Ertesi gün zavallı Maria'nın sesi çıkmıyordu. İyice soğutulmuş olan lokantada saatlerce kalmaktan hasta olmuştu. "Çok büyük hata yaptım," diyordu, "zaten grip olmak üzereydim; oraya hiç gitmemeliydim."

Yataktan çıkmamak niyetindeydi. Konsere gelenlere Orfeas'ın kapısında Maria'nın hasta olduğu söylenecek ve geri çevrilecekti. Ben bunun çok yanlış olacağını düşünüyordum. Seyirci Maria'nın hasta olduğunu gözleriyle görmeliydi. Epey uğraştıktan sonra Maria'yı ikna ettim, konsere gittik. Ateşi vardı, soğuk soğuk terliyordu. Orkestranın çıkış müziği çalmasından sonra sahneye geldi ve şarkıya başladı. Gerçekten de sesi çıkmıyordu. Üstüne üstlük bir de öksürük krizine yakalandı, sonunda seyircilere, "İşte halimi görüyorsunuz," dedi, "beni bağışlayın."

Büyük bir alkış koptu ve seyirci o akşam Maria'yı bağışladı.

O gün, sahne gerisindeki hiçbir güçlüğü seyirciden saklamamayı öğrendim. Ne kadar büyük olursa olsun herhangi bir aksaklığı seyirciye anlatıp da onun yardımını istediniz mi her sorun çözülüyordu.

Türkiye'deki açık hava konserlerinde olmadık güçlüklerle, sabotajlarla karşılaştım. Hatta yüz binlerce kişinin katıldığı bir konserimde elektrikleri kestiler. Her an bir panik çıkabilir, insanlar ezilebilirdi. Ama ön sıralardan başlattığımız şarkı birdenbire bütün alana yayıldı ve seyirciler bir koro olarak benim şarkılarımı söylediler. Bu olaydan sonra da izleyicinin, şarkıların bir bölümünü söylemesi gelenek halini aldı.

Atina'da konserlerimizle uğraşırken Yılmaz Güney'in yurtdışına kaçtığını öğrendik. Türkiye bu haberle çalkalanıyordu. Yılmaz'ın nerede olduğunu bilen yoktu.

Bir gün Maria'nın evine İsviçre'den bir telefon geldi. Bir filmle ilgili olarak Zürich'e gitmem isteniyordu. Durumu biraz tahmin ederek, Ülker'le birlikte Zürich'e gittik. Orada Cactus Film'in yöneticilerinden Eddie Hubschmit ve diğer ortaklarla tanıştık, Nihat Behram da aralarındaydı. Zürich'te bir gece kaldıktan sonra otomobille Fransa sınırına doğru yola koyulduk. Pırıl pırıl bir gündü, karlı İsviçre dağlarının pırıltısı zaman zaman sisler arasında yitip gidiyordu. Hiçbir gümrük görevlisinin bulunmadığı bir kapıdan Fransa'ya girdik. Otomobil dağlara doğru yükselmeye başladı. Döne döne çıkıyorduk. Bir süre sonra, güneşle yıkanan bir Fransız dağ köyüne gelmiştik. Köyün meydanında bir sinema salonu vardı. Hemen oraya götürüldük.

O parlak güneşe alışmış gözlerimiz, sinemanın zifiri karanlığında hiçbir şey göremedi önce. Perdede bir kar sahnesini ve Tarık Akan'ı algılayabildim. Kör gibi elimden tutarak götürdüler, bir yere oturtuldum. Yanımdaki kişi bana sarıldı. Kim olduğunu göremiyordum ama vücut ısısı çok yüksek birisiydi. Ateş gibi yanıyordu. Bir süre sonra fısıldayarak "Hoş geldin," dedi. "Sağ ol!"

Karanlıkta fısıl fısıl bir sohbet başladı. "İşte bunlar, 'Bayram' filminin iş kopyaları," dedi. "Ben de ilk kez görüyorum."

O zaman filmin adı henüz 'Yol' değildi, iş kopyasını birlikte izledik. Daha sonra ışıklar yandı ve Yılmaz'ı gördüm. Üzerinde modern giysiler vardı. O günlerin modası olan çok bol, pilili bir pantolon ve güzel bir desenli kazak giymişti. Bütün bunlardan ve arada sırada İngilizce konuşmaktan utanıyor gibiydi. Gülerek, "Görüyor musun? Ben de İngilizce konuşuyorum artık," dedi.

Sinema salonunda Fatoş ve çocukları da vardı. Gösterimden sonra evlerine gittik. Güzel bir evde kalıyorlardı. Küçük Yılmaz istediği için bir de mandalina ağacı koymuşlardı salona. Fatoş onca acı deneyden sonra artık korktuğunu ve sanki hep kötü bir haber alacakmış gibi garip önseziler içinde yaşadığını anlattı. O akşam hep birlikte Fatoş'un hazırladığı yemekleri yedik ve saatlerce konuştuk. Yılmaz, filmin müziğini yapmamı istiyordu.

Montajlanmış kopya üzerinde çalışmam gerektiğini söyledim. Laboratuar çalışmaları Paris'te sürdürülecekti. Orada buluşmayı kararlaştırdık. Zaten Yılmaz, Paris'e yerleşmeyi düşünüyor, bize de aynı şeyi öneriyordu. Bu karar belki bizim de içinde bulunduğumuz göçebeliğe bir son verebilirdi. Hep birlikte Paris'e yerleşebilirdik. Bu düşüncenin ilk tohumları o akşam, Yılmaz'ın dağ köyündeki evinde oluştu.

Adım Sebastian Argol Oluyor

Artık yeni kentimiz Paris'ti. Daha önce Avrupa'nın başka ülkelerine yerleşmiş olan Türk arkadaşlar ile Paris'te yaşayanları kıyaslamıştık. Bu kentte oturanların tümü yaşamından hoşnut görünüyordu. Paris ne de olsa Paris'ti. Gerçi eski Paris; Eluard'ların, Verlain'lerin, Rimbaud'ların, Sartre'ların Hemingway'lerin Paris'i pazar malı olmuş satılıyordu. Edebi anılar birer turist avlama aracı olarak kullanılıyordu. Paris'in kültür yaşamı artık otantik değildi, bir ticaret aracı haline gelmişti ama dediğim gibi gene de Paris Paris'ti.

Çok da güçlüğü vardı bu kentin. Hayat pahalıydı, ev bulmak zordu. Bunlarla nasıl başaçıkabileceğimi bilemiyordum. Ülker ve Aylin'le birlikte, Rue des Ecoles üzerinde bir otele yerleştik. İki yıldızlı ve hiçbir konforu olmayan bir oteldi ama temizdi ve bize verdikleri oda gerçekten büyüktü. Her gün ev arıyorduk. Kiralar bizim bütçemize göre çok fazlaydı. Yakın arkadaşımız Altan Gökalp bize yardım ediyor, Paris'teki geniş çevresini devreye sokarak ev arıyordu. Altan, hem üniversitede profesör hem de Ulusal Bilim Merkezi'nde direktördü.

Bir yandan da *Yol* filminin müziğini hazırlıyordum. Besteler bitince Stockholm'e gidip kaydetmek niyetindeydim. Çünkü oradaki müzisyen çevresini ve stüdyoları tanıyordum. Ayrıca kullanmak istediğim otantik Anadolu sazlarını çalan müzisyenler de vardı orada.

Abidin ve Güzin Dino da ev bulmamıza yardımcı olmak istiyorlardı. Sık sık görüşüyorduk. Derken çözüm Cactus Film'den geldi. *Yol* filminin yapımcılığını üstlenen bu İsviçre şirketinin bir temsilcisiyle buluşup para işlerini konuşacaktık. Kaldığımız otelin karşısındaki kahvede buluşmayı önerdim ve bir gün Eddie Hubschmidt'le görüştük.

Filmin müziğini yapmak için ne kadar istediğimi sordu. Ben de onların teklifini öğrenmek istedim. Daha önce *Sürü* filminin müziğini hiç para almadan yapmıştım. Bu kez işin içinde İsviçre firması olduğu için bir şeyler ödeyebilirlerdi. Ayrıca müthiş bir sıkıntı içindeydim.

Eddie Hubschmidt beni çok şaşırtan bir şey yaptı ve film müziği için kırk bin frank önerdi. Çok iyi bir paraydı bu ve sürpriz bununla da bitmiyordu. Konuşma ilerledikçe Eddie'nin frank derken İsviçre Frangı'nı kastettiğini anladım. Bu, ücreti üç katına çıkarıyordu. Doğrusu bunu hiç beklemiyordum.

Paris'teki en sıkıntılı anımızda bir mucize olmuştu ve elimize büyük bir para geçiyordu. Eddie'yle konuşmayı bitirmek, haberi evdekilere vermek için sabırsızlanıyordum.

Sonra filmin kaba montajlı halinin bir kasetini aldım ve Stockholm Decibel Stüdyo'da kayıtlara başladım. Ferhat akustik gitar çalıyordu. Amerikalı, İsveçli ve Türk müzisyenler de vardı aramızda. Epey zorlu bir uğraştan sonra müzik bitti. Ben memnundum. Çünkü çıkan müziği gerçekten beğenmiştim.

Miksajdan sonra stüdyo bantlarını alıp Paris'e gittim. Paris'te bir film stüdyosunda Yılmaz'la birlikte müziği filme yerleştirdik. Yılmaz çalışma sırasında armanyak içmeyi seviyordu. Müziği beğenmişti. Yalnız Güneydoğu bölümlerinde, Kürtçe otantik türkülerin etkiyi artıracağını düşünüyordu. Ben çalışmayı bitirdikten sonra Kürt folkloru derlemiş olan Kendal Nezan'la birlikte, filme Kürtçe türküler de eklediler.

Bu sırada Altan bize bir ev bulmuştu. Montparnasse'ta güzel bir daireydi. Bir şirketten kiralanıyordu ama evi tutmanın bin bir formalitesi vardı. Altan ve o zamanki Fransız eşi bize kefil oldu. Abidin Bey'lere çok yakındı. Bir gün Dino'lara *Yol* müziğini dinlettim. Abidin Bey çok beğendi ama o sırada filme adımı koymamın sakıncalı olup olmadığını sordu. Türkiye'deki 12 Eylül rejimi bütün hoyratlığıyla sürüp gidiyordu. Her gün gazetelerde 'yurda dön' çağrısı yapılanların adları yayınlanıyordu. Adı bu işlere yanlışlıkla karışmış olanlar bile gitmeye çekiniyordu. Çünkü kendilerini neyin beklediğini bilmiyorlardı. Birkaç haftalık bekleme süresi sonunda yurttaşlıktan atılıyordu bu kişiler. Aralarında sanatçılar, bilim adamları, sendikacılar vardı.

Benim de durumum pek iç açıcı değildi. Hiçbir suç işlememiştim. Sanatçı olarak yaşıyordum ama her an benim adım da gazetelerde yayınlanabilirdi. Hele yurtdışında Yılmaz'la buluşup film müziği yaptığım belli olursa yurttaşlıktan atılmam kesinleşirdi. Bunu da hiç istemiyordum doğrusu. Her gün Türkiye'ye dönme umuduyla yaşıyorduk. Abidin Bey, yılların verdiği sürgün deneyimi ve devleti tanıyan kıdemli bir aydın olarak, takma bir ad kullanmamı önerdi. Nâzım'dan başlayarak bütün aydınların başvurmuş olduğu yöntemi öneriyordu bana da. İstanbul'a telefon açıp Yaşar Kemal'e sordum, o da uygun gördü.

Doğrusu takma ad işi hoşuma gitmiyordu. Yaptığım müziği de filmi de beğeniyordum ve müziğin 'Zülfü Livaneli' adıyla çıkmasını istiyordum. Ne var ki yurttaşlık hakkını korumak daha önemliydi. Bunun üzerine Abidin Bey ve Güzin Hanım'la takma ad aramaya koyulduk. Abidin Bey, "Brötanya'da çok güzel köy adları vardır," dedi. "Hadi bir köy adı bulalım sana."

Haritayı açtık. Abidin Bey o ünlü uzun parmaklarını köylerin üzerinde gezdirmeye başladı ve sonunda "İşte," dedi, "Argol köyü. Ne kadar güzel bir isim değil mi? İşte bu, soyadın olsun."

Gerçekten benim de hoşuma gitmişti. Kulağa hoş gelen bir sözcüktü Argol. 'Peki isim ne olsun?' diye düşünürken, Güzin Hanım, "Ben Sebastian ismini pek severim," dedi.

Böylece ortaya Sebastian Argol diye bir müzikçi çıktı.

Sebastian Argol,
Livaneli'yi Eziyor!

> *Bir kıyıdan baktım dünyaya*
> *Ellerimde tuz, avucumda sedef*
> *Bir mavilik, bir açıklık*
> *Özgürlük hasreti*
> *Yüreğime vuruyor*
> *Nerede, nerede insanlar?*

Y*ol*, Cannes Film Festivali'ne kabul edilmişti. Ben de o günlerde Montparnasse'taki evi yerleştirmeye çalışıyordum. Hiçbir eşyamız yoktu. O bomboş eve baktıkça canım sıkılıyordu. Bir yandan da Paris'e yerleşmek ve orada bir yaşam kurmak çok zor geliyordu. Ömrümüz boyunca oradan oraya göçebe gibi dolaşarak yaşamış, yirmi beş ev kiralamış, taşınmış, kaç kere sıfırdan ev kurmuştuk. Türkiye'ye dönüp bir eve yerleşip oturmak istiyordum. Ama o sırada buna olanak yoktu.

Bir gün Abidin Bey'lerde otururken, canım çok sıkılıyor olmalı ki, "Halin iyi değil," dedi. "Sen bu eve ısınamadın."

Sonra kalktı, atölyesinde duvarlara dayalı tuvaller arasından resim ayırmaya başladı. Yedi-sekiz tablo seçti, bir kısmını bana verdi, birkaçını da koltuğunun altına sıkıştırarak, "Hadi gidelim," dedi.

Yürüyerek bizim boş eve gittik. Orada uzun uzun, duvarları ve ışık durumunu inceledi, her resmi tek tek kendi eliyle duvarlara astı. Ortaya çok garip bir görüntü çıkmıştı. Boş evin duvarları şenlenmiş, rengârenk resimlerle donanmıştı. Her köşeden Abidin Bey'in renkleri, garip çiçekleri, uzay desenleri ve Marmara Denizi'nin kat kat mavimsi morlukları, pembelikleri fışkırıyordu.

"İşte şimdi burayı ev yaptık," dedi. Gerçekten de ev olmuştu, ben artık oraya ısınmıştım. Kiralık daire birden değişmiş, gelin gibi süslenivermişti. O Montparnasse evinde, kûfi yazıları hatırlatan Büyük Yürüyüş tabloları mı istersiniz, birbirleriyle sevişen erotik çiçekler mi... Marmara'nın daha önce hiç görmediğim renk tonlarındaki tabloları, evimin içine deniz kokusunu getiriyordu. Ev birden Sait Faik kokmaya başlamıştı, Orhan Veli'nin yelkovankuşları kanat çırpıyordu salonda. Salacak'tan bakarken gördüğümüz ve aşırı güzellikten ağlama isteği uyandıran bir gökkuşağına dönüşüyordu tavan.

Mutluluğun resmini yapan adam, "Şimdi oldu!" diyordu; gerçekten olmuştu.

Ertesi hafta Maria Farandouri geldi. Eve eşya almam gerektiğini anlattım. Pazar günleri kurulan bir bit pazarına gitmemizi önerdi. Oradan çok güzel ve ucuz şeyler alabileceğimizi umuyordu. Pazar sabahı gittik. Gerçekten çok ilginç bir pazardı. Her çeşit antika satılıyordu ama ev için ilk anda gerekli olan basit eşyayı orada bulmak zordu. Sonunda bir tane ağır, antika bir tuvalet masası beğendik. Müthiş güzel bir ahşap işçiliğiyle yapılmıştı ve üstü mermerdi. Bu yüzden de inanılmaz ağırdı tabii. Ne kadar ağır olduğunu bir arkadaşın arabasından eve taşırken anladık. Belimiz kopuyordu. Eve zar zor getirebildik. Bir hafta sonra Ülker geldiğinde duvarları çok güzel resimlerle süslenmiş ve tek bir tuvalet masası olan bir ev buldu. Benim ev döşemem bu kadardı işte.

Bu arada Yılmaz'la zaman zaman buluşuyorduk. Bir gün onu Maria Farandouri'yle tanıştırdım. St. Germain'de, Nâzım'ın çok sevdiği ve sık gittiği bir lokanta vardı. "Teyzeler" dediğimiz şişman ve yaşlı kadınlar işletirdi. Orada bir öğle yemeğinde buluştuk. Yılmaz Maria'ya, kendisini lokantanın dışında silahlı adamların beklediğini, böyle korunduğunu anlattı. Maria'nın gözleri faltaşı gibi açılmıştı.

Bir süre sonra, *Yol* filmi Cannes'da Altın Palmiye ödülünü paylaşarak müthiş bir başarı elde etti. Bütün Fransız basını *Yol*'dan ve Yılmaz'dan söz ediyordu. Çok sevindirici bir şeydi bu. Ancak, filmde yönetmen olarak Şerif Gören'in adının geçmemesi içimi burkuyordu. Aynı biçimde *Sürü* filminde de Zeki Ökten, yönetmen olarak anılmıyordu.

Bu arada Fransa'da iktidara gelmiş olan Sosyalist Parti ile Yunanistan'daki iktidar partisi PASOK, Yunanistan'ın Hydra adasında bir toplantı düzenlemişti. Yaşar Kemal, Yılmaz Güney, ben ve Altan Gökalp davet edilmiştik. Toplantıda ev sahibeliği yapacak olan Melina Mercuri ile yıldızım barışık değildi. Bunun birkaç nedeni vardı.

İlk neden biraz kişisel görünebilir. Yunanistan'daki sanatçı gruplaşmaları arasında, benim arkadaşlarım Mikis Theodorakis ve Maria Farandouri ile Melina Mercuri birbirinden hoşlanmazdı. Ben ise Yunanistan'da Theodorakis ve Maria'dan soruluyor, onlarla çalışıyordum.

İkincisi, Melina Mercuri'nin Türkiye konusunda, başbakanı Papandreu'nun sertlik tutumunu benimsemiş olmasıydı. PASOK'un Türkiye politikaları her zaman dostluktan uzak ve Türk halkını aşağılar nitelikte olmuştu. Bu nedenle Mercuri benim de bir Türk sanatçısı olarak ülkemi kötülememi bekliyordu. Bense bunun tam tersini yapıyordum. Uzun sürgün yılları boyunca, Türkiye'deki dikta rejimlerine karşı olmuş ama ülkenin temel değerlerini onlardan fazla korumaya özen göstermiştim. Çünkü, bir sanatçı olarak bu toprakları, diktatörlerden daha çok temsil ettiğime inanıyor ve ona sahip çıkıyordum.

Bu süreç sonunda Kültür Bakanlığı yapan Melina Mercuri, benim televizyona çıkmamı bile yasaklamaya kalkışmıştı. Bu arada bana çok büyük bir kötülüğü dokunmuştu. Yunanistan'da bestseller olan plaklarımdan, telif haklarından ve konserlerden kazandığım paraları transfer edebilmek için Kültür Bakanlığı'nın izni gerekiyordu. Mercuri bütün uğraşmalarıma rağmen bu yazıyı vermedi. Minos plak şirketinden ve diğer kaynaklardan gelen telif hakları Yunanistan Merkez Bankası'nda bloke edildi ve ben bunları hiçbir zaman alamadım.

Hydra toplantısını da Melina Mercuri yönetecekti. Bir Yunan adasında, PASOK'un bir davetinde, ne gibi durumlarla karşılaşacağımızı bilemezdik. Sonunda toplantıya gitmedik. Sonradan öğrendiğimize göre bu durum, toplantıya katılan Yılmaz'ı üzmüş, onun yüzünden katılmadığımız, birlikte görünmek istemediğimiz sanısına kapılmış ve bize kırılmış.

Yol filmiyle birlikte, müziği de büyük başarı kazanmıştı. Elektronik sesler ile folk âletlerini bir araya getiren çalışma kendi alanında bir dönemin öncüsüydü. Peter Gabriel'in 'Passion'undan yıllarca önce girişilen gözüpek bir denemeydi. Basında müzikle ilgili çok güzel yazılar çıkıyordu ve tahmin edeceğiniz gibi Sebastian Argol çok övgü alıyordu. Amerika'dan gelen Nasuhi Ertegün, Abidin Dino'ya filmde en çok müziği sevdiğini söyleyerek müthiş bir iltifatta bulunmuştu. Bir süre sonra müzik öylesine yaygınlaştı ki Paris'te film müzikleri yayınlayan bir şirket, plak olarak çıkarmak istedi. Paridisc'te bir hafta çalışıp plak yapımını hazırladık ve yayınlandı. Daha sonra Metronom şirketi plağı bütün Avrupa için bastı ve yayınladı. Artık Avrupa'daki her plakçı vitrininde Sebastian Argol imzalı *Yol* plağı göze çarpıyordu. Bu yaygınlık sonunda Atlantik'i de aştı, Amerika'da Warner Bross firmasının plak şirketi Amerikan versiyonunu piyasaya sürdü.

İlk zamanlar her şey iyiydi ama zaman geçtikçe durum sinirime dokunmaya başladı. Çünkü, Sebastian Argol ismi dünyada tanınmaya başlamıştı ve Livaneli adı onun altında eziliyordu. Ben Sebastian Argol adındaki hayaletim kadar tanınmıyordum. Gerçi film çıkar çıkmaz müziği, üyesi bulunduğum telif hakları kurumuna keydettirmiş ve Sebastian Argol adını takma ad olarak tescil ettirmiştim. Bu durum mali haklar bakımından beni güvenceye almıştı. Ne var ki film müziğinin bütün dünyada açtığı yeni iş imkânlarını değerlendiremiyordum.

Avrupa Turnesi

Yol ve *Sürü* filmi müziklerinin öyle yaygın ve uzun dönemli etkileri oldu ki, 1993 Aralık ayında *Yer Demir Gök Bakır*'ın galası için gittiğim Tokyo'da *Monitör* dergisi muhabiri benimle konuşma yaparken şöyle ilginç bir soru yöneltti: "Sizin film müzikleriniz Yugoslav müzikçilerini de çok etkilemişti. Ne diyorsunuz?"

Aynı etkiyi, Yugoslavya'daki stüdyolarda film çalışmaları yapan kameraman İzzet Akay da anlatmıştı. Yine de ben bu soru üzerine şaşırıp kaldım: Japon gazetecinin ilgisine ve bilgisine de inanamıyordum doğrusu. Beni benden de, Türkiye'deki gazetecilerden de iyi biliyordu. Bugün bile, dünya radyolarında çalınıp duruyor bu ezgiler. Üç ayda bir gelen Gema telif hakları raporlarından anlıyorum bunu.

Sebastian Argol adlı hayaletim, birkaç ay içinde Amerika ve Avrupa'da plakları yayınlanan, taklit edilen ve her radyoda çalınan bir isim haline geldi. Ben de her gördüğüme, 'Aslında Argol benim!' diyemeyeceğimden buna sessiz sedasız katlanıyordum.

Yunanistan'daki çalışmalarım devam ediyordu. Bu arada Korsika'ya gitmiş ve Akdeniz Film Festivali'nin açılışında Maria'yla bir konser vermiştim. Derken bir Avrupa turnesi önerisi geldi. Şilili şarkıcı Victor Jara, darbe sırasında gitar çalan elleri kesilerek öldürülmüştü. Onun ölümünün onuncu yılında Maria, ben ve Şili grubu Inti Illimani Avrupa çapında anma konserleri verecektik.

Konserleri düzenleyen Alman Plane firması, aynı zamanda disklerimizi de yayınlıyordu. Uzun sürecek olan turne başladı. Her iki günde bir önemli bir Avrupa kentine gidiyor, otele yerleşiyor ve provalardan sonra büyük ve coşkulu kalabalıklara konserler veriyorduk. Frankfurt'taki ünlü Alte Oper'den tutun da Essen'deki on bin kişilik Gruga Halle'ye ya da Berlin'deki yirmi beş bin kişilik Waldbühne'ye kadar Almanya'da birçok konser verdik. Hamburg, St. Pauli Stadyumu'nda verdiğimiz konsere Joan Baez de katılmıştı. Berlin'deki konserde Nana Muskuri de bizimle sahneyi paylaştı.

Oradan da İskandinavya'ya geçtik. Helsinki konserini, Stockholm'deki televizyon tarafından yayınlanan Konserthuset konseri izledi. Burada yetmiş kişilik Stefan Sköld korosu eşlik ediyordu şarkılara. Her gittiğimiz ülkede basın toplantıları yapıyor ve oranın müzisyenleriyle, aydınlarıyla toplanıyorduk. Bu toplantılar genellikle çok güzel geçiyor, sanattan, edebiyattan, müzikten konuşuluyordu. Yalnız Helsinki'de ilginç bir savunma yapmak durumunda kalmıştım. Bu Kuzey kentindeki konserimiz ünlü mimar Alvar Aalto'nun yaptığı Finlandiya Evi'ndeydi. Daha sonra bir açıkhava davetine gittik. Yemekte yanıma, Finlandiya'nın en büyük gazetesi *Helsinki Sanomat*'tan bir kadın gazeteci oturmuştu. Konsere ve müziğime duyduğu hayranlığı anlatıyordu. Teşekkür ettim ve biraz da dostluk göstermek için, "Zaten biz Türkler, Finlilerle akraba olduğumuza inanırız," dedim.

Kadın hemen değişti. "Böyle bir şey yok!" dedi. "Bunu, Türkleri Batılılarla akraba göstermek isteyen Atatürk uydurdu!"

Böyle durumlarda başıma bir sıcaklık yükselir, tepkimi nasıl kontrol edeceğimi bilemem. Eğer uygun bir cevap bulamazsam da zavallı annem gibi sonradan kıvranır dururum. Ama orada hemen aklıma bir şey geldi: "Hanımefendi," dedim, "eğer Atatürk Batı'yla bir akrabalık uydurmak isteseydi İngiltere, Fransa dururken gelip de kuzeydeki köylü bir ulusu seçmezdi!"

Aslında söylediğim ayıptı ve inanmadığım bir şeydi ama kadın beni çok zorlamıştı. Bana onca sıkıntı yaratan, beni yok etmek isteyen barbar rejimlere rağmen Türkiye benim ülkemdi ve ona hakaret edilmesine dayanamıyordum. Bu cevaptan sonra bütün yemek boyunca somurtup durduk ve hiç konuşmadık. Yine de bu durum gazetecinin, "Müziğimin bir şelalenin çağlamasını andırdığını" yazmasına engel olmadı. Demek ki meslek namusu vardı.

Genellikle konser sonraları o kentteki Yunan konsolosluğu bir resepsiyon verir ya da oradaki Yunan lokantasına davet ederdi. İster istemez ağrıma gidiyordu bu durum. Maria'yla aynı işi yapıyor, müziğimizi dünyada tanıtıyorduk ama ülkelerimiz farklıydı. Bu iş için onun ülkesi teşekkür ederken, biz vatan haini gibi damgalanıyor ve uzak tutuluyorduk.

Uzun Avrupa yıllarının deneyimi sonunda bizim Dışişleri'nin o dönemlerdeki genel tavrını kavrayabildim. Gerçekten kültürlü, sanatsever ve aydın Dışişleri mensupları var. Bunlar arasında dost olmakla övündüğüm insanlara rastladım. Ne var ki elçilik mensuplarının bir bölümü, Ankara'dan gelen devlet görevlilerinin alışverişleriyle ilgilenen, arada bir büyükelçilikte verilen klasik müzik konserini kültürel etkinlik sayan kişilerden oluşur. Bu davetlerde genellikle oralarda halı ticareti falan yapan Türkler bulunur. Yabancı namına da bir Türk'le evli olanlar ile eskiden bir ara Türkiye'de bulunmuş emekli diplomatlar ve Türkologlar boy gösterir. Bu değişmez kadroya verilen klasik müzik konseri sonunda, herkes tatmin olur ve Avrupa'ya ne kadar medeni olduğumuzu, Mozart bile çalabildiğimizi ispatlamanın derin huzuru içinde, indirimli porselen alışverişlerine ya da indirimli diplomat mağazalarından getirtilip paylaşılan sığır fileleri ve viskilere dönülür.

Oysa aynı sırada siz o kentlerde binlerce kişiye konser verirsiniz. Televizyonlar bunu naklen yayınlar, gazetelerde sayfa sayfa röportajlarınız yayınlanır. Yine de siz kuşkulu, güvenilmeyen, ülke düşmanı biri olursunuz; onlarsa yurtsever.

12 Eylül günlerinde bir gün Hamburg'da yaşayan dostum Cornelius Bischoff'un evindeydim. Cornelius çok iyi Türkçe bilir. Oradaki konsolos, arkadaşıymış. Evden çıkarken, konsolosluğa gideceğini söyledi ve birlikte uğramamızı önerdi. Hiçbir şey düşünmeden gittim. Konsolos, İbrahim adında, çok sinirli, bana kalırsa hafif kaçık biriydi. Oraya gidişimi büyük bir politik olay gibi algıladı ve beni sözümona çaktırmadan sorguya çekmeye başladı. Sanki çok önemli bir yurt görevi yapıyor ve Ankara'ya önemli bilgiler içeren bir rapor hazırlıyordu. Sözü İstanbul'a, ev kiralarına falan getirdi. Benim adresimi öğrenmeye çalışıyordu. İstanbul'da oturmuyor olmama rağmen bu merakı beni ilgilendirdiği için ben de onun oyununa katıldım.

"Nişantaşı, Teşvikiye gibi semtlerde gürültü çok. Pardon, siz nerede oturuyordunuz?"

"Akatlar'da."

"Eee, tabii oralar daha gürültüsüz. Affedersiniz. Akatlar neresiydi?"

"Etiler'e yakın."

"Hımm! Doğru, unutmuşum. Ne caddesiydi, hay Allah, unutmuşum."

"Zeytinoğlu Caddesi."

"Hah tamam. Nasıl unuttum canım."

Yüzü gözü tikler içinde bu sinirli ve komik adam, arada bir dışarı çıkıyor bir süre sonra gene giriyordu. Bu aralarda gizli güvenlik görevlisiyle mi konuşuyor yoksa Ankara'yı mı arıyordu bilmem. Ama her dönüşünde aynı şaklabanlığı sürdürmeye çabalıyordu.

Biraz sonra sıkıldım ve Cornelius'la birlikte çıktık gittik. Ne yazık ki Dışişleri'nde bu seviyede başkonsoloslar da vardı.

Oysa bizleri davet eden Yunan konsolosluklarında sanattan, kültürden, felsefeden konuşmak ve zarif sohbetler koyultmak mümkündü. Yunan tavernalarında da büyük coşkular yaşanıyordu.

Aynı kentteki Türk lokantaları ise, içe kapanık, kötü bakışlı, kadınsız ve umutsuz bir göçmen kitlesinin tedirgin ruh halini yansıtıyordu. Biz onlar için de doğal düşmandık. Türk insanındaki bu genel kültür düşmanlığı nereden geliyor diye çok düşünmüşümdür. Bu tavırların ideolojiyle, sağla solla ilgisi yok. Düpedüz daha gelişmiş düşünme ve yaşama biçimlerine duyulan tepki...

Bu bölümü bitirirken şunu da belirtmem gerekir ki, daha sonraki yıllarda Özdem Sanberk, Tanşuğ Bleda, bir dönem OECD temsilciliği yapan Orhan Güvenen, Daryal Batıbay, Uğur Ziyal, Necati Utkan gibi pek çok kültürlü, dost büyükelçi tanıdım. Onlar sayesinde Dışişleri'yle ilgili fikirlerimde bir düzelme oldu.

Yine de Stockholm'de büyükelçilik yapmış birinin mektubuyla karşılaşınca içine düştüğüm şaşkınlığı anlatamam. Mektup 2007 yılında çeşitli kişilere yazılmıştı. Benim 70'li yıllarda Stockholm'de bombalı eylemlere katıldığımı falan iddia ediyordu. Bu elçiyi tanıyanlar bir meczup olduğunu, ciddiye almamamı söylediler ama ne kadar meczup olursa olsun adam bu raporları yazmış ve bilgi diye Dışişleri'ne göndermişti. Hayat boyu, bana ve aileme çektirilenlerin gölgede kalan kirli aktörleri, bir lanetliler çetesi gibi tek tek ortaya çıkıyordu.

Ey Halkım Unutma Bizi

Hayın tuzaklarda kan uykularda
Vurulduk ey halkım unutma bizi
İşkenceler için tahta çarmıha
Gerildik ey halkım unutma bizi

Turne bütün hızıyla sürerken sevinçle görüyordum ki salonları dolduran insanların en az üçte biri Türklerden oluşuyordu. Maria Farandouri ve Inti Illimani grubuna karşı bir prestij savaşıydı bu. Avrupa'da yaşayan Türklerin binlercesinin bu konserlere ilgi göstermesi, kültürümüz hakkında olumlu bir izlenim uyandırıyor ve yabancı gazeteler bundan övgüyle söz ediyordu.
Konserlerin hepsi iyi geçmiyordu. Almanya'nın Duisburg kentinde Ferhat'la verdiğimiz bir konseri hatırlıyorum. Çok güzel bir salondaydık ve koltuklar tıklım tıklım doluydu. Dinleyicilerin büyük çoğunluğunu Almanlar oluşturuyordu. İyi akustiği olan salonda armoniler tınlıyor ve müthiş zevkli bir konser sürüyordu. Derken ara verdik ve olanlar oldu. Salona girememiş olan bir grup Türk genci, kapıyı kırmış ve bekçiyi dövmüşler, salona akarak buldukları koltuklara oturmuşlar. İkinci yarı başlarken yerine dönen Almanlarla müthiş bir kavga patlak vermiş. Biz bu kavga sürerken sahneye çıktık ama bir süre sonra kavga seslerinden parçaya devam edemez hale geldik.
Gençler Türkçe, "Biz halkız! Burada oturacağız!" diye bağırıyordu. Mantıklarına göre halk olmayan elli kişi yerinden atılacak ve onlara yer açılacaktı. Sonunda açıktan açığa adam dövmeye başladılar. Bunun üzerine sahneden çekildik ve konseri

yarıda bıraktık. Devam etme olanağı yoktu. Barbarlar burada da bizi bulmuştu.

Paris'te tanınmış bir müzik ajanı vardı: Francis O'Neill. Bu bembeyaz saçlı yaşlı adam, Eugene O'Neill'in torunuydu. Benim müziğimi de o temsil etmeye başladı ve çeşitli ülkelerde plaklar yayınlattı. "Gözlerin" adlı şarkı için, "Dünyanın en güzel melodilerinden biri," diyordu.

Sık sık Dino'larla, Münevver Hanım'la, Selçuk Demirel'le, Altan Gökalp'le görüşüyorduk. Sorbonne'da düzenlenen 'Kültür ve Gelişme' konferansı o günlere rastlar. Francis Ford Coppola, William Styron gibi sanatçılarla orada görüşmüştüm. Bazen, Abidin Bey'in evine gelen John Berger'i görüyorduk.

O yıllarda Paris'e gelen Uğur Mumcu'ya, Bedri Rahmi Eyüboğlu'nun Yiğidim Aslanım Burda Yatıyor şiirinden bestelediğim parçayı çalmıştım. Gözünden iki damla yaş gelmiş ve "Bu parça bütün ölülerimize bir ağıt gibi olmuş!" demişti. On yıl sonra Ankara'da yağmurlu bir gün onun bombayla parçalanmış cesedinin arkasında yürüyordum ve yüz binlerce kişi hep bir ağızdan Yiğidim Aslanım Burda Yatıyor'u söylüyordu. Paris'te parçayı dinlediği zaman, bunun kendi ağıdı olacağını, belki de kendisine gözyaşı döktüğünü bilmesi mümkün değildi.

Uğur, Vurulduk Ey Halkım Unutma Bizi şiirim üzerine "Sesleniş" adlı bir yazı yazmıştı. Şiir yazıda bir ana motif gibi tekrarlanıyordu. Sonradan bu yazı onunla bütünleşti. Onun adına yapılan anıtlara yazıldı. Böylece bir anlamda, yaratılarımız birleşmiş oldu. Ayrıca bu şiir kaynak gösterilmeden o kadar çok kullanıldı ki, sayısını bile unuttum.

Artık hayatımda çok önemli bir rol oynayan Abidin Dino'dan esaslıca söz etme sırası geldi sanırım. Bu yüzden diyorum ki; gelin bir heykel yapmaya çalışalım sizlerle. Biraz Mimar Sinan koyalım harcına, biraz Mevlana, biraz Yunus... Sonra buna bir parça Eisenstein ve Mayerhold ekleyelim. 'Ah minel aşk' yazan hat üstatlarını ve Picasso'yu, Chagall'i ihmal etmeyelim.

Daha sonra bu karışımı alıp Giacometti ya da El Greco gibi ince uzun, gökyüzüne doğru çekilen zarif bir figüre dönüştürelim. Buna bir de derin derin bakan dost canlısı iri gözler ve bedenden bağımsız, ayrı varlıklar gibi görünen uzun parmaklı iki el ekledik mi, Abidin Dino çıkar karşımıza.

Ama bunlar da yetmez. Hadi heykeli yaptık diyelim. Osmanlı'nın, Hind'in, Çin-i Maçin'in, Anadolu köylüsünün, sürrealizmin, Marksizmin, mistisizmin ve 20. yüzyıl Avrupa kültürünün derinliklerinden imbikle süzülüp gelen bilgeliği nasıl koyacağız bunun içine? Paşa konaklarından gelen soyluluğu, 20. yüzyılın en önemli maceralarının içinde bulunmasıyla nasıl bağdaştıracağız? Havada iki beyaz kuş gibi uçuşan ellerindeki sevecenliği tamamlayan muzip sesini nasıl duyacağız?

Üç yıllık Paris komşuluğumuzda acı ve tatlı günleri paylaştık Abidin Bey'le, çok sevdiği Azra Erhat öldüğü gün ıssız parklara gittik. Balzac heykelinin yanından geçip kestane ağaçlı bulvarlara vurduk kendimizi. Saatlerce yürüdük ve o saatlerce hiç susmadan Azra Erhat'ı anlattı. Susarsa başına daha büyük bir felaket gelecekmiş gibi yeryüzüne saçılmış sevgili ölülerini anıyordu tek tek.

Arif Dino'dan Nâzım Hikmet'e kadar. Sonra hayatta olan sevdiklerine geçiyordu. Bir Yaşar Kemal diyordu, bir Melih Cevdet. Üstat o gün konuşarak ölüme çare bulmaya çalışıyor gibiydi. Yaşamın ancak anılarla devam edeceğine inanan bir simyacıydı sanki. 'Var git ölüm var git, üç gün ara ver!' diyen eski şair gibi konuşuyordu.

Hemen her öğleden sonra uğruyordum ona. Güzin Hanım radyodan dönmemiş oluyordu. O geldiğinde Abidin Bey mutfağa girecek, ince bedeni ve uzun parmaklı elleriyle ağır tütsülü Lapsong Suchong çayı demleyecekti. Sonra üst kata çıkacaktık. Yüzleri duvara dönük duran yeni resimlerini çevirerek göstermeye başlayacaktı. Ben hayranlık sesleri çıkardıkça da, "Eh fena değil, hiç fena değil!" diye gülerek memnun olduğu resimleri belirtecekti.

Gerçi bir gün Abidin Bey'in evinde rastladığım John Berger gibi, resimleri daha iyi görmek için dört ayak durumuna girip inlemeyecektim ama o renk cümbüşünden sersemlemiş olarak çıkacaktım Paris sokaklarına.

Abidin Bey'in evi bir okul gibiydi: Selçuk Demirel, Jak Şalom, Gaye Şalom, Mehmet Ulusoy ve daha birçok Parisli Türk gelip gidiyordu. Yaşar-Thilda Kemal, Altan Gökalp yakın dostları arasındaydı. Genç sanatçıları yüreklendirmede üstüne yoktu. Nâzım Türküsü albümüm çıktıktan sonra beni yüreklendirmesini unutabilir miydim hiç?

Ama ne yazık ki son yıllarda Abidin Bey'in sağlığı bozulmaya başlamıştı. Tek böbreğin taşıdığı bedeni sarsılıyor, gözleri sulanıyordu. Sağlık sorunlarını Güzin Hanım'ın duymasını istemediği için hastane raporlarını bizim evde saklıyorduk. Onun üzülmesini istemiyordu ve hep tekrarladığı cümle şuydu:

"Güzin'e ne olacak?"

Sonra Abidin Dino çınarı devrilip gitti ve ben hem Paris'teki hem de İstanbul'daki cenaze törenlerinde onu uğurlarken, söylediği bir şeyi hatırladım:

"Bir futbol takımı coştuğu zaman atağa geçer, her oyuncu birbirinden güç alarak karşı kaleye doğru akar. Sanatçılar da böyledir. Bir dönemde, birden fışkırıverirler. Ama bize bunu çok gördüler. Nâzım'ı bir tarafa fırlattılar, bizi bir tarafa. Kimimiz hapishanelerde kimimiz sürgünlerde yitip gittik. Oysa ne güçlü bir tomurcuk patlamasıydı o!"

Benim de içinde bulunduğum bütün Türk sanatçılarını daha dünyalı olmaya, yerellikten kurtulmaya ve sürekli 'hüzne eğilimli' tavrımızdan sıyrılmaya itiyordu. Fanteziyi çok severdi. Yaşamın çeşitlendirilmesi ve renklendirilmesiydi bu ona göre.

Biraz da Abidin Bey'in etkisiyle yeni bir plak için besteler yapmaya başladım. Montparnasse'taki evin kokusunu ve Paris'in yaşama kıvancını çağrıştıran bu albümün adı da belli olmuştu: Ada.

Telefunken Plağında, Dilini Çıkaran Livaneli Resmi

Montparnasse'taki minik evimizde ayrı bir çalışma odam yoktu, şarkıları salonda besteliyordum. Zaten oturduğumuz evler hep çok küçük olduğu için, bir çalışma odasına ancak son yıllarda kavuşabildim. Daha önce bütün bestelerimi, plaklarımı, senaryolarımı, romanlarımı, yazılarımı oturduğumuz evlerin salonlarında, yemek masasında çalışarak hazırladım.

O evde salon Montparnasse istasyonuna bakıyordu ve beste çalışmaları zaman zaman gara giren ve acı frenlerle duran trenlerin canhıraş çığlıklarıyla kesiliyordu.

Ada albümündeki şarkılar Paris etkilerine uygun olarak şanson tadına daha yakındır. O plakta hiç saz kullanmadım, halk şarkılarına yer vermedim. Zaten bestelerin çoğunu da gitarla yaptım. Orhan Veli'nin iki şiiri üzerine çalıştım önce, İstanbul'u Dinliyorum ve Gün Olur Alır Başımı Giderim... Daha sonra Paul Eluard'ın ünlü şiiri 'Özgürlük' için kolları sıvadım. Şiirin Türkçe'deki o çok güzel çevirisi işimi kolaylaştırıyordu. Melih Cevdet ve Orhan Veli, şiiri belki de aslından bile daha güzel biçimde çevirmişlerdi. Zaten Sabahattin Eyüboğlu, Melih Cevdet, Orhan Veli, Orhan Burian, Sabri Esat Siyavuşgil ve diğerleri, zamanında öyle güzel çeviriler yapmışlar ki insan şaşırıp kalıyor. Bu çevirilerle Türk dilinin olanaklarını genişletmişler, dili zenginleştirmişler.

Herhangi bir ülkede, kültüre önem veren, değer bilen insanlar arasında olsalar salt bu çevirilerinden dolayı anıtlaşır ve dünyaca ün yaparlardı. Gel gör ki burası Türkiye. Şimdi sokağa çıkıp gençlere sorsan, kimse bilmez bu şiirleri kimin çevirdiğini. (Şarkıların şairleri bile hatırlanmıyor bazen. 2006'da bir televizyondaki bilgi yarışmasında Karlı Kayın Ormanı'nın şairi soruldu. Ne yazık ki cevap 'Livaneli' oldu.)

Daha önce Brecht'in 'Sürgün' şiiri için bestelediğim ezgiyi, sonradan başka sözlerle Ada albümüne koydum. Bu şarkıya yazdığım şiir Louis Aragon'un ünlü dizesi 'Mutlu Aşk Yoktur'dan esinlendi. Sonra Aragon'un Atilla Tokatlı tarafından müthiş ustalıkla çevirilen 'Yalnız İnsan' adlı şiirini besteledim.

Orhan Veli, Paul Eluard, Louis Aragon derken sıra Sait Faik'e gelmişti. Onun şiirlerinden değil, zaten yoğun bir şiirsellik taşıyan düz yazılarından yararlandım ve bazı cümlelerini birleştirerek şarkı sözü yaptım. 'Her şey bir insanı sevmekle başlar' sözü şarkının nakarat bölümünü oluşturdu. Buna Dostoyevski'nin en çok sevdiğim 'Dünyayı güzellik kurtaracak' cümlesini ekledim. Stockholm'de *Yılanı Öldürseler* filmi için bestelediğim ezgiye söz yazdım ve ortaya, Gözlerin Bir Çığlık adlı şarkı çıktı.

Besteleri genellikle sözden yola çıkarak yaparım. Şiirin bende uyandırdığı ritm ve melodi duygusu bana yol gösterir. Sevdiğim bir şiiri bestelemem zor olmaz. Hatta Saik Faik örneğinde olduğu gibi düz yazıyı bile melodik forma oturtabilirim.

Bu işin tersi melodiden yola çıkmak ve ona söz oturtmaktır ki bu çok zor bir uğraştır. Çünkü her ülkenin ezgileri, o dilin yapısına göre oluşmuştur.

Film müziklerimde doğal olarak dil kurallarıyla sınırlanmadan sözsüz müzik yazmanın keyfini çıkarırım. *Yılanı Öldürseler*'in ezgisi de böyle bir özgürlük duygusu içinde yazılmıştır. Bu yüzden aksamayan ve müziğe oturan Türkçe söz yazmak çok vaktimi aldı. Aynı güçlüğü daha sonraki yıllarda Sevdalı Başım'da yaşayacaktım.

Birkaç şarkı daha yapınca plak tamamlanmıştı. Her zamanki gibi kayıt için Stockholm'ün yolunu tuttum. Çünkü oradaki stüdyolara ve teknisyenlere çok güveniyordum. Ayrıca Ferhat plağın gitarlarını ve bas partilerini çalacaktı. Stockholm dışındaki OAL Stüdyosu'nda kayıt çalışmalarımız başladı. Geceleri çalışıyorduk. Kayıtlar günün ilk ışıklarına kadar sürüyordu. Arada bir, dışarı çıkıp temiz hava alıyorduk. Her yer karla kaplıydı, İsveç gene o kuzey romantizmine bürünmüştü. Uçsuz bucaksız beyazlık içindeki kayın ormanları bir kez daha 'Karlı Kayın Ormanı' atmosferini yaratmıştı. Bu ortamın, plaktaki duyguya katkısı oldu. Kayıt için İsveçli müzisyenleri çağırıyorduk. Hepsi de kendi alanında mükemmeldi ve işlerini hayranlık uyandırıcı bir ciddiyetle yapıyordu. Sonunda kayıt bitti ve bantları kalıp yaptırmak için Paris'e götürdüm. O zamanlar uzunçalar kalıpları çok önemliydi. Sesin kalitesi, basları ve tizleri bu kalıp yapımı sırasında belirleniyordu. Bizde çok köhne âletlerle yapılıyordu. Bu yüzden uzunçalar kalıplarını hep dışarda hazırlatıyor ve İstanbul'a götürüyordum. Tabii bu işlem çeşitli güçlükler yaratıyordu. Plak göbeklerinin aynı olmaması, kenarlarının kesimi özel bir çaba gerektiriyordu. Her konuda olduğu gibi bu konuda da Avrupa standartlarının dışındaydık.

Bu arada müziğimle ilgilenen bir başka Alman firması çıkmıştı. Hamburg'da Telefunken firmasının plak kolu olan Teldec'le bir yıllık bir kontrat imzalamıştık. İlk olarak Ada'yı yayınlayacaklardı.

Plağın kapağını Abidin Bey'in yapmasını istiyordum. Zaten şarkıları çok sevmişti. Tam kapağa nasıl bir Ada koyacağını düşünüyordu ki, yakın dostu Nasuhi Ertegün'den bir kart aldı. Ertegün kartı bir Uzakdoğu gezisinden gönderiyordu ve üstünde çok acayip, kıpkırmızı bir ada resmi vardı. Abidin Bey o adayı çok sevdi ve kapak resmini kırmızı adadan esinlenerek oluşturdu.

Genel kapak düzenini ise Selçuk Demirel yaptı. Grafik çalışmalarında âdet olduğu gibi, karton üzerine gelişigüzel bir taslak oturttu. Kırmızı ada resminin gireceği yer kalemle çiziktirilmiş ve belirlenmişti. Yazıların konacağı yerlerde, çeşitli Fransız dergilerinden kesilmiş yine gelişigüzel bölümler vardı. Sadece yazıların gireceği yerleri leke olarak belirtmek amacı taşıyorlardı. Arka kapağa benim resmimin konacağı yere ise şaka olsun diye dilini çıkarmış bir kız resmi yapıştırmıştı. Teldec'in grafik bölümü bu taslağa göre orijinal resimleri ve yazıları yerli yerine koyacak ve kapağı baskıya hazırlayacaktı.

Bütün malzeme gönderildikten bir-iki ay sonra yolum Hamburg'a düştü ve Teldec'e giderek kapağı görmek istedim. Şirketin resepsiyonunu aşmak bile çok güçtü. Aşırı büyümüş ve bürokrasiye boğulmuş şirketlerin anlamsız kargaşası yaşanıyordu Teldec'te ve insani ilişkilerin kesilmesinin bedelini ödüyorlardı. Çok ısrar ettim ve sonunda grafik bölümüne girebildim. Oradaki salak bakışlı birkaç Alman gencini güçlükle ikna ederek kapağı görmeyi bile başardım. Akıllarına göre her şey yazışmalar çizişmelerle yürümeli, bürokratik süreç bozulmamalı, kısacası insanlar yüz yüze gelmemeliydi. Benim ise en nefret ettiğim şeydi bu.

Basılmış olan kapağı elime alınca ufak bir şok geçirdiğimi hatırlıyorum. Çünkü Selçuk Demirel'in taslak diye gönderdiği şeyi olduğu gibi basmışlardı. Abidin Bey'in resminin girmesi gereken yerde, kırmızı kalemle çiziktirmeler vardı. Daha da garibi plağı çevirince, Livaneli yazısının altında bir kız dilini çıkarmış gülüyordu.

Almanlar'a resmi gösterdim ve "Sizce bu bana benziyor mu?" diye sordum. Kayıtsız bir havayla, "Benzemiyor," dediler.

"O zaman niye bu resmi koydunuz?"

"Ne bilelim," dediler, "bugünlerde plak kapaklarına öyle garip şeyler konuyor ki, bu da olabilir diye düşündük."

Yaptıkları büyük hataya aldırmayan bir tavırları vardı. Abidin Bey'in orijinal resminin nerede olduğunu sordum. Öyle bir resim bulunmadığını söylediler. Anlaşılan sersemliklerinden resmi de kaybetmişlerdi. İçimden adamlara yumruk atmak geliyordu ama bu bile kayıtsız hallerini bozmayacaktı.

Son olarak aklıma gelen şeyi söyledim: "Teldec'le yaptığımız kontratta, kapak konusunda onayımın alınacağı yazılı," dedim. "Bu kapağı kabul edemeyeceğime göre her şey yeniden yapılacak, bunun masraflarını da siz cebinizden ödeyeceksiniz." Nihayet anladıkları dilden konuşmuştum. Hepsi yerinden doğruldu, insana benzemeye başladılar, telaşla bu yanlışlığın nereden kaynaklanmış olabileceğini tartışmaya koyuldular.

"Ayrıca," dedim, "kapak resmini yapmış olan ressam çok ünlü ve tanınmış birisidir. Resmin orijinalini kaybetmiş olduğunuz için büyük bir tazminat davası açılacak."

Bu sefer betlerinin benizlerinin attığını görebiliyordum. Kapak yeniden yapıldı. Abidin Bey'in başka bir ada resmi kullanıldı. Ne var ki plak çıktığı sırada Teldec şirketi battı. Bana da bu olayları dostlarıma aktarırken, "Böyle bir şirket devam edemez, mutlaka batar!" demiş olmanın haklı çıkma duygusu miras kaldı.

Maria'yla Üzüntülü Günler

Paris'in en itibarlı konser salonlarından biri, Chatelet'deki Theatre de la Ville'dir. Oranın resmi programına girebilmek ve birer hafta süren konserler için davet edilebilmek bir kariyer ölçüsüdür. Çünkü Theatre de la Ville salonu, Olympia ve diğer müzikholler gibi kiralanamaz. Oralarda parayı ödeyen salonu alır ve istediği gibi konser düzenler. Theatre de la Ville ise kendi programını düzenler ve Parislilere sunar.

O tiyatronun 18:30 konserleri, benim de zaman zaman uğradığım müzik şölenlerine sahne oluyordu. Bir seferinde Atahualpa Yupanqui'yi dinlemiş ve çok etkilenmiştim.

İşte bu önemli kurum, Maria'yla bana bir teklif yaptı ve bir hafta boyunca konser vermemizi istedi. İkimiz de sevinmiştik doğrusu. Her şey bir yana, bu kurum, konserleri çok iyi duyuruyor ve Chatelet alanında tiyatronun çatısından sarkıttığı dev mavi bezlere ek olarak, bütün metro istasyonlarını afişliyordu. Bizim konserler için de öyle oldu. Paris'in bütün metro istasyonlarında, Maria'yla birlikte çektirdiğimiz resim görülüyordu.

Bunlar işin hoş bölümleriydi. Perde arkasında ise ülkelerarası siyasetin karartığı zor ve sancılı bir dönem yaşıyorduk. Benimle yıllar süren işbirliği Maria için bazı sorunları da beraberinde getirmişti. Kim olursa olsun, sonuçta bir Türk'le yaptığı plak Yunanistan'da yılın en çok satan albümü olmuştu, bütün Avrupa'da yankılanmıştı. Bir Türk'ün şarkılarını seslendirdiği albüm, 1983'te Alman Plak Eleştirmenleri Birliği'nin Yılın

Plağı Ödülü, Hollanda'da Edison Ödülü, Yunanistan'da Yılın Plağı ödüllerini kazanmış ve her tarafta bir Türk müziği rüzgârı estirmişti. Maria'nın meslek yaşamının en başarılı dönemlerinden biriydi bu. Ne var ki güzel günler sona eriyordu yavaş yavaş. Andreas Papandreu, Melina Mercuri ve PASOK partisinin şoven politikacıları, bu işbirliğinden hoşnut değildi ve bunu bir noktada kesmesi için Maria'ya baskı yapıyorlardı.

Bir yandan da Maria, kocası Thelamakos yoluyla iyice PASOK'a yakınlaşmıştı. Paris konserleri sırasında özellikle Yunanistan ve Kıbrıs Rum Kesimi'nin Paris büyükelçilikleri Maria'yı müthiş baskı altına aldılar.

Bir hafta sürecek konserlerde, Maria'nın bir bildiri okumasını istiyorlardı. Kıbrıs Rumları'nın resmi görüşünü yansıtan bu bildiri, tek yanlı bir propaganda malzemesiydi ve bunun, bizim o güne kadar yürüttüğümüz dostluk politikalarıyla hiçbir ilgisi yoktu. Hatta yaptıklarımızı yıkmak anlamına gelecekti.

Maria'nın sinirleri çok bozuktu. "İnanamayacaksın ama bana vatan haini muamelesi yapıyorlar," diyordu. Geceleri uyanıp ağladığını anlatıyordu. Gerçekten de Maria'yı hiç o halde görmemiştim. Büyükelçiler baskıyı azaltmak şöyle dursun, durmadan artırıyorlardı.

Maria'ya durumunu anladığımı ama çok fazla yardımcı olamayacağımı söyledim. O güne kadar yaptığımız her şey, ülkelerimizin resmi politikalarından ayrı olarak, bir dostluk çerçevesinde yürümüş ve sanatçı bağımsızlığı ekseninde gelişmişti. Bizi biz yapan da buydu. O kadar ki, 'dostluk' meselesinin bile üzerine basmamış, işi sulandırmadan (bazı çevrelerin sürekli dalga geçtiği uzo-sirtaki muhabbetine dökmeden) sanatsal birliktelik temasını işlemiştik. Çünkü Türk-Yunan dostluğu da sonunda popüler bir klişe olmaya adaydı. Biz, çalışmalarımızı sadece bir besteci ve şarkıcı işbirliği olarak sunuyorduk.

İşin gerçeği de budur. Maria'nın Yunanlı olması değildi benim için önem taşıyan. Dünyanın en büyük solistlerinden biri olmasıydı. Nitekim bu işbirliği sadece Maria'yla sınırlı değildi. Bir başka Maria'yla, Barcelona'dan Maria Del Mar Bonet'le yaptığım konser ve albüm çalışmaları hiç de Türk-İspanyol dostluğu tezini işlemiyordu. Joan Baez'le yaptığım çalışmaların Türk-Amerikan dostluğu anlamına gelmediği gibi. Şarkılarımı yirmiden fazla ülkenin sanatçıları söyledi ama bunların hiçbiri Yunanlı sanatçılar kadar politik algılanmadı.

Bir çıkmaza girmiştim. Arkadaşım Maria'yı seviyor, onun üzülmesini istemiyordum ama bu kadar önemli bir platformda resmi tezlerin sunulmasına da karşıydım.

O günlerde *Le Matin* gazetesi bizim üzerimize tam sayfalık bir yazı yayınladı. Elimizde konser turneleriyle ilgili yazılar birikmişti: *Der Spiegel, Frankfurter Allgemeine Zeitung, Helsinki Sanomat, Dagens Nyheter* gibi ünlü yayın organları bu işbirliğini öven yazılara yer veriyordu.

Sonunda Maria, bildiriyi okumaktan vazgeçti ama bu süreç dostluğumuzu yaralamıştı. Theatre de la Ville'de yaptığımız provalarda birbirimize düşman gibi davranıyorduk. Sonunda şoven politikalar, iki sanatçının dostluğunun da etkilemişti. Konserde kimin kaç şarkı söyleyeceği konusundan tutun da prova saatlerine varana kadar her konuda ağır ve kırıcı kavgalar baş gösterdi aramızda. O beni suçluyordu, ben onu. Orkestra üyelerinin gözü önünde birbirimize bağırıp çağırıyor, kırıcı sözler söylüyorduk. Böyle bir ortamda doğal olarak birbirimize güvenimiz de kalmamıştı.

Her güç durumda olduğu gibi gene Abidin Bey'le kafa kafaya verdik ve ne yapacağımızı konuştuk. En doğrusu bir konuşma hazırlamak ve bunu her konserde tekrarlamaktı. Böylece Maria ne yaparsa yapsın ben kendi tavrımı belirlemiş olacaktım. Bir konuşma yazdık.

O yıllarda Türkiye'nin Paris Büyükelçisi Adnan Bulak'tı. Birkaç kez davetlerde görüştüğümüz bir kişiydi ve bu konserlerle ilgili hiçbir telkin girişiminde bulunmamıştı. Esas yakın dostlarımız ise OECD nezdindeki Büyükelçi Tanşuğ Bleda ve zarif eşi Erel'di. Bu sevgili dostlarla birçok müzik akşamını, yurt özlemi kokan saatleri paylaştık. Ayrıca Paris'te tanıştığım sevgili Özden Sanberk ve onun bana tanıttığı Profesör Orhan Güvenen de dostlarımız arasındaydı. Orhan ve Selma Güvenen'le Paris'te başlayan ilişkimiz bir yaşam dostluğuna dönüştü ve bizi onurlandıran dostlukların baş sıralarına yerleşti.

Paris'teki bu diplomat çevresi hiç de Yunanlı ve Kıbrıslılara benzemiyordu doğrusu. Bu sefer roller tersine dönmüştü. Bir Türk sanatçısı, Theatre de la Ville'de konser vereceği için sevinç duyuyorlar ve bunun Maria Farandouri'yle birlikte yapılarak bir dostluk mesajı içermesine da ayrıca memnun oluyorlardı.

Sonunda konser haftası gelip çattı. Bir hafta boyunca salon dolup dolup boşaldı. Yedi konserde de bir tek koltuk boş kalmadı. Ne var ki biz Maria'yla hiç konuşmuyor, sahnede görev icabı şarkılarımızı söylüyor ve sonra hepimiz kendi yolumuza gidiyorduk. Ben her gece konuşmamı yapıyordum.

En son konser de tamamlanınca üzerimizden öyle büyük bir yük kalktı ki Abidin Bey, Güzin Hanım, Bleda'lar, Güvenen'ler, Yavuzer Çetinkaya, Selçuk Demirel ve daha nice dostla Ile Saint Louis'deki 'Üç Çavuş' lokantasının mahzenini kapattık ve orada şarkılarla, türkülerle sabaha kadar eğlendik. Hepimiz sarhoş durumda lokantadan çıktığımızda sabah oluyordu ve günün ilk ışıklarıyla aydınlanan Seine nehrinin kıyısında yürürken bile alaturka şarkılar mırıldanıyorduk.

Bu gerginlik, Maria Farandouri'yle hayat ve sanat dostluğumu etkilemeden geçip gitti. İşin en sevindirici yanı da bu oldu.

Tekrar Kesin Dönüş

Dünyayı güzellik kurtaracak
Bir insanı sevmekle başlayacak her şey

Artık Türkiye'ye dönme zamanının yaklaştığını hissediyorduk. Askeri dönemin etkileri yavaş yavaş azalıyordu. Benimle ilgili davalar olup olmadığını bilmiyordum. Başta babam olmak üzere yakınlarım dönmemi pek uygun karşılamıyorlardı, çünkü 'ortalık hâlâ karışık'tı.

O günlerde Yaşar Kemal'e Légion d'Honneur verileceği duyuldu. Tören Elysée Sarayı'nda yapılacak ve nişan bizzat Cumhurbaşkanı François Mitterrand tarafından takılacaktı. Yaşar Kemal beni ve Altan'ı İstanbul'dan aramış, saraydaki tören için kendisine ayrılan kontenjandaki konukları saptamamızı istemişti. Bu arada ilginç bir durum daha vardı: Türkiye'nin Fransa'yla siyasi ilişkileri epey tatsız bir dönemden geçmekteydi. Paris'teki üç Türk büyükelçisinin görüşme istekleri, Dışişleri Bakanlığı'nın alt düzeylerinde takılıp kalıyordu. Bu noktada Yaşar Kemal'in büyükelçileri, özel konuğu olarak Elysée Sarayı'na davet etmesi çok büyük önem taşımaktaydı. Cumhurbaşkanlığı düzeyindeki bir törene katılmış olacaklardı. Bu durumu Ankara'ya bildirdiler. Ankara, ne hikmetse OECD nezdindeki Büyükelçi Tanşuğ Bleda'nın törene katılmasını istemedi. Oysa Tanşuğ ve Erel Bleda, OECD'nin yanı sıra Paris'te üst düzey bir kültür elçiliği görevini de üstlenmişlerdi. Avenue Foch'taki görkemli evlerinde, hemen her akşam Fransa'nın tanınmış gazetecilerini, sanatçılarını, etkili insanlarını görmek mümkündü. Sonunda iş nasıl çözümlendi bilmiyorum ama Bleda'lar da törene geldiler.

Türkiye'de ise ödül aleyhine bambaşka bir kampanya yürütülüyordu. Bazı çevreler Fransa'nın Ermeni terör örgütü ASALA'ya arka çıktığını yazıyor ve Yaşar Kemal'in ödülü reddetmesi gerektiğini savunuyordu. Hele François Mitterrand'ın elinden ödül almak, olacak şey değildi. Yaşar Kemal, bu yoğun kampanyaya aldırmadı ve Thilda'yla birlikte Paris'e geldi. Bizim Montparnasse'taki küçük evde kalıyorduk.

Tören günü hep birlikte Elysée Sarayı'na gittik. Görkemli bir salonda toplanmış kalabalığın arasında yerimizi aldık. Biraz sonra siyah fraklı ve boyunlarında ilginç kolyeler taşıyan mabeyinciler, cumhurbaşkanının gelişini duyurdular ve Mitterrand içeri girdi.

Madalya takılacak olanlar yan yana dizildiler. Sol başta belgesel film ustası Joris Ivens duruyordu, onun yanında Elie Wiesel yerini almıştı, üçüncü olarak Federico Fellini ve yanında Yaşar Kemal beklemekteydi. O anda Yaşar Kemal ile Fellini arasındaki boy bos ve yüz benzerliği dikkatimi çekti. Daha önce hiç fark etmemiştim.

Mitterand her sanatçıyla ilgili konuşmasını yaptı ve yanına gelerek pek az kişiye verilen "commandeur" ödülünü taktı. Ortalıkta çok resmi, hatta gergin bir hava vardı.

Sıra Yaşar Kemal'e gelince Mitterand, onun çağın en büyük romancıları arasında yer aldığını belirten bir konuşma yaptı ve yazarın gülümsemesi üzerine o da gülümseyerek nişanı taktı. Soğuk hava nispeten yok olmuştu. Törenden sonra Fellini'ye, Yaşar Kemal'le çok benzediklerini söyledim. İyice hatırlayamıyorum; ya o ya da Yaşar Kemal, "İkimizin de anası Akdeniz!" diye cevap verdi.

Törenden sonra dönüş hazırlıkları yapmaya başladık. Evi boşaltmayacaktık. Abidin Dino'nun emekli bir büyükelçi olan arkadaşı Celal Akbay ve eşi Paris'e yerleşmek istiyorlardı. Evi onlara bıraktık. Kirayı onlar ödeyecekti artık.

1984 yılının nisan ayında, o dramatik deyimi kullanırsak 'kesin dönüş' yaptık. Akatlar'daki alçakgönüllü ev bizi bekliyordu. Havaalanındaki pasaport kontrolünde bir sorun çıkmadı ve böylece Türkiye'deki en uzun dönemimiz başlamış oldu. Durumumdan emin olmadığım için pek ortalığa çıkmak istemiyordum. Bu yüzden geldiğimi duyan ve konuşma yapmak isteyen basın organlarından sonbahara kadar beklemelerini rica ettim. Döndüğümün duyulması işime gelmiyordu.

O yaz Sedef Adası'nda bir ev kiraladık ve dostlarımız Ataman ve Nuran Onar'la kolay unutulamayacak kadar güzel bir yaz geçirdik. Onca yıldan sonra Sedef Adası'nın sarhoş eden kokuları arasında uyanmak, şafak sökmeden balığa çıkmak, akşamları çam esintileri arasında karanlıkta oturup sohbet koyultmak müthiş güzeldi.

Sonbaharla birlikte, hazır olan Ada albümünü çıkarmakla işe koyulduk. Attila Özdemiroğlu yeni bir müzik yapım şirketi kurmuştu. ART adını taşıyan bu şirketin ortakları arasında Erol Simavi, Yılmaz Sanlı ve Erdoğan Şenay da bulunuyordu. Ada, ART şirketinin yayınladığı ilk albüm oldu. 4. Levent'teki bürolarında verdikleri bir davetle plağı sundular. Yılların beklentisiyle Ada, hemen kapışıldı. ART baskı üzerine baskı yapıyor, neredeyse plak yetiştiremiyordu. Türk basını benim dönüşüme ve plağa müthiş ilgi gösteriyordu.

Nadir Nadi de beni sevenler arasındaydı. Odasında beni maroken koltuğa oturtur, bir kahve söyler; sonra durmadan soru sorardı, her şeyi merak eden bir kişiydi Nadir Bey. Mikis Theodorakis geldiği zaman evinde bir yemek vermişti. Abidin Bey'i hatırlatan harika bir adamdı. İstanbul Kültür Sanat Vakfı'nda yönetim kurulu üyesiydi. Onun vefatıyla boşalan koltuğa, rahmetli Nejat Eczacıbaşı'nın önerisiyle ben oturmuştum. Dışarıdan yeni dönmüş genç bir sanatçı için ne büyük bir onurdu bu, bilemezsiniz.

Şan Konserleri

Ada'daki şarkılar her zamanki gibi önce aydın çevrenin hışmına uğramış, sonra da geniş kitleler tarafından müthiş benimsenmişti. Plak hemen 1 numaraya oturdu ve aşağı yukarı bir yıl liste başı kaldı.

Benim için bir plağın başarı ölçüsü, daha sonraki yıllarda konser verirken o plaktan kaç şarkıyı repertuara aldığımdır. Böylelikle bestelerin sağlaması yapılmış olur. İz bırakmayan, uçup gidiveren besteleri seslendiremezsiniz konserlerde. Her konser neredeyse Batı'daki 'Best of...' anlamında bir seçmedir.

Örnek gerekirse, Nâzım Türküsü plağından çok beste çıkmıştır. Karlı Kayın Ormanı başta olmak üzere birçok şarkı yaşamaktadır. Atlının Türküsü, Günlerimiz plakları beste bakımından verimli dönemleri işaret ederler.

Ada da şanslılardan biri olmuştur.

Bugün konser verecek olsam Gün Olur Alır Başımı Giderim, Ada, Gözlerin Bir Çığlık, Sus Söyleme, İstanbul'u Dinliyorum gibi birçok parçayı yeniden seslendiririm. Hele Paul Eluard'dan bestelediğim Özgürlük, konser bitişlerinin vazgeçilmez şarkısı haline dönüştü. Bizim dinleyicide inanılmaz bir beste sezme gücü vardır. Bir plaktaki güçlü besteyi hemen sezer ve ötekileri unutup onu yaşatır.

Bu özellik Şan konserlerinde de görüldü. O dönemlerde Şan Sineması'ndaki dizi konserler çok ünlüydü. Orada bir dizi konser vermem önerildi. Onca yıldan sonra benim için çok heyecanlı bir buluşma olacaktı bu. Art ve Egemen Bostancı ortak olarak düzenliyorlardı konserleri.

Uzun bir çalışma yaptık. Türkiye'nin hemen hemen en iyi müzisyenlerinin toplandığı 13 kişilik bir orkestra ve yaylı sazlar dörtlüsü eşlik ediyordu. Konser dizisi, afişlerle, gazete ilanlarıyla duyuruldu ve görülmemiş bir bilet talebi baş gösterdi. İnsanlar sabahın köründe kuyruğa girip bilet alıyorlardı.

Sonunda ilk gece gelip çattı. Orkestra, beyaz bezler üzerine çeşitli renkte ışıklar düşürülerek yapılmış nefes kesici dekor içinde yerini aldı. Ben çok ama çok heyecanlıydım. Daha önceki konserlerimde duyduğum güvenden yoksundum. Yıllar süren bir ayrılıktan sonra ilk kez İstanbul izleyicisinin karşısına çıkıyordum. Her ilk gece gibi, bizim açılışımızda da ön sıralar protokol davetlileriyle doluydu ve ben böyle bir dinleyiciyle coşkuya dönüşen bir konser izlememiştim hiç.

İlk gece alnımızın akıyla kapandı. Daha sonra vereceğim kitle konserlerinin coşkusuyla kıyaslanmasa bile dinleyiciyi hoşnut bırakan bir konserdi. İkinci gece her şey biraz daha rahatladı. Orkestra gittikçe oturuyor ve daha az hata yapıyordu.

Böylelikle tıklım tıklım dolu salonlarda 17 konser verdik. Hayatımda hiç o kadar uzun bir süre sahneye çıkmamıştım. Konserler bittiğinde kuyruklar azalmamış, tam tersine artmıştı. Müthiş talep vardı ve insanlar yine sabah erken kuyruğa girmeyi sürdürüyordu. Bu durumda Egemen ve Attila, konserleri uzatmamızı önerdi. Ben buna karşıydım. Egemen ve Attila epey direttiler. Hatta Egemen, "Meslek hayatımda ilk defa bir sanatçı, talebi karşılamak istemiyor," diyerek çıkışıp duruyor, daha fazla konserin, daha fazla para anlamına geldiğini anlatıyordu. Ne var ki ben kararımı vermiştim. Seyircinin yavaş yavaş azalmasını beklemeyecek, zirvede bırakacaktım. Bundan sonra da talebin hep altında kalacaktım.

Bu arada Türk basınının ilgisi devam ediyordu. Özellikle Ada'nın ve konserlerin başarısı bir yabancı gazetenin deyimiyle beni 'darling of the Turkish press...' (Türk basınının sevgilisi) noktasına getirmişti.

İlk plağımı tek sazla yapmış, ikinci plakta buna flüt ve kontrbas eklemiş, daha sonra geniş orkestra çalışmalarına gitmiş ve bazen de Ada gibi halk müziğiyle hiç ilgisi olmayan çalışmalar yapmıştım. Yaşıyor, öğreniyor, etkileniyor, heyecanlanıyor, değişiyordum ve bu değişimlerin hepsi müziğime yansıyordu. Benim gücümü oluşturan da buydu işte. İçimden ne gelirse onu yapıyor ve kendimi hep risklere atıyordum. Bu, bir kişilik özelliğiydi. Hayatımın hiçbir döneminde, kazanmış olduğum kalelerin güvenli duvarları arkasına saklanıp kendimi korumayı istemedim. Hep yeni risklere atıldım. İyi bir müzikçi olarak kabul edildiğim anda sinema yapmam, gazete yazılarına başlamam ve daha sonra da politikada kendimi kurdun ağzına atmam başka türlü açıklanamaz.

Bütün bunlar bir tek istekten, yaşadığım tek ömür içinde her şeyi deneme hakkını kendimde görmemden kaynaklanıyordu.

Selimiye Yolları

Sonunda bela kendini gösterdi: Bir gün aldığım 'tebligat', sorgu için Selimiye'ye, sıkıyönetim savcılığına çağrıldığımı belirtiyordu. Sıkıyönetim ortadan kalkmıştı ama mahkemeler devam ediyordu. Kâğıtta, görmem gereken savcının adı da yazılıydı: Yaşar Günaydın'la görüşecektim.

Tebligatı alıp İstanbul Savcı Yardımcısı Enver Özdemir'e gittim. Özdemir, babamın daha önce bir tayin işinde yardım etmiş olduğu genç bir savcı yardımcısıydı ve bir süre sıkıyönetimde görev yaptığını duymuştum. Babama çok büyük bağlılığı vardı. Selimiye'den çağrıldığımı söyledim. Herhalde basit bir formalite olduğunu, telefon edip işi düzeltebileceğini söyledi. Daha sonra kâğıdı uzattığımda Yaşar Günaydın adını görünce yüzü allak bullak oldu ve "Şimdi iş değişti," dedi. "Yaşar Günaydın sorgulayacakmış. Seni gözaltına almak isteyecektir."

Onca deneyden sonra dönüp dolaşıp gene askeri hapishane koğuşlarına girmek korkunç geliyordu. İçimi bir bıkkınlık kapladı. Bu ülkede yıllar geçiyor ama hiçbir şey değişmiyordu. Bir yaz günü Enver Bey'le birlikte kalkıp gittik. Selimiye'nin uzun ve loş koridorlarının girişlerinde nöbet tutan askercikler, sevgi gösterilerinde bulunuyor, imza alıyor, çay ikram etmek istiyorlardı. Yaşar Günaydın'ın oturduğu büyük odaya girdim. Masasının arkasında evraklarla ilgilenen, yüzüme bakmayan, aksi görünüşlü, ufak tefek, kara bıyıklı bir adamdı. O sorgudan sonra kendisini bir daha hiç görmeyecektim. Taa ki birkaç yıl sonra beyaz arabasının içinde öldürüldüğünde, kurşunlarla delik deşik ve kanlar sızan kafasıyla televizyon ekranını kaplayana kadar...

Neden sonra yüzüme baktı ve suçumu söyledi. Bazı evlerde kasetler bulunmuş. Üstünde Zülfü Livaneli kapağı varmış ve içlerine Kürtçe müzik kaydedilmiş.

"Bunlar bana ait değil," dedim.

"Nasıl yani?" dedi.

"Ben," dedim, "tek kelime Kürtçe bilmem. Dolayısıyla da Kürtçe kaset doldurmuş olmam imkânsız."

"İyi ama," dedi nüfus kâğıdımı göstererek, "kütüğün Elazığ'da. Nasıl Kürtçe bilmezsin."

"Siz," dedim, "hukukçu olduğunuza göre belki ailemi tanırsınız. Aile, köken olarak Artvinli'dir. Soyadımız da bunu gösterir. Memur ailesi olduğu için Artvin'den Elazığ'a göçmüştür."

Yüzüme kuşkuyla bakmayı sürdürdü. Enver Bey'in bütün dolaylı çabalarına rağmen beni içeri atmaya kararlı olduğu anlaşılıyordu. Kasetlerin üstünde ismimin yazdığını söyledi. Bunun üzerine ona, kasetlerin silinip tekrar doldurulabilen şeyler olduğunu, gözünün önünde İstiklal Marşı çalan bir kaseti alıp Zeki Müren doldurabileceğimi anlattım.

Bir yandan da utanıyordum. Öylesine sevdiğim sert, hüzünlü Kürt türküleri söylemekle suçlanıyor ve ben de bu bir suçmuş gibi, "Hayır yapmadım!" diyordum. Ne var ki o akşam evimi görememek vardı işin ucunda. Yaşar Günaydın'a, yanımda getirdiğim korsan Livaneli kasetlerini gösterdim.

"Bakın," dedim, "bu resimlerden hiçbiri bana benziyor mu?"

Kasetleri eline aldı. Bir pisliğe bakar gibi evirdi çevirdi ve kapaklardaki palabıyıklı âşıklara, üniversite öğrencisi kılıklı çocuklara baktı ve "Nedir bunlar?" diye sordu.

"Korsan kasetçiler," dedim, "benim kasetlerimi basmışlar ama resmimi bulamadıkları için üstüne başkalarının resimlerini koymuşlar."

Belli ki bu kanıtlar onu şaşırtmıştı. Bir süre düşündü, sonra daktiloyu çağırarak ifademi yazdırdı. Selimiye'den çıkıp da kendimi pırıl pırıl parlayan yaz güneşi altında bulduğumda sevinç içindeydim. Dediğim gibi Yaşar Günaydın'ı bir daha görmedim. Korsan kaset arşivim de delil olarak onda kaldı. Öldürülmüş olduğu için de sorma olanağım yok artık.

Ertesi hafta Atina'ya gittim. Mikis'in ortak plağımız için hazırladığı besteler çok güzeldi. Hemen deşifre edip kasete çaldık ve söz yazımı için sevgili dostum Ülkü Tamer'le çalışmaya koyulduk. Müthiş bir şair olan Ülkü, prozodi konusunda hata yapmak istemiyor, onun için müziğe oturtacağı sözlerin vurgularını benden öğrenmek istiyordu. Ben de herhangi bir söz uydurarak onu etki altına almak istemiyordum. Sonunda bir orta yol bulduk. Nereden çıktığı belli olmayan bir 'geceleyin karanlıkta' uydurduk. Bu sözü her şarkıya uygulayıp banda almaya başladık. Ülkü'nün çalışması için hazırlanan bu bantlar birilerinin, mesela Kürtçe türkü söylediğimden kuşkulanan savcıların eline geçse şöyle bir saçmalıkla karşılaşacaklar: 'Geceleyin karanlıkta-lıkta gec-ta gec lı-yın ka ka ka' falan filan. Ülkü bu teknik saçmalığı kullanarak çok güzel şiirler yazdı. Sözler müziğe tam oturuyordu. Bunun üzerine benim yeni ezgilerime söz yazmaya başladı. Eski bir melodime yazılan sözlerle Güneş Topla Benim İçin şarkısı doğdu. Plağın düzenlemesini Ferhat yapacaktı. Her zaman tercih ettiğimiz gibi akustik bir çalışma olsun istiyorduk. Stüdyoya girip parçaların altyapılarını kaydetmeye koyulduk. Bildiğiniz gibi Mikis iyi şarkı söyleyemez. Dünyanın en güzel ezgilerini yazan adam, o ezgileri seslendirecek bir sesten yoksundur. Gene de ben onun plağa katılmasını ve hiç olmazsa iki şarkı söylemesini istiyordum.

Bu dileğimi kendisine ilettiğimde, beni şaşırtacak kadar sevindi. Atina'daki bir kayıt için sözleştik. Daha önce Maria'yla birlikte çalışmış olduğum Polysound stüdyosundan gün aldık.

Playback'leri kaydetmiş olduğumuz 24 kanallı teypleri yüklenip götürecek ve üzerine kanal kaydı yapıp geri getirecektim. O zamanlar bu bize müthiş yeni bir teknoloji olarak görünüyordu. Oysa bu işlemi şimdi, kibrit kutusu büyüklüğünde bir DAT ya da bir bilgisayar disketi, hatta internetle yollanan bir e-posta işi çözebilir.

Atina'ya uçmadan bir gece önce telefon çaldı. Açtım, Mikis! Tanınmayacak kadar boğuk bir sesle konuşuyor ve gülüyordu. "Sesimin haline bak!" diyordu. "Duyuyor musun?" Fena halde hastalanmış, nezle olmuştu. Bu da bizim kayıtların bir süre için yatması anlamına geliyordu. Birkaç hafta bekledik. Daha sonra kayıt için Polysound stüdyosunda buluştuğumuzda Mikis, Yunan aydınları ve sanatçılarına öfkeliydi. "Artık burayı kesin olarak terk ediyorum," diyordu. Bu kararını açıkladığı haftalık dergiyi sallıyordu elinde. Paris'teki evine göçecek ve bir daha da Yunanistan'a ayak basmayacaktı.

Onu neyin kızdırdığı ise gerçekten çok yönlü ve karmaşık bir işti. Kıskançlıktan yorulmuştu. Birkaç hafta önce bir anket sonucunun yayınlandığını ve Mikis Theodorakis müziğinin Yunan halkını hiç etkilememiş olduğunun ortaya çıktığını söylüyordu.

Gerçekten de saçmalıktı bu. Mikis, Yunan halkının gözbebeğiydi. Böyle bir sonuç olsa olsa, Mikis'ten intikam almak isteyen gazetecilerin uydurduğu bir anket sonucunda yayınlanabilirdi.

Mikis'in Kanatları

Girit'te dağılan saçlarını
Efes'te toplayan
Okyanus gibi kabarıp
Olimpos Dağı gibi patlayan
Dostum Mikis
Söyle, kimiz biz?

Mikis'le stüdyo çalışmaları çok zevkliydi. Atina'da yıllar önce çalışmış olduğum Polysound stüdyosunda, tonmeister Smirneos'la birlikteydik gene. Bu kez Maria yerine Mikis vardı. Ünlü buzukici parçaları çalarken, küçük parmağı ile yüzük parmağı arasına sıkıştırdığı bir sigarayı içiyordu. Kırmızı ışık yanıp da kayıt işareti verildiği zaman sigarayı bırakmıyor ve gözüne duman gire gire çalıyordu. Tipik bir Akdeniz tavrıydı bu. Gene de yılların verdiği ustalıkla en kıvrak melodileri döktürüyor, en zor partisyonları bir seferde çalıyordu.

Akşamları Mikis'le birlikte sokak arası meyhanelerini keşfediyorduk. Buralarda tepeleme yığılmış fıçılardan, bakır maşrapalara doldurulmuş reçine şarapları sunuluyordu. Mikis, görmüş geçirmiş çok tecrübeli bir sanatçıydı ve olaylara biraz boş vermeyi, gündelik hırslardan arınmayı öğrenmişti.

Ömrü boyunca totaliter yönetimlerle problemi olmuştu. Dünyada birçok sanatçının başına geldiği gibi bir baskı rejimine karşı mücadele etmek için bazı politik gruplarla işbirliği yapmış, daha sonra o grup içindeki baskı eğilimlerini görünce orayı da terk etmişti. Nazilere karşı dövüşürken komünistlerle birlik olmak güzeldi. Ne var ki dünyadaki komünist uygulamalar da, Yunan Komünist Partisi de içine sinmiyordu. Bu yüzden partiyle karşılıklı bir aşk ve nefret ilişkisi içindeydi. Sanatçı yapısı hiçbir yerdeki haksızlığı kabul edemiyor ve sık sık isyan ediyordu. Sanatçıların politikada tutarsız olmaları denilen olguydu bu. Parti disiplinlerini kabul edemiyordu. İyi ki de öyleydi, çünkü sanatçı vicdanının ve doğru bildiğini söyleme geleneğinin sona ermediğini gösteren ender insanlardandı.

André Gide, komünist olarak çıktığı Sovyetler Birliği gezisinden, bir antikomünist olarak dönmüş ve bunu cesurca yazmaktan çekinmemişti. Aydın namusu bunu gerektiriyordu. Arthur Koestler de aynı şekilde davranmıştı. Yves Montand, Sovyetler Birliği'nin Çekoslovakya'ya girdiğini duyunca, bağlı bulunduğu Fransız Komünist Partisi'nin o akşama kadar işgali resmen kınamasını, yoksa eşi Simone Signoret ile birlikte intihar edeceklerini açıklamıştı. Davranışı, büyük bir aydının namusuydu.

Benim gözümde Sovyet totalitarizmine karşı koyan bu yiğit insanlar ile Nazi Almanyası'na karşı direnen aydınlar arasında fark yoktur. Çünkü baskı baskıdır, zulüm zulümdür ve bunun ideolojik ayrımı yapılamaz.

Mikis de doğru bildiğini dile getiren politik bir sanatçıydı. Çünkü kurnaz pusulara yatmak yerine, gümbür gümbür atan yüreğinin tepkilerini dile getiriyordu. Mikis'in bu tavrına, büyük ünü de eklenince seveninin çok az olduğu kolayca tahmin edilebilir. Yunan aydınlarıyla konuşurken Mikis adı geçtiğinde, hafif alaycı bir gülümsemeyle karşılaşır ve 'Haa, şu malum şöhret düşkünü tutarsız!' diye içlerinden geçirdiklerini anlarsınız. Bana bütün bunlar anlamsız gelir. Onlar Mikis'i anlayamazlar çünkü kumaşları ayrıdır. Mikis daha büyük düşüncelerin, daha yürekten heyecanların ve başka bir çapın adamıdır. Onun davranışlarını gündelik hesap-kitap mantığı içinde ölçüp biçemezsiniz. Yani "Bir kartal gibi onu gökyüzünde uçuran kanatları o kadar büyüktür ki, yürürken engel oluşturur."

Bütün bunlardan anlaşıldığı gibi ben Mikis'i çok severim.

Geceler boyu dertleşmişizdir. Mitsotakis'in Yeni Demokrasi partisine girdiği ve oradan bakan olduğu zaman bütün Avrupa'da bir suçlama dalgası baş göstermişti. Yılların solcusu neden sağcı oluvermişti? Oysa kararını ve gerekçelerini ilk anlattığı insanlardan biriydim. Akropol'deki evinin terasında oturmuş ve uzun uzun konuşmuştuk. Papandreu ve PASOK hareketini Yunanistan'a ve Türk-Yunan dostluğuna zararlı bir hareket olarak görüyordu. Papandreu'ya ve Melina Mercuri'ye karşı her platformda mücadele vermişti. Şimdi de bu mücadeleyi sonuçlandırmak ve PASOK'a karşı Yeni Demokrasi hareketini desteklemek istiyordu. Bence haklıydı.

Kayıtları bitirip Türkiye'ye döndüm. Mikis, "Plak çok iyi. En kötü şey benim sesim," diye dalga geçiyordu. Plakta yer alan Memik Oğlan adlı bestemi çok sevmişti. "En iyi şarkı bu!" diyordu. Ülkü'nün şiiri üzerine bestelediğim bu şarkıyı ben de çok severim.

Mikis'le ortak albümümüz, Güneş Topla Benim İçin adıyla yayınlandı ve büyük bir ilgi gördü. İlk haftalarda firma, plak ve kaset yetiştirmekte güçlük çekiyordu. Sokaklarda dolaştığınızda hep bu plağı duyuyordunuz. Müthiş bir satış patlaması yaşanıyordu

Bu arada plağa Almanlar da talip oldu ve haklarını alarak 'Mikis Theodorakis-Zülfü Livaneli/Together' adıyla yayınladı. Plağı Atina'daki bir basın toplantısıyla duyurduk. Mikis'le birlikte bir stüdyoda basın mensuplarına hem Yunanca hem Türkçe plağı dinlettik.

Bir süre sonra plak şirketi, bize altın plak vereceğini açıkladı ve ben Mikis'i bu tören için İstanbul'a davet ettim. Daha önce Türkiye'ye hiç ayak basmamış, bir yolculuk sırasında İstanbul'u sadece gemiden seyretmişti. Bu, ilk gelişiydi.

Etap Marmara Oteli'nde bir tören düzenlenmişti. Tören günü 63 yaşına bastığını açıkladı; Marmara'nın merdivenlerindeydik.

"İnsan inanamıyor," dedi. "63 yaş hep başkaları içinmiş gibi düşünürsün. Sonra bir gün gelir ve 'Ben, Mikis, 63 yaşında ha?' diye inanamazsın."

Mikis geldiği gün bir basın toplantısı düzenlemiştik. O sıralarda tek ekran olan TRT televizyonu akşam haberlerinde basın toplantısını duyurmuş, ama benim adımdan hiç söz etmemişti. Kamera yan yana basın toplantısı yapan iki sanatçıyı çekiyor ama haberde bu yarısı kesilerek, Türk sanatçı sansürleniyordu. Haber filminde Mikis'in yanında oturan Türk sanatçısı onlar için yoktu ve bu aptalca sansürün hangi niyetlerle yapıldığını, ne alıp veremediklerini anlamak mümkün değildi.

Marmara'daki toplantı çok kalabalıktı. İstanbul aydınlarının çoğu Mikis'le tanışmaya gelmişti. Altın plaklarımızı Yaşar Kemal verdi. (Daha sonra Akropol'deki evinin çatısındaki çalışma odasında bu plağı en görünür yere, Castro'yla çektirdiği resmin yanına asmış olduğunu gördüm.)

O günün akşamı Sarıyer'de Urcan balıkçısında bir kutlama yaptık, Türkiye ile Yunanistan arasında bir dostluk derneği oluşturma fikrini konuştuk.

Bu yeni düşünce ikimizi de heyecanlandırmıştı. Hemen kolları sıvayıp iki ülkede de birer dostluk derneği oluşturduk. Türkiye'deki komiteye Yaşar Kemal, Aziz Nesin, Demirtaş Ceyhun, Zeynep Oral, Ersin Salman, Oğuz Aral, Bülent Tanla ve daha birçok arkadaşımız katılmıştı. Profesör Ekrem Akurgal, derneğe başkanlık ediyordu. Atina'da da bu çapta bir komite oluşmuştu.

Bu komiteler uzun süre yararlı işler yaptı. İki ülkedeki yöneticileri ziyaret edip Türk-Yunan yakınlaşmasını sağlamaya çalıştık. Başbakan Turgut Özal'la yaptığımız iki buçuk saatlik görüşme Mikis'i çok memnun etmişti. Bu görüşmede iki ülkenin de vizeleri kaldırması yönünde isteklerimizi belirttik. Özal, Yunanlılara vize zorunluluğunu kaldırdı ama Yunanistan ne yazık ki hâlâ bu işi yapmadı.

Mikis Thedorakis'le ilgili çalışmalar ve dostluğumuz öyle uzun yıllara dayanıyor ki artık, bunların hepsini hatırlamakta ve yazmakta güçlük çekiyorum. Yine de bazı olaylar sivriliyor, yüzeye çıkarak kendini hatırlatıyor. Bunların birinde büyük besteci Manos Hacıdakis, Mikis Thedorakis'le verdiğimiz Efes Antik Tiyatro konseri var mesela. Manos Hacıdakis bu konserden kısa bir süre sonra öldü. Konseri Star televizyonu naklen yayınlamıştı, kayıtlarını bulmak istedim ama ne yazık ki bantın üstüne başka bir şeyler kaydetmişler.

1997'de Mikis'le bir Avrupa turnesine çıktık. Bunun şerefine dönemin Almanya Dışişleri Bakanı Klaus Kinkel, devlet konukevinde bir parti verdi. Turnenin ilk konseri Berlin'deydi. Bu şehirde provaları yaparken Mikis giderek halsizleşti ve bir gün ağzından kan geldi. Bunun üzerine hastaneye götürdük. Alman doktorlar turneye kesinlikle izin vermeyeceklerini bildirdiler. Hemen Maria'ya telefon edip çağırdık, turnenin kalan kısmını onunla tamamlayacaktım ama Mikis Berlin konserinde sahneye çıkmakta ısrar ediyor ve bunun son konseri olacağını belirtiyordu. Sonunda Alman, Yunan ve Türk müzisyenlerden oluşan müthiş orkestramız eşliğinde sahneye çıktık. Almanların ünlü Deutsche Oper korosu da bize eşlik ediyordu. Olağanüstü bir konser oldu. Ezici çoğunluğu Almanlardan oluşan dinleyici bu işbirliğini ayakta alkışlıyordu. İyi ki bu konser Alman Tropical şirketi tarafından kaydedildi ve bir albüm haline getirildi. Yoksa kaybolup gidecekti.

Mikis Thedorakis'in son konserini bir Türk arkadaşıyla birlikte vermesi Alman basınının çok ilgisini çekti. Mikis özel bir uçakla Atina'ya götürüldü, bana da basının sorularını cevaplamak kaldı. Daha sonra Korint'teki yazlığına gidip onu ziyaret ettim. Dinleniyor, bol bol uyuyor ve televizyonda, kendi ifadesine göre 'En az on beş kişi öldürülmezse kabul etmeyeceği' aptal aptal filmler izliyordu.

Daha sonra birçok kez bir araya geldik. Bunların en önemlisi kuşkusuz onun 80. yaş gününü Çeşme ve Sakız adasında kutladığımız konserlerdi. 63 yaşında olduğuna hayret eden Mikis 80 yaşında, hasta, halsiz bir adam haline gelmişti. Çeşme ve Sakız'da izleyici olarak katıldığı konserler, onu çok mutlu etti. Sakız adasında yapılan "Mikis Thedorakis Açık Hava Tiyatrosu"nu birlikte açtık. Sonra bana, onun adına konulan ilk ödülü verdiler.

Yunanlı sanatçılarla dostluk ve işbirliği yıllarca sürüp gitti. Bizde de ünlü olan, Olmasa Mektubun ve Telli Telli diye çevrilen şarkıların bestecisi Manos Loizos da çok yakın dostumdu. Atina'da ona bir gün yeni yaptığım Kardeşin Duymaz Eloğlu Duyar adlı parçayı çalmıştım. Birdenbire heyecanlandı ve ne dedi biliyor musunuz: "Bu parçayı benim bestelemiş olmam gerekirdi!"

"O zaman sen de bana Telli Telli'yi ver, değişelim," dedim. Bu müthiş şarkı yazarı dost Moskova'da bir beyin ameliyatında öldü.

Haris Alaksiyu ile de yakın bir arkadaşlığımız vardı. Mallorca adasında katedralin önündeki gölette yüzen bir sahne üzerinde konser vermiştik. Leylim ley'i müthiş söylüyordu. Ona Sezen Aksu'dan söz etmiş, albümlerini çalmış ve ikisinin ne kadar benzediğini anlatmıştım. Sonra bu iki yorumcunun bir araya gelmesi beni çok sevindirdi. İstanbul Açık Hava Tiyatrosu'nda verdikleri ortak konserde, sahne arkasında bu anıyı paylaştık.

Dalaras, Glikeria, Protopsalti ve adını sayamayacağım birçok Yunan solist parçalarımı albümlerine kaydetti. Bu arada Belalım ve Leylim Ley'i, kendi adlarını besteci gibi yazarak yayınlayanlar da oldu. Bunlara karşı dava açtık ve kazandık.

Yunanistan sadece albümlerimi değil, daha sonra yayınlanan her kitabımı liste başı yaptı. Yunan halkının bana en zor günlerimden itibaren başlayan ve hâlâ devam eden dostluğunu hiç unutamam. Selanik'te bir lokantada hesap istediğimiz zaman garsonun, "Hesabınızı karşı masa ödedi!" demesini, hiç tanımadığım insanların saygı ve sevgi göstermesini, Samos adasında masamıza şarap gönderenleri, Atina'da içtiğim kahvenin parasını almamak için ısrar eden kahvehane sahiplerini, sokaklarda, konser sonlarında boynuma sarılıp öpenleri hiç unutmadım, unutmayacağım da. Otuz yılı aşkın bir süreye yayılan bu güzel ilişkide (Paris'i saymazsak) gerilim taşıyan iki konser yaşadık yalnızca. Bunlardan biri, Maria'yla 2003 yılında verdiğimiz Kıbrıs konseridir. Bu konser Yeşil Hat üzerinde yapılacaktı. Kuzeyde Mehmet Ali Talat'ın başında olduğu parti ile güneyde iktidar ortağı AKEL partisi tarafından organize ediliyordu. Ama ben Kıbrıs'ta müziğin siyasete bu kadar bulaşacağının farkında değildim. Aslında daha önce Paris'te ve 2000 yılındaki New York Broadway konserinde Kıbrıslıların Yunanlılara hiç benzemeyen, pek de dostça olmayan davranışlarını unutmamıştım ama bu kez kendileri davet ettiği için sorun çıkmaz sanıyordum.

Ne yazık ki ilk sorun adaya nasıl girilip çıkılacağı konusunda yaşandı. Atina'da prova yapacaktık, oradan da Kıbrıs'a gidecektik. Dolayısıyla Larnaka Havaalanı'na inecektik. Adada bu gibi simgesel olaylar çok önemliydi. Rumlar, kuzeydeki devleti tanımadıkları için yabancıların adaya oradan giriş ya da çıkış yapması yasaktı. Ama bu da KKTC için bir sorun oluşturuyordu. Benim ille de Ercan'dan giriş yapmamı istiyorlardı. Buna karşı ben de şöyle bir öneride bulunmuştum: Adaya Larnaka'dan giriş yapacaktık ama konserden sonra kuzeye geçecek ve Ercan Havaalanı'ndan dönecektik. Konserin Yunanlı organizatörleri buna önce "Evet!" dediler ama Atina'daki provalar sırasında, Rum hükümetinin buna izin vermediğini söylediler. Bu emrivaki üzerine ben de konseri iptal ettiğimi ve hemen İstanbul'a döneceğimi belirttim. Telaşlandılar. Biraz sonra beni AKEL partisinin lideri ve çok önemli bir devlet adamı olan Meclis Başkanı Hristofyas aradı. Uzun uzun ikna etmeye çalıştı ama ben bu durumda adaya gelemeyeceğimi ona da söyledim. "Peki ben sizi biraz sonra arayacağım!" dedi ve kapattı. Ben İstanbul'a dönüş hazırlıklarına başlamıştım bile. Maria bu duruma üzülüyordu ama yapacak başka bir şey yoktu.

Biraz sonra Hristofyas tekrar aradı ve Cumhurbaşkanı Papadopulos'la görüştüğünü, konserin yapılması için benim ve yanımdaki müzisyenlerin kuzeye geçişine izin verileceğini söyledi. Ama bu büyük bir istisnaydı ve dolayısıyla Rum hükümet politikalarının iflası anlamına gelebilirdi. Bu yüzden bu işi büyütmememi, mesela sınırda bir basın toplantısı falan yapmamamı istiyordu. Daha sonra Kıbrıs'ta bir saatlik konuşmamız sırasında da bu işten epey ürktüğünü fark ettim. Adadaki Türk ve Rumlara verilen konser çok güzel geçti ve biz ertesi gün beyaz bir minibüsle sınıra geldik. Biri kadın biri erkek iki Rum polisi bekliyordu. Bizi görmemiş gibi kafalarını çevirdiler. Ben minibüsteki müzisyen arkadaşlarıma, "Şu anda ne diyorlar birbirlerine biliyor musunuz?" dedim. "Biri ötekine diyor ki, 'Sen şu anda buradan geçen beyaz bir minibüs görüyor musun Despina?' O da, 'Hayır görmüyorum Yorgo!' diye cevap veriyor."

O günümüzü Kuzey Kıbrıs'ta geçirdik akşam da İstanbul'a döndük. Ertesi gün Cumhurbaşkanı Rauf Denktaş bir açıklama yaptı ve "Rumlar Livaneli'nin KKTC'ye geçişine izin vermediler!" dedi. Ben de bir açıklamayla durumu belirttim. Denktaş adada olsaydı onu ziyaret edecektim ama o gün yoktu.

İkinci konser ise başlı başına bir âlemdi.

Türkiye ve Yunanistan'ı savaşın eşiğine getiren Kardak krizini hatırlıyorsunuzdur. Ege'de, üstünde sadece keçilerin otladığı bu kayalık yüzünden iki ülke birbirine girmişti. Bir Yunan bayrağı dikiliyordu adaya, bir Türk bayrağı. Kriz sırasında Mikis'le biz de savaşa karşı bir imza kampanyası başlatmış ve herkesi uyarmaya çalışmıştık.

Kriz yatıştıktan sonra bir gün Mikis telefonla aradı beni. Kalimnos adasında konser vermemizi önerdi. Mikis'ten gelen bir öneriyi geri çevirecek değildim elbette ama niye özellikle Kalimnos'u istediğini sordum. "Kardak'a en yakın ada da ondan," dedi. "Burada bir barış konseri anlamlı olur."

Fikir gayet güzeldi. Menajerler devreye girdi, ortak konserin bütün ayrıntılarını hazırladılar. Biz de konserden iki gün önce adaya gittik. Bu iki günü Mikis'le ve orkestra üyelerimizle birlikte bu güzel adanın manastırlarını, lokantalarını dolaşarak ve prova yaparak geçirdik. Derken konser saati geldi çattı. Kalimnos limanına bir sahne kurulmuştu. Konser burada verilecekti. Yunanistan'da âdet olduğu üzere Mikis ve ben de Yunanistan'ın bazı ileri gelenleriyle, belediye başkanı ve birkaç bakanla ön sırada oturacak, sıramız gelince sahneye çıkacaktık. Konser Yunan devlet televizyonu ERT 1 tarafından canlı olarak yayınlanıyordu. Ege kıyılarımız dahil, uyduyla bütün dünyada izlenebiliyordu.

Kalimnos limanında sekiz bin kişi konseri izlemekteydi. Derken o güzel yaz akşamında bembeyaz giysiler giymiş olan belediye başkanı sahneye çıktı. Başladı ateşli bir söylev vermeye. Konuşması sırasında "barbariki Turkiki" gibi sözler duyunca kulaklarımı inanamadım. Ama hemen arkasından "Turkiki imperialusmu" gibi tamlamalar gelince anladım ki adam milliyetçi, şoven ve Türkiye karşıtı bir konuşma yapıyor. Başımdan aşağı kaynar sular döküldü. Bu durumda nasıl sahneye çıkabilir, nasıl şarkı söyleyebilirdim. Dostluk konseri, düşmanlık konserine dönüşmüştü. Yanımda oturan Mikis de şaşırmış, allak bullak olmuştu. Kafam harıl harıl çare arıyordu. Konseri protesto mu etmeliydim? Ama oradaki sekiz bin kişiye ne derdim sonra? Orayı terk ediyorum desem olmazdı, çünkü bir adadaydık, akşam vakti neyle gidecektim ki? Bu konuşmaları sineye çekmek de mümkün değildi. Derken belediye başkanı konuşmasını bitirdi, adım anons edildi ve insanlar alkışlamaya başladı. Korktuğum an gelmişti. Ayağa kalktım, umutsuz bir biçimde sahneye doğru yürümeye başladım. Bu arada Ülker'in yüzüne gözüm takıldı; dehşet içindeydi. Sahneye çıktım, aklıma hâlâ bir şey gelmiyordu, ne yapacağımı bilemiyordum.

Mikrofona doğru yürürken, söyleyeceklerimi buldum. Daha önceden benim yapacağım İngilizce konuşmayı anında Yunanca'ya çevirecek becerikli bir çevirmenle anlaşmıştık. Herkese iyi akşamlar dilediktan sonra, "Biraz önce belediye başkanının konuşmasını dinledik ama ben Yunanca bilmediğim için hiçbir şey anlamadım," dedim. "Ama tahmin ediyorum ki, 'Ey Türk dostlarımız bu barış konserine hoş geldiniz,' demiştir." Halk gülüşmeye başladı. Bu tecahül-ü arifane işe yarayacak gibiydi, devam ettim. "Herhalde, 'Ev sahibi olarak sizleri ağırlamaktan onur duyuyoruz,' demiştir. Herhalde, 'Ülkelerimizi savaştan korumak için bu işbirliği çok önemli, sizi adamızda onurla karşılıyoruz,' demiştir." Aklıma ne gelirse söylüyordum. Halk gülüyor ve alkışlıyordu. Tam karşımda oturan belediye başkanının koltuğunda gittikçe küçüldüğünü görür gibiydim. Ona hitap ederek, "Ama ne yazık ki bütün politikacılar sizin gibi değil. Kendi kariyerleri için savaş çıkarmaya bile hazır, durmadan nefret tacirliği yapan küçük politikacılar var," dedim.

Halkın kahkahaları ve alkışları en yüksek noktaya gelince de şunu söyledim; "Sayın belediye başkanı, siz bizim için ne hissediyorsanız, biz sizin için iki mislini hissediyoruz."

Başkan âdeta yok olmuştu. Konserin sonunda Mikis'e ve bana, Kalimnos adasının simgesi olan sünger biçiminde plaketler verdi. Mikis'e verilen plaket benimkinin neredeyse üç misliydi. Bunu da kaldırıp halka gösterdim ve "Sayın başkanın hiçbir kötü niyeti olduğuna inanmıyorum. Gövdelerimizin ölçüsüne göre böyle yaptırmış plaketleri!" dedim. Yine kahkahalar patladı.

Adam sonunda bütün bunlar için benden özür diledi ama naklen yayınlanan konserdeki sonuç kendisi için hiç de parlak değildi.

Mikis'le ayrı bir kitap konusu olabilecek hayat ve sanat dostluğu, bazı ilginç rastlantılara da sahne oldu. Bunların en ilginci İzmit deprem felaketzedelerine yardım konseri için Atina'da buluştuğumuz gün meydana geldi. Akşam Sintagma meydanında konser verecektik ama o gün öğleden sonra Atina depremine yakalandık. Binalar neredeyse başımıza yıkılıyordu. Depremzedelere yardım konseri, bir can pazarına dönüştü. Daha sonra bu konseri bir salonda verdik.

Moskova'ya İlk Gidişim

Bir karanlık, bir aydınlık
Geçip gider günlerimiz
Bir hayale uzanır da
Değmez olur ellerimiz

Cengiz Aytmatov'un davetiyle, 10 Ekim 1986 günü Yaşar Kemal'le birlikte Atatürk Havalimanı'nda Aeroflot uçağına binerken toplantının bu boyutlara varacağını bilmiyorduk. Aeroflot uçağında başlayan özel ilgi de bizim için çok şaşırtıcıydı. Moskova Havaalanı'nda da VIP salonuna alındık ve gezimiz boyunca pasaport polisi görmedik. Bütün işlemler biz kahve içerken yürütülüyordu. O kadar ki, Atatürk Havalimanı'nda verdiğimiz bagajları bile, oteldeki dairemizde bulduk.

Havaalanında bizi Yaşar Kemal'in çevirmeni Vera Feonova ve Sovyet Dışişleri Bakanlığı görevlileri karşıladı. Havaalanından otele iki ayrı arabayla gittik. Yanımdaki görevli bir ara ters yönde geçen iki otomobili gösterdi ve "Sayın Gorbaçov'un otomobili," dedi, "Reykjavik'e gidiyor."

En büyük şaşkınlığı Sovyetskaya Oteli'de geldiğimizde yaşadık. Yaşar Kemal'e ve bana beşer odalı, çift banyolu büyük daireler ayrılmıştı. Yolda gelirken görevlinin, "Dairenizde piyano çalabilirsiniz. Ama isterseniz futbol da oynayabilirsiniz," sözünü niye söylediğini anlamıştım. Çünkü geçen yüzyıldan kalma, yüksek tavanlı oteldeki dairede, konuk odasının yanı sıra bir de piyano vardı. İkimize de resmi otomobil ve birer çevirmen verilmişti. İlk akşam yemeğini Sovyetskaya Oteli'nin lokantasında yedik. Ben ilk kez geliyordum ama buraları iyi bilen Yaşar Kemal garsona, "Beyaz ekmek, siyah havyar!" dedi. Bu Rus deyimini duyanlar gülüştüler.

Ertesi gün, Moskova'yı dolaştım. Kentin bende yarattığı ilk etki (büyüklüğü dışında) Stockholm'le olan benzerliğiydi. İklim, ideolojiden daha önemliydi belki de. İki kent de sonbaharın kapalı göğü altında sarı yapıları, düzenli sokaklarıyla bir kuzey melankolisini yansıtıyordu. Nesneyi yorumlayan şey ışıktı. Bu iki kenti de aynı kuzey ışığı, Edvard Munch'un gizemli aydınlığı yorumluyordu.

Ünlü Kızıl Meydan'ı gördüm. Lenin mozolesine girdim. Batı ülkelerinden gelen onca turist için Moskova gezisinin önemli duraklarından biri olarak algılanan bu ziyaret, garip etkiler yarattı bende. Turistler meydanda sıra beklerken konuşuyor, türlü şakalar yapıyorlardı. Mozolede merdivenden inerken hem nöbetçilerin uyarısı, hem de ortamın yarattığı gizemle saygılı bir sessizliğe bürünüyor, dışarı çıkar çıkmaz gene eski konuşmalarına dönüyorlardı. Loş mozolede Vladimir İlyiç Lenin, cam bir tabutun içinde yatıyordu.

Öğle yemeğini Sovyet Yazarlar Birliği'nde yedik. Bina, Kont Rostov'un malikânesiymiş ve Tolstoy sık sık gelirmiş buraya. Evde tanıdığı genç kızdan da *Savaş ve Barış*'ın ünlü Nataşa tipini yarattığı söyleniyor. Lokanta olarak kullanılan bölüm, romanda geçen 'meşe salon'muş.

Moskova'da beni en çok etkileyen şey kentin görkemi yanında, heykeller oldu sanırım. Devlet adamlarının heykelleri süslemiyordu kenti. Büyük sanatçılarıyla birlikte yaşıyorlardı. Gorki heykeli ve yanında en önemli caddelerden biri olan Gorki Caddesi (şimdi adı değiştirildi). Puşkin, Tolstoy, Dostoyevski, Gogol, Mayakovski, Çehov'un dev heykelleri ve alanlara, caddelere verilmiş adları, Rus dünyasında kültüre verilen büyük önemi vurguluyordu. Tiyatroların önünde her zaman kuyruk vardı. Kitaplar ve plaklar, çıktığı anda tükeniyordu. Tolstoy'un, Dostoyevski'nin, Çehov'un evini her gün binlerce kişi ziyaret ediyordu. Bu kültür ve sanat ortamı çarpıcı bir etki yaratmaktaydı. İnsanoğlunun, dünyanın neresinde olursa olsun kültüre ve sanata gösterdiği saygı, uygarlık düzeyini belirliyor bence. Öğleden sonra birçok ünlü yazar ve şairin mezarına gittik. Sonbahar yapraklarının sularla sürüklendiği yağmurlu bir günde Novo Dveçya mezarlığında dolaştık. Bu gezinin bizim için en önemli anı, Nâzım'ın mezarının ve granit yontusunun başında, o derin Slav yalnızlığı içinde bıraktığımız şairimizin hüznünü paylaşmak oldu. Anadolu'da bir çınar ağacının altına gömülme isteği yerine gelmemiş ve nemli sonbahar yapraklarıyla örtülen bir kuzey mezarlığında kalmıştı. Hayatımda ve sanatımda çok büyük bir rol oynamış bu büyük sanatçımızın mezarından ayrılırken içim burkuluyordu.

Bu yüzden yıllar sonra Moskova'daki Türk işadamlarına bir öneri götürdüm: Mademki Nâzım'ı Anadolu'da bir çınarın altına götüremiyorduk, o zaman Anadolu'dan bir çınar getirip başına diksek olmaz mıydı? Bu öneri büyük bir heyecanla kabul edildi ve biz gerçekten de Anadolu'dan getirilmiş bir çınarı, törenle büyük şairin mezarının başına diktik. Bu törende son eşi Vera boynuma sarılıp ağlamıştı. Paris'te Münevver Hanım'la olan dostluğumuzu hatırlayıp Nâzım'ın iki eşini tanımış olduğumu düşündüm.

Akşam Moskova'nın vazgeçilmez gösterisi Bolşoy Balesi'ni izledik. Çehov'dan uyarlanan 'Madalyondaki Anna' balesi, Leningradlı bir kompozitör tarafından bestelenmişti. Modern bir bale müziğiydi. Sergileniş ilginçti ve Bolşoy'un altın yaldızlı görkemi insana Çarlık Rusyası'nı çağrıştırıyordu.

O gün Aytmatov'un davet ettiği ünlü konuklar otelde toplanmaya başladı. Alvin Toffler'le ve Arthur Miller'la otel lokantasında karşılaştık. Biraz sonra o zamanlar sağ olan James Baldwin ve kardeşi aktör David geldi. Sonunda Sovyetskaya Oteli'nde beklenen konuklar tamamlanmıştı ve 12 Ekim akşamı hepimizi bir otobüsle havaalanına götürdüler. Bizi bekleyen özel bir Aeroflot uçağına alındık. O zamanki adı Frunze olan

Bişkek'e dört saatlik gece uçuşumuz, gerçekten rahat ve ilginçti. Uçakta görevliler, bir doktor ve çevirmenlerimiz de bize eşlik ediyordu.

Yol boyunca Arthur Miller ve eşi Inge Morath'la sohbet ettim. Arthur Miller Londra'dan geliyordu. Bir oyunun açılışına katılmıştı. Ayrıca BBC onun otuz yıl önce yazdığı ve yitirdiği bir oyunu bulmuş, radyo oyunu olarak sunmak istemişti. "Unutmuş olduğum gençlik oyunumu okudum ve doğrusu hiç de fena bulmadım," diyordu.

Özgeçmişini yazmıştı. "1200 sayfa oldu. Sanırım kısaltmam gerekecek," dedi.

"Öyle ilginç bir çağa tanıklık ettiniz ki, çıkaracağınız her satır bizim için bir kayıp olur," dedim.

Ala-Arça Toplantısı

Arthur Miller'le beraber olduğumuz sekiz gün içinde hayretle mimiklerinin ve davranışlarının Abidin Dino'ya çok benzediğini gözledim. İkisinde de aynı onurlu ama muzip hava vardı.

Dört saat uçtuk. Moskova'yla üç saat fark olduğu için Frunze'ye vardığımızda saat sabahın yedisiydi. Alanda bizi birçok görevliyle birlikte Cengiz Aytmatov karşıladı. Dimdik duruşu, rüzgârda dağılan kır saçlarıyla Aytmatov bir yazardan çok, romanlarında anlattığı Kırgız dağlarının yiğit bilgelerini andırıyordu. *Toprak Ana, Cemile, Kopar Zincirlerini Gülsarı* kitaplarının yazarı, ülkesinde bir yarı-tanrı gibiydi. Onca sevilmek ve sayılmak yaşamında çok az sanatçının tattığı bir duygudur.

Havaalanında Aytmatov'un 'Hoş geldin,' konuşmasından sonra bize verilen kartlarda numaraları yazılı beyaz Volga otomobillere bindik ve Frunze'de Ala-Arça denilen yerdeki konukevlerine gittik. Görkemli Alatav dağlarının dibinde, elma bahçeleri içindeki beyaz, şirin konukevlerinde öğle yemeğine kadar dinlenmek üzere herkes odasına çekildi. Biz de Yaşar Kemal'le elma bahçelerinde yürümeye koyulduk.

Orta Asya'ya atılan ilk adım insanı altüst ediyordu.

Kimlik bunalımındaki 'Avrupalı mıyız, Asyalı mıyız, Ortadoğulu muyuz, Bizans'ın devamı mıyız, yoksa İslam âleminin bir parçası mıyız?' kargaşası içindeki kültür dünyamıza bambaşka bir boyut katıyordu Orta Asya.

Başı karlı Alatav dağları gerçekten heyecan veriyordu. Türkler dağ sever. Aklıma Dede Korkut geliyordu. 'Karşı yatan karlı dağlar' dizesi dolaşıyordu aklımda.

Moskova'dan apayrı bir dünyaydı burası. Aymatov'un romanlarında okuduğumuz, gözlerinin içi gülen, dürüst, aydınlık yüzlü, iyimser insanlar çalışıyordu bahçelerde. Bizi görünce gülümseyip selam veriyorlardı. Ne kurda benziyorlardı ne de başka bir şeye. Hiç de yırtıcı, barbar bir görünüşleri yoktu. İnce, kibar, bilgelik dolu, geleneklerine bağlı insanlardı. Türkiye'de sertlik ve kan masallarıyla büyütülmüş onca gencin buraya gelip bu dost insanları görmelerini isterdim.

13 Ekim günü Ala-Arça'da ilk toplantımızı yaptık. Geniş bir salonda daire biçimi oturduk. Cengiz Aytmatov bütün konukları tanıttı.

Aytmatov, "Bu kadar uzak yoldan gelirken haritaya baktınız sanırım," dedi. "Harita her şeyi söylemiyor. Açıklayalım. Orta Asya'nın göbeğindesiniz. Sovyetler Birliği ve Çin ortak sınırındasınız. Gördüğünüz karlı dağların arkasında Çin var. Bu bölge, Semerkand'dan Alma Ata'ya kadar Türkistan adını taşıyor."

Toplantıya katılan dünya aydınları için şaşırtıcı bir açıklama oluyordu. Çünkü o dönemler, hiçbiri Türkiye ile Orta Asya'daki Sovyet cumhuriyetleri arasındaki bağlantıyı kolay kolay kuramıyordu.

Aytmatov şöyle devam etti: "İran ve Turan arasındaki en çetin savaşlar burada oldu. Bölgenin bir özelliğini daha eklemek istiyorum. Burada göçebe ve yerleşik kültürler uzun zaman iç içe yaşadı. Çin'den Bizans'a uzanan İpek Yolu, bu topraklardan geçerdi. İpek Yolu'nun büyük kültürü incelendiğinde Avrupa ve Asya arasındaki bir köprü görevi üstlendiği görülür. Dedelerimiz bu kültürden etkilenmişlerdir."

Cengiz Aytmatov uzun uzadıya konuştu. Bize, kendisini de kültür olarak besleyen "şerne" geleneğinden söz ederek dedi ki: "Eskiden duygu ve düşünce olarak birbirine yakın insanlar toplanır, çay içer ve çok yavaş, çok bilgece konuşmalar yaparlardı. Eski zamanlar, önderlerin işleri, padişahlar, dünyanın geleceği, kutsal kitaplar, peygamber sözleri... Dağdaki karları konuşurlardı. Karlı tepelere bakıp baharda ne kadar su geleceğini tahmin ederlerdi. Kısaca yaşamdan, insanın varlığından, insanoğlunun nasıl yaşaması gerektiğinden dem vururlardı. Şerne çay ve ziyafetle son bulurdu. Siz de kendinizi Aytmatov ailesinin şernesine geldiniz sayın. Yalnız geldiğiniz yer bir köy ve yaylayla sınırlanmıyor. Aramızda ülkeler, kıtalar var. Şernemize hoş geldiniz. Ala-Arça koyağına hoş geldiniz."

Issık Göl Kıyısında

Bir kırlangıç gökyüzünde
Sevincimin ortağı
Kanat çalar mavilere
Sıyırıp gider dağı

Ertesi gün bir Kırgız obasına gittik. Geleneksel giysileri içinde Kırgızlar eski Türk âdetleriyle bir düğünü, türküleriyle, kınasıyla, gelin havasıyla canlandırdılar. Bize öyle yakın bir törendi ki, düğün türküleri bile Anadolu düğün türküleriyle aynı melodik özellikleri taşıyordu. Kopuzlar çaldılar, türküler söylediler. Sonra sıra Kırgız'ın büyük destanı Manas'a geldi. Yere bağdaş kurmuş Manasçı, coşkuyla destandan dizeler okumaya başladı. Birden tüylerimin diken diken olduğunu hissettim. Gösterinin en etkileyici bölümüydü. Destandan bazı dizeleri anlayabiliyordum. Tek sözcük anlamayan Batılıların bile destancı karşısında sarsıldıklarını gözledim. Ses yükseliyor, alçalıyor, yalvarıyor, saldırıyor, Manasçı'nın yüzü, gözlerinin bakışı değişiyor, büyük destanını yaşıyordu. Bir milyon dizeden oluşan Manas'ı bugün bile derlemeye devam ettiklerini öğrendim.

Kırgızların ilginç çalgıları vardı. Kadınlar 'ağız arpı' çalıyordu. Genç bir çocuğun üflediği, topraktan yapılmış bir nefesli çalgı ilgimi çekti. Çok yumuşak, lirik bir sesi vardı. Çalmak için uğraştım ama değil çalmak, ses çıkarmak bile zordu. Sonunda başarabildim.

Öğleden sonra iki küçük uçağa bölünüp Issık Göl'e uçtuk. Karlı Tien Şan dağlarının görkemini izledikten sonra uçsuz bucaksız Issık Göl'ü gördük. Biraz sonra göl kıyısındaki konuk evlerine yerleştirilmiştik bile.

Gezi programı öyle doluydu ki bizi hemen alıp geleneksel at yarışlarına götürdüler.

Küçük hipodromda önce Kırgız çadırlarına girdik. Kadınlar bize Kırgız tatlıları sundular. Çadırın üstündeki deliğe 'tütün deliği' diyorlardı.

Peter Ustinov onca yemeğin üstüne sunulan tatlıları görünce çadırın kilimleri üstüne uzanıp, yiyip içmekten bayılan bir Romalı taklidi yaparak herkesi güldürdü.

At yarışlarında önce atları getirip gösterdiler. Genç kızlar ve delikanlılar öyle ustalıkla ata biniyorlardı ki Türklerdeki at sevgisinin kökenlerini anlayabiliyordunuz. Bir anda ortalık şenlendi.

Cirite benzer at oyunları, bir koyun postunu kapma yarışları, kız-erkek kovalamacaları derken kollarında şahinleri, doğanları, kartallarıyla kuşçular geldi. Akşamüstü serinliğinde hepimizin omzuna birer yumuşak battaniye koydular.

Yaşar Kemal kartalları görür görmez koşu yolunu geçmiş, soluğu doğru kuşçuların yanında almıştı. Türk bölgelerinde olmanın üstüne bir de kartallar eklenince, iyice kendi roman coğrafyasına geldiğine inanmıştı.

Yanımda oturan Claude Simon, hem fotoğraf çekiyor hem de atlara hayran kaldığını, ama küçük kuşları yakalayan yırtıcı kuş oyununu çok vahşi bulduğunu anlatıyordu. Simon o yıl Nobel ödülü kazanmıştı.

O akşam toplantılar başladı.

Arthur Miller, "Vietnam savaşını inkâr ettik," diyordu. "Onca insan öldü. Biz resmen savaş ilan etmediğimizi söyledik. Gerçeği inkâr ederek bir yere varamayız.

Oysa inkâr bugün en üst düzeyde. Bir trajedi yaşıyoruz. Lojik olana inancımızı yitirdik.

Gerçeği aramak kesinlikle özgür olmalı. Rönesans'ın amacı buydu işte."

Peter Ustinov, Arthur Miller'a hak veriyor ve bütün bunları, okullarda yanlış eğitilmemize bağlıyordu.

O gün, "Ben," demişti, "okullarda bana öğretilenleri unutabilmek için on beş yılımı verdim."

Bu da gerçeğin bir başka yüzüydü doğrusu.

'Issık Göl Geceleri' Şarkısı

Yazarlar Birliği'ndeki törenden sonra, kitaplığın önündeki bahçede düzenlenen törenle birer fidan diktik. Fidanların önünde, her birimizin adını taşıyan plaketler yerleştirmişlerdi. Frunze'deki son akşamımızda Kırgızistan Cumhurbaşkanı'nın da hazır bulunduğu bir veda ve eğlence gecesi düzenlendi. Yemekten sonra herkesin bu eğlenceye katkıda bulunması istendi. Aktör David Baldwin'in yönetiminde sürdürülen bu gecede Arthur Miller fıkraları, Sir Alexander King'in herkesi taklit eden Peter Ustinov taklidi, James ve David Baldwin'in oynadıkları skeç unutulmazdı.

Peter Ustinov, toplantılarda hep neşe kaynağı oluyordu. Kremlin'den çıkarken asansörde Yaşar Kemal bana Gorbaçov'un sözleriyle ilgili bir şey söylerken, çok doğru bir Türkçe telaffuzla "Evet efendim!" deyiverdi. "Mükemmel bir Türkçe," dedim. Bunun üzerine ancak sekiz Türkçe sözcük bildiğini ve evire çevire konuşmaya çalıştığını anlattı. "Yıllar önce İstanbul'da İsmet İnönü'yü dinledim," diyordu. "Kürsüde konuşurken o kadar yaşlı görünüyordu ki sesi bile zor çıkıyordu." Ustinov burada çok güzel bir İnönü taklidi yaptı. "Ben, bu kadar yaşlı bir adama yazık, kürsüde yoruluyor, sesi bile çıkmıyor deyince yanımdaki biri, yok yok dedi, çok güzel konuşur ama bugün annesi hasta, ona üzülüyor."

Veda gecesinin finalini Yaşar Kemal'le birlikte yaptık. Son anda bulunan bir gitarla Odam Kireçtir Benim'i söyledik. Daha

sonra gündüz, Nadya ve Vera'nın kâğıda yazmış olduğu Moskova Geceleri'nin Rusça'sını çaldım ve söyledim. 'Moskova Geceleri' bölümünü, 'Issık Göl Geceleri' diye değiştirmeyi de unutmamıştım: 'Issık Kulskaya Vyeçera.'
Bu küçük kurnazlık epey alkış aldı doğrusu.

İnsan yaşamında bazı dönemler vardır: İçinde yaşarken de önemli olduğunu hissedersiniz ama yıllar geçtikçe bu önem daha da artar. Sizden bağımsızlaşır. Size ait bir anı olmaktan çıkar ve kendi tarihini yaratır.

1986 yılında Issık Göl toplantısı da böyle bir 'ayrı tarih'e dönüştü. Türk efsanelerinin doğduğu kutsal Issık Göl kıyılarındaydık. Geyik ana, Türkleri o göle kadar götürmüş, orada çoğalmalarını, dünyaya yayılmalarını istemişti.

Yüzyıllar sonra biz gene o gölün kıyılarındaydık. Heyecanlıydık.

Geçmişte kalan bu anıları birdenbire canlandıran şey, bu olaydan yıllar sonra, Cengiz Çandar ve Ramazan Öztürk'ün Kırgızistan'dan gönderdikleri bir resim oldu. Resimde Kırgızistan'ın başkentine dikilen bir heykel görünüyor: Issık Göl Forumu üyelerinin heykelleri.

Doğrusunu isterseniz heykeller, sahiplerine pek benzemiyor (beni o dönemdeki bıyıklarımla Stalin'e benzetmişler) ama Kırgız sanatçısının çalışması, benzemenin ötesinde anlam taşımakta. Bu heykel Kırgız halkının konukseverliğini ve kültüre verdiği önemi vurguluyor.

Küçücük bir ülke olan Kırgızistan, başkentini ziyaret etmiş ve kuruluş toplantısını orada yapmış olan bir aydın grubunu anıyor, anısını sonsuzlaştırıyor ve başkentin ortasındaki bir heykelle gelecek kuşaklara aktarıyor.

Bu heykel bütün forum üyelerine gösterilen uçsuz bucaksız bir dostluğun simgesi.

Sonradan Güldüğümüz
İki Olay

Yaşar Kemal'le kırk yıla yaklaşan dostluğumuzun tuzu biberi, zaman zaman geçmişte yaşadığımız garip olayları hatırlayarak kahkaha krizine yakalanmamızdır. Bu olayları o kadar çok konuştuk ve güldük ki, anılar arasında anmamak olmaz.

Frunze'de kaldığımız yer, ormanın içine yerleştirilmiş villalardan oluşuyordu. Bu çok ama çok büyük alanın çevresi duvarlarla çevriliydi.

Genellikle toplantılarımız akşam bitiyor, yemek de aşağı yukarı 21.00'de sona eriyordu. Bu saatten sonra herkes odasına çekiliyordu ama biz Yaşar Kemal'le kendimizi dışarı, orman içindeki karlı patikalara vuruyor, hem yürüyor, hem sohbet ediyorduk. Fıkralar anlatıp güldüğümüz, coşup türkü söylediğimiz de oluyordu. Ortalık ıssızdı. Ay ışığı Alatav dağlarının zirvesindeki karı ve iki yanımızdaki karanlık ormanlar arasından Uzanan labirent gibi karlı patikaları aydınlatıyordu. Dünyanın sonundaydık sanki. En ıssız noktadaydık.

Meğer öyle değilmiş.

Bir gece yine uzun uzun yürüdük, konuşa konuşa çok uzaklara geldiğimizi fark etmedik; sonra geceyarısı, geri dönmek için yolu aramaya başladık. O labirent gibi yolların içinden bir türlü çıkamıyorduk. Gece ayazı yiyen kar buza dönmüştü. Soğuk ayaklarımızdan dizlerimize doğru yükseliyordu. Yavaş yavaş bir çaresizlik duygusu kaplamaya başladı ikimizi de. Yolu bulamazsak ne yapacağımızı bilemiyorduk. Girdiğimiz her patika, başka bir labirente bağlanıyor, kendimizi dönüp dolaşıp hep aynı noktada buluyorduk. Tam iyice umutsuzluğa kapılmak üzereydik ki ileride bir gölge ilişti gözüme. Omuzu tüfekli bir askere benziyordu. Oraya doğru yürümeye başladık. Yaklaştıkça, İkinci Dünya Savaşı'ndan beri o nöbetten kıpırdamamış gibi görünen hareketsiz bir askere doğru yürüdüğümüzden emin olduk. Yaşar Kemal dedi ki: "Bırak ben konuşayım. Çünkü Sovyetler Birliği'ne çok gidip geldim. Nasıl konuşulacağını bilirim."

Yaklaştık, askerin önüne kadar geldik. Yaşar Kemal, "Delegatsie," dedi. O zaman ne demek istediğini anladım. Herhalde devletin ve partinin konuklarını belirten "delegasyon" sözü duyulunca akan sular duruyordu. Ne var ki bizim asker buna hiç aldırmadı. Ne kıpırdadı, ne de bir ses çıkardı. Donmuş gibiydi.

Yaşar Kemal birkaç kez daha "delegatsie" diye tekrarladı ama heykelde ses var, bizim askerde yoktu.

Bu kez ben devreye girdim. İngilizce'den başladım, Almanca, Fransızca hatta İsveççe kimilerini bilerek kimilerinin başını gözünü yararak birçok dilde çocukla irtibat kurmayı denedim. Asker yine hiçbir reaksiyon vermedi.

Bunun üzerine iyice sinirlenen Yaşar Kemal, "Hangi dilden konuşur bu pezevenk yahu?" diye gürledi.

Bunun üzerine o asker heykeli çözüldü ve ay ışığında otuz iki dişini parlatan bir gülümsemeyle: "Men özüm Türkçe danışıram!" dedi.

Bir sevindik ki sormayın gitsin. 'Pezevenk' sözü sayesinde donmaktan kurtulmuştuk. Askerin adı Arapbay'mış, Azeri'ymiş. Bizi aldı ormanın içine doğru götürdü ve esas büyük şaşkınlığı orada yaşadık. Bizim dünyanın en ıssız yolları sandığımız karlı patikaların iki yanındaki ormana, neredeyse bir ordu saklanmıştı. Askeri araçlar, makineli tüfekli askerler, subaylar ormanın içinde hiç çıt çıkarmadan bekliyorlardı. Kaç gecedir yanlarından gelip geçerken attığımız kahkahaları ve Sovyetler Birliği şakalarını, yanık türküleri hatırlayıp biraz tuhaf olduk.

İkinci olay ise daha da ilginç.

Frunze toplantıları bitince Moskova'ya döndük. Hafta sonunda Yaşar Kemal'in Kopenhag'da bir toplantısı olduğu için, daha önceden belirlenmiş olduğu gibi yola çıkmaya hazırlandık. Ama Sovyet heyetinden bir bürokrat bizi durdurdu. Alex isimli bu arkadaşımız Dışişleri Bakanı memuru olarak görünüyordu ama bir casusluk filmi çekseniz de gece doklarda birini, yeninden çıkardığı telle boğan bir KGB ajanı rolünü oynayacak aktör arasanız ondan uygununu bulamazdınız.

İşte bu Alex bize, "Kopenhag'a gitmeyin!" dedi.

"Niçin?" dedik, "işimiz bitti. Gidiyoruz."

"Ne olur gitmeyin!" dedi. Biz ısrar edince de sesini alçaltıp kulağımıza fısıldayarak, "Size bir sır vereceğim!" dedi. "Henüz kimse bilmiyor ama Başkan Gorbaçov yoldaş sizi pazartesi günü Kremlin'de ağırlayacak."

Tanrı'nın yanına gideceğimizi belirtir gibi derin bir huşu içinde konuşuyordu. Ama gerçekten de o dönemde Kremlin böyle turistik bir bina haline gelmemişti ve oraya girip Sovyetler Birliği devlet başkanıyla, hem de efsane haline gelmeye başlayan Mihail Gorbaçov'la görüşmek çok heyecanlandırıcı bir şeydi.

"İyi ama," dedik, "Kopenhag'a sözümüz var. Gidelim, pazar günü geliriz."

Öyle de yaptık. Moskova'dan bindiğimiz Aeroflot uçağı bizi Kopenhag'a götürdü. Yalnız orada birtakım aksilikler çıktı, toplantıyı düzenleyenlerin ayırttığı oteli beğenmeyip kendi paramızla başka bir otele çıktık. Pazar günü de yine kendi aldığımız biletleri kullanarak SAS uçağına binip Stockholm üstünden Moskova'ya gittik. Pazar günü akşamüstü, Moskova Şeremetevo Havaalanı'nda gümrük polisinin önündeydik. Pasaportlarımıza baktı: "Hani vizeler?" dedi. Her yolcunun, ülkelerine kötülük yapmak için gelmiş bir ajan olduğuna inanan Sovyet polisi gözleriyle yiyecek gibi bakıyordu bu iki Türk'e.

Ancak o zaman kafama dank etti. Sovyetler'e giderken Türkiye'den aldığınız vizeyi kâğıt olarak pasaportun içine koyuyorlar, siz girerken de alıyorlardı. Biz öyle güzel karşılanmıştık ki pasaport polisi dahi görmediğimiz için bu formaliteleri tamamen unutmuş, elimizi kolumuzu sallaya sallaya Sovyetler Birliği'ne gelmiştik. Adam kuşkulanmakta haklıydı. Arkamızdaki kuyruk uzuyordu. Polis bizi bir kenara çekti, burada durun dedi ve daha üst rütbeli birini çağırdı. Adam İngilizce konuşuyordu. Bize kim olduğumuzu ve Sovyetler Birliği'ne neden vizesiz girmeye kalkıştığımızı sordu. Yaşar Kemal'le birbirimize baktık; sonra ben fısıldar gibi, "Pazartesi günü çok önemli bir görüşmemiz var!" dedim.

"Kiminle görüşeceksiniz!" dedi adam.

"Söyleyemeyiz," dedim, "söylememiz yasak."

Bunun üzerine iyice kuşkulanan adam bizi alıp bir odaya götürdü ve kapıyı üstümüze kilitledi.

Türkiye ve İsveç'ten sonra Sovyeler Birliği'nde bile geçici bir gözaltına aldırmayı başarmıştım kendimi. Ne kadar övünsem azdı. Biraz sonra içeri üst düzey subaylar girdi. Kimi sadece Rusça konuşuyor, çevirmen kullanıyor, kimi bize doğrudan doğruya İngilizce hitap ediyordu. Artık KGB'yle karşı karşıyaydık ama biz yine de yiğitliğe toz kondurmadık. Bütün soruları, "Bizim yarın Moskova'da çok önemli bir kişiyle görüşmemiz var!" diye cevaplamayı sürdürdük.

"Kim bu kişi?" sorularını da, "Söyleyemeyiz!" diye cevaplayarak adamları çıldırtmaya devam ettik.

Sonunda, "Çok önemli bir kişi," dedim. "Hatta en önemli kişi! Bu yüzden söyleyemeyiz."

Sonra onlara bir öneride bulundum; dedim ki, "İsimlerimizi Dışişleri Bakanlığı'na, Yazarlar Birliği'ne bildirin. Onlar size gerekli açıklamayı yapar!"

Bir yandan da kara kara, pazar günü her yerin kapalı olduğunu düşünüyordum, acaba o geceyi KGB'nin elinde mi geçirecektik?

Yine kapıyı üstümüze kilitleyip gittiler. Aşağı yukarı iki saat kaldık orada. Sonra kapı telaşla açıldı. Vera ve Alex'in alı al moru mor telaşlı yüzlerini gördük. KGB subaylarının saygılı selamları eşliğinde bizi alıp yine siyah ZİL limuzinlere götürdüler ve biz Sovyetler Birliği'ne ikinci kez girmiş olduk. Arabada Alex anlattı. Kopenhag'daki Sovyet Büyükelçiliği bütün haftasonu bizi aramış. Otelimizi değiştirdiğimiz, kimseye bilgi vermediğimiz için bulamamışlar. Yoksa böyle bir rezalet yaşanmamış olacakmış.

Alex'e, "Bak," dedim, "her şeye rağmen kiminle görüşeceğimizi söylemedik."

Ona söylemediğim şey ise bir ara fena halde telaşlandığımdı. Eğer bizi bulamasalardı, eminim ki KGB o gece bize "bu önemli kişiyi" itiraf ettirirdi.

Gorbaçov'la Buluşma

21 Ekim 1986 günü saat 10:30'da bir otobüs bizi Sovyetskaya Otel'den aldı. Kremlin'e götürdü. Gorbaçov'la görüşeceğimiz salonun dışında beklerken yanımızda gelen merkez komite üyelerinden bazılarıyla, çevirmenler ve diğer görevlilerle konuştuk. Tam saat 11:00 olunca teker teker içeri girmemizi ama bayanların öne geçmesini rica ettiler. Inge Morath Miller ve Heidi Toffler'dan sonra hepimiz sırayla içeri girdik.

Mihail Gorbaçov salonun girişinde ayakta karşıladı, hepimizin tek tek elini sıktı, "Hoş geldiniz," dedi. Toplantıya yalnızca Tass ajansı ve Sovyet televizyonu alınmıştı. İlk karşılaşmamızı ve masa çevresindeki konuşmaların başlangıcını çektikten sonra salondan ayrıldılar.

Uzun bir masanın çevresinde dizilmiştik. Gorbaçov masanın başında oturuyordu. Sol yanında Cengiz Aytmatov, sağ yanında Yaşar Kemal vardı. Ben, Arthur Miller ile James Baldwin'in arasında oturuyordum. Önümüzdeki kulaklıkları taktık, kanalların her birinde ayrı dilden çeviriler yapılıyordu. Başkanlık çevirmenleri duvarlara dayalı küçük masalara oturmuşlardı.

Gorbaçov ilk sözleriyle birlikte yalın, sıcak ve içten bir hava yarattı salonda. Sovyetler Birliği'nin yeni ve kudretli başkanının güven verici bir yüzü ve konuşma biçimi vardı. İlk karşılaşmada bende yarattığı izlenim onun bir 'aydın' olduğuydu. Düşünerek yaşayanlara, yaşamı kitaplarla yorumlayanlara özgü bir bakışa ve davranışlara sahipti. Daha sonra Gorbaçov'un hukukçu, tarımcı ve felsefeci olduğunu öğrendim.

Cengiz Aytmatov'u iyi tanıdığını ve her kitabını okuduğunu söyledi. Arthur Miller'ın bazı oyunlarını da görmüştü. "Bizde Amerikan oyunları gösteriliyor," diyordu. "Amerikan filmleri de..." Bir hafta önceki Reykjavik zirvesinde bu durumu Reagan'a anlatmış ve bu konuda karşılıklı bir eşitlik istemişti. Bu konuya sonra yeniden dönecekti.

"Sovyetler Birliği'ne niye geldiğinizi biliyorum," dedi Gorbaçov. "Bir çağrı üzerine geldiniz. Dün *Pravda*'ya vermiş olduğunuz demeçleri okudum. Pek konuşkan değildiniz. Belki de forum sizi yordu. Bugün konuşma olanağımız var. İlk söz sizin. Sonra benim de söyleyeceklerim olacak. Sizlerle konuşmak istediğim çok konu var ama ilkin sizin görüşlerinizi dinlemek istiyorum."

Cengiz Aytmatov, "Önce izninizle Issık Göl Forumu adına size teşekkür etmek istiyorum," dedi. "Çok meşgul olduğunuzu biliyoruz. Buna rağmen bu görüşmeye vakit ayırdığınız için teşekkür ederiz. Forumumuz özel bir karakter taşıyor. Belki böylesi daha iyi. Sanırım bizi de bu yakınlaştırıyor. Kırgızistan'da bir aile ocağında buluştuk."

Gorbaçov, "Ne yazık ki ben bulunamadım," dedi.

Aytmatov, "Bekliyoruz sizi de," diye yanıtlıyor ve devam ediyor: "Gölün kıyısında aydınlandık. Çeşitli kongre ve toplantılarda daha önce karşılaşmıştık. Resmen başarılamayan bir şeyler gerçekleşti."

Bir ara Kırgızistan'da ata binip binmediğimizi sordu. Aytmatov, Arthur Miller'ın binmek istediğini ama karısının bırakmadığını söyledi.

Resmi sıfatı olmayan bir topluluk oluşturmuştuk. Issık Göl Forumu, gönül birliğiyle atılan bir ilk adımdı. Sistemli olarak kişisel, sosyal konularda mektuplaşacaktık. Katılanlar, kendi ülkelerinin basınında yayınlar yapacaklardı. Gelecekte başka etkinliklerimiz de olacaktı. Bütün dileğimiz etik ve sosyal bakımdan savaşların önlenmesiydi. Sanat, edebiyat ve modern felsefe bu konuda etkin olabilirdi.

Aytmatov, "Burada ünlü sanat adamları var. Halklar onları dinliyor," diyerek toplantıya katılan üyeleri teker teker tanıttı. Gorbaçov, Alvin ve Heidi Toffler çifti tanıtıldığında, "Bir ailede bir düşünür yeter. İki düşünürün bir arada yaşaması zor olmuyor mu?" diye sordu. "Bu konuda benim de deneyimim var," diye ekledi.

Tanıtmalar bitince Gorbaçov, "Ne büyük insanlar desem, bunu duymaya alıştığınız için etkili olmayacak. En iyisi ne hoş, ne sıcak insanlar diyeyim," dedi. "Ben de yeni düşünce biçiminden yanayım. Ben de sizin forumunuz için aday olabilirim. Bugün uygarlığımızın büyük sorunları var ama bana göre en büyük sorun yeni düşünce biçiminin eksikliği..."

Bundan sonra Gorbaçov, konuşmak isteyen olup olmadığını sordu. Heidi Toffler, Issık Göl'de at yarışlarında gördüğümüz bir oyunu anlattı: Bir delikanlı genç bir kızı atla kovalıyordu. Eğer bir noktaya kadar yakalayamazsa, o noktadan sonra kız delikanlıyı kırbaçlamaya başlıyordu. Kadın erkek ilişkileri bakımından bu oyunu çok ilginç bulmuştu.

Gorbaçov, "Belki de bu oyunun temelinde filozofi var," dedi. "Genelleştirerek söylersek, güçleri bir noktaya kadar denetim altına almamak, hep bu sonucu yani kırbaçlanmayı doğurur."

Bu cümlesi bir kehanet gibiydi. Gerçekten de Sovyetler Birliği'ndeki güçleri kontrol edemediği için Gorbaçov da oyundaki gibi kırbaçlanacak ve 1991'de bir darbeyle devrilecekti.

Toplantı resmi olmaktan çok uzak, içten bir söyleşi havasında sürüyordu. O ara çaylar ve kekler getirildi. Gorbaçov hiç içki içmiyordu ve içkiyi resmi davetlerden de kaldırtmıştı. İktidara gelişiyle birlikte alkol tüketimine karşı savaş açmış ve bu tüketimi yüzde 38 oranında düşürmeyi başarmıştı.

O gün Gorbaçov'la toplantımız iki buçuk saat sürdü. Herkes uzun uzun fikirlerini anlatma olanağı buldu. Bu görüşmeyi ve sonraki ilişkilerimi, *Gorbaçov'la Devrim Üstüne Konuşmalar* kitabımda anlattığım için burada özetlemeyeceğim. Yalnız orada benim söylediklerimi aktarmakla yetineceğim: Sıra bana geldiğinde, "Sayın Genel Sekreter," dedim, "Bu toplantı için size teşekkür ediyor ve bu görüşmenin tarihsel bir önemi olduğunu vurgulamak istiyorum. Geçmişteki çeşitli hükümdarlar hakkında yazılan kitaplarda, 'Yanlarına şair ve bilginleri toplardı,' diye övgü dolu cümlelere rastlanır ama sanki bu, geçmişe ait bir erdemdir. Çünkü özellikle yirminci yüzyılda aydınlar ile hükümetler arasındaki ilişkiler trajik boyutlara varacak biçimde bozulmuştur. Oysa eskiden, 'intellegentsia' ve yönetimler arasında olumlu ilişkiler vardı ve toplum yönetimi için böyle olması gerekliydi. Ne yazık ki dünyanın birçok yerinde aydınlar, sanatçılar, bilim adamları üzerinde baskılar yapıldı, yapılıyor. Bunu en çarpıcı biçimde anlatan, bir Nazi generaliydi: 'Kültür sözünü duyunca elim tabancama gidiyor,' demişti."

Gorbaçov burada güldü ve önündeki kâğıda not aldı.

"Bu ilişkinin bozulmasında bence en büyük etken, yönetimlerin aydınlardan, kısa vadeli sorunların çözümünde yararlanmak istemesidir. Aydınlar ise yarına yönelik çalışmayı yeğliyor, sanatın uzun vadeli dolaylı etkisini biliyor ve gerçeği araştırma yolunda özgür kalmak istiyor. Geleceğimizin kurtarılması için, bozulmuş olan hükümet-aydın uyumunun her ülkede acil olarak yeniden kurulması gerektiğine inanıyorum ve sizin bizi burada kabul etmenizin, bu uyumun kurulmasına katkıda bulunacak sembolik bir başlangıç olmasını diliyorum."

Gorbaçov aydın-iktidar ilişkileri konusundaki düşüncelerini şöyle açıkladı:

"Sanatçı hangi yöntemleri kullanması gerektiğini kendisi bilir ve seçer. Bu konuda sanatçının özgür olması görüşüne katılıyorum. Bu sizin işiniz, sizin mesleğiniz. Ama gerçek sanatçı fildişi kulede oturmamalı, halkın sorunlarını dile getirmeli."

Daha sonra şöyle devam etti: "Aydınlar ön planda insanı ele almalı ve onu düşünmeli. Eğer politika ve kültür bir uyum içindeyse, örnek oluştururlar. Şu düşünceyi paylaşıyorum: Politik yönetim ile modern kültür temsilcileri arasında bağ kurulması gereklidir. Bundan her iki yan da kazançlı çıkar. Politikada da doğrular ve yanlışlar vardır, sanat alanında da... Özellikle sanatçılar, eğer yaşamın gerçeklerinden uzaklaşıyor ve her şeye tepeden bakıyorlarsa ortada bir sorun var demektir."

İki buçuk saatlik görüşmenin sonunda Gorbaçov bizi uğurlarken şu önemli sözleri söyledi: "Sizleri hatırlayacağım. İnsanoğlunun cesaretine ve dürüstlüğüne olan güveninizi hatırlayacağım. Çeşitli uluslardan büyük kişilikler, günümüzün dünyasını anlamak ve geleceği konuşmak üzere bir araya geldiler. Olaylara, birbiriyle bağımlı ama aynı zamanda çelişik bir bütün olarak bakmak istiyoruz. Ben çok Lenin okurum. 1916'da savaş konuları tartışılırken Lenin çok önemli bir şey söyledi: 'Proletaryanın görevi, bütün insani değerleri kapsamasını gerektirir.' Sosyalist olmayan dünyada da insanlık değerlerinin, herkesin bağlı bulunduğu ideolojiden daha üstün olduğunun anlaşılmasını istiyorum."

Bu sözleri duymak şimdi olağan görünüyor. Ancak 1986'daki iki bloklu dünyada, Moskova'da Kremlin'in yeni patronundan böyle değerlendirmeler dinlemek çok şaşırtıcıydı ve Gorbaçov bu sözleriyle belki de ilk kez daha sonra şaşkınlıkla izleyeceğimiz büyük altüst oluşun işaretini veriyordu. İnsani değerlerin, komünist ideolojiden daha üstün olduğunu söylemek, Lenin'den çok Marx'a, özellikle de genç Marx'a yakın bir tutumdu.

(O dönemde tuttuğum notlarda şöyle bir bölüm var: 'Gorbaçov'un sözleri beni çok düşündürdü. Söyledikleri iç sorunlarla sınırlı kalmıyordu. Bence Sovyetler Birliği'ndeki demokrasinin genişlemesi ve bu ülkenin dışa açılması çağımızın en önemli olaylarında biri ve böyle bir gelişmenin yararlı etkilerini bütün dünyada gözleyebileceğiz.' Bu sözler bir önseziyi yansıtıyor. Ne var ki 1991 yılında, bu kez Gorbaçov'u değiştirmiş olan tankların gölgesindeki Moskova'ya gittiğim zaman, zamansız bir iyimserlik göstermiş olduğumu anladım.)

Gorbaçov bizleri karşıladığı yerde, salonun kapısında uğurladı. Hepimizin tek tek elini sıktı. Sıra bana geldiğinde elimi tuttu ve "Sizin müziğinizi seviyor ve çok sık dinliyorum," dedi. Tercüman Kurbanov Gorbaçov'un sözlerini aktardığında çok şaşırdım. Yaşar Kemal de yanımızdaydı. "Sayın Genel Sekreter benim müziğimi nereden biliyor?" diye sordum. Kurbanov gene çevirdi. Gorbaçov'un cevabı ilginçti. "Bana sizi çocuklarım tanıttı."

O dönemde beni çok heyecanlandırmış olan bu iltifatın gerçek nedenini hâlâ bilmiyorum. Acaba bir Nâzım hayranı olan Gorbaçov, kızları yoluyla benim Nâzım bestelerini mi dinledi, yoksa ona konukların listesini sunan Ankara Büyükelçiliği'nin benimle ilgili notları üzerine gönlümü mü aldı, bilemiyorum. Toplantıdan çıkarken herkesin heyecanlı olduğu gözleniyordu. Açıktı ki forum üyeleri bu görüşmeden ve Gorbaçov'un aydın kişiliğinden çok etkilenmişti. Kremlin'den doğruca basın toplantısına götürüldük. Orada üç yüzü aşkın dünya basın mensubunun sorularını yanıtladık.

Akşam saat dokuzda ana haber programı Vremya (zaman), toplantımızı ilk haber olarak on beş dakika süreyle verdi. Hepimizi tek tek tanıttı. Ertesi günkü *Pravda* gazetesi de görüşmeyi manşetten duyuruyordu. Daha sonra dünya basını olaya geniş yer ayırdı. *Time* dergisi de toplantıya fotoğraflı olarak yer vermişti.

Perestroyka'yı Başlatan Toplantı

Mühürlenince kuyular
Damardan kan akmaz oldu
Kanı su ile yudular
Taht bir yana şah bir yana

Gorbaçov'la görüşmenin etkisi bütün ülkede sürerken, bir sabah Moskova-Berlin seferi yapan Aeroflot uçağına bindim. Ön tarafta tek başıma oturuyordum. Sabah çok erkendi ve iriyarı hostes beni çeşit çeşit et yemeye ve votka içmeye davet ediyordu. Önüme tepeleme et yığılmıştı: Sosisler, sucuklar vs. Kesinlikle yiyemeyeceğimi söyledikçe onun da ısrarı arttı ama sonunda iyi ikramda bulunulması söylenen kişinin, acayip bir adam olduğuna karar verip küstü.

O uçakla Berlin'e doğru uçarken heyecanlıydım, son bir haftada başımıza gelenleri düşünüyordum. Ama bilmediğim bir şey vardı. Eğer o sırada Moskova'da olup bitenleri bilseydim herhalde hostesin ikram ettiği votkaların hepsini içerdim.

Gerçeği anlamam yıllar aldı. 2002 yılında Gorbaçov'la yirmi yılı aşkın bir süreye yayılan görüşmelerimizi, ilişkimizi anlatmak için bir kitap yazmaya karar verdiğimde internet üzerinde bir tarama yaptım ve beni hayretten hayrete düşüren şu gerçekle karşılaştım. Biz o gün farkında olmadan perestroyka ve glasnostun fitilini ateşlemişiz.

1996 yılında Gorbaçov'un Amerikan C-Span televizyonunda Brian Lamb'in sorularını cevaplarken bu konuya değinmiş olduğunu öğrendim. Gazetecinin, "Perestroykanın belki de bir toplantıyla başlamış olduğunu belirttiniz. ... Bu olay neydi?" sorusu üzerine Gorbaçov şunları söylüyor: "Bu, son derece saygıdeğer ve itibarlı insanlarla yapılan bir toplantıydı. Arkadaşım Aytmatov bu insanlarla buluşmamı istemişti. Ben de, 'Tamam, sadece kısa bir tanışma olacak!' demiştim. Ama Kremlin'deki ofisimde beraberce birkaç saat geçirdik. Hepimiz için hayranlık uyandıran bir konuşma geçti aramızda. Toplantı sırasında onları dinlerken ben de tartışmaya katıldım ve bir parçası oluverdim. Çünkü aynı şeyleri düşündüğümüzü görüyordum. Yeni bir dünyaya adım atmış olduğumuzu belirttik; bunun nükleer tehdit ve çevresel felaketlerle yüklü bambaşka bir dünya olduğunu idrak etmeliydik. Bu yüzden evrensel değerler son derece önemli bir hale geldi. Bu değerler, ulusal çıkarların önüne geçti. O zamanlar bunları söylemek, Genel Sekreter'in hiç alışılmadık ve geleneği sarsan düşünceler belirtmesi anlamına geliyordu.

"Toplantıda konuştuklarımızı yazıya döktüler ve benim söylediklerimi yayınladılar. SSCB'deki düşünen insanlar, özellikle Marksist felsefe ve ideolojiyle ilişkisi olanlar şok geçirdiler. Tepkisi sert olanlar 'Genel Sekreter'in söyledikleri ihanet anlamına gelir!' demeye başladılar.

"Ben Genel Sekreter'dim, bir bakıma Lenin'in ayakkabılarını giymiştim. Lenin'den bir alıntı kullandım. Lenin bir gün proletaryanın kimi zaman kendi çıkarlarını, ulusal çıkarlar için geri plana alması gerektiğini söylemişti."

Gorbaçov bu toplantının önemini Harvard Üniversitesi'nde verdiği konferansta da tekrarlamıştı. Meğer biz bilmeden, farkında olmadan dünya tarihini değiştiren bir olaya tanıklık etmiş, hatta hızlandırıcı bir etki yapmışız.

Bunları hiç bilmeden geldiğim Doğu Berlin'in Schönefeldt Havaalanı felaket bir yerdi. O zamanlar bazı uçaklar Batı Berlin'in Tegel alanına, bazıları da Doğu'daki Schönefeldt'e inerdi. Ben de birkaç kez Schönefeldt'e 'zorunlu iniş' yapmıştım.

Saatlerce kuyrukta beklerdiniz. Daha sonra pasaport kontrolünde sıra geldiğinde, sizi hain hain süzen polisin bakışları ve soruları karşısında yirmi dakika ter dökerdiniz. Bu aşamayı geçtiğiniz zaman bagajınızı bulabilmeniz bir dertti. Havaalanından çıktıktan sonra batıya geçmeniz ise ayrı bir işkenceydi. Yolda gümrükler, sorular, aramalar gırla giderdi.

Bu kez de öyle olacak sanıyordum ama yanılmışım. Uçağın kapısına gelen lacivert giysili iki adam beni aldılar ve lüks bir otomobille şeref salonuna götürdüler. Bir tanesi havaalanı müdürüydü.

Bir yandan kahve ikram ediyor, bir yandan da 'yeni genel sekreterlerinin nasıl biri olduğunu, yakından nasıl göründüğünü' soruyorlardı. Komünist partinin genel sekreteri onlar için ulaşılmayacak kadar uzakta, Kremlin duvarlarının arkasında oturan bir ilahtı. Ben ise o ilahın yanından gelen ve o günkü *Pravda*'da manşet olan bir kişiydim.

Daha sonra beni siyah bir Zil limuzinle Batı Berlin'e götürdüler. Ne sınır araması ne de gümrük sıkıntıları... Doğruca Berlin Kempiski'ye getirip bıraktılar.

Böylece Moskova gezisinin ilk gününden beri görmeye alıştığımız 'devlet konuğu' muamelesi sona erdi. İyi de oldu doğrusu. Çünkü alışık değildik. Sanatçı olarak başımıza gelenler vize kuyrukları, sınır kontrolleri, sahte pasaportlar ve hapishanelerle özetlenebilirdi.

Mihail Gorbaçov'la daha sonraki yıllarda da görüştük. İstanbul'da, San Francisco'da, Moskova'da, Bişkek'te buluştuk; Issık Göl'de tekne gezisi yaptık.

1997 yılında Moskova'da onunla yaptığım bir görüşmede bana, dört-beş yıl sonra patlak verecek olan Irak savaşını bir kehanet gibi anlatmıştı. Ben de bunu yazmıştım.

Kırgızistan'daki bir buluşmamızda bana, "Çalışma masamda sürekli olarak kimin resmi durur, biliyor musun?" dedi.

"Kimin sayın Başkan?" diye sordum. "Lenin'in mi?"

"Hayır!" dedi "Mustafa Kemal'in."

Burada kronolojik sırayı bozarak Berlin'i bir sonraki bölüme bırakıyor ve Gorbaçov'la görüşmemizin Türkiye'deki yankılarına değinmek istiyorum.

Gorbaçov'un aydınlarla buluştuğu haberi ilk kez *Cumhuriyet* gazetesinin arka sayfasında yer almış. Hangi ajanstan alındığını hatırlayamadığım haberin en ilginç yönü, görüşmeye katılan bütün aydınların adları sayılırken iki kişiden söz edilmemesiydi: Biri Yaşar Kemal'di bunların, biri de ben.

Bir-iki gün sonra *Nokta* dergisinden Ayşim Alpman Berlin'de telefonla beni buldu ve Gorbaçov'la görüştüğümüzün duyulduğunu, doğru olup olmadığını sordu. "Evet!" dedim. Bunun üzerine bir tele-konuşma yaptı benimle ve olay ilk kez *Nokta* dergisinde yayınlandı.

Türk basını bu görüşmeye büyük ilgi gösteriyordu. Çünkü Gorbaçov bir efsaneydi ve bizden bir ay önce Sovyetler Birliği'ne giden ve kendisiyle görüşmek isteyen Turgut Özal'ı reddetmiş, ülkenin bir başka bölümüne gitmişti.

Başbakanı reddederek sanatçılarla görüşme davranışı ise bizim ülkede hiç anlaşılabilen bir şey değildi doğrusu.

Bu konuda yazdığım, *Hürriyet* gazetesinde 'Gorbaçov'la İki Saat' adıyla ve tam bir reklam bombardımanıyla sekiz gün süren dizi çok ilgi gördü.

Bu toplantıları başlatan Cengiz Aytmatov'la dostluğumuz yıllar boyunca sürdü gitti.

Ertesi yıl onunla İspanya'da, Granada'da buluştum. Bir sonraki yıl Venedik'te. Derken İsviçre'de Vengen'de, Almanya'da, sonra tekrar Moskova'da...

Forum toplantıları çok başarılı buluşmalara imza attı. Kompleks Sistem konusunu irdeleyen toplantımızda sunulan bildiriler, içinde benim bildirimin de yer aldığı bir kitap olarak yayınlandı.

İsviçre toplantıları sırasında Friedrcih Durrenmatt'la tanıştım. Ertesi gün Peter Ustinov bizi teleferikle Jungfrau'nun zirvesine çıkardı. Orada çok güzel buzdan heykeller gördüm.

Bu buluşmalar, Cengiz büyükelçi olana kadar sürüp gitti. Bir gün Cengiz Ağa'nın Lüksemburg'a Sovyetler Birliği Büyükelçisi olarak atandığını duydum. Bir süre sonra da beni davet etti. Lüksemburg yeşil tepelerin üstüne yerleşmiş görkemli şatolarıyla ilginç ve güzel bir şehirdi. Trafik polislerine Sovyet Büyükelçiliği'ni sordum, tarif ettiler. Gide gide şehir dışına çıktığımı fark ettim. Sonunda ormanlık bir bölgede buldum sefareti. Çeşitli kapılardan ve elektronik güvenlik önlemlerinden geçip ormanın ortasındaki şatoya doğru ilerledim.

Şatonun kapısında görevliler karşıladı beni. Fransız saraylarını andıran bir bekleme salonuna aldılar. "Monsieur l'Ambassadeur"ün birazdan geleceğini söylediler.

Kırgız dağlarının romancısını hiç bu atmosfer içinde düşünemiyordum. Biraz sonra "Monsieur le Ambassadeur", yüzündeki dağlı gülümseyişi daha da abartan bir haykırışla, "Hoş kelmişsin!" diye boynuma sarılıyordu. Salondaki aristokrat Fransız atmosferi, yerini birden Kırgız bozkırlarının içtenliğine bırakıverdi.

Biraz konuştuktan sonra öğle yemeğine geçtik. Elçilik görevlileriyle birlikte dört kişilik bir yemekti bu. Masada oturacağımız yerlere isimlerimiz yazılmıştı.

Yemek salonu ve beyaz eldivenli garson, saygıdeğer bir sessizliği gerekli kılan Fransız tören atmosferini çağrıştırıyordu.

Bu duruma hiç uymayan ve sabırsızlığıyla töreni bozan ise Kırgız "ambassadeur"ün ta kendisi oldu. Garson ikinci yemekle verilecek şarabı sunarken kocaman elini masaya vurarak "Salata! salata!" diye bağırdı. Hem de Türkçe!

Bir süre sonra tabağı iterek, "Eti götür!" diye söylendi. "Tatlıyı getir."

Hey koca Kırgız!

Cengiz'in en çok bu yönünü sevdiğimi fark etmiştim. Kimse için eğilip bükülmüyor ve daha gelişmiş kültürler karşısında Kırgız bozkırlarından fışkıran kültürel kimliğini saklama gereğini duymuyordu. Çünkü o, belleğini ve kimliğini yitirmiş bir mankurt değildi! Bu yüzden de bütün dünyada saygı görüyordu.

Moskova'da Gorbaçov'a karşı darbe yapıldığı gün telefonla aramıştım onu. Çok endişeliydi. "Ne olacak bilmiyorum," diyordu. "Kötü bir şey olursa Türkiye'ye gelirsiniz," demiştim. "Bu ülke size kucak açar. Başımızın üstünde yerin var."

Bu davet onu çok duygulandırdı. Ertesi gün konuştuğumuzda daveti, telefonda konuştuğu eşine aktardığını ve onun çok teşekkür ettiğini söyledi.

İstanbul'da Beyti lokantasındaki özel bir salonda onun 70'inci yaşını kutladık. O gün "Türkiye'nin ve Kırgızistan'ın saltanatı" ve Aytmatov'un "şerefi" kadeh kaldırırken, dünyanın en pırıltılı insanlarından biri olan Cengiz Aytmatov'u ne kadar derinden dost olarak hissettiğimi bir kez daha kavradım.

Stalin zulmünde babasını ve ailesinin büyüklerini yitiren bu adam, acılar ve olanaksızlıklar karşısında gerilememiş ve bozkırda attığı çığlığı bütün dünyaya duyurmuştu.

Issık Göl'de tanışıp iyi arkadaş olduğumuz bir başka isimse Alvin Toffler'dı. *Gelecek şoku*'nun ünlü yazarı birkaç kez İstanbul'a da geldi. Özel ziyaretlerinden birinde ona gecekondu semtlerini, fabrikaları, Boğaz'ı gezdirdim.

Midesi bakterilere karşı çok hassas olduğu için kaldığı Çırağan Oteli'nde musluktan akan suya dokunmuyordu. Doktoru, dişlerini bile birayla fırçalamasını söylemiş. O da benim şaşkın bakışlarım arasında bu öğüdü tutuyordu. Ona pet şişelerdeki sularımızın temiz olduğunu anlatmaya çalıştım ama bir türlü ikna edemedim. Sonra Orta Asya'da sedyeyle hastaneye kaldırılışını hatırladım ve hak verdim.

O günlerde söylediklerini hiç unutmuyorum: "Ucuz iş gücüne dayalı bir ihracatla ayakta kalmak zor. Çünkü bir gün sizden daha ucuzu çıkıverir. Yüksek teknolojiye yönelmelisiniz. Devletiniz Silikon Vadisi'nde beş Türk şirketi kurulmasını desteklesin. Bu şirketler birkaç yıl zarar etsinler ama yüksek teknolojiyi, kadroları, üretim ilişkilerini kavrasınlar. Bu yöntemin Türkiye'ye çok büyük yararı olur."

Bu görüşleri o sırada başbakan olan Süleyman Demirel'e ilettim. Alvin Toffler'la görüşmek istedi. Bu görüşmeyi düzenledik ve Toffler Türkiye'yle ilgili bütün tavsiyelerini iletti ama Beyaz Saray'ın akıl danıştığı ve dünyanın kulak verdiği bu uzmanın görüşleri, tahmin edeceğiniz gibi kaynadı gitti.

Sandala Düşen Mucize Balık

O günlerde sağcı gazetelerin birinde ilginç bir köşe yazısı çıktı. Yazının başlığı 'Kırmızı Güvercin'di. Yazar, benim Mikis Theodorakis'i Türkiye'ye getirmemi ve hemen arkasından Moskova'da Mihail Gorbaçov'la buluşmamı 'bir faninin yapamayacağı işler' olarak yorumluyordu. Kimse bu çapta işleri başaramazdı. Dolayısıyla benim arkamda uluslararası bazı güç odaklarının olduğu kesindi. Bir Türk böyle dünya çapında işleri bilmezdi. Komünist odaklar, gizli servisler, devletler vardı arkamda.

Şimdi düşünüyorum da 1986, yaşamımın en bereketli ve önemli yıllarından biri olmuş. Berlin Schönefeldt havaalanı müdürünün limuziniyle Batı Berlin'e geçişim, yaşamımda önemli bir dönemeci vurguluyordu. Çünkü yapacağım ilk film için Kültür Bakanı Hassemer'i ve gelişen olayların gündeme getirdiği Wim Wenders'i görecektim. (Haberleri olsaydı bazı yazarlar Wim'le ortaklık kurmayı da komplo teorilerine dahil eder ve böylece, Gorbaçov, Theodorakis ve Wenders'ten oluşan ilginç bir Rusya-Yunanistan-Almanya şeytan üçgeni elde ederlerdi.)

Bir film yapmaya hazırlanıyordum. Kendi kurallarımı özgürce uygulayabileceğim bir yaratıyla başbaşa kalacaktım.

Yaptığım müzikten yazdığım yazıya kadar her alanda duyarlı olmayı, duygusallığa yeğlemişimdir. Duyguları sonuna kadar irdeleyen biçimler bana göre değil. Bir duygu birikiminin, buzdağının üstte kalan bölümü gibi duyurulmasını ve gerisinin izleyici-okuyucunun düş gücüne bırakılmasını seviyorum. Sanatta ve yaşamda alçakgönüllülük kadar büyük bir erdem yok! Kendi filmimi yapmak için karşı konulmaz bir istek duyuyordum. Stilist bir film olacaktı bu. Yerel gerçeklerden yola çıkan antropolojik filmleri sevmiyordum. Her işte olduğu gibi sinema macerasında da yol arkadaşlığı yaptığım kişi elbette Yaşar Kemal'di. Onun hangi romanını sinemaya aktarabileceğimi düşünüyordum. Bir ara *Demirciler Çarşısı Cinayeti* üzerinde durdum. Sonra *Yer Demir Gök Bakır*'da karar kıldık. Bunu konuştuğumuz gün Çekmece gölünde bir sandaldaydık. 'Yer Demir Gök Bakır' der demez, gölden iri bir balık fırladı ve sandalın içine 'pat!' diye düşüverdi. Şaşırmıştık. Aldoux Huxley'in ünlü sorusu bir kez daha aklıma takıldı: 'Olaylar mı insanlara göre gelişiyordu, yoksa insanlar mı olaylara göre biçimleniyordu.' İşte tam Yaşar Kemal kitaplarındaki mucizelerden biriydi bu da.

Hemen ikimizin de temeli olan halk mitolojilerine, efsanelere başvurduk ve doğru yolda olduğumuzu, *Yer Demir Gök Bakır* filminin dünyada başarı kazanacağını düşündük. (Öyle de oldu doğrusu. Bunda balığın etkisi ne kadardı bilemem ama filmin yabancı ülkelerdeki her galasında ya da ödül töreninde sahneye çıktığım zaman, Çekmece gölünün pırıl pırıl kısmet balığı aklıma gelir.)

Film yapmak para gerektiriyordu. Bu parayı nasıl bulacağımızı bilmiyorduk. Ben teknik kalitenin en az Avrupa düzeyinde olması ve bunun için de yabancı bir kameramanla çalışmak gerektiği konusunda ısrarlıydım.

İlginç bir rastlantıyla Batı Berlin Hükümeti'nin Kültür Bakanı Hassemer o yaz Türkiye'ye geldi. İstanbul Festivali'nin açılış konuşmasını yapacaktı. İstanbul'a gelmişken Yaşar Kemal'le ve benimle de görüşmek istemiş. Bir öğleden sonra bakanı aldık ve Sultanahmet'teki Yeşil Ev'in bahçesine götürdük. Sohbet koyulaştı, viskiler açıldı. Birkaç kadehten sonra herkes kırk yıllık dost gibi olmuştu. Film projemizi anlattık. Çakırkeyif bakan, Batı Berlin Senatosu'nun bir film yardım fonu olduğunu ve oradan filme para bulunabileceğini söyledi.

Bu görüşmeden sonra ben Marmara denizindeki Armutlu kasabasına gittim, tenha bir kaplıca oteline yerleştim. Geceli gündüzlü bir çalışmayla *Yer Demir Gök Bakır*'ın senaryosunu yazmaya koyuldum. Armutlu ilginç bir yerdi. Marmara'nın en güzel balıkları çıkıyordu. Kasabada siyah gürcü kılıkları içinde yaşlı adamlar oturuyor ve "Nerelisin?" diye sorduğunuzda, "Livaneli'yim," diye cevap veriyorlardı. "Ben de Livaneli'yim," diyordum. Artvin göçmenleri çoğunluktaydı.

Moskova'dan Batı Berlin'e uçtuğum zaman senaryonun İngilizce'si yanımdaydı. Kültür Bakanı Hassemer'i ziyaret ettim. O da beni konuyla ilgili kişilere gönderdi. Kurallara göre yardım alabilmesi için filme bir Alman firmasının katılması gerekiyordu. Ancak bir Türk-Alman ortak yapımına para verilebilirdi. Böylelikle bir Alman firması aramaya koyuldum. Berlin'in büyük film stüdyoları Geyer Werke'de bir montajcıyla tanışmıştım. Adı Peter Pscygoda idi ve Wim Wenders'in *Paris-Teksas* da içinde olmak üzere birçok filminin montajını yapmıştı. Bana Wim'le konuşmamı önerdi. Çünkü Wim, Road Movies adlı bir film şirketinin sahibiydi.

Wim Wenders'le film müzisyeni olarak bir aşinalığımız vardı. Hemen telefon ettim ve o gün akşamüstü Wim'in Potstamer Strasse'deki ofisinde buluştuk. Bir film çekimine hazırlanıyordu. Adı *Berlin Üzerinde Gökyüzü* olacaktı. Bir Amerikan hayranı olan Wim, benim Amerikan aksanlı İngilizce'mi duyunca 'States'te ne kadar kaldığımı sordu. Belli ki kendi Amerika macerasını ve Coppola'yla olan acılı serüvenini hatırlamıştı. Daha sonra kendisine yardımcı olan Francis Ford Coppola'nın, çalışma sırasında ne işkenceler yaptığını uzun uzun anlatacaktı.

Bütün bu deneyimlerinden sonra kendisinin de bana acı çektirmek isteyeceğini sanmazdım ama ne yazık ki öyle oldu. Wim'le ilişkimiz müthiş dostça başladı ve fırtınalı kavgalara doğru sürüklendi. Wim Wenders daha sonra çok göreceğim yeni bir sanatçı tipinin ilk örneklerinden biriydi. Bu tip insanlar, hayata coşkuyla, şiirle, heyecanla yaklaşmıyor; her şeyin inceden inceye hesaplandığı bir kariyer oluşturma yöntemi sonucunda, insanları soğuk buzlu camlar ardından süzen finans uzmanlarına benziyorlardı. Böyleleri, yanlış adım atmamak ve kendilerine en uygun zamanlamayı ve stratejiyi belirlemek üzere çaba gösteriyorlardı. Ne Mikis Theodarakis'e benziyorlardı, ne Elia Kazan'a, ne Yaşar Kemal'e, ne Orhan Veli'ye, ne Nâzım'a, ne Neruda'ya, ne Lorca'ya, ne Aragon'a. İçlerinde şiir yoktu, hesap kitap ve acımasız bir duygusuzluk vardı.

Son yıllarda ortalığı, bu tip insanlar sardı ve Amerika'dan yayılan pazarlama yöntemlerinden başka bir şeye kafa yormaz oldular. Bu orta yetenekteki insanları moda haline getirerek piyasaya süren kurnaz tüccarlar belirdi. Belki başarı kazandılar ama iyi bir sanatçı olma, klasik olacak bir eser verme imkânını sonsuza kadar yitirdiler. Şimdi çok allanıp pullansa bile bir süre sonra, bu yapıtların ne kadar kof ve uydurma olduğu ortaya çıkacak. Çünkü hiç kavgaları ve sevdaları olmadı.

Köy

Bozkırda bir kasabadan geçerken
Tozlu yolda iki sıralı kahveler
Öyle sakin kıpırtısız
Otobüsü süzerler
Doğdukları yerde ölenler
...
Ve geceleri titrek fenerler
Hiç şikâyet etmezler
Doğdukları yerde ölenler

Wim'e durumu anlattım ve senaryonun İngilizce çevirisini verdim. Bir gecede okudu. Ertesi gün bir İtalyan lokantasına davet etti beni. Senaryoyu çok beğenmişti. Beğenmesini elbette istiyordum ama bunun dışında, eleştiriler getirmesini ve sinema ustalığını kullanarak benim bu ilk senaryomu düzeltmesini istiyordum. Çok zorladım ama Wim durmadan hiçbir eleştirisi olmadığını söylüyor ve filmin şerefine kadeh kaldırıyordu.

Filmi nasıl 'gördüğümü' soruyordu bir de. Ona anlatıyordum: Filmi sahne sahne nasıl tasarladığımı, planları nasıl çizdiğimi sıralıyor, sonra da antropolojik bir film yapmak istemediğimi ekliyordum. Deyim yerindeyse stilist bir çekim olacaktı bu. Çünkü Üçüncü Dünya ülkelerinin sinema değeri taşımayan ama oradaki insanların folklorünü ve acılarını anlattığı için ilgi gören filmlerini hiç sevmiyordum. Bu tutum bana 'Bon pour l'Orient' gibi geliyordu. Yoksul ülkelerin film yapımcıları, gelişmiş ülkelerin sinemacılarıyla bir tutulmuyor ve bu filmlere 'bisiklete binen maymun' ödülleri veriliyordu. Bu da midemi bulandırıyordu.

Filmin dekoru ve giysileri Türk köyüne ait hiçbir referans taşımayacaktı. Seyirci sadece konuya ve Yaşar Kemal'in evrensel temasına yoğunlaşsın istiyordum. Yoksa dibek nasıl dövülürmüş, kızlar nasıl üç etek giyerlermiş, kavurma nasıl yapılırmış gibi ayrıntılara takılırlardı ve film antropolojik bir araştırmaya dönerdi.

Tek bir estetik arzum vardı; o da Bruegel'in kış tablolarıydı. Bütünüyle o atmosferi yaratacaktım. Zaten senaryoyu yazarken de odama Bruegel resimleri asmıştım.

Wim anlattıklarımdan çok hoşlandı. Daha sonra Fransız basınına, "Zülfü'nün anlattığı filmi GÖRDÜM ve çok hoşlandım," diyecekti. (Görmek fiili ana metinde de büyük harfle yazılmıştı.)

Wim, "Hemen işe koyulalım," dedi. "Bir yandan FKT parasını çıkaralım, bir yandan da WDR televizyonundan yardım alalım. Yalnız sana çok iyi bir kameraman gerekiyor. Düşündüğün görselliği dünyada ancak birkaç kameraman başarabilir. Bunlardan biri Jürgen Jürges'tir. Ben onunla hiç çalışmadım ama Fassbinder'le filmler çekmişti."

Doğal olarak bana da sevinmek düştü.

Wim o gün öğleden sonra başka bir kentte olan Jürgen'e telefon etti ve Berlin'e çağırdı. Ertesi gün aynı İtalyan lokantasında Jürgen'le buluştuk. Sarı bıyıklı, soğuk görünüşlü, kararlı bir adama benziyordu. Kafamda tasarladığım filmi ona da anlattım. Senaryoyu okumadan bir şey diyemeyeceğini söyledi ve metni alıp gitti.

İki gün sonra tekrar buluştuk ve Jürgen de senaryoyu çok sevdiğini, filmi çekmek istediğini söyledi. İki usta sinemacının senaryoya böylesine güvenmesi beni çok mutlu etmişti. Jürgen hemen birlikte çalışacağı ekibi ayarlamaya koyuldu. Almanya'dan aşağı yukarı yirmi kişi gelecekti. Ayrıca bütün çekim malzemeleri de Almanya'dan sağlanacak, çekilen filmlerin laboratuar işlemleri dünyanın en iyilerinden biri olan Geyer Werke'de yapılacaktı. Böylece daha ilk filmde başıma talih kuşu konmuştu ve Avrupa standartlarında bir film çekme olanağı elde ediyordum.

Harıl harıl filmin kostümlerini, dekorunu ve sahne çizimlerini hazırlıyordum. O yaz mekân araştırması yapmış ve Doğu Anadolu'daki köyleri dolaşmıştım. Burgazada'da tanıştığım Güngör'ün Erzincan'daki Hınzoru köyüne gitmiştik. Keşiş Dağları üzerindeki bu sarp Kürt köyünün yeni adı Pınarlıkaya'ydı. Kıvrıla kıvrıla dağları saran çok kötü bir yoldan gidiliyordu ve daha yolu gördüğüm anda kışın kamyonları nasıl çıkaracağımız sorusu aklıma takıldı.

Haklıymışım.

Bir Alevi köyüydü ve herkes bizi çok iyi karşıladı. Köyde benim türkülerim çalınıyordu ve dedeler bana 'Livan Alim' diye sesleniyordu.

Videoya çektiğim köyün müthiş bir görüntüsü vardı. Yamaca dizilmiş toprak damların yarattığı kompozisyon inanılmayacak kadar güzeldi. Herkes o damların üzerine çıkıyor ve saatlerce ufka bakıyordu. Ne beklediklerini bilmiyorlardı. Belki de günün birinde jeneratörleri, kamyonları, neskafeleri ve Coca-Cola'larıyla çıkıp gelecek bir Alman ekipti bekledikleri.

İstanbul'da kurduğumuz bir atölyede bütün kostümleri tek tek diktirdik. Her şey Bueghel'in kış tablolarına uygundu. O kış, tam bizim istediğimiz gibi bol karlı ve çok soğuktu. Derken Jürgen Jürges ve yardımcıları İstanbul'a geldi. Jürgen, Peter ve Cornelius'la birlikte Erzincan'a gidip mekânı görmeye ve orada çekim senaryosu üzerinde çalışmaya karar verdik.

İlk terslik uçak bağlantılarında görüldü. İstanbul'dan Ankara'ya uçtuk ve Erzurum uçağının hava koşulları yüzünden iptal edildiğini öğrendik. Birkaç gün Ankara'da kaldıktan sonra Erzurum'a uçabildik. Jürgen, uçaktan görünen uçsuz bucaksız beyazlığı göstererek, "Dünyanın ucu dedikleri yer burası olsa gerek!" diyordu. Erzurum'dan karayoluyla Erzincan'a geldik ve daha sonra depremde yıkılacak olan Urartu Otel'e yerleştik.

Gelişimiz Erzincan'da büyük yankı uyandırmıştı. Otele ziyaretçi grupları geliyor, öğrenciler, fabrika işçileri toplu olarak ve tek tek görüşmek istiyorlardı. Bir süre sonra bütün bu toplantıları akşamüstü beşten sonra yapmayı kararlaştırdım ve herkese duyurdum. Böylece Urartu Otel her akşam, neredeyse bir siyasi parti toplantısına dönüşüyordu.

Kentteki bu hareketlilik valiyi ve emniyet müdürünü de tedirgin etmişti. Gerekli izinleri almak ve iyi ilişkiler kurmak için onları da ziyaret ettik. Kapalı Anadolu şehirlerinin yerel yöneticileri, Gogol'ün *Ölü Canlar*'ını ya da Çehov'un hikâyelerini hatırlatan bir taşra bürokrasisi atmosferini yansıtıyorlardı. Jürgen şaşkınlıklar içindeydi.

Valiye ve emniyet müdürüne projemizi anlattık ve eski adı Hınzoru olan Pınarlıkaya köyünde çekim yapacağımızı söyledik. Yöneticiler hemen atıldılar; o köye çıkmanın çok zor olduğunu, bize daha uygun köyler gösterebileceklerini söylediler. Neden bu kadar tedirgin olduklarını anlamak kolaydı. Olaya kutsal güvenlik önlemleri açısından baktığınız zaman ortaya çıkan durum şuydu: Zülfü Livaneli Almanlarla birlikte Erzincan'a geliyor, Keşiş Dağları'nın tepesine çıkıp eskiden Ermeni şimdi Kürt olan bir Alevi köyünde film çekmeye hazırlanıyor.

Bu çekimin kutsal vatanımızın bölünmez bütünlüğü için ne gibi tehlikeler içerebileceğini düşünen vali tutuşmuştu. Bize durmadan Erzincan'a beş-on dakika uzaklıkta ve anayol üzerinde bulunan köyler öneriyorlardı. Bunların mümkün olmadığını söyledik. Emniyet müdürü o gün yanıma bir polis verdi. Bu önlemi, benim güvenliğimi sağlamak için aldığını söylüyordu, polis çekim sonuna kadar beni bir saniye bile yalnız bırakmadı. Onu sadece köye ilk gidişimde atlatabildim.

Bir gün, bulduğumuz bir jiple köye çıkmayı denedik. Dağa doğru yükselerek gidiyorduk. Bazı yerlerde yol iyice kayboluyor ve metrelerce kar altında kalıyordu. Birkaç kilometre sonra jip battı. İtmeyi, lastiklerin altına tahtalar yerleştirmeyi denedik ama bir türlü kıpırdamıyordu. Göz alabildiğine beyazlık içinde, dağlar arasında kalmıştık. Sessizlik ürkütücüydü. Valinin uyarısını haklı çıkarır gibi yaban domuzu ve kurt izleri dışında, hiçbir canlılık işareti yoktu. Müthiş canım sıkıldı. Karın üzerine çömeldim. Yıllardır hazırladığım plan yıkılıyordu. Bir jipi bile çıkaramadığımız yoldan üç ağır kamyonu geçiremezdik. Ekip ve malzemeler Hınzoru'ya varamayacaktı hiçbir zaman. Peter'e ve Jürgen'e şehre dönmeyi önerdim. Yürüyecektik. Belki akşam olmadan Erzincan'a varabilirdik. Peter benim bu önerime karşıydı. Ne kadar uzak olursa olsun köye yürümemizi öneriyordu. "Vazgeçme!" diyordu, "inat edelim. Belki bir yolunu buluruz." O kadar ısrar etti ki sonunda yokuş yukarı yürümeye koyulduk. Dizimize kadar gömülerek yürürken bazen ters bir yere basıyor ve bir kar yığınının içinde kayboluyorduk. Böyle düşe kalka giderken bir yandan da çevreyi kolluyor ve kurtların, yaban domuzlarının dolaşıp dolaşmadığını anlamaya çalışıyorduk. Yanımızda silah da yoktu.

Saatlerce yürüdükten sonra, akşamüstü is ve duman kokusu aldık. Köye yaklaşıyorduk. Bu kez de köyü bekleyen ve havlayışlarını duymaya başladığımız, kurt boğan köpekler tehlikesi başgösterdi. Bakalım bizim gibi yabancıları köye yaklaştıracaklar mıydı?

Keşiş Dağlarının Tepesinde Hitler Tartışması

Biraz daha tırmandıktan sonra karlar altına gömülmüş dağ köyünü gördük. Doğrusu nefes kesici bir görüntüydü bu. Göz alabildiğine uzayıp giden beyaz yamaçlarda tek tük evler ve dolaşan insanlar göze çarpıyordu. Bir masalın içine düşmüştük. Yazın gördüğüm köye hiç benzemiyordu. Kar her şeyi değiştirmişti. Neyse ki birkaç köylü bizi köpeklerden önce fark ettiler ve büyük bir konukseverlikle evlerine götürdüler.

Gül Ağa'nın konağı denilen köyün en büyük evindeydik. Alevi bıyıkları dudaklarını örtmüş yaşlılarla konuşuyorduk. Onları ziyaret ettiğim yaz günlerinden beri film çekimini bekliyorlardı. Bu iyi insanlara yolun zorluklarını, üç büyük kamyonu çıkaramayacağımızı anlattım. Filmi başka bir yerde çekmemiz gerekiyordu. Daha düzlük bir köy arayacaktık.

Köylüler bu sözlere çok üzüldüler. Sonradan yakın dostum olan 80 yaşındaki Cemal Amca, "Livan Alim" dedi bana uygun gördüğü isimle. "Sen bu işten vazgeçme. Biz değirmen taşı olur döner, su olur akar, her ne gerekiyorsa yaparız. Gerekirse kamyonları sırtımızda çıkarırız. Ne olur vazgeçme kurban olduğum."

Cemal Amca'nın bu sözleri içimi ısıttı. Birden güvendim ona. İncecik sırım gibi, uzun boylu, ak bıyıklı bu Alevi bilgesi, zamanla en büyük dostlarımdan biri oldu. Eski Anadolu uygarlığının ne demek olduğunu, terbiyeyi, konukseverliği, insan sevgisini Cemal Biçer'le daha iyi anladım. Bir de onun arkadaşı olan aynı yaştaki Mehmet Amca vardı. Akşamları Mehmet Amca üç telli curasını çekiyor ve ta Kerbela'dan beri gözyaşı dinmemiş insanların yanık sesiyle Şah-ı Merdan Ali'ye, Hasan'a, Hüseyin'e ağıtlar söylüyordu.

O gece Gül Ağa'nın iki katlı evinin büyük odasında toplandık. Yemekler geldi. Yemekten önce üç-dört peçete büyüklüğünde yufka ekmeğini getirip sofraya seriyorlardı. Üstüne de yemek tenceresi geliyordu. Ortadaki yemeği kaşıklarken bir yandan da dirseğinizi dayadığınız peçete-ekmekleri koparıp yiyordunuz.

Jürgen gözleri büyümüş, kekemeliği daha da artmış olarak her şeyi şaşkınlıkla izliyordu. Hınzoru köylüleri uzun kış gecelerini renklendiren bir tartışmayı bize de açmak istiyorlardı. Özellikle söylediklerini Jürgen'e çevirmemi istiyorlardı. Ben de Jürgen'e durumu anlattım ve köylülerin sorusunu cevaplamasını istedim. Bunun üzerine Jürgen daha da şaşırdı. Kendi dünyasıyla bu köy arasında hiçbir ilişki kuramıyordu ki.

Meğer köy ikiye ayrılmış ve her gece Hitler'in yaşayıp yaşamadığını tartışıyorlarmış. Bir grup, Hitler'in intihar etmediğini ve bir yerlerde yaşamakta olduğunu savunuyor, öteki grup ise Berlin'deki sığınakta ölüp gittiğine inanıyormuş. İşin aslını öğrenmek için Jürgen'e sormak istiyorlarmış.

Bu soruyu çevirdiğim zaman Jürgen'in yüzünün aldığı ifadeyi hiçbir zaman unutmayacağım. Ömrünün en büyük şaşkınlıklarından birisini yaşıyordu. Keşiş Dağlarının tepesindeki, karlar arasında yitip gitmiş bir evin odasında, gürül gürül yanan bir sobanın başındaki Hitler tartışmasını aklı almıyordu. Kıpkırmızı kesilerek bu konuda bir fikri olmadığını söyleyebildi ancak.

Daha sonra köylüler, gecelerini renklendiren ikinci tartışma konusuna geçtiler, Özal'ı tartışıyorlardı. Köyün çoğunluğu Özal'a karşıydı ama biri, koyu bir Özalcı olarak, basındaki benzerlerini aratmayacak bir ateşlilikle Özal'ı savunuyordu.

Tartışmayı da o kazandı ve karşısındakileri susturdu. Son cümlesi şuydu: "Bakın Türkiye'de dükkânlarda her şey bulunuyor artık. Bütün Avrupa malları geldi. Bu, bolluk değil midir?" Yolu kapalı ve dünyayla ilişkisi kesilmiş Hınzoru köylüleri bu sağlam mantık karşısında 'Evet' demek zorunda kaldılar.

Gece aynı odada yattık. Geceyarısına doğru dışarıya, evin epey ötesindeki tuvalete gittiğimde, vadideki kar fırtınası korkunç sesler çıkarıyordu. Büyüyerek gelen sesler sanki dünyanın sonunu haber vermekteydi. Neredeyse bir dana büyüklüğünde muhteşem köpekler dolaşıyordu etrafta. Çevreden kurt ulumaları geliyordu. İlerleyen günlerde bir gece, köyün ortasındaki çeşmenin yanından geçen bir kurt görecektim. Evden tuvalete götürdüğüm suyun donmuş olduğunu fark ettim. İbrikten bir damla su bile dökülmüyordu.

Ertesi gün bin bir zorlukla tekrar Erzincan'a, Urartu Otel'e döndük. Jürgen'le çekim senaryosu üzerinde çalışmaya koyulduk. Her sahneyi çeşitli planlara bölüyor ve o planın şaryo ve dolly hareketlerini çizerek belirliyorduk.

Yalnız Jürgen'le aramızda temel bir anlaşmazlık vardı. O köyün iç kısmını, çamurlu çeşme başını, oradan gelip geçen sürüleri, gecekondu mahallesi gibi iç içe geçmiş, bazıları naylonlarla, tenekelerle, pleksiglaslarla yamanmış evlerini çekmek istiyordu. Bir Batılı olarak egzotik geliyordu bunlar. Benim kafamda ise tamamen stilist bir anlayış vardı. Köyün dışında terk edilmiş ve yarı yıkılmış birkaç ev ve bir meydan bulmuştum. Çıplak kavak ağaçlarıyla çok dramatik bir görüntüsü vardı. Ben köyün kargaşasını değil, bozulmamış karlarıyla bir tiyatro dekoru gibi duran bu bölümünü istiyordum. Epey tartıştık. Sonunda aklı yatmasa bile, yönetmen olarak benim dediklerime boyun eğdi. Çok sonra da haklı olduğumu kabul edecekti.

Gerçek ile İllüzyon

> Her şeye rağmen ayakta kalmanın
> mutluluğu
> İşte böyle delicesine
> İşte böyle coşkulu bir şey yaşamak

Karlar altındaki, yolu kapanmış köyde üç gruptuk: Köylüler, Almanlar ve Ankara-İstanbul'dan gelen film ekipleri ile sanatçılar. Bu üç grup arasındaki ilişkiler, vahşi doğanın yarattığı etkiler ve korkularla zaman zaman sertleşti, zaman zaman dostça bir havaya büründü.

Bir sabah erkenden korna sesleriyle uyandım. Daha durumu tam olarak algılayamadan içime bir sevinç yayıldı. Pencereye koştum. İşte ordalardı. Köyün ortasına, çeşme başına park etmiş, Alman plakalı üç kamyonu görüyordum. Almanlar hiç zaman yitirmeden jeneratör kablolarını döşemeye koyuldular. Köyün ortasındaki alan, çekim için uygun gördüğüm mekâna aşağı yukarı bir kilometre uzaklıktaydı ve kamyonların gideceği bir yol yoktu. Müthiş bir beceriyle çalıştılar; o gün akşam olmadan her yere elektrik gitmiş, kalın kablolar donmuş toprağa gömülmüştü bile. Köy o akşam, tarihinde ilk kez pırıl pırıl aydınlandı. Işıklar yanar yanmaz sanki bir peri masalı oluştu. Köylerini daha önce hiç böyle görmemiş olan köylülerle birlikte, hayran hayran seyrediyorduk. Köyün ortasındaki bir evi değiştirip lokanta haline getirmiştik. İşi olmayan aktörler saatlerini çay içerek, kâğıt oynayarak o mekânda geçiriyorlardı.

Derken çekim başladı. Rutkay'ın akşam gün batarken mezarlıkta yürüyüşünü çektim ve o gün hayatımda ilk kez yönetmen olarak "Kamera" dedim. Sesli çekim yapıyorduk. İlk günün tek planlık denemesinden sonra, ertesi gün büyük bir sahne çekmeye koyulduk. Çünkü bütün köyün görüneceği bir sahne için gerekli olan tipi vardı o gün; sert rüzgâr karı döndüre döndüre savuruyordu. Bu sahne için köyde hiç kimsenin ortalıkta görünmemesi gerekiyordu. Taşbaş, yani Rutkay bomboş köyde dolaşacak ve köylülere bağırıp çağıracaktı. Asistanlar büyük bir gayretle herkesi evine kapatmaya çalışıyordu. Ellerinde megafonlarla köyde terör estiriyor ve uzakta gördükleri her kişiye, "Kaybol kardeşim, kaybol!" diye bağırıyorlardı. Böylece köydeki bütün çocuklar, büyükler ve hayvanlar görünmez oldu. Kamera çalışmaya başladı ve yoğun tipi altında Rutkay hayatının ilk önemli film sahnesini oynamaya başladı. Benim için de durum aynıydı.

Rutkay damların başına çıkıyor ve senaryo gereği, "Ey korkak köylü!" diye bağırıyordu. "Korkudan aklınızı kaçıracaksınız. Fareler gibi saklanmışsınız evlerinize. Erkekseniz çıkın dışarı!" Rutkay'ın gür sesiyle haykırdığı bu beddualar ve "Çıkın dışarı!" Komutunu duyan köylüler bir anda evlerinden dışarı uğradılar ve saatlerce uğraştığımız koskoca sahne hapı yuttu.

Asistanlar ve özellikle Eray, çılgın gibi oradan oraya koşuyor ve köylülere, "Size demedi kardeşim. Girin içeriye!" diye bağırıyordu. Köylüler şaşkındı. "Bir girin dediniz, bir çıkın. Şaşırdık kaldık babo," diye yakınıyorlardı.

Çekim sırasında çok tuhaf bir şey oldu: İllüzyon ve gerçek yer değiştirmeye başladı. Böyle bir şeyi anlatsalar inanmazdım ama birebir yaşadım.

Karlarla çevrili ve yolu kapalı olan köyün klostrofobik atmosferi, sonunda herkesi etkilemişti. İlk başta grubun gelişiyle müthiş heyecanlanan köylüler, günler geçtikçe duruma alışmışlardı ve konuklar gündelik yaşamın birbirine benzeyen tek düzeliği içimdeki yerlerini almışlardı bile.

Rutkay rolünün etkisi altında her zaman bir ermiş gibi dolaşıyor, öyle bakıyor, öyle konuşuyordu. Yavuzer de muhtar kılığını, siyah ceketini ve fötr şapkasını hiç çıkarmıyordu üstünden. Köylüler ona 'Muhtar' diye sesleniyordu. Gerçekten de köyün gerçek muhtarı olan genç, çelimsiz ve biraz da beceriksiz çocuğun yanında muhteşem bir muhtardı Yavuzer. Zaman geçtikçe herkes dertlerini ona anlatır oldu.

Köyde büyük bir Cem ayininin düzenlenmesi, bizim ilk ayımızı doldurduğumuz güne denk geldi. Cemal ve Mehmet amcalara gidip, bizim de cemde bulunmamız için izin istedim. 'Livan Ali' değil miydim...

İzin verdiler ve cem ayinine katıldık. Dağ başı törelerine göre yapılan gerçek bir cemdi bu; turistik bir yanı yoktu. Dede saz çaldı, dualar söyledi, gülbenkler çekildi, duazı on iki imam okundu. Süpürgeciler çıktı. Sonra ortaya lokma geldi. Herkes gücü yettiğince getirdiği yiyeceği tepeleme yığdı ortaya. Dede niyaz verdikten sonra lokma yenilmeye başlandı. Semahlar dönüldü. Cem ayininin en ilginç bölümlerinden biri de 'Dar-ı Mansur' ya da 'Özünü dara çekmek' denilen bir özeleştiri geleneğiydi. Hıristiyanlıktaki günah çıkarmaya benzeyen bu bölümde insanlar ya kendi yaptıkları bir suçu itiraf ediyor ya da bir başkasını şikâyet ediyordu. Dede de uygun cezalar veriyordu. Bu divanda konuşabilmek için dizler üzerinde sürüne sürüne ortaya çıkmak gerekiyordu.

Bir köylünün sürüne sürüne ortaya geldiğini gördük. "Dede," dedi, "muhtardan şikâyetim var." Ve eliyle Yavuzer'i gösterdi.

"Nedir şikâyetin?" diye sordu dede.

"Niyaz verilmeden önce lokma yedi."

Meğer ortaya yığılan yiyeceklere, dede niyaz vermeden önce el sürülmezmiş. Biz şaşkınlık içinde olayı izliyorduk ama en çok şaşıran Yavuzer'di. Gülsün mü, ağlasın mı kestiremiyordu.

Dede buyurgan bir sesle, "Muhtar ortaya gelsin!" dedi.

Yavuzer dizleri üstünde sürüne sürüne ortaya çıkıp kendisini şikâyet eden köylünün yanında durdu. Dede ona, köylünün

dediklerinin doğru olup olmadığını sordu. Yavuzer alı al moru mor, "Evet," diye mırıldandı, "çörekler ortaya gelince canım çekti. Niyaz verilmeden yenmeyeceğini bilmiyordum."
Bunun üzerine dede, ciddi bir yüz ifadesiyle düşünmeye koyuldu. Sonra yanındaki sert yüzlü ihtiyarlarla fısıldaştılar. Bu arada Yavuzer dizleri üstünde kararı bekliyordu. Fransa'daki sinema doktorası da yardım edemiyordu ona, bildiği yabancı diller de. Gerçek ile illüzyon büyük bir kaymayla yer değiştirmişti.
Bir süre sonra dede kararını açıkladı.
"Muhtar niyaz verilmeden lokma yenmeyeceğini bilmediğini söylüyor," dedi. "Eğer bunu cahil bir köylü söyleseydi affederdim ama koskoca bir muhtarın bunu bilmemesi ayıp. Bunun için muhtar cemaate bir koyun bağışlayacak."
Bir kez de Taşbaş'ın büyülerinde başımız derde girdi. Filmde Taşbaş'ın birtakım sihirler, büyüler uydurması ve zaten ona kanmaya hazır köylülerin gözünü boyaması gerekiyordu. Bunların neler olabileceği üzerine kafa yormaya başladım ve birtakım tütsüler ve bir ipe düğümler atma numarası buldum. Çekim sırasında bu düğüm işini uygularken bir haberci geldi ve köy yaşlılarının benimle görüşmek istediğini söyledi. "Çekimdeyiz," dedim. "Akşam görüşürüz." Haberci işin çok önemli olduğunu, bekleyemeyeceğimizi, hemen gitmemiz gerektiğini söyledi. Vahim bir durum vardı herhalde. Çaresiz koşup gittim. Köyün yaşlıları bir odaya toplanmıştı. Cemal Amca biraz soğuk bir tavırla. "Zülfü Bey," dedi, "ipe düğüm atıyormuşsunuz, haber aldık, doğru mu?"
"Doğru," dedim.
"Bunu yapmamanızı rica ediyoruz!"
Şaşkınlıkla baktım yüzlerine ve bunun film için uydurulan basit bir şey olduğunu söyledim.
"Hayır," dediler. "Bu, bizim en mukaddes yeminimizdir. Bunu yapmayın."
"Peki," dedim, "yapmayız."
Gerçekten de filmden o sahneyi kaldırdık. Daha sonra o yemini nasıl yaptıklarını öğrendim. Bir ipin üzerine yedi düğüm

atıyorlardı. Dilekleri olunca da her biri tek tek çözülüyordu düğümlerin.

İşin en ilginç yanı da düğümleri çözerken söyledikleriydi. 'Ohannes' diye başlıyor ve her bir düğümde eski Ermeni adları sayıyorlardı. Zaten köyde yıllarca Ermenilerle birlikte yaşamışlardı. İhtiyarlar onları sevgiyle ve özlemle anıyordu. Bir sabah Ermenilerin hepsi alınıp götürülmüştü. Daha sonra da bir haber alamamışlardı.

Bu bilgiler üzerine köyde araştırma yapmaya başladım ve bir pazar günü, samanlık olarak kullanılan bir kilise buldum. Hava durumu, çekimlerimizi aksatmaya başlamıştı. Bir sahneyi ertesi gün tamamlamayı düşünürken birden bire lodos esiyor, çekim mekânındaki karlar eriyordu.

Çekimi tamamlayabilmek için kuytu yerlerden kar taşıtıyor, yerlere serdiriyordum ama kar yağışına ihtiyaç duyulan sahneler için çare yoktu. Günlerce bekliyorduk. Almanlar, Türk kurumlarına duydukları güvensizliği burada da belli ettiler ve Erzurum'daki Amerikan üssünden bilgi aldılar. Ne var ki o da doğru çıkmadı.

O günlerden birinde Cemal Amca "Livan Alim," dedi. "Yüzün asık. Neye dertlenirsen? Sana bir lavik söyleyeyim de sıkıntın geçsin.'

Hava durumunun yarattığı çekim zorluklarını anlattım ve kar beklediğimizi söyledim. Bir zaman düşünceye daldı, hesaplar yaptı ve "Gene Allah bilir ama," dedi "Hızır Orucu hesabıma göre önümüzdeki cuma kar yağması beklenir.'

Ben Cemal Amca'ya güvendim ve bunu akşam toplantısında söyledim. Tahmin edeceğiniz gibi Jürgen'in ve diğer Almanların yüzünde bir garip gülücük oluştu.

Cumaya kadar çekim yapamadık. Günlerimiz aylak aylak lokantada kahve içerek geçiyordu.

Cuma sabahı daha ortalık ışımadan gözümü açtım. Pencereye koştum. Lapa lapa kar yağıyordu. Nasıl sevindiğimi anlatamam.

Hemen dışarı fırladım ve çekim hazırlıklarını başlattım. Cemal Amca'nın derin Anadolu bilgeliği Almanlara karşı bir zafer kazanmamızı sağlamıştı. O günden sonra akşam toplantılarında, ertesi günle ilgili hazırlık listesi yapılır ve 'dispo' dediğimiz programlar çoğaltılırken bir madde daha eklenir oldu:
"Cemal Amca'ya hava durumu sorulacak."

Berlin ve Cannes Günleri

Sonunda güç bela film çekimini tamamlayabildik. Uçaklar işlemediği için İstanbul'a trenle döndük. Derin Anadolu'nun kış görüntüleri gerçekten etkileyiciydi. Jürgen'le, bir de bozkır filmi yapmayı kararlaştırdık.

Bir hafta sonra Berlin'e gittiğimde Wim Wenders büyük bir coşkuyla karşıladı beni. Çektiğimiz malzemeyi çok beğenmişti. Bütün çekimleri büyük ekranda seyrettik. Filme çok iyi bir kurgucu bulunması gerekiyordu. Wim'in en güvendiği kurgucu olan Peter Pshygoda, kendi filmi olan *Berlin Üzerinde Gökyüzü*'nün kurgusunu bitirmeye uğraşıyordu. Wim bana Fred Zyrp adında bir kurgucuyu önerdi. "Hastaneden yeni çıktığı için çok yaşlı görünüyor ama görünüşe aldanma, iyi kurgucudur," dedi. Ben de kabul ettim.

Ertesi gün Fred Zyrp'la tanıştık. Gerçekten bembeyaz saçı sakalı birbirine karışmış bir pir-i faniydi. Herhalde Wim'in bir bildiği vardır, diyerek sesimi çıkarmadım. Fred senaryoyu okudu, sonra çektiğimiz bütün 'shot'ları izledi. Hiç sesini çıkarmıyor ve hep 'Hımm, hımm!' diye sesler çıkarıyordu.

Daha sonra Wim'in yan odada çalıştığı bir kurgu stüdyosuna girdik. Fred'e asistan olarak verilen Bettina Böhler, aklı başında bir kızdı. Bir de kendisine Roksy denilmesini isteyen, ikinci bir asistan vardı. Çalışmaya koyulduk.

Wim, filmin Cannes Festivali'ne yetişmesini istiyordu. Bunun için acele etmeli ve filmin kaba kurgusunu, seçici Gilles

Jacob'a göstermeliydik. Fred'in ilk yorumu filmi Cannes'a göndermemek oldu. "Bu film Venedik Festivali'ne daha uygun," diyordu. Ben de ona, bu işe karışmadığımı, her şeye yapımcı olan Wim'in karar verdiğini söyledim. Fred Zyrp, çocukluğumuzda seyrettiğimiz ünlü *Sissi* filmlerinin kurgucusuydu. Aklı da oralarda kalmıştı herhalde. Kurgu masasının başında sürekli saçmalıyor, neyi nereye koyacağını bilemiyordu. Aslında Bettina'yla birlikte ben yapıyordum kurguyu.

Bir hafta cebelleştikten sonra Fred birden, "Şu sakallı adam kim?" deyiverdi. Rutkay'ı, yani filmin başkahramanı olan Taşbaş'ı soruyordu. Bettina'yla birlikte Fred'in yüzüne bakakaldık. Kulaklarımıza inanamıyorduk. Demek ki adamcağız, ne senaryoyu anlamıştı, ne de filmi izleyebiliyordu. Hemen Wim'e anlattım durumu. O da çok şaşırdı ve yeni bir kurgucu bulmamız gerektiğini söyledi.

Daha bizim konuşmamıza fırsat kalmadan Fred, dramatik bir biçimde çözdü sorunu. Kurgu yaparken başının masaya düştüğünü gördüm. Kıpırdamıyordu. "Bay Zyrp!" dedim birkaç kez, sonra omzundan tutup sallamaya başladım "Bay Zyrp!"

Ölmüştü. Hani 'masada kaldı' derler ya, aynen öyle... Zavallı Fred Zyrp, arkasında *Sissi* filmlerinin mutlu Romy Schneider hatıralarını bırakarak kurgu masasına düşüp kalmıştı. Berlin'de yağmurlu bir günde cenaze törenine katıldık.

Böylece yeni başladığım sinema yaşamımdaki ilk kurgucumu kaybettim. Yeni bir kurgucu aramaktansa Bettina'yla devam etmek en iyisiydi. Yaratıcı düşünceler geliştiremiyordu, bir teknisyendi ama hiç yoktan iyiydi.

Kaba kurgusu tamamlanmış olan film Paris'e, Gilles Jacob'a gönderildi. Sessiz bir kopya izleyeceklerdi. Altyazı da olmadığı için doğal olarak hiçbir şey anlayamayacaklardı. Birkaç gün sonra Wim, beni ve Ülker'i Postdamer Strasse'deki bürosuna davet etti. Akşamüstü büro boşalmıştı. Wim iki şişe şampanya soğutmuş, bekliyordu. "Haberi şampanya ile kutlayacağız," dedi. "Tabii kutlanacak bir haber alırsak."

Akşam Gilles Jacob'a telefon etti. Telefonu kapattıktan sonra "Gilles filmi beğenmiş," dedi. "Ama bu yarışmada çok film olduğu için resmi seçimdeki yarışmasız bölüm olan 'En Certain Regard'a koymak istiyor." Doğrusu en parlak sonuç değildi bu ama ilk filmin afişine Cannes Festivali'nin 'Selection Oficielle' damgasını vurmak da hiç fena sayılmazdı. Film dünya vitrinine çıkabilecekti. Şampanyaları içtik ve içimizdeki ufak burukluğu birbirimize hissettirmedik.

Paris'te sinemacılar, filmlerden şarap gibi söz ederler. Aynen şarap yapılan üzüm gibi o yıl da ürünün iyi olup olmadığını konuşurlar. Aksilik bu ya, bizim katıldığımız 1987 festivalinde, film dünyası en iyi yıllarından birini yaşıyordu: Fellini, Kurosawa, Wenders, Scola gibi ustaların yanı sıra, yıldızı parlayan Doğu ülkeleri sineması da iyi örnekleriyle sergileniyordu.

Wim Wenders bir gün ofisinde ortaklık koşullarını değiştirmemizi, kendisine daha yüksek pay vermemizi istedi. Film için cebinden beş kuruş çıkmadığı halde şimdi ortaya çıkan işi beğendiği için ortaklık payını anormal bir biçimde yükseltmek istiyordu. Oysa biz bu film için borçlanmıştık ve bunları hemen ödememiz gerekiyordu. Bu haksız isteğe karşı çıktık ve bu durum Wim'in bize cephe almasına neden oldu.

Filmin müziğini bir orkestra süiti gibi düşündüm ve kaydettim. Mayıs ayında Yaşar Kemal'le Paris'te buluştuk. Birkaç gün sonra da Ülker geldi ve hep birlikte Cannes'a gittik. Paris-Nis arasındaki uçak yolculuğunda müthiş eğleniyorduk. *Yer Demir Gök Bakır*, 'en iyi ilk film'e verilen Altın Kamera ödülünün güçlü adayları arasındaydı. Biz de kendi kendimizle dalga geçiyor ve 'jüri'yi etkilemek için onlara bir şiir okumayı tasarlıyor, âşık ağzı bir şiir yazıyorduk.

'Sizi deyi geldik jüri beyleri/Ödülden mahrum koman bizleri' gibi saçma sapan bir şeydi ama ardı ardına dizeler uyduruyor ve çılgın gibi gülüyorduk. Arka sırada oturan bir kadın Yaşar Kemal'in gür sesinden ve bütün uçağı inleten kahkahalarından çok etkilenmişti. Hayranlık içeren bir ifadeyle bana, "Acaba beyefendi Rus mu?" diye sordu. "Hayır Türk!" dedim. Bunun üzerine madamın yüzü asıldı ve bize duyduğu sempati kayboldu. Rus steplerinin romantizmi, yerini Anadolu işçilerinin katı gerçeğine bırakmıştı. Buna daha da çok güldük.

Nice havaalanına geldiğimizde üniformalı bir şoför bizi bekliyordu. Kocaman siyah arabaya kurulduk ve Cannes'a hareket ettik. Resmi bölüme seçilen filmlerin yönetmenleri böyle görkemli bir biçimde ağırlanıyordu. Otomobilin iki yanında Cannes Festivali bayrakları dalgalanıyordu. Star görmek için Cannes'a gelmiş olan halk heyecan içinde bizim arabaya bakıyor ama stara benzer kimse görmedikleri için hayal kırıklığına uğruyorlardı. Gülmekten o hale gelmiştik ki gözlerimizden yaşlar boşanıyordu artık. Nedendir bilmem ama o gün çok eğlenmiştik. Yaşar Kemal, "Vay anasını! Bunca senedir roman yazıyorum, böyle saltanat görmedim. Dünyaya filmci olarak gelmek varmış," diyordu.

Ben de, "Yanlış meslek seçmişsin," diyordum. "Ama ben de kırkımı geçmeyi bekledim ne yazık ki." Basıyorduk kahkahayı. Cannes'da otelimize yerleştik. Türk sinemasının birçok tanınmış ismi oradaydı. Hepsi de doğal bir merakla filmin gösterimini bekliyordu. Acaba ne gibi bir film çıkmıştı ortaya?

Gösterim günü bir parça meraklandığımı itiraf etmeliyim. Festival Sarayı sahnesinde filmle ilgili konuşma yapmak kolay değildi. Hele film başladıktan sonra karanlıkta oturup herkesin ne düşündüğünü merak etmek çok zordu. Perdede görünmüyordunuz ama her şey sizin düş gücünüzden çıktığı için halkın arasına çıplak çıkmak gibi bir şeydi bu. Her öksürüğe, her kapı gıcırtısına kulak kesiliyordunuz. Giderek müthiş bir güvensizlik kaplıyordu sizi. Nihayet film bitti, ışıklar yandı ve işin en zor anı geldi. Yaşar Kemal, ilk kez gördüğü filmi çok beğenmişti. Bu sevindiriciydi.

Fransız eleştirmenler de filmi çok tutmuşlardı. Brueghel estetiğini nasıl oluşturduğumu soruyorlardı. Ertesi günü Fransız gazetelerini 'Bir kar operası!', 'Görsel bir şiir!' başlıkları süslüyordu. *Yer Demir Gök Bakır* konusunda ileride derinleşecek olan görüş ayrılığı ilk işaretini vermişti. Bu filmi Türk eleştirmenlerin bir bölümü sevmeyecek, yabancı ülkelerse göklere çıkaracaktı.

Daha sonra hem Türkiye'de çok beğenilen ve iyi iş yapan hem de birçok uluslararası festivalde yüz güldüren *Sis* filmini yaptım. Burada devlete inanan ve güvenen bir yargıcın, iki oğluyla yaşadığı acı macerayı odak alarak, Türkiye'nin 'Zor Yıllar'ını anlattım. Film 27 Mayıs 1960 sabahı radyodaki ihtilal bildirisiyle uyanan bir aile görüntüsüyle başlıyordu.

Birkaç yıl sonra ise sıra Türkân Şoray'la yıllardan beri yapmak istediğim bir projeye geldi. 'Şahmaran-Bir İstanbul masalı' adını taşıyan bir senaryo yazdım. Filmde modern İstanbul yaşam ile mitosu iç içe sokan, masal ile gerçeklik arasında gidip gelen bir atmosfer yaratmak istiyordum ama ne yazık ki isteğimi tam olarak gerçekleştiremedim. Teknolojik olarak masal sahneleri çözülemedi, Bu yüzden sette bir sürü yanlışlık ve gerginlik yaşandı; bir filmin başına gelebilecek en kötü biçimde reklamcılar ile Yeşilçamcılar birbirlerine düştü. Sonunda, içinde harika ve çok etkileyici sahneler taşımasına rağmen ortaya ilk iki filmimin altında bir yapıt çıktı. Bu dönemden en çok aklımda kalan şey, Türkân Şoray'ın oyuncu disiplini, filmi çekmek ve makyaj için sesini çıkarmadan katlandığı büyük zorluklar ve bu altın yürekli dostun desteğidir.

Ben Türkân'ı hep Türkiye'nin yüzü olarak düşünmüşümdür. Bir oyuncunun yüzü halkın izdüşümüne dönüştüğü anda ölümsüz oluyor; jestleri ne kadar yerliyse o kadar unutulmaz kılıyor filmi.

Fellini İtalyan insanının yüzünü, onun mimiklerini ve davranış biçimlerini keşfetmişti. Ingmar Bergman İsveç'in, Ozu ve Kurosawa Japonya'nın resmini yapıyordu.

Aslında, her ülkeyi anlatan bir yüz vardır. Fransızlar bu yüzü Marianne adıyla taçlandırarak taşa oyar ve bütün resmi kurumlarına asarlar. Çünü Fransa'nın yüzüdür o. Son yıllarda bu onur Leititia Casta'ya bağışlandı. Ama bu işler sadece hükümet kararıyla olmuyor, en büyük jüri halk.

Arap halklarının Ümmü Gülsüm'ü 'çölün sesi' olarak bağırlarına basmaları gibi İtalyanlar'ın Sophia Loren'de bütün Latin kadınlığını bulmaları gibi uzun ve karmaşık bir süreç gerekli bunun için. Türkiye'den de birçok güzel kadın geldi geçti. Kimisi Avrupalıya benziyordu bu kadınların; Avrupalılaşma özlemimizi ifade etti. Kimi Doğulu'ydu; kökenimizi hatırlattı. Ama hiç kimse Türk kadınının yüzünü Türkân Şoray kadar simgeleyemedi. Bu ülke kadınlarının iri, siyah ve çile çekmiş gözleri, Türkân Şoray olarak yansıdı beyaz perdeye. Onun yüzü Türkiye'nin yüzü oldu. Ona bu yüzden "sultan" denildi.

Çünkü bu yüz bir Belçikalı'ya ait olamazdı, bir Fransız, İngiliz, Amerikalı, Hintli, İtalyan, Arap değildi. Türkiye'ye özgü bir kimyayı yansıtıyordu. Dünyanın bütün ulusları arasında bir anda fark edilen Anadolu bakışı vardı onda. Anadolu'nun yüzüydü. Bu topraktaki milyonlarca kadın yüzünün bileşkesiydi. Evlere kapatılan, tarlada çalıştırılan, çarşaf altında gizlenen, doğuran, doğumlarda ölen milyonlarca kadının ifadesiydi ve bir Mezopotamya gecesi kadar siyah bir peçenin aralığından bizleri süzüyordu.

Bu yüzden ilk yıllarında onu beğenmeyen, yeteri kadar "Avrupai" bulmayanlar bile zamanla onun etkisi altına girdi. Her zaman olduğu gibi toprak, kültür ve köken galip geldi; taklit, yapay, yapıştırma olanı yendi.

Ingmar Bergman'la
Tuhaf Bir Anı

Ingmar Bergman'la dostluğum olmadı hiç. Ne bir ortak çalışma ne de uzun süreli bir arkadaşlık; sadece bazı rastlantıların sonucu olarak birkaç günü İskoçya'da, mevsimi olmadığı için yarıkapalı bir durumdaki bir golf otelinde çok yoğun bir şekilde birlikte geçirdik.

1990'un Aralık ayındaydı. İskoçya'nın puslu güneşi altında, yer yer süt beyazlığındaki sislerle sarmalanan ve uçsuz bucaksız yeşil çayırların ortasındaki Turnberry Oteli kremalı bir pastayı andırıyordu. Odamdaki pencereden baktığım zaman, kuzey sahiline vuran dalgaları ve üstünde çığlık çığlığa yüzlerce martının dalış yaptığı bir deniz fenerini görebiliyordum.

Bu görüntü ne kadar Virginia Woolf ise, otelin içi de o kadar Agatha Christie idi. Victoria tipi eşyaları ve yüzlerce yıllık törelerin etkisiyle kazandığı kimlikle Turnberry Otel, Christie'nin, esrarengiz cinayetler işlenen şatoları gibiydi.

Ama daha önce size, bu otelde ne aradığımı anlatmam gerekiyor.

Bunun için de o yılın ekim ayına ve Berlin'e dönmeliyim. Avrupa Film Akademisi beni Avrupa Film Ödülleri için ön jüri başkanlığına seçmişti. Berlin'de 15 gün süreyle, günde dört film izleyerek elemeyi yaptık ve kararları imzaladık. Ödül töreni aralık ayında İngiltere'de, Glasgow'da yapılacaktı, büyük jüri de Ingmar Bergman başkanlığında Glasgow yakınlarındaki Turnberry Otel'de toplanmıştı.

O günlerde ödül sekreterliğinden aldığım bir telefon, Ingmar Bergman'ın bir ricasını iletiyordu: Büyük jüri başkanı olan Bergman, ön jüri başkanının çalışmalara katılmasını rica ediyordu. İşte sisli İskoçya'daki gizemli Turnberry Otel'de bulunuşumun nedeni buydu.

Glasgow havaalanında beni bir Jaguar karşıladı ve bir buçuk saat kadar gittik. Odama yerleştiğimde akşamüstü olmuştu bile. Yazı masasının üstündeki bir not, otele o gün varan jüri üyelerinin saat yedide, birinci kattaki misafir salonunda bulunması gerektiğini bildiriyordu.

Saat tam yedide oymalı ceviz kapının önündeydim. İçeri girdim, şömine önünde oturmakta olan kadınlı erkekli beş-altı kişi gördüm. Büyük arkalıklı, desenli koltuklara gömülmüşlerdi. Hiçbiri konuşmuyordu. Herkes gözünü şöminede çıtır çıtır yanmakta olan ateşe dikmişti. Fraklı bir garson konuklara Lagavulin marka tütsülü viski ikram etmekteydi.

Ocağa en yakın oturan kişi Ingmar Bergman'dı. Karşısında Hollywood'un efsane oyuncularından Deborah Kerr oturmaktaydı, onun yanında Jeanne Moreau vardı.

Girer girmez odadaki gerginliği hissettim. Lagavulinleri yudumlayan ünlü konukların bakışları bana döndü. Resmi tanışma faslından sonra ben de son boş koltuğa oturdum. Bir Lagavulin de bana verildi. Herkes sessiz sedasız birbirini süzüyor, göz göze gelince de hemen bakışlarını kaçırıyordu.

Derken Ingmar Bergman koltuğunda huzursuzca kıpırdandı, ufak ufak öksürdü ve "Durum biraz garip değil mi?" diye söze başladı. Herkes başını sallayarak, "Yaa evet!" dedi.

Bergman devam etti. "Şu anda tam bir Agatha Christie sahnesindeyiz. Hani birbirini tanımayan kişiler, esrarengiz birinden mektuplar alır ve bir şatoda buluşurlar..."

Hafifçe gülüşmeler duyuldu. Galiba Jeanne Moreau, "İçlerinden biri cinayete kurban gider," dedi.

Ingmar Bergman koltuğunda ölü taklidi yaptı, sonra, "İçimizden kim kurban olacak?" diye sordu ve cevabını kendi verdi: "Herhalde ön jürinin başkanı!"
Bakışlar bir kez daha bana döndü.
"İyi ama Mr. Bergman," dedim, "bu bir oyun gereği mi olacak yoksa suçlu muyum?"
Bergman, "Eh!" dedi. "Oyun ama doğrusu bizi çok sıkıntıya soktunuz."
Ön jürinin kararlarından memnun kalmadıklarını duymuştum. Demek mücadele başlıyordu.
"Nasıl bir sıkıntı?" diye sordum.
"İsterseniz şimdi sadece sohbet edelim. Yarın sabah başbaşa konuşalım bunları," dedi.
Daha sonra sinema, televizyon, Hollywood ve starlar üzerine ilginç bir sohbet başladı. Bir zamanların yürek yakıcı güzeli Deborah Kerr çok yaşlanmıştı. Konuşurken sesi titriyordu.
Akşam yemeğinde anlattığına göre günlerdir heyecan içindeymiş. O büyük kuzey efsanesi Ingmar Bergman'la tanışma heyecanı onu çok yormuş.
Oysa Bergman da Deborah Kerr'la tanışacağı için heyecanlanmıştı. Buna bir de yolculuk fobisi eklenince iş çığırından çıkmıştı. Anlattığına göre günlerdir kusuyordu ve her gün bir sürü valium alıyordu. Şu sanatçılar!!!
O akşam yemekte havadan sudan ve çokça sinemadan söz edildi. Deborah Kerr'in rahat yürüyemediğini fark ettim. Koluna girip yemek salonuna götürürken ikide birde tökezlediğini hissediyordum.
Ingmar Bergman yemeklerini odasında yiyordu, ertesi sabah onunla buluştuk.
"Dünkü şakalarımı bağışlayın lütfen," dedi. "Ama gerçekten de beni çok sıkıntıya soktunuz."
Nedenini sordum.
"Önce şu İsveç filminden başlayalım," dedi. "Ne yapacağımı şaşırdım."

İsveç adına yarışan film, Susan Osten'in *Koruyucu Melek*"iydi. Ben filmi çok sevmiştim. Jürideki diğer arkadaşlar da sevince İsveç filmi sekiz dalda ödül adayı olmuştu. Bu da film için büyük bir başarıydı. Bergman, "Ben bir İsveçli olarak bu filme ödül versem tuhaf kaçacak," dedi. "Eğer film ödül alamazsa daha da kötü. Siz İsveç'teki sanatçı çevreleri bilmezsiniz. Kıskançlığın, dedikodunun ve iftiranın ölçüsü yoktur. Filmi benim kötülediğimi sanacaklar."

Bergman'a dedikodu ve kıskançlık bakımından Türkiye'nin de hatırı sayılır bir yeri olduğunu hatta İsveç'e ders verebileceğini söylemedim. Sadece, "Film değerlendirmelerimizde bir tek ölçü vardı," dedim. "O da filmin kalitesi ve bizi etkileme derecesi. Bundan başka bir ölçü olabileceğini de sanmıyorum. İtiraf edeyim ki *Koruyucu Melek* benim en sevdiğim Avrupa filmi oldu."

Film Bergman tarzına aykırıydı, neredeyse Çehov atmosferi diyebileceğim bir ortamda çekilen, alıştığımız İsveç filmlerine hiç benzemeyen bir yaratıydı. Sonradan öğrendiğime göre Bergman da yönetmenden nefret ediyormuş.

"Hem sonra bir şey daha var..." dedi, "Alman filmini elemişsiniz. Oysa ben o filmi çok sevmiştim."

İşte o noktada Bergman'dan kuşkulanmaya başladım. Konuşma tehlikeli sulara girmişti. Yarışmada Almanları temsil eden film, *Abraham'ın Altınları* adını taşıyordu ve son derece kötüydü. Berlin'deki ön jüri toplantısında bu filmi elediğimiz zaman Avrupa Film Akademisi yetkilileri çok rahatsız olmuşlardı. Çünkü Almanya bu ödüller için yılda üç milyon mark harcıyordu. Bu durumda kendi filminin katılamadığı bir yarışmaya para yatırmış oluyordu. Ayrıca filmin baş kadın oyuncusu Hanna Schygula 'En iyi kadın oyuncu' adayları arasına girememişti. Kısacası durum Almanya açısından tam bir rezaletti. Bergman tam bu noktaya dokunuyordu.

"Siz filmi nasıl gördünüz Bay Bergman?" diye sordum.

"Video kopyasını gönderdiler," diye cevapladı.
"Yani bizi şikâyet mi ettiler?" dedim.
Biraz bocaladı. Anlaşılan yarışmadan elenmeyi hazmedemeyen Alman yetkililer filmi Bergman'a göndermiş ve bu uyumsuz jüriyi şikâyet etmişlerdi.

"Siz," dedim, "büyük bir sinema ustası olarak hepimize yol gösterdiniz. Ama ben bu filmde bazı şeyleri anlayamadım."

Bergman'a filmden bazı sahneleri hatırlattım: Odaya gelip de on dört yaşındaki kızının ipte sallandığını gören Schygula'nın tepkisizliğinin nedenini sordum. İntihar etmiş kızının cesedini bulan anne, lunaparkta gezermiş gibi eğlenceli bir ifade takınabilir miydi? İlginç olma dürtüsünün dışında hangi psikolojik amaçla açıklanabilirdi o sahne?

Bergman filmi savunmadı, hatta bana hak verdi. Sonra söz İngiltere'nin filmine geldi. Yarışma İngiltere'de yapılıyordu. Glasgow ev sahibi şehirdi ve işe bakın ki asi jüri İngiltere'nin de filmini elemişti: Hem de anlı şanlı Peter Greenaway'in filmini.

Böylece festivale destek sağlayan iki büyük ülke, bir komploya kurban gitmişti. Jüri başkanı Ingmar Bergman'ın sıkıntısı da bu yüzdendi. Baskı altına alınmıştı, bana bu durumu iletiyordu ama ne yapmak istiyordu, şimdi bile bilemiyorum. Kararlar değiştirilemezdi. Bazı küçük ülkelerin sınırlı bütçeyle yaptıkları filmler ön elemeyi geçmişti. Oysa anlı şanlı yapımlar elenmişti.

Sonradan karşılaştırdım: O yıl Cannes Film Festivali'nin yarışma için seçtiği filmler ile bizimkiler hiç birbirini tutmuyordu. Onların ak dediğine biz kara demiştik. Ama biz özgür ve içten bir gruptuk, seçimimize politika karışmamıştı.

Ingmar Bergman işin içinden çıkamıyordu bir türlü. Haklı olduğumu açıkça görüyordu. Bir yandan da baskılara nasıl göğüs gereceğini bilemiyordu.

"Zaten bu işi hiç kabul etmemeliydim," dedi. "Ne zaman adamdan dışarı çıksam başım derde giriyor."

İsveç'te Farö adlı küçük bir adası olduğunu biliyordum. Oradaki gündelik yaşamını sordum.

"Kimseyi görmüyorum," dedi. "Kitaplar ve doğa bana yetiyor, bir de sinema... Eski bir değirmeni sinema salonu yaptım. İçine bir de film oynatıcı makine yerleştirdim. İsveç Film Enstitüsü durmadan film yolluyor. Her öğleden sonra saat 3'te mutlaka bir film seyrediyorum."
Bir daha film yapmayacaktı. Annesi ile babasının aşkını senaryo olarak yazdığını anlattı. Danimarkalı yönetmen Bill August çekecekti. Bergman'a göre televizyonun geleceği çok parlaktı. Onca büyük paraya ve emeğe mal olan sinema filmleri, yerini televizyon için yapılmış video filmlerine bırakacaktı. Böylece yaratıcılığa daha çok imkân tanınacaktı.
Sinemayı bırakmış olmasına rağmen, arada bir içinden film yapmak geliyor muydu? Sorumu bir hikâyeyle cevapladı: Adamın birinin yolu terk edilmiş bir kulübeye düşüyordu. Kulübede birbirine karışmış durumda yüzlerce siyah beyaz film kutusu vardı. Hepsi de sessiz film döneminden kalmaydı. Adam bu filmleri belli bir düzen içinde sıraya koyup bir hikâye ve kahramanlar yaratmaya çalışıyordu. İşte bunun filmini yapmak isterdi.
Belliydi ki Bergman o yaşına ve ustalığına rağmen hâlâ deneysel sinemaya ilgi duymaktaydı.
Turnberry Otel'de geçirdiğimiz üç gün boyunca, bir daha elenen filmler konusuna dönmedik. Bergman hep mide sancıları çekti, geceleri kustuğunu anlattı. Son gün bütün Avrupa televizyonlarından yayınlanan ödül törenine katılmadan İsveç'e döndü.
Farö adasının yalnızlığı, smokin giymiş filmcilerin suçlamalarından daha dinlendiriciydi kuşkusuz. Ama bu büyük ustanın o sabah bana söyledikleri içinde en ilginç olanı şuydu:
"En iyi kadın oyuncu ödülü için üç adayı da İsveçli yıldızlardan göstermişsiniz," dedi.
"Evet!" dedim.
"İşte bu beni mahvetti" dedi. "Çünkü üçü de eski sevgilim. Hangisini seçebilirim. Beni çok zor bir duruma soktunuz."

Glasgow'daki ödül töreninde neredeyse suçlu ilan edilmiştim: İngiliz yönetmen Sir Richard Attenborough benimle tanıştırıldığında, "İngiliz filmini elemişsiniz öyle mi?" dedi. "Evet," cevabım üzerine de, "Ama bu bir hakaret azizim, bu İngiltere'ye hakaret!" dedi ve sırtını dönüp gitti.

Jeanne Moreau ise her fırsatta, "İyi akşamlar sayın başkan!" deyip beni iğnelemeye devam etti.

Ödüller açıklandıktan sonra verilen yemekte ise salondaki bütün genç sinemacılar ayağa kalkarak bu 'devrimci jüri'yi alkışladı.

Bu deneyimden sonra, uluslararası büyük ödüllerde nasıl etkiler ve yönlendirmeler olduğunu daha iyi anladım. Bir keresinde Venedik Film Festivali'nden dönen Peter Ustinov'la havaalanında buluşmuştuk. "Herkes dalavere peşinde!" diyerek kızgınlığını belirtiyordu.

Çıplak Ayaklı Şarkıcı

Bitmemiş bir şarkı, dudağında bir yarım ezgi
Sığınmak şarkılara sığınmak bir ömür boyu

Kamuoyu önündeki sanatçıların çoğunun, bir sahne bir de gerçek kişiliği vardır ve bu kişilikler çoğu zaman birbiriyle çakışmaz. Joan Baez, özü ve sözü bir olan şarkıcıların başında gelir. Joan şarkı söylerken yaşar ve yaşarken şarkı söyler. Onun için sahneye çıkmak, hayatının doğal sayfalarından birini daha kolayca açıvermektir.

Joan Baez'le ilk sahneye çıkışımız Hamburg'da oldu. St. Pauli stadyumunu dolduran 30.000 kişiye verilen barış konserinin sahne konukları arasındaydık. Daha sonra dostluk, Türkiye'de Boğaziçi'nin yakamozlu sularında ve Efes'in antik görkeminde pekişti. Bu dostlukta en büyük pay, Joan'ın yakın dostu Zeynep Oral'a aittir.

Rumelihisarı'nda Han Lokantası'nda oturuyorduk. Joan Baez bir gün sonra İstanbul Açıkhava Tiyatrosu'nda konser verecekti. Kız Çocuğu ve Yiğidim Aslanım adlı parçalarımı ezberlemişti; hem de Türkçe'lerini.

Gecenin bir vaktinde, konsere birlikte çıkalım diye tutturdu. Benim açımdan bu pek hoş bir öneri değildi. Çünkü uzun süredir konser vermiyordum ve yaz turnesine hazırlanıyordum. Kendi ülkemde, kendi dinleyicimin karşısına Joan Baez'in konuğu olarak çıkmak pek hoş bir fikir gibi gelmedi. Uzun süre tartıştık ama inatçı Joan'ı ikna edemedim. İlle de beraber söyleyeceğiz diye tutturdu.

Ben son bir kaçış çaresi olarak, "Ama o gün benim doğum günüm," dedim.

Gerçekten de yapılacak olan konser, doğum günüm olan 20 Haziran'a rastlıyordu. Herhangi bir kutlama yapma âdetimiz yoktu ama aklım sıra böyle bir günü bahane ederek konserden kurtulabilecektim. Tam tersi bir etki yapacağını nereden bilebilirdim?

"Tamam," diye el çırptı Joan, "sahnede kutlayacağız!"

Daha fazla direnmek tatsız kaçacaktı. Çaresiz kabul ettim ve konseri yaptık.

Ben tam kurtuldum diye seviniyordum ki Joan'dan ikinci darbe geldi: "Haydi! İzmir konserine de birlikte gidiyoruz!"

Aynı itirazlar, aynı konuşmalar ve sonunda tahmin edeceğiniz gibi aynı yenilgi!

Nefes kesici güzellikteki Efes Antik Tiyatrosu'nda sahneye çıktık.

O büyülü mekânda çok konser verdiğim için gayet iyi biliyorum: Gece sahneden seyircilere doğru baktığınızda, sadece yakılmış olan mumları görürsünüz ve o mumlar yüksele yüksele gökyüzündeki yıldızlarla birleşir.

Ama gelin görün ki bu nefis tiyatronun kulisi bir felakettir. Soyunma odası niyetine kullanılan antik mahzenlerin taş kapıları çok alçaktır ve herkes kumaşla kapatılmış bu kapılara birkaç kere toslayarak boyunun ölçüsünü alma şanssızlığına sahiptir. Ayrıca bu mahzenlerde akrep ve yılan vardır. (Yıllar sonra plakçım bana, bir konserimden önce soyunma odamda asılı duran siyah yeleğimden bir yılanın süzülerek indiğini gördüğünü ama etkilenmemem için bana söylemediğini anlattı.)

Joan Baez'ı bütün bu tehlikelerden korumak için gösterdiğimiz kahramanca gayretler boşa gitmedi ve onu sağ salim sahneye çıkarabildik. Ama bu kez sahnede başına bir şey geldi: Adamın biri dev bir saksıyı kapıp sahneye fırlattı ve koca alameti Joan'ın kafasına attı. Saksı Joan'ın tam önünde patlarken adam bir de silahını çekiyordu. Polisler saldırganı hemen yakaladılar, apar topar götürdüler.

O gece, konser sırasında Joan'ın aklı, götürülen adamda kaldı. Sahnede birlikte şarkı söylerken kulağıma fısıldıyor ve adamı nasıl kurtarabileceğimizi soruyordu. Konserden sonra da şikâyetçi olmadığını bildirdi.

Onu şarkılara çalıştırırken fark ettim ki Joan müziği notayla, teoriyle değil sadece yüreğiyle yapıyor. İnsanlığa hâlâ dostluktan, barıştan, özgürlükten söz ediyor. Şarkı söylemek için yaratılmış olan sesiyle bizleri büyülüyor.

Bob Dylan'la birlikte yarattıkları müzik kültürü kuşakları etkiledi. Bugün birçok Amerikan romanında Joan Baez adının geçmesi rastlantı değil. Çünkü o, Amerika'nın ve dünyanın bir dönemini simgeliyor.

Yakın Yıllar

> *Zara'dan düştük de tozlu yollara*
> *Süre süre bu ellere yetirdik*
> *Ben feleği yere çaldım sanırdım*
> *Kör talihi kambur gibi getirdik*

Bundan sonra olup bitenleri çoğunluk biliyor zaten. *Politika* gazetesine yazarak başladığım yazarlık serüveni, 1989 yılında profesyonel gazete yazarlığına dönüştü. Efes Antik Tiyatro'daki bir konserime gelen Zafer Mutlu, *Sabah* gazetesinde hayatım üzerine bir dizi yayınlamayı önerdi. Bu dizinin çok ilgi görmesi üzerine de gazeteye yazı yazmamı istedi. Aslında böyle bir işi düşünmüyordum ama o sırada yaşadığım ilginç olaylar, bu kararı vermeme neden oldu. Valilikler sürekli olarak konserlerimi yasaklıyordu. İstanbul Açıkhava Tiyatrosu'ndaki bir konserim bir gün önce yasaklanınca durumu Zafer'e anlattım. Hemen valiyi aradı ve konser yasağını kaldırttı. Bu o kadar önemli bir şeydi ki benim için, ömrümde ilk kez başımın üstünde beni yağmura kara karşı koruyacak bir çatı bulunduğunu fark ettim. Yıllarca tek başıma sürdürdüğüm mücadele kendine bir destek bulmuştu. Ayrıca Zafer Mutlu'nun, Selahattin Duman'ın, Güngör Mengi'nin, Ercan Arıklı'nın ve daha birçok arkadaşın neşeli dostluğunu, esprilerini, yaşam zevkini paylaşıyordum. Düşüncelerim, yazılarımla hiçbir sansüre uğramadan, on saat içinde kitlelere ulaşıyordu.

1996 yılında hayatımın en sarsıcı deneyimlerinden birini yaşamak varmış kaderde: Bazı arkadaşlarla ölüm oruçlarında tu-

tuklular ile hükümet arasında arabulucuk yapmak için koğuşları ölüm kokan Bayrampaşa Cezaevi'ndeydim. Ranzalarda uzanmış ve bir deri bir kemik kalmış genç insanlar ölümün sınırında dolaşmaktaydı. Kiminin bilinci kapanmıştı, uyarılara cevap veremiyordu, kaymış gözleriyle şimdiden öbür dünyanın kapısını aralamıştı; kimi, görme duyusunu yitirmişti.

Henüz konuşabilenler, ışığa bakamadıkları için koğuşlarda lamba yakılmıyordu. Kulaklarındaki gümbürtülerden yakınıyorlardı.

Bilincini yitirmek üzere olanları konuşturmaya çabalıyorlardı. "Bak," diyorlardı, "kim bu? Elini tutan insana bak!"

Karşımdaki genç, sonsuz bir çabayla başını kaldırıyor, bir süre aradıktan sonra yüzümü buluyordu. Dudakları, kasılma ile gülümseme arası bir çekilmeyle titriyordu.

"Kim olduğunu bildin mi, tanıdın mı onu?"

Bir-iki saat içinde ölecek olan genç 'Evet!?' der gibi başını sallıyordu.

"Peki kim?"

Hasta, bir şeyler mırıldanıyordu. Ne dediğini anlamak için eğiliyorduk; tekrar tekrar soruyorlardı:

"Tanıdın mı?"

Mırıldandıklarına kulak veriyor ve "Senin baban!" dediğini anlayabiliyorduk. Beni, arkadaşının babası sanıyordu.

Bilinci açık olanlara, "Bu bedel çok ağır," diyordum. "Yaşam kutsaldır!"

Mezardan gelir gibi boğuk ve uzak bir sesle, güçlükle konuşarak "Yok, ağır değil!" diyorlardı. "Biz canımızı seve seve veriyoruz. İlerdeki daha büyük acıları önlemek için gönüllü olarak kendimizi feda ediyoruz."

Ranzaların yanında, bakıcıları oturuyor. Ölümün karşı konulmaz ağırlığı, 18 yaşında mezara gitmeyi seçen insanların koğuşuna dalga dalga yayılıyor. Renkleri sarı ile kara arası, gözleri derine batmış, kaymış. Ağızlarından hırıltılar çıkıyor. 70 gün ölüm bekleyerek aç yatmanın nasıl bir şey olduğunu düşünüyorum ve bu iradeyi aklım almıyor. Dile kolay, yetmiş gün! Saniyeler, dakikalar, saatler, günler, geceler nasıl geçer? Kadınlar koğuşuna gidiyoruz. Hepsi kibar bir gülümsemeyle karşılıyor bizi. Bazıları ölüm döşeğinde. "Bak," diyorlar onları sarsarak, "Yaşar Kemal geldi, Zülfü Livaneli geldi. Bizi anladıysan başını salla." Boğazından 'hıı' diye bir hırıltı çıkıyor ve kolu birden kasılarak titriyor. Bu bizi tanıdığının bir işareti mi yoksa ölüme yaklaştığının belirtisi mi, anlayamıyoruz.

Ölümüne çok az kalmış olan Refik, kendisini avutmak ve vakit geçirmek için güzel şeyler hayal etmeye çabalıyor. Arkadaşlarına, "Bir deniz kıyısındayım," diye anlatıyor. "Bütün sevdiklerim orada. Denizin serpintilerini ve su damlacıklarını yüzümde, tenimde duyuyorum. Güneş fazla yakmasın diye serin ağaç gölgelerinde oturuyoruz. Hep birlikte ağız dolusu gülüyoruz. Bu arada denizden yeni çıkarılmış balıkların yosunla karışık kokusu geliyor burnuma. Yaşam zevki her hücremi kaplıyor. Şimdi balıkları kızartıyorlar, o yağ ve kızartma kokusunu duyuyorum..." der demez kusmaya başlıyor. Aylardır bir lokma yiyeceğin girmediği midesi böyle bir düşsel kokuyu kaldıramıyor ve rüya bozuluveriyor birden. Refik yine loş koğuşta... Başında nöbet tutan arkadaşları yüzüne kaygıyla bakıyor ve öleceği saati bekliyorlar.

Başka bir bölüme giriyoruz: Bir katafalk hazırlanmış. Üzerinde 28 yaşında Yemliha Kaya'nın ölü gövdesi... Ela gözleri sonsuz bir ufka dikilmiş, bakıyor. Arkadaşları saygılı bir sessizlikle, başında nöbet tutuyor.

İşte o gün ölüm koğuşlarında gördüklerimiz bunlardı. İnsan yüreğinin dayanamayacağı kadar acı bir ortama gömülmüştük. Tek amacımız o gece anlaşmazlığı çözmek ve ölmek üzere olanları kurtarabilmekti.

Bir odada toplanmıştık. Bizi böylesine serbestçe koğuşlara sokan, günlerdir tanık olduğum bir çabayla sorunu çözmeye çalışan ve anlaşmanın baş mimarı diyebileceğimiz İstanbul

Başsavcısı Ferzan Çitici, birçok kişiyi bir masa çevresinde toplamayı başarmıştı. Bir yanımızda Refah Partisi iktidarı vardı, öbür yanımızda sol örgütler. Başsavcı büyük bir insan sevgisi ve anlayışla davranıyor, Refah Partisi Milletvekili Mukadder Başeğmez sorumlu ve iyi niyetli bir politikacı tavrıyla sık sık Ankara'yla konuşuyordu.

Avukat Eşber Yağmurdereli eskiden hapis yattığı arkadaşlarıyla diyaloğu diri tutuyor, Ercan Karakaş, Halil Ergün, Ercan Kanar gibi dostlar işin çözümüne çaba gösteriyor ve biz de Yaşar Kemal'le tutuklu temsilcileriyle tek tek görüşüyorduk.

Saatler saatleri kovalıyor, ufukta bir anlaşma görünmüyor ve zaman zaman diyalog sertleşip koparak, bir umutsuzluk ortamına sürükleniyordu. Yanı başımızda saniyeleri sayılı insanların görüntüsü aklımızdan hiç çıkmıyor ve bu da bizi telaşlandırıyor, acele etmeye zorluyordu.

Konuşmanın koptuğu her noktada devreye girdik. Ben bir ara tutuklu temsilcileriyle avluya çıkıp yalnız görüştüm. Yaşar Kemal, herkes tarafından saygı gören 'baba' kişiliğiyle ağırlığını koydu.

Bütün sorun, 12 arkadaşlarını yitirmiş olan tutukluların, o arkadaşlarının boş yere öldüğü sonucunu doğuracak bir anlaşmaya zorlanmamasıydı. Böyle bir şeyi kabul etmeyecekleri belliydi. Sonunda, 'olmazları değil de olurları' konuşma noktasına gelebildik. Tartışmanın kilitlendiği nokta, Eskişehir Cezaevi'ndeki arkadaşlarının, İstanbul'a sevk edilmesi konusuydu.

İki gün önce telefonda görüştüğüm Adalet Bakanı Şevket Kazan, böyle bir şeyi kesinlikle kabul etmeyeceklerini belirtmiş, yalnız bende kalması şartıyla Gebze Cezaevi formülünü düşünebileceğini söylemişti.

Sonunda bir sürü telefon görüşmesi ve ikna çabası sonucunda İstanbul'a sevk konusunu hükümete kabul ettirebildik. Bu konu çözümlendikten sonra, geriye tutukluların insani yaşama koşullarına kavuşmalarıyla ilgili maddeler kalmıştı. Bunlar çok masum ve her insanın zaten kabul etmesi gereken isteklerdi. Kendilerini ziyarete gelen analarının, kız kardeşlerinin hapishane kapısında dövülmemesini, gözaltına alınmamasını istiyorlardı. Sağlanan anlaşma alkışlarla ve kucaklaşmalarla kutlandı. Geceyarısından sonra en ağır durumdaki grevciler sedyelerle kapıya getirildi, ambulanslar hazırdı zaten. Hastalar, kollarına serum bağlanmış durumda yoğun bakım ünitelerine sevk edilirken, cezaevi önünde çocuklarının akıbetini merak eden aileler gözyaşları içinde kurtuluşu alkışlıyordu.

Bu olay Türk basınında günlerce yankılandı. Türkiye büyük bir gerginlikten kurtulmuştu. Bu arabulucuk görevinden dolayı Adalet Bakanlığı Savcı Ferzan Çitici ve Mukadder Başeğmez'e ödül verdi. İnsan Hakları Derneği de aynı konudaki çabalarından ötürü Yaşar Kemal ve Eşber Yağmurdereli'yi ödüllendirdi.

Babaannemin "keçi"sine ise savcı tarafından, bazı örgütlerin hedef listesinde bulunduğu belirtilerek koruma altına alınmak(!) kaldı. Hayat hep kendini tekrar ediyordu. Ama olsun, ben genç insanların canını kurtarmaya katkıda bulunarak ödülümü zaten almıştım.

Ölüm oruçları 2000 yılında da tekrarlandı. Bir kez daha aynı cezaevinde, aynı koğuşlarda, müzakereleri yürüten aynı insanların karşısındaydık. Thilda ölüm döşeğindeydi, buna rağmen Yaşar Kemal cezaevinde bizimle birlikteydi ve hayat kurtarmaya çalışıyordu. Ama bu kez işler istediğimiz gibi gitmedi. 1996'da Başbakan olan Necmettin Erbakan'ı, tutukluların bazı isteklerini kabul etmesi konusunda ikna edebilmiş olmamıza rağmen aynı başarıyı Bülent Ecevit'le yaptığımız görüşmelerde gösteremedik. Sonunda "Hayata Dönüş" operasyonu yapıldı ve bildiğiniz gibi 30 tutuklu feci şekilde can verdi.

Bu dönemdeki bir başka korkunç olay da Gazi Mahallesi'nde yaşandı. 1995 yılında bir akşam haberlerde, Gazi Mahallesi'ndeki bir kahveye ateş açıldığını, yaşlı bir adamın öldüğünü duydum. Üzücü bir olaydı ama doğrusu işin bu kadar büyüyeceğini, beni de içine alacak bir fırtınayı başlatacağını bilemiyordum.

O sıralarda *Milliyet* gazetesinde yazıyordum. Ertesi gün gazetenin bir arabasıyla olay yerine gittim, amacım bölgeden izlenimler yazmaktı; hatta kafamda 'Küskün Kahvenin Türküsü' diye bir başlık oluşturuyordum.

Ama mahalleye gittiğimde korkunç bir durumla karşılaştım; yağmurda ıslanmış sokaklara barikatlar kurulmuştu. Karşısında polis, asker mevzileri, dikenli teller, panzerler vardı. Mahallenin yukarı bölümünde ters çevrilmiş otomobiller ve parçalanmış tahtalarla yapılmış halk barikatları görünüyordu.

Bu ortamda dost bir yüze ihtiyaç duyan öfkeli ve acılı halk, beni görür görmez bir deniz gibi kabararak polis barikatlarının üstünden aştı ve daha ne olduğunu anlamama fırsat kalmadan içine alarak arkalara, mahalleye doğru götürdü. Birileri sırtlamıştı beni, nereye götürüldüğümü bilemiyordum. Polis mevzilerinden uzaklaşınca beni yere indirdiler. Herkes boynuma sarılıp öpüyordu.

Yarım kalmış bir inşaatın tepesinden, "Sakin olun kardeşler!" diye avazım çıktığı kadar bağırmaya başladım. "Acınızı paylaşmaya geldim, sizi tahrik etmek istiyorlar, bu tuzağa düşmeyin!"

Çevremdeki kalabalık sıkışmaya başladı, gençler kol kola girip dalga dalga üzerimize gelen baskıyı hafifletmeye ve beni korumaya çalışıyordu.

İki taraflı evlerde, yarım kalmış, tuğlalı, sıvasız yapıların pencerelerinde ürkmüş çocuk gözler, kaygıyla sokağa bakan kadınlar görüyordum. Sanki İstanbul'un göbeğinde değildik de savaşan Beyrut'un barikatlarında ya da Bosna'nın arka sokaklarındaydık.

Yürürken, içi yanan gençler birbirinin sesini bastırmaya çalışarak: "Bizi öldürüyorlar Zülfü Abi!" diye bağırıyordu: "Hepimizi tek tek öldürecekler. Bizim de silahlanıp dövüşmemiz lazım. Öyle de öleceğiz, böyle de! Bizim de gücümüz var. 20 milyonuz."

"Sakin olun kardeşler!" diye seslendim onlara. "Böyle yaparsanız onların istediği gibi davranmış, oyuna gelmiş olursunuz.

Zaten bunu istiyorlar. Dün geceki saldırının amacı sizi sokağa döküp askerle, polisle çarpıştırmak. Aman oyuna gelmeyin."

Yaşlı bir kadın kalabalığı yararak geldi, boynuma sarılarak, "Bizim senden başka kimsemiz yok," diyerek ağlamaya başladı. "Sesimizi duyur. Bizi öldürtme!"

Dokunsan ağlayacak hale gelmiştim, tepelere doğru gittikçe büyüyen kalabalıkla sürüklenip gidiyordum. Belki bir kilometreden fazla devam etti bu gidiş. Daha sonra, sokak barikatlarını geçer geçmez o ıssız, yaralı kahveyi gördüm. Ağır silahların izleri duruyordu camlarında. Kahveye girdim; yarı karanlıktı ve her yana, inanılmaz bir hüzün çökmüştü. "Küskün Kahvenin Türküsü" bile kalmamış. Pir Sultan'dan bu yana ezilen, öldürülen, zulmedilen insanların sessiz çığlıkları asılı duvarlarda. Bir de duvarlarda korkunç delikler açmış mermilerin izleri.

Kahveden çıkıp derneğe ve cemevine gittik. Bu sırada aşağıdan silah sesleri başlamıştı. Dernekte mikrofon ve hoparlör vardı:

Oradaki acılı kalabalığa, "Kardeşler, büyük acınızı paylaşmaya geldim," dedim. "Yalnız değilsiniz, yüreğim sizinle birlikte dağlanıyor. Cenazeler buraya getirilecek. Sakin olup olay çıkarmadan beklemenizi rica ediyorum hepinizden."

Hiçbir yetkili yoktu ortada. Siyasiler de yoktu. Gençler polise hiç güvenmiyor, kendilerine ateş açan polisin çekilmesini ve askerin kalmasını istiyorlardı.

Dernek başkanlarıyla bir acil durum toplantısı yaptık. Hepimizin ortak korkusu, cenazeler geldikten sonra olayların büyümesi ve birtakım provokatör grupların kışkırtmasıyla ölü sayısının artmasıydı.

"Bu akşam karanlıkla birlikte çok ölüm olabilir," diyordum dernek başkanlarına. Onların da korkusu buydu. Hemen bir işbölümü yaptık; ben gazeteye gidip Ankara'yı ve yetkilileri arayarak halkın duygularını, isteklerini, özellikle polis yerine askerin asayişi sağlamasını istediklerini iletecektim. Onlar da kitleyi sakinleştirmeye çalışacaklardı.

O sırada Bülent Ecevit geldi ama öfkeli halk onun mahalleye girmesine izin vermedi.

Dernek binası dışına güçlükle çıktık. Meydanın ortasına kırmızı bir pikap çekilmişti, üstünde ses tesisatı vardı. Aracın üstüne çıktım, mikrofonu elime alıp oradaki bütün dostları sakin olmaya, oyuna gelmemeye ve tahriklere cevap vermemeye çağırdım. Bu sözlerim Alevi topluluğundan ve o kesimin gençliğinden destek buldu ve alkışlandı ama Alevilikle ilgisi bulunmayan beşer-onar kişilik bir-iki politik grup, sakinleşme çağrısına karşı çıktıklarını belirterek bana "in aşağı" işareti yapmaya başladılar.

Gerekli telefonları etmek ve tekrar cemevine dönmek üzere ayrılırken küçücük bir kız çocuğu, "Geleceksin değil mi Zülfü amca? Bizi bırakmayacaksın," diyordu. Küçük kızın korkmuş gözlerinden öptüm ve "Geleceğim," dedim, "sizin söylediklerinizi her tarafa duyurup geleceğim."

Gazeteye gittim; yerli ve yabancı birçok basın kuruluşuyla konuşup durumu aktardım, akşam haberlerinde televizyonların canlı yayınlarına çıkıp masum halkın üzerine ateş edildiğini anlattım.

O gün orada otuz sekiz masum insan öldürüldü; bu işin davası yıllarca sürdü; halka kurşun sıkan polisleri kurtarmak için bin bir yola başvuruldu. Ben de mahkemeye tanık olarak çıktım ve gördüklerimi anlattım.

90'lı yıllardan bugüne kadar geçen süre içinde neler yaptığımı, hangi sanat çalışmalarına katıldığımı yazmama olanak yok. Çünkü bu da en az bunun kadar hacimli bir kitap yazmayı gerektirir. Ama yine de böyle bir otobiyografide değinmeden geçemeyeceğim önemli olaylar var.

Bunların en önemlilerinden biri, günlük siyaset.

"Keçi" ve Siyaset

1994 yılında İstanbul yerel seçimlerinde aday olma nedenimi birçok kişi anlayamadı ama anlayanlar da vardı. Bir mecburiyetten kaynaklanıyordu bu. Konserlerimdeki kitlelerin sayısı giderek artıyordu, artık her yerde yüz binlerce kişi şarkılarımı hep bir ağızdan söylüyor, kuşaklar bu şarkılarla yetişiyordu. Bütün bunların bana yüklediği bir sorumluluk da vardı elbette. Bana çeşitli biçimlerde ulaşan kişiler, sürekli olarak bu büyük kitlenin isteğini iletiyordu. Mademki bu kadar büyük bir destek vardı; onlar adına bir şeyler yapmalıydım. Bu konuda yıllara yayılmış biçimde aldığım mesajları belki de on binlerce diyerek anlatabilirim. Artık sokakta bile yürüyemez olmuştum. Biri mutlaka boynuma sarılıyor ve sorumluluklarımı hatırlatıyordu. Lokantada garsonlar eğiliyor ve rahat yemek yememe bile fırsat vermeden sorumluluklarımı hatırlatıyordu. Bu konuda yazılan mektuplar sandıklara sığmıyordu. Katıldığım Siyaset Meydanı gibi programlarda telefonlar kilitleniyor ve hep bu arzu dile getiriliyordu.

Mademki yeni ve adil bir dünya özlemini milyonlarca insana taşıyordum o zaman bu milyonları siyasete taşımak da benim görevim ve sorumluluğumdu. Beni borçlu olarak görüyorlardı.

Eskiden beri siyasetin içinde olmuş, yirmili yaşlarında Türkiye'nin zalim yüzüyle tanışmış biri olarak, parti siyaseti hiç işime gelmiyordu. Bu oyuna satranç bile diyemiyordum çünkü o kadar zekâ gerektiren bir oyun değildi. Daha çok, bağırtı çağırtılarla, sövmelerle, yargısız medya infazlarıyla, komplolarla ve dedikodularla sürüp gidiyordu.

Türkiye'nin klasik politikacı tipi, günün yirmi dört saatinde parti merkezlerinde ve otel lobilerinde dolaşıp siyasi dedikodular üreten, dünyaya kapalı, Anadolu ilişkileri kuvvetli, zaman zaman aşırı öfkelenip duygularını açığa vuran, romanla, şiirle, dünyada neler olup bittiğiyle, müzikle fazla ilgilenmeyen, ancak bir davete gittiği zaman kendisine uzatılan mikrofona söyleyebileceği 'Yemen Türküsü' ya da gençlik meyhanelerinden kalma bir-iki alaturka şarkı mırıldanan ama yüreğinin derinliklerinde sanatla, kültürle uğraşmayı "abesle iştigal" sayan, dünyayı bilmeyen, herhangi bir konudaki uluslararası terminolojiye yabancı, meclise girdiği ya da bakan olduğu zaman omuzlarını geriye atarak ağır ağır konuşan, kendisinden sürekli "biz" diye söz eden, rastladığı insanlara büyük bir lütuf yapıyormuş gibi, "Nasılsın bakalım?" diye soran ve cevabını beklemeden yoluna devam eden, elini sıktığı insanların yüzüne bakmayan, devlet ihaleleri, şartnameler gibi konulardan iyi anlayan kişilerden oluşur.

Bu kişiler sürekli olarak bir erkek dünyasında yaşarlar. Akşam yemekleri bile erkek grupları halinde yenir. Politika dünyasına arada bir giren kadınlar garip, şaşılası, karşısında nasıl davranılacağı bilinmeyen yaratıklardır. Evlerinde bıraktıkları kadınlara hiç benzemezler.

Doğrusu çevreleri de adamcağızları zıvanadan çıkarmak için birebirdir. Siyah zırhlı otomobiller, korumalar, çevrelerinde pervane kesilen bürokratlar, dünyada bir hacim işgal ettiği için suçluluk duyan ve liderinin karşısında bedenini yok etmeye çalışarak kıvrılıp bükülen partililer, uçaklar, tören kıtaları, marşlar, manşetler... Bu kadar gümbürtü, çok dayanıklı olmayan ya da politika dışında tahminleri bulunmayan herkesi çıldırtmaya yeter de artar bile. Ancak iç değerleri çok sağlam olan kişiler dayanabilir buna. Çoğu politikacı yükseliş hızından başı dönerek, kendisi bile şaşkınlık içinde izler durumu. "Yahu neler oluyor?" diye sevinç dolu şaşkınlık çığlıkları atar. Bir süre sonra ise duruma alışır ve dünya düzeninin zaten böyle olduğuna, kendisinin de insanları yönetmek üzere yaratıldığı için doğumundan bu yana başında soyluluk halesi taşıdığına inanır. Oysa politikadaki baş döndürücü yükselişi, bir dönme dolaba binen kişinin yükselişidir. Sadece doğru zamanda, doğru dolaba binmeyi becermektir önemli olan. Eğer bu içgüdüsel seçimi doğru yapmışsanız, dönme dolap sizi bir gün en tepeye çıkarıverir.

Bu ortamı biliyordum; bu yüzden gündelik siyaset benim yapabileceğim iş değildi.

Türkiye'nin birçok bölgesinde verdiğimiz konserlerdeki kitle, doğal olarak sol potansiyelin zenginliğini vurgulamaktaydı. Gerçi konserlere başı bağlı türbanlı dinleyiciler de geliyordu ve bu çok sevindiriciydi ama Efes'ten Aspendos'a, Adana'dan Kayseri'ye kadar birçok mekânda, antik tiyatrolarda yüz yüze geldiğimiz coşkulu izleyici sol partilere oy verebilecek yapıdaydı.

Bütün bunlara rağmen ben politik bir başarı peşinde değildim. Eğer o dönemlerin güçlü partisi SHP'de politika yapmayı düşünüyor olsaydım, önümde çok büyük fırsatlar ve önemli mevkiler vardı. Parti liderleri bana durmadan böyle önerilerde bulunuyor, ben de sürekli reddediyordum.

1991 seçimleri öncesinde İstanbul'da metro inşaatı başlaması dolayısıyla Taksim alanında üç yüz bin kişiye, Ankara Hipodromu'nda ardı ardına beş yıl büyük kitlelere konserler verdim. Bunları İstanbul ve Ankara belediyeleri düzenliyordu ama hiçbirinden, tek bir kuruş bile almıyordum.

SHP'nin hükümet olduğu dönemde dostum Fikri Sağlar'ın ısrarlı müsteşarlık önerisini de geri çevirdim. Politik niyeti olan her aklı başında kişi, önüne çıkan bu fırsatları değerlendirir ve bir noktada SHP trenine binerek, yükselen partiyle birlikte yukarılara tırmanırdı. Ne var ki ben politik kariyer istemiyordum. Sanatçı olarak yaşadığım hayat ve dinleyicilerle aramızdaki 'aşk hali' bana yetiyordu ve ulaşılabilecek mevkilerin en büyüğü olarak geliyordu.

1994 yılına gelindiğinde SHP çok yıpranmıştı. Kendi hesaplarına göre İstanbul'da yüzde 8'e düşmüşlerdi. Şehrin varoşlarında İstanbul'a gelmeleri teşvik edilmiş olan milyonlarca insan birikmişti. Ezilmekten, sürünmekten, horlanmaktan bıkmışlardı ve kıyısına geldikleri büyük kentten rant istiyorlardı. İşte tam bu dönemde Refah Partisi onlara bir kimlik verdi, sahip çıktı ve kentin sahipleri olabileceklerini anlattı. Boşlukta sallanan bu kitlenin arayıp da bulamadığı bir şeydi bu. Toplumdaki sınıf farklarını cami ortadan kaldırıyordu ve bir emekli general ya da bir holding sahibi ile kente yeni gelmiş bir göçmen yan yana aynı secdeye baş koyabiliyordu. Göçmenin kendini kentteki üst gelir gruplarıyla eşit hissedebildiği tek mekândı bu.

Yıllar öncesinin sol hareketleri, toplumun ezilen kesimlerine sahip çıktığı için güç kazanmış ama son yıllarda iktidar nimetleri ve rant paylaşımı yüzünden ezilenlere sırtını döndüğünden, bu desteği yitirmişti. Böyle bir ortamda SHP'nin yaptırdığı araştırma ve bunun sonucunda içine sürüklendiği panik doğru bir sebebe dayanmaktaydı. *Cumhuriyet* gazetesinde Hikmet Çetinkaya'nın köşesinde Murat Karayalçın'ın şu sözleri yayınlanıyordu. "Yaptırdığımız kamuoyu araştırmasına göre İstanbul'da beşinci parti durumundayız. DSP bile bizim önümüzde. Böyle bir havada Nurettin Sözen dışında bir adayla girsek bile seçimi alamayız. Belki şunu yapabiliriz. Eğer Zülfü Livaneli'yi ikna edebilirsek, sosyal demokrat seçmeni SHP'ye çekebiliriz."

Bu politik maceraya girişimi en iyi anlatan şey nedir biliyor musunuz: SHP'nin önerisini reddetmek üzere Ankara'ya gidişim: O gün uçak Ankara'ya indiğinde alan karla kaplıydı. Rüzgârlı havada piste hızlı bir dalış yapan uçak, sanki hiç durmayacakmış gibi yoluna devam ediyordu. Pilot hafif bir fren yapmayı denedi ve uçak savruldu. Müthiş bir süratle pistin sonuna ilerliyorduk ve tarlaların başladığı noktaya çok yakındık. Diğer yolcular pek işin farkında değildi. Ben dehşete kapılarak, müthiş bir gerilimle koltuğun iki koluna yapıştım. Tam pistin bittiği noktada pilot çok sert bir fren çekti ve koskoca Airbus kendi çevresinde müthiş bir dönüş yaparak durdu. 180 derece dönmüştük ve şimdi uçağın burnu, geldiğimiz yöne bakıyordu. Pilotları kutladım. Gergindiler. "Büyük bir tehlike atlattık," dediler.

Sonradan bu tehlikeli uçuşu düşündüm: Belki de politikanın kaygan zeminine ayak attığımın bir göstergesiydi bu. Çünkü yıllardır bizim gibi ülkelerde siyaset yapmayı, 'arapsabunuyla kaplı mermer bir salonda rugan pabuçlarla dans etmeye' benzetiyordum. Düşüp kafanızı patlatmanız olasılığı epey yüksekti.

Benim politik maceram da pistteki uçak gibi kontrol dışı bir hız kazanmıştı. Ben o usta pilot gibi son andaki sert freni yapamadım. Israrlar üzerine, görev duygusuyla ve solun birleşmesi koşuluyla adaylık önerisini kabul ettim. Ama her şey bu kadarla bitmiyordu: İstanbul belediye başkanlığını ciddi olarak düşünmeye başlayınca gözümün önünde yeni ufuklar ve umutlar belirmişti. İstanbul'da yaşayan bir insan olarak, hepimizin ortak acılarını paylaşıyordum. Çoğu zaman 'Neden yöneticiler bu işi düzeltmiyor?' sorularını soruyordum kendime ve yakınlarıma... İyi bir ekiple bu güzel kentte neler yapılmazdı ki!

Uluslararası kültür merkezine dönüşen bir İstanbul vardı kafamda. Dünyanın en büyük aydın ve sanatçı toplantılarının, bilimsel konferansların yapılacağı ve dünyayla içli dışlı yaşayan bir İstanbul, içinde yaşayanlara da bir dünya kenti olma bilincini getirecekti. Dolayısıyla İstanbul, sabahları herkesin birbirine 'Günaydın!' dediği bir kent olacaktı. Hayal değildi bu.

Alvin Toffler'dan Gorbaçov'a, Peter Ustinov'dan Federico Mayor'a kadar birçok aydın, İstanbul'un bir dünya kenti olmasına katkıda bulunacaktı. Dünyanın zenginliklerinin İstanbul'a akması demekti bu da.

Bir mücevher olan İstanbul, ağır sanayi kentine dönüştürülmemeliydi. Bu şehre yapılacak en büyük kötülük olurdu bu; tarihine saygısızlık anlamına gelirdi. İstanbul, Paris ve Roma gibi bir kültür kenti olmalı ve aynen onlar gibi kültür ve servis sektörü yoluyla büyük para kazanmalıydı. İstanbul'la ilgili bu vizyonu açıkladığımız andan itibaren diğer partiler de sahip çıktı. Ayrıca da bu işi en iyi biz yapardık.

Aday olduktan sonra oylar müthiş bir grafikle arttı. Herkes bizim kazanacağımıza kesin gözüyle bakmaya başladı. *Hürriyet* gazetesi bile anketlerde beni favori olarak gösteriyordu. Her kesimden büyük saldırı başladı. Kimler yoktu ki bunlar arasında: ANAP'ın kazanacağı hesabıyla daha şimdiden gökdelen izinlerini almış gözüyle bakan TV sahipleri, İstanbul'u bir "solcu"ya teslim etmeme kararlığında olan, sonradan Susurluk'un baş aktörleri olarak ortaya çıkacak yetkililer, dünyayı sadece sol rekabet çerçevesinde gören dar kafalı solcular, rakip adaylar vs.

Sonunda Atina'da Türk bayrağı yakmış olmaktan, (devletle hiç işim olmadığı halde) yolsuzluk yapmaya kadar olmadık saçma sapan nedenlerle bir suçlama bombardımanı altında kaldım. 12 Mart döneminde cuntaya karşı çıkan ve bir kısmını halkın yaktığı ağıtlarla beni vurmaya çalışıyorlardı. Oysa ben, ömrüm boyunca, o türküleri söylemiş olmaktan onur duydum. 12 Mart zulmüne başkaldırının sembolü olan o türküler benim en değerli hazinem, geçmişim, kimliğim... Değil bir seçim, on seçim kazanmak da olsa ucunda o türkülerden vazgeçmem.

Birçok ülkede, faşizme direnmiş olan insanlar, salt bu özelliklerinden dolayı iktidara gelirken Türkiye 1994 yılında, 22 yıl öncenin direniş türkülerini yargılamaya çalışıyordu. Cadı avı başlamıştı. Türkiye yine bir McCarhty dönemi yaşıyordu. Yunanistan'da, Arjantin'de cuntacılar hapisteydi ama Türkiye'de hâlâ darbeye karşı çıkmış olanlar suçlanıyordu. Hem de bunu 'basın' yapıyordu; hani şu özgürlük istediğini, demokratikleşme istediğini söyleyen basın!

Televizyonlardaki suçlayıcı yayınlara *Hürriyet* de katıldı ve İsveç'e iltica ettiğim gün çekilmiş fotoğraflarımı manşetten yayınladı. Başlık şöyleydi: 'Zülfü'yü üzen fotoğraflar!'

Hürriyet'te çalışan bazı gazeteciler bana, Mehmet Ağar'ın Ertuğrul Özkök'ü ziyarete geldiğini ve o gittikten sonra bu manşetin yapıldığını anlattılar. Ne olursa olsun, bu fotoğrafları da onur belgelerim arasında sayıyorum.

Bana karşı olan çevreler, hiçbir suç işlememiş, sadece yazıyla ve müzikle ilgilenmiş bir sanatçıyı sürek avlarına uğratan, evini barkını basan, saçma sapan suçlamalarla iki kez hapseden, akıldışı 'Titrek Hamsi Hücresi' ya da 'uçak kaçırma' iddialarıyla yargılayan faşizmi savunuyorlardı.

Hâlâ merak ettiğim bir şey var: Bu fotoğraflar İsveç polisine yaptığım iltica başvurusu sırasında çekildi ve Stockholm polis merkezinde muhafaza edildi. Herhangi bir kişinin ya da basın kuruluşunun bu kayıtları ele geçirmesi mümkün değildir. Ancak devlet gücü, gizli polis kayıtlarına girebilir.

Bu durumun mantıklı sonucu hükümetin, özellikle de İçişleri Bakanı'nın, seçim oyunlarına âlet olarak, yabancı bir devletten gizli belgeler istediği ve bunu basına sızdırdığıdır. Bu bir suçtur. Uygar bir ülkede, bu uygulama büyük bir skandala yol açar ve soruşturma komisyonları kurulur. Bizde ise kimse işin bu yönü üzerinde durmadı.

O günlerde Yeni Sol politikalar üzerine çok kafa yoruyordum. Türkiye'de sol hep, gelir dağılımı sorunuyla uğraşmış ve gelirin artırılması, pastanın büyütülmesi işini sağ partilere bırakmıştı. Biz bunun değişmesi gerektiğine inanıyorduk.

Solun geleneksel söylemi olan ve halka kemer sıkmayı, azgelişmiş bir ülkenin gri dünyasında yaşayan yurttaşlar olarak acılara katlanmayı öneren bir söylem yerine, refahı, pastayı büyütmeyi ve yaşam zevkini vaat eden bir sol model öngörüyorduk. Bu düşünceler, yazdığımız programa da yansımıştı.

O dönemde *Yeni Solun Argümanları*, *Piyasa Sosyalizmi*, Arjantin, Brezilya, Meksika ve Venezüela'daki özelleştirmeleri, Fransa, İtalya ve İngiltere'yle kıyaslayan *Özelleştirme* adlı kitapları dikkatle okudum. Bugün bile halkın karşısına çıkan sol hareketlerin, yepyeni programlar ortaya koyması gerektiğini düşünüyorum. Dünya değişti ve eski sol kavramlarla modern toplumlara heyecan uyandırıcı bir program sunmak mümkün değil.

Etkili çevreler ANAP adayını başkan yapmaya karar vermişlerdi. Bu yüzden biraz önde görünen Livaneli'ye bir 'son hafta' darbesi vurmak, Kesici'nin başkanlığını kesinleştirecekti. Operasyonun arkasındaki temel strateji buydu. Dediklerini yaptılar ve toplu çabayla benim oylarımı düşürdüler ama bu kez aradan Refah Partisi çıktı.

Seçim gecesi Ercan Karakaş geldi ve seçimin kaderini belirleyecek kadar önemli bir gözlemini aktardı.

"Sandıkları dolaştım," dedi. "çoğunun başında SHP'li yok."

İşte bu felaketti. Canla başla çalışan SHP'li gönüllülerin varlığı içimizi ferahlatıyordu ama sandığa sahip çıkamayan bir siyasi partinin seçimi kaybetmesi kaçınılmazdı. Oyların sayımı birkaç gün sürdü, sandıkların evlere kaçırıldığı, tutanakların oralarda düzenlendiği, değiştirildiği ortaya çıktı. Büyükşehir belediye başkanlığını, yüzde 25.6'yla Refah partisi kazanmıştı. Bizim oylarımız yüzde 20.3 idi.

Oyları üç katından fazlaya yükseltmiştik, ben partiden daha fazla oy almıştım ama bütün birleştirme çabalarıma rağmen sol geleneksel bölünmesini sürdürmüş, bu yüzden toplam yüzde 35 oyla İstanbul'u on puan daha az alan Refah'a teslim etmişti.

Seçimden sonra oylarımızın yok edildiği, sandıkların evlere götürülüp düzenlendikten sonra seçim kuruluna verildiği yolunda birçok ihbar yapıldı. İnsanlar isyan ederek bizi arıyor ve kendi oy verdikleri sandıklardan bile oy çıkmadığını anlatıyorlardı. Sandık başlarında açılan oylar parti çizelgesine işaretlenirken, çok miktarda oy başka partiye işlenmişti. Bundan en çok zarar gören bizdik. Çünkü herkes kazanacağımızı düşündüğü için hedefteydik ve sandık başında iyi temsil edilmiyorduk.

27 Mart, yakın tarihin en tartışılan seçimlerinden biri oldu. Çöplüklerde yakılmış oylar bulundu, sahte oy pusulası basan matbaalar olduğu tespit edildi, okul sobalarında yakılan oylar bulundu. Ama seçim kurulları bunca kanıt karşısında bile seçimi iptal etmediler. Onların mantığına göre, sahtekârlık vardı ama ele geçirilen yakılmış oy pusulası, sonucu değiştirecek sayıda değildi.

Ya bulamadıkları ne kadardı acaba?

Şimdi size yorumsuz olarak bir belge sunacağım: Neyin ne olduğunu çok iyi anlatan bir polis ifadesi ve 13 Ocak 2000 tarihinde *Hürriyet* gazetesinde yayınlanan bir haber:

Adnan Oktar çetesinin önde gelen isimlerinden Fırat Develioğlu, polisi ifadesinde Adnan Hoca'nın 'icraat'larını anlattı. Develioğlu, Meclis'e kadar uzanan çetenin şantajlarını ve ilişkide oldukları isimleri tek tek açıkladı.

Adnan Hoca'nın en güvendiği adamlarından biri olan ve cezaevinde birlikte yattığı Fırat Develioğlu, yakalandıktan sonra verdiği ifadesinde kurdukları çetenin neler yaptığını tek tek anlattı.

"Recep Tayyip Erdoğan aday gösterildikten sonra bize, elinde Zülfü Livaneli'yle ilgili, devlet aleyhine söylemiş olduğu sözleri içeren bir türkü kaseti olduğunu, bu kaseti Zülfü Livaneli'nin çok eski tarihlerde Almanya'da doldurduğunu, kaseti yayınlatmak istediğini, bu şekilde oy kaybettireceğini ancak hiçbir televizyon kanalının yayınlamaya yanaşmadığını söyledi. Kasetin orjinalini aldık. Bahadır da Kadir Çelik'i aradı, Kadir Çelik kaseti yayınlattı."

Benim açımdan çok tatsız olan günlük siyaset bölümünü kapatmak için, 2002'de milletvekili seçilmeme değinmem gerekiyor. CHP'yi sola, çağdaş bir demokrat parti modeline yaklaştırma umuduyla partiden yapılan milletvekili olma önerisini kabul ettim. Dört buçuk yıl süren bu macera benim açımdan bir hayal kırıklığı oldu. Çünkü CHP yönetimi, seçimler biter bitmez katı, gelenekçi ve onu MHP'yle bir kılan bağnaz milliyetçi politikalardan medet ummaya başladı. Oysa ben 1998 yılında parti meclisinde Türkiye'de sağ sol kutuplarının erimeye başladığını, üç kutuplu bir Türkiye'ye doğru gittiğimizi anlatmıştım. 1993 yılından beri birçok yazıda ve konferansta anlattığım gibi Türkiye, dincilik, Türk ve Kürt milliyetçilikleri kutuplarına bölünüyordu. Eğer CHP demokraside, emek ve kültür cephesinde ısrar etmezse, kolayca milliyetçilik cephesine kayabilirdi. Ne yazık ki dediğim gibi de oldu. Partinin birçok yanlış ve kabul edemeyeceğim, edersem adımı ve hayata karşı duruşumu lekeleyeceğini düşündüğüm kararından sonra istifa ettim. Bağımsız kaldım. 2002 yılında Türkiye'nin kaderini değiştiren bazı olay ve kararlara tanık oldum. 19 Aralık günü saat 15:15'te Ankara'da Cumhurbaşkanı Ahmet Necdet Sezer'le uzun bir görüşme yapmıştım. Sezer, Tayyip Erdoğan'ı başbakan yapacak anayasa değişikliğine karşı çıkıyordu. Oradan çıkıp doğruca Mehmet Sevigen'in evindeki akşam yemeğine gittim. O yemekte Deniz Baykal, Önder Sav, Eşref Erdem, Bülent Tanla, Yaşar Nuri Öztürk ve elbette ev sahibi olarak Mehmet Sevigen vardı. CHP önemli bir karar öncesindeydi. Ya anayasa değişikliğine destek vererek Tayyip Erdoğan'ı Meclis'e sokacak ve ona başbakanlık yolunu açacaktı ya da seçimden önce halka söz verdiği gibi, milletvekili dokunulmazlıkları kaldırılmadan bu anayasa değişikliğine onay vermeyecekti. Bu işin ince noktası şuydu. O tarihte Recep Tayyip Erdoğan hakkında elli dört yolsuzluk davası sürüyordu. Dokunulmazlıklar kaldırılmadan Meclis'e girerse, bir zırha kavuşacaktı ve davalar ertelenecekti. Ben dokunulmazlık maddesinin şart olarak öne sürülmesinde ısrar ettim. Cumhurbaşkanı Sezer'in de böyle düşündüğünü aktardım. Deniz Baykal, "O işimize niye karışıyor?" diyerek Sezer'e büyük bir tepki gösterdi. Baykal'la iki saate yakın tartıştık. Tayyip Erdoğan'ı başbakan yapmak istediğini, çünkü o günün ekonomik koşullarında iki ay bile dayanamayacağını söylüyordu. Ben de bunun tarihi bir dönüşüm olduğunu, Erdoğan'ın, bırakın iki ayda gitmeyi, o odada bulunan herkesin siyasi hayatını bitireceğini savunuyor, rejimin değişeceğini belirterek dokunulmazlık maddesinde ısrar edilmesini istiyordum. Tayyip Erdoğan oy aldığı için Meclis'e girebilirdi elbette, bu onun demokratik hakkıydı ama bizim halka söz verdiğimiz dokunulmazlık şartından vazgeçmemizi gerektirecek bir neden yoktu ortada.

Baykal bunu kabul etmedi ve o akşam laik cumhuriyetin idam fermanını imzalamış oldu. Daha sonra, Deniz Baykal'ın, Tayyip Erdoğan'la bir öğleden sonra Beylerbeyi'nde bir lokantanın üstündeki otel odasında kimselere duyurmadan buluşarak, dört saat gizli pazarlıklar yapmış olduğunu öğrendik. 2007 yılında bütün bunları *Vatan* gazetesindeki yazılarımda açıkladım. Deniz Baykal bir basın toplantısı yaparak bu iddiaların hepsini reddetti ama sonra tanıklar ortaya çıkınca kabul etmek zorunda kaldı ve Erdoğan'la gizli buluşmasında Irak meselesini görüştüklerini söyledi.

Bu konuyu Ankara'da açık açık görüşmek yerine niçin İstanbul Boğazı'ndaki bir mekânda gizlice buluştuklarını ise izah edemedi. Ayrıca bu görüşmeyi basın önünde defalarca yalanladıktan sonra kabul etmek zorunda kalması da onun adına çok üzücü bir durumdu.

Bu tartışma sırasında CHP resmi internet sitesi bir Nazi yöntemine başvurup benim resmimin üstüne çarpı koyarak genel başkanını korumaya çalıştı. Ne var ki buradaki önemli nokta tartışmada kimin haklı olduğu değil, Deniz Baykal'ın o akşam Türkiye'yi rejim değişikliğine götüren yolu açmış olduğuydu. Laik cumhuriyet, Atatürk'ün kurduğu partinin başkanının yaptığı gizli pazarlıklar sonucunda tehlikeye giriyordu.

CHP'den ayrıldığım sırada milletvekilliğinden de istifa etmek istedim ama ne yazık ki bu iş, sizin isteğinizin genel kurulda görüşülmesine ve orada tartışılıp kabul edilmesine bağlıydı; böyle bir uygulama da yoktu.

Bağımsız kaldıktan sonra da 301. maddeye karşı mücadele ettim, 'gençlik ve artan şiddet' konusunda bir meclis araştırması önergemi kabul ettirdim. Kültür ve Turizm bakanlıklarının birleştirilmesine karşı çıkarak kürsüde konuşmalar yaptım. Ermeni tezleri konusunda yine Meclis kürsüsünde Türkiye'nin yanlış tutumunu eleştirdim. Ama bağımsız milletvekili olarak yapabildiklerim bunlarla sınırlı kaldı ve sonra gündelik politika defterini tamamen kapattım.

Bir sanatçının kendisini en iyi ifade edeceği alan yine sanatıdır sonucuna vardım. Ne yazı, ne konuşma, ne siyasi eylem... Çünkü bunların hepsi yanlış anlaşılıyor. Halk ile sizin aranızda, geçmeniz gereken bir 'siyaset kanalizasyonu' var. Buradan kirlenmeden geçmeye çalışırken çok yıpranıyorsunuz ve halka ulaşmanızı da engelliyorlar.

Bugünkü aklım olsa, eğer günlük siyasete gireceksem, 1990 başlarında, başka partilerin suçlarıyla, kirleriyle, bencil ve dar görüşlü başkanlarıyla uğraşmak yerine, kendim bir parti kurup halkın önüne tertemiz bir başlangıçla çıkardım. Kuşaklar yetiştiren parçalarımın birikimini kullanmak isteyen siyaset bezirgânlarından uzak dururdum ama insan hayatta her şeyi doğru yapamıyor.

Bu olaylardan iki yıl sonra Doğan Hızlan, "Zülfü seçimi esas şimdi kazandı," diye yazdı. Kastettiği şey, UNESCO'nun beni iyi niyet büyükelçisi ve genel direktör danışmanı olarak onurlandırmasıydı. Bu grubun ilk üyesi Yehudi Menuhin'di ve içinde çok saygın isimler barındırıyordu. Daha sonra gruba Mandela gibi büyük liderler de katılacaktı. Paris'te UNESCO merkezinde yapılan bir törenle bana büyükelçilik beratını ve kırmızı pasaportumu teslim ettiler. İlk görevim, savaş sırasında okuldan mahrum kalmış Bosnalı çocuklara, hızlandırılmış kurslarla eğitim olanakları yaratmak için bazı ülkelerle görüşmeler yapmaktı.

O yıldan beri grubumuz, her yıl düzenli olarak dünyanın çeşitli köşelerinde toplandı. Paris'teki bir toplantıda, dünyada güvenlik için harcanan muazzam paranın eğitime, sağlığa ve gelir uçurumunu ortadan kaldırmaya harcanması halinde daha adil bir dünyada yaşamamızın mümkün olacağına ayırdığım konuşmayı bitirirken, her zaman yaptığım gibi bu işi bir fıkrayla süslemek istedim. Aklım sıra iki Laz arkadaşın konuşmasını aktaracaktım. Hani, "Güzellik mi istersin, aptallık mı?" sorusuna arkadaşı, "Aptallık" cevabını vermiş ve soruyu soranı şaşırtmış ya; bu fıkrayı anlatacaktım ama final cümlesine gelirken iki yanımda oturan geçkince hanımlara kabalık yapma ihtimali yüreğimi sıkıştırmaya başladı. Sağımda, bir zamanlar hayran olduğum, hayli geçkince Claudia Cardinale, solumda Catherine Deneuve oturuyordu. Bu yüzden Laz'ın, arkadaşına verdiği, "Çünkü güzellik geçicidir!" cümlesini ağzımda yuvarlayarak söyleyip geçtim.

1997 yılında Ankara Hidromu'ndaki 'Güneşle Geliyoruz' konseri, şarkıları iyi çalışmış bir koro gibi hep bir ağızdan söyleyen beş yüz bin kişiyle, yalnız kişisel tarihimde değil, Türkiye'nin tarihinde de kendine bir yer edindi.

26 Aralık 1998'de Beatles'ın kayıt yaptığı Abbey Road stüdyosunda oturmuş, benim parçaları kaydeden Londra Senfoni Orkestrası'nı izliyordum. Aynı şekilde Moskova Senfoni Orkestrası'ndan, Moskova Virtözlerinden, Volos Senfoni Orkestrası'ndan, İzmir Opera, Hacettepe ve Cemal Reşit Rey Senfoni orkestralarından da dinleyecektim bu eserleri.

2006 yılında Türkiye'nin en önemli yorumcuları, Kuruçeşme Arena'da bir araya gelip benim 35. sanat yılımı kutlayarak, unutulmayacak bir hediye vermiş oldular.

Veda Ettiğim Dostlar

Düşe kalka yollarda
Paramparça dillerde
Bir yanım burada kalmış
Yüreğim o ellerde

Bu çalkantılı hayatta geriye doğru baktığımda, çoğu zaman dostluklar sayesinde direnebildiğimi düşünüyorum. Şansım oldu; 20. yüzyılın birçok büyük sanatçısını tanıma, onlarla dostluk kurma, deneyimleriyle ve fikirleriyle zenginleşme fırsatı buldum ama ne yazık ki aramızdaki yaş farklarından ötürü bu dostların birçoğuna veda etmek zorunda kaldım.

Bunlardan biri de Elia Kazan'dı. Şimdi burada izninizle yine bir zaman kayması yapayım ve hayatımda çok önemli bir rol oynamış bu büyük dostumu anmak için New York'a uzanayım: Manhattan trafiği tıkanmış.

Hızla yürüyen telaşlı insanlar arasında 95. Doğu Sokağı'na gidiyorum. Sokağın girişindeki evlerden biri, üç katlı bir konak görünümünde: Gri, küçük bahçeli bir ev. Kapıyı sekreter Eileen açıyor, "Nerede olduğunu kolayca tahmin edebilirsiniz," diyor. Merdivenlere yöneliyorum. Çünkü üst kattan, bütün evi çınlatan işveli bir klarnet müziği yayılmakta. Manhattan atmosferinden çok Kumkapı'da Kör Agop'un meyhanesini hatırlatan bir müzik bu. En üst kata yaklaştıkça yoğunlaşıyor, artıyor ve bir kapının önünde çok yüksek volüme ulaşıyor. Kapıyı açıp giriyorum.

Gördüğüm manzara şu: Bütün duvarları, bir santim yer bırakmamacasına fotoğraflarla doldurulmuş bir oda. Ortada antika bir çalışma masası duruyor. Üzerinde eski bir Remington daktilo var. Köşedeki divanın üzerine yaşlı bir adam uzanmış. Sırtüstü yatıyor, elleri başının altında kenetli, gözleri kapalı... Müzik setinden yayılan Kandıralı klarnetini dinliyor. İstanbul'da ona hediye etmiş olduğum kasetlerden biri bu. Kapının açılmış olması onu hiç etkilemiyor. Gözleri kapalı durumda yatmayı sürdürüyor.

'Ya uyuyor,' diye düşünüyorum, 'ya da sekreteri Eileen geldi sanıyor.'

Onu uyandırmak istemiyorum. Duvardaki resimlere bakıyorum. Zengin bir ömrün sararmış anıları bunlar. Bizi yüzyıllarca uğraştırmış olan Doğu ve Batı ikileminin bu duvarda grotesk bir kolaja dönüştüğünü duyumsuyorum.

Çoğu imzalı olan fotoğrafların bazılarında yaşlı adam genç haliyle ve çeşitli sanatçılarla birlikte görülüyor. Kimiyle sarmaş dolaş, kimiyle tam asker pozu verilmiş... Duvardan, genç ve hep genç kalacak haliyle Marilyn Monroe gülümsüyor bize. Koca Tennesee Williams hüzünlü bıyığının arkasından bizi süzüyor. Yanındaki fotoğrafta Develi Belediye Başkanı Kavuncu. Biraz ötede Marlon Brando, Nathalie Wood, James Dean... Derken, kasketli Anadolu köylüleri ve "föterli" kasabalılar.

Bu duvarlar, karmaşık Anadolu ruhunun derin bir belgeseli niteliğinde.

Gauguin nasıl iç fırtınalarını Tahiti'deki bir evin duvarına nakşettiyse, Manhattan 95. Doğu Sokağı'ndaki evinde divanın üstünde uyuklayan yaşlı adam da Anadolu ruhunun saplantılı mozaiğini işlemiş duvarına.

Derken yaşlı adam gözlerini aralıyor. Bir açık deniz balıkçısını andıran kırışık yüzü aydınlanıyor hemen ve yaşından beklenmeyecek bir çeviklikle ayağa fırlıyor. Anadolu usulü sarılıp birbirimizin yanaklarını öpüyoruz.

"Hoş geldin," diyor, "Frances seni görünce çok sevinecek."
Ve hemen telefona sarılıyor. Her zaman böyle aceleci olduğunu düşünüyorum. Daha ilk cümlede işin kalbine dalar ve hayatı örgütler.

Karısı Frances, çalışmak için tuttuğu bir yazıhanede roman yazıyormuş. Benim geldiğimi söylüyor, akşam yemeği için lokanta seçmesini istiyor ondan. Frances, Stephanie lokantasını öneriyor. İki dakika sonra sekreter Eileen, ünlü lokantada akşam yemeği için yerlerimizin ayrıldığını bildiriyor.

Elia ancak bu organizasyondan sonra rahat ediyor ve ordan burdan konuşmaya başlıyoruz. Kendisinin de küçük bir rol oynadığı filmimi soruyor. Üzgün olduğumu söylüyorum. Çünkü Paris'te beni otelden arayarak filmi Cannes Festivali'ne davet eden yönetici Gilles Jacob'un, son anda filmi yarışmaya koymadığını anlatıyorum. "Yönetmenlerin 15 günü" bölümünde gösterilecek.

"Sakın üzülme," diyor. 'Beni dinle ve sakın üzülme! Bunun yerine iyice kız, şöyle dolu dolu öfkelen ama üzülme. Üzülürsen çürürsün. Kızmak sağlıklıdır. Ben hep öyle yaptım ve öfke beni ayakta tuttu."

Öfkeyle ayakta kalan bu Anadolulu'nun başına büyük felaketler gelmişti. Katlanılmaz acılardan geçen bir adamdı. İstanbul'da Kadıköy'de başlayan yaşam, New York'ta müflis bir babanın çelimsiz göçmen oğlu olarak sürmüş ve o, bu kadar başarısızlığa programlanmış hayattan, yüzyılımızın en büyük sinema zaferini çıkarmıştı. O kadar büyük zaferler kazanmıştı ki artık başarıya değil doğrudan doğruya hayatın kendisine bakıyordu.

Birkaç yazı; Elia, Frances, Ülker ve ben teknede geçirmiştik. Göcek koylarının tadını çıkarıyor, uzun uzun konuşuyor ve akşamları da Ege zeytinyağlılarına eşlik eden beyaz şarapla soluk bir fenerin ışığında sohbet ediyorduk. Dalgalar teknemizi beşik gibi sallıyordu ve sabaha kadar süren şıpırtıyı uykumuzda bile duyuyorduk.

Elia ile ben, güverteye serdiğimiz uyku tulumlarında yatıyorduk. Böyle gecelerde çoğunlukla başımızın üstündeki yıldızlı göğü seyrederek Elia'nın anılarını dinliyordum. Hayatına çok kadın girmişti. İlk sevgilisi Marilyn Monroe'yu ve ilk karısı Molly'i hiç unutamıyordu. "Ölümünün üstünden bunca yıl geçti ama ben hâlâ Molly'yle konuşuyorum. Önemli kararları hep ona danışıyorum," diyordu. Onun anlattığı Marilyn Monroe sıradan, iyi kalpli, pırıl pırıl bir kızdı.

Şimdiki karısı Frances'le aralarında neredeyse kırk yıla yaklaşan bir yaş farkı vardı. "Biraz delidir ama iyi kızdır," diyordu onun için.

Böyle gecelerden birinde, yüzyılın en büyük yönetmenlerinden biri olan Elia'ya iyi bir filmin ritmini sormuştum. Amerikalı klasik yönetmenlerin filmi gerçek hayattan yüzde on daha hızlı oynatarak çektiği söylenirdi hep. Acaba o ritmi nasıl tutturuyordu?

"Film ritmi, aynen sevişmek gibidir," dedi. Amerikalıların kullandığı daha açık bir deyimle, "Biraz hızlanır sonra biraz durursun. Sonra tekrar hızlanırsın. İşte hepsi bu!"

Kadıköy'de bir gün sokak sokak gezip bir açıkhava kahvehanesi aradığımızı hatırlıyorum. Dedesi onun elinden tutar, o kahveye götürürmüş. Akşama kadar aradık ve kahveyi bulduk. Belki de aynı kahve değildi. Belki de çocuk Elia'nın hayalindeki şark kahvesini bulamamıştık ama Elia mutluydu. Çünkü anıları ve geçmişi, Anadolulu kimliğini bir kez daha doğrulamıştı.

Bir ara bu sevgili dost büyük bir acıyla sarsıldı: Oğlu kansere yakalandı ve öldü. Haberi veren Frances'in sesi titriyordu telefonda ve "Elia çok kötü!" diyordu, "bir mektup yaz ona."

Hemen oturup bir mektup yazdım ve İngilizce mektubun başına Türkçe "Kara Haber" deyimini yerleştirdim. Elia cevabında bu Türkçe deyimi aynen kullanıyordu ve mektuptan anlıyordunuz ki onun içini kanatmış olan evlat acısını ancak bu iki Türkçe kelime anlatabiliyordu. Çünkü o bir Anadolulu'ydu. Ruhunun derinliklerindeki en büyük sevinçleri ve en büyük acıları böyle bir kimlikle yaşıyordu. Yıllar sonra onu annesinin köyüne götürdüğüm zaman daha derinden kavradım bunu.

Elia Kazan McCarthy komisyonunda ifade verme yanlışından sonra, onu bir ömür boyu cezalandıran çevrelerden kurtuluşu, annesinin resimlerden tanıdığı köye, o cennete geri dönmekte arıyordu. Resimdeki köy çok güzeldi, annesi geniş kenarlıklı bir şapka ve çok şık bir elbiseyle köydeki evlerinin verandasında görünüyordu. Bir gün New York'ta yürürken kendisini oraya götürmemi istedi. Bu konuşmadan birkaç hafta sonra İstanbul'a geldi, üç gün bizim evde birlikte kaldık dördüncü gün Kayseri uçağındaydık.

İlk akşam Kayseri'deki bir otelde kaldık, akşam rakı içtik.

Ertesi gün, bulutlu gökyüzünün her şeyi bulanıklaştırdığı sisli havada Germir'e girerken, tipik bir Anadolu köyü bulacağımı sanıyorum ama çok geçmeden yanıldığım ortaya çıktı. Garip bir yerdi burası. Köyden çok, kayalar arasına kurulmuş bir Roma kalıntısını andırıyordu. Yunan tarzı taş evlerin arkasında büyük kiliseler göze çarpıyordu: Görkemli yapılardı hepsi de ama ne yazık ki çökmek üzereydiler. Kiliselerin en büyüğü, büyükbaş hayvan ahırı olarak kullanıldığı için yaklaştığınız anda burnunuza çarpan yoğun ve keskin kokuyla irkiliyordunuz. Kubbesinden itibaren ikiye ayrılmıştı kilise.

Beyaz sakallı muhtar, Elia'yı görür görmez, para verip bir sağlık ocağı yaptırmasını istedi. Biraz sonra köylü kadınlar, bir fırın yaptırmasını dilediler ondan. Her gelen, "zengin Amerikalı"dan bir şeyler koparmak niyetindeydi. İlkokul çocukları koşuşuyordu çevremizde. Hepsi de Arap şivesiyle "Selamünaleyküm" diyordu. "Merhaba" diyene hiç rastlamadım. Daha sonra bu çocukların, okulun yanı sıra Kuran kursuna gittiklerini öğrenecektim.

Hiç kimse Elia'nın içine gömüldüğü yoğun hüznün farkında değildi. Çamurlu yollardan geçerken, köyde hiç çiçek olmadığının farkına vardım. Ne bir ağaç, ne duvarlara sarılan bir sarmaşık, ne bir cam önü ya da pencere içi çiçeği. Yol kenarına atılmış hayvan atıkları öylece duruyordu. Çevrede iri köpekler dolaşıyordu. Bir zamanlar görkemli bir yaşama tanıklık ettiği anlaşılan köy, inanılmaz bir sertliğe, kurşuni bir hoyratlığa gömülmüştü. Sonunda Elia'nın anne evinin kalıntılarını bulabildik. Yapı çökmüştü, çamurlar içinde birkaç duvar kalmıştı sadece. O anda Elia'nın yüzündeki büyük acı ifadesi, neredeyse elle tutulur hale geldi. Bütün hayalleri yıkılmıştı. Kayseri'de karşılaştığımız yaşlı bir bey, bir zamanlar Germir'in büyük bir yerleşim merkezi olduğunu doğruluyordu. Babasının anlattığına göre eski Germir'de yedi tane fes atölyesi varmış, yoğun nüfusa ancak yetişebiliyorlarmış. Bakımlı üç katlı evlerin avlularında fıskiyeli havuzlar ve nadide çiçekler bulunurmuş. Ermenilerin ve Rumların zorunlu göçü sonrasında ise ekonomi çökmüş ve bugünkü görünüm ortaya çıkmış. Dönüş yolunda Elia, "Annemi bu köyde gözümün önüne getiremiyorum," diyordu. "Onun burada yaşadığına inanamıyorum." Öğleden sonra Kayseri'nin tarihi kapalıçarşısına gittik: Adı 'Kazancılar Çarşısı' imiş. Bu isim, o çarşıda yüzyılın başlarında halı ve kilim ticareti yapan Kazancıoğlu ailesinden kaynaklanıyor mu bilmem ama Elia'nın babası ve amcası burada görkemli dükkânlar açmışlar. Çarşının kilimciler bölümüne girdik. Dükkânların hemen yanında paça, işkembe, ciğer ve kelle satan kasaplar sıralanmıştı. Esnaf Elia'ya kilim satmak derdindeydi. O ise babasının dükkânını bulmak istiyordu. Hüzün verici bir deney daha yaşıyorduk.

"Beni burada yalnız bıraksana!" dedi. İtiraz ettim, çünkü başına bir şey gelmesinden korkuyordum ama o kendisini iki saat yalnız bırakmam için ısrar etti. Küçük hasır bir iskemlenin üzerine oturdu. Başını ellerinin arasına aldı, halıcı dükkânlarını seyretmeye başladı. Aradan iki saat geçtikten sonra onu aldım. Akşam bir lokantada rakı içerken, "Bugün kapalıçarşıda saatlerce babamı düşündüm ve onu yine bağışlayamadım," dedi. Bilenler bilir: Elia Kazan'ın kendisine ve annesine çok sert davranan babasıyla ilgili bir saplantısı vardı. Ben de onu biraz neşelendirmek isteyerek, "Baban 20. yüzyılın başlarında bu şehirden, bu dükkândan seni çıkarıp New York'a götürüyor ve Elia Kazan olmanı sağlıyor. Eğer böyle bir girişimde bulunmasaydı, belki hâlâ burada halıcılık yapıyor olacaktın," dedim. Yüzü aydınlandı. "Doğru!" dedi. Sonra babasının anısına kadeh kaldırdık.

Şimdi 5 Ocak 2000 gününe atlıyorum. Yine New York'ta, Elia Kazan'ın evindeyim. Sırtında gri bir kazak... Doğum gününde Martin Scorsese hediye etmiş. Ayağında New Balance spor pabuçları. 90'lık bir delikanlı gibi oturuyor. Ona diyorum ki, "Aramızdaki tek Osmanlı sensin!"
Bu sözüm bir şaka değil, gerçeğin ta kendisi. Çünkü Elia Kazan, 1909 yılında, Kadıköy'de dünyaya gelmiş. Yani o gün, padişah efendimizin kullarına bir kişi daha katılmış. Gülüyor. "Doğru," diyor, "ben Osmanlıyım."
Buzlu votkasını yudumluyor. Bütün bunları bağıra çağıra konuşmak zorundayız çünkü kulakları zor duyuyor artık. İki tane pahalı duyma âleti varmış (tanesi 5 bin dolar) ama takmıyormuş. Zaten artık sadece dostlarını görüyormuş. Onlarla da zaten böyle bağıra çağıra anlaşabilirmiş.
Karısı, salondaki sehpanın üzerine üç Oscar heykelciğini kondurmuş. Altın heykeller yan yana duruyor. Birinci heykelciği *Centilmenlik Anlaşması*, ikincisini *Rıhtımlar Üzerinde* filmiyle almış.
"İlk ikisini almak için çok çalıştım," diyor. "Üçüncüyü ise hediye olarak verdiler."
'Yaşam Boyu Başarı Oscarı'nı kastediyor.
"Hiçbir önemi yok bunların," diyor. "Oscar için onca yaygara kopardılar. Ben de aldırmadığımı göstermek için, heykeli herkesin gözünün önünde karımın eline tutuşturuverdim."
Elia Kazan 90 yaşında daha öfkeli, daha direşken... "Türkiye doğumlu olduğum için beni adam yerine koymak istemediler. Ama ben kavga ettim. 'Beni dinleyeceksin Amerika!' dedim. 'Beni dinlemek zorundasın!' Sonunda dinlediler."
Martin Scorsese ve Robert de Niro, Kazan'a en çok sahip çıkan iki genç arkadaşı. Her zamanki gibi dostlarının filmlerinden söz açma hatasını işliyorum. "Güzel filmler yapıyorlar değil mi?" diye soruyorum.

"Dostlarının yaptığı işe iyi ya da kötü diyemezsin ki. İyi olmasını dilersin. En iyisini yapmalarını umarsın. Dostundur, seversin onları. Hepsi bu kadar işte!"

Aynı cevabı yıllar önce Rossi'nin filmini eleştirmem üzerine verdiğini de hatırlıyorum ve olgunluğuna hayranlık duyuyorum. "Dost dosttur. Seversin onları!"

Yaşar Kemal'den, Thilda'dan, onları ne kadar sevdiğinden söz ediyor. Kayseri üstüne bir kitap yazıyormuş. Kayseri tarihini bilen bir uzmanla konuşmak istiyor. Yaza Türkiye'ye geldiğinde böyle birini bulup bulamayacağımı soruyor.

Sonra söz eskilerden açılıyor. John Steinbeck'in sarhoşluğundan, Tennessee Williams'ın dostluğundan, James Dean'i oynattığı *Cennetin Doğusu* filminde yaşadığı zorluklardan, en çok *Amerika Amerika*'yı sevdiğinden dem vuruyor. Ama gözü yine Türkiye'de.

"Annemin doğurduğu bütün çocuklar öldü," diyor. "Benden başka... Hepsi de benden küçük üç kardeş kaybettim. Evlat acısı, torun acısı gördüm. Ama insanoğlu her şeyin üstesinden geliyor."

Vakit geceyarısına yaklaşıyor. Yorulduğunu hissediyorum. Evinden ayrılıp Manhattan soğuğuna çıkarken, Anadolu'nun dünyaya hediye ettiği bu büyük sanatçının kapıda el sallayan görüntüsünü uzun süre içimde taşıyorum. Hep son görüşüm olmasından korkarak ayrılıyorum ondan.

Sözünü ettiği Yaşam Boyu Başarı Oscarı ödül töreninde çok üzdüler onu. Buna karşılık Steven Spielberg, Robert de Niro, Martin Scorsese, Karl Malden, Laureen Bacall onu desteklediler.

Elia Kazan, Oscar töreninde yaptığı konuşmada, 'Akademiyi cesaretinden ötürü' kutladı. Sonra geride bekleyen eşi Frances'e dönüp sordu: "Başka söyleyecek bir şey var mıydı?"

Bu kitapta birçok dostu son kez görüşümü anlatıyorum: Elia Kazan'ı da son kez 2000 yılında, Broadway'de verdiğim konserde gördüm. Çok yaşlanmıştı. Bunca yıldır kendisini taşımış olan bacakları artık ona ihanet ediyordu. Ayağa kalkmakta, yürümekte zorlanır olmuştu. Evden dışarı çıkmıyordu. Sisli anılarıyla baş başa, bazen onların arasında yitip giderek, bazen çocukluğunun İstanbul'una dönerek geçiriyordu günlerini.

Kazancıoğlu ailesinin sert erkekleri ve Şişmanoğlu ailesinin nazenin kadınları dolduruyordu odasını. Hiçbiri hayatta değildi artık ve bu imgeler ustasının zihninde her gün yeni baştan yaratılıyordu.

Ege'nin Ötesinde adlı bir senaryosu vardı. En son filmi bu olacaktı. Juliette Binoche ve Nicholas Cage oynayacaktı. Ben de müziğini yapacaktım. Yanına Juliette Binoche'u alarak İstanbul'a geldi, birkaç gün dolaştık ama sonra ne yazık ki sigorta şirketleri, yönetmenin yaşından dolayı filmi sigortalamayı kabul etmediler. Film çekilemedi. O da oturup aynı adda bir roman yazdı ve karakterlerden birine, çok sevdiği Ülker'in adını verdi.

Kimliğinin bir parçası Türkiye idi, bir parçası Yunanistan ve bir parçası da New York. Bu üç kimliği, çiçek dürbünü sallamışçasına birbirine geçen anılar denizinde kulaç atıyordu durmadan. Bulanıklaşan zihni, yaşlı adamı bir oraya götürüyordu bir buraya.

Ve bir gün dışarı çıktı. Kendisi için tutulmuş şoförlü otomobile zorlanarak bindi, gençliğinde nice oyun sahnelemiş olduğu Broadway'e gitti. Kırmızı koltuklu Town Hall salonunun en ön sırasında oturuyordu.

Sahnede kimliğinin üç parçası iç içe geçmişti. Türkçe ve Yunanca türküler söyleniyordu. Bu parçaları ona ithaf ettiğim zaman bütün salon onu ayakta alkışlamaya başladı.

Yine zorlanarak ayağa kalktı. Teşekkür eder gibi birkaç kelime mırıldandı. Alkışlar, kulakları sağır edecek kadar yükselmişti şimdi. Türk-Yunan savaşları görmüş adam, uzun ömrünün son demlerinde New York'ta iki halkın kucaklaşmasına tanık oluyordu.

Konser bittikten sonra sahne arkasına geldi. Boynuma sarıldı, âdeta asılı kaldı. Sonra çok sıkıştığını söyledi, onu hemen tuvalete götürmeliydim. Ne yazık ki soyunma odam bir kat yukardaydı ve çok dik merdivenlerle çıkılıyordu oraya. Sağ kolumla kendisine sarıldım ve âdeta omuzlayarak merdivenleri çıkardım. Ayakları bez bebekler gibi sallanıyordu. Tuvaleti kullandıktan sonra bir ara baş başa kaldık.

Bana çok güzel şeyler söyledi; yaşadığım sürece hatırlayacağım güzel sözler... Sonra yine aynı gayretle aşağı indirdim onu. Paltosunu özenle giydirdim, kaşkolunu bağladım. İstanbul'da büyük bir alçakgönüllükle *Sis* filminde oynamayı kabul ettiğinde de Sarıyer'deki balıkçı kahvesinde kaşkolunu böyle bağlamıştım.

Onu tiyatronun önünde bekleyen otomobile götürdüm. Dışarıda buz gibi, insanın içini kesen bir New York ayazı vardı. Otomobile binmeden önce tekrar boynuma sarıldı. "Beni bu yaz Kayseri'ye götür yine!" dedi. Ona değen yanağımın ıslandığını hissettim. Anadolu'nun büyük çınarı, koca Elia Kazan ağlıyor muydu, yoksa yağan kar mı eriyordu yüzünde, anlayamadım. Otomobil New York trafiğine karışıp gitti ve ben ardından bakakaldım.

Peter Ustinov

Kasım 1999. Paris'te Millenium Konseri'ndeyiz. Orkestrayı Zubin Mehta yönetiyor. Sunucular ise Sidney Poitier, Gregory Peck ve iyice yaşlanmış, ak saçlı şişman bir adam. İzleyicilere, yıllara dayanan dostluğumuzu anlatıyor ve beni sahneye davet ediyor.

Bu adam İngiltere kraliçesinden "sir" unvanı aldı. Fransız Akademisi'ne üye seçildi. Orson Welles'ten boşalan üyeliği kendisine verdikleri gün, "Herhalde boyut meselesi," diyordu. "Welles'in iri gövdesinin boşalttığı koltuğu ancak ben doldurabilirim." Her zaman ve her yerde olduğu gibi, kendisine verilen unvanlarla da dalga geçmeyi ihmal etmiyordu Peter Ustinov.

Yıl 1987. Swissair uçağıyla Zürich havaalanına iniyorum. Daha havaalanında, İsviçre'nin her insana ve her nesneye aklın ışığını vurduran hesaplı aydınlığı karşılıyor beni... Bir de babacan, beyaz saçlı, kır bıyıklı bir dev!

Birlikte, yeni yaptırdığı özel sipariş Masserati otomobiline biniyoruz. Arabayı kendi kullanıyor; büyük bir keyif ve o kadar da büyük bir süratle.

Ceylan derisi ve gül ağacının iç gıcıklayıcı tonlarını taşıyan Masserati için yorumu şöyle: "Çok iyi bir araba. Aynı zamanda gösterişsiz olduğu için tercih ettim."

Oysa tam o anda ben, ömrümde bindiğim en gösterişli ve en pahalı arabada olduğumu düşünmekteyim. Demek ki yalnız beden ölçülerimiz farklı değil! Peter Ustinov'la iki saate yakın gidiyoruz. Yolculuğumuz Vengen'e kadar sürecek, orada bir toplantıya katılacağız. İsviçre denilen o kutsal sanatoryumun görkemli manzaralarını, sis basmış buğulu dağlarını, köpük köpük fışkıran çavlanlarını ve kolalı patiskaları anımsatan dağ köylerini geçiyoruz.

Bu yandan da Ustinov anlatıyor: Kopuk kopuk, oradan buradan, zengin ve dolu dolu yaşanmış bir ömürden devraldığı, gözyaşı ve kahkaha sınırında ürperen anılar bunlar! Aşırı duygusallığını saklamaya çalışan bir trajik palyaçonun bilinçli seçimi.

Biraz Rus, biraz Habeş, biraz İngiliz ve çokça dünyalı...

Peter Ustinov, çeşitli ırkların ve boyların harman olduğu yüzyılımızın 130 kiloluk bir simgesi sanki.

Albert Camus'ye "Dünya saçmadır" dedirten, Koestler'i karısıyla birlikte intihara sürükleyen, Gramsci'yi sonsuz acılara boğan ve 20. yüzyıl aydınının ruhunu kanatan aptallıkları, ırk ayrımcılıklarını, dar bölgecilikleri, faşizmi, fanatizmi lanetleyen ve dayanabilmek için fıkralar anlatmayı, güldürmeyi seçen bir sanatçı.

Amerikalı polise, "Ben pembeyim!" dediğini anlatıyor o gün. Pasaport polisinin bu cevap karşısında şaşkınlıktan iri iri açılmış gözlerine bakarak yineliyor Ustinov:

"Evet! İşte görüyorsun, cildim pespembe."

Amerikalı polis bakıyor, "Ama böyle cevaplayamazsın," diyor. "Formda beyaz mı siyah mı diye soruluyor. Sen beyaz olduğuna göre, beyaz diye yazmalısın."

"Ama gerçek bu değil ki!" diyor Ustinov, "bak cildime. Gördüğün gibi beyaz değil pembe." Ve kararından dönmüyor. Giriş formunu "pembe" diye dolduruyor.

Irk ayrımına karşı alçakgönüllü ama onurlu bir protesto.

"Annem de böyleydi," diye anlatıyor. Annesi genç bir kızken, Sovyetler Birliği'ni terk ederken doldurduğu formda, doğum yerinin St. Petersburg olduğunda ısrar etmişti. "Ben doğduğumda şehrin adı buydu," diye tutturmuş. Oysa polisler Leningrad yazmasını istiyorlarmış. Şimdi kentin adı tekrar St. Petersburg oldu.

Peter Ustinov İngilizce, Fransızca, Rusça, Almanca, İtalyanca, İspanyolca ve daha birçok dil konuşur. Film yönetir, oyunculuk yapar, oyun sahneye koyar, oyunlar, hikâyeler yazar, politik toplantılara katılır, tek kişilik şovlara çıkar. Sultan Abdülhamid, büyük dedesine bir nişan vermiş. Onu ara sıra göğsünde taşır.

Dünyada bunca sanatçı tanıdım. Peter Ustinov kadar ünlü olanını görmedim.

Ustinov'u Kazak bozkırlarında da tanıyorlardı, Berlin sokaklarında da. Meksika'nın Tulum harabelerindeki Maya rehber de resim istiyordu ondan, Granada da sokakta oynayan çocuklar da, Jungfrau'daki turistler de!

Bütün bu mekânlardaki çarpıcı ünün, birinci el tanığıyım.

Ya günlük yaşamı, dostları, ailesi?

Cenevre yakınlarındaki güzel evinde yalnız yaşardı Ustinov, çok seyahat ederdi.

Uçakların normal koltuklarına sığmadığı için hep birinci mevki uçardı. Paris'te oturan ve onun bütün uluslararası ilişkilerini düzenleyen Madame Couturier adlı emektar bir sekreteri vardı.

Yılda bir-iki kez görüştüğü karısı ise yılın büyük bölümünü Paris'te geçirirdi. Soylu bir aileden gelen, yaşlıca bir hanımdı, onu kimse görmezdi. Ustinov'u tanıyanlar arasında karısına rastlayan azdı.

Bu ilginç çifti birlikte gören nadir kişilerden biriyim.

Meksika'da bir toplantı vardı. Devlet Başkanı Carlos Salinas de Gortari'nin davetlisiydik. Mexico City'deki resmi bölüm sona erince hükümet bize turistik Cancun bölgesinde birkaç günlük dinlenme önerdi. Karayipler'deki bu cennet kıyıda birkaç gün kaldık. Ustinov, karısının Paris'ten gelerek bize katılacağını söyledi.

Bir gün denizden çıkmış, derimizdeki Karaip tuzunu, tropik palmiyeler arasındaki hamaklarda Cuba Libre içerek serinletmeye çalışırken Ustinov'un karısı çıkageldi. İlk gözümüze çarpan şu oldu: Peter Ustinov'un iri cüssesiyle müthiş bir çelişki sergileyen ufak tefek bir kadın. Hani Fransızların Edith Piaf'la simgelenen, Pascal Petit'yle ün yapan küçük kadınları vardır ya... Kendileri için "Değerli parfümler küçük şişelerde saklanır!" sözü icat edilen kadınlar. Onlardan biri.

Yemyeşil taftadan, fırfırlı bir elbise giymişti. Şapkası, pabuçları, çantası da yeşildi. Yüksek, sivri topuklarıyla tuhaf bir İnka kuşu gibi plajın beyaz kumlarını dele dele ilerledi ve Ustinov, saçları tuzdan yapışmış, mayoları yarı kurumuş olan bizlere Paris'ten gelen leydiyi tanıştırdı.

Birlikte plaj lokantasına geçtik. O ıstakoz ve şarap sofrası çok uzun sürdü ama yeni kavuşmuş olan Bay ve bayan Ustinov birer cümle dışında birbirlerine tek kelime etmediler.

Sadece şöyle bir konuşma geçti aralarında: Bayan Ustinov, "Biliyor musun Peter darling," dedi, "Air France'ın first class'ı hiç fena değil."

Bunları söylerken kocasına değil engin denize bakıyordu. Yanında oturan Peter Ustinov da gözlerini denizden bir süre ayırmadı. Uzun, çok uzun bir sessizlik oldu. Sonra karısına dönmeden, yüzündeki tipik İngiliz aristokrat ifadesiyle "Oh! Gerçekten mi?" deyiverdi.

İşte hepsi bu kadar. Bir daha da tek kelime etmediler.

Peter Ustinov insanları eğlendirmekten büyük bir zevk alırdı. Bunun için önünde büyük kitleler olması da şart değildi. Bazen bir otel lobisinde sabaha kadar fıkralar anlatır, taklitler yapar ve gözünüzden yaş getirmeden bırakmazdı.

İspanya'da flamenco dansçılarıyla sahneye fırlar, herkesi o derece güldürürdü ki dansçılar dans edemez hale gelir, bazen de Gorbaçov'la tanışmamızda olduğu gibi heyecanını bastırmak için şakaların arkasına saklanırdı.

En büyük dostlarından biri de *İnce Memed* romanından film yaptığı Yaşar Kemal'di.

Peter Ustinov'u Paris konserinden sonra bir daha görmedim.

Kuğunun Ölümü

> *İnsanlar güzel*
> *İnsanlar yorgun*
> *Ölümler gibi durgun*

Haftalardır gözümüzün önünde eriyip giden zarif kadının hastane yatağında ölüme yaklaşmasını izlerken, aklıma Saint Seans'ın müziği eşliğinde "Kuğunun Ölümü" sahnesi geliyordu hep.

Karanlık sahnedeki yuvarlak ışık huzmesinin içinde balerin kollarını çırparak yavaş yavaş yere doğru süzülüyor ve sonunda mecalsiz kanatlarındaki son kıpırtıların da azalmasıyla hareketsiz kalıyordu.

Thilda da bir ak kuğu kadar zarif yaşadı ve yine bir ak kuğu kadar zarif öldü. Çapa yoğun bakım ünitesinde yüzüne vuran ölüm soğukluğu bile onun bir ömür boyu gururla taşıdığı soyluluğunu ve zarafetini yok edemedi.

Son gün Yaşar Kemal, yatağında bilinçsiz yatan Thilda'nın soğuk alnını öpüyor ve "Thilda'cığım, sevgilim," diyor. "Sana teşekkür ederim. Yaşadığımız bu güzel hayat için sana teşekkür ederim sevgilim. Korkma, sakın korkma! Biz namuslu bir hayat sürdük."

Koca devin gözündeki yaşlar, yoğun bakımda ölümle içiçe yaşayan doktor ve hemşirelerin de gözlerini buğulandırıyor.

Sonra ben de alnından öperek vedalaşıyorum Thilda'mızla. Ben de teşekkür ediyorum. Dostluğumuz için, paylaştıklarımız için...

O anda gözümün önüne 25 yıl önce Stockholm'deki kır gezimiz geliyor. Yaşar Kemal, Thilda, Ülker, ben... Çimenlerin üstünde öylesine yüksek sesle Anadolu türküleri söylemiştik ki çevremizdeki İsveçlilerin hayret dolu bakışları bizi bir kat daha neşelendirmişti.

Yaşar ve Thilda Kemal'in yarım asır süren büyük aşkını düşünüyorum.

Anadolu'dan Karacaoğlan, Pir Sultan, Dadaloğlu rüzgârlarıyla gelen coşkun, kabına sığmaz, Hitit heykeli gibi bir adam ve Osmanlı sarayındaki paşa dedesinden devraldığı geleneği, dünya kültürüyle bütünleştirebilen kelebek kanadı kadar zarif bir kadın.

Dilinde İngilizce, İspanyolca, Fransızca şiirler, öyküler... Ve hiçbir zaman sarsılmayan bir Türkiye kimliği.

Bu toprağın insanına, geleneğine, diline, kültürüne müthiş bir sahip çıkma, olağanüstü bir bağlılık.

Bu iki olağanüstü insan arasındaki aşk bir mucize değilse nedir ve nasıl açıklanabilir bu mucize?

Bence aşkın dışında bir başka boyutu daha var bu işin. O da üzerinde yaşadığımız toprakların yüzyıllar içinde oluşturduğu birlikte yaşama armonisi.

Bunca değişik kökenden gelen, başka koşullarda yetişen iki insanı aşk bir araya getirmişti: İkisi birbirini tamamlıyor, bütünlüyordu. Çünkü aynı değerler sistemine, aynı ahlaki kurallara inanıyorlardı.

İşte bu yüzden Yaşar Kemal soğuk alnını öptüğü Thilda'ya bu güzel yaşam için teşekkür ettikten sonra, "Duydu beni!" diyordu. "Eminim söylediklerimi duydu."

Kim ne derse desin; beyin ölümü, tıp kuralları... hepsi tamam! Ama ben de eminim; Thilda, kocasının ona teşekkür ettiğini duydu. Çünkü bunu o kadar hak etmişti ki!

Thilda Serrero, Sefarad Yahudilerindendi. Dedesi Jak Paşa Abdülhamid'in baştabibi, babası ise Selanik Bankası müdürüydü.

Yaşar Kemal'le mezarda da buluşmak için Müslüman mezarlığına gömülmek istiyordu. Bu yüzden cenazesini, Müslüman töreniyle "Hatun kişi niyetine!" diyerek kılınan namazla Teşvikiye Camii'nden kaldırdık, Zincirlikuyu'ya götürdük. Yaşar Kemal, Thilda'nın yanında kendisi için bir mezar yeri almıştı. Bana da yanındaki yeri almamı söyledi, birlikte oluruz dedi ama ben yatacağım yeri görmek istemediğim için almadım.

Daha sonra hayat akıp gitti ve zaman bütün bu yaraların acısını şefkatli bir dokunuşla yumuşattı, sanki her şeyin üstüne sağaltıcı bir merhem sürdü. Hiçbir şey unutulmadı ama insanlar günlük yaşamlarını sürdürürken her gün yeni kararlara imzalar attılar.

1 Ağustos 2002 günü Yaşar Kemal'in Ayşe Baban'la evlenmesinin şahitliğini yapıyordum. Vaniköy'deki dairedeydik. Nikâhı, Kadıköy Belediye Başkanı dostumuz Selami Öztürk kıydı. Sevgili dostum Eser Alptekin de şahitti. Bu evlilik biraz benim önayak olmamla gerçekleşmişti ama zaten Yaşar Kemal başka biriyle evlenmezdi. Ben sadece çok fazla beklemelerinin bir anlamı olmadığına ikna etmiştim ikisini de.

Haklıydım; çünkü Ayşe birçok niteliğinin yanı sıra, Thilda'nın adına bir çeviri ödülü verilmesini önerecek kadar büyük bir insandı ve Thilda'yı kaybettikten sonra Yaşar Kemal'i mutlak bir ölümden kurtarmıştı.

Sonsöz

Eksildi ömrümüzden
Umut dolu o yıllar
Siz miydiniz bizler miydik
Yorgun düşen kuşaklar?

Babaannem bir gün bana herkesin içinde, "Keçi!" dedi ama bunu o kadar güzel bir biçimde söyledi ki çok küçük olmama rağmen bundan kötü bir anlam çıkarmamam gerektiğini anladım. Sonra devam etti: "Bu benim yavrum, keçidir! Öteki çocuklar koyundur, büyük kuyrukları her türlü kabahatlerini örter ama bu benimki kapatamaz; dağ keçisi gibi yapayalnız kalır."

Şimdi 61 yaşımda bunun anlamını kavradığımı düşünüyorum; aradan geçen yarım yüzyılı aşkın zaman diliminde sanki her an bu kehaneti doğrulmak için yaşadım.

Bunca deneyimden sonra yalnızlığı da biliyorum kalabalıkları da; sevgiyi de biliyorum dostluğu, düşmanlığı, öfkeyi de.

Hayatım boyunca bana en çok sorulan soru, niye çeşitli sanat dallarında ürün verdiğim oldu: Ben de onlara, Samos'ta toplanan Helen ve İyonya filozoflarının bütün sanatlar ve bilimler arasında bir bağ olduğu sonucuna vardığını, eskiden sanatçıların birçok dalla birden ilgilendiğini anlattım; büyük besteci Hans Eisler'in, "Sadece müzikten anlayan bir kişi, müziği de anlayamaz!" sözünü hatırlattım. Kendimde "deneme hakkı" bulduğumu söyledim. Ama bunların hiçbiri gerçeği tam olarak yansıtmıyor, bir tek şeyi eksik bırakıyordu. O eksik parça ise, benim bu işleri yaparken aldığım korkunç zevkti.

Söyleyin bana, evde yaptığınız bir bestenin stüdyoda yavaş yavaş kanlanıp canlanmasının, sonra bunu milyonlarca kişinin söylemesinin verdiği zevk başka neyle ölçülebilir?

Ya hayalinizde kurduğunuz bir sahnenin peliküle geçmesi ve perdede hayat gibi akıp gitmesi?

Ya mutlak bir yalnızlık içinde yazdığınız romanların, farklı dillerden ve kültürlerden insanlara ulaşması?

Hayatta bunlarla ölçülebilecek bir zevk olduğunu sanmıyorum. Bu yüzden yaşadığım tek ömür içinde her şeyi deneme hakkını kendimde gördüm, hâlâ da görüyorum. Elbette bunları beğenen de olacak beğenmeyen de.

Benim yolum belli; dinleyicilerim, okuyucularım, seyircilerim istediği sürece üretmeye devam edeceğim. Beğenmeyenlerden ise tek bir ricam var: Bana sırtlarını dönmeleri, beni unutmaları.

Bundan sonrasını çok yoğun bulduğum için burada son vereceğim anılara.

Son yıllarda yazdığım romanların sayfaları bir masal kuşunun kanatları gibi açılarak beni dünyanın çok değişik köşelerine uçurdu; bestelediğim müziğin notaları sanki raylar üzerinde hareket ederek bilmediğim kültürlere taşıdı. Kimileri gövdemi ve ruhumu yok etmeye çalışırken, kimileri sanatçı gururumu okşayacak büyük ödüller sundu; yatak altında mum ışığında okuduğum kitaplar sonucunda dünyanın büyük üniversitelerinde dersler, konferanslar verdim.

Kendi ülkesindeki antidemokratik rejimlerin bir sivrisinek gibi ezmek istediği bu insan, o kayıp yıllarda bestelediği ezgiler sayesinde hapis yattığı yere çok yakın bir alanda en büyük kitleyle buluştu.

Ömrümün dökümüne baktığım zaman Abidin Dino, Yaşar Kemal, Mikis Theodarakis, Elia Kazan gibi büyük sanatçıların dostluğunun yanı sıra, küçük adamların düşmanlıklarını da görüyorum.

Her dönemde benimle uğraşan, yazı yazmamı, beste yapmamı engelleyen küçük insanlar oldu. Güzel günler paylaştığımız eski arkadaşlarımdan bazıları bile benim aleyhime sayfa sayfa yalan döşendiler.

Bunları okuduğum zaman, içlerine düşen ateşin ne kadar harlı olduğunu fark etmek irkiltti beni. 'Meğer yıllar boyunca ne kadar çok acı çekmişler,' diye düşünmeden edemedim. Ama bunlar arasında hiç büyük sanatçılar, yazarlar, yani ciddi yaratıcılar yoktu.

Şimdilik hayattayım ve kimbilir başımıza iyi ya da kötü daha neler gelecek.

Schoppenhauer'ın çayırında otlayan kuzular gibi neşe içinde sıçrayıp zıplamamızı sürdüreceğiz bir süre daha; hem de yandan bizi süzmekte olan, hangimizi seçeceğine karar vermeye çalışan kasabı fark etmeden ya da yok sayarak.

Zaten henüz varoluş denilen mucizenin de sınırlarını kavrayabilmiş değilim.

Çünkü eğer;

- 1878 Osmanlı-Rus Harbi'nde Livane Sancağı'nın (Artvin) Yusufeli dağlarındaki Bıçakçılar köyünde yaşayan ve at yetiştiren Yusuf Ağa, bütün ailesi ve kendisi Ruslar tarafından yok edilmeden önce, Ömer adını koymuş olduğu bir erkek çocuğunu Erzurum'a Ahmet Muhtar Paşa'ya göndermiş olmasaydı,
- Subay olan bu evlat Erzurum'da halka büyük zulüm yapan Rus işgal kuvvetleri komutanını öldürdükten sonra hastaneye yatırılıp günlerce aç bırakılarak zayıflatılmasa, her gün katran sürülerek teni esmerleştirilmese ve görgü tanığı askerle birlikte, suçluyu bulmak üzere bütün birlikleri dolaşan Rus heyetine değişik bir insan gibi göründüğü için kurtulmasaydı,
- Kolağası Ömer Bey Harput Redif taburuna tayin edildikten sonra Ümmü Gülsüm adlı kadınla evlenmeseydi,
- Bu evlilikten başka bir çocuk değil de Zülfikâr adını verdikleri çocuk doğmasaydı,

- Bu çocuğun, yetişip hâkim olduktan sonra Emine Hanım'la evliliği olmasaydı ve bu evlilikten Mustafa adını verdikleri bir çocuk doğmasaydı,
- Mustafa Bey savcı olarak Ilgın'a tayin edilmese ve ilk görev yeri olan bu ilçe adliyesindeki odasından görünen bir bahçedeki kumral kızı beğenmeseydi,
- Bu evlilikte, milyonlarcası yerine bir tek tohum ötekileri alt etmeseydi,
- Normalin altında bir kiloyla –1 kilo 300 gram– ve boynuna kordon dolanmış olarak doğan morarmış bebek maharetli bir ebenin elleriyle hayata döndürülmeseydi...

...ben var olmayacaktım.

...Ve elbette var olmadığım için, var olmadığımı bilmeyecektim. Başkaları da bunu bilmeyecekti.

Doğma ihtimaline sahip ve doğmamış milyarlarca varlık gibi, yaşam adaylığı sınavını geçememiş olacaktım.

Zaten "ben" diye bir şey oluşmadığı için, doğmamış bile sayılmayacaktım. Bunun dünyaya ne gibi etkileri olacaktı?

Her insan minimal düzeyde de olsa dünyaya kendince iyi ve kötü katkılar yaptığına göre, elbette benim var olmama durumumun da hiçbir zaman bilemeyeceğimiz birtakım sonuçları olacaktı.

Bunların en önemlisi, çocuğum da doğmayacaktı; var olmayacaktı.

İkinci olarak benimle bir ömür geçiren ve çocuğumu doğuran karım, başka bir hayat sürecekti.

Annem babam, kardeşlerim ve arkadaşlarım, benimle olan etkileşimlerindeki iyi ve kötü olayları yaşamayacak, bunun farkında da olmayacaklardı.

Zaten bu hayat zincirindeki minimal bir sapma sonucunda babam da var olmayabilirdi, dedem de, ondan öncekiler de!

Dünyaya gelmek ve var olmak bir mucizedir ama insanların çoğu bunu düşünmez. Dünyaya gelmiş olmalarını ve var oluşlarını çok doğal karşılar ve bunun sayılamayacak kadar çok parametrenin kesişmesiyle oluştuğunu akıllarına getirmezler.

O mucizeyi yok edenler, hatta bununla övünenler de ne yaptıklarını bilmezler. Ama düşünenler ve bilenler de vardır.

Ve bu insanlar zaman zaman "varoluş korkusu" denebilecek bir ruh ürpermesi içine girer, aynaya baktıkları zaman kendilerinin seçmediği yüzlerinin ne anlama geldiğini çözmeye çalışırlar.

"Ben" ne demektir? Var olmanın bir anlamı var mıdır? Var olmayan zaten var olmayı bilemeyeceğine göre, var olanın kendi varlığını kavraması bilinç midir?

Bilinç nedir? Beynin kimyasal bir fonksiyonu mu?

Yoksa bu dünyaya gelmiş olmanın bir amacı var mıdır? Niye, bir çocuk oluşturma potansiyeline sahip yüz katrilyon kere yüz katrilyon (yani sayılması mümkün olmayan çoklukta) sperm bu işi beceremezken, bir tanesi insana dönüşür?

Ve hangi nedenden dolayı o insan sizsinizdir?

Bir kere var olduktan sonra artık sonsuza kadar varsınızdır, var olmamış kategorisine geri dönemezsiniz. Ölüm sizi bütünüyle yok edemez.

Çünkü en azından dünyanın fiziksel ve biyolojik varlığını mikro ölçüde de olsa değiştirmişsinizdir. Başka var olanların yaşamına etkileriniz olmuştur. Az ya da çok ama mutlaka.

Sonra size, içine doğduğunuz kültüre, bölgeye, dine uygun bir isim verirler. Bu ad ve 'ben' kavramı bütünleşir.

Doğduktan sonra verilen isim, varoluşunuzun bir parçası haline gelir. Ama bu gerçek değildir; bu ismi yirmi kere tekrarlarsanız, yabancılaşırsınız. Alışık olduğunuz isim, yabancı bir sözcüğe dönüşür.

Böylece size konulan ismin yapay bir şey olduğunun, varlığınızın bir parçası olmadığının derin bilincini duyumsar, şaşırırsınız.

Bu varoluş ürküntüsünü içinde duymamış insan var mıdır acaba? Sanmıyorum. Bunu herkes ya rüyasında hisseder ya da yaşamının beklenmedik bir anında sebepsiz hüzünler ve korkular kaplar içini. Ama kimileri bunu bilince çıkaramaz. Bazıları da "Azrail yokladı!" der geçer.

Benim rastlantılar sonucunda var olmam sayesinde yazabildiğim bu kitabı, yine rastlantılar sonucunda var olan siz okuyabiliyorsunuz; uzayın ve zamanın sonsuzluğunda birbirinin yanından geçen iki küçük meteor gibi.

Bu yüzden herkesin yaşamı birbirine benzer. Eğer hatırlayabildiklerimiz ana rahmine kadar gitseydi, oradaki koşullarımızın, iyi ve kötü günlerimizin, üzerimizdeki baskıların, duyduğumuz boğuk seslerin, doğum kanalında çektiğimiz sıkıntıların, gördüğümüz ilk ışığın, ilk şeklin tarihini de paylaşabilir ve birbirimize ne kadar benzediğimizi anlayabilirdik.

Ama bunun yerine, beynimizdeki gri hücrelerin kaydedebildiği ilk günlerden itibaren başlatıyoruz öykümüzü.

Var olmak da bir mucize, yoktan var olan iki embriyonun, basılı bir selüloz aracılığıyla düşünce ve duygu alışverişi kurması da.

Bütün bunlardan öğrendiklerime gelince:

Nâzım'ın "ölürken zeytin ağacı diken adam" örneği gibi, başkalarına yararı dokunacak şeylerin, en önemli hazine olduğunu öğrendim.

Geçici ve kalıcı arasındaki farkı öğrendim. Hayatta ne kadar hata yaparsanız yapın, eğer zamana dayanan ve gelecek kuşaklara aktarılan eserler vermişseniz ayakta kalıyorsunuz. Benim kadar heyecanlı ve oradan oraya savrulduğu için çok yanlış yapan birinin hayatını besteleri ve kitapları kurtardı.

Şöhret ve mutluluğun ateşle kar gibi olduğunu öğrendim. Biri ötekini azaltıyor ya da yok ediyor.

Kozmosta hiçbir büyüklük ifade etmeyen dünyamızın bir köşesinde yaşadığımız küçük hayatı çok önemsememeyi öğrendim.

İnançların, insanların ölüme karşı çırpınışı olarak tanımlanabileceğini kavradım ve o andan itibaren samimi dindarları eleştirmedim. Bu işi siyaset olarak kullananlara ise nefretim arttı.

Gerçek başarının bir yan ürün olduğunu öğrendim. Başarıyı hedeflerseniz onu kazanamıyor, unutup da kendinizi iyi bir iş yapmaya adarsanız geldiğini görüyorsunuz.

Moda fikirlerin, siyasetlerin ve sanat akımlarının sıfır olduğu konusundaki inancım pekişti. Çünkü zamanın bunları eskittiğini ama gerçek yapıtları koruduğunu gördüm.

En iyi yaşam biçiminin, düşman yaratmadan yaşamak olduğunu öğrendim. Sonunda onlarla başedebiliyorsunuz ama ömrünüz paçalarınıza dolananları kovalamakla geçiyor.

Büyük sanatçıların sadece kendi yaratısıyla uğraştığını, kimseyi kıskanmadığını gördüm.

Dünyayı değiştirmenin ne kadar zor olduğunu öğrendim.

İnsanların, benim bir zamanlar düşündüğümden daha kötü olduğuna karar verdim.

En güzel düşüncenin bile siyaset alanına girdiği zaman çürüdüğünü, siyasetin bütün kavramları daralttığını ve yozlaştırdığını öğrendim.

Kentte büyümüş bütün memur çocukları gibi hayvanlara çok uzaktım ve onlardan korkardım. Sonra onlarla kucak kucağa yaşamayı öğrendim ve dünyamı zenginleştirdiler.

"Aşk imiş ne varsa âlemde" dizesinin ve "Sevda sevda derler behey erenler/Bilmeyene bir acayip hal olur" dizelerinin derinliğini kavradım.

İnsanoğlunu bu kadar çılgın bir tür haline getiren ve birbirine kıymaya götüren itkinin, öleceğini bilen tek canlı olmasından kaynaklandığını anladım. Diğer canlılar gibi bu bilincimiz olmasaydı, daha iyi bir dünyada yaşardık.

Bilgeliğin bilgiden çok daha önemli olduğunu yüreğimin derinliklerinde duydum.

Milyarlarca insanı hareket ettiren temel itkilerin; onların beslenme ve üreyerek türünü devam ettirmeye programlanmasından kaynaklandığını görünce insanları çok aciz buldum. Bu koşullanmaların ötesine geçen büyük mutasavvıf, filozof ve şairlere ise hayranlığım arttı.

Dünyanın geleneğinde sanat diye bir sığınma limanı olmasaydı, intihar edebileceğimi hissettim.

Müziğin, ebedi sessizliği yırtma çabası olduğunu kavradım. Dünyanın, dönüşü sırasında si notası çıkardığı söylenir. Galiba en kalıcı ve en güzel ses, bu uzun si sesi. Ötesi, cılız çırpınmalar.

Makamıyla, parasıyla, şöhretiyle övünenler beni güldürmeye başladı.

Sonunda "ben" dediğim varlığın, kozmik sonsuzlukta bir an yanıp sönen bir ateşböceği bile olmadığını öğrendim.

Teşekkür

Bir bölümü "Barbarları Beklerken" adıyla *Aktüel* dergisinde (22 Ekim 1992-26 Ekim 1994) yayınlanan bu anıların basıma hazırlanmasında yardımcı olan Remzi Kitabevi mensuplarına, kapak kompozisyonunu yapan Ömer Erduran'a, sevgili editörüm Neclâ Feroğlu'na yürekten teşekkürler.